i

为了人与书的相遇

沈从文

经典名作

上海三联书店

图书在版编目（CIP）数据

沈从文经典名作 / 沈从文著；赵园主编 . -- 上海：
上海三联书店 , 2020.1
　ISBN 978-7-5426-6900-1

　Ⅰ . ①沈… Ⅱ . ①沈… ②赵… Ⅲ . ①中国文学—现
代文学—作品综合集 Ⅳ . ① I216.2

　中国版本图书馆 CIP 数据核字 (2019) 第 260609 号

沈从文经典名作

沈从文著；赵园主编

责任编辑 / 徐建新
特约编辑 / 武　霖　田南山
责任校对 / 张大伟
责任印制 / 姚　军
装帧设计 / 马志方　涂星村
内文排版 / 陈基胜

出版发行 / 上海三联书店
　　　　　（200030）上海市漕溪北路331号A座6楼
邮购电话 / 021-22895540
印　　刷 / 山东鸿君杰文化发展有限公司

版　　次 / 2020 年 1 月第 1 版
印　　次 / 2020 年 1 月第 1 次印刷
开　　本 / 850mm×1168mm　1/32
字　　数 / 490千字
图　　片 / 7幅
印　　张 / 26.75
书　　号 / ISBN　978-7-5426-6900-1/I・1568
定　　价 / 178.00元（套装）

如发现印装质量问题，影响阅读，请与印刷厂联系调换。

我读一本小书同时又读一本大书

——沈从文

沈从文（一九〇二～一九八八）

沈从文自订年表

本篇原无标题,由张兆和记录整理。一九八八年五月十二日台湾《联合报》以"沈从文自订年表"为题首次发表。今依据《联合报》文本校勘编入,篇名为《沈从文全集》编者所拟。

出生年月: 一九〇二年十二月二十八日

籍贯: 中国湖南凤凰县

性别: 男

笔名: 岳焕、懋琳、上官碧、窄而霉斋主人、甲辰、小兵

父: 沈宗嗣,医生

母: 黄英

配偶: 张兆和

结婚年月: 一九三三年九月九日(已退休)

子: 沈龙朱。一九三四年十一月二十日

次子: 沈虎雏。一九三七年五月三十一日

学历: 仅受小学教育,无任何学位,无党派,无宗教信仰

住址: 北京前门东大街三号五〇七室

工作单位地址: 北京建国门内大街五号中国社会科学院历史研究所

文学代理人: 中国社会科学院历史研究所

简历

一九一七～一九二二：　当兵。

一九二四～一九二八：　写作（职业）。

一九二八～一九三〇：　（吴淞）中国公学讲师。

一九三〇下半年：　　　武汉大学讲师。

一九三一～一九三三：　青岛大学讲师。

一九三四～一九三九：　（北京）编中小学国文教课书。

一九三九～一九四七：　（昆明市）西南联合大学副教授，教授。

一九四七～一九四九：　北京大学教授。

一九二八～一九四七：　业余写作，曾编《大公报》《益世报》等文
　　　　　　　　　　　艺副刊。

一九五〇～一九七八：　（北京）历史博物馆文物研究员。

一九七八～：　　　　　中国社会科学院历史所研究员。

会籍：　　　　　　　　国际笔会北京分会会员，中国作家协会、美
　　　　　　　　　　　术家协会、历史学会会员。

文学著作

鸭子	北京北新书局	一九二六
蜜柑	上海新月书店	一九二七
入伍后	北京北新书局	一九二七
老实人	上海现代书局	一九二八
好管闲事的人	上海新月书店	一九二八
不死日记	上海人间书店	一九二八
阿丽思中国游记一卷	上海新月书店	一九二八
阿丽思中国游记二卷	上海新月书店	一九二八
雨后及其他	上海春潮书店	一九二八
篁君日记	北平文化学社	一九二八
神巫之爱	上海光华书局	一九二九
旅店及其他	上海中华书局	一九三〇
男子须知（一名"在另一个国度里"）		
	上海中华书局	一九三〇
一个天才的通信	上海光华书局	一九三〇
沈从文甲集	上海神州国光社	一九三〇
旧梦	上海商务印书馆	一九三〇
石子船	上海中华书局	一九三一
从文子集	上海新月书店	一九三一
旧梦	上海商务印书馆	一九三〇
一个女剧员的生活	上海大东书局	一九三一
记胡也频	上海光华书局	一九三二

文物论著

中国丝绸图案（王家树绘图）中国古典艺术出版社　　　一九五八

唐宋铜镜　　　　　　　中国古典艺术出版社　　　　一九五八

明锦　　　　　　　　　沈从文、张仃、

　　　　　　　　　　　雷圭元、吴劳合编　　　　　一九五九

战国漆器　　　　　　　荣宝斋出版（北京）　　　　一九六二

龙凤艺术　　　　　　　作家出版社（北京）　　　　一九六〇

中国古代服饰研究　　　商务印书馆香港分馆　　　　一九八一

现正在写作中：　　　　中国扇子发展

个人兴趣：　　　　　　爱好中国文物书画艺术品，

　　　　　　　　　　　西洋古典音乐，不懂英语

介绍本人文章：　　　　黄永玉《太阳下的风景》

　　　　　　　　　　　《花城》一九八〇年第五集

　　　　　　　　　　　（黄永玉文附在中国文学杂志社英译

　　　　　　　　　　　沈从文 *The Border Town and Other Stories*

　　　　　　　　　　　后译为"My Uncle Shen Congwen"）

不折不從亦慈亦讓
星斗其文赤子其人

题字：张充和

沈从文经典名作
共读人

蔡测海	王安忆
陈思和	王　风
范智红	王晓明
何立伟	汪　晖
姜泓冰	汪曾祺
姜　涛	温儒敏
李　斌	吴秉杰
凌　宇	吴福辉
凌云岚	吴　俊
楼肇明	吴晓东
路　杨	袁一丹
钱理群	张新颖
孙　郁	赵　园
唐　敏	

编者序

　　二〇一八年为沈从文病逝三十周年，出版社拟出版沈从文作品欣赏作为纪念。我在一九九三年版所编沈从文名作欣赏的基础上，抽去、新增若干篇目，将沈从文的日记、文物研究纳入赏析范围，既希望借此强化学术性与可读性，也便于窥见沈从文文学与文化工作的全貌。沈从文的文字，被归为"文学"者不论，即日记、文物研究，无不是美文；仅由文体看，价值较他的小说散文未见得不若。

　　编沈从文名作欣赏，凌宇较我，是更合适的人选。后来的工作中，凌宇提供了最有力的支持，承担了读解沈从文重要作品的任务。事后看来，当时邀请的作者，确为一时之选，用了时下流行的话，阵容堪称"豪华"。这是同代学人间一次小小的合作，过此即不可能再有重聚的机会。由此看来，本书固然是对沈从文的纪念，也是对承担"欣赏"任务的一批学人间一段不能再续的学术因缘的纪念。

当年为此书赐稿的，同代学人外，尚有汪曾祺、王安忆及当时号称"湘军"的湖南作家何立伟、蔡测海。时一九八〇年代过去未久，创作界与研究界间，尚维持着同志之感。此后世风变化，这种合作不知是否还在延续。

此次重编，邀请了近年来沈从文研究方面成绩卓著的张新颖、王风先生，姜涛、袁一丹、李斌、路杨、凌云岚等年轻学人。一个作家能不断吸引研究者，不断被新生代发现、重新阐释，是其作品生命力的证明。不是曾号称"大家"的新文学作者，都能有持久的吸引力。是否也可据此重估沈从文的文学史地位？

年轻学人对研究范围的推拓，与学术视野也跟近年来对沈从文作品的整理有关。《沈从文全集》的出版，不但为研究者提供了极大的便利，也方便了版本的厘定。当年不曾措意的版本问题，或也可借此解决。如若赏析文章中的引文与原作稍有出入，尚祈读者诸君谅解。

近年来我所读与沈从文有关的，就有张新颖先生著《沈从文的后半生》及沈从文家书。应当承认，读沈从文家书，尤其六七十年代家书，校正了我个人对沈从文的成见。感动了我的，就有沈的"家国情怀"。以往的左右划分即使不能说无稽，也大有遮蔽。另一令我感动的，是沈对于"基层民众"、底层小人物一如既往的关怀。《沈从文的后半生》用作封面装饰的沈所绘小图，包含其中的温暖，同代作家中罕有其比的吧。

我本人当编沈从文名作欣赏时，已由中国现当代文学转向了明清之际。编该书算是一次回眸。今年重编沈从文作品欣赏，则是隔了更久远岁月的回首，满眼尽是沧桑。或许这种感觉与沈作的调性不无契合？

赵园写于二〇一七年岁末

原编序

　　我没有打算过写所谓"导读"，这除了因我自知对沈从文的研究所及甚浅外，也因已有更配称"导读"的文字在，如凌宇的《从边城走向世界》（三联书店出版）及《沈从文传》（北京十月文艺出版社出版），美国学者金介甫先生的《沈从文传》（时事出版社及湖南文艺出版社中译本），等等。对沈从文其人其作感兴趣者，还应读一读由吉首大学的沈从文研究者编的那本很有分量的纪念集《长河不尽流》（湖南文艺出版社出版）。至于沈从文本人提供的导读文字，除他的那些篇文论外，即应推本书置于卷首的《从文自传》了。作为专业的文学研究者，我对作者本人的"意图说明"一向不怎么认真，却决不低估传记材料的研究价值。自传的有趣之处不只在于述说了什么，还在述说方式，"记忆"对"材料"的加工方式。何况对于本书的读者，《从文自传》首先是一部优美的散文作品呢！

　　不试行"导读"，也因了对于为本书撰写鉴赏文字的作者们的信任。令我欣喜的是，我收到的这些篇短文，较少高头讲章式的枯燥刻板，较少八股气，多能由具体作品及于深广。甚至使人由一作约略窥见沈从文及其艺术世界的一角隅。至于作者们的读解各有一些"成说"之外的新意，更是我期待之中的。我以为鉴赏类书籍无论面对的是哪一读者层，都不必希图提供"标准解释"。文学作品生命的延续正赖有人各不同、代各不同的读解及读解方式。情况从来是，因了批评理论、批评工具的更易，使得作品中素被"掩盖"、忽略的东西"呈露"出来。原作被不断诠释的可能性，是作品"生命犹在"的一种证明。与这"生命"为敌的是僵硬顽梗且自以为垄断了解释权的"研究者"。如鲁迅所说的那种"做了一通，仍旧等于一张的白纸"（《做古文和做好人的秘诀》）那样的大文，在我们的出版物中是从不缺乏的。

作为专业工作者，我并不尊重"专业眼光"的神圣性。过分的专业化，有时适足以成为专业者的限制。当着研究陷于停滞时，或正赖有非专业者的介入、参与，方能为"专业"注入生机。我因而要特别向为本书撰稿的小说家、散文家们——汪曾祺、王安忆、唐敏、何立伟、蔡测海——致谢。作家与批评家关系之微妙由来已久，且不独中国为然。应当承认，我个人是一向爱读作家们的创作谈与批评文字的，常常惊喜于那些文章中非严格规范（"批评规范"）处闪灼着的独见。此外，从事当代文学批评（而非中国现代文学研究）的撰稿者，也因他们的"非（现代文学）专业"的识见，为本书的鉴赏部分增添了精彩。

本书撰稿者的名单上有一些较为陌生的名字。我所约请的几位年轻的研究者（其中包括在读的研究生）各自为本书提供了漂亮的短文。专业的生机从来赖有新人迭出。我个人则更因日见衰老，时时渴望着由年轻人生气勃勃的姿态中汲取活力。

我不便向支持了我的友人们一一致谢，但我仍不能不提到凌宇的鼎力相助。如若没有他提供的宝贵意见及他慨然承担的撰写重任（他为《从文自传》等篇所写的鉴赏文字，正是称职的导读之作），我将会遇到更大的困难。汪晖于去国前的忙迫中仍完成了他承担的题目，也使我于欣喜中又略感不安。我似乎欠债太多，太吝于付出，愧对一向体谅支持我的友人们。但我也自知积习如此，忏悔之余，会"依然故我"地埋头于自个儿的一方园地，而未必能如我的朋友们似的慷慨的。

编此类书在我，是初试，受命时虽并不那么情愿，进入工作后却也得了一点新鲜的经验。在为本书写稿的相知、相识与不相识的作者，这毕竟是一次小小的合作。我个人虽性喜独处，且以为人文学科的研究更是"个体劳动"，但对某种不拘限个人才情的合作形式仍有浓厚的兴趣，如"丛书"式的合作。群体意识不必蓄意造成，但集束的成果推出，有助于将新的姿态带进学界——这或许出于我所属的一代人的经验。"新时期"的十几年间，将一代、一批研究者作为一种力量介绍给社会，这种工作，是由一批富于远见与事业感的学术刊物、出版社承担的。我将在另外的场合谈到"作者与编辑""一代研究者与出版家""学界与出版界"。我以为十几年间的学术活动，在相当程度上是由出版家参与组织的，未来的学术史将会如实记录出版界在发现新人、组织学术力量以至"引导"、推进学术方面的巨大贡献——出版业在特定时期发挥的特殊功能。我只祈望年轻者能有我们一代所曾有过的幸运。尽管商业大潮的冲击已使他们的处境与我们当年大为不同，我仍愿意相信会有乐于发现、扶植新人的出版家，以丛书的形式及其他形式，将年轻者作为"代"而推出，如上海文艺出版社、浙江文艺出版社率先做过并在继续做着的那样。

关于本书，我想说，尽管近年来鉴赏类书出版量较大，出版社组织的这套书仍受读者青睐，至少证明了"普及"工作的意义。已出的一种《鲁迅名作鉴赏词典》装帧印刷之精良，亦促使我努力效法沈从文先生的"临事庄肃"，生怕使热心的读者在购得这种定价略嫌昂贵的书时感到失望。我是希望出版物（作为商品）讲究一点"包装"的——即在装帧设计以至版式用纸等等上，注重一点"文化品味"。我有一种信念，以为当代中国倘有真正的"出版家"，多半会出在"外地"而非京城；现在又以为京城中新崛起的出版社，其气魄有可能超过某些"老店"——虽然这猜想还有待于证实。

对于缺乏有关的文学史知识的读者，本书中的某些鉴赏之作或稍嫌艰深。以为"鉴赏"类文字、书籍必浅，也像是一种偏见，使趣味高雅的学者不屑于涉笔。在我看来，一味求浅俗，亦应是鉴赏类书出得滥、被轻视的原因。本应有种种的鉴赏眼光与鉴赏方式，即如文物鉴赏家与博物馆中的普通参观者所见即大不同。我不愿自己所编的这书中的文字太"学院气"，却决不以为可以为此降低学术水准。所幸有起码鉴赏力的读者并不全然依赖于别人的导引，他们手中持有自己的那把钥匙，只将别的读解者作为不妨对话的一方而已。

我要说的就是这些。

请读这本书。

赵园

沈从文

经典名作

上册

从文自传……

上海三联书店

上册目录

传

记

从文自传

《从文自传》一九三四年七月由上海第一出版社初版，一九四一年经作者校改后，一九四三年十二月开明书店出版改订本。据开明书店改订本编入。

我读一本小书同时又读一本大书

我能正确记忆到我小时的一切，大约在两岁左右。我从小到四岁左右，始终健全肥壮如一只小豚。四岁时母亲一面告给我认方字，外祖母一面便给我糖吃，到认完六百生字时，腹中生了蛔虫，弄得黄瘦异常，只得每天用草药蒸鸡肝当饭。那时节我即已跟随了两个姊姊，到一个女先生处上学。那人既是我的亲戚，我年龄又那么小，过那边去念书，坐在书桌边读书的时节较少，坐在她膝上玩的时间或者较多。

到六岁时我的弟弟方两岁，两人同时出了疹子。时正六月，日夜皆在吓人高热中受苦。又不能躺下睡觉，一躺下就咳嗽发喘。又不要人抱，抱时全身难受。我还记得我同我那弟弟两人当时皆用竹簟卷好，同春卷一样，竖立在屋中阴凉处。家中人当时业已为我们预备了两具小小棺木，搁在院中廊下。但十分幸运，两人到后居然全好了。我的弟弟病后雇请了一个壮实高大的苗妇人照料，照料得法，他便壮大异常。我因此一病，却完全改了样子，从此不再与肥胖为缘了。

六岁时我已单独上了私塾。如一般风气，凡是私塾中给予小孩子的虐待，我照样也得到了一分。但初上学时我因为在家中业已认字不少，记忆力从小又似乎特别好，故比较其余小孩，可谓十分幸福。第二年后换了一个私塾，在这私塾中我跟从了几个较大的学生，学会了顽劣孩子抵抗顽固塾师的方法，逃避那些书本去同一切自然相亲近。这一年的生活形成了我一生性格与感情的基础。我间或逃学，且一再说谎，掩饰我逃学应受的处罚。我的爸爸因这件事十分愤怒，有一次竟说若再逃学说谎，便当实行砍去我一个手指。我仍然不为这话所恐吓，机会一来时总不把逃学的机会轻轻放过。当我学会了用自己眼睛看世界一切，到一切生活中去生活时，学校对于我便已毫无兴味可言了。

我爸爸平时本极爱我，我曾经有一时还作过我那一家的中心人物。稍稍害点病时，一家人便光着眼睛不即睡眠，在床边服侍我，当我要谁抱时谁就伸出手来。家中那时经济情形很好，我在物质方面所享受到的，比起一般亲戚小孩似乎皆好得多。我的爸爸既一面只作将军的好梦，一面对于我却怀了更大的希望。他仿佛早就看出我不是个军人，不希望我作将军，却告给我祖父的许多勇敢光荣的故事，以及他庚子年间所得的一分经验。他以为我不拘作什么事，总之应比作个将军高些。第一个赞美我明慧的就是我的爸爸。可是当他发现了我成天从塾中逃出到太阳底下同一群小流氓游荡，任何方法都不能拘束这颗小小的心，且不能禁止我狡猾的说谎时，我的行为实在伤了这个军人的心。同时那小我四岁的弟弟，因为看护他的苗妇人照料十分得法，身体养育得强壮异常，年龄虽小，便显得气派宏大，凝静结实，且极自尊自爱，故家中人对我感到失望时，对他便异常关切起来。这小孩子到后来也并不辜负家中人的期望，二十二岁时便作了步兵上校。至于我那个爸爸，却在蒙古，东北，西藏，各处军队中混过，民国二十年时还只是一个上校，把将军希望留在弟弟身上，在家乡从一种极轻微的疾病中便瞑目了。

我有了外面的自由，对于家中的爱护反觉处处受了牵制，因此家中人疏忽了我的生活时，反而似乎使我方便了一些。领导我逃出学塾，尽我到日光下去认识这大千世界微妙的光，稀奇的色，以及万汇百物的动静，这人是我一个张姓表哥。他开始带我到他家中橘柚园中去玩，到各处山上去玩，到各种野孩子堆里去玩，到水边去玩。他教我说谎，用一种谎话对付家中，又用另一种谎话对付学塾，引诱我跟他各处跑去。即或不逃学，学塾为了担心学童下河洗澡，每到中午散学时，照例必在每人手心中用朱笔写一大字，我们尚依然能够一手高举，把身体泡到河水中玩个半天，这方法也亏那表哥想出的。我感情流动而不凝固，一派清波给予我的影响实在不小。我幼小时较美丽的生活，大部分都与水不能分离。我的学校可以说是在水边。我认识美，学会思索，水对我有极大的关系。我最初与水接近，便是那荒唐表哥领带的。

现在说来，我在作孩子的时代，原本也不是个全不知自重的小孩子。我并不愚蠢。当时在一班表兄弟中和弟兄中，似乎只有我那个哥哥比我聪明，我却比其他一切孩子解事。但自从那表哥教会我逃学后，我便成为毫不自重的人了。在各样教训各样方法管束下，我不欢喜读书的性情，从塾师方面，从家庭方面，从亲戚方面，莫不对于我感觉得无多希望。我的长处到那时只是种种的说谎。我非从学塾逃到外面空气下不可，逃学过后又得逃避处罚。我最先所学，同时拿来致用的，也就是根据各种经验来制作各种谎话。我的心总得为一种新鲜声音，新鲜颜色，新鲜气味而跳。我得认识本人生活以外的生活。我的智慧应当从直接生活上得来，却不需从一本好书一句好话上学来。似乎就只这样一个原因，我在学塾中，逃学记录点数，在当时便比任何一人都高。

离开私塾转入新式小学时，我学的总是学校以外的。到我出外自食其力时，我又不曾在我职务上学好过什么。二十年后我"不安于当前事务，却倾心于现世光色，对于一切成例与观念皆十分怀疑，却常常为人生远景而凝眸"，这分性格的形成，便应当溯源于小时在私塾中的逃学习惯。

自从逃学成为习惯后，我除了想方设法逃学，什么也不再关心。

有时天气坏一点，不便出城上山里去玩，逃了学没有什么去处，我就一个人走到城外庙里去。那些庙里总常常有人在殿前廊下绞绳子，织竹簟，做香，我就看他们做事。有人下棋，我看下棋。有人打拳，我看打拳。甚至于相骂，我也看着，看他们如何骂来骂去，如何结果。因为自己既逃学，走到的地方必不能有熟人，所到的必是较远的庙里。到了那里，既无一个熟人，因此什么事皆只好用耳朵去听，眼睛去看，直到看无可看听无可听时，我便应当设计打量我怎么回家去的方法了。

来去学校我得拿一个书篮。逃学时还把书篮挂到手肘上，这就未免太蠢了一点。凡这么办的可以说是不聪明的孩子。许多这种小孩子，因为逃学到各处去，人家一见就认得出，上年纪一点的人见到时就会说："逃学的人，你赶快跑回家挨打去，不要在这里玩。"若无书篮可不必受这种教训。因此我们就想出了一个方法，把书篮寄存到一个土地庙里去，那地方无一个人看管，但谁也用不着担心他的书篮。小孩子对于土地神全不缺少必需的敬畏，都信托这木偶，把书篮好好的藏到神座龛子里去，常常同时有五个或八个，到时却各人把各人的拿走，谁也不会乱动旁人的东西。我把书篮放到那地方去，次数是不能记忆了的，照我想来，搁的最多的必定是我。

逃学失败被家中学校任何一方面发觉时，两方面总得各挨一顿打。在学校得自己把板凳搬到孔夫子牌位前，伏在上面受笞。处罚过后还要对孔夫子牌位作一揖，表示忏悔。有时又常常罚跪至一根香时间。我一面被处罚跪在房中的一隅，一面便记着各种事情，想象恰如生了一对翅膀，凭经验飞到各样动人事物上去。按照天气寒暖，想到河中的鳜鱼被钓起离水以后拨刺的情形，想到天上飞满风筝的情形，想到空山中歌呼的黄鹂，想到树木上累累的果实。由于最容易神往到种种屋外东西上去，反而常把处罚的痛苦忘掉，处罚的时间忘掉，直到被唤起以后为止，我就从不曾在被处罚中感觉过小小冤屈。那不是冤屈。我应感谢那种处罚，使我无法同自然接近时，给我一个练习想象的机会。

家中对这件事自然照例不大明白情形，以为只是教师方面太宽的过失，因此又为我换一个教师。我当然不能在这些变动上有什么异议。现在说来我倒又得感谢我的家中，因为先前那个学校比较近些，虽常常绕道上学，终不是个办法，且因绕道过远，把时间耽误太久时，无可托词。现在的学校可真很远很远了，不必包绕偏街，我便应当经过许多有趣味的地方了。从我家中到那个新的学塾里去时，路上我可看到针铺门前永远必有一个老人戴了极大的眼镜，低下头来在那里磨针。又可看到一个伞铺，大门敞开，做伞时十几个学徒一起工作，尽人欣赏。又有皮靴店，大胖子皮匠天热时总腆出一个大而黑的肚皮，（上面有一撮毛！）用夹板上鞋。又有剃头铺，任何时节总有人手托一个小小木盘，呆呆的在那里尽剃头师傅刮头。又可看到一家染坊，有强壮多力的苗人，踹在凹形石碾上面，站得高高的，偏左偏右的摇荡。又有三家苗人打豆腐的作坊，小腰白齿头包花帕的苗妇人，时时刻刻口上都轻声唱歌，一面引逗缚在身背后包单里的小苗人，一面用放光的铜勺舀取豆浆。我还必需经过一个豆粉作坊，远远的就可听到骡子推磨隆隆的声音，屋顶棚架上晾满白粉条。我还得经过一些屠户肉案桌，可看到那些新鲜猪肉砍碎时尚在跳动不止。我还得经过一家扎冥器出租花轿的铺子，有白面无常鬼，蓝面魔鬼，鱼龙，轿子，金童玉女，每天且可以从他那里看出有多少人接亲，有多少冥器，那些定做的作品又成就了多少，换了些什么式样。并且还常常停顿一两分钟，看他们贴金，傅粉，涂色。

我就欢喜看那些东西，一面看一面明白了许多事情。

每天上学时，我照例手肘上挂了那个竹书篮，里面放两本破书。在家中虽不敢不穿鞋，可是一出了大门，即刻就把鞋脱下拿到手上，赤脚向学校走去。不管如何，时间照例是有多余的，因此我总得绕一节路玩玩。若从西城走去，在那边就可看到牢狱，大清早若干人从那方面戴了脚镣从牢中出来，派过衙门去挖土。若从杀人处走过，昨天杀的人还没有收尸，一定已被野狗把尸首咋碎或拖到小溪中去了，就走过去看看那个糜碎了的尸体，或拾起一块小小石头，在那个污秽的头颅上敲打一下，或用一木棍去戳戳，看看会动不动。若还有野狗在那里争夺，就预先拾了许多石头放在书篮里，随手一一向野狗抛掷，不再过去，只远远的看看，就走开了。

既然到了溪边，有时候溪中涨了小小的水，就把裤管高卷，书篮顶在头上，一只手扶书篮一只手照料裤子，在沿了城根流去的溪水中走去，直到水深齐膝处为止。学校在北门，我出的是西门，又进南门，再绕从城里大街一直走去。在南门河滩方面我还可以看一阵杀牛，机会好时恰好正看到那老实可怜畜牲放倒的情形。因为每天可以看一点点，杀牛的手续同牛内脏的位置不久也就被我完全弄清楚了。再过去一点就是边街，有织篁子的铺子，每天任何时节皆有几个老人坐在门前用厚背的钢刀破篾，有两个小孩子蹲在地上织篁子。（这种事情在学校门边也有，我对于这一行手艺，所明白的种种，现在说来似乎比写字还在行。）又有铁匠铺，制铁炉同风箱皆占据屋中，大门永远敞开着，时间即或再早一些，也可以看到一个小孩子两只手拉着风箱横柄，把整个身子的分量前倾后倒，风箱于是就连续发出一种吼声，火炉上便放出一股臭烟同红光。待到把赤红的热铁拉出搁放到铁砧上时，这个小东西，赶忙舞动细柄铁锤，把铁锤从身背后扬起，在身面前落下，火花四溅的一下一下打着。有时打的是一把刀，有时打的是一件农具。有时看到的又是用一把凿子在未淬水的刀上起去铁皮，有时又是把一条薄薄的钢片嵌进熟铁里去。日子一多，关于任何一件铁器的制造秩序我也不会弄错了。边街又有小饭铺，门前有个大竹筒，插满了用竹子削成的筷子。有干鱼同酸菜，用钵头装满放在门前柜台上，引诱主顾上门，意思好像是说："吃我，随便吃我，好吃！"每次我总仔细看看，真所谓过屠门而大嚼。

我最欢喜天上落雨，一落了小雨，若脚下穿的是布鞋，即或天气正当十冬腊月，我也可以用恐怕湿却鞋袜为辞，有理由即刻脱下鞋袜赤脚在街上走路。但最使人开心事，还是落过大雨以后，街上许多地方已被水所浸没，许多地方阴沟中涌出水来，在这些地方照例常常有人不能过身，我却赤着两脚故意向深水中走去。若河中涨了点水，照例上游会漂流得有木头、家具、南瓜同其他东西，就赶快到横跨大河的桥上去看热闹。桥上必已经有人用长绳系了自己的腰身，在桥头上呆着，注目水中，有所等待。看到有一段大木或一件值得下水的东西浮来时，就踊身一跃，骑到那树上，或傍近物边，把绳子缚定，自己便快快的向下游岸边泅去，另外几个在岸边的人把水中人援助上岸后，就把绳子拉着，或缠绕到大石上大树上去，于是第二次又有第二人来在桥头上等候。我欢喜看人在洄水里扳罾，巴掌大的活鱼在网中蹦跳。一涨了水，照例也就可以看这种有趣味的事情。照家中规矩，一落雨就得穿上钉鞋，我可真不愿意穿那种笨重钉鞋。虽然在半夜时有人从街巷里过身，钉鞋声音实在好听，大白天对于钉鞋我依然毫无兴味。

若在四月落了点小雨，山地里田塍上各处皆是蟋蟀声音，真使人心花怒放。在这些时节，我便觉得学校真没有意思，简直坐不住，总得想方设法逃学上山去捉蟋蟀。有时没有什么东西安置这小东西，就走到那里去，把第一只捉到手后又捉第二只，两只手各有一只后，就听第三只。本地蟋蟀原分春秋二季，春季的多在田间泥里草里，秋季的多在人家附近石罅里瓦砾中，如今既然这东西只在泥层里，故即或两只手心各有一匹小东西后，我总还可以想方设法把第三只从泥土中赶出，看看若比较手中的大些，即开释了手中所有，捕捉新的，如此轮流换去，一整天方捉回两只小虫。城头上有白色炊烟，街巷里有摇铃铛卖煤油的声音，约当下午三点左右时，赶忙走到一个刻花板的老木匠那里去，很兴奋的同那木匠说：

"师傅师傅，今天可捉了大王来了！"

那木匠便故意装成无动于衷的神气，仍然坐在高凳上玩他的车盘，正眼也不看我的说："不成，要打打得赌点输赢！"

我说："输了替你磨刀成不成？"

"嗨，够了，我不要你磨刀，上次磨凿子还磨坏了我的家伙！"

这不是冤枉我的一句话，我上次的确磨坏了他一把凿子。不好意思再说磨刀了，我说：

"师傅，那这样办法，你借给我一个瓦盆子，让我自己来试试这两只谁能干些好不好？"我说这话时真怪和气，为的是他以逸待劳，不允许我还是无办法。

那木匠想了想，好像莫可奈何的样子："借盆子得把战败的一只给我，算作租钱。"

我满口答应："那成那成。"

于是他方离开车盘，很慷慨的借给我一个泥罐子，顷刻之间我也就只剩下一只蟋蟀了。这木匠看看我捉来的虫还不坏，必向我提议："我们来比比，你赢了，我借你这泥罐一天；你输了，你把这蟋蟀输给我：办法公平不公平？"我正需要那么一个办法，连说公平公平，于是这木匠进去了一会儿，拿出一只蟋蟀来同我一斗，不消说，三五回合我的自然又败了。他用的蟋蟀照例却常常是我前一天输给他的。那木匠看看我有点颓丧，明白我认识那匹小东西，担心我生气时一摔，一面赶忙收拾盆罐，一面带着鼓励我神气笑笑的说：

"老弟，老弟，明天再来，明天再来！你应当捉好的来，走远一点。明天来，明天来！"

我什么话也不说，微笑着，出了木匠的大门，回家了。

这样一整天在为雨水泡软的田塍上乱跑，回家时常常全身是泥，家中当然一望而知，于是不必多说，沿老例跪一根香，罚关在空房子里，不许哭，不许吃饭。等一会儿我自然可以从姊姊方面得到充饥的东西。悄悄的把东西吃下以后，我也疲倦了，因此空房中即或再冷一点，老鼠来去很多，一会儿就睡着，再也不知道如何上床的事了。

即或在家中那么受折磨，到学校去时又免不了补挨一顿板子，我还是在想逃学时就逃学，决不为经验所恐吓。

有时逃学又只是到山上去偷人家园地里的李子枇杷，主人拿着长长的竹杆子大骂着追来时，就飞奔而逃，逃到远处一面吃那个赃物，一面还唱山歌气那主人。总而言之，人虽小小的，两只脚跑得很快，什么茨棚里钻去也不在乎，要捉我可捉不到，就认为这种事很有趣味。

可是只要我不逃学，在学校里我是不至于像其他那些人受处罚的。我从不用心念书，但我从不在应当背诵时节无法对付。许多书总是临时来读十遍八遍，背诵时节却居然琅琅上口，一字不遗，也似乎就由于这分小小聪明，学校把我同一般人的待遇，更使我轻视学校。家中不了解我为什么不想上进，不好好的利用自己聪明用功，我不了解家中为什么只要我读书，不让我玩。我自己总以为读书太容易了点，把认得的字记记那不算什么希奇。最希奇处应当是另外那些人，在他那分习惯下所做的一切事情。为什么骡子推磨时得把眼睛遮上？为什么刀得烧红时在水里一淬方能坚硬？为什么雕佛像的会把木头雕成人形，所贴的金那么薄又用什么方法作成？为什么小铜匠会在一块铜板上钻那么一个圆眼，刻花时刻得整整齐齐？这些古怪事情实在太多了。

我生活中充满了疑问，都得我自己去找寻答解。我要知道的太多，所知道的又太少，有时便有点发愁。就为的是白日里太野，各处去看，各处去听，还各处去嗅闻，死蛇的气味，腐草的气味，屠户身上的气味，烧碗处土窑被雨以后放出的气味，要我说来虽当时无法用言语去形容，要我辨别却十分容易。蝙蝠的声音，一只黄牛当屠户把刀刬进它喉中时叹息的声音，藏在田塍土穴中大黄喉蛇的鸣声，黑暗中鱼在水面泼剌的微声，全因到耳边时分量不同，我也记得那么清清楚楚。因此回到家里时，夜间我便做出无数希奇古怪的梦。这些梦直到将近二十年后的如今，还常常使我在半夜里无法安眠，既把我带回到那个"过去"的空虚里去，也把我带往空幻的宇宙里去。

在我面前的世界已够宽广了，但我似乎就还得一个更宽广的世界。我得用这方面弄到的知识证明那方面的疑问。我得从比较中知道谁好谁坏。我得看许多业已由于好询问别人，以及好自己幻想，所感觉到的世界上的新鲜事情，新鲜东西。结果能逃学我逃学，不能逃学我就只好做梦。

照地方风气说来，一个小孩子野一点的，照例也必须强悍一点，因此各处方能跑去。各处跑去皆随时都会有一样东西在无意中扑到你身边来，或是一只凶恶的狗，或是一个顽劣的人。无法抵抗这点袭击，就不容易各处自由放荡。一个野一点的孩子，即或身边不必时时刻刻带一把小刀，也总得带一削光的竹块，好好的插到裤带上；遇机会到时，就取出来当作军器。尤其是到一个离家较远的地方看木傀儡戏，不准备厮杀一场简直不成。你能干点，单身往各处去，有人挑战时还只是一人近你身边来恶斗，若包围到你身边的顽童人数极多，你还可挑选同你精力不大相差的一人。你不妨指定其中之一个说：

"要打吗？你来。我同你来。"

到时也只那一个人拢来。被他打倒，你活该，只好伏在地上尽他压着痛打一顿。你打倒了他，他活该。你把他揍够后你当时可以自由走去，谁也不会追你，只不过说句"下次再来"罢了。

可是你根本上若就十分怯弱，即或结伴同行，到什么地方去时，也会有人特意挑出你来殴斗，应战你得吃亏，不答应你得被仇人与同伴两方奚落，顶不经济。

感谢我那爸爸给了我一分勇气，人虽小，到什么地方去我总不吓怕。到被人围上必需打架时，我能挑出那些同我不差多少的人来，我的敏捷同机智，总常常占点上风。有时气运不佳，无意中被人摔倒，我还会有方法翻身过来压到别人身上去。在这件事上我只吃过一次亏，不是一个小孩，却是一只恶狗，把我攻倒后，咬伤了我一只手。我走到任何地方去皆不怕谁。同时又换了好些私塾，各处皆有些同学，并且互相皆逃过学，便有无数朋友，因此也不会同人打架了。可是自从被那只恶狗攻过一次以后，到如今我却依然十分怕狗。

至于我那地方的大人，用单刀在大街上决斗本不算回事。事情发生时，那些有小孩子在街上玩的母亲，也不过说："小杂种，站远一点，不要太近！"嘱咐小孩子稍稍站开点儿罢了。但本地军人互相砍杀虽不出奇，行刺暗算却不作兴。这类善于殴斗的人物，在当地另成一组，豁达大度，谦卑接物，为友报仇，爱义好施，且多非常孝顺。但这类人物为时代所陶冶，到民五以后也就渐渐消灭了。虽有些青年军官还保存那点风格，风格中最重要的一点洒脱处，却为了军纪一类影响，大不如前辈了。

我有三个堂叔叔，皆住在城南乡下，离城四十里左右。那地方名黄罗寨，出强悍的人同猛鸷的兽。我爸爸三岁时在那里差一点险被老虎咬去。我四岁左右，到那里第一天，就看见乡下人抬了一只死虎进城，给我留下极深刻的印象。

我还有一个表哥，住在城北十里地名长宁哨的乡下，从那里再过十里便是苗乡。表哥是一个紫色脸膛的人，一个守碉堡的战兵。我四岁时被他带到乡下去过了三天，二十年后还记得那个小小城堡黄昏来时鼓角的声音。

这战兵在苗乡有点势力，很能喊叫一些苗人。每次来城时，必为我带一只小鸡或一点别的东西。一来为我说苗人故事，临走时我总不让他走。我喜欢他，觉得他比乡下叔父有趣。

学历史的地方

从川东回湘西后，我的缮写能力得到了一方面的认识，我在那个治军有方、名誉极佳的统领官身边作书记了。薪饷仍然每月九元，却住在一个山上高处单独新房子里。那地方是本军的会议室，有什么会议需要纪录时，机要秘书不在场，间或便应归我担任。这分生活实在是我一个转机，使我对于全个历史各时代各方面的光辉，得了一个从容机会去认识，去接近。原来这房中放了四五个大楠木橱柜，大橱里约有百来轴自宋及明清的旧画，与几十件铜器及古瓷，还有十来箱书籍，一大批碑帖，不久且来了一部《四部丛刊》。这统领官既是个以王守仁曾国藩自许的军人，每个日子治学的时间，似乎便同治事时间相等，每遇取书或抄录书中某一段时，必令我去替他作好。那些书籍既各得安置在一个固定地方，书籍外边又必需作一识别，故书籍的秩序，书籍的表面，全由我去安排。旧画与古董登记时，我又得知道这一幅画的人名时代同他当时的地位，或器物名称同它的用处。全由于应用，我同时就学会了许多知识。又由于习染，我成天翻来翻去，把那些旧书大部分也慢慢的看懂了。

我的事情那时已经比我在参谋处服务时忙了些，任何时节都有事作。我虽可随时离开那会议室，自由自在到别一个地方去玩，但正当玩得十分畅快时，也会为一个差弁找回去的。军队中既常有急电或别的公文，于半夜时送来。回文如需即刻抄写时，我就随时得起床作事。但正因为把我仿佛关闭到这一个房子里，不便自由离开，把我一部分玩的时间皆加入到生活中来，日子一长，我便显得过于清闲了。因此无事可作时，把那些旧画一轴一轴的取出，挂到壁间独自来鉴赏，或翻开《西清古鉴》《薛氏彝器钟鼎款识》这一类书，努力去从文字与形体上认识房中铜器的名称和价值。再去乱翻那些书籍，一部书若不知道作者是什么时代的人时，便去翻《四库提要》。这就是说我从这方面对于这个民族在一段长长的年分中，用一片颜色，一把线，一块青铜或一堆泥土，以及一组文字，加上自己生命作成的种种艺术，皆得了一个初步普遍的认识。由于这点初步知识，使一个以鉴赏人类生活与自然现象为生的乡下人，进而对于人类智慧光辉的领会，发生了极宽泛而深切的兴味。若说这是个人的幸运，这点幸运是不得不感谢那个统领官的。

那军官的文稿，草字极不容易认识，我就从他那手稿上，望文会义的认识了不少新字。但使我很感动的，影响到一生工作的，却是他那种稀有的精神和人格。天未亮时起身，半夜里还不睡觉，凡事任什么他明白，任什么他懂。他自奉常常同个下级军官一样。在某一方面说来，他还天真烂漫，什么是好的他就去学习，去理解。处置一切他总敏捷稳重。由于他那分稀奇精力，算军在湘西二十年来博取了最好的名誉，内部团结得如一片坚硬的铁，一束不可分离的丝。

到了这时我性格也似乎稍变了些。我表面生活的变更，还不如内部精神生活变动的剧烈。但在行为方面我已经同一些老同事稍稍疏远了。有时我到屋后高山去玩玩，有时又走近那可爱的河水玩玩，总拿了一本线装书。我所读的一些旧书，差不多就完全是这段时间中奠基的。我常常躺在一片草场上看书，看厌倦时，便把视线从书本中移开，看白云在空中移动，看河水中缓缓流去的菜叶。既多读了些书，把感情弄柔和了许多，接近自然时感觉也稍稍不同了。加之人又长大了一点，也间或有些不安于现实的打算，为一些过去了的或未来的东西所苦恼，因此生活虽在一种极有希望的情况中过着日子，但是我却觉得异常寂寞。

那时节我爸爸已从北方归来，正在那个前驻龙潭的张指挥部作军医正。他们军队虽有些还在川东，指挥部已移防下驻辰州。我的母亲和最小一妹皆在辰州。家中人对我前事已毫无芥蒂。我的弟弟正同我在一个部中作书记，我们感情又非常好。

我需要几个朋友，那些老朋友却不能同我谈话。我要的是个听我陈述一分酝酿在心中十分混乱的感情。我要的是对于这种感情的启发与疏解，熟人中可没有这种人。可是不久却有个人来了，是我一个姨父。这人姓聂，与熊希龄同科的进士，上一次从桃源同我搭船上行的表弟便是他的儿子。这人是那统领官的先生，一来时被接待住在对河一个庙里，地名狮子洞。为人知识极博，而且非常有趣味，我便常常过河去听他谈"宋元哲学"，谈"大乘"，谈"因明"，谈"进化论"，谈一切我所不知道却愿意知道的问题。这种谈话显然也使他十分快乐，因此每次所谈时间总很长很久。但这么一来，我的幻想更宽，寂寞自然也就更大了。

我总仿佛不知道应怎么办就更适当一点。我总觉得有一个目的，一件事业，让我去做，这事情是合于我的个性，且合于我的生活的。但我不明白这是什么事业，又不知用什么方法即可得来。

当时的情形在老朋友中只觉得我古怪一点，老朋友同我玩时也不大玩得起劲了。觉得我不古怪，且互相有很好的友谊的，只四个人：一个满振先，读过《曾文正公全集》，只想做模范军人。一个陆弢，侠客的崇拜者。一个田杰，就是我小时候在技术班的同学，第一次得过兵役名额的美术学校学生，心怀大志的脚色。这三个人当年纪青青的时节，便一同徒步从黔省到过云南，又徒步过广东，又向西从宜昌徒步直抵成都。还有一个回教徒郑子参，从小便和我在小学里念书，我在参谋处办事时节，便同他在一个房子里住下。平常人说的多是幼有大志，投笔从戎，我们当时却多是从戎而无法投笔的人。我们总以为这目前一分生活不是我们的生活。目前太平凡，太平安。我们要冒点险去作一件事，不管所作的是一件如何小事，当我们未明白以前，总得让我们去挑选，不管到头来如何不幸，我们总不埋怨这命运。因此到后来姓陆的就因泗水淹毙在当地大河里。姓满的作了小军官，广西江西各处打仗，民十八在桃源县被捷克式自动步枪打死了。姓郑的从黄埔四期毕业，在东江作战以后，也消失了。姓田的从军官学校毕业作了连长，现在还是连长。我就成了如今的我。

我们部队既派遣了一个部队过川东作客，本军又多了一个税收局卡，给养也充足了些。那时"兵工筑路垦荒"，"办学校"，"兴实业"，几个题目正给许多人在报纸上讨论。那个统领官既力图自强，想为地方作点事情，因此亲手草了一个精密的计划，召集了几度县长与乡绅会议，计划把所辖十三县划成一百余乡区，试行湘西乡自治。草案经过各县区代表商定后，一切照决议案着手办去。不久就在保靖地方设立了一个师范讲习所，一个联合模范中学，一个女学，一个职业女学，一个模范林场。另外还组织了六个工厂。本地又原有一个军官学校，一个兵士教练营，再加上六千左右的军农队。学校教师与工厂技师，全部由长沙聘来，因此地方就骤然有了一种崭新的气象。此外为促进乡治的实现与实施，还筹备了一个定期刊物，办了一部大印报机，设立了一个报馆。这报馆首先印行的便是《乡治条例》与各种规程，这种文件大部分由那统领官亲手草成，乡代表审定通过，由我在石印纸上用胶墨写过一次，现在既得用铅字印行，一个最合理想的校对，便应当是我了。我于是暂时调到新报馆作了校对，部中有文件抄写时，便又转回部中。从市街走两地相距约两里，从后山走相距稍近，我为了方便时常从那埋葬小孩坟墓上蹲满野狗的山地走过，每次总携了一个大棒。

一个转机

调进报馆后，我同一个印刷工头 [1] 住在一间房子里。房中只有一个窗口，门小小的。隔壁是两架手摇平板印刷机，终日叽叽格格大声响着。

这印刷工人倒是个有趣味的人物。脸庞眼睛全是圆的，身

---

1 这位印刷工人名叫赵奎五。

个儿长长的，具有一点青年挺拔的气度。虽只是个工人，却因为在长沙地方得风气之先，由于"五四运动"的影响，成了个进步工人。他买了好些新书新杂志，削了几块白木板子，用钉子钉到墙上去，就把这些古怪东西放在上面，我从司令部搬来的字帖同诗集，我却把它们放到方桌上。我们同在一个房里睡觉，同在一盏灯下做事，他看他新书时我就看我的旧书。他把印刷纸稿拿去同几个别的工人排好印出样张时，我就好好的来校对。到后自然而然我们就熟悉了。我们一熟悉，我那好向人发问的乡巴老脾气，有机会时，必不放过那点机会。我问那本封面上有一个打赤膊人像的书是什么，他告了我是《改造》以后，我又问他那《超人》是什么东西，我还记得他那时的样子，脸庞同眼睛皆圆圆的，简直同一匹猫儿一样："唉，伢俐，怎么个末朽[1]？一个天下闻名的女诗人……也不知道么？""我只知道唐朝女诗人鱼玄机是个道士。""新的呢？""我知道随园女弟子。""再新一点？"我把头摇摇，不说话了。我看到他那神气我倒觉得有点害羞，我实在什么也不知道。等一会儿我可就知道了，因为我顺从他的指点，看了这本书中一篇小说。看完后我说："这个我知道了。你那报纸是什么报纸？是老《申报》吗？"于是他一句话不说，又把刚清理好的一卷《创造周报》推到我面前来，意思好像只要我一看就会明白似的，若不看，他纵说也说不明白。看了一会，我记着了几个人的名字。又知道白话文与文言文不同的地方，其一落脚用

---

1 "伢俐，怎么个末朽"，长沙方言。"伢俐"即"小伙子"的意思；"个末朽"即"这样差劲"的意思。

也字同焉字，其一落脚却用呀字同啊字，其一写一件事情越说得少越好，其一写一件事情越说得多越好。我自己明白了这点区别以后，又去问那印刷工人，他告我的大体也差不多。当时他似乎对于我有点觉得好笑。在他眼中我真如长沙话所谓有点朽。

不过他似乎也很寂寞，需要有人谈天，并且向这个人表现表现思想。就告我白话文最要紧处是"有思想"，若无思想，不成文章。当时我不明白什么是思想，觉得十分忸怩。若猜得着十年后我写了些文章，被一些连看我文章上所说的话语意思也不懂的批评家，胡乱来批评我文章"没有思想"时，我既不懂"思想"是什么意思，当时似乎也就不必怎样惭愧了。

这印刷工人使我很感谢他，因为若没有他的一些新书，我虽时时刻刻为人生现象自然现象所神往倾心，却不知道为新的人生智慧光辉而倾心。我从他那儿知道了些新的、正在另一片土地同一日头所照及的地方的人，如何去用他们的脑子，对于目前社会作一度检讨与批判，又如何幻想一个未来社会的标准与轮廓。他们那么热心在人类行为上找寻错误处，发现合理处，我初初注意到时，真发生不少反感！可是，为时不久，我便被这些大小书本征服了。我对于新书投了降，不再看《花间集》，不再写《曹娥碑》，却欢喜看《新潮》《改造》了。

我记下了许多新人物的名字，好像这些人同我都非常熟悉。我崇拜他们，觉得比任何人还值得崇拜。我总觉得稀奇，他们为什么知道事情那么多。一动起手来就写了那么多，并且写得那么好。可是我完全想不到我原来知道比他们更多，过一些日子我并且会比他们写得更好。

为了读过些新书，知识同权力相比，我愿意得到智慧，放下权力。我明白人活到社会里应当有许多事情可作，应当为现在的别人去设想，为未来的人类去设想，应当如何去思索生活，且应当如何去为大多数人牺牲，为自己一点点理想受苦，不能随便马虎过日子，不能委屈过日子了。

我常常看到报纸上普通新闻栏说的卖报童子读书补锅匠捐款兴学等记载，便想自己读书既毫无机会，捐款兴学倒必需做到。有一次得了十天的薪饷，就全部买了邮票，封进一个信封里。另外又写了一张信笺，说明自己捐款兴学的意思。末尾署名"隐名兵士"，悄悄把信寄到上海《民国日报·觉悟》编辑处去，请求转交"工读团"，这捐款自然不会有什么着落，但作过这件事情后，心中却有说不出的秘密愉快。

那时皮工厂，帽工厂，被服厂，修械厂，组织就绪已多日，各部分皆有了大规模的标准出品。第一班师范讲习所已将近毕业，中学校，女学校，模范学校，全已在极有条理情形中上课。我一面在校对职务上作我的事情，一面向那印刷工人问些下面的情形，一面就常常到各处去欣赏那些我从不见到过的东西。修械处的长大车床，与各种大小轮轴，被一条在空中的皮带拖着飞跃活动，从我眼中看来实在是一种壮观。其他各个工厂亦无事不触目惊人。尚有学校，那些从各处派来的青年学生，在一般年轻教师指导下，在无事无物不新的情形中，那分活动实在使我十分羡慕。我无事情可作时，总常常去看他们上课，看他们打球。学生中有些原来和我在小学时节一堆玩过闹过的，把我请到他们宿舍去，看看他们那样过日子，我便有点难受。我能聊以自解的只一件事，就是我正在为国家服务，却已把服务所得，作了一次捐资兴学的伟大事业。

本军既多了一些税收，乡长会议复决定了发行钞票的议案，金融集中到本市，因此本地顿呈现空前的繁荣。为了乡自治的决议案，各县皆摊款筹办各种学校，同时造就师资，又决定了派送学生出省或本省留学的办法。凡学棉业，蚕桑，机械，师范以及其他适于建设的学生，在相当考试下，皆可由公家补助外出就学。若愿入本省军官学校，人既在本部任职，只要有意思前去，即可临时改委一少尉衔送去。我想想，我也得学一样切实的技能好来为本军服务。可是我应当学什么？能够学什么？完全不知道。

因为部中的文件缮写，需要我处似乎比报纸较多，我不久又被调了回去，仍然作我的书记。过了不久，一场热病袭到了身上，在高热糊涂中任何食物不入口，头痛得像斧劈，鼻血一碗一滩的流。我支持了四十天。感谢一切过去的生活，造就我这个结实的体魄，没有被这场大病把生命取去。但危险期刚过不久，平时结实得同一只猛虎一样的老同学陆弢，为了同一个朋友争口气，泅过宽约一里的河中，却在小小疏忽中被洄流卷下淹死了。第四天后把他死尸从水面拖起，我去收拾他的尸骸掩埋，看见那个臃肿样子时，我发生了对自己的疑问。我病死或淹死或到外边去饿死，有什么不同？若前些日子病死了，连许多没有看过的东西都不能见到，许多不曾到过的地方也无从走去，真无意思。我知道见到的实在太少，应知道应见的可太多，怎么办？

我想我得进一个学校，去学些我不明白的问题，得向些新地方，去看些听些使我耳目一新的世界。我闷闷沉沉的躺在床上，在水边，在山头，在大厨房同马房，我痴呆想了整四天，谁也不商量，自己很秘密的想了四天。到后得到一个结论了，那么打量着："好坏我总有一天得死去，多见几个新鲜日头，多过几个新鲜的桥，在一些危险中使尽最后一点气力，咽下最后一口气，比较在这儿病死或无意中为流弹打死，似乎应当有意思些。"到后我便这样决定了："尽管向更远处走去，向一个生疏世界走去，把自己生命押上去，赌一注看看，看看我自己来支配一下自己，比让命运来处置得更合理一点呢还是更糟糕一点？若好，一切有办法，一切今天不能解决的明天可望解决，那我赢了；若不好，向一个陌生地方跑去，我终于有一时节肚子瘪瘪的倒在人家空房下阴沟边，那我输了。"

我准备过北京读书，读书不成便作一个警察；作警察也不成，那就认了输，不再作别的好打算了。

当我把这点意见，这样打算，怯怯地同我上司说及时，感谢他，尽我拿了三个月的薪水以外，还给了我一种鼓励。临走时他说："你到那儿去看看，能进什么学校，一年两年可以毕业，这里给你寄钱来。情形不合，你想回来，这里仍然有你吃饭的地方。"我于是就拿了他写给我的一个手谕，向军需处取了二十七块钱，连同他给我的一分勇气，离开了我那个学校，从湖南到汉口，从汉口到郑州，从郑州转徐州，从徐州又转天津，十九天后，提了一卷行李，出了北京前门的车站，呆头呆脑在车站前面广坪中站了一会儿。走来一个拉排车的，高个子，一看情形知道我是乡巴老，就告给我可以坐他的排车到我所要到的地方去。我相信了他的建议，把自己那点简单行李，同一个瘦小的身体，搁到那排车上去，很可笑的让这运货排车把我拖进了北京西河沿一家小客店，在旅客簿上写下——

　　沈从文 年二十岁 学生 湖南凤凰县人

　　便开始进到一个使我永远无从毕业的学校，来学那课永远学不尽的人生了。

廿年八月在青岛作

廿九年十月十日在昆明校改

三十年一月七日校毕

走出地狱之门　| 凌宇

　　一九八〇年，沈从文在为《新文学史料》重发《从文自传》所写的附记里，曾谈到该书一九三一年初版后读者的反应：部分读者只觉得"别具一格，离奇有趣"，只有少数相知亲友，才体会到"近于出入地狱的沉重和辛酸"。一九三四年，《人间世》杂志以"一九三四年我爱读的书籍"为题，征询作家的意见。翌年一月，该杂志刊登了一组作家的答复。其中，老舍与周作人同时标举《从文自传》。当时发生在这两位作家身上的阅读效应，究竟属于沈从文在附记里提到的两种情形中的哪一种，抑或二者兼而有之，现在已经无从索考。虽然从该书问世至今，已经过去了六十多年，但上述两种阅读效应，仍有可能分别在今天的读者身上发生。

　　《从文自传》是作者为自己最初二十年的人生历程（从他出生到他离开湘西为止）立传。它确实是"离奇有趣"的。这自然与沈从文青少年时代的人生经历极富传奇色彩直接相关。逃学、打架、骂野语乃至赌博——野得无法收拾的顽童生涯；十四岁即厕身行伍，浪迹湘川黔边境；在"清乡剿匪"中成百上千次地看杀人；所属军队在鄂西境内一夜间全数覆灭及自己的死里逃生；在芷江发生的初恋及由此派生的"女难"；在常德的"打流"，在川东龙潭与一个有着杀人放火吓人记录的山大王的过从……如此等等。这一切，对于湘西以外的读者而言，实在是闻所未闻，近乎一部《天方夜谭》。

然而，作为一部优秀的文学传记，绝不仅仅是传主人生经历的实录，无论其经历如何离奇有趣。《从文自传》的魅力，也远不只是沈从文人生经历本身所具有的传奇性。作为一般的传记，除了材料的真实性之外，必不可少的是作者对传主其人的理解与把握；而作为自传，则是作者对自我的认知。这种创作主体对传记材料的拥抱，较之传记材料本身，对于一部传记的成败，似乎更具决定性的意义。它不仅影响到传记材料的选择取舍与组织方式，甚而更直接地规定着传记的主题意向。

　　拂去《从文自传》表层的传奇色彩，即撇开作者叙述了些什么，转向作者如何叙述，那么，隐伏于《从文自传》之中的叙述脉络便清晰地显现出来：从作者对自我存在本质认知的角度看，这是一个自然之子逐渐朝理性与知识的皈依；从作者对自我精神状态的把握角度看，是自我由于理性精神的蒙昧，身不由己听凭命运的播弄，朝渴望获得"自己处理自己命运的主动权"的转移；从作者对自我生存处境的反应方式看，则是从对社会的现存秩序与观念的被动接受、承认，走向怀疑与不信任。

　　在《从文自传》中，这绝不是一个直线的逻辑演绎过程。材料与叙述呈现的过程的复杂性与曲折性，显示出传主人生选择的艰难性，而背后隐伏着沈从文对自我选择的哲学沉思与体验——涉及必然与偶然、理性与情感、命运与意志、生与死、价值与非价值等具有普遍意义的人生命题。

　　从上私塾起始，延至行伍中与姓文的秘书官相遇，《从文自传》活脱出一个野精灵的形象。传主对大自然万物百汇的光与色，以及社会人事这本大书的神往倾心，与家庭、学校对其行为的规范之间，交织着充满喜剧色彩的冲突与对抗，近乎本能的对生命自然的渴求与家庭、学校各种成规对生命压抑之间的矛盾，构成叙述的内在张力。虽然，一些已知的沈从文传记材料与作者的这种自我认知存在明显的剥离。据沈从文小学时一位老师田个石回忆，因为逃学，沈从文曾被田个石当众罚跪在一棵楠木树下，沈从文不服。田个石便对他说："要记住，自轻必然自贱。自尊才能自贵。"这话对沈从文影响极大，自此用功读书，上课时格外安静。又如，自传称许自己如何精于水道，真实情况却是沈从文并不擅长游泳，常常只是泡在浅水里玩[1]，这种自我认知与外部行为真实的游离，起因于作者对自我内在精神真实的把握与需求。在同年创作的小说《虎雏》里，作者通过作品中人物之口自白："我的性格算是最无用的一种典型，可是同你们大都市里长大的读书人比较起来，你们已经觉得我太粗糙了。"——作者的自我认知，有着一个更大的参照系。在《一个老战兵》里，鲜明地表现出作为一个自然之子的价值选择。在对比性描述了自己所属新式技术兵训练班与那位老战兵任教官的旧式训练班的种种情形后，作者评述说：

　　我们永远是枯燥的，把人弄呆板起来，对生命是不流动的。他们却自始至终使人活泼而有趣味，学习本身同游戏就无法分开。

1　参见王嘉荣:《〈从文自传〉新说》,《凤凰文史资料》1989 年第 2 辑。

这个后来在行伍中依然沉醉于各处乱跑、炖狗肉、与其他士兵一道吹着竹哨列队从大街上扬长而过，或寒冬腊月与人赌赛下河洗澡，见人便自称"老子"，却不知"氢气""淮南子""参议院"为何物的角色，直到在怀化，才因那位姓文秘书官的一部《辞源》，接受知识理性的启蒙。然而，随着这位姓文秘书官在湘鄂边境猝然遇难，加之军队中无书可读，又旋即中断了这一进程。但他对读书人身份的自期与对大兵身份的遗憾，已见出知识理性在其精神领地留下的印痕；芷江熊公馆的藏书对他的诱惑，给亲戚抄诗受到的嘉奖，似乎又接续了从怀化开始的进程。但这一进程又因一场"女难"猝然中止。又是两年的延宕，他身上的野性几乎是故态复萌。直到他在保靖军部会议室与大量古代文化典籍、器物与艺术品对面，才"面对于人类智慧光辉的领会，发生了极宽泛而深切的兴味"。继之而来的那位聂姓姨父用"因明""进化论"等新旧因果链向他疏解迷乱眼目的人生现象，以及那位长沙来的工人所带新书刊对他实施的"五四"精神的洗礼，才最终使得他"对新书投了降"，向知识与理性皈依，并跨出了对他一生具有决定性意义的一步。

与这一过程同步的，则是传主身不由己地听凭命运的播弄到渴求自己的命运，以及从对社会现存秩序与观念被动接受，走向怀疑与不信任。这自然与作者对自我生存处境的认知直接相关。一九八一年的"附记"披露出作者是将军队作为"人间地狱"来把握的。虽然，从其叙述表层产生的阅读效果看，这一目的没有获得充分实现。这一方面，正如作者所说，"后半部不免受到些有形无形限制束缚"。因为在沈从文写自传时，他当年厕身其中的军队依然是一个现实存在，且有许多亲友仍在其中谋生存。人事的忌讳不但使他有意让事件的离奇性冲淡地狱气氛的渲染，而且隐去了一些具有典型意义的事件。例如，他在川东龙潭时，曾面临一位名叫向世春的参谋长将其视为孪童欲施强暴的危险，而他身边的一些年青士兵已身受其害。这是他秘密写信给陈渠珍求援重返保靖的最直接的原因；另一方面，又与作为被叙述对象的"我"在当时对其生存处境的认识与反应方式——因其理性精神的沉睡而对其生活本质不知相关。叙事的法则拒绝以作传时"我"的认知来替代。尽管如此，《从文自传》仍展示出生命卷入死亡恶性大循环的地狱般图案："清乡"士兵遭当地人冷枪袭击，大量乡民旋即被抓来砍头示众；杀人不眨眼的山大王转眼间在世界上消失，而下令杀他的司令官三年后即被其部属用机关枪击毙；沈从文所属部队在怀化杀了几千人，一年后即在湘鄂边境全军覆灭……杀人者杀人，杀人者又被人杀，生命源源不断地投入这一循环，身不由己而又视作命数使然。

> 常常还可见一幅动人的图画：前面几个兵士，中间一个十二、三岁的小孩子，挑了两个人头，这人头便是这小孩子的父亲或叔伯。

可是，置身其中的生灵却失去了对死亡的恐惧，也没有对这种死亡的理性怀疑。作为其中的一员，沈从文也安之若素，全然听凭生与死对他作出选择，甚而觉得这一切都是"照习惯办事，看起来十分近情合理的"。这种对社会现存秩序与观念的被动承认与接受，直到他的理性精神开始苏醒并认同"五四"新思潮时才彻底蒙毁。

然而，传主的这一人生转变过程，在《从文自传》里，并非一个纯然的必然过程，而是交织着必然与偶然——它显示出作者对人生命运的认知与把握方式。作者意识到早年"自我"所处的时代特征及民族的整体精神走向，赋予自我人生选择以某种必然性，但同时，这种必然性链条随时都可能因人生的偶然性而断裂。其中，最典型的莫过于那场"女难"。这场"女难"不仅结束了他的初恋，也同时结束了他在芷江稳定而有"出息"的生活。

> 假如命运给我一些折磨，允许我那么把岁月送走，我想象这时节我应当在那地方做了一个小绅士，我的太太一定是个有财产商人的女儿，我一定做了两任县知事，还一定做了四个以上孩子的父亲，而且必然还学会了吸鸦片烟。照情形看来，我的生活是应当在那么一个公式里发展的。

这一事关传主后来人生发展方向的选择中，同时交织着理性与情感的冲突。因情感发炎而冒出的傻气战胜了周围亲友基于现实理性对他的规劝，终于作成了他与家庭的一场灾难。但对他后来的人生发展而言，这场灾难却阴差阳错地使他因祸得福。原来已获得预约的人生公式的被破坏，也许恰恰是另一个更大的人生公式的需要。然而，这在当时，却没有任何必然性为之担保。即便后来在保靖，沈从文的理性精神开始觉醒，对新思潮的认同皈依获得了不可逆转的势能，但他跨出对其一生具有决定性意义的一步，仍然需要偶然性来推动。自己在一场病中差点死去与好友陆弢猝然在河里淹毙，恰恰是这两个偶然性事件，才促使他对生与死、价值与非价值、权力与知识、命运与意志人生诸问题的严峻思考，并作出了最后的抉择。这对传主而言，不啻是一场战争！在经历了不易想象的生活磨难与严重的精神折磨之后，他终于跨出了地狱之门。当我们从深处把握住传主的这一精神历程，并意识到这最终的选择无法完全预料，甚至靠某些阴差阳错的人生因素来调节时，不禁使人替传主感到了一种后怕。才真正体会到作者叙述时那种"近于出入地狱的沉重与辛酸"。

　　这是三十年代的沈从文为自己前二十年立传。对别人理解不易，对自我的认知更难。从严格的意义上说，判定《从文自传》这种自我认知所达到的真实性程度，几乎是不可能的。但从另一个意义上说，《从文自传》却真实地披露了沈从文三十年代的自我选择。由于这一选择是沈从文思想、创作步入成熟期的产物，自传中的自我认知，已经鲜明地体现出成熟期沈从文思想精神的特征。他后来的人生观及其在文学创作中的投射，都与这一思想精神特征相衔接。因此，它对理解沈从文创作的主题走向、人生意蕴以及叙述模式，都具有重要的启示性意义。

散文

鸭窠围的夜

本篇曾以《湘行散记——鸭窠围的夜》为篇名，发表于一九三四年四月《文学》第二卷第四号。署名沈从文。一九三六年三月收入《湘行散记》，上海商务印书馆初版。一九四三年十二月，上海开明书店出版改订本。现据开明书店改订本编入。

天快黄昏时落了一阵雪子，不久就停了。天气真冷，在寒气中一切皆仿佛结了冰。便是空气，也像快要冻结的样子。我包定的那一只小船，在天空大把撒着雪子时已泊了岸，从桃源县沿河而上这已是第五个夜晚。看情形晚上还会有风有雪，故船泊岸边时便各处挑选好地方。沿岸除了某一处有片沙滩宜于泊船以外，其余地方皆黛色如屋的大岩石。石头既然那么大，船又那么小，我们皆希望寻觅得到一个能作小船风雪屏障，同时要上岸又还方便的处所。凡可以泊船的地方早已被当地渔船占去了。小船上的水手，把船上下各处撑去，钢钻头敲打着沿岸大石头，发出好听的声音，结果这只小船，还是不能同许多大小船只一样，在正当泊船处插了篙子，把当作锚头用的石碇抛到沙上去，尽那行将来到的风雪，摊派到这只船上。

这地方是个长潭的转折处，两岸皆高大壁立的山，山头上长着小小竹子，长年翠色逼人。这时节两山只剩余一抹深黑，赖天空微明为画出一个轮廓。但在黄昏里看来如一种奇迹的，却是两岸高处去水已三十丈上下的吊脚楼。这些房子莫不俨然悬挂在半空中，借着黄昏的金光，还可以把这些希奇的楼房形体，看得出个大略。这些房子同沿河一切房子有共通相似处，便是从结构上说来，处处显出对于木材的浪费。房屋既在半山上，不用那么多木料，便不能成为房子吗？半山上也有用吊脚楼形式，这形式是必需的吗？然而这条河水的大宗出口是木料，木材比石块还不值价。因此即或是河水永远涨不到处，吊脚楼房子依然存在，似乎也不应当有何惹眼惊奇了。但沿河因为有了这些楼房，长年与流水斗争的水手，寄身船中枯闷成疾的旅行者，以及其他过路人，却有了落脚处了。这些人的疲劳与寂寞是从这些房子中可以一律解除的。地方既好看，也好玩。

河面大小船只泊定后，莫不点了小小的油灯，拉了篷。各个船上皆在后舱烧了火，用铁顶罐[1]煮饭。饭焖熟后，又换锅子熬油，哗的把菜蔬倒进热锅里去。一切齐全了，各人蹲在舱板上三碗五碗把腹中填满后，天已夜了。水手们怕冷怕动的，收拾碗盏后，就莫不在舱板上摊开了被盖，把身体钻进那个预先卷成一筒又冷又湿的硬棉被里去休息。至于那些想喝一杯的，发了烟瘾得靠靠灯，船上烟灰又翻尽了的，或一无所为，只是不甘寂寞，

1　鼎罐，炊具。罐底呈球面状，用时置于三足圆形铁架上，形似商鼎，故名。

好事好玩想到岸上去烤烤火谈谈天的，便莫不提了桅灯，或燃一段废缆子，摇着晃着从船头跳上了岸，从一堆石头间的小路径，爬到半山上吊脚楼房子那边去，找寻自己的熟人，找寻自己的熟地。陌生人自然也有来到这条河中来到这种吊脚楼房子里的时节，但一到地，在火堆旁小板凳上一坐，便是陌生人，即刻也就可以称为熟人了。

这河边两岸除了停泊有上下行的大小船只三十左右以外，还有无数在日前趁融雪涨水放下形体大小不一的木筏。较小的上面供给人住宿过夜的棚子也不见，一到了码头，便各自上岸找住处去了。大一些的木筏呢，则有房屋，有船只，有小小菜园与养猪养鸡栅栏，有女眷，有孩子。

黑夜占领了全个河面时，还可以看到木筏上的火光，吊脚楼窗口的灯光，以及上岸下船在河岸大石间飘忽动人的火炬红光。这时节岸上船上皆有人说话，吊脚楼上且有妇人在黯淡的灯光下唱小曲的声音，每次唱完一支小曲时，就有人笑嚷。什么人家吊脚楼下有匹小羊叫，固执而且柔和的声音，使人听来觉得忧郁。我心中想着，"这一定是从别一处牵来的，另外一个地方，那小畜生的母亲，一定也那么固执的鸣着吧。"算算日子，再过十一天便过年了。"小畜生明不明白只能在这个世界上活过十天八天？"明白也罢，不明白也罢，这小畜生是为了过年而赶来，应在这个地方死去的。此后固执而又柔和的声音，将在我耳边永远不会消失。我觉得忧郁起来了。我仿佛触着了这世界上一点东西，看明白了这世界上一点东西，心里软和得很。

但我不能这样子打发这个长夜。我把我的想象，追随了一个唱曲时清中夹沙的妇女声音到她的身边去了。于是仿佛看到了一个床铺，下面是草荐，上面摊了一床用旧帆布或别的旧货做成脏而又硬的棉被，搁在被盖上面的是一个木托盘，盘中有一把小茶壶，一个小烟匣，一块石头，一盏灯。盘边躺着一个人。唱曲子的妇人，或是袖了手捏着自己的膀子站在吃烟者的面前，或是靠在男子对面的床头，为客人烧烟。房子分两进，前面临街，地是土地，后面临河，便是所谓吊脚楼了。这些人房子窗口既一面临河，可以凭了窗口呼喊河下船中人，当船上人过了瘾，胡闹已够，下船时，或者尚有些事情嘱托，或有其他原因，一个晃着火炬停顿在大石间，一个便凭立在窗口，"大老你记着，船下行时又来。""好，我来的，我记着的。""你见了顺顺就说：会呢，完了；孩子大牛呢，脚膝骨好了。细粉捎三斤，冰糖捎三斤。""记得到，记得到，大娘你放心，我见了就说：会呢，完了。大牛呢，好了。细粉来三斤，冰糖来三斤。""杨氏，杨氏，一共四吊七，莫错账！""是的，放心呵，你说四吊七就四吊七，年三十夜莫会要你多的！你自己记着就是了！"这样那样的说着，我一一皆可听到，而且一面还可以听着在黑暗中某一处咩咩的羊鸣。我明白这些回船的人是上岸吃过"荤烟"了的。

我还估计得出，这些人不吃"荤烟"，上岸时只去烤烤火的，到了那些屋子里时，便多数只在临街那一面铺子里。这时节天气太冷，大门必已上好了，屋里一隅或点了小小油灯，屋中土地上必就地掘了浅凹，烧了些树根柴块。火光煜煜，且时时刻刻爆炸着一种难于形容的声音。火旁矮板凳上坐有船上人，木筏上人，有对河住家的熟人。且有虽为天所厌弃还不自弃的老妇人，闭着眼睛蜷成一团蹲在火边，悄悄的从大袖筒里取出一片薯干，一枚红枣，塞到嘴里去咀嚼。有穿着肮脏身体瘦弱的孩子，手擦着眼睛傍着火旁的母亲打盹。屋主人有为退伍的老军人，有翻船背运的老水手，有单身寡妇，借着火光灯光，可以看得出这屋中的大略情形，三堵木板壁上，一面必有个供养祖宗的神龛，神龛下空处或另一面，必贴了一些大小不一的红白名片。这些名片倘若有那些好事者加以注意，用小油灯照着，去仔细检查，便可以发现许多动人的名衔，军队上的连附，上士，一等兵，商号中的管事，当地的团总，保正，催租吏，以及照例姓滕的船主，洪江的木排商人，与其他人物，无所不有。这是近十年来经过此地若干人中一小部分的题名录。这些人各用一种不同的生活，来到这个地方，且同样的来到这些屋子里，坐在火边或靠近床边，逗留过若干时间。这些人离开了此地后，在另一世界里还是继续活下去，但除了同自己的生活圈子中人发生关系以外，与一同在这个世界上其他的人，却仿佛便毫无关系可言了。他们如今也许死掉了，水淹死的，枪打死的，被外妻用砒霜谋杀的，然而这些名片却依然将好好的保留下去。也许有些人已成了富人名人，成了当地的小军阀，这些名片却仍然写着催租人，上士等等的衔头。……除了这些名片，那屋子里是不是还有比它更引人注意的东西呢？锯子，小捞兜，香烟大画片，装干栗子的口袋……

　　提起这些问题时使人心中很激动。我到船头上去眺望了一阵。河面静静的，木筏上火光小了，船上的灯光已很少了，远近一切只能借着水面微光看出个大略情形。另外一处的吊脚楼上，又有了妇人唱小曲的声音，灯光摇摇不定，且有猜拳声音。我估计那些灯光同声音所在处，不是木筏上的排头在取乐，就是水手们小商人在喝酒。妇人手指上说不定还戴了从常德府为水手特别捎带来的镀金戒指，一面唱曲一面把那只手理着鬓角，多动人的一幅画图！我认识他们的哀乐，这一切我也有份。看他们在那里把每个日子打发下去，也是眼泪也是笑，离我虽那么远，同时又与我那么相近。这正同读一篇描写西伯利亚的农人生活动人作品一样，使人掩卷引起无言的哀戚。我如今只用想象去领味这些人生活的表面姿态，却用过去一分经验，接触着这种人的灵魂。

羊还固执的鸣着。远处不知什么地方有锣鼓声音，那是禳土酬神巫师的锣鼓。声音所在处必有火燎与九品蜡[1]照耀争辉。炫目火光下有头包红布的老巫独立作旋风舞，门上架上有黄钱，平地有装满了谷米的平斗。有新宰的猪羊伏在木架上，头上插着小小纸旗。有行将为巫师用口把头咬下的活生公鸡，缚了双脚与翼翅，在土坛边无可奈何的躺卧。主人锅灶边则热了猪血稀粥，灶中火光熊熊。

邻近一只大船上，水手们已静静的睡下了，只剩余一个人吸着烟，且时时刻刻把烟管敲着船舷。也像听着吊脚楼的声音，为那点声音所激动，忽然按捺自己不住了，只听到他轻轻的骂着野话，擦了支自来火，点上一段废缆，跳上岸往吊脚楼那里去了。他在岸上大石间走动时，火光便从船篷空处漏进我的船中。也是同样的情形吧，在一只装载棉军服向上行驶的船上，泊到同样的

---

1 九品蜡，供祭神用蜡烛，九品即九支。用时按一定方式组合排列，或一字式，或品字式等。

岸边，躺在成束成捆的军服上面，夜既太长，水手们爱玩牌的皆蹲坐在舱板上小油灯光下玩天九，睡既不成，便胡乱穿了两套棉军服，空手上岸，借着石块间还未融尽残雪返照的微光，一直向高岸上有灯光处走去。到了街上，除了从人家门罅里露出的灯光成一条长线横卧着，此外一无所有。在计算中以为应可见到的小摊上成堆的花生，用哈德门长烟匣装着干瘪瘪的小橘子，切成小方块的片糖，以及在灯光下看守摊子把眉毛扯得极细的妇人（这些妇人无事可作时还会在灯光下做点针线的），如今什么也没有。既不敢冒昧闯进一个人家里面去，便只好又回转河边船上了。但上山时向灯光凝聚处走去，方向不会错误。下河时可弄糟了。糊糊涂涂在大石小石间走了许久，且大声喊着才走近自己所坐的一只船。上船时，两脚全是泥，刚攀上船舷还不及脱鞋落舱，就有人在棉被中大喊："伙计哥子们，脱鞋呀！"把鞋脱了还不即睡，便镶到水手身旁去看牌，一直看到半夜，——十五年前自己的事，在这样地方温习起来，使人对于命运感到惊异。我懂得那个忽然独自跑上岸去的人，为什么上去的理由！

等了一会，邻船上那人还不回到他自己的船上来，我明白他所得的比我多了一些。我想听听他回来时，是不是也像别的船上人，有一个妇人在吊脚楼窗口喊叫他。许多人都陆续回到船上了，这人却没有下船。我记起"柏子"。但是，同样是水上人，一个那么快乐的赶到岸上去，一个却是那么寂寞的跟着别人后面走上岸去，到了那些地方，情形不会同柏子一样，也是很显然的事了。

为了我想听听那个人上船时那点推篷声音，我打算着，在一切声音皆已安静时，我仍然不能睡觉。我等待那点声音，大约到午夜十二点，水面上却起了另外一种声音。仿佛鼓声，也仿佛汽油船马达转动声，声音慢慢的近了，可是慢慢的又远了。这是一个有魔力的歌唱，单纯到不可比方，也便是那种固执的单调，以及单调的延长，使一个身临其境的人，想用一组文字去捕捉那点声音，以及捕捉在那长潭深夜一个人为那声音所迷惑时节的心情，实近于一种徒劳无功的努力。那点声音使我不得不再从那个业已用被单塞好空罅的舱门，到船头去搜索它的来源。河面一片红光，古怪声音也就从红光一面掠水而来。日里隐藏在大岩下的一些小渔船，原来在半夜前早已静悄悄的下了拦江网。到了半夜，把一个从船头伸在水面的铁篮，盛上燃着熊熊烈火的油柴，一面敲着船舷各处走去。身在水中见了火光而来与受了柝声惊走四窜的鱼类，便在这种情形中触了网，成为渔人的俘虏。

一切光，一切声音，到这时节已为黑夜所抚慰而安静了，只有水面上那一分红火与那一派声音。那种声音与光明，正为着水中的鱼与水面的渔人生存的搏战，已在这河面上存在了若干年，且将在接连而来的每个夜晚依然继续存在。我弄明白了，回到舱中以后，依然默听着那个单调的声音。我所看到的仿佛是一种原始人与自然战争的情景。那声音，那火光，皆近于原始人类的武器！

不知在什么时候开始落了很大的雪，听船上人嘟哝着，我心想，第二天我一定可以看到邻船上那个人上船时节，在岸边雪地上留下的那一行足迹。那寂寞的足迹，事实上我却不曾见到，因为第二天到我醒来时，小船已离开那个泊船处很远了。

听夜 | 赵园

　　又是作者所爱写的水边的黄昏与夜，"黄昏的余光"与浓深夜色中的吊脚楼。似乎每当这样的黄昏与夜，作者的感觉都极其纤敏而活跃，紧张地收摄着一切声与色；而这地方的黄昏与夜在他已熟悉到如一册读旧了的书，又似根本无须乎"收摄"，只凭了记忆的耳与眼，便听到与看到了一切。因而当船泊定了之后，吊脚楼上下的情景，就是"我"由"想象"所导引，由夜中"听"来与"看"来的。这充满了公然的假定性的叙述中，有着充分的情境的具体性，在"估计""或""必有"一类猜测性字样之后，描画竟具体入微到如亲临亲见。

　　此次湘行在沈从文，是回忆之旅。"生活史"（及已进入生活史的作品世界）缘重游与"回忆"而重组，而获得了叙说的方式、调子。本篇里那个十五年前的年轻兵士，《老伴》中"十七年前的七月里"初踏此地的青年，是这些作品的主角，或竟不如说"主角"更是"回忆"，湘西之行不过为这"回忆"布置了最适宜的情境罢了。甚至你会以为即使不借助于"行"，"回忆"也兀自活着，在梦中或许更美丽生动。纪游形式被用作了"回忆"借以展开的方式——这也正是通常的文人伎俩。

　　既是回忆之旅、情感旅行，即处处有期待中的重逢与重温——不止于与旧地旧事旧人，而且与自己小说中的人物情景。作者所寻访的与其说是自己的生活史，不如说是自己的作品世界。那些借助于经验材料营造出的人物情境（小说），在重访更在记述重访的文字（散文）中被再度制作，后一过程直可视为前一过程的直接延伸。我由此觉察到了"写作"这一种文人活动之于作者的意义。出诸沈从文之手的创造物，像是弥漫笼盖了他的全部生活，成为他呼吸其间的世界本身，直接化入他的生活史，与他本人不可剥离。上述"过去"与"当前"在叙事语流中的近于无间的接合，又有沈从文对时间的知觉方式——关于变与不变，瞬间与永恒。他不厌重复地说过："世界虽极广大，人可总像近于一种夙命，限制在一定范围内，经验到他的过去相熟的事情。"（《老伴》）"……社会新陈代谢，人事今昔情形不同已很多。然而另外又似乎有些情形还是一成不变。"（《湘西·题记》）沈从文的叙事每如长河汤汤流去，昨天今天以至可以预见的明天都汪洋一片若无分际。

这时间之流中遭逢"柏子""小翠""虎雏"们，自不会使人惊异，然而你不必太死心眼儿地将同一作者散文中所述与小说情节有关的事件，径直当作了小说的"本事"。古老的"本事"说已经可疑。何者为"本事"？是《虎雏》（小说）还是《虎雏再遇记》（散文）？是《边城》还是《老伴》？我宁愿相信它们都属"想象"或曰"制作"。你不妨将本篇中提到的"柏子"及"散记"其他篇中的"小翠"们，均作为作者营造梦境的材料，只不过这些材料的来源与运用有所不同罢了。

"本事"说尽管可疑，沈从文的这类散文却仍要与有关的小说并读（如将《一个多情水手与一个多情妇人》及本篇与《柏子》并读）才更觉有味的。这样读着，你于领略沈从文的散文艺术的同时，也猜到了一点他作为小说家的材料运用：变形、改装，其间情感的浸润，梦与梦的相互激发，互为生发。你若是有起码的阅读能力的，你便不会为窥见了上述"秘密"猜出了有关的工艺流程而生幻灭之感，你会更清晰地察知作者感受美与表达美的能力，对"纯美"的顽强渴慕与无尽怜惜。他的散文与小说，均是他的人，他的生活史与写作史本是浑不可分的。

流在汤汤河水上的夜是忧郁的，这忧郁却也如水如夜般悠长而"软和"，其中并无痛楚，而有一种近于基督精神的"悲悯"——却又不是基督那种俯怜众生式的悲悯："……这些人生活却仿佛同'自然'已相融合，很从容的各在那里尽其性命之理，与其他无生命物质一样，惟在日月升降寒暑交替中放射，分解。"（《箱子岩》）不但令人无所用其悲悯，而且使人"觉得他们的欲望同悲哀都十分神圣"。（《一个多情水手与一个多情妇人》）作者甚至以为对于他们的苦难，读书人也"不配说'同情'，实应当'自愧'。正因为这些人生命的庄严，读书人是毫不明白的"。（《湘西·辰溪的煤》）凡深于人事人间世的，都不能不分有沈从文的那份"忧郁"的吧，为平凡人间时时发生着的哀乐生死，为高天厚地间"生民"的孤弱与顽强，为这长夜与长河，水面上的灯光与吊脚楼窗口的男女，为由这些人演出的历史与他们对"历史"的浑然不觉，更为他们于浑然不觉中呈露出的生命的庄严……

自船泊岸后，"我"始终在船上。岸上种种，均由"记忆的眼睛"所看取。更活跃的是听觉。我"听"这夜，不只听到了水上岸上所有细碎声音，更由"想象"听出了未曾直接听到的种种（如吊脚楼上下的问答），听小羊"固执而又柔和的声音"，甚至不眠地等待着听一个水手"上船时那点推篷声音"——与其说所

"听"是此夜,不如说是记忆中无数次重温过的夜,"过去"之夜。统摄这现在时态叙述的纪游文字的,本来就更是"过去"。直至"一派声音"当夜深时在河面上升起(那声音"像是一个有魔力的歌唱,单纯到不可比方"),这声音也仍然不容分说地"把我带回到四五千年那个'过去'时间里去"。"过去"(以及属于"过去"的小说情景),才是此番湘行(或曰这一组纪游之作)真正行经的,是此行所历的真实的时与地。

最后由水上升起的神秘声音正可为沈从文喜用的"庄严"一词作注,沈从文在不同作品中,反复写到过这类声音。"河面杂声的综合。交织了庄严与流动,一切真是一个圣境。"(《一个多情水手与一个多情妇人》)"……在充满了薄雾的河面,浮荡的催橹歌声,又正是一种如何壮丽稀有的歌声!"(《辰河小船上的水手》)当代作家中,我只在张承志那里发现过类似的对声音的敏感与沉醉,张承志是对于草原上及地层深处走着的神秘声音(《黑骏马》《戈壁》《晚潮》),沈从文则是对人声(捕鱼声与橹歌)。"五四"新文学作者比之不少当代作者更"入世",更有对现世、人生的执着与热忱。

长河长夜与长歌,在沈从文那里,都俨若具象化了的"历史"。在"散记"诸篇里他禁不住一再慨叹这如循环、轮回的历史,充满了邂逅与重逢的人生,"在历史前面,谁人能够不感惆怅?"(《老伴》)

至此,这"过去"、这夜与河水愈益弥漫,深广到无际涯。作者并未着力引申,类似的情景与慨叹,早已酝酿在沈从文的心里,在他的一篇篇小说与散文里。他在此不过用了"鸭窠围的夜"这题目,将熟悉的情景与感喟编织成较整一而浑圆的"文章"罢了。

一个多情水手与一个多情妇人

本篇曾以《湘行散记——一个多情水手与一个多情妇人》为篇名，发表于一九三四年七月七日天津《大公报·文艺副刊》第八十二期。署名沈从文。一九三六年三月收入《湘行散记》，上海商务印书馆初版。一九四三年十二月，上海开明书店出版改订本。现据开明书店改订本编入。

我的小表到了七点四十分时，天光还不很亮。停船地方两山过高，故住在河上的人，睡眠仿佛也就可以多些了。小船上水手昨晚上吃了我五斤河鱼，鱼虽吃过，大约还记得着那吃鱼的原因，不好意思再睡，这时节业已起身，卷了铺盖，在烧水扫雪了。两个水手一面工作一面用野话编成韵语骂着玩着，对于恶劣天气与那些昨晚上能晃着火炬到有吊脚楼人家去同宽脸大奶子妇人纠缠的水手，含着无可奈何的诅咒。

大木筏都得天明时漂滩，正预备开头，寄宿在岸上的人已陆续下了河，与宿在筏上的水手们，共同开始从各处移动木料，筏上有斧斤声与大摇槌嘭嘭的敲打木桩声音。许多在吊脚楼寄宿的人，从妇人热被里脱身，皆在河滩大石间趷跄走着，回归船上。

妇人们恩情所结，也多和衣靠着窗边，与河下人遥遥传述那种"后会有期各自珍重"的话语。很显然的事，便是这些人从昨夜那点露水恩情上，已经各在那里支付分上一把眼泪与一把埋怨。想到这些眼泪与埋怨，如何揉进这些人的生活中，成为生活之一部时，使人心中柔和得很！

第一个大木筏开始移动时，约在八点左右。木筏四隅数十支大桡，拨水而前，筏上且起了有节奏的"唉"声。接着又移动了第二个。……木筏上的桡手，各在微明中画出一个黑色的轮廓。木筏上某一处必飐着一片红红的火光，火堆旁必有人正蹲下用钢罐煮水。

我的小船到这时节一切业已安排就绪，也行将离岸，向长潭上游溯江而上了。

只听到河下小船邻近不远某一只船上，有个水手哑着嗓子喊人：

"牛保，牛保，不早了，开船了呀！"

许久没有回答，于是又听那个人喊道：

"牛保，牛保，你不来当真船开动了！"

再过一阵，催促的转而成为辱骂，不好听的话已上口了。

"牛保，牛保，狗×的，你个狗就见不得河街女人的×！"

吊脚楼上那一个，到此方仿佛初从好梦中惊醒，从热被里妇人手臂中逃出，光身跑到窗边来答着：

"宋宋，宋宋，你喊什么？天气还早咧。"

"早你的娘，人家木排全开了，你×了一夜还尽不够！"

"好兄弟，忙什么？今天到白鹿潭好好的喝一杯！天气早得很！"

"天气早得很，哼，早你的娘！"

"就算是早我的娘吧。"

最后一句话，不过是我所想象的。因为河岸水面那一个，虽尚呶呶不已，楼上那一个却业已沉默了。大约这时节那个妇人还卧在床上，也开了口，"牛保，牛保，你别理他，冷得很！"因此即刻又回到床上热被里去了。

只听到河边那个水手喃喃的骂着各种野话，且有意识把船上家伙撞磕得很响。我心想：这是个什么样子的人，我倒应当看看他。且很希望认识岸上那一个。我知道他们那只船也正预备上行，就告给我小船上水手，不忙开头，等等同那只船一块儿开。

不多久，许多木筏离岸了，许多下行船也拔了锚，推开篷，着手荡桨摇橹了。我卧在船舱中，就只听到水面人语声，以及橹桨激水声，与橹桨本身被扳动时咿咿哑哑声。河岸吊脚楼上妇人在晓气迷濛中锐声的喊人，正如同音乐中的笙管一样，超越众声而上。河面杂声的综合，交织了庄严与流动，一切真是一个圣境。

我出到舱外去站了一会，天已亮了，雪已止了，河面寒气逼人，眼看这些船筏各戴上白雪浮江而下，这里那里飐着红红的火焰同白烟，两岸高山则直矗而上，如对立巨魔，颜色淡白，无雪处皆作一片墨绿。奇景当前，有不可形容的瑰丽。

一会儿，河面安静了。只剩下几只小船同两片小木筏，还无开头意思。

河岸上有个蓝布短衣青年水手，正从半山高处人家下来，到一只小船上去。因为必须从我小船边过身，故我把这人看得清清楚楚。大眼，宽脸，鼻子短，宽阔肩膊下挂着两只大手（手上还提了一个棕衣口袋，里面填得满满的），走路时肩背微微向前弯曲，看来处处皆证明这个人是一个能干得力的水手！我就冒昧的喊他，同他说话：

"牛保，牛保，你玩得好！"

谁知那水手当真就是牛保。

那家伙回过头来看看是我叫他，就笑了。我们的小船好几天以来，皆一同停泊，一同启碇，我虽不认识他，他原来早就认识了我的。经我一问，他有点害羞起来了。他把那口袋举起带笑说道：

"先生，冷呀！你不怕冷吗？我这里有核桃，你要不要吃核桃？"

我以为他想卖给我些核桃，不愿意扫他的兴，就说我要，等等我一定向他买些。

他刚走到他自己那只小船边，就快乐的唱起来了。忽然税关复查处比邻吊脚楼人家窗口，露出一个年青妇人鬓发散乱的头颅，向河下人锐声叫将起来：

"牛保，牛保，我同你说的话，你记着吗？"

年青水手向吊脚楼一方把手挥动着。

"唉，唉，我记得到！……冷！你是怎么的啊！快上床去！"大约他知道妇人起身到窗边时，是还不穿衣服的。

妇人似乎因为一番好意不能使水手领会，有点不高兴的神气。

"我等你十天，你有良心，你就来——"说着，嘭的一声把格子窗放下了。这时节眼睛一定已红了。

那一个还向吊脚楼喃喃说着什么，随即也上了船。我看看，那是一只深棕色的小货船。

我的小船行将开头时，那个青年水手牛保却跑来送了一包核桃。我以为是他拿来卖给我的，赶快取了一张值五角的票子递给他。这人见了钱只是笑。他把钱交还，把那包核桃从我手中抢了回去。

"先生，先生，你买我的核桃，我不卖！我不是做生意人。（他把手向吊脚楼指了一下，话说得轻了些。）那婊子同我要好，她送我的。送了我那么多，此外还有栗子，干鱼。还说了许多痴话，等我回来过年咧……"

慷慨原是辰河水手一种通常的性格。既不要我的钱，皮箱上正搁了一包烟台苹果，我随手取了四个大苹果送给他，且问他："你回不回来过年？"

他只笑眯眯的把头点点，就带了那四个苹果飞奔而去。我要水手开了船。小船已开到长潭中心时，忽然又听到河边那个哑嗓子在喊嚷：

"牛保，牛保，你是怎么的？我 × 你的妈，还不下河，我翻你的三代，还……"

一会儿，一切皆沉静了，就只听到我小船船头分水的声音。

听到水手的辱骂，我方明白那个快乐多情的水手，原来得了苹果后，并不即返船，仍然又到吊脚楼人家去了。他一定把苹果献给那个妇人，且告给妇人这苹果的来源，说来说去，到后自然又轮着来听妇人说的痴话，所以把下河的时间完全忘掉了。

小船已到了辰河多滩的一段路程，长潭尽后就是无数大滩小滩。河水半月来已落下六尺，雪后又照例无风，较小船只即或可以不从大漕上行，沿着河边浅水处走去也仍然十分费事。水太干了，天气又实在太冷了点。我伏在舱口看水手们一面骂野话，一面把长篙向急流乱石间掷去，心中却念及那个多情水手。船上滩时浪头俨然只想把船上人攫走。水流太急，故常常眼看业已到了滩头，过了最紧要处，但在抽篙换篙之际，忽然又会为急流冲下。河水又大又深，大浪头拍岸时常如一个小山，但它总使人觉得十分温和。河水可同一股火，太热情了一点，时时刻刻皆想把人攫走，且仿佛完全只凭自己意见作去。但古怪的是这些弄船人，他们逃避激流同漩水的方法，十分巧妙。他们得靠水为生，明白水，比一般人更明白水的可怕处；但他们为了求生，却在每个日子里每一时间皆有向水中跳去的准备。小船一上滩时，就不能不向白浪里钻去，可是他们却又必有方法从白浪里找到出路。

　　在一个小滩上，因为河面太宽，小漕河水过浅，小船缆绳不够长不能拉纤，必需尽手足之力用篙撑上，我的小船一连上了五次皆被急流冲下。船头全是水。到后想把船从对河另一处大漕走去，漂流过河时，从白浪中钻出钻进，篷上也沾了水。在大漕中又上了两次，还花钱加了个临时水手，方把这只小船弄上滩。上过滩后问水手是什么滩，方知道这滩名"骂娘滩"。（说野话的滩！）即或是父子弄船，一面弄船也一面得互骂各种野话，方可以把船弄上滩口。

　　一整天小船尽是上滩，我一面欣赏那些从船舷驰过急于奔马的白浪，一面便用船上的小斧头，剥那个风流水手见赠的核桃吃。我估想这些硬壳果，说不定每一颗还皆是那吊脚楼妇人亲手从树上摘下，用鞋底揉去一层苦皮，再一一加以选择，放到棕衣口袋里来的。望着那些棕色碎壳，那妇人说的"你有良心你就赶快来"一句话，也就尽在我耳边响着。那水手虽然这时节或许正在急水滩头爬伏到石头上拉船，或正脱了裤子涉水过溪，一定却记忆着吊脚楼妇人的一切，心中感觉十分温暖。每一个日子的过去，便使他与那妇人接近一点点。十天完了，过年了，那吊脚楼上，一定门楣上全贴了红喜钱，被捉的雄鸡啊呵呵呵的叫着。雄鸡宰杀后，把它向门角落抛去，只听到翅膀扑地的声音。锅中蒸了一笼糯米饭，长年覆着搁在门口的老粑槽，那时节业已翻动，粑槌也洗得干干净净，只等候把蒸熟的米饭倒下，两人就开始在一个石臼里捣将起来。一切事皆两个人共力合作，一切工作中皆掺合有笑谑与善意的诅骂。于是当真过年了。又是叮咛与眼泪，在一分长长的日子里有所期待，留在船上另一个放声的辱骂催促着，方下了船，又是胡桃与栗子，干鲤鱼与……

到了午后，天气太冷，无从赶路。时间还只三点左右，我的小船便停泊了。停泊地方名为杨家岨。依然有吊脚楼，飞楼高阁悬在半山中，结构美丽悦目。小船傍在大石边，只须一跳就可以上岸。岸上吊脚楼前枯树边，正有两个妇人，穿了毛蓝布衣裳，不知商量些什么，幽幽的说着话。这里雪已极少，山头皆裸露作深棕色，远山则为深紫色。地方静得很，河边无一只船，无一个人，无一堆柴。不知河边某一个大石后面有人正在捶捣衣服，一下一下的捣。对河也有人说话，却看不清楚人在何处。

小船停泊到这些小地方，我真有点担心。船上那个壮年水手，是一个在军营中开过小差作过种种非凡事业的人物，成天在船上只唱着"过了一天又一天，心中好似滚油煎"，若误会了我箱中那些带回湘西送人的信笺信封，以为是值钱东西，在唱过了埋怨生活的戏文以后，转念头来玩个新花样，说不定我还来不及被询问"吃板刀面或吃馄饨"以前，就被他解决了。这些事我倒不怎么害怕，凡是蠢人作出的事我不知道什么叫吓怕的。只是有点儿担心。因为若果这个人做出了这种蠢事，我完了，他跑了，这地方可糟了。地方既属于我那些同乡军官大老管辖，把他们可忙坏了。

我盼望牛保那只小船赶来，也停泊到这个地方，一面可以不用担心，一面还可以同这个有人性的多情水手谈谈。

直等到黄昏，方来了一只邮船，靠着小船下了锚。过不久，邮船那一面有个年青水手嚷着要支点钱上岸去吃"荤烟"。另一个管事的却不允许，两人便争吵起来了。只听到年青的那一个呶呶絮语，声音神气简直同大清早上那个牛保一个样子。到后来，这个水手负气，似乎空着个荷包，也仍然上岸过吊脚楼人家去了。过了一会还不见他回船，我很想知道一下他到了那里作些什么事情，就要一个水手为我点上一段废缆，晃着那小小火把，引导我离了船，爬了一段小小山路，到了所谓河街。

五分钟后，我与这个穿绿衣的邮船水手，一同坐到一个人家正屋里的火堆旁，默默的在烤火了。一个大油松树根株，正伴同一饼油渣，熊熊的燃着快乐的火焰。间或有人用脚或树枝拨了那么一下，便有好看的火星四散惊起。主人是一个中年妇人，另外还有两个老妇人，虽对水手提出种种问题，且把关于下河的油价，木价，米价，盐价，一件一件来询问他，他却很散漫的回答，只低下头望着火堆。从那个颈项同肩膊，我认得这个人性格同灵魂，竟完全同早上那个牛保水手一样。我明白他沉默的理由，一定是船上管事的不给他钱，到岸上来又赊烟不到手。他那闷闷不乐的神气，可以说是很妩媚。我心想请他一次客，又不便说出口。到后机会却来了，门开处进来了一个年事极轻的妇人，头上裹着大格子花布首巾，身穿绿色土布袄子，挂着一条蓝色围裙，胸前还绣了一朵小小白花。那年轻妇人把两只手插在围裙里，轻脚轻手进了屋，就站在中年妇人身后。说真话，这个女人真使我有点儿"惊讶"。我似乎在什么地方另一时节见着这样一个人，眼目鼻子皆仿佛十分熟习。若不是当真在某一处见过，那就必定是在梦里了。公道一点说来，这妇人是个美丽得很的动物！

最先我以为这小妇人是无意中撞来玩玩，听听从下河来的客人谈谈下面事情，安慰安慰自己寂寞的。可是一瞬间，我却明白她是为另一件事而来的了。屋主人要她坐下她却不肯坐下，只把一双放光的眼睛尽瞅着我，待到我抬起头去望她时，那眼睛却又赶快逃避了。她在一个水手面前一定没有这种羞怯，为这点羞怯我心中有点儿惆怅，引起了点儿怜悯。这怜悯一半给了这个小妇人，却留下一半给我自己。

那邮船水手眼睛为小妇人放了光，很快乐的说：

"夭夭，夭夭，你打扮得真像个观音！"

那女人抿嘴笑着不理会，表示这点阿谀并不希罕，一会儿方轻轻的说：

"我问你，白师傅的大船到了桃源不到？"

邮船水手答应了，妇人又轻轻的问：

"杨金保的船？"

邮船水手又答应了，妇人又继续问着这个那个。我一面向火一面听他们说话，却在心中计算一件事情。小妇人虽同邮船水手谈到岁暮年末水面上的情形，但一颗心却一定在另外一件事情上驰骋。我几乎本能的就感到了这个小妇人是正在爱着我的，不用惊奇，这不是希奇事情。我们若稍懂人情，就会明白一张为都市所折磨而成的白脸，同一件称身软料细毛衣服，在一个小家碧玉心中所能引起的是一种如何幻想，对目前的事也便不用多提了。

对于身边这个小妇人，也正如先前一时对于身边那个邮船水手一样，我想不用个什么方法，就可以使这个有了点儿野心与幻想的人，得到她所要得到的东西。其实我在两件事上皆不能再吝啬了，因为我对于他们皆十分同情。但试想想看，倘若这个小妇人所希望的是我本身，我这点同情，会不会引起五千里外另一个人的苦痛？我笑了。

……假若我给这水手一笔钱，让这小妇人同他谈一个整夜？

我正那么计算着，且安排如何来给那个邮船水手的钱，使他不至于感觉难于为情。忽然听那年轻妇人问道：

"牛保那只船？"

那邮船水手吐了一口气："牛保的船吗，我们一同上骂娘滩，溜了四次。末后船已上了滩，那拦头的伙计还同他在互骂，且不知为什么互相用篙子乱打乱刬起来，船又溜下滩去了。看那样子不是有一个人落水，就得两个人同时落水。"

有谁发问："为什么？"

邮船水手感慨似的说："还不是为那一张 ×！"

几人听着这件事，皆大笑不已。那年轻小妇人，却长长的吁了一口气。

忽然河街上有个老年人嘶声的喊人：

"夭夭小婊子，小婊子婆，卖 × 的，你是怎么的，夹着那两片小 ×，一眨眼又跑到那里去了！你来！……"

小妇人听门外街口有人叫她，把小嘴收敛做出一个爱娇的姿式，带着不高兴的神气自言自语说："叫骡子又叫了。夭夭小婊子偷人去了！投河吊颈去了！"咬着下唇很有情致的盯了我一眼，拉开门，放进了一阵寒风，人却冲出去，消失到黑暗中不见了。

那邮船水手望了望小妇人去处那扇大门，自言自语的说："小婊子嫁老烟鬼，天晓得！"

于是大家便来谈说刚才走去那个小妇人的一切。屋主中年妇人，告给我那小妇人年纪还只十九岁，却为一个年过五十的老兵所占有。老兵原是一个烟鬼，虽占有了她，只要谁有土有财就让床让位。至于小妇人呢，人太年轻了点，对于钱毫无用处，却似乎常常想得很远很远。屋主人且为我解释很远很远那句话的意思，给我证明了先前一时我所感觉到的一件事情的真实。原来这小妇人虽生在不能爱好的环境里，却天生有种爱好的性格。老烟鬼用名分缚着了她的身体，然而那颗心却无从拘束。一只船无意中在码头边停靠了，这只船又恰恰有那么一个年青男子，一切派头皆与水手不同，夭夭那颗心，将如何为这偶然而来的人跳跃！屋主人所说的话增加了我对于这个年轻妇人的关心。我还想多知道一点，请求她告给我，我居然又知道了些不应当写在纸上的事情。到后来谈起命运，那屋主人沉默了，众人也沉默了。各人眼望着熊熊的柴火，心中玩味着"命运"这个字的意义，而且皆俨然有一点儿痛苦。

我呢，在沉默中体会到一点"人生"的苦味。我不能给那个小妇人什么，也再不作给那水手一点点钱的打算了。我觉得他们的欲望同悲哀都十分神圣，我不配用钱或别的方法渗进他们命运里去，扰乱他们生活上那一分应有的哀乐。

下船时，在河边我听到一个人唱《十想郎》小曲，曲调卑陋声音却清圆悦耳。我知道那是由谁口中唱出且为谁唱的。我站在河边寒风中痴了许久。

社会"消炎片"和独出心裁的神话思维 | 楼肇明

在中国现代文学史上,以自己的作品创造了一个完整的艺术世界,构造出一个宏大独特的审美体系,并且在日后的岁月中后继者络绎不绝,成就了一个文学支派的大师级作家,其实也就不过那么三五位。沈从文先生是这少数文学巨人之一。与鲁迅等具有整整一个历史时代文学审美坐标意义的文学大师不同,从文先生的作品从来也未曾在现代文学史的主潮或主流中占据过席位,他被冷落被误解直至改行搞学术研究,但读者一直喜欢他的作品。与他笔下的湘西世界是中国文化的"边缘文化"一样,从文先生的作品也一直是一种"边缘文学",从文先生笔下的人物,多半是"化外之民"。作家毕竟是自己作品的上帝,是"创世主"。作家创造什么,或不创造什么,他的取和舍,褒和贬,他的显和隐,露和藏,终究是与他的有所为和有所不为血肉相连的。从文先生的表侄、画家兼作家的黄永玉先生在《太阳下的风景》一文中,曾提到过从文先生在"五七"干校时的一件轶事:文化部干校所在的湖北咸宁是一个潮湿炎热的地区,夏季尤甚,被贬逐的知识分子们并没有如时下城市那样的冰箱、冰柜之类的冷冻设备,故人人苦恼饭菜易馊坏,吃了又会得病。但这个难题到了沈老先生手里,却得到了超乎常人想象力之外的解决。从文先生笑眯眯地说:"我先吃两片消炎片。"这果真是一个保存食品,避免得病的两全其美的办法么?!当然不是。不过,哑然失笑,惊讶错愕之后,细细一想,确也别无他法,而且不失为一个不是办法的办法。

但事情显然并不能到此为止。说老实话，笔者是将这则轶事当成从文先生全部人生哲学的浓缩点的，当成解读他全部作品的一个最基本的出发点的。在从文先生看来，我们每一代人面对人类历史沉积下来的污垢和罪恶，就犹如面对馊坏了的饭菜那样莫可奈何，勇敢地去面对它，消化它，是必然的和必须的。不错，从文先生的文学艺术创作，即是他为了强健现代人的人性肌体，抗拒和抵御种种社会的和历史的病毒与细菌，而馈赠给读者的一味解毒剂和消炎片。

任何一件艺术作品，哪怕一幅肖像画或摄影作品，因为受到观察主体的方位、视角、思维方式及其使用的艺术语言（工具）的制约，都不可能还原为生活原型。从文先生的艺术作品的表层是非常写实的，但这种写实，哪怕是有名有姓的真实人物，其实也已经过作家的艺术三棱镜的过滤了。直白地说，从文先生的作品之所以如此地独具一格和富有首创性，我以为，即在于他的艺术思维方式，是一种深深打上了他个性印记的神话思维。神话思维作为一种想象和思维方式，在神话时代消失以后一直影响着人们的思维的发展，特别是存在于文学艺术创造之中。如果我们拿西方哲学家关于神话的研究成果来对照从文先生的作品，不仅可以发现其间的相似性，而且还能发现从文先生是如何将神话世俗化的，他是如何按他自己的审美旨趣有选择地撷取神话思维的精髓，加以变通和改造的，他是如何创造性地在这一普遍思维的模式上锡刻自己的个性印记的。

《一个多情水手与一个多情妇人》是散文集《湘行散记》中的一篇。作者阔别故土十五年以后，在辰河上乘船航行将旅途中所见所闻、所感所思，记录成篇。一般说来，小说家写的散文，往往犹如画家为了绘制巨幅油画而搜集的素材，因此素描固然可以成为自成一格的独立的艺术品，但这并非画家的初衷。素描和散文都是行业的基本功，又各自都是艺术。不过，小说家的散文固然会成为日后小说创作的基座，但散文终究是与小说相并列的文类，而不是只经过了粗加工的小说材料。从文先生的散文和小说在题材、思想文字风格上是统一的，它们之间不存在艺术品位上的差异。相反，由于作家的艺术主体和艺术人格在散文文体中少一层遮蔽，赤裸地带有呈现的直接性。其艺术思维的经纬脉络，也就显得较之小说更易辨认了。《一个多情水手与一个多情妇人》，其实写了两个各不相干的人物，男女主人公之间不存在故事纠葛。水手的名字叫牛保，女主人公叫夭夭，甚至这相同的名字还分别出现在作家日后的小说创作中，而且在人物性格上也可以找到这样或那样相似的面影。不过，较之小说，散文中的人物更接近速写，作家只简单地交待一下人物身世，粗线条地勾勒人物性格，并不展开情节和冲突，而是把更多的笔墨用来描写冬季的辰河风光，和年关将近水上人家的风习。人物形象的完成，一半靠淡淡的情节线，靠疏疏勾勒的颜容笑貌，一半靠环境和背景的渲染和烘托，靠作家作为叙述主体对这人和物的揣摩与猜测，靠作家独具一格地对人和物所作出的道德评价与审美价值判断，一道来共同完成的。从文先生的散文叙述风格，其叙述主体和审美鉴赏主体是更为浓烈地融合为一了。作家写了水手牛保的"露水姻缘"（他与岸上吊脚楼中的一位以卖笑为生的女子相好），但这露水恩情，并非冷冰冰的交易，人肉市场上的买卖，而是充满了别离和期待，"支付分上一把眼泪与一把埋怨"，"成为生活之一部"的人间温情。多情、重义、轻利、坦诚、纯朴、自信，这是一套完全有别于现代都市文明世界的价值观和道德观。这些"古怪的弄船人"，他们对付生活和历史的沉重，对付意想不到的灾难，全然如同他们"逃避激流和漩水"一样，从同自然生存环境的搏斗中赢得了自身的生存意志、生存本领和生存品格。粗野，也已不是这一个词的本来意义了。一方面，它掺合有"笑谑与善意的诅骂"；一方面，"交织了庄严和流动"，构成了一个通往圣境的仪式。在这里，人类社会所习见的堕落行为，譬如嫖妓和卖淫，已不是简单的泄欲，更不是世纪末和世界末日的颓废和荒淫，而是在"不文明"和不乏原始蛮荒的情调中，包含着非常合乎理性的和文明的人性内涵。相对而言，作家写牛保和他没有出场的相好时，略去了人物的身世，也略去了他们生存中的苦难。而与牛保无任何故事情节瓜葛的多情女子夭夭，则似乎补足了牛保行状所留下的虚线，读者会情不自禁地想起牛保的相好大约也与夭夭一样有不幸的身世。作家交待小妇人夭夭十九岁，"却为一个年过五十的老兵所占有。老兵原是一个烟鬼，虽占有了她，只要谁有土有财就让床让位"，"老烟鬼用名分缚着了她的身体，然而那颗心却无从拘束"。夭夭的身体是属于老兵的，因此她用身体换来的钱也是属于老兵的，唯有一颗常常想得很远很远的心是属于她自己的。她似乎并不在名分上为自己不幸的命运抗争，只是在名分之内蓄积着力量，她也许与像牛保一样的水手在恋爱，或者牛保也是她的意中人之一。有一点是肯定的，她那一双放光的眼睛不会暗淡，尽管她的生活是暗淡的。她的悲哀是神圣的，她的欲望也同样是神圣的。从文先生是我国现代作家中写少女的圣手，寥寥几笔，眉颊神态，纤毫毕现。从文先生创造的艺术形象在让人赏心悦目之余，油然而生一种抗拒和消化社会丑恶的免疫力。荣格在《人类及其象征》中的一段话，可以借用来说明沈从文的艺术魅力和艺术思维之间的关系。荣格说：

> 当我们的经验伴随原型特殊的魅力时，就可以感知到原型的特殊活力。它们似乎拥有特别的符咒。这种特质也是个人情绪的特征。恰如个人情绪有个体的历史，原型特质的社会情绪也如此。可是，当个人情绪只能产生个人偏见时，原型却创造出能够影响整个民族和时代，并赋予其特征的神话、宗教和哲学。我们把个人情绪当作意识偏激或错误态度的补偿；同样，宗教性质的神话可以被解释为一种人类对普遍痛苦和忧虑——饥饿、战争、疾病、衰老、死亡——的精神治疗。

从文先生的艺术创作是非常接近神话的，这不仅从它的艺术效果——作为一种"精神治疗"上看，也不仅是从他个人对人的生命力的强健、坚韧，神化到了任何力量也打不到、摧不垮，在万般屈辱中仍能曲折地茁长、存活上看，和他把对这一切的信念上升为形同宗教般虔诚的信仰上看，而且，就他的艺术构成，他对故乡山水奇境的赞美，他对人世间人性"圣境"的挚爱和追求上看，他个人那"凡是蠢人做出的事我不知道什么叫吓怕的"，即使做冤死鬼做无谓的牺牲，心里想到仍是"会麻烦别人"的圣徒般的胸怀上看，都可以称之为世俗的神性之美。因为他老先生所写的原本就是世俗的神话，他的艺术思维方式是迹近神话思维的。他如卡西尔概括神话思维特征时所说的那样，以个别取代一般，以局部替代整体，将边民的人性写得美轮美奂，而将历史的残酷丑陋只作为作品的背景乃至远景。这是为了强健现代人的人性、现代人的生存意志，而讴歌边民们的健康强健的神话。沈从文的神话思维，又是对固有神话的一次改造，一次颠覆，一次解构和重组。他将想象中征服自然的英雄给置换了下来，代之以身卑位微、从事种种贱业的人物。沈从文终是有本事在没有生命欢乐的地方写出生命的欢歌，在没有人间真情的地方，写出人间至情。在人性尊严被褫夺的地方,让人的伟岸身躯屹立在大地之上，蓝天之下。他笔下的这些男女不在历史领域中建功立业，却在审美的殿堂里放射着不灭的诗意的光辉。在沈从文看来，人性可以被侮辱，被围追堵截，被毒打和扭曲变形，乃至被消灭，但它仍然是打不败的。生命是上苍的赐予。生存的美好和欢乐源于自救。因而，最后我们还可以说，沈从文的神话，是一种基于自身人格意志的生命神话。

箱子岩

本篇曾以《湘行散记——箱子岩》为篇名，发表于一九三五年四月《水星》第二卷第一期。署名沈从文。一九三六年三月收入《湘行散记》，上海商务印书馆初版。一九四三年十二月，上海开明书店出版改订本。现据开明书店改订本编入。

十四年以前，我有机会独坐一只小篷船，沿辰河上行，停船在箱子岩脚下。一列青黛崭削的石壁，夹江高矗，被夕阳烘炙成为一个五彩屏障。石壁半腰中，有古代巢居者的遗迹，石罅间悬撑起无数横梁，暗红色大木柜尚依然好好的搁在木梁上。岩壁断折缺口处，看得见人家茅棚同水码头，上岸喝酒下船过渡人皆得从这缺口通过。那一天正是五月十五，河中人过大端阳节[1]。箱子岩洞窟中最美丽的三只龙船，皆被乡下人拖出浮在水面上。船只狭而长，船舷描绘有朱红线条，全船坐满了青年桡手，头腰各缠红布，鼓声起处，船便如一枝没羽箭，在平静

1　大端阳节，即农历五月十五日。

无波的长潭中来去如飞。河身大约一里路宽，两岸皆有人看船，大声呐喊助兴。且有好事者，从后山爬到悬岩顶上去，把百子鞭炮从高岩上抛下，尽鞭炮在半空中爆裂，嘭嘭嘭嘭的鞭炮声与水面船中锣鼓声相应和，引起人对于历史发生了一点幻想，一点感慨。

当时我心想：多古怪的一切！两千年前那个楚国逐臣屈原，若本身不被放逐，疯疯癫癫来到这种充满了奇异光彩的地方，目击身经这些惊心动魄的景物，两千年来的读书人，或许就没有福分读《九歌》那类文章，中国文学史也就不会如现在的样子了。在这一段长长岁月中，世界上多少民族皆堕落了，衰老了，灭亡了。即如号称东亚大国的一片土地，也已经有过多少次被沙漠中的蛮族，骑了膘壮的马匹，手持强弓硬弩，长枪大戟，到处践踏蹂躏！（辛亥革命前夕，在这苗蛮杂处的一个边镇上，向土民最后一次大规模施行杀戮的统治者，就是一个北方清朝的宗室！）然而这地方的一切，虽在历史中也照样发生不断的杀戮、争夺，以及一到改朝换代时，派人民担负种种不幸命运，死的因此死去，活的被逼迫留发、剪发，在生活上受新朝代种种限制与支配。然而细细一想，这些人根本上又似乎与历史毫无关系。从他们应付生存的方法与排泄感情的娱乐看上来，竟好像古今相同，不分彼此。这时节我所眼见的光景，或许就与两千年前屈原所见的完全一样。

那次我的小船停泊在箱子岩石壁下，附近还有十来只小渔船，大致打鱼人也有弄龙船竞渡的，所以渔船上妇女小孩们，精神皆十分兴奋，各站在尾梢上锐声呼喊。其中有几个小孩子，我只担心他们太快乐了些，会把住家的小船跳沉。

日头落尽云影无光时，两岸渐渐消失在温柔暮色里。两岸看船人吆喝声越来越少，河面被一片紫雾笼罩，除了从锣鼓声中尚能辨别那些龙船方向，此外已别无所见。然而岩壁缺口处却人声嘈杂，且闻有小孩子哭声，有妇女们尖锐叫唤声，综合给人一种悠然不尽的感觉。天气已经夜了，吃饭是正经事。我原先尚以为再等一会儿，那龙船一定就会傍近岩边来休息，被人拖进石窟里，在快乐呼喊中结束这个节日了。谁知过了许久，那种锣鼓声尚在河面飘着，表示一班人还不愿意离开小船，回转家中。待到我把晚饭吃过后，爬出舱外一望，呀，天上好一轮圆月。月光下石壁同河面，一切皆镀了银，已完全变换了一种调子。岩壁缺口处水码头边，正有人用废竹缆或油柴燃着火燎，火光下只见许多穿白衣人的影子移动，问问船上水手，方知道那些人正把酒食搬移上船，预备分派给龙船上人。原来这些青年人白日里划了一整天船，看船的皆散尽了，划船的还不尽兴，并且谁也不愿意扫兴示弱，先行上岸，因此三只长船还得在月光下玩个上半夜。

提起这件事，使我重新感到人类文字语言的贫俭。那一派声音，那一种情调，真不是用文字语言可以形容的事情。向一个身在城市住下，以读读《楚辞》就神往意移的人，来描绘那月下竞舟的一切，更近于徒然的努力。我可以说的，只是自从我把这次水上所领略的印象保留到心上后，一切书本上的动人记载，全看得平平常常，不至于发生惊讶了。这正像我另外一时，看过人类许多花样的杀戮，对于其余书上叙述到这件事，同样不能再给我如何感动。

十四年后我又有了机会乘坐小船沿辰河上行，应当经过箱子岩。我想温习温习那地方给我的印象，就要管船的不问迟早，把小船在箱子岩停泊。这一天是十二月七号，快要过年的光景，没有太阳的酿雪天，气候异常寒冷。停船时还只下午三点钟左右，岩壁上藤萝草木叶子多已萎落，显得那一带岩壁十分瘦削。悬岩高处红木柜，只剩下三四具，其余早不知到哪里去了。小船最先泊在岩壁下洞窟边，冬天水落得太多，洞口已离水面两丈以上，我从石壁裂罅爬上洞口，到搁龙船处看了一下，旧船已不知坏了还是早被水冲去了，只见有四只新船搁在石梁上，船头还贴有鸡血同鸡毛，一望就明白是今年方下水的。出得洞口时，见岩下左边泊定五只渔船，有几个老渔婆缩颈敛手在船头寒风中修补渔网。上船后觉得这样子太冷落了，可不是个办法。就又要船上水手为我把小船撑到岩壁断折处有人家地方去，就便上岸，看看乡下人过年以前是什么光景。

四点钟左右，黄昏已腐蚀了山峦与树石轮廓，占领了屋角隅。我独自坐在一家小饭铺柴火边烤火。我默默的望着那个火光煜煜的树根，在我脚边很快乐的燃着，爆炸出轻微的声音。铺子里人来来往往，有些说两句话又走了，有些就来镶在我身边长凳上，坐下吸他的旱烟。有些来烘烘脚，把穿着湿草鞋的脚去热灰里乱搅。看看每一个人的脸子，我都发生一种奇异。这里是一群会寻快乐的乡下人，有捕鱼的、打猎的，有船上水手与编制竹缆工人。若我的估计不错，那个坐在我身旁，伸出两只手向火，中指节有个放光顶尖的，肯定还是一位乡村成衣人。这些人每到大端阳时节，皆得下河去玩一整天的龙船。平常日子却在这个地方，按照一种分定，很简单的把日子过下去。每日看过往船只摇橹扬帆来去，看落日同水鸟。虽然也同样有人事上的得失，到恩怨纠纷成一团时，就陆续发生庆贺或仇杀。然而从整个说来，这些人生活却仿佛同"自然"已相融合，很从容的各在那里尽其性命之理，与其他无生命物质一样，惟在日月升降寒暑交替中放射，分解。而且在这种过程中，人是如何渺小的东西，这些人比起世界上任何哲人，也似乎还更知道的多一些。

听他们谈了许久，我心中有点忧郁起来了。这些不辜负自然的人，与自然妥协，对历史毫无担负，活在这无人知道的地方。另外尚有一批人，与自然毫不妥协，想出种种方法来支配自然，违反自然的习惯，同样也那么尽寒暑交替，看日月升降。然而后者却在改变历史，创造历史。一份新的日月，行将消灭旧的一切。我们用什么方法，就可以使这些人心中感觉一种"惶恐"，且放弃过去对自然和平的态度，重新来一股劲儿，用划龙船的精神活下去？这些人在娱乐上的狂热，就证明这种狂热使他们还配在世界上占据一片土地，活得更愉快更长久一些。不过有什么方法，可以改造这些人狂热到一件新的竞争方面去？

一个跛脚青年人，手中提了一个老虎牌桅灯，灯罩光光的，洒着摇着从外面走进了屋子。许多人皆同声叫唤起来："什长，你发财回来了！好个灯！"

那跛子年纪虽很轻，脸上却刻划了一种油气与骄气，在乡下人中仿佛身份特高一层。把灯搁在木桌上，坐近火边来，拉开两腿摊出两只大手烘火，满不高兴的说："碰鬼，运气坏，什么都完了。"

"船上老八说你发了财，瞒我们！"

"发了财，哼。瞒你们？本钱去七角，桃源行市一块零，有什么捞头，我问你。"

这个人接着且连骂带唱的说起桃源后江的情形，使得一般人皆活泼兴奋起来，话说得正有兴味时，一个人来找他，说猪蹄膀已炖好，酒已热好，他搓搓手，说声有偏各位，提起那个新桅灯就走了。

原来这个青年汉子，是个打鱼人的独生子，三年前被省城里募兵委员招去，训练了三个月，就开到江西边境去同共产党打仗。打了半年仗，一班兄弟中只剩下他一个人好好的活着，奉令调回后防招新军补充时，他因此升了班长。第二次又训练三个月，再开到前线去打仗。于是碎了一只腿，抬回军医院诊治，照规矩这只腿用锯子锯去。一群同志皆以为从辰州地方出来的人，"辰州符"比截割高明得多了，就把他从医院中抢出，在外边用老办法找人敷水药治疗。说也古怪，那只腿居然不必截割全好了。战争是个什么东西他已明白了。取得了本营证明，领得了些伤兵抚恤费后，于是回到家乡来，用什长名义受同乡恭维。又用伤兵名义做点生意。这生意也就正是有人可以赚钱，有人可以犯法，政府也设局收税，也制定法律禁止，那种从各方面说来皆似乎极有出息的生意。我想弄明白那什长的年龄，从那个当地唯一成衣人口中，方知道这什长今年还只二十一岁。那成衣人尚说：

"这小子看事有眼睛，做事有魄力，蹶了一只腿，还会发财走好运。若两只腿弄坏，那就更好了。"

有个水手插口说："这是什么话。"

"什么画，壁上挂。穷人打光棍，两只腿全打坏了，他就不会赚了钱，再到桃源县后江玩花姑娘！"

成衣人末后一句话把大家都弄笑了。

回船时，我一个人坐在灌满冷气的小小船舱中，计算那什长年龄，二十一岁减十四，得到个数目是七。我记起十四年前那个夜里一切光景，那落日返照，那狭长而描绘朱红线条的船只，那锣鼓与呼喊……尤其是临近几只小渔船上欢乐跳掷的小孩子，其中一定就有一个今晚我所见到的跛脚什长。唉，历史。生硬性痈疽的人，照旧式治疗方法，可用一点点毒药敷上，尽它溃烂，到溃烂净尽时，再用药物使新的肌肉生长，人也就恢复健康了。这跛脚什长，我对他的印象虽异常恶劣，想起他就是个可以溃烂这乡村居民灵魂的人物，不由人不……

二十年前澧州[1]地方一个部队的马夫，姓贺名龙，一菜刀切下了一个兵士的头颅，二十年后就得惊动三省集中十万军队来解决这马夫。谁个人会注意这小小节目，谁个人想象得到人类历史是用什么写成的！

1　澧州，即今澧县，清时为直隶州。

被放逐于历史之外 | 凌云岚

　　一九二二年，沈从文离开家乡去北京闯荡。他在《从文自传》中详细铺陈了自己的故乡生活，但对于这趟改变其命运的旅行本身，他的描述却简洁异常："从湖南到汉口，从汉口到郑州，从郑州转徐州，从徐州又转天津，十九天后，提了一卷行李，出了北京前门的车站，呆头呆脑在车站前面广坪中站了一会。"

　　一九三四年，沈从文离京回湘西探望母病，《湘行散记》便是这次返乡之旅的产物。与前次旅程不同，对从北京—湘西的旅程，沈从文留下了极为细致的记录，特别是进入桃源后的旅程：曾家河、兴隆街、柳林岔、缆子湾、梢子铺、鸭窠围、杨家岨、横石和九溪、泸溪、箱子岩……对于从未到过湘西的人而言，沈从文笔下这些大大小小的地名，似作者在地图上勾勒出的一条线路，直指与北京截然不同的另一空间。一九三四年的这次回乡之旅，对应着沈从文文学创作中高峰期的到来（《边城》的完成恰在这次旅程之前开始，之后结束）。沈从文此时对"边城"这一独特地理空间和文化空间的书写可谓相当执着。在论及哈代对西撒克斯的书写时，达比称"作为一种文学形式，小说具有内在的地理学属性。小说的世界由位置和背景，场所与边界，视野与地平线组成"。沈从文的《湘行散记》，也可以说是具有某种地理学属性了。

　　《湘行散记》中的不少篇章，如《桃源与沅州》《鸭窠围的夜》《箱子岩》等，完全以地理"空间"结构全文。这些空间，在旅行者的当下体验与过往生命中的乡土记忆交织中得以呈现。空间在时间的长河中呈现，而时间（历史）在"边城"之地这一特殊空间中，又成为迥异于主流历史的存在。"地方"（空间）与"历史"（时间）遂成为这篇散文的关键词。

箱子岩在沈从文的描述中，被赋予了典型的"边地"感。这种感觉首先来自其独特的地域景观：夕阳下如五彩屏障的石壁、暗红色的岩棺、朱红的龙船和头腰各缠红布的青年、岩壁上藤萝草木的叶子、月光下的火把和白衣人……神秘而光怪陆离。色彩之外，箱子岩的"声音"也丰富无比，从悬崖上扔下的鞭炮的蓬蓬声，妇女小孩的锐声呼喊，水面船中的锣鼓声，紫色薄暮中小孩的哭声和渐少的呼喝声。汪曾祺曾说沈从文擅长用颜色、声音和气味营造诗境，《箱子岩》开篇中这个颜色和声音营造出来的世界，其神秘和蛮荒感，确实容易将人带入屈原《楚辞》中的世界。这是散文开篇记叙的沈从文记忆中的箱子岩。十四年前，他途经箱子岩时，正是五月十五，河中人过大端阳节（当地五月初五为小端阳，五月十五为大端阳）。龙舟竞渡的热闹场景引起他"对于历史发生了一点幻想，一点感慨"。

端午这节日在沈从文的湘西世界不止一次出现，因为"边城所在一年中最热闹的日子，是端午、中秋与过年"，这节日最能"兴奋了这地方人"。端午的龙舟竞渡，他曾在《边城》中有更为详尽的描写，而《边城》中的端午节，和沈从文在箱子岩的端午记忆多有重合：

十六个结实如牛犊的小伙子，带了香、烛鞭炮，同一个用生牛皮蒙好绘有朱红太极图的高脚鼓，到了搁船的河上游山洞边，烧了香烛，把船拖入水后，各人上了船，燃着鞭炮，擂着鼓，这船便如一枚箭似的，很迅速的向下游长潭射去。

同样是存放于岩洞中的朱红龙船，同样是蓬蓬响着的鼓声和古老的仪式，这节日氛围恰到好处地烘托出"边城"之地的独特性。

沈从文浓墨重彩地写"端午"，在于这种独特的地方民俗中确有打动他的地方。一是沅陵一带的龙舟竞渡是由来已久的地方习俗，并非源自对于屈原的纪念，而有其独特的历史传承。有学者指出此地的龙舟，起源于当地人对少数民族先祖盘瓠的祭祀。据说盘瓠死后，其后代苗、瑶、侗、土、畲、黎六族人宴巫请神，为其招魂。因当地山高水急，巫师让各族打造龙舟，沿河呼喊招魂，遂演变为后来的龙舟竞渡。因此，在沈从文的笔下，屈原途经此处时，才能目击这惊心动魄的景色。这个节日无疑承载着当地人对远古、先祖、民族历史的记忆，也正因此，才能激发沈从文对于历史的幻想和感慨。二是因为箱子岩的端午节，作为当地人"排泄感情的娱乐"方式，"竟好像古今相同"，"或许就与两千年前屈原所见的完全一样"。沈从文在不少文章中谈及湘西一带的祭神酬神仪式，都强调其"不变"，即保留着上古时期的风貌。比如沅水流域的唱酬傩神的愿戏，其尾声的用字便与《楚辞》中《招魂》末字的用法相近。这"不变"能说明地方历史的古老悠长，另一面又显示出此地让人不安的封闭和滞后。三是在端午的热闹场景中，有能让沈从文"敬重与惊奇"的东西："狂热"。而这三点，恰恰对应着沈从文对于"地方"历史和未来的思考：古老而独特——过去；"不变"与滞后——当下；"狂热精神"——某种可能的未来。

十四年后，沈从文再次停泊在箱子岩，正是隆冬时节。这一天是十二月七号，"快要过年的光景"。这里却并不见一点节日的氛围，藤萝草木已经枯萎；岩壁上的悬棺也只剩下三四具；洞中虽还有四只新龙船，但岩下的渔船中只有几个老渔婆在寒风中修补渔网。小饭铺中人们来来去去，生活简单素朴到与自然融合，甚至"与其他无生命物质一样"，"这些不辜负自然的人，与自然妥协，对历史毫无担负，活在这无人知道的地方"。沈从文多年前端午印象中的那份狂热快乐，似乎只是这些人生命中偶然的释放。十四年后的箱子岩，让十四年前的瑰丽夜景，更像是一个梦境。

边地空间"箱子岩"，也因此生发出独特的时间感受，历史在这里以另一种方式行进：缓慢而荒芜。以至于此地的人们"似乎与历史毫无关系"。沈从文这个从外部重新进入边地的旅人，无疑打破了边地凝滞封闭的时空，或者说，他的旅行重新"发现"了这个"时空"——一个被主流历史和主流文明放逐了的时空。这种被放逐的孤独寂寞，两千多年前路经此地的屈原当体会最深。这或者也是沈从文在他的文字中一再提及这个疯疯癫癫的诗人的原因。沈从文的离乡和返乡之旅中经历的"时空"转换，成为一种契机，促使他思考一直关注的某些问题，例如"边城"与"中心""历史"与"未来"。

沈从文对地方历史的理解和关注，无疑是非主流的。在传统的地方史叙述中，著述者多会强调地方与"中央"（国家）的关联性。比如在谈到广东地方史的建构时，程美宝特别指出广东虽僻处岭外，历代都被视为蛮荒之地，但汉以后直到今天的地方文献中，都要特别强调这个地区与"文明"的中州文化间的联系。一九一〇年的湖南乡土地理教科书中，关于"凤凰厅"的叙述也是如此："凤凰厅，一名镇筸……地本苗疆，康熙四十三年，裁去土司，始驻巡道。"其所叙述的凤凰历史便是自"改土归流"，中央王朝在政治上开始确立对湘西的统治而开始的。沈从文在《箱子岩》中，却强调在"中央"之外的边地，无论历史文化或生命形态，均有其独特的存在形态和价值。如"箱子岩"代表的这片被遗忘的空间里，所孕育出的地方文化和地方历史，不应只是被主流历史放逐、遗忘甚至吞噬，它似应有新的出路。

　　这种独特的时空体验遂激发出沈从文对"地方"命运的担忧与思考。在他前后两次的箱子岩印象中，有十四年前的惊心动魄、目眩神迷，也有十四年后的寥落忧郁。因为在这个凝滞不变的时空之外，"另外尚有一批人，同样也那么寒暑交替，看日月升降。然而后者却在改变历史，创造历史。一分新的日月，行将消灭旧的一切。""箱子岩"这个被遗忘在主流历史之外的空间，如何才能重新"进入"历史，进而将龙舟竞渡中的那份狂热，运用到别的方面，成就一种新的"更愉快更长久"的生活方式？这是让沈从文在箱子岩停泊时"心中有点忧郁起来"的问题。

　　这种忧郁，到了沈从文离开小饭铺回到自己的船舱时，已经掺杂了一丝惶恐。乡人们议论中的贩卖鸦片的年轻什长，似已成为地方上的痼疾。然而十四年前，这个年轻人不过才七岁，或者就是当年沈从文在箱子岩时，身边渔船上因看龙舟而欢乐跳掷的孩子之一。如果此地人龙舟竞渡的"狂热"精神，没有成为改造地方的力量，反而最终成为一种"恶"，那么地方历史，又将走向何处？

在沈从文的这次回乡之旅中，这个问题显然一直困扰着他。在《一个爱惜鼻子的朋友》中，他谈及北伐时代两湖青年的狂热，称"我对于政治并无兴味，然而对于这种民族的疯狂感情却怀着敬重与惊奇"。然而让他遗憾的是，在长沙和常德的青年学生身上，已经看不到这种"狂热"，他们"都成了颓废不振萎琐庸俗的人物"。倒是辰州的几个青年军官燃起他的另一种希望，虽然"他们没有信仰，更没有幻想，最缺少的还是那个精神方面的快乐"，"然而他们的身体都很康健"，所以这些人在面对覆灭的历史命运时，必会有所选择。选择灭亡者，便会如箱子岩的年轻什长，"因为一切毫无希望，用颓废身心的狂嫖滥赌而自杀"。又或者，等待这痼疾溃烂净尽，地方人事可以迎来新生。沈从文由这个年轻什长，想到二十年前默默无闻的马夫贺龙，而今已经成为惊动十万军队的"匪首"。对于历史的必然和偶然，对于湘西这一边地未来的命运，更多了一份担忧和迷惘。

《箱子岩》的故事并没有结束在这一大一小的两个地方风云人物身上。三年后，因为抗战爆发，沈从文再次返乡，并经沅陵去往云南。战争打破了湘西的隔绝，"战事一延长，不知不觉间增加了许多人地理知识。另外一时，我们对于地图上许多许多地名，都空空泛泛，并无多少意义，也不能有所关心。现在可不同了。

一年来有些地方，或因为敌我两军用炮火血肉争夺，或因为个人需从那里过身，都必然重新加以注意"。(《湘西·引子》)

湘西在这种情况下，被重新"发现"。这个化外之地，突然有了完全不同的价值。它成为关乎战时交通、运输、战略战备的重要区域。湘西门户的打开，带来的是外部世界与本土空间的撞击，其引发的地方与中央、本地和外省、少数民族和汉族等诸多层次的摩擦，使得沈从文有心对湘西的区域文化再作梳理和介绍，这一次，湘西地方的独特性，是被放在民族战争的大背景之下加以呈现的。如何在尊重地方历史的同时，谋得地方与国家的新的调和？湘西能否摆脱浓郁的悲剧宿命感，借此时机赢来地方的新生？"箱子岩"在这一新的背景之下，重新成为沈从文书写和思考的对象。

在散文集《湘西》中，沈从文再次追问几年前在箱子岩畔的小船中思考的问题：地方与地方人未来的命运。在《泸溪·浦市·箱子岩》中的结尾处，沈从文再次书写了箱子岩，他最终选择了第一次过箱子岩时的印象作为总结：五色斑驳的石壁，深而碧的河水，岩洞中的狭长龙船，悬空的巨大木棺，端阳竞渡的壮观，晴天薄暮时分的光景……这"美而忧郁"的一切，是一种纯粹的诗；是"生命另一形式的表现，即人与自然契合，彼此不分的表现"。沈从文再次召唤他的读者，随他一起在这个空间中"越过时间"，去感受远古的穴居者架设岩棺的壮阔和两千余年前屈原的无望无助。这样的时空之旅，当能唤起对此地此景的"爱"与"不忍"。这一独特的生命形式和地方历史，是终于在历史长河中让人痛苦地"衰亡消灭"，还是借民族战争之时机浴火重生？

对于地方和地方上的人，这仍是"生存还是灭亡"的选择问题。沈从文在一九四〇年代强调的"楚人气质"与"凤凰精神"，其核心正是他的"箱子岩"印象中感受到的"爱、悲悯、狂热与虔敬"，也是地方文化精神复兴的希望所在。

对于沈从文关注的这个问题：地方的未来，李震一在《湖南的西北角》中给出了一个回答。他谈到抗战胜利后的湘西，在付出人力物力的巨大牺牲后，换来的却是"国家在复员，湘西在复原"的场景。湘西再次被遗忘于主流历史之外，也许正因如此，沈从文在为《湖南的西北角》一书所作的序言中称，自己在这本小书的字里行间能读到的，是"民族在悲剧中的挣扎"。"箱子岩"这一独特空间中蕴含的思索，对地方重生与复兴的期盼，也仍然只能是沈从文个人的"信念"而已。

一个爱惜鼻子的朋友

本篇曾以《湘行散记——一个近视眼的朋友》为篇名，发表于一九三五年五月《水星》第二卷第二期。署名沈从文。一九三六年三月收入《湘行散记》，上海商务印书馆初版。一九四三年十二月，上海开明书店出版改订本。现据开明书店改订本编入。

民国十三年[1]，湘西统治者陈渠珍[2]，在保靖地方办了个湘西十三县联合中学校，经费由各县分摊，学生由各县选送。那学校位置在城外一个小小山丘上，清澈透明的酉水[3]，在西边绕山脚流去，滩声入耳，使人神气壮旺。对河有一带长岭，名野猪坡，高约五里六里，局势雄强。（翻岭有一官路可通永顺。）岭上土地丛林与洞穴，为烧山种田人同野兽大蛇所割据。一到晚上，虎豹就傍近种山田的人家来吃小猪，从小猪锐声叫喊里，可知道虎豹跑去的方向。（这大虫有时昂的一吼，山谷响应许久。）种田人也常

1　为民国十一年之误，作者在后来的版本中作了校正。
2　陈渠珍，1920 年初继田应昭任湘西巡防统领。
3　酉水，又名白河，沅水支流。上游经湖北、四川入湖南境，于沅陵境内汇入沅水。

常拿了刀矛火器，以及种种家伙，往树林山洞中去寻觅，用绳网捕捉大蛇，用毒烟熏取野兽。岭上最多的是野猪，喜欢偷吃山田中的包谷和白薯，为山中人真正的仇敌。正因为这个无限制的损害农作物的仇敌，岭上人打锣击鼓猎野猪的事，也就成为一种常有的仪式，一种常有的游戏了。学校前面有个大操场，后边同左侧皆为荒坟同林莽，白日里野狗成群结队在林莽中游行，或各自蹲坐在坟头上眺望野景，见人不惊不惧。天阴月黑的夜里，这畜生就把鼻子贴着地面长嗥，招集同伴，掘挖新坟，争夺死尸咀嚼。与学校小山丘遥遥相对，相去不到半里路另一山丘，是当地驻军的修械厂。机轮轧轧声音终日不息，试枪处每天皆发出机关枪迫击炮响声。新校舍的建筑，因为由军人监工，所有课堂宿舍的形式与布置，皆同营房差不多。学生所过的日子，也就有些同军营相近。学校中当差的用两班徒手兵士，校门守卫的用一排武装兵士。管厨房宿舍的皆由部中军佐调用，在这种环境中陶冶的青年学生，将来的命运，不能够如一般中学生那么平安平凡，一看也就显然明白了。

当时那些青年中学生，除了星期日例假，可以到小街上买点东西，或爬山下水玩玩，此外皆不许无故外出。不读书时他们就在大操场里踢球，这游戏新鲜而且活泼，倒很适宜于一群野性学生。过不久，这游戏且成为一种有传染性的风气，使军部里一些青年官佐也受影响了。学生虽不能出门，青年官佐却随时可以来校中赛球。大家又不需要什么规则，只是把一个皮球各处乱踢，因此参加的人也毫无限制。我那时节在营上并无固定职务，正寄食于一个表兄弟处，白日里常随同号兵过河边去吹号，晚上就蜷伏在军装处一堆旧棉军服上睡觉。有一次被人邀去学校踢球，跟着那些青年学生吼吼嚷嚷满场子奔跑，他们上课去了，我还一个人那么玩下去。学校初办四周还无围墙，只用有刺铁丝网拦住。什么人把球踢出了界外时，得请野地里看牛牧羊人把球抛过来，不然就得从校门绕路去拾球。自从我一作了这个学校踢球的清客后，爬铁丝网拾球的事便派归给我。我很高兴当着他们面前来作这件事，事虽并不怎么困难，不过那些学生却怕处罚不敢如此放肆，我的行为于是成为英雄行为了。我因此认识了许多朋友。

朋友中有三个同乡，一个姓杨，本城大地主的独生子，一个姓韩，我的旧上司的儿子，（就是辰州府总爷巷第一支队司令部留守部那个派我每天钓蛤蟆下酒的老军官！）一个姓印，眼睛有点近视，他的父亲曾作过军部参谋长，因此在学校他俨然是个自由人。前两个人都很用心读书，姓印的可算得是个球迷。任何人邀他踢球，他必高兴奉陪，球离他不管多远，他总得赶去踢那么一脚。每到星期天，军营中有人往沿河下游四里的教练营大操场同学兵玩球时，这个人也必参加热闹。大操场里极多牛粪，有一次同人争球，见牛粪也拼命一脚踢去，弄得另一个人全身一塌糊涂。这朋友眼睛不能辨别面前的皮球同牛粪，心地可雪亮透明。体力身材皆不如人，倒有个很好的脑子。玩虽玩得厉害，应月考时各种功课皆有极好成绩。性情诙谐而快乐，并且富于应变之才，因此全校一切正当活动少不了他，一切胡闹也少不了他。大家得亲昵的称叫他为印瞎子，承认他的聪明，同时也断定他会"短命"。

每到有人说他寿命不永时，他便指定自己的鼻子："大爷，别损我。我有这个鼻子，活到八十八，也无灾无难！"

　　有一次几个人在一株大树下言志，讨论到各人将来的事业。姓杨的想办团防，因为做了团总就可以不受人敲诈，倒真是个小地主的好打算。姓韩的想作副官长，原因是他爸爸也做过副官长，所谓承先人之业是也。还有想管常平仓的，想做县公署第一科长的，想做苗守备官下苗乡去称王作霸的，以及想做徐良黄天霸，身穿夜行衣，反手接飞镖，以便打富济贫的。

　　有人询问那个近视眼，想知道他将来准备作什么。

　　他伸手出去对那个发言人打了个响榧子，"不要小看我印瞎子，我不像你们那么无出息。我要做个伟人！说大话不算数，我们等着看吧。看相的王半仙夸奖我这条鼻子是一条龙，赵匡胤黄袍加身，不儿戏！"他说了他的抱负后，转脸向我，用手指着他自己那条鼻子，有点众人不识英雄的神气，"大爷，你瞧，你说老实话，像我这样一条鼻子，送过当铺去不是也可以当个一千八百吗？"

　　我忙笑着说"值得值得"，但因为想起另外一件事，不由得不大笑起来了。

　　另一时他同我过渡，预备往野猪坡大岭上去看乡下人新捕获的大豹子，手中无钱，不能给撑渡船的钱。船快拢岸时他就那么说："划船的，伍子胥落难的故事你明白不明白？"

　　撑渡船的就说："我明白！"

　　"你明白很好，你认准我这条鼻子，将来有你的好处。"

　　那弄船的好像知道是什么事了，却也指着自己鼻子说："少爷，不带钱不要紧，你也认清我这条鼻子！"

"我认得，我认得，不会忘记。这是朱砂鼻子，按相书说主酒食，你一天能喝多少？我下次同你来喝个大醉吧。"

弄渡船的大约也很得意自己那条鼻子，听人提到它便很妩媚的微笑了。那鼻子，简直透红得像条刚从饭锅里捞出的香肠！

…………

至于我当时的志向呢，因为就过去经验说来，我只能各处流转接受个人应得的一分命运，既无事业可作，还能希望什么好生活？不过我很明白"时间"这个东西十分古怪。一切人一切事皆会在时间下被改变，当前的安排也许不大对，有了小小错处，我很愿意尽一分时间来把世界同世界上的人改造一下看看。我并不计划做苗官，又不能从鼻子眼睛上什么特点增加多少自信。我不看重鼻子，不相信命运，不承认目前形势，却尊敬时间。我不大在生活上的得失关心，却了然时间对这个世界同我个人的严重意义。我愿意好好的结结实实的来作一个人，可说不出将来我要作个什么样的人。因此一来，我当时也就算不得是个有志气的人。

民国十四年[1]，川军熊克武率领大部军队从湘西过境，保靖地方发生了一场混战，各种主要建设皆受军事影响毁掉了，那个学校也被军人点上一把火烧尽了。学生各自散走后，有的成了小学教员，有的从了军，有几个还干脆做了土匪，占山落草称大王，把家中童养媳接上山去圆亲充押寨夫人。我那时已到北

1　为民国十三年之误，作者在后来的版本中作了校正。

京，从家信中得来一点点关于他们的消息，皆认为这很自然很有趣。时间正在改造一切，尽强健的爬起，尽懦怯的灭亡，我在这一分岁月中，变动得比他们还更厉害，他们作的事我毫不出奇，毫不惊讶。

到了民国十六年，革命军北伐攻下武汉后，两湖方面党的势力无处不被浸入。小县小城皆有了党的组织，当地小学教员照例成为党的中坚分子。烧木偶，除迷信，领导小学生开会游行，对本地土豪劣绅刻薄商人主张严加惩罚，便是小县城党部重要工作。当地防军领袖同县知事处处皆受党的挟制，虽有实力却不敢随便说话。那个姓杨的同姓韩的朋友，适在本县做小学教员。两人在这个小小县城里，居然燃烧了自己的血液，在这一种莫名其妙的情形中，成了党的台柱。一切事皆毫不顾忌，放手作去。工作的狂热，代为证明他们对本题认识得还如何天真。必然的变化来了，各处清党运动相继而起。军事领袖得到了惩罚活动分子的密令，把两个人从课室中请去开会，刚到会场就剥了他们的衣服，派一些兵士簇拥出城外砍了。

那个近视眼朋友，北伐军刚到湖南，就入党务学校受训练，到北伐军奠定武汉，长江下游军事也渐渐得手时，他已成为毛泽东的小助手，身上穿了一件破烂军服，每日跟随毛泽东各处乱跑，日子过得充满了疯狂的兴奋。他当真有意识在做"伟人"了。这朋友从卅×军政治部一个同乡处，知道我还困守在北京城，只是白日做梦，想用一支笔奋斗下去，打出个天下，就写了个信给我：

大爷，你真是条好汉！可是做好汉也有许多地方许多事业等着你，为什么尽捏紧那枝笔？你还记不记得起老朋友那条鼻子？不要再在北京城写什么小说，世界上已没有人再想看你那种小说了。到武汉来找老朋友，看看老朋友怎么过日子吧？你放心，想唱戏，一来就有你戏唱。从前我用脚踢牛屎，现在一切不同了，我可以踢许多许多东西了。……

他一定料想不到这一封信就差点儿把我踢入北京城的牢狱里。收到这信后我被查公寓的宪警麻烦了四次，询问了许多蠢话，抖气把那封信烧了。我当时信也不回他一个。我心想："你不妨依旧相信你那条鼻子，我也不妨仍然迷信我这一双手，等等看，过两年再说吧。"不久宁汉左右分裂，清党事起，万个青年人就从此失踪，不知道往什么地方去了。这个朋友的消息自然再也得不到了。

…………

我听许多人说及北伐时代两湖青年的狂热。我对于政治并无兴味，然而对于这种民族的疯狂感情却怀着敬重与惊奇。这究竟是怎么回事？我愿意多知道一点点。这种狂热虽用人血洗过了，被时间漂过了，现在回去看看，大致已看不出什么痕迹了。然而我还以为也许从一些人的欢乐或恐怖印象里，多多少少可以发现一点新东西。回湖南时，因此抱了一种希望。

在长沙有五个青年学生来找我，在常德时我又见着七个青年学生，一谈话就知道这些人一面正被读经打拳政策所困辱，不知如何是好。一面且受几年来国内各种大报小报文坛消息所欺骗，都成了颓废不振萎琐庸俗的人物，一见我别的不说，就提出四十多个文坛消息要我代为证明真伪。都不打算到本身能为社会做什么，愿为社会做什么。对生存既毫无信仰，却对于一二作家那么发生兴味。且皆想做诗人，随随便便写两首诗，以为就是一条出路。从这些人推测将来这个地方的命运，我俨然洞烛着这地方从人的心灵到每一件小事的糜烂与腐蚀。这些青年皆患精神上的营养不足，皆成了绵羊，皆怕鬼信神。一句话，皆完了。……

过辰州时几个青年军官燃起了我另外一种希望。从他们的个别谈话中，我得到许多可贵的见识。他们没有信仰，更没有幻想，最缺少的还是那个精神方面的快乐。当前严重的事实紧紧束缚他们，军费不足，地方经济枯竭，环境尤其恶劣。他们明白自己在腐烂，分解，于我面前就毫不掩饰个人的苦闷。他们明白一切，却无力解决一切。然而他们的身体都很康健，那种本身覆灭的忧虑，会迫得他们去振作。他们虽无幻想，也许会在无路可走时接受一个幻想的指导。他们因为已明白习惯的统治方式要不得，机会若许可他们向前，这些人界于生存与灭亡之间，必知有所选择！不过这些人平时也看报看杂志，因此到时他们也会自杀，以为一切毫无希望，且颓废身心的狂嫖滥赌而自杀！……

我的旅行到了离终点还有一天路程的塔伏，住在一家桥头小客店里。洗了脚，天还未黑。店主人正告给我当地有多少人家，多少烟馆。忽然听得桥东人声嘈杂，小队人马过后，接着是一乘京式三顶拐轿子。一行人等停顿在另外一家客店门前。我知道这大约是什么委员，心中就希望这委员是个熟人，可以在这荒寒小地方谈谈。我正想派随从虎雏去问问委员是谁。料不到那个人一下轿，脸还不洗，就走来了。一个匣子炮护兵指定我说："您姓沈吗？局长来了！"我看到了一个高个子瘦人，脸上精神饱满，戴了副玳瑁边近视眼镜，站在我面前，伸出两只瘦手来表示要握手的意思。我还不及开口，他就嚷着说：

"大爷，你不认识我，你一定不认识我，你看这个！"他指着鼻子哈哈大笑起来。

"你不是印瞎子？"

"大爷，印瞎子是我！"

我认识那条体面鼻子，原来真是他！我高兴极了。问起来我才明白他现在是乌宿地方的百货捐局长，这时节正押解捐款回城。不到这里以前，先已得到侦探报告，知道有个从北方回来姓沈的人在前面，他就断定是我。一见当真是我，他的高兴可想而知。

我们一直谈到吃晚饭，饭后他说我们可以谈一个晚上，派护兵把他宝贵的烟具拿来。装置烟具的提篮异常精致，真可以说是件贵重美术品。烟具陈列妥当后，因为我对于烟具的赞美，他就告我这些东西的来源，那两支烟枪是贵州省主席李晓炎的，烟灯是川军将领汤子模的，烟匣是黔省军长王文华的，打火石是云南鸡足山……原来就是这些小东西，也各有历史或艺术价值，也是古董。至于提篮呢，还是贵州省一个烟帮首领特别定做送给局长的，试翻转篮底一看，原来还很精巧的织得有几个字！问他为什么会玩这个，他就老老实实的说明，北伐以后他对于鼻子的信仰已失去。因为吸这个，方不至于被人认为是那个，胡乱捉去那个这个的。说时他把一只手比拟在他自己脖子上，做出个咔嚓一刀的姿势，且摇头否认这个解决方法。他说他不是阿Q，不欢喜那种"热闹"。

我们于是在那一套名贵烟具旁谈了一整晚话，当真好像读了另外一本《天方夜谭》，一夜之间使我增长了许多知识，这些知识可谓稀有少见。

此后把话讨论到他身上那件玄狐袍子的价钱时，他甩起长袍一角，用手抚摸着那美丽皮毛说：

"大爷，这值三百六十块袁头，好得很！人家说：'瞎子，瞎子，你年纪还不到三十岁，穿这样厚狐皮会烧坏你那把骨头。'好吧，烧得坏就让他烧坏吧。我这性命横顺是捡来的，不穿不吃做什么。能多活三十年，这三十年也算是我多赚的。"

我把这次旅行观察所得同他谈及，问他是不是也感觉到一种风雨欲来的预兆。而且问他既然明白当前的一切，对于那个明日必需如何安排？他就说军队里混不是个办法，占山落草也不是出路。他想写小说，想戒了烟，把这套有历史性的宝贝烟具送给中央博物院，再跟我过上海混，同茅盾老舍抢一下命运。他说他对于脑子还有点把握。只是对于自己那只手，倒有点怀疑，因为六年来除了举起烟枪对准火口，小楷字也不写一张了。

天亮后，大家预备一同动身，我约他到城里时邀两个朋友过姓杨姓韩的坟上看看。他仿佛吃了一惊，赶忙退后一步，"大爷，你以为我戒了烟吗？家中老婆不许我戒烟。你真是……从京里来的人，简直是个京派。什么都不明白。入境问俗，你真是……"

我明白他的意思。估计他到城里，也不敢独自来找我。我住在故乡三天，这个很可爱的朋友，果然不再同我见面。

　　…………

　　　　　　　　　　　二十九年一月二十一日校后二节。

　　　　黄昏，天空淡白，山树如黛。微风摇尤加利树，如有所悟。

　　　　五月八日校正数处。脚甚肿痛，天闷热。

　　　　十月一日在昆明重校。时市区大轰炸，毁屋数百栋。

一个世纪性话题的沈从文式的思考 | 钱理群

　　《一个爱惜鼻子的朋友》在《湘行散记》里，算不上名篇，但却正面表现了沈从文对重大而尖锐的时代课题的思考与态度，这在沈从文作品中并不多见。因此，关于这篇"散记"，也就似乎有一些话可说。

　　沈从文曾一再表白,他回到湘西,常常要"想起'历史'"——不是"用文字写成的历史"，而是普通人日常生活中蕴含的"若干年来若干人类的哀乐"。(《湘行散记·一九三四年一月十八》)在某种程度上，《湘行散记》与《湘西》两部散文集正是一部湘西人的心灵史，生命流动史。而要考察这部近百年的"心史"，就不能回避其中一段重要历程："北伐时代两湖青年对革命的狂热"——岂只"北伐时代"，岂只"两湖青年"，可以说，"对革命的狂热"追求，是贯串于整个二十世纪（甚至可以上推到更遥远的年代）的,而且吸引了全中国（以至全世界）无数热血青年、志士仁人。当"狂热"时代过去，人们回过头来反思这段历史时，就不能不提出"如何评价"的问题——一九三五年沈从文写作《一个爱惜鼻子的朋友》时，面对的正是这个问题，而我们今天（处于二十世纪与二十一世纪的历史交接时期）重读这篇散记时，所面对的依然是这个问题。

　　尽管提出的是这样一个时至今日（距沈从文写作时间已有五十七年）仍具有现实意义的世纪性的共同话题，沈从文的思考与表达方式，仍然是充分个性化的：他一开始就给我们讲，"民国十一年"，本世纪初，一个"过去"的年代，一个偏远的人世角落，但那里的滩声"使人神气壮旺"，那里的长岭"局势雄壮"，还有白日虎豹的吼叫，月黑的夜里野狗的"长嗥"——这是典型的沈从文式的雄强的野性，生命力的"原味"。接着，他又以那样一种充满了爱怜的幽默讲述着"在这种环境陶冶"下的青年人，"一群野性中学生"的生活与游戏，这才不慌不忙地写到自己眼睛有点近视的主人公；"姓印的可算得是个球迷。任何人邀他去踢球，他必高兴奉陪，球离他不管多远，他总得赶去踢那么一脚。每到星期天，军营中有人往沿河下游四里的教练营大操场同学兵玩球时，这个人也必参加热闹。大操场里极多牛粪，有一次同人争球，见牛粪也拼命一脚踢去，弄得另一个人全身一塌糊涂"——据说，当代著名作家，被认为是沈从文先生的传人的汪曾祺，在几十年后，读到这段文字时，"总难免失声大笑"，并且说，"我好像见过这个人，黑黑，瘦瘦的，说话时爱往前探着头。而且无端地觉得他的脚背一定很高。细想想，大概是没有见过，我见过他的可能性极小。因为沈先生把他写得太生动，以致于使他在我印象里活起来了"。汪曾祺认为，这段（篇）"有趣的妙文"是显示了沈从文的"含蓄蕴藉"的"幽默"的："他并不存心逗笑，只是充满了对生活的情趣，觉得许多人，许多事情都很好玩。只有一个心地善良，与人无忤，好脾气的人，才能有这种透明的幽默感"。（汪曾祺：《沈从文的寂寞——谈谈他的散文》）正是怀着这"心地善良"的人所特有的"透明的幽默感"，沈从文对于"人"（不带任何神圣的，或英雄主义的光辉的普通、平凡的人）的本性、欲求，包括其中不可避免的弱点，可笑处，都有一种深切的理解、同情,以至于不可言说的慈爱。因此,当他写到"印瞎子"当众宣布"要做个伟人",并且以自己的鼻子为证,颇"有点众人不识英雄的神气",读者也会忍俊不禁,同时又感受着在狂妄、迷信背后的人的对超越现实可能的理想的自由追求与自信的可爱处——这其实正是沈从文所向往与羡慕的,他在三年前所写的《记胡也频》里,讲到后来成为革命者,并为之献出了生命的老友时,早就谈到自己的缺乏自信,"我的反复的自省,把我常常陷到一些泥淖里去","我所希望的一种性格,就恰恰同我现成这种性格相反"。他因此而热情赞扬胡也频是"一个有自信的人","这性格显然是一个男子必需的性格","这男性的强悍处,却正是这个时代所不能少的东西"。于是,我们也就理解了,当"民国十六年,革命军北伐攻下武汉后",印瞎子和他的"那个姓杨的和姓韩的朋友",和无数两湖青年们一起,"燃烧了自己的血液",投入革命狂潮之中,这几乎是必然的。同时,我们也终于明白,沈从文在这篇"散记"的前半部,所有那些"闲笔"——前述对于"雄强"色彩的地理、人文环境的交代,对于主人公充满自由幻想与自信的生命的描写,其实都是为了"导向"这最后的结局。在沈从文看来,所谓"革命的狂热",在本质上,乃是一种"男性的强悍"的生命力的自由释放,正是基于这一最基本的理解与同情(甚至是某种程度上的向往),尽管沈从文同时对于这类"革命的狂热"有着极大的保留与疑惧——他更相信"时间"所造成的自然渐变,而对人力强制的骤变能否成功,特别是可能产生的后果,不能不多有怀疑,当年他就曾向胡也频表示:"你也许比我'做得认真',我也许比你'想得彻底'。"他在这篇散记里，也直言不讳地批评他的狂热的老乡认识的"天真"，对于当时成为"毛泽东的小助手"的印瞎子扬言"可以踢许多许多东西了"，也感到某种不安，但是，从内心深处，他对这些"毫无顾忌，放手做去"的生命的强者却有着深深的敬意；他在文章中，公开表示了"对这种民族的狂热感情"所怀有的"敬重与惊奇"。在某种程度上，他的这次"湘西之行"正是一次"追寻"。他说："这种狂热虽用人血洗过了，被时间漂过了，现在回去看看，大致已看不出什么痕迹了。然而我还以为也许从一些人的欢乐或恐怖印象里，多多少少可以发现一点新东西。"细心的读者大概还记得，沈从文在同时期所写的《箱子岩》里，是那样热情地期待着生活在湘西土地上的普通人民"重新来一股劲儿，用划龙船的精神活下去"，"改造这些人的狂热到一件新的竞争方面去"，"可使他们还配在世界上占据一片土地，活得更愉快更长久一些"。而在本文里，沈从文却写出了他的深刻失望，他痛苦地"洞烛着这地方从人的心灵到每一件小事的腐烂与腐蚀"：所有的青年"皆患精神上的营养不足，皆成了绵羊，皆怕鬼信神"，偶然发现多少有些希望的"几个青年军官"，尽管有"许多可贵的见识"，"他们明白一切，却无力解决一切"，那"狂热"的一代人的"信仰""幻想""精神方面的快乐"，以及强悍的生命力，是再也寻觅不到了。而尤其使沈从文感到震惊的，是他与印瞎子——这位"爱惜鼻子的朋友"的重逢（在某些地方使人联想起鲁迅小说《在酒楼上》里"我"与"吕纬甫"的邂逅）。但沈从文的叙述语调却是格外的平静：他只是如实地写着，这位如今戴上了"玳瑁边近视眼镜"的"乌宿地方的百货捐局长"如何向自已表明"北伐战争后他对于鼻子的信仰已失去",又如数家珍地一一显示他的精致贵重的烟具及出处,半真半假地表白"我这性命横顺是捡来的,不穿不吃做什么";只有在写到当我邀他去看看在清党运动中被枪杀的老友的坟,"他仿佛吃了一惊,赶忙退后一步",支支吾吾地拒绝了时,才略略流露了微讽之意。但读者却能够体味到沈从文内心的沉重与寂寞。不仅是"追寻"的"幻灭"的悲哀,更有着"人"的一切生命活力终不免被无情的历史惰力所吞没的无奈——沈从文在前引《湘行散记·一九三四年一月十八》里早已说过,这"千年不变无可记载的历史,却使人引起无言的哀戚";而在这背后,自然也隐现着沈从文自己所说的,在"所接触到的种种"中所"常具"的"悲悯感"。(戴乃迭译英文版《散文选译·序》)

凤凰

本篇选自散文集《湘西》，一九三九年八月由商务印书馆初版。一九四四年四月开明书店出版改订本，有副题"一名《沅水流域识小录》"。现据开明书店改订本编入。

这是从一个作品里摘录出关于凤凰的轮廓。

一个好事的人，若从百年前某种较旧一点的地图上寻找，一定可在黔北、川东、湘西一处极偏僻的角隅上，发现了一个名为"镇筸"的小点。那里同别的小点一样，事实上应有一个城市，在那城市中，安顿了数千户人口的，不过一切城市的存在，大部分皆在交通、物产、经济的情形下面，成为那个城市荣枯的因缘。这一个地方，却以另外意义无所依附而独立存在。将那个用粗糙而坚实巨大石头砌成的圆城作为中心，向四方展开，围绕了这边疆僻地的孤城，约有五百余苗寨，各有千总守备镇守其间。有数十屯仓，每年屯数万石粮食为公家所有。五百左右的碉堡，二百左右的营汛。碉堡各用大石作成，位置在山顶头，随了山岭脉络蜿蜒各处，营汛各位置在驿路上，布置得极有秩序。这些东西是在一百八十年前，按照一种精密的计划，各保持到相当距离，在周围数百里内，平均分配下来，解决了退守一隅常作蠢动的边苗叛变的。两世纪来×清的暴政，以及因这暴政而引起的反抗，血染赤了每一条官道同每一个碉堡。到如今，一切完事了。碉堡多数业已残毁了，营汛多数成为民房了，人民已大半同化了。落日黄昏时节，站到那个巍然独在万山环绕的孤城高处，眺望那些远近残毁碉堡，还可依稀想见当时角鼓火炬传警告急的光景。这地方到今日此时，因为另一军事重心，一切皆以一种迅速的姿势在改变，在进步，同时这种进步，也就正消灭到过去一切。……

地方统治者分数种，最上为天神，其次为官，又其次才为村长同执行巫术的神的侍奉者。人人洁身信神，守法爱官。每家俱有兵役，可按月各到营上领到一点银子，一份米粮，且可从官家领取二百年前被政府所没收的公田播种。

这地方本名镇箪城，后改凤凰厅，入民国后，改名凤凰县。清时辰沅永靖兵备道，镇箪镇，均驻节此地。辛亥革命后，湘西镇守使，辰沅道，仍在此办公。除屯谷外国家每月约用银八万两经营此小小山城。地方居民不过五六千，驻防各处的正规兵士却有七千。由于环境不同，直到现在其地绿营兵役制度尚保存不废，为中国绿营军制唯一残留之物。（引自《凤凰子》）

苗人放蛊的传说，由这个地方出发。辰州符的实验者，以这个地方为集中地。三楚子弟的游侠气概，这个地方因屯丁子弟兵制度，所以保留得特别多。在宗教仪式上，这个地方有很多特别处，宗教情绪（好鬼信巫的情绪），因社会环境特殊，热烈专诚到不可想象。湘西之所以成为问题，这个地方人应当负较多责任。湘西的将来，不拘好或坏，这个地方人的关系都特别大。湘西的神秘，只有这一个区域不易了解，值得了解。

它的地域已深入苗区，文化比沅水流域任何一县都差得多，然而民国以来湖南的第一流政治家熊希龄[1]先生，却出生在那个小小县城里。地方可说充满了迷信，然而那点迷信却被历史很巧妙的糅合在军人武德里，因此反而增加了军人的勇敢性与团结性。去年在嘉善守兴登堡国防线抗敌时，作战之沉着，牺牲之壮烈，就见出迷信实无碍于它的军人职务。县城一个完全小学也办不好，可是许多青年却在部队中当过一阵兵后，辗转努力，得入正式大学，或陆军大学，成绩都很好。一些由行伍出身的军人，常识且异常丰富；个人的浪漫情绪与历史的宗教情绪结合为一，便成游侠者精神，领导得人，就可成为卫国守土的模范军人。这种游侠精神若用不得其当，自然也可以见出种种短处。或一与领导者离开，即不免在许多事上精力浪费。甚焉者即糜烂地方，尚不自知。总之，这个地方的人格与道德，应当归入另一型范。由于历史环境不同，它的发展也就不同。

1　熊希龄，光绪进士，曾参与维新运动，1913年出任国务总理，后任红十字中华总会会长。

凤凰军校阶级不独支配了凤凰，且支配了湘西沅水流域二十县。它的弱点与二十年来中国一般军人弱点相似，即知道管理群众，不大知道教育群众。知道管理群众，因此在统治下社会秩序尚无问题。不大知道教育群众，因此一切进步的理想都难实现。地方边僻，且易受人控制，如数年前领导者陈渠珍被何键压迫离职，外来贪污与本地土劣即打成一片，地方受剥削宰割，毫无办法。民性既刚直，团结性又强，领导者如能将这种优点成为一个教育原则，使湘西群众普遍化，人人各有一种自尊和自信心，认为湘西人可以把湘西弄好，这工作人人有份，是每人责任也是每人权利，能够这样，湘西之明日，就大不相同了。

　　典籍上关于云贵放蛊的记载，放蛊必与仇怨有关，仇怨又与男女事有关。换言之，就是新欢旧爱得失之际，蛊可以应用作争夺工具或报复工具。中蛊者非狂必死，惟系铃人可以解铃。这倒是蛊字古典的说明，与本意相去不远。看看贵州小乡镇上任何小摊子上都可以公开的买红砒，就可知道蛊并无如何神秘可言了。但蛊在湘西却有另外一种意义，与巫，与此外少女的落洞致死，三者同源而异流，都源于人神错综，一种情绪被压抑后变态的发展。因年龄、社会地位和其他分别，穷而年老的易成为蛊婆，三十岁左右的，易成为巫，十六岁二十二三岁，美丽爱好而婚姻不遂的，易落洞致死。三者都以神为对象，产生一种变质女性神经病。年老而穷，怨愤郁结，取报复形式方能排泄感情，故蛊婆所作所为，即近于报复。三十岁左右，对神力极端敬信，民间传说如"七仙姐下凡"之类故事又多，结合宗教情绪与浪漫情绪而为一，因此总觉得神对她特别关心，发狂，呓语，天上地下，无往不至，必需作巫，执行人神传递愿望与意见工作，经众人承认其为神之子后，中和其情绪，狂病方不再发。年青貌美的女子，一面为戏文才子佳人故事所启发，一面由于美貌而有才情，婚姻不谐，当地武人出身中产者规矩又严，由压抑转而成为人神错综，以为被神所爱，因此死去。

善蛊的通称"草蛊婆"，蛊人称"放蛊"。放蛊的方法是用蛊类放果物中，毒虫不外蚂蚁、蜈蚣、长蛇，就本地所有且常见的。中蛊的多小孩子，现象和通常害疳疾腹中生蛔虫差不多，腹胀人瘦，或梦见虫蛇，终于死去。病中若家人疑心是同街某妇人放的，就往去见见她，只作为随便闲话方式，客客气气的说："伯娘，我孩子害了点小病，总治不好，你知道什么小丹方，告我一个吧。小孩子怪可怜！"那妇人知道人疑心到她了，必说："那不要紧，吃点猪肝（或别的）就好了。"回家照方子一吃，果然就好了。病好的原因是"收蛊"。蛊婆的家中必异常干净，个人眼睛发红。蛊婆放蛊出于被蛊所逼迫，到相当时日必来一次。通常放一小孩子可以经过一年，放一树木（本地凡树木起瘤有蚁穴因而枯死的，多认为被放蛊死去）只抵两月。放自己孩子却可抵三年。蛊婆所住的街上，街邻照例对她都敬而远之的客气，她也就从不会对本街孩子过不去（甚至于不会对全城孩子过不去）。但某一时若迫不得已使同街孩子致死或城中孩子因受蛊死去，好事者激起公愤，必把这个妇人捉去，放在大六月天酷日下晒太阳，名为"晒草蛊"。或用别的更残忍方法惩治。这事官方从不过问。即或这妇人在私刑中死去，也不过问。受处分的妇人，有些极口呼冤，有些又似乎以为罪有应得，默然无语。然情绪相同，即这种妇人必相信自己真有致人于死的魔力。还有些居然招供出有多少魔力，施行过多少次，某时在某处蛊死谁，某地方某大树枯树自焚也是她做的。在招供中且俨然得到一种满足的快乐。这样一来，照习惯必在毒日下晒三天，有些妇人被晒过后病就好了，以为蛊被太阳晒到就离开了，成为一个常态的妇人。有些因此就死掉了，死后众人还以为替地方除了一害。其实呢，这种妇人与其说是罪人，不如说是疯婆子。她根本上就并无如此特别能力蛊人致命。这种妇人是一个悲剧的主角，因为她有点隐性的疯狂，致疯的原因又是穷苦而寂寞。

行巫者其所以行巫，加以分析，也有相似情形。中国其他地方巫术的执行者，同僧道相差不多，已成为一种游民懒妇谋生的职业。视个人的诈伪聪明程度，见出职业成功的多少。他的作为重在引人迷信，自己却清清楚楚。这种行巫，已完全失去了他本来性质，不会当真发疯发狂了。但凤凰情形不同，行巫术多非自愿的职业，近于"迫不得已"的差使。大多数本人平时为人必极老实忠厚，沉默寡言。常忽然发病，卧床不起，如有神附体，语音神气完全变过，或胡唱胡闹，天上地下，无所不谈。且哭笑无常，殴打自己，长日不吃，不喝，不睡觉。过三两天后，仿佛生命中有种东西，把它稳住了，因极度疲乏，要休息了，长长的睡上一天，人就清醒了。醒后对病中事竟毫无所知，别的人谈起她病中情形时，反觉十分羞愧。

可是这种狂病是有周期性的（也许还同经期有关系），约两三个月一次。每次总弄得本人十分疲乏，欲罢不能。按照习惯，只有一个方法可以治疗，就是行巫。行巫不必学习，无从传授，只设一神坛，放一平斗，斗内装满谷子，插上一把剪刀。有的什么也不用，就可正式营业。执行巫术的方式，是在神前设一座位，行巫者坐定，用青丝绸巾覆盖脸上。重在关亡，托亡魂说话，用半哼半唱方式，谈别人家事长短，儿女疾病，远行人情形。谈到伤心处，谈者泗涕横溢，听者自然更嘘泣不止。执行巫术后，已成为众人承认的神之子，女人的潜意识，因中和作用，得到解除，因此就不会再发狂病。初初执行巫术时，且照例很灵，至少有些想不到的古怪情形，说来十分巧合。因为有事前狂态作宣传，本城人知道的多，行巫近于不得已，光顾的老妇人必甚多，生意甚好。行巫虽可发财，本人通常倒不以所得多少关心，受神指定为代理人，不作巫即受惩罚，设坛近于不得已。行巫既久，自然就渐渐变成职业，使术时多做作处，世人的好奇心同时又转移到新近设坛的别一妇人方面去，这巫婆若为人老实，便因此撤了坛，依然恢复她原有的生活，或作奶妈，或做小生意，或带孩子。为人世故，就成为三姑六婆之一，利用身份，串当地有身份人家的门子，陪老太太念经，或如《红楼梦》中与赵姨娘合作同谋之流妇女，行使点小法术，埋在地下，放在枕边，使"仇人"吃亏。或更作媒作中，弄一点酬劳脚步钱。小孩子多病，命大，就拜寄她作干儿子。小孩子夜惊，就为"收黑"，用个鸡蛋，咒过一番后，黄昏时拿到街上去，一路喊小孩名字，"八宝回来了吗？"另一个就答"八宝回来了"，一直喊到家。到家后抱着孩子手蘸唾沫抹抹孩子头部，事情就算办好了。行巫的本地人称为"仙娘"。她的职务是"人鬼之间的媒介"，她的群众是妇人和孩子，她的工作真正意义是她得到社会承认是神的代理人后，狂病即不再发，当地妇女实为生活所困苦，感情无所归宿，将希望与梦想寄在她的法术上，靠她得到安慰。这种人自然间或也会点小丹方，可以治小儿夜惊，膈食。用通常眼光看来，殊不可解，用现代心理学来分析，它的产生同它在社会上的意义，都有它必然的原因。一知半解的读书人，想破除迷信，要打倒它，否认这种"先知"，正说明另一种人的"无知"。

至于落洞，实在是一种人神错综的悲剧，比上述两种妇女病更多悲剧性。地方习惯是女子在性行为方面的极端压制，成为最高的道德。这种道德观念的形成，由于军人成为地方整个的统治者。军人因职务关系，必时常离开家庭外出，在外面取得对于妇女的经验，必使这种道德观增强，方能维持他的性的独占情绪与事实。因此本地认为最丑的事无过于女子不贞，男子听妇女有外遇，妇女若无家庭任何拘束，自愿解放，毫无关系的旁人亦可把女子捉来光身游街，表示与众共弃。下面的故事是另外一个最好的例。

旅长刘某某，夫人是一个女子学校毕业生，平时感情极好。有同学某女士，因同学时要好，在通信中不免常有些女孩子的感情的话。信被这位军官见到后，便引起疑心。后因信中有句话语近于男子说的，"嫁了人你就把我忘了"，这位军官疑心转增。独自驻防某地，有一天忽然要马弁去接太太，并告马弁："你把太太接来，到离这里十里，一枪给我把她打死，我要死的不要活的。我要看看她还有一点热气，不同她说话。你事办得好，一切有我；事办不好，不必回来见我。"马弁当然一切照办。当真把旅长太太接来防地，到要下手时，太太一看情形不对，问马弁是什么意思。马弁就告她这是旅长的意思。太太说："我不能这样冤枉死去，你让我见他去说个明白！"马弁说："旅长命令要这么办，不然我就得死。"末了两人都哭了。太太让马弁把枪口按在心子上一枪打死了。（打心子好让血往腔子里流！）轿夫快快的把这位太太抬到旅部去见旅长，旅长看看后，摸摸脸和手，看看气已绝了，不由自主淌了两滴英雄泪，要马弁看一副五百块钱的棺木，把死者装殓埋了。人一埋，事情也就完结了。

这悲剧多数人就只觉得死者可悯，因误会得到这样结果，可不觉得军官行为成为问题。倘若女的当真过去一时还有一个情人，那这种处置，在当地人看来，简直是英雄行为了。

女子在性行为所受的压制既如此严酷，一个结过婚的妇人，因家事儿女勤劳，终日织布，绩麻，作腌菜，家境好的还玩骨牌，尚可转移她的情绪不至于成为精神病。一个未出嫁的女子，尤其是一个爱美好洁，知书识字，富于情感的聪明女子，或因早熟，或因晚婚，这方面情绪上所受的压抑自然更大，容易转成病态。地方既在边区苗乡，苗族半原人的神怪观影响到一切人，形成一种绝大力量。大树、洞穴、岩石，无处无神。狐、虎、蛇、龟，无物不怪。神或怪在传说中美丑善恶不一，无不赋以人性。因人与人相互爱悦和当前道德观念极端冲突，便产生人和神怪爱悦的传说，女性在性方面的压抑情绪，方借此得到一条出路。落洞即人神错综之一种形式。背面所隐藏的悲惨，正与表面所见出的美丽，成分相等。

凡属落洞的女子，必眼睛光亮，性情纯和，聪明而美丽。必未婚，必爱好，善修饰。平时贞静自处，情感热烈不外露，转多幻想，间或出门，即自以为某一时无意中从某处洞穴旁经过，为洞神一瞥见到，欢喜了她。因此更加爱独处，爱静坐，爱清洁，有时且会自言自语，常以为那个洞神已驾云乘虹前来看她。这个抽象的神或为传说中的相貌，或为记忆中庙宇里的偶像样子，或为常见的又为女子所畏惧的蛇虎形状。总之这个抽象对手到女人心中时，虽引起女子一点羞怯和恐惧，却必然也感到热烈而兴奋。事实上也就是一种变形的自渎。等待到家中人注意这件事情深为忧虑时，或正是病人在变态情绪中恋爱最满足时。

通常男巫的职务重在和天地，悦人神，对落洞事即付之于职权以外，不能过问。辰州符重在治大伤，对这件事也无可如何。女巫虽可请本家亡灵对于这件事表示意见，或阴魂入洞探询消息，然而结末总似乎凡属爱情，即无罪过。洞神所欲，一切人力都近于白费。虽天王佛菩萨，权力广大，人鬼同尊，亦无从为力。（迷信与实际社会互相映照，可谓相反相成。）事到末了，即是听其慢慢死去。死的迟早，都认为一切由洞神作主。事实上有一半近于女子自己作主。死时女子必觉得洞神已派人前来迎接她，或觉得洞神亲自换了新衣骑了白马来接她，耳中有箫鼓竞奏，眼睛发光，脸色发红，间或在肉体上放散一种奇异香味，含笑死去。死时且显得神气清明，美艳惊人。真如诗人所说："她在恋爱之中，含笑死去。"家中人多泪眼莹然相向，无可奈何。只以为女儿被神所眷爱致死。料不到女儿因在人间无可爱悦，却爱上了神，在人神恋与自我恋情形中消耗其如花生命，终于衰弱死去。

凡女子落洞致死的年龄，迟早不等，大致在十六到二十四五左右。病的久暂也不一，大致由两年到五年。落洞女子最正当的治疗是结婚，一种正常美满的婚姻，必然可以把女子从这种可怜的生活中救出。可是照习惯这种为神眷顾的女子，是无人愿意接回家中作媳妇的。家中人更想不到结婚是一种最好的法术和药物。因此末了终是一死。

湘西女性在三种阶段的年龄中，产生蛊婆女巫和落洞女子。三种女性的歇思底里亚，就形成湘西的神秘之一部分。这神秘背后隐藏了动人的悲剧，同时也隐藏了动人的诗。至如辰州符，在伤科方面用催眠术和当地效力强不知名草药相辅为治，男巫用广大的戏剧场面，在一年将尽的十冬腊月，杀猪宰羊，击鼓鸣锣，来作人神和乐的工作，集收人民的宗教情绪和浪漫情绪，比较起来，就见得事很平常，不足为异了。

浪漫情绪和宗教情绪两者混而为一，在女子方面，它的排泄方式，有如上所述说的种种。在男子方面，则自然而然成为游侠者精神。这从游侠者的道德规律所表现的宗教性和戏剧性也可看出。妇女道德的形成，与游侠者的规律大有关系。游侠者对同性同道称哥唤弟，彼此不分。故对于同道眷属亦视为家中人，呼为嫂。子弟儿郎们照规矩与嫂子一床同宿，亦无所忌。但条款必遵守，即"只许开弓，不许放箭"。条款意思就是同住无妨，然不能发生关系。若发生关系，即为犯条款，必受严重处分。这种处分仪式，实充满宗教性和戏剧性。下面一件记载，是一个好例。这故事是一个参加过这种仪式的朋友说的。

在野地排三十六张方桌（象征梁山三十六天罡[1]），用八张方桌重叠为一个高台，桌前掘一见方一丈八尺的土坑，用三十六把尖刀竖立坑中，刀锋向上，疏密不一。预先用浮土掩着，刀尖不外露。所有弟兄哥子都全副戎装到场，当时流行的装束是：青绉绸巾裹头，视耳边下垂巾角长短表示身份。穿纸甲，用棉纸捶炼而成，中夹头发，作成背心式样，轻而柔韧，可以避刀刃。外穿密钮打衣，袖小而紧。佩平时所长武器，多单刀双刀，小牛皮刀鞘上绘有绿云红云，刀环上系彩绸，作为装饰。着青袴、裹腿，腿部必插两把黄鳝尾小尖刀。赤脚，穿麻练鞋。桌上排定酒盏，燃好香烛，发言的必先吃血酒盟心（或咬一公鸡头，将鸡血滴入酒中，或咬破手指，将本人血滴入酒中）。"管事"将事由说明，请众议处。事情是一个作大哥的嫂子有被某"老幺"调戏嫌疑，老幺犯了某条某款。女子年青而貌美，长眉弱肩，身材窈窕，眼光如星子流转。男的不过二十岁左右，黑脸长身，眉目英悍。管事把事由说完后，女子继即陈述经过，那青年男子在旁沉默不语。此后轮到青年开口时，就说一切都出于诬蔑。至于为什么诬蔑，他不便说，嫂子应当清清楚楚。那意思说是说嫂子对他有心，他无意。既经否认，各执一说，"执法"无从执行处分，因此照规矩决之于神。青年男子把麻鞋脱去，把衣甲脱去，光身赤脚爬上那八张方桌顶上去。毫无惧容，理直气壮，奋身向土坑跃下。出坑时，全身丝毫无伤。照规矩即已证实心地光明，一切出于受诬。

1　梁山三十六天罡，天罡指星官名。《水浒传》中附会按座次前三十六员将领为天罡星下凡。

其时女子头已低下，脸色惨白，知道自己命运不佳，业已失败，不能逃脱。那大哥揪着女的发髻，跪到神桌边去，问她："还有什么话说？"女的说："没有什么说的。冤有头，债有主，凡事天知道。"引颈受戮，不求饶也不狡辩。一切沉默。这大哥看看四面八方，无一个人有所表示，于是拔出背上军刀，一刀结果了这个因爱那小兄弟不遂心，反诬他调戏的女子。头放在神桌前，眉目下垂如熟睡。一伙哥子弟兄见事已完，把尸身拖到原来那个土坑里去，用刀掘土，把尸身掩埋了。那个大哥和那个么兄弟，在情绪上一定都需要流一点眼泪，但身份上的习惯，却不许一个男子为妇人显出弱点，都默默无言，各自走开。

类乎这种事情还很多。都是浪漫与严肃，美丽与残忍，爱与怨，交缚不可分。

游侠者行径在当地也另成一种风格，与国内近代化的青红帮稍稍不同。重在为友报仇，扶弱锄强，挥金如土，有诺必践。尊重读书人，敬事同乡长老。换言之，就是还能保存一点古风。有些人虽能在川黔湘鄂数省边境号召数千人集会，在本乡却谦虚纯良，犹如一乡巴老，有兵役的且依然按时入衙署当值，听候差遣作小事情，凡事照常。赌博时用小铜钱三枚跌地，名为"板三"，看反复，数目，决定胜负，一反手间即输黄牛一头，银元一百两百，输后不以为意，扬长而去，从无翻悔放赖情事。决斗时两人用分量相等武器，一人对付一人，虽亲兄弟只能袖手旁观，不许帮忙，仇敌受伤倒下后，即不继续填刀，否则就被人笑话，失去英雄本色，虽胜不武。犯条款时自己处罚自己，割手截脚，脸不变色，口不出声。总之，游侠观念纯是古典的，行为是与太史公所述相去不远的。二十年闻名于川黔鄂湘各边区凤凰人田三怒，可为这种游侠者一个典型。年纪不到十岁，看木傀儡戏时，就携一血梼木[1]短棒，在戏场中向屯垦军子弟不端重的横蛮的挑衅，或把人痛殴一顿，或反而被人打得头破血流，不以为意。十二岁就身怀黄鳝尾小刀，称"小老幺"，三江四海口诀背诵如流。家中老父开米粉馆，凡小朋友照顾的，一例招待，从不接钱。十五岁就为友报仇，走七百里路到常德府去杀一木客镖手，因听人说这个镖手在沅州有意调戏一个妇人，曾用手触过妇人的乳部，这少年就把镖手的双手砍下，带到沅州去送给那朋友。年纪二十岁，已称"龙头大哥"，名闻边境各处，然在本地每日抱大公鸡往米场斗鸡时，一见长辈或教学先生，必侧身在墙边让路，见女人必低头而过，见作小生意老妇人，必叫伯母，见人相争相吵，必心平气和劝解，且用笑话使大事化为小事。周济逢丧事的孤寡，从不出名露面。各庙宇和尚尼姑行为有不正当的，恐败坏当地风俗，必在短期中想方法把这种不守清规的法门弟子逐出境外。作为龙头后身边子弟甚多，龙蛇不一，凡有调戏良家妇女，或因赌博撒赖，或倚势强夺，经人告诉的，必招来把事情问明白，照条款处办。执法老幺，被派往六百里外杀人，随时动员，如期带回证据。结怨甚多，积德亦多。身体瘦黑而小，秀弱如一小学教员，不相识的绝不会相信这是湘西一霸。

光棍服软不服硬，白羊岭有一张姓汉子，出门远走云贵二十年，回家时与人谈天，问："本地近来谁有名？"或人说：

1　血梼木，疑为血椆木之误。椆为一种质地坚密的杂木，有红、白二色。

"田三怒。"姓张的稍露出轻视神气："田三怒不是正街卖粉的田家小儿子？"当夜就有人去叫张家的门，在门外招呼说："姓张的，你明天天亮以前走路，不要在这个地方住。不走路后天我们送你回老家。"姓张的不以为意，可是到后天大清早，有人发现他在一个桥头上斜坐着。走近身看看，原来两把刀插在心窝上，人已经死了。另外有个姓王的，卖牛肉讨生活，过节喝了点酒，酒后忘形，当街大骂田三怒不是东西，若有勇气，可以当街和他比比。正闹着，田三怒却从街上过身，一切听得清清楚楚。事后有人赶去告给那醉汉的母亲，老妇人听说吓慌了，赶忙去找他，哭哭啼啼，求他不要见怪。并说只有这个儿子，儿子一死，自己老命也完了。田三怒只是笑，说："伯母，这是小事情，他喝了酒，乱说玩的。我不会生他的气。谁也不敢挨他，你放心。"事后果然不再追究。还送了老妇人一笔钱，要那儿子开个面馆。

　　田三怒四十岁后，已豪气稍衰，厌倦了风云，把兄弟遣散，洗了手，在家里养马种花过日子。间或骑了马下乡去赶场，买几只斗鸡，或携细尾狗，带长网去草泽地打野鸡，逐鹌鹑，猎猎野猪，人料不到这就是十年前在川黔边境增加了凤凰人光荣的英雄田三怒。本人也似乎忘记自己作了些什么事。一天下午，牵了他那两匹骏健白马出城下河去洗马。城头上有两个懦夫居高临下，用两支匣子炮由他身背后打了约十三发子弹，有两粒子弹打在后颈上，五粒打在腰背上。两匹白马受惊，脱了缰沿城根狂奔而去。老英雄受暗算后，伏在水边石头上，勉强翻过身来，从怀中掏出小勃朗宁拿在手上，默默无声。他知道等等就会有人出城来的。不一会，懦夫之一果然提着匣子炮出城来了，到离身三丈左右时，老英雄手一扬起，枪声响处那懦夫倒下，子弹从左眼进去，即刻死了。城头上那个懦夫在隐蔽处重新打了五枪。田三怒教训他："狗杂种，你做的事丢了镇筸人的丑。在暗中射冷箭，不像个男子。你怎不下来？"懦夫不作声。原来城上来了另外的人，这行刺的就跑了。田三怒知道自己不济事了，在自己太阳穴上打了一枪，便如此完结了自己，也完结了当地最后一个游侠者。

派人作这件事情的，到后才知道是一个姓唐的。这个人也可称为苗乡一霸，辛亥革命领率苗民万人攻城，牺牲苗民将近六千人，北伐时随军下长江，曾任徐海警备司令。卸职还乡后称"司令官"，在离城十里长宁哨新房子中居家纳福。事有凑巧，作了这件事后，过后数年，这人居然被一个驻军团长，不知天高地厚，把他捉来放在牢里，到知道这事不妥时，人已病死狱中了。

田三怒子弟极多，十年来或因年事渐长，血气已衰，改业为正经规矩商人。或带剑从军，参加各种内战，牺牲死去。或因犯案离乡，漂流无踪。在日月交替中，地方人物新陈代谢，风俗习惯日有不同。因此到近年来，游侠者精神虽未绝，所有方式已大大有了变化。在那万山环绕的小小石头城中，田三怒的姓名，已逐渐为人忘却，少年子弟中有从图书杂志上知道"飞将军"，"小黑炭"，"美人鱼"，"毛泽东"等人的事业，却不知道田三怒是谁。

当年田三怒得力助手之一，到如今还好好存在，为人依然豪侠好客，待友以义，在苗民中称领袖，这人就是去年使湘西发生问题，迫何键去职，使湖南政治得一转机的龙云飞。二十年前眼目精悍，手脚麻利，勇敢如豹子，轻捷如猿猴，身体由城墙头倒掷而下，落地时尚能作矮马桩姿势。在街头与人决斗，杀人后下河边去洗手时，从从容容如毫不在意。现在虽尚精神矍铄，面目光润，但已白发临头，谦和宽厚如一长者。回首昔日，不免有英雄老去之慨！

这种游侠者精神既浸透了三厅子弟的脑子，所以在本地读书人观念上也发生影响，军人政治家，当前负责收拾湘西的陈老先生[1]，年过六十，体气精神，犹如三十许青年壮健，平时律己之严，驭下之宽，以及处世接物，带兵从政，就大有游侠者风度。少壮军官中，如师长顾家齐，戴季韬辈，虽受近代化训练，面目文弱和易如大学生，精神上多因游侠者的遗风，勇鸷剽悍，好客喜弄，如太史公传记中人。诗人田星六，诗中就充满游侠者霸气。山高水急，地苦雾多，为本地人性格形成之另一面。游侠者精神的浸润，产生过去，且将形成未来。

---

1 陈老先生，即陈渠珍。1938年初，复出任沅陵绥靖公署主任。

"英雄老去"之慨 | 温儒敏

初读《凤凰》可能会有猎奇的等待。一般读地理博物志之类文字，都是这种心情。沈从文知道如何满足这种阅读期待，他这篇作品所注重的就是故乡凤凰民情风物的特异性，加上他有意用"仿古"的文体来讲述，读来就更添一份兴味。

开头，作者介绍凤凰的山川形势、民情物理和历史沿革，让读者先有轮廓的了解，所着眼却也是地域文化的特异性。作者格外提示读者注意，这地方因环境特别，至今仍保存许多历史残迹，而且当地的人格与道德似乎也和外界大不相同，应归入另一型范。这些特异性的介绍一下子将读者的兴趣激活了。不过作者在介绍他的故乡风物时并不那么冷静客观，而仿佛有点无奈怅惘。当写到落日时分独立孤城眺望远近残堡，依稀想见当年鼓角火炬传警告急的风景，一种面对历史沧桑的悲凉感油然而生。沈从文不掩饰自己的感情，可能还有意让读者时时感觉到，他在文体上的"仿古"正是为了酝酿和寄植这种历史感。其所产生的实际阅读效果是很强的。例如，开头概述时所采取的空间延展式记述结构，连同那简约古朴的句式，对景致或民俗某些细部所作的写意传神的勾勒，都不禁使人联想到《山海经》或《水经注》。边读边在古今互文比照中体味那古典风致，就可能愈发加浓历史的沧桑感，逐渐进入了湘西凤凰特异的地域文化氛围。

沈从文在《湘西》题记中曾说过，他的这些作品包括《凤凰》不过是献给外来的过路人的一点"土仪"。然而读下去，我们发现作者并不情愿只当导游，也不满足于向外人介绍故事的趣味，在文章的深层你总感到蕴蓄着一种对理解和沟通的渴求。外界对湘西是有过种种偏见与荒唐传闻的，人们甚至歧视性地将湘西视作充满迷信和凶险的"苗蛮匪区"。沈从文写《湘西》的始初意图也为了辟谬理惑，纠正外界的偏见。不过沈从文又似乎有点寂寞，缺乏沟通的信心。在他看来，让外人以科学的眼光理解和认识湘西的奇风异俗并不困难，然而要通过这些风习的研究去深入体察一种特异的人文传统，却又并非易事。

细心的读者会体谅沈从文这层苦心。《凤凰》用主要的篇幅那么认真细致地介绍被外界视为迷信野蛮的民情习俗，原来是要说明和理解一种尚有原始生命力的人格道德型范，一种少有现代物质文明浸染的生命形态。因此读这些习俗的实录，既要着眼于奇趣，又最好能深入发掘"奇"中的人文价值，感悟"奇"中的美丽诗意。

在作品的中间部分，作者重点记述考证了苗人"放蛊""行巫"和女子"落洞"三种异俗，并一一从心理学上分析了根因，揭去了神秘的外衣。沈从文并不简单断定这些习俗是"迷信"和愚昧，而宁可理解为是当地某种普遍性的社会心理的寄载与折射，是原始性的思维方式和特殊的生命形式。例如"行巫"，在外界容易被当作游民懒妇骗钱谋生的职业，而在凤凰则通常是心理病态的结果，最终成了"迫不得已"而又有真诚追求的一份社会"工作"，因为社会也真诚地承认和需求一种"人鬼之间的媒介"。又如女子"落洞"自尽，沈从文从性压抑引起的心理变态作了解释，而又着重从文化意义上去理解这种"人神错综"的思维方式。沈从文指出"苗族半原人的神怪观"直接影响当地人的思维和生活，而以外界现存的观念是很难理解这种人神错综的现象的。这恐怕不无道理。就像一般文明社会的读者难于理解《百年孤独》(马尔克斯)中所展示的南美魔幻与现实交融的世界，外界人理解湘西的奇异风习也总是有点隔阂的。人们容易见到神秘习俗背后隐藏的悲剧，却看不到也隐藏了动人的诗。沈从文的考证如果只是干巴巴的科学分析，那就太没趣了。他是力图将这些习俗的"原生态"真实呈现，好让读者感悟其中"浪漫与严肃，美丽与残忍，爱与怨，交缚不可分"，这样。习俗的考证记述就被赋予了审美意义，读者的趣味追求得到了诗意的升华。

由于前述原因，关于习俗的记述就一改原有的类似地理博物志的文体方式，情节性和故事性的成份大为增加。这一部分怪异习俗的整理记述是那样清拔朴讷，恍然生动，很有点《搜神记》《幽明录》一类"志异"小说的韵味。例如写女子"落洞"自尽前的幻觉，连耳闻箫鼓，两眼放光，周身散发香味和心态羞怯恐惧，等等，都有生动记述，既是实录，又不无想象和附会，这样又更显示出凤凰人文景观的颖异，传达那种浪漫情绪和宗教情绪合一的境界，也才更能促发读者的兴味与感悟力：在幽明不分、人神错综的氛围中去"悟"得当地的人文精神，真正理解湘西凤凰的地域文化特质。

这种兴味继续下去，到文章最后部分进入了全篇的"阅读高潮"。最令人难忘的是对"最后一个游侠者"田三怒形象的刻划。到底小说家手痒，沈从文似乎越写越放手，干脆放弃原先地理博物志的笔法，而改用类似《史记》为人物作传的写法。以种种轶闻奇事的连缀记述去突现一个"英雄"的毕生。文中抓住富于性格特征的行为模式和相应的轶事细节，仿佛国画中的大写意，以粗笔略加勾画，却神态毕现，高简峻奇。如写田三怒勇骜剽悍，威震湘西，平时待人却谦谦然如一"秀弱小学教员"；写他因一言拂逆而杀人，可是面对醉汉的当众辱骂却又毫不怪罪；写他遭暗算连中冷枪却不失豪气，临死前仍不忘训斥刺客不是男子，等等，都极有传奇色彩，确如太史公传记中人。在这里，田三怒这个人物典型实际上成了湘西凤凰人特异品格气质的象征，沈从文最终把凤凰人的体气精神归结为"游侠遗风"。以一个"英雄"游侠的故事结尾，那阔大悠远的湘西历史仿佛在刹那间定格，读者忽然发现可以那样简明清晰地理解湘西，和湘西的人文精神沟通。

可惜这毕竟是"最后一个""英雄"。沈从文讲述完毕他的故乡，感慨昔日湘西人那种剽悍、豪爽的精神品性与古朴、自在的生存方式，已经日见衰落失传，难免有"英雄老去"的喟叹。也许沈从文是过于保守而又太偏爱故乡的传统了，所以才有这种失落感。然而读完《凤凰》，读者如果由沈从文的感慨引而思考一个问题，即现代物质文明的进步所要付出的代价问题，是否也有无奈的怅惘和隐忧呢？

生命

本篇前三个自然段曾于一九四〇年八月十七日在香港《大公报·文艺》第九〇五期发表。署名雍羽。一九四一年八月以全文收入《烛虚》，上海文化生活出版社初版。作者曾在初版本原书上作过校订，现据校订文本编入。

我好像为什么事情很悲哀，我想起"生命"。

每个活人都像是有一个生命，生命是什么，居多人是不曾想起的，就是"生活"也不常想起。我说的是离开自己生活来检视自己生活这样事情，活人中就很少那么作。因为这么作不是一个哲人，便是一个傻子了。"哲人"不是生物中的人的本性，与生物本性那点兽性离得太远了，数目稀少正见出自然的巧妙与庄严。因为自然需要的是人不离动物，方能传种。虽有苦乐，多由生活小小得失而来，也可望从小小得失得到补偿与调整。一个人若尽向抽象追究，结果纵不至于违反自然，亦不可免疏忽自然，观念将痛苦自己，混乱社会。因为追究生命"意义"时，即不可免与一切习惯秩序冲突。在同样情形下，这个人脑与手能相互为用，或可成为一思想家、艺术家，脑与行为能相互为用，或可成为一革命者。若不能相互为用，引起分裂现象，末了这个人就变成疯子。其实哲人或疯子，在违反生物原则，否认自然秩序上，将脑子向抽象思索，意义完全相同。

我正在发疯。为抽象而发疯。我看到一些符号，一片形，一把线，一种无声的音乐，无文字的诗歌。我看到生命一种最完整的形式，这一切都在抽象中好好存在，在事实前反而消灭。

有什么人能用绿竹作弓矢，射入云空，永不落下？我之想象，犹如长箭，向云空射去，去即不返。长箭所注，在碧蓝而明静之广大虚空。

明智者若善用其明智，即可从此云空中，读示一小文，文中有微叹与沉默，色与香，爱和怨。无著者姓名。无年月。无故事。无……然而内容极柔美。虚空静寂，读者灵魂中如有音乐。虚空明蓝，读者灵魂上却光明净洁。

大门前石板路有一个斜坡，坡上有绿树成行，长干弱枝，翠叶积叠，如翠翣[1]，如羽葆[2]，如旗帜。常有山灵，秀腰白齿，往来其间。遇之者即喑哑。爱能使人喑哑——一种语言歌呼之死亡。"爱与死为邻"。

然抽象的爱，亦可使人超生。爱国也需要生命，生命力充溢者方能爱国。至如阉寺[3]性的人，实无所爱，对国家，貌作热诚，对事，马马虎虎，对人，毫无情感，对理想，异常吓怕。也娶妻生子，治学问教书，做官开会，然而精神状态上始终是个阉人。

1　翣，古代仪仗中用的大掌扇，因皆编次雉羽或尾为之。

2　羽葆，即羽盖，古时用鸟羽装饰的车盖。

3　阉寺，即宦官。宦官一称寺人，又称阉人。

与阉人说此，当然无从了解。

夜梦极可怪。见一淡绿百合花，颈弱而花柔，花身略有斑点青渍，倚立门边微微动摇。在不可知地方好像有极熟习的声音在招呼：

"你看看好，应当有一粒星子在花中。仔细看看。"

于是伸手触之。花微抖，如有所怯。亦复微笑，如有所恃。因轻轻摇触那个花柄，花蒂，花瓣。近花处几片叶子全落了。

如闻叹息，低而分明。

…………

雷雨刚过。醒来后闻远处有狗吠，吠声如豹。半迷糊中卧床上默想，觉得惆怅之至。因百合花在门边动摇，被触时微抖或微笑，事实上均不可能！

起身时因将经过记下，用半浮雕手法，如玉工处理一片玉石，琢刻割磨。完成时犹如一壁炉上小装饰。精美如瓷器，素朴如竹器。

一般人喜用教育身份，来测量一个人道德程度。尤其是有关乎性的道德。事实上这方面的事情，正复难言。有些人我们应当嘲笑的，社会却常常给以尊敬，如阉寺。有些人我们应当赞美的，社会却认为罪恶，如诚实。多数人所表现的观念，照例是与真理相反的。多数人都乐于在一种虚伪中保持安全或自足心境。因此我焚了那个稿件。我并不畏惧社会，我厌恶社会，厌恶伪君子，不想将这个完美诗篇，被伪君子与无性感的女子眼目所污渎。

百合花极静。在意象中尤静。

山谷中应当有白中微带浅蓝色的百合花，弱颈长蒂，无语如语，香清而淡，躯干秀拔。花粉作黄色，小叶如翠珰。

法郎士[1]曾写一《红百合》故事，述爱欲在生命中所占地位，所有形式，以及其细微变化。我想写一《绿百合》，用形式表现意象。

1　法郎士，法国小说家，1921年凭借《苔依丝》获诺贝尔文学奖。

寒冰在近　孤寂无边 | 汪晖

　　看沈从文的照片：嘴角静静地微笑，眼镜后面闪着平和的目光。你可以理解他的文字中浸淫着的那种感伤悲凉的情调，那种舒缓自然的笔致，那种灌注了太多的美的渴望的有些近乎女性的心灵……《生命》起始第一句便语含伤感："我好像为什么事情很悲哀，我想起'生命'。"

　　依旧是那样的优美而伤感的语调，依旧是那似幻还真的笔致，依旧是现世与梦幻的难以调和的意象……但不知怎的，我却总想起那个要重估一切价值的尼采，想起他的锐利的笔锋，想起他的毫无顾忌的、自居于审判者的姿态，想起他为他的思想而疯狂……无论如何，沈从文的优美与柔和同尼采的奔放与强悍如此地不谐调，但读一读《生命》，我竟在他的那些柔和语句和意象中听到尼采式的声音：他像尼采一样把被人们弄颠倒了的"真实世界"和"表面世界"——用德国话来说就是"虚构的世界"和"现实性"——重新颠倒过来。

　　尼采说：凡是善于发现我的著作散发出来的气息的人，就会知道这是一种高空之气，一种振奋之气。人们必须对它有所准备，不然，一旦身处其中就有非同小可的危险。寒冰在近，孤寂无边——然而，躺卧在阳光下的万物是多么沉静！呼吸是何等地自由自在！人们会感到有无数的事物处于其间！正如我一向认为和经历的那样，哲学甘愿生活在冰雪和高山——在生命中搜寻一切陌生的和可疑的事物，搜寻以往惨遭道德禁锢的一切。……

我们追求被禁止的东西；有一天，我的哲学将以此为标志征服天下，因为，从原则上来说，人们一向禁锢的东西不外是真理。

沈从文想起了"生命"，也就是离开自己生活来检视自己生活，也就是不是建立自己与世界的关系而是建立自己与自己的关系——这是非常人的"哲人"的事物，就"违反生物原则，否认自然秩序上，将脑向抽象思索"，哲人与疯子"意义完全相同"。换言之，沈从文想起"生命"这件事就如同宣布他正在远离他的同类，趋近于一个疯子的世界——这个世界只有少数的疯子才能领略和体会，其绚烂与多彩远离了兽性而见出自然的巧妙与庄严。寒冰在近，孤寂无边——他竟如尼采似地在生命中找寻一切陌生可疑的事物，你听：

> 我正在发疯。为抽象而发疯。我看到一些符号，一片形。一把线。一种无声的音乐，无文字的诗歌。我看到生命一种最完整的形式，这一切都在抽象中好好存在，在事实前反而消灭。
>
> 有什么人能用绿竹做弓矢，射入云空。永不落下？我之想象。犹如长箭射去，去即不返。长箭所注，在碧蓝而明静之广大虚空。
>
> 明智者若善用其明智，即可从此云空中，读示一小文，文中有微叹与沉默，色与香，爱与怨。无著者姓名。无年月。无故事。无……然而内容极柔美。虚空静寂，读者灵魂中如有音乐；虚空明蓝，读者灵魂上却光明静洁。

沈从文的文字中仍然崇尚着柔美、虚空、静寂，但那不就是一种"高空之气"，一种"振奋之气"么？他的用想象之箭写于云空的文字超越年代，没有起始，非个人创作，而是"无"——一种无所不在，无所不包却又无法形容的伟大的圣洁的抽象。在这完美的瞬间，一切都臻于成熟——一切有形的情感如爱能使人喑哑，而抽象的爱却能使人超生。抽象是绝对理念在展开之后向自身的复归，是生命的终极状态，它蕴含着一种不断超越自身的生命力。一个不能体会这种抽象的人，就如同阉寺一般毫无热忱。

对于沈从文来说，梦远比现实更为真实。那朵梦中的淡绿百合花，颈弱花柔，伸手触之，花微抖，如有所怯，亦复微笑，如有所恃，即便花柄、花蒂、花瓣尽落，也如闻叹息，低而分明：

你看看好，应当有一粒星子在花中，仔细看看！

这花星子就是花的原因和抽象，就是花的形、色、香之所由来，它无从见，无从触摸，但却以"无"创造了花的生命。然而，人们总是见花而不见星，知花而不知星，就如同"有些人我们应当嘲笑的，社会却常常给以尊敬，如阉寺"。于是沈从文也如尼采一般吹响了反庸众的号角，激越中渗着一种不愿同流合污的自赏：

……因此我焚了那个稿件。我并不畏惧社会，我厌恶社会，厌恶伪君子，不想将这个完美诗篇被伪君子与无性感的女子眼目所污渎。

百合花极静，在意象中尤静。于是他想写一《绿百合》，用形式表现意象——形式内在于意象，如同星子内在于花；形式自身具有超越性，即总是越过自身而实现于意象，如同星子越过自身而实现于花。形式是一种实实在在的抽象，一种具有内在活力的无。你体会到了这一点，你就成了真正的人，从而超越一切习惯秩序，成为自己的立法者。

　　想到"生命"，想到如许的众生并未想到"生命"——一种抽象的形式，不是很悲哀的事么？

潜渊

本篇原载报刊不详，一九四一年八月收入《烛虚》，上海文化生活出版社初版。作者曾在初版本原书上作过校订，现据校订文本编入。

一

黄昏极美丽悦人。光景清寂，极静，独坐小蒲团上，望窗口微明，欧战从一日起始，至今天为止，已三十天。此三十天中波兰即已灭亡。一国家养兵至一百万，一月中即告灭亡，何况一人心中所信所守，能有几许力量，抗抵某种势力侵入？一九三九之九月，实一值得记忆的月份。人类用双手一头脑创造出一个惊心动魄文明世界，然此文明不旋踵立即由人手毁去。人之十指，所成所毁，亦已多矣。

九月××

二

读《人与技术》《红百合》二书各数章。小楼上阳光甚美，心中茫然，如一战败武士，受伤后独卧荒草间，武器与武力已全失。午后秋阳照铜甲上炙热。手边有小小甲虫爬行，耳畔闻远处尚有落荒战马狂奔，不觉眼湿。心中实充满作战雄心，又似觉一切已成过去，生命中仅残余一种幻念，一种陈迹的温习。

心若翻腾，渴想海边，及海边可能见到的一切。沙滩上为浪潮漂白的一些螺蚌残壳，泥路上一朵小小蓝花，天末一片白帆，一片紫。

房中静极。面对窗上三角形夕阳黄光，如有所悟，亦如有所惑。

十月××

三

晴。六时即起。甚愿得在温暖阳光下沉思，使肩背与心同在朝阳炙晒中感到灼热。灼热中回复清凉，生命从疲乏得到新生。久病新瘥一般新生。所思者或为阳光下生长一种造物（精巧而完美，秀与壮并之造物），并非阳光本身。或非造物，仅仅造物所遗留之一种光与影，形与线。

人有为这种光影形线而感兴激动的，世人必称之为"痴汉"。因大多数人都"不痴"，知从"实在"上讨生活，或从"意义""名分"上讨生活。捕蚊捉虱，玩牌下棋，在小小得失上注意关心，引起哀乐，即可度过一生。生活安适，即已满足。活到末了，倒下完毕。多数人所需要的是"生活"，并非对于"生命"具有何种特殊理解，故亦不必追寻生命如何使用，方觉更有意思。因此若有一人，超越习惯的心与眼，对于美特具敏感，自然即被称为痴汉。此痴汉行为，若与多数人庸俗利害观念相冲突，且成为罪犯，为恶徒，为叛逆。换言之，即一切不吉名词无一不可加诸其身,对此符号，消极意思为"沾惹不得"，积极企图为"与众弃之"。然一切文学美术以及人类思想组织上巨大成就，常惟痴汉有分，与多数无涉，事情显明而易见。

十月××

四

金钱对"生活"虽好像是必需的，对"生命"似不必需。生命所需，惟对于现世之光影疯狂而已。因生命本身，从阳光雨露而来，即如火焰，有热有光。

我如有意挫折此奔放生命，故从一切造形小物事上发生嗜好，即不能挫折它，亦可望陶冶它，羁縻它，转变它。不知者以为留心细物，所志甚小。见闻不广，无多大价值物事，亦如宝贝，加以重视，未免可笑。这些人所谓价值，自然不离金钱，意即商业价值。

美固无所不在，凡属造形，如用泛神情感去接近，即无不可以见出其精巧处和完整处。生命之最大意义，能用于对自然或人工巧妙完美而倾心，人之所同。惟宗教与金钱，或归纳，或消灭。因此令多数人生活下来都庸俗呆笨，了无趣味。某种人情感或被世务所阉割，淡漠如一僵尸，或欲扮道学，充绅士，作君子，深深惧怕被任何一种美所袭击，支撑不住，必致误事。又或受佛教"不净观"影响，默会《诃欲经》本意，以爱与欲不可分，惶恐逃避，唯恐不及。像这些人，对于"美"，对于一切美物、美行、美事、美观念，无不漠然处之，竟若毫无反应。

不过试从文学史或美术史（以至于人类史）上加以清查，却可得一结论，即伟人巨匠，千载宗师，无一不对于美特具敏锐感触，或取调和态度，融汇之以成为一种思想，如经典制作者对于经典文学符号排比的准确与关心。或听其撼动，如艺术家之与美对面时从不逃避某种光影形线所感印之痛苦，以及因此产生佚智失理之疯狂行为。举凡所谓活下来"四平八稳"人物，生存时自己无所谓，死去后他人对之亦无所谓。但有一点应当明白，即"社会"一物，是由这种人支持的。

十月××

五

饭后倦极。至翠湖土堤上一走。木叶微脱，红花萎悴，水清而草乱。猪耳莲尚开淡紫花，静贴水面。阳光照及大地，随阳光所及，举目临眺，但觉房屋人树，及一池清水，无不如相互之间，大有关系。然个人生命，转若甚感单独，无所皈依，亦无附丽。上天下地，粘滞不住。过去生命可追寻处，并非一堆杂著，只是随身记事小册三五本，名为记事，事无可记，即记下亦无可观。

惟生命形式，或可于字句间求索得到一二，足供温习。生命随日月交替，而有新陈代谢现象，有变化，有移易。生命者，只前进，不后退，能迈进，难静止。到必需"温习过去"，则目前情形可想而知。沉默甚久，生悲悯心。

我目前俨然因一切官能都十分疲劳，心智神经失去灵明与弹性，只想休息，或如有所规避，即逃脱彼噬心嚼知之"抽象"。由无数造物空间时间综合而成之一种美的抽象。然生命与抽象固不可分，真欲逃避，唯有死亡。是的，我的休息，便是多数人说的死。

十月××

六

在阳光下追思过去，俨然整个生命俱在两种以及无数种力量中支撑抗拒，消磨净尽，所得惟一一种知识，即由人之双手所完成之无数泥土陶瓷形象，与由上帝双手搏泥所完成之无数造物灵魂有所会心而已。令人痛苦也就在此。人若欲贴近土地，呼吸空气，感受幸福，则不必有如此一分知识。多数人或具有一种浓厚动物本性，如猪如狗，或虽如猪如狗，惟感情被种种名词所阉割，皆可望从日常生活中感到完美与幸福。譬如说"爱"，这些人爱之基础或完全建筑在一种"情欲"事实上，或纯粹建筑在一种"道德"名分上，异途同归，皆可得到安定与快乐。若将它建筑在一抽象的"美"上，结果自然到处见出缺陷和不幸。因美与"神"近，即与"人"远。生命具神性，生活在人间，两相对峙，纠纷随来。情感可轻鬟高飞，翱翔天外，肉体实呆滞沉重，不离泥土。

×× 说:"×××年前死得其所,是其时。"即"人"对"神"的意见，亦即神性必败一个象征。×× 实死得其时，因为救了一个"人"，一个贴近地面的人。但 ×× 若不死，未尝不可以使另外若干人增加其神性。

有些人梦想生翅膀一双，以为若生翅翼，必可轻举，向日飞去。事实上即背上生出翅膀，亦不宜高飞。如 ×××。有些人从不梦想。惟时时从地面踊跃升腾，作飞起势，飞起计。虽腾空不过三尺，旋即堕地。依然永不断念，信心特坚。如 ×××。前者是艺术家，后者是革命家。但一个文学作家，似乎必需兼有两种性格。

十月 ××

十月十六日摘抄

至道之极　昏昏默默 | 汪晖

潜渊，沉潜于深渊之谓也，令人想起沉寂昏冥中深藏起的生命，想起"鱼龙潜跃水成纹"的朦胧的波澜。表面的沉寂中隐存着对"光与影，形与线"的思念，那是受伤者沉入于自己灵魂的表示：生命不再是外在的喧闹，而是内在的沉思，正如那深渊并非生命，而隐隐的波纹却较深渊更为真实一般。《庄子·在宥》："至道之精，窈窈冥冥，至道之极，昏昏默默。"《文子·微明》："冥冥之中，独有晓焉；寂寞之中，独有照焉。其用之乃不用，不用而后能用之也；其知之乃不知，不知而后能知之也。"潜，而后能知；默，而后能察；静，而后能通；渊深，而所容者大也。

《潜渊》一文似只是散漫的随笔，信笔所至，从欧洲战争对文明的毁灭，到一般社会所谓金钱、情欲与道德，而至久病新瘥似的新生的感喟。碎点繁星，无迹可寻。然细加体会，散漫之笔组织于"在阳光下追思过去"的种种二项对立，或可称之为造物／光影形线，"不痴"／"痴汉"，"生活"／"生命"，"实在"／梦幻……其实在一个如"战败武士，受伤后独卧草间，武器与武力已全失"的"痴人"看来，这不过是污浊的人性与高洁的神性的对立，是现世生活与美的不调和，前者似真非真，后者似幻非幻。

沈从文意之所在，乃美之所存。美之于沈从文不只是艺术的技巧，不只是自然的属性，而是整个存在的根基，是一种人生观和宇宙观。美犹如天启，似光影形线一般不可捉摸，作为一种无处不在又非实体的纯粹抽象，非有圣徒的心灵不能领悟，非有衣带渐宽、独上高楼的境界终不能得之于蓦然回首之瞬间。如此，对美的渴慕便化为接近美的方式的追寻。于是，我们看到：在"光景清寂"的黄昏，在光景散乱的秋阳下，在"木叶微脱，红花萎悴，水清而草乱"的翠湖堤畔，那个被省略了的"我"或"极静，独坐小蒲团上"，或"心中茫然"，如败者独卧于荒草间，或于"饭后倦极"之中漫步于湖堤上……全文中除一二处用了主语"我"之外，大多省略了主语，似乎暗示着虚心养静、病倦困顿之中已不复有现世之"我执"，这或者就是"叶上初阳干宿雨，水面清圆，一一风荷举"之"无我之境"罢。王国维说，着一"举"字，而境界全出。

《潜渊》极写省略了的"我"的静、伤、病、乏，不过是写接近美的唯一方式，故而静、伤、病、乏乃是一种脱略实务的神性。从常人之眼观照，无非病态而已，试想：为并不存在的落荒战马而眼湿，为沙滩上的一些螺蚌残壳、泥路上一朵小小蓝花、天末一片白帆、一片紫而"心若翻腾"，为"仅仅造物所遗留之一种光与影，形与线"而"感兴激动"……除了非痴即愚而至病狂失智，又如何可能？沈从文说：

> 人有为这种光影形线而感兴激动的，世人必称之为"痴汉"。因大多数人都"不痴"，知从"实在"上讨生活，或从"意义""名分"上讨生活……因此若有一人，超越习惯的心与眼，对于美特具敏感，自然即被称为痴汉。此痴汉行为，若与多数人庸俗利害观念相冲突，且成为罪犯，为恶徒，为叛逆。

美之于事物，如形式之于内容，如光影之于太阳，如火焰之于火，它无所不在，又难以捉摸；它赋予事物以神性，既是事物之抽象形式，又是事物最终意义之所趋。以"罪犯""恶徒""叛逆"等词形容美之追寻者，不啻说美的存在方式在本质上是反世俗的，寻求美的行为同时也是反世俗的行为。非以"人—神—物"于一体的泛神之心体悟，不能见其精巧与完整。"捕风捉影"，这常用的贬词中隐藏着至深的神性，又如何能被俗务所阉，淡漠如僵尸般的道学家、绅士、君子所神会。"在阳光下追思过去，俨然整个生命俱在两种以及无数种力量中支撑抗拒，消磨净尽，所以惟——种知识，即由人之双手所完成之无数泥土陶瓷形象，与由上帝双手搏泥所完成之无数造物灵魂有所会心而已"。人之于艺术，如上帝之于生命。

　　然而，"潜渊"之于沈从文也只是一种象征，那悄悄泛起而至激荡翻腾的波纹似乎暗示着"潜"也不过是一种姿态而已。静、伤、病、乏，或者还可以加上"痴"和佚智失理，以及"一切官能都十分疲劳，心智神经失去灵明与弹性，只想休息"的麻木，都不只是追寻美的方式，而且还是叛逃世界的一种姿势——透过那种种造物／光影形线，"不痴"／"痴汉"，"生活"／"生命"，"实在"／梦幻……的强烈而尖锐的对比，我们大约很容易体会到沈从文的心即使在静、伤、病、乏之中也时时反顾于他所憎恶的世界——他的伤、他的病、他的乏，无一不得之于这个奔走扰攘的世界，而"静"不又在困顿之后么？或者，美就是一种失败者的宗教，一种失败者慰藉魂灵的氛围，一种以静、伤、病、乏为形态的生活方式，当然也是不自由的艺术家渴求自由的标志。

自由的渴望也是摆脱的渴望，如同美的追寻也就是告别俗世的努力。这是必然失败却永不停息的过程，因为美不过就是接近美的方式而已。从中，沈从文找到了自己的命定的路途：

　　　　有些人梦想生翅膀一双，以为若生翅翼，必可轻举，向日飞去。事实上即背上生出翅膀，亦不宜高飞。如×××。有些人从不梦想。惟时时从地面踊跃升腾，作飞起势，飞起计。虽腾空不过三尺，旋即堕地，依然永不断念。信心特坚。如××。前者是艺术家，后者是革命家。但一个文学作家，似乎必需兼有两种性格。

　　对于以"痴汉"自命的人来说，这不啻是以无知知，无知而后知之，正可用庄子之语来表达"痴者"与世界之关系："庸讵知吾所谓知之非不知耶？庸讵知吾所谓不知之非知耶？""鱼龙潜跃水成纹"——潜渊终将波涛起伏：生命之龙何时不渴想腾空而自由？

书信

致张兆和（1952 年 1 月 24 日，内江）（节录）

叔文：

　　真的像又过年了，村子中也依稀可看出些岁暮年末光景。小学大都已放假，糖房也有人为结账忙，本地医事工作人员有家的，大都请假回了家。场子上这个最后一场，自然分外热闹。我们最先还说去县里，随后又说改区里，现在大致还是留在小村子中不动为得计了。现在是我住的房子中只剩下我一人过年，其余上县里了。照规矩，每人可吃半斤肉。一切工作还是照旧进行。今年会到这么一个地方过年，且用过去许多次过年光景来温习，作为这回年景的点缀，实在是不可思议的。我本想搬到堡子上去，和一个孤身贫农家去过这个年，因为几天来喉头发炎，砦子上水太不清洁，且不易得热水喝，上下均不方便，只好作罢。

　　温习到三个旧年，都是在辰州过的。一个是在船上，身边剩下铜子一枚那一回，黄昏前船始停靠，想法从他人船篷上爬上岸后，进得城门时，大街上一切铺子都关上了门，在门里却有各种笑闹，有玩锣鼓的，玩骰子的，每家都如浸在欢乐年景空气中，看了许多新年对，回船时，看到同渡船的穿上新衣的船老板，皮抱兜中胀鼓鼓的，可知正耍了钱来。生命完全单独，和面前一切如游离却融洽，经过整三十二三年了，这一切均犹如在目前，鲜明之至。另一回是廿三年那次返家，龙虎都还不在世界上存在，我一个人在小船上，船正向下行。经过沅水上大滩横石、青浪，一路都是破船搁在滩头上，我的一叶扁舟，却从中流而下，急于奔马。过柳林岔，河边寒林清肃之至。生命虽单独，实不单独。《湘行散记》和《边城》，因之而产生。三次是廿六年和小五哥萧乾等从武昌过沅陵，同在芸庐，他们放了许多爆竹后，同到大哥住房中玩牌去了，只剩下我独自在楼上一个大房中烤火，也是完全单独，但是虎虎的大眼蜷头发，和龙龙的小车子上大街，和其他都在生命中。得余的战争叙述更深刻的和北京的第一回轰炸，南京的夜袭，武汉的空袭，同在生命中。现在却在那么一个地方，用温习旧年来过旧年。在这么一个独家村子里，隔壁整夜有一个肺病老人咳嗽，此外没有别的声响。这地方空气，特别和我另外两次年时相近，一次是在凤凰高枧乡下满家作客，那地方全村子姓满。先住一地主家，后改住一中农亲戚家。村子也是在一个冲子里，两面住人．中夹小溪，雪后新晴，寒林丛树如图画，山石清奇，有千百八哥成群聒噪于大皂角树上。从竹林子穿过时，惊起斑鸠三五，积雪下卸，声音如有感情。故意从雪深处走去，脚下陷极深。我一个人从田坎上由此到彼，先是进到一个榨油坊，油坊中工作正十分热闹，有二十多人在动手作事；进到一个碾米坊，却只有满家穷老太太一个人在打筛。两相对照，印象格外深刻。当时什么都还不曾写，生命和这些人事景物结合，却燃起一种渺茫希望和理想。正和歌德年青时一样，"这个得保留下来！"于是在另外一时，即反映到文字中，工作中，成为生命存在一部分。但因此也就有所限制，即长时期生命是和这么一个静的自然相对，一切只是如景物画，人事种种虽如在画图中，却大多是静止的。其时住的那个满家，地主兼作油坊主人，又作甲长，就正在二十里外老虎洞捕人，用硫磺闷毙了大几十个农民，一个壮丁到黄昏时挑了一大担手到团防局，我只觉得不可解。倒是从洞中走出的一个小孩，和我在火盆边，谈了半天他被拘留在洞中半月幸而免的种种经过。一面是作客的孤寂情绪，一面是客观存在种种。现实一切存在，都如和生命理想太不一致，也和社会应有秩序不相符合，只觉得不可解。因难于将印象结合反映到文字中，所以这个特别有传奇性的事件，却从不在我写作计划中。直到卅五年复员回到北京时，才试写《雪晴》等章。即写它，还不免如作风景画，少人民立场，比《湘行散记》还不如。这时来温习，来从人民立场看看这个事情的发展，可把这个事件重新认识，有从一个新的观点上来完成它的必要了。如能将作风景画的旧方法放弃，平平实实的把事件叙述下去，一定即可得到极好效果。因为本来事情就比《李家庄的变迁》生动得多，波澜壮阔及关合巧奇得多。不过事件太巧，太富于传奇性，写来倒反而如不大近人情了。还有另外一次，是在保靖地方，我住在一个满是古树的半山上，年终岁末，大家都在赌博放烟火，我只一个人在一个小小木房子中用一盏美孚灯读书，远远的听到舞狮子龙灯的锣鼓喧闹声，如同梦里一样。一种完全单独的存在。看的书似乎是《汉魏丛书》中谈风俗的。半夜后，锣鼓声都远了，大致是下面军官们在吃东西，或者偶然想起我可能还在看书，派个小护兵送了些年糕和寸金糖来……时间过去了，所有房子民十二即一把火烧了。许许多当时生龙活虎的人，都死的早死，老的不成个人样了。这一切却在我生命中十分鲜明。即我当时的寂寞痛苦的情形也若可以完全用文字重现。

这些遗忘在时间后的年景，这时都十分清新的回复到生命中来。也是竹子林，斑鸠，水田。也是永远把自己如搁在一个完全单独没有谁理解的生活环境中，对身边发生的进行的事情，似乎无知又似乎知道得格外细致明澈。特别是这些事件在历史中的含义，比许多身预其事的其实还更加关切。这一切，也即成为我生命一部分，且无疑还要支配了此后生活极多。目下种种，有些也正和三十年前情形一样。什么事都十分真实，而又恰如在非真实的梦里！即如在这里一星期前所见到的大斗争，六百地主一同缚在竹林子中光景，和别的人说起来，都似乎不大像会是实有其事。因为即这里的工作人员，即地主本身，即主持其事的人，大致都已把这件事情，当成过去而过去了，再也不会有何奇异感觉了。但是这种种，却和我三十年前见到的事情一样，在生命中如燃烧一种希望和理想，只要体力能支持得住，必然会要和此后工作相结合，而且还可能要和千万人情感相结合的。也因此感觉得写作真是一种离奇的学习过程。比起一般人说的复杂得多。目前人用一种简单方式培养、改造，因此总不大和问题接触。人和人彼此不同，应如何从生命全部去看，惟局限于经验知识，能理解得如何有限！万千人在历史中而动，或一时功名赫赫，或身边财富万千，存在的即俨然千载永保……但是，一通过时间，什么也不留下，过去了。另外又或有那么二三人，也随同历史而动，永远是在不可堪忍的艰困寂寞，痛苦挫败生活中，把生命支持下来，不巧而巧，即因此教育，使生命对一切存在，反而特具热情。虽和事事俨然隔着，只能在这种情形下，将一切身边存在保留在印象中，毫无章次条理，但是一经过种种综合排比，随即反映到文字上，因之有《国风》和《小雅》，有《史记》和《国语》，有建安七子，有李杜，有陶谢……时代过去了，一切英雄豪杰、王侯将相、美人名士，都成尘成土，失去存在意义。另外一些生死两寂寞的人，从文字保留下的东东西西，却成了唯一联接历史沟通人我的工具。因之历史如相连续，为时空所阻隔的情感，千载之下百世之后还如相晤对。

这些存在的东西，在当时也可能因种种原因，理由，却成为不祥之物。特别是生活的坎坷辛苦，竟如势在必然。翻翻历史或文学史，竟有个相差不多的公式。（难道这也就正是历史真正的意义？）新的人民时代，什么都不同过去了，但在这个过程中，恐还不免还有一些人，会从历史矛盾中而和旧时代的某种人有个相同的情形。这也是无可奈何的，为的是生命全程既不尽同，人之取舍亦有不同，荣枯因之而异，亦势有必然。……应当接受一切，从而学习一切。一个人有个人的限度，也就有一个人的苦乐分定。但是人是可改造的，我在改造自己和社会关系，虽努力，所能得到的或许还是那个——不可忍然而终于还是忍受了下去的痛苦!

我希望体力能回复，来好好为这个新的时代工作几年。因这次下乡，对土地有了点新的认识，而对寄附于一片土地上的新旧人事，更多理会到它不同处，且可从过去所理解的乡村封建种种综合，来结合产生一些新的东西。将过去作风景画的偏重色彩的作法放弃，来就乡村人事关系上试作一些新的试验，可能会有些新的东西，有一些真正属于新的东西。难得的恐怕是自由处理的时间。因为没有这个，什么都不免成为空话。

自然风景画的爱好旧习，分析言来，本来是一种病的情绪的反映，一种长期孤独离群生长培养的感情，要想法来修正来清理的。新的工作重要是叙事，必充分用到这点长处，方可节制到用笔本来弱点。其实只要能忠忠实实来叙述封建土地制度下的多数和少数人事变迁及斗争发展，就必然可以将现代史一部分重现到文字中。即或所能重现的不过是一个小区域一小部分人事，但是，这种种人事也即将成为历史。从一个脆弱生命中所反映出的一部分现代社会的动荡。

夜中这里极静，办公室几个同事的种种谈天，经常是在夜里进行的。对山沟糖房中的斗争会，间或遥遥传来几声群众的呐喊，一切声音反而格外显得所在环境的安静。我如完全单独存在，可是却意识到生命事实上和一个广大群体的动不可分开。凡事都在过程中消失，逐渐失去意义。我却如在一种违反自然情形中，要把一个小小地方人事动静和时代变化联接起来，孕育一种新的生命。然而直到目前为止，文字在我头脑中，经常还只是如一盘散沙，不相粘附，各自存在，意义毫无。正如画具中色彩和乐谱中的音符，一切虽照旧存在，但经过一度搞乱，似有意义可已完全失去本来应有意义。还不知道，即有了一种完全自由处理时间处理工作方式的机会，是否即可望把失去已久的文字中的情感生命取回？生命在滞塞中，什么都作不好的。但是生命在滞塞中，也只有从写作里方能畅其源流，得到中和与平衡。可是体力如不能回复，这一切就不免是空话。如过去在博物馆中工作，头部重压十分难受时，还在勉强中读报纸文件，生命存在即统统失去意义。由此情况来谈改造进步，岂不是去题极远？年来思想改造，说的人极多，有许多办法都容易概念化，主观片面，十分可怕。特别是领导上如主观片面时，照例更可怕。因为不明白许多由于体力上的痛苦事情，如一涉主观笼统说是思想如何如何，再从而假定制造一种改造公式，想法往上套，结果自然如式套上，人则毁去而不自知。到发现错误再来补救时，什么都不成了。时代是个生长的时代，也同时是个毁灭的时代。可能有些人也就无可奈何从这个变动过程中毁了。时代过于伟大和复杂，从工作中来学为人忘我，实在极重要。我胸部左心血管已不甚好，做事走路久些即可知道，好在这里不常跑远路，还不至于出大问题。记得在革大时，校园中有个方碑写上戒骄躁，标语虽搁在当路处，真正注意到的人大致不会甚多，因为这标语和当时学校中的思想改造学习，要求鼓励同学的争辩风气即大不相合。那时节我体力上正极难受，倒因这个标语所提示的原则，把一段时期度过了。一想到革命有万万千千种的牺牲，和万万千千种不可想象的困难待克服，因之即总是把自己放弃，专心一志的来学习面前人事而度过了。一切都学习，还是学不好，情形可能不是不学。正如许许多人都还在争私利，另外一人为了工作，不惜把自己一切都交给工作，可是还不免显得不进步，要受各种斗争，这种阻隔，怕不是学习能解决。

（略）

从文

旧十二月廿八日

"风景画"与"忠实叙事"的两难 | 李斌

　　一九五一年十一月八日至一九五二年二月二十日，沈从文加入北京赴西南地区土改工作第七团，到内江县第四区（今内江市双才镇）参观了一百零五天的土地改革。土地改革是新中国成立前后最重要的政治事件之一，关系到亿万农民的翻身和农民主人翁地位的确立。组织民主人士和高级知识分子参加土改工作队，是中共在土改中的重要政策，目的是希望通过土改来改造他们的思想。沈从文参加土改有着更重要的意义，他希望这次实践能够拯救处于困境的文学创作。但遗憾的是，他除了留下了数十封书信外，并没有写出成功的文学作品。这封信是沈从文在土改后期写给他的妻子张兆和的，比较典型地反映出了他在土改中的处境和遇到的困难。

　　这封信的第一段说："现在是我住的房子中只剩下我一人过年"，"我本想搬到堡子上去，和一个孤身贫农家去过这个年，因为几天来喉头发炎，砦子上水太不清洁，且不易得热水喝，上下均不方便，只好作罢。"这反映了沈从文在土改中的处境。

　　按照内江土改工作的安排，土改工作队员应该下村去，"有目的有对象地进行访贫问苦，'吃贫雇，住贫雇，与贫雇干活路'，同贫雇农打成一片，广交朋友，摆家史，倒苦水，谈剥削，挖苦根，回忆对比算账，谈心交心，扎正了'根子'，重点进行培养，并依靠'根子'，有对象有计划地积极串联。"沈从文在整个土改过程中，尽管希望能够到农民家里去与农民同吃同住，但由于身体虚弱，他始终住在中队部。他一开始就吃中灶，比老百姓吃得要好很多。不久他的伙食水平又有提高，介乎小灶和中灶之间。斗争地主和分田分地的计划和具体安排，通常是在晚上开会决定的。由于天黑路滑，这样的会议他几乎没有参加。所以确切地说，出于身体原因，沈从文只是参观土改，而并没有真正参加土改，这影响了他土改文学的创作和思想改造。

当时反映土改和农村生活的作品，如沈从文暗暗发誓要超过的《太阳照在桑干河上》《暴风骤雨》及《李家庄的变迁》等小说，主要反映的是干部、农民、地主三种重要力量围绕土地及乡村领导权在中共领导下所发生的此消彼长。杜润生曾说："对于反映土改的创作，题材不外农民对地主的斗争，农民内部的团结，干部和群众的关系，而集中和组织题材的线索，就是土地、生产、民主三大问题。我们在创作上的基本任务，就在于通过艺术的形象去表现土改斗争中的新事物、新人物、新品质的成长。"但沈从文在土改前期由于没有真正参加土改，所以对地主、农民和干部三种力量都不熟悉，对于农村生产和新型民主也不清楚，他没办法构思出当时人们期待的作品。反倒是川南的山川风物与湘西有相似处，这给了沈从文重新找回自我的机会。沈从文在土改中相对边缘的位置，使他有大量闲暇，或静心体验，或登高远眺，从土地物产和自然风光中获得灵感。

沈从文站在高处，俯瞰下去："一面是位置在一个山顶绝崖上的砦子，还完全保留中古时代的风格，另一面，即在这些大庄子和极偏僻穷苦的小小茅棚下，也有北京来的或本地干部同志，在为土地改革程序而工作。"沈从文由此提炼出动静对照的世界图式。他所谓的"静",包括自然风光,也包括保留千年的传统生活和生产方式,而"动",指当时正在开展的土地改革运动。沈从文对于"静"十分倾心。山中池塘边的一位钓叟让他感动,他多次写到他。这实事上涉及"渔隐"的主题。钓叟是沈从文的自我镜像,他对此反复书写,意味着他肯定土改中的自我作为"隐士"的位置,也表征着他和土改及当时文学主流的疏离。

沈从文在内江高处远眺,这一典型场景对于熟悉沈从文的人来说并不陌生。这封信的第二段谈到在辰州过的三个旧历年,"长时期的生命是和这么一个静的自然相对,一切只是如风景画,人事种种如在画图中,却大都是静止的。"这一切如今又复活在沈从文的记忆中:"这些遗忘在时间后的年景,这时都十分清新的回复到生命中来。也是竹子林,斑鸠,水田。也是永远把自己如搁在一个完全单独没有谁理解的生活环境中,对身边发生的进行的事情,似乎无知又似乎知道得格外细致明澈。"这些表征着沈从文在寂寞的旧历年前后通过温习过往人生找回了自我。

沈从文还通过阅读《史记》列传选本,将自己观察世界和表达世界的方式上升到了理论自觉。这就是"有情"和"事功"的对立。他在写完该信的第二天又给家人写了一封信,信中说:"'有情'和'事功'有时合而为一,居多却相对存在,形成一种矛盾的对峙。对人生'有情',就常和在社会中'事功'相背斥,易顾此失彼。管晏为事功,屈贾则为有情。因之'有情'也常是'无能'。现在说,且不免为'无知'!"沈从文显然更欣赏后者,这就是他在本信中所说的:"一切英雄豪杰、王侯将相、美人名士、都成尘成土,失去存在意义。另外一些生死两寂寞的人,从文字保留下的东东西西，却成了唯一联接历史沟通人我的工具。因之历史如相连续，为时空所阻隔的情感，千载之下百世之后还如晤对。"如果对应当时的现实，可以发现沈从文的骄傲。他将自己和其他人对立起来，觉得土改中的干部和农民都属于"事功"一面，这从长历史来看，终究不会留下痕迹，而作为边缘者的沈从文自己，由于掌握了"联接历史沟通人我的工具"，看似寂寞，却能在"千载之下百世之后"仍然发挥作用。

这一"联接历史沟通人我的工具"，当然不是像当时流行的土改文学那样侧重于人事斗争的"故事"。沈从文认为，《史记》"列传却需要作者生命中一些特别东西。我们说得粗些，即必由痛苦方能成熟积聚的情——这个情即深入的体会，深至的爱，以及透过事功以上的理解和认识。因之用三五百字写一个人，反映的却是作者和传中人两种人格的契合与统一"。如何才有"透过事功以上的理解和认识"呢？沈从文在本信中的表达可为解释："应如何从生命全部去看，惟局限于经验知识，能理解的如何有限！"所谓从"生命全部去看"，不要"局限于经验知识"，意指应该将人类作为整体，而不是分为某几个阶级，如果从某个阶级的角度看问题，必然会"局限于经验知识"。如此，我们可以理解沈从文的"动"与"静"。无论是农民翻身斗争，还是地主反抗回击，都是"动"，而这些"动"在长历史和自然风物这个"静"的大背景下，很快就会消失无形。因此，沈从文对这些"动"充满了悲悯，类似于"天地不仁，以万物为刍狗"的境界。

在一九五二年一月五日的书信中，沈从文曾描写了一次斗争地主的场面，这像极了一幅速写，画面上只有群像，没有任何突出的个人，他们没有发出任何声音，给人"异常沉静感"，对此的阅读十分类似于在美术馆参观镜框里的油画。沈从文还特别描出"油菜田蚕豆麦田""丘陵竹树"，从而引向悠长的历史。以这些物产风景为代表的"静"如上帝一样，是历史真正的主宰。而人事的纷纭，在它注视下如小儿之游戏，这自然无所谓正义与非正义的区别，所以出场的人物根本就不需要名字，只需要他们作为一幅剪影就够了。当沈从文以上帝视角俯瞰芸芸众生，这在他的言说中为"有情"，而那些经历剥削和压榨，正积极投入翻身解放的有血有肉的农民，或极个别被误判为阶级敌人的，都不过是他抒发隐逸之情的介质。

但是，沈从文在这封信中又批判了自己一贯的"风景画"作风。他在本信的第二段说，对于《雪晴》那样的题材，"这时来温习，来从人民立场看看这个事情的发展，可把这个事件重新认识，有从一个新的观点上来完成它的必要了。如能将作风景画的旧方法放弃，平平实实的把事件叙述下去，一定即可得到极好效果。"这是因为随着土改的进行，沈从文接触到了很多惊心动魄的斗争场面，他亲眼看到地主被当场处决，亲自跟随着农民队伍到地主家里接收财产。他还观察到农民干部的迅速成长，看到农村妇女在斗争中的出色表现。这对他有新的触动。这些触动跟他重新找回的自我形成矛盾。他在本信中又说："自然风景画的爱好旧习，分析言来，本来是一种病的情绪的反映，一种长期孤独离群生长培养的感情，要想法来修正来清理的。新的工作重要是叙事，必充分用到这点长处，方可节制到用笔本来弱点。其实只要能忠忠实实来叙述封建土地制度下的多数和少数人事变迁及斗争发展，就必然可以将现代史一部分重现到文字中。即或所能重现的不过是一个小区域一小部分人事，但是，这种种人事也即将成为历史。从一个脆弱生命中所反映出的一部分现代社会的动荡。"他感觉到了他习惯的"自然风景画"应该"修正""清理"，像主流土改小说一样，"忠忠实实来叙述封建土地制度下的多数和少数人事变迁及斗争发展"，但他随即又说："这种种人事也即将成为历史"，那种具有永恒价值的，大概只有他向往中的《史记》似的作品。这体现了沈从文在"风景画"和"忠实叙事"间有着难以调和的矛盾，这大概正是他没有创作出优秀的土改题材的文学作品的重要原因。

知识分子参加土改是为了改造思想。毛泽东认为，文化工作人员要改变立场，就要熟悉工农兵及其干部，要觉得工农兵比知识分子干净，"这就叫作思想感情起了变化，由一个阶级变到另一个阶级。我们知识分子出身的文艺工作者，要使自己的作品为群众所欢迎，就得把自己的思想感情来一个变化，来一番改造。" 也就是说，思想改造的核心，是阶级立场的变化。对于这一点，参加土改的文化人士是自觉的。通过参加土改，包括沈从文的同事和朋友贺麟、吴景超、朱光潜、萧乾在内的很多知识分子都逐渐开始跟工农大众站在了同一立场。

沈从文对于阶级立场转变的重要性是十分清楚的。他在华北革大的学习中总结自己"在阶级斗争中即和大多数书生一样，便有超阶级意识反映"。过去的工作是"超阶级性"的，作品"和人民的要求与发展步骤游离，越来越远，笔下也就越写越零乱"。所以他决心以"人民立场为准"，"以阶级立场要求"，"用理论锻炼和生活实践同一进行"。他去内江的途中写道:"要从乡村工作锻炼,自己也才能够在思想上真正提高。目下说来,处处还是小资的自私自利思想,个人打算,而且是幻想多而不切实际,受不住考验的,我要从工作实际中改造自己。"到了内江后,沈从文在书信中不断表示必须要用真挚的情感去爱新中国,要努力为新中国工作;对于新中国开展的土地改革、抗美援朝,他都无条件支持;对于毛泽东著作,他也多次表示信服,觉得这是新中国前进的指针。

　　但当沈从文直面文学为什么人服务,文学创作的普及与提高等问题时,他并没有像他所宣称的那样站在人民的立场,而是重新回到了"超阶级"的立场。具有象征性的事件是在接近除夕的一天深夜,他在隔壁邻居的吵嚷声和哮喘声中挑灯夜读,"看了会新书,情调和目力可不济事。正好月前在这里糖房外垃圾堆中翻出一本《史记》列传选本,就把它放老式油灯下反复来看,度过这种长夜。"沈从文所看的新书,根据他此前在家信中的记载,当是毛泽东著作、丁玲杂感集以及有关土改的文学作品。这些新书并非他的"情调",而那本《史记》选本,却反复看,越来越有兴味。这再一次彰显了沈从文和时代的距离。沈从文对自己的思想改造有种宿命般的失败感,正如本信所说:"我在改造自己和社会关系,虽努力,所能得到的或许还是那个——不可忍受而终于还是忍受了下去的痛苦。"

复张兆和（1969年11月2日，北京）

兆和：

廿九来信，一号收到。要办的各物事，今天大即可为解决。此外还要些什么，同事中还要什么，便中问问，来信提提，大可一下解决，一包寄。如此服务，大实高兴。也可说力量用得其所。今天星期，他还回校打井，下午即为办各事。

百科明早（午）走，幸亏大前天大去为整行李，计大铁箱一，中皮箱一，大行李包一，另外手提包等等，直到十点半才完成。二姊留下不动，有街道动员同行，有去有不去。事实上困难，大致到时那边也困难无住处，熟人中少闻有动的。学校情形不同，北大去的大致多些。大弟校中家属却不动。文化部系音、电、戏、美，男女暂时全不动，揪"五·一六"。不明究竟问题何在。我因不出门，许许多多事通不可能明白了。即"马路新闻"，也不易传到耳边。现在只有梅溪隔日来为打针，血压又上升二百卅，希望能降二百左右就好。心痛多些。但是一切还是只能从常态应付对待。不忽然恶化，即必然可以维持。再作什么事，大致近于胡说了。

日昨去拿回经过三年审查退还的：一照片，二文稿，和三记事本。第三份最不重要，因为只记得些平时学习意见和业务问题。第一份照片不少。拟贴三个薄本子，分给大小弟，自留一份。第二份是近廿年业务纪录，有不少未发表过，却对文物工作者可供参考学习的。感谢专案组为分门别类，编定号码，一包一包整理得清清楚楚，是份极大劳动，内容大致也一一看过。负责人之一问我，"你怎么写了那么多？"我笑笑。因为人人都学主席著作，重"活学活用"，若指的是发言，我总是口齿迟钝（李大妈等均欣赏大，不会说，却尽作事）。至于从《实践论》《矛盾论》《辩证唯物论》，有所启发，用来搞业务，搞的又是劳动人民文化成就，我的各种初步探索，不说是有了结果，至少是开了花，发了芽。因为好些问题都近于崭新，而基本知识，是看了十万八万实物得来的。对于丝绸发言权特别多！但是一看面前大包小包文稿，我却发了愁。因为这明明白白是对今后搞文物有用东西，最起码，我得有精力重抄一份，存一份于公家或什么单位保存才合理。因为此后大致不会有人再那么条件便利而本人又如此耐烦细心来搞文化问题了。只有我自己一一重抄，别人也无从代劳。因为工作的原因，所以听说有些熟人，或属真正专家权威，或属人大常委，疏散成都，或相似地区的，我倒也不免胡思乱想，若能去气候比较好地方，多活一二年，把已完成待改正的有关文章重抄一份，对我虽像是特别优待，对公家还是有意义。因为千百万文物其所以值得保存，主要是可以根据它分析综合清理出些新问题。若已搞了廿年的工作，能有机会整理出来，必可以减少后来者许多精力！这事明明白白对国家有益，可无从去向谁说起，只有一切听之。当时不胡乱毁去，已真是大幸事！还有大量卡片却毁去了，有些材料是我自己感到无意义而毁去的。

至于信件、作品，一律由馆中处理[1]，我同意，不说什么。本想把英、日译文本还我留个纪念，也不说了。因为心脏和血压作成的实际困难（心压力大，头脑比较好受），医生已一再咐嘱，不要再作用脑力事。已不宜再粗心忽视这一现实。这一处理，也可说把目前还妄想写得出新型短篇的希望，连根拔除。

即使如此，生活还是不太乱，一切可以放心。大弟近月大致因工作过于劳累，也有了些超支现象，瘦得多，吃的少。昨说颈部扭了一下，不是落枕，或是做活用力不当。要他及早看看或针灸一下，不久或即可好。冬天已到，天大晴，可极冷。本院已有人装炉子。房中还保留到十二度左右，厚呢大衣已上身，脚还冷些。你们可能还不到这样。一星期抽空来个信，说说工作生活，让我们多明白些琐事，也有意义。同院就经常问到。在最近退还笔记本中，就有一本十五年你写的一本杂记。我和大弟看过后，以为极有意思。因为这是差不多半世纪以前，流行了郭沫若译《少年维特之烦恼》前后事。多少青年参加革命，也和这种时代感情密切不可分！记事中文学味十足，且多客观描写，不知为什么，后来（一直到最近信中）反而把这份长处全消失了。若能恢复起

1　"由馆中处理"，作者虽在四个月前已被宣布"解放"，这次发还的材料并未包含历次查抄时被没收的私人书信、文学作品自存样书和自存文学手稿等。作者被告知，未发还的材料将由馆中"代为消毒"。

来，可写的一定就多了。应当想法恢复，将来是用笔基础。

我盲目估计，今冬我或不至在匆促中上路。因为若投亲靠友，向阳湖住处还没有，又别无去处可走。但若果受特别照顾，则临时上车去成都，或别的什么地方，倒有可能。若对我工作还认为有用，心脏又还顶事那就省事了。因为下至苏、杭，上至昆、成，有丝绸布印染厂的地方，我都还有资格去作"顾问"！大是和许多工人一样，决不离开工厂的。

梅溪一家，照目前形势说，不会动。因为永玉去军垦农场原计划并不变，不过何时去，却难说。百科一走，二姊比较感到困难，稍久也会习惯。她的熟人比我多若干倍，各处可以走动。近来身体也好，从饮食上便可知道。所担心的还是百科病体易恶化，眼和肾都有问题，宁夏气候又较冷，适应新环境费事一点。小弟处似乎还不大稳定，工业区主要是电源供应，不正常，求工作情绪正常势不可能。何况人事多反复，无定向。厂报不继续对总的说有损失，对个人或许正可集中精力抓生产，少招人嫉恨！

棉票事大当问问，不久必有结果。

我这方面一切你不用担心。老卅年错误，已清算。昨工宣队专案组一解放军还和我说过："过去写的文章，是照当时情况而来，所以群众能谅解。"至于近二十年工作，一切搁在眼前，还像一个研究员，又无权势野心，无所依附，所以一字不提。工作错误，自我批评却比较多！至于此后，经过由五○土改到这一次运动，教育学习，或可望不会大错。《服饰资料》改正稿也还了。至于身体，自然得承认现实，已近七十，机能已旧，逐渐失灵终于完事，是必然应有结论。所幸几十年生活要求比较简单，嗜欲不多，因此受得住长期高血压不至于垮下。对人要求不苛刻，因此也少是非。即是馆中，也很少再有人提什么"白专路线"。所有未发表论文，大致都审查过，因为若凡事实事求是，我的工作方法和态度，到另外一时，或许都值得推广！总之，这廿年作"螺丝钉"是搞对了的。只要心脏能支持，要作的事，大致会受鼓励的，能继续完成的。所以这里你应当放心。至于生活上小小不方便处，太不足道。我过去有二三年冬天房中不升火，穿一件破夹袍子，还能正常学习泰然坦然过下去。现在党对我们一家人那么好，因你下放，生活上带来些小小不便，那算什么困难？真真的困难是心脏问题，我深刻相信，也一时不会报废。折磨到我的倒是些不承认体力现实限制，总想还做点事的打算或幻想，有时不免增加心脏负担。到这时，就得找救急药物救驾了。

　　你倒应当盼望凡事量力而行，同院诸大妈舆论，就觉得你体力超支，近几年变得大，盼望你不必要这么争强要好。院中五个大妈都有病。新娘子近一次病高热到卅九度七，连打青霉素才转好。日来白菜三分一斤，因此院中又满堆白菜。红薯推销已过期，大买下五斤，至今还剩大半。米已多余，因为我吃得实在太少。一个人过日子最不好受是吃饭，似乎是一种负担，小龙回来时，就吃得比较多。希望你在乡下经常感到饿，吃时争到装饭，就证明体力确有好转了。如果需要茶糖等或豆豉大头菜辅助食物，信中提一声。这里水果今年特别贱，金黄苹果有二毛一斤，还满堆架上事。大致是消费者疏散已到一定数目（照不可信谣传要去三分二人数，事实上却不明白究竟已走多少），供过于求，因之出现。菜蔬之贱，恐应数世界第一。新近很多街上都十分整齐干净。车上服务人员似多已换了些干部，甚或高干，男女都有，十分懂礼貌，又起始恢复了固有的，由售票员招呼让坐老、幼、病、弱作风。事情虽小，也反映社会工作在一一恢复好处，这自然也多经斗争或是斗争成果！

从文
二日

致沈虎雏（1969年11月22日，北京）

小弟：

　　你们收到这个信时，有可能我已上咸宁的车了。这是馆中昨日通知决定的。妈妈走时，还比较从容，我们可不免相当忙乱。这时正下午六点，一桌文稿，看来十分难过，虽允为好好保存，我大致已无可望有机会再来清理这一切了。比较难过，即近廿年搞的东西，等于一下完事，事实上有许多部分却是年青人廿卅年搞不上去的。也可能以后永远不会再有人搞的。但是库藏中却还有十万八万实物等着霉烂！我自然说不上什么了。

　　大哥大致明天用三天为理行李，可能还得带桌子、板凳！允许一切饮食起居用具全带，必带。因为买不起，也买不到。住处闻分三种：一新，二民居，分别借住，三工棚。初去有可能去汀泗桥、咸宁民居住，等待新房子成后再去。我们是属于老、病、弱一类，大致在二上。一切得重新开始。离妈妈处闻在卅里左右，大致不易见到，除非是新居落成后有调动时。说明只参加轻微劳动（或搞点笔墨宣传工作）。本提议来自贡，不成，因为是工厂区，并且一脱离组织，将多困难。我并没有什么舍不得北京处，只是心脏麻烦。大致将老死新地。一切看条件去了。药物有，情绪不会什么太难受，也不怕什么苦。现实即心脏怕支持不住。分别住，再吃大锅饭，走三几里，得习惯。过一阵个别开火，就省事了。目下房中还一片乱纸，毫无办法。主要文稿一箱即成，衣服也至多三二个箱子，麻烦处是应用杂物不好办，不带，什么也买不到，带，将是一大堆，不大好办。但是还得带。闻到十二月将有万二千人到，目前不过三千人而已。将来必相当繁荣，因为几几乎是文化部全体！永玉等下月也得动，去处不明白。二姊因何诗秀已批准去湖北，照新规定，庆庆也得去，二姊或去宁夏，那边闻有水有电。到下月大致又得忙大哥好几天！

一切望放心。望放心。我一定坚持到底，不向后看。稍感难受，还是工作难再进行。

祝三人好，同事好。

礼拜六

致张兆和（1970年4月2日，双溪）

兆和：

　　转小弟和大姊信各一件。四川事，如所估计，还落后一大段，目前近于全机能疲沓状况。总得有一年半载，这七千万人的大省份，才会产生新的局面！我已告他，不要寄收音机来（因为要大再为你买一个省事）。他的腰部机能出了毛病，可能和劳、扭、挫等伤有关。病理不明，中药疗效倒可能易见好。可要他吃点什么丸试试看。他从云南得病一次后即变了样子。中老胡同又病了一次，样子更变。因高烧影响，从此以后体内似缺少了什么。或有寄生虫，或后遗症。对某某不吸收，总是瘦，而口易糜烂。得从这方面多注意。据我意见，大量用维他命C有效果。你去信要他或告之佩为他准备准备。我告大弟每月为他们寄一回把副食，也许有点好处。腰肾病宜多吃菜蔬，西红柿可能还容易得。北京有二斤装红柿酱易得。又照老法，淡煨腰子吃也好！

　　闻四月有廿天雨，我一天去大厨房二三次，是过"小关"。

昨晚上模范茅房，半路得上下一二尺高坎，两脚半，失了一脚，来个仰天翻倒，幸好是带点"溜"的姿势，只是后半身在泥浆中蘸了一下罢了。若作"马打滚"，就未免狼狈。怕的是"雷兼雨"或"雨中雷"，走一里路不大稳。好的是头部未发昏，虽血压长在二百二十／一百二十，并不太难受。一作较剧烈的动，心脏虽不受用，也还支持得下，一会儿就稳住了。同来两家已自行开伙，晚上稀稀的，吃得蛮好。从隔壁也可以感觉到。大厨房因此只剩下我一人寄食。还是一天午上去取两顿。晚上一顿，用开水泡吃。得承认现实。如自作，到水塘取水，也得在一里外，还得走两道水田埂，滑得很。滑到水田中（有流水口，活活的流，如溪水），大致是不大容易爬起的。所以煤油炉子来时，大致也只能辅助热热水和饭菜，距"单独开伙"还有段距离。不过把"淘冷饭"改为"烫饭"，已算大有进展了。现在是很羡慕晚上吃点热粥，办不到。

窗口斜对马路，窗口比公路低，因此过路人我可以见到，而人家却未必见到我。雨中外景还是十分好。矿区只差十来米似即可出煤，工作点近于"白刃战"阶段，每天必有运料大卡车奔驰而过。老师傅也还无把握说煤何日可出，及储藏量大致情况。照附近廿里高桥和其他地方都有"煤"说来，这里煤已肯定有的，也肯定还好，只是量的关系极大，为不可知数。照近半月运料如"鼓风机"等等看来，大湖边寄托这个工作点希望，是极大的。本地人因燃料多得在三四十里外想办法，也感紧张，如八里外出了大量的煤，解决了问题，电力的使用也会扩大。武汉轻工业下放十厂，这里也有了条件，至少能容一二。所以区里对于这个煤矿，也寄托希望甚大。

这里牛在雨中出外多盖上塑料布在腰背间，还是第一次见到。至于一般箩筐、棉被、秧田用塑料布覆盖，已极普遍。因护秧，农用品公司来了大量薄塑料布，也还是第一次见到。你注意小弟信后建议。若体力不抵事，还是实事求是，从长考虑到一定时候是否去自贡好？因为迟早有这一天。我这里大致也不会让我怎么挨下去的。五六月若单位不下来，我们三户看房子就无必要了。也可能还得迁。"孟母三迁"佳话，我们将超过了她。但迁来移去不是办法，三户留下也不可能，无必要，将服从一个总的安排行事。惟至今为止，文化部系统似还对于老、弱、病疏散，并没有什么总的安排计划提出或决定。所以上次张参谋长（闻已升了师长）在大会上即说"这里并无老、弱、病"，而我们来时上面却告我们"开了三次会，决定疏散老弱病三办法"。"如不动，即违反主席战略部署，是犯罪。"又说，"下去已有安排。"且反复说"万千放心，决不是捧包袱了事"。可是到了咸高，才知道事出这边意外，而感到为难。后来才决定暂时到高地住住再说。曾有去金口提法，去了就省事多了。第二次双溪，又说"已有接洽"，到时才又知道并不接洽，只是就便车带去。才又只好暂住区里。现在闻大弟信中说，照北京搞运动的趋势看来，决不是五月能搞完。因为有"王、关、戚""杨、余、傅""……"等等大串事相互联系，又各自孤立，各成系统。都和打、砸、抢有关。大弟学校就不是五月能搞好。这一搞倒好得很，因此真正忠于党的正派人，都站起来了。如像大弟这种人，必然是会得到工宣队信任或重视的。在群众中也增加了威信。工厂中的生产提高，风气不同是必然的。

照大丸子来信提到的"五七战士"，东北办法似和湖北干校不同。干校通称"五七战士"，似泛指一般干部。东北则有明确含义。大致即以湖北而言，小平处似乎也不尽和你们相同。小平似仍照原指示为"轮训制"（如黑龙江），文化部系统却未提及。又北京二姐朝慧信中都说及三月疏散，有不少人已回去。但我等却不提此。但至今也并未有个真正落脚点。也许张参谋长说的还是对。疏散另有安排办法，不能混而为一。我们单位当时为了交差，却把他混淆了。

从文
二日

致张兆和（1970年7月1日，双溪）

兆和：

连日大雨，大湖田中可能会受一定影响。闻晓平照科学院新规定办法，满年本可返京，就因潜江大水，新人去不了，彼也因此不能即回。小弟一信寄大弟的，有些川中事或未能在你信中提到，因转寄。据闻或将有两年，一切才可望清理完功，也可知动荡之大而头绪多端。川滇通车可真是大事！

十连、十三连不久就将全部调离双溪，因此除三四熟人外，此外便只是本地区中诸行干部还算相熟了，这几天为杨堡公社医务所布置展览中草药，几乎所有用得上大小楷字卡片、标签、提要、说明、前言、结束语，以至于大招牌，我差不多全包下来了。忙得极有意义。我觉得比什么大展览还有意义。我的道因碑小楷书，真正是用得其所！估计此后或者还有不少新草药标本说明，还用得上我这分小小长处。因为大致还得贴粘上百种本地产中草药标本，为照药书写上采集加工方法、时间，和保存应用，送到各生产队去展览，供参考用。

故宫新近听说将因十一或开放，说因叶群参观后调回不少人，已有部分人调回。历博虽是保留单位，迟早也得开放，但改陈工作，必比故宫麻烦得多，而且去年四月来的只三数人，九月无人来，十一月也只我们三疏散户，其他全是最近才下来的，所以恐不会有回去可能。但下月我们是否即将转高地，却难言。

事实上若让我去故宫搞丝绸陈列，对国家说却省事而经济得多！我既离开丝绣组已十年，这事自然也无从说起了。

这里就是房中太湿，包括本区医生在内，凡是来到我房中的，都无不认为太湿。地下简直如雨后公路。我倒也居然适应下来了。晚上有时雨较大时，有三处漏雨，只一处能接小半盆，在屋角有点点如桃源时情形，其余不久即自停了。但还不经到大雷雨考验。吃的总勉强尽二两，有卷心白和瓜类，已很不错了。正因为吃的文化不高，倒得到了方便。一切放心吧。在医务所作主任的是杨堡贫协主任，要我为赶写种种说明时，都一点不见外，我倒觉得这么极好。有时返返工，也不在乎。总之，能为尽尽心，我十分高兴，并且觉得机会难得！也因此和好多青年赤脚医生更熟了些。可惜语言不易懂，不然通过他们工作，一定可望多得到许多有用知识。如能跟着他们各生产队走走，那就会更深一层理解了。

由于天气过湿而又闷热，晚上一冷又即得加上厚被，本地年青医生也多患感冒，我倒反而幸免，已半年不曾感冒。只是气候变化大，心脏压力也有时较大些。但生活极端简化，总还能维持得下去。干校中同志多吸烟喝酒，解除湿闷，我倒省事，茶叶也不大用。去年带的红茶四两，还剩不少，绿茶也可到年底。取饭回来煮煮，加点辣酱，就对付下来了。早上有本地蛋糕极好。

梅溪有信来，说有机关已在演巴金《英雄儿女》，大致因中朝关系恢复，形势一变化，情形就不同了。又说住处挖的防空壕已填平，恐不只一处。

这里七一还是并无你说的四尺幅混纺，是否把布票和我处一工业券寄你，你可托人向咸宁购买？便中告一声。

闻文化部新近才解放了徐光霄等四人，馆中韩最近也才解放。看来部中还有不少人有待处理。闻永玉等忙了阵拔麦，插秧，后已转入养鸡搞副业。小黑妮初次下乡搞农活半月，和同学一道，过得很好。小庆庆明年也即将入中学，也快到下乡参加麦收工作了。

照北京一些趋势看来，有些事在慢慢的恢复正常。二姊信中说科学院正式决定干部下放一年轮训制，工作上有必要，还只半年。其他部门如系照柳河五七干校原则，一年轮训制必将不止科学院。又说定下"五五以上为老，卅五以上为中，以下为少壮"。这个办法也可能不全适用于文化系统，因为大学里搞文史的，居多是在五十以上或六十以上才成熟，五五退休似早了些。馆中则闻退职照工作年龄计，一年加一月工薪，退职则有百分之六七十经常待遇。我倒只希望争时间把未作工作搞完它，金钱和名分不考虑。如还有三五个月不动，或将在这里尽可能把近廿万字服饰说明抄一份出来，多留份底子，因为这也许是我一生中最后一次值得留下的工作。如果现在要我来重写，精力也不大顶事了。有些原始材料图片，因为记录一失毁，再也难回忆了。

前些日子用毛笔手已发抖，这阵子或因心脏好些，手也稳定多了。写的一些诗给史先生转其他同事看看，印象都还好，史以为是晋南北朝风格，社会主义内容。还想再用些不同方法作点试探性努力。大致是要懂旧诗的点头比较容易，得群众认可还是有困难。不能兼顾并及，照旧写下去，能不至于千篇一律，就不容易了。

这里衣倒不会过脏，只是特别容易发霉。房中简直是霉窖，任何东西能吸水气的就上霉。可是奇怪，本地人却不会作霉豆腐和豆豉酱。

从文

七月一日

致张兆和（1970 年 9 月 24 日，双溪）

兆和：

　　写了个小诗[1]来，只四百多字，似乎还有点"史诗"派头，和历史还相称。是在附近不远爆破炮声连响三次后，土石纷纷下落，已把屋顶开了大小天窗数处后抄笔。还担心再来，头上且顶了个坐垫。一切很好，大可放心。生活环境（特别是房中），似乎和什么侦探小说写的差不多，一切乱乱的，也离奇狼狈，可是心静静的，就十分难得！我还能依旧"贤者不改其乐"抄完这首诗，即可知顶得住以外，尚能解"自得其乐"了。这是近月以来许多字数不过多，而写得还有气魄、有感情，且有新见解的一首。像是比《阿房宫赋》还质实些（我只用六十字集中，二十字衬托），少空话。不过如此一来，读者面必将更窄了。因为只有习文史的人，还能读《史记》，或学文学肯读"汉魏诗"的人，才会理会

1　小诗，指《读秦本纪》五言诗。此诗未发表过，现编入《沈从文全集》。

内中措词言简而意深处，和五言诗传统的长处，既有音乐节奏感，还具鲜明画面！真一说是"天分"，其实还是"积累"。我凑巧除五十年对旧诗欣赏和散文写作底子外，还加上个新出土文物常识，三者会通使用，自然就方便多了。并且还要点充沛感情和机会兴致，难得而易失，机会一过，这时即再想写点什么，已有点精疲力尽，力不从心了。我大约在目前情形下，还可望继续作些不同试验，大致总史事或述人，易措词得体。写新问题，不大容易掌握，难深入恰到好处。总的方向大致还是得就"缩短文、白，新、旧差距"而努力，有意义些。从个人说来，求破旧记录，则写这类题材易见好，既不能有机会发表，则最后读者，必然将只限于五七亲旧（又似乎恢复了一二千年前方式），亲旧中大致又以二姊最易欣赏，因为有个"史"的底子。

　　天气还阴阴的，我还将准备在夜中大雨时和房中"流水成河"作斗争，抄到"钟鼓上闻天"和"直上干青云"时，望到房顶那几个大小天窗真好笑。世界上那会有人想得到我是在什么具体情形下写这些诗！但是想想过去工作，也就十分自然，因为初学写作那几年，生活情形比目下可糟得多。即初搞文物那一二年，在零下廿度灰扑扑阴森森午门上库房中搬坛坛罐罐，也不是你能想象的，我却一律默默的接受下来，终于把要学的慢慢搞通了，同时也可说工作搞对了。这次还不能说已是真正在作改业准备，不过初步试试而已。一个人到了七十岁，还有这种学习热情，又居然还有机会搁在那么一种环境中，不可不说真是离奇运气。还是应当深深感谢党和人民！我竟像是个职业试飞的"飞行员"，永远得在一种新的飞机上试行，且探寻新的航向！不同处即不会下跌，不过总是辛苦一些而已。也只有你懂得这事是相当辛苦的。不然有许多人早来抢着做了。我这些习作，也会有机会在较小范围内，作为一种"学习材料"而公开，得到上面点头认可的。那么大一个国家，应对世界，也总得有几支有分量的笔！特别是遇到如氢弹爆炸，卫星上天，大桥成功，成昆路通车，都没有有分量的文章配合！当然也会为一些人挑眼（这种人永远不会没有的，不然就不会产生"李杜文章在，光焰万丈长，不知群儿愚，那用故谤伤，蚍蜉撼大树，可笑不自量"这首名诗了），但不碍事，因为总倾向如果是健康的，而具试探性，文字思想又都能达到一定水平，内中还有个基调永远不失，即"人民的成就"，言不离宗，十分自然，就会存在下去的。

朝慧最近来了个信，还寄了张大弟和她家小尖鼻的放大相，十分好，小尖鼻特别精神。你处如未有我即寄来。她信中提起的大弟问题，盼望你能在假中回京，和二姊商量商量。我觉得极重要。算算日子，只差二三天你下来即满一年了。望能下个决心。

我还在吃豨莶丸，治慢性关节炎，地面那么湿，那能好？不转急性即天幸。这一阵脑子也重些，心又不大得力，血压或已过了二百，雨中自然累人些，日夜得提防！别的吃的还充实，尤其早上一顿抵事。写诗虽不如作小说费力，但自然还属于脑力应用既细又重活之一，不过面积小，周转易，而在半完成后字斟句酌，则近于一面欣赏，一面批评，在欣赏中得到的乐趣，可以抵消写作用心的劳累。我大约记得书较多，虽不能如你那么背诵，却总能记要点和大意。所以用事措词不费什么事，即可得到古人说的"佳句本天成，妙手偶得之"之趣。事实上也反映过去曾用了一大分心，从欣赏出发，而无形记下许许多多好文章而已。主要还是从欣赏出发所得益。现在大学教专题和文学史的，总是"注解""文法""意义"而加上"思想"，却始终不会如何教学生去"欣赏"。考试以至毕业论文又照样抄书，那能教得出真正懂文学的会写作的好学生？这种学生又去当教师，一传再传，十分省事，可是能欣赏自然越来越少了，那还可望教得出什么创作得出真有个人文章风格又有好思想的作品？许多教师基本作文还不易及格，说"风格"，只是自欺欺人而已。更新的一切已大不相同，学习方法也一定要改，可是写散文如何打基础，可还无人"敢"或"肯"老老实实说出自己的经验（内中必有不少也会写点），更不敢随便举例，所以肯定还得绕大弯，从"瞧到办罢"拖下去几年看。把责任推给上面。教戏的就简单得多，基本功还是基本功，所以张君秋还是因此作了人大代表，即因能教青衣各种唱腔！直到如今，似乎还不闻有什么教基本写作而作代表的。即曾祺也无名，可知至少二三年内还不会有这个需要。而全国教改，即不曾有具体文章提到"如何教文学"一事。什么时候才可望看到学文学的保定能写通顺有内容文章，教授又能写出真有见解和风格的教材？或许我已没有这种机会见到了。事实新提的文学"过三关"的文字技术关，先前几个被封为"语言大师"的熟人，都可说并不认真过了的。有的文字充满北方小市民油腔滑调，极其庸俗。有的又近于译文。有的语汇还十分贫薄，既不懂壮丽，又不会素朴，把这些人抬成"语言大师"，要人去学，真是害人不浅。所以五八年在重要关键性时刻，在人人拍掌声中，我还是力辞作我不能胜任的什么头头，而甘心情愿在寂寞中作陈列室里义务说明员。现在看来还是对的。不然，早完事了，那还能有机会来试验五言诗的革命化？有些事乍一看来近于"偶然"幸或不幸，而从整个全面分析，却多近于"必然"。我说总像是个新型飞机命定的"试飞员"，这是第三回了，五十年前写小说即有此感。当时"小说作者"虽已抬头，但谁也受不住"生活上无出路"的严酷考验。翔鹤、蹇先艾等等多是早就出了单行本的。许钦文因得鲁迅一序更著名。上海方面则友好互吹早成战术之一，更显得活泼热闹。至大革命或卅年为止，算算南北同时从事这个工作的不下数百人，看看《新文学大系》三厚册小说集即可知道，我已写了六十本书，却故意不要选我的，这也是趣事！虽起步略有先后，但终归是上了这个"运动场"的，随时代变化，不到十年，绝大部分都自动改图或淘汰掉了（或革命牺牲，或做了大官也有不少），我却始终如一满不在乎成败得失的试验下去，既不图特别成功，也就不担心意外失败。到解放为止算总账时，至少我可以说学习态度还是认真的，且决不投机取巧！解放后，社会变化大，近于"前功尽弃"，也认为是当然不是偶然。一切不算，重新再来，因此新的试验又开始。凡事"从无到有"，自然还是十分辛苦，同时有十来个教授级研究员，全拖垮改业了。有的事，你是至今还不易设想的！一切都从具体问题出发，搞调查研究，而从不以个人得失为意。困难也并不下于初初从事写作。不到几年工夫，就取得了许多方面的发言权，还是基本功作得好。主要自然还是不多久即得党的全面支持和鼓励，并给以种种机会，如土改一回来，即参加文物业三五反，为大几十万东东西西作鉴定，清点时得脱口而出，不能稍有迟疑，那才真叫作"考验"！许多同事都无此机会，有的又即时刷了。有的如科学院一些人又受不了辛苦而中途退下了，也有因犯立场错误而退出的。记得到后口已全哑，有个什么局长来现场看我们时，说"真辛苦辛苦了！"但是后来十多年，工作一切，生活一切，也就奠定到这一回战役上。既有了个十分广博的常识底子，又老老实实，所以后来南京和故宫只想借调我去帮忙，就是原因。对我政治安排也有原因。直到这次运动，对我近廿年工作无一字批评，而目前还那么优待，也可说是同一原因。在学习和工作上，我管我自己实严格得十分，党既然对我那么信任，我还可说什么？这也就是目下房中即完全浸在水里，直到屋顶坍下以前，我还能照五十年前，或廿年前拿下新工作情形，一切无所谓的试写下去，到一定时候，会老树开花而且结果的。年纪到了七十岁，有些事也可说还天真无知一点不明世故，这不是坏事，是一种保持青春活力的反映！（正因为在实际上我毫无应世才能，也就少随之而来向上爬野心，可始终把自己保护下来了。）

有种种原因，这一回工作，受年龄体力和客观社会要求不同，已不大可能如前两次在社会上显得那么出色了。这是十分自然的，不过工作还是一定能够同样热情充沛认真的作去，而走一大段路。并且一定还搞得像个样子，有所突破。说是"五言的尾声"，多少像是有点悲怆感。但事实大致也就是这样了。能作到这一点，已可说很不错极难得了。特别是想到近几年过去的一些熟人，多是忽然消逝，我更加应当爱惜这点余生，充分用到工作中去！

我或许也还有机会，还会写出崭新的散文，那就不仅是靠个人努力用心，还得看外在条件而不是主观愿望了。必须能各处动动才有办法。总之只要健康维持得住，即不会白白活下去，还会有事可作！即动不了窝，也无书可得，还可望用自传式回忆谈如何学习散文，如何从欣赏出发去取得各种不同的滋养，充实自己，逐渐转而化繁而简，真正古为今用，用到散文的朴素风格上，这将是比教教戏腔对于许多人（以千万计的人！）还可供实验的一分知识！能有个二年左右时间如目前从容，继续作去，就会写出个极别致的十万来字小册子的。也许这全是只有和你可说的梦话，即你也不会相信了。因为社会已大变，而且还在起更大的变化，随同世界的问题和国内生产建设的发展，什么什么都将成空话。那就把这种五言诗继续写下去，并且更大胆些如写《红卫星上天》来写别的，还是会有些事情写来很新的！

你听这类废话已卅年，可有好些却实现了。自然有更多终成了废话。且想想如何回京事情吧。我盼望你为大弟终身大事而动一动。因为和二姊一商，将具决定作用。二姊处事虽经常带点冲动性，不大能全面。可是还是见事较深，而有决断。大弟究竟已卅五六了！这里你可放心。在任何情况下我都不会丧气，而且能找事做的。会做诗，就总有事做了。

从文

廿四发

迁徙记 | 张新颖

一、"连根拔除"

一九六九年九月，张兆和下放湖北咸宁"五七干校"。这对沈从文是很大的打击。这一分别，"是否还能见到，即不得而知了。"他给张宗和写信说，"长日心痛，心脏硬化、胀大、劳损，行动有时已感困难，稍不小心，报废将是一二十分钟事。月来事实上是在恶化中。……是否能过今年，即毫无把握。……三姐一走，我的狼狈可想而知。"（22；163）张兆和是九月二十六日下午与作协同事一起走的，沈从文的血压高和心脏病已经不允许他到车站送行，当晚沈龙朱留在家里陪他住，沈从文为这一天写简短日记，说大儿子"特别请假一天，似数年来第一次请事假"。（22；171）同院里的两个大妈有些担心会忽然出事故，嘱咐沈龙朱多回来照料照料，本来只在周末回家的沈龙朱现在要多跑几个来回。

不知道是不是来日无多的紧迫感驱使，这几年除了去单位就很少出门上街的沈从文，大冬天里，竟然在一周内拖着多病的身体，去看望了三个老人：

"一是董秋斯，三年运动中无问题，近忽闻和几个老同学事有些牵缠，在受审查中不免更见衰老。"（22；174）董秋斯比沈从文大三岁，沈从文二十年代初刚到北京，两人就相识，友谊延续终生。沈从文见了董秋斯夫妇，说："这是我最后一次来看你们了。"两个多月后，十二月三十一日，董秋斯去世。

"二是田老师，十多年未去看过他，去看看，才知惟一年近八十老师母在家，过的真是风烛残年日子，田老师已去医院许久（我估计或早已故去），无音息。"（22；174）田老师是沈从文小学时的老师田名瑜，字个石，南社诗人，书法家。一九六二年沈从文作《题〈寄庼图〉后》，叙述和老师的因缘：上学时沈从文是个顽童，"惟对个石先生"，既有些害怕，又感到"别具一种吸引力量，因之印象甚深，上课时堂上格外安静，从不捣乱，在当时实稀有少见。……解放后，机缘凑巧，同寓北京，先生任职中央文史馆，居住北海静心斋内，始得常相过从"。（15；423—425）田名瑜一九八一年逝世于甘肃。

"三即林师母，还精神甚好。"（22；174）林师母即林宰平夫人沈兆芝。

这种看望其实多是告别的意思，向与自己过去生命中种种密切关联的人事经验告别。接下来的一周，他跑的地方就是医院了。十月十三日，他写信告诉张兆和："我血压不大稳定，一度破纪录到二百四十。因此三天中跑了三个医院，有的折腾到五小时，经过心电、透视等等检查，都肯定心脏肥大损伤（或说丰满），供血情况不良。只能休息，防止进一步发展。能保现状就是好事。一时或不会心肌梗塞（已回到二百一十）。去和工宣队长商量，还是同意医院建议，让我再休息二星期看。"（22；177）

国际形势的日趋紧张，与"美帝""苏修"的对峙斗争，使得这一时期出现了全民"备战"的气氛，全国大中城市大挖防空洞和防空壕，北京疏散和下放的人越来越多，以致连捆扎行李的草绳都很难买。十月二十五日，周有光来沈从文家，连襟俩吃了顿晚饭。他是来道别的：虽然患有青光眼、肾病、尿血，他还是要被下放，远去宁夏贺兰山口的平罗。十一月三日，周有光离开北京。

历史博物馆和革命博物馆于九月三十日合并，称中国革命历史博物馆，并成立革命委员会。十一月一日，专案组一个军代表将抄家时没收审查的部分物品还给沈从文，计有：私人照片、文物研究手稿、工作记事本。其中文物研究手稿量最大，包括《服饰资料》改正稿，"感谢专案组为分门别类，编定号码，一包一包整理得清清楚楚……负责人之一问我，'你怎么写了那么多？'我笑笑。……但是一看面前大包小包文稿，我却发了愁。"他发愁的是这些自己二十年工作积累的东西，恐怕不可能整理出来给后来者用了。"还有大量卡片却毁去了，有些材料是我自己感到无意义而毁去的。"（22；200—202）

他还被告知，不发还的材料，包括书信、自存文学作品样书、文学手稿等，将由馆中"代为消毒"。"至于信件、作品，一律由馆中处理，我同意，不说什么。本想把英、日译文本还我留个纪念，也不说了。……这一处理，也可说把日前还妄想写得出新型短篇的希望，连根拔除。"（22；202）

当时的情景，沈从文多年后回忆起来还历历在目："一个军管会的'文化干部'，廿一二白白脸小伙子，却装模作样把我叫去，说是'一切黄色作品，代为消毒。无害的，你自己拿走！'见我沉默不语，便做成严肃神气说：'你以为我没有文化吗？不服吗？'这倒真是我从来还不考虑到一个问题。……他大致误认为我是什么高知，才这么缺少自信，因此我忙说：'你比我高明多了，政治水平、思想水平都是大家有目共睹的。我还算不得白专，卅年前写了这些黄色有毒东西，多亏得一一指出，你处理那会有错？'我赶忙把还我的一份破书乱稿，塞到预先准备的一个麻布口袋里，拖拖跌跌下了楼。既提不上公共汽车，因此约费了二小时，才拖到了我那个值得纪念的小住处……"（26；234—235）

退还的照片，沈从文"拟贴三个薄本子，分给大弟小弟，留一份"。

他还从退还的笔记本中，找到一本张兆和一九二六年写的杂记，他跟妻子说，"我和大弟看过后，以为极有意思。因为这是差不多半世纪以前，流行了郭沫若译《少年维特之烦恼》前后事。……记事中文学味十足，且多客观描写，不知为什么，后来（一直到最近信中）反而把这份长处全消失了。"（22；202）清理文稿时，他又发现张兆和四十年前收藏的小洋娃画片四五种，"我已转寄之佩，托'红红保管'。她一定和你当时一样看得十分珍重，不会遗失的。"（22；218）

照片、画片有所托容易，自己这个人如何处置，却是个绝大的难题。本来像他这样的"老、弱、病、残"，有传言说可以不动，十一月二日他给张兆和的信里还说，"我盲目估计，今冬我或不至在匆促中上路。"（22；202）没过几天馆革委会就来问他的意见了。他真是手足无措。最理想的是争取留下，生活上有大儿子可以依靠，有限的精力还可以把杂文物研究搞一点是一点。去外地则只好到自贡投靠二儿子，但地方派系斗争还在持续，未必去得成。或者干脆不考虑生活去成都，因为他多年来一直想着研究蜀锦，或可为蜀锦改良起点作用。实在不行就去咸宁，那里气候的湿和热，明显不利于高血压心脏病，他恐怕难以适应。

十一月十七日，博物馆召开老、弱、病职工下干校动员会，十八日决定十八人限月底离京，去咸宁。二十日，沈从文告诉张兆和这一消息，"时间如此匆促，心不免乱些。""两夜未睡，心中不免有些难过。"（22；232，233）

沈龙朱、沈朝慧、刘焕章等几个人给他整理行李，按通知要求一切能带走的全带走，饮食用具全带，必带，因为到了那里买不起，也买不到。更因为，此次一走，不能再做回来的打算，户口随之迁走，也即"连根拔除"的意思——"大致将老死新地"（22；234）。二十六日，沈从文写信给张兆和："这是廿六下午八时，房中情形你不易设想。因为托运破烂大小十八件……"（22；236）

沈从文做了最坏的打算，和沈龙朱深谈两夜，把自己一生种种，详细如实告诉了儿子。

二十八日，革命历史博物馆开会欢送下放职工；三十日，沈从文由请了几天假的大儿子陪着登上了火车，前往湖北咸宁文化部"五七干校"。动员会的时候要下放的十八家，到欢送前就剩了五家；等沈从文上了车，才发现，其实只有三家。

车上座位已经被人坐满，沈从文和儿子只能坐在车厢地面上，一路颠簸而行。

二、四五二高地

沈从文和另外两户老弱病职工到达咸宁干校接待站之后，才得知"榜上无名"，这里根本就不知道要接收他们。但户口都迁出了北京，想回也回不去了。"于岁暮严冬雨雪霏微中，进退失据，只能蹲在毫无遮蔽的空坪中，折腾了约四个小时，等待发落。逼近黄昏，才用'既来则安'为理由，得到特许，搭最后那辆运行李卡车，去了二十五里外，借住属于故宫博物院一个暂时空着的宿舍中，解决了食宿问题。"（27；451）

临时栖身之处叫四五二高地，是干校的中心，匆匆造起来的建筑，有大会堂和校部，文化部、故宫、图书馆等单位的宿舍在这里。作息时间统一，"早六点半听军号起床，九点半熄灯，早上学习一点钟，晚上读报一点钟"。沈从文因为是借住的，一时也没有什么任务分派，"白天我去大湖堤边拾干苇引火，或在大路旁推土机经过处拾干竹根，供同住引火用。"离四五二高地约五六里外，是干校的"向阳区"，文联、作协系统和商务、中华等出版单位集中于此，工作是搞基建，张兆和在连队的挖沙子组，劳动强度大，时间也紧张，只能瞅空来看看沈从文，徒步来回十多里，停留时间不过几十分钟。沈从文"不敢独自去她那边，因为前不久在路上昏倒过一次，医生也说以'少活动为是'"。（22；238）

一九七〇年元旦前后，沈从文被安排看守菜园。十余年之后他为《中国古代服饰研究》写后记，叙述了这一短暂时期的生活；但书印行时他把后记做了大幅压缩，删去的大量文字里，就有下面一段：

因为人已年近七十，心脏病早严重到随时可出问题程度，雨雪中山路极滑，看牛放羊都无资格，就让我带个小小板凳，去后山坡看守菜园，专职是驱赶前村趁隙来偷菜吃的大小猪。手脚冻得发木时，就到附近工具棚干草堆上躺一会会，活活血脉，避避风寒。夜里吃过饭后，就和同住的三个老工人，在一个煤油灯黄黯黯光影下轮流读报，明白全国"形势大好"。使我觉得最有意思，还是熟习宋瓷的老姚，先来半年，已成了一个捕蛇专家。房中各处都是长达二米的蛇皮，且有意把它作成种种生活姿态，沿墙附壁，十分生动。另一收集文物字画老贾，却利用湖边路坎细小竹枝，编成许多箩筐筐匣，精美程度，都超过市场上宾馆中展出的工艺品甚多。对我说来，倒真像是六十年前老军务回营归队，丝毫不感到什么委曲生疏，反而学习了不少新知识。我明白，这是在国内正在进行的一种离奇"教育"。有百十万学有专长的高级知识分子，各在相似或更困难情形下，享受这种特别待遇，度过每一天。内中既还有参加长征老革命，也还有各部副部长，或什么委员，以及各种雄心勃勃姚登山式"革命英雄"，一过了时，就"一锅端"共同来到这地方受新的"教育"。想起这正是"亚细亚式"迫害狂历史传统模式的重演，进一步理解《阮籍传》中"有忧生之嗟"含意，个人倒反而更十分渺小，觉得"浑浑噩噩随遇而安"为合理省事了。来到这地方生产劳动，名为"改造"，改造什么？向军管领导询问，也说不明白。一面学习"老三篇"，不少人还能开口背诵如流。但问及内中有一条说到"老弱病残不下放"是什么意思时，我这年近七十，血压经常已二百过头的老病号，学习班长既兼作医生，且明白是由于"心脏动脉粥样硬化"而起，却相当幽默的回答我："既来之，则安之，不妨事。"……如此这般过了一个新年。（27；451-452）

三、迁移双溪

一九七〇年二月十四日，沈从文正在菜秧地值班，有个人来通知他，限二小时内迁移住处，到双溪区另作安排。他匆匆忙忙赶回宿舍，行李已经被搬到了大卡车上。张兆和在五里外大湖边劳动，沈从文想赶去告诉一声，已经来不及。幸亏故宫的老贾，赶去报信，等张兆和赶到，"说不到十句话，只告知去处名叫双溪，离这五十里多点点"，就被催上了车。

"在车中我想到古代充军似乎比较从容，以苏东坡谪海南，还能在赣州和当时阳孝本游八境台，饮酒赋诗。后移黄州，也能邀来客两次游赤壁，写成著名于世前后《赤壁赋》，和大江东去的浪淘沙曲子。"（27；452-453）

三个老弱病，连同家属共六人，十一点到了双溪目的地，两个多月前那梦魇般的经历又重复出现了：这边指挥部事先根本不知道他们要来。到现在就非常清楚了，他们这几个没有多大劳动力的人，实质上被看成"麻烦"，那边硬"推"给了这边。吃过午饭，十连连长和负责这里的领导商量了一个小时后，接收了他们，找了个地方让他们暂时安顿：行李放在指挥部的仓库里，人住到区革委会楼上一间大的空房，稻草堆中摊开被盖，三家中间用草席临时隔开。吃饭到附近采煤连大厨房吃大锅饭。

这一番折腾，让沈从文的血压高到二百三十到二百五十，低压一百三十，有几次轻微发昏经历。同行组长张同志建议他住院，医院也同意，但沈从文考虑到住院后每天还得到区里大厨房取饭、取水，这对他来说也是不小的困难，就拖延着没有立即去。二十日他写信给张兆和："张同志怕我突然出事故，曾说过是否调你来好些？同是工作，这里也有的是杂活可做。你也可以把考虑到和你的打量告给我。我想到的是你和五连同志共事已十多年，'千生不如一熟'……大家明白你体力受年龄限制，分派工作，即能比较实事求是。这里大家陌生，工作若一律拉平，你怕担负不下。所以我还主观的想，与其让你来一陌生群众中为难，还不如再过半年下去，到你们可分配房子时，我作为你家属，请求来向阳，同分苦乐，好一些。"他已经考虑过自己"万一忽然完事"之后的事了："到时要大弟或小弟同来收拾一下残局。小弟有了治家五年经验，并且有个家，明白什么需要就拿走，用不着的，就分散给同事中较困难的。你能留在五连，我相信同志们对你一定会能照顾，生活得上好。若另一时退休，请求过虎虎处，也一定好办。因为那虽属三线，事实上他许多同事在京家属，还是向那边疏散，并无别的地方可去的。"（22；249-250）

　　二十五日，他信里告诉张兆和，这里医生劝他去作细致检查，"因为过去心电图表示左心室肥大，这次右心室似乎也不大好。心脏向左移位，益显明。""我就医，已得这里医院证明，另写一报告，上高地指挥部，还未得到批准。也许只能在咸宁县里检查，或住院。也许不批准。"（22；252，253）

　　二十八日，三户再次迁移，搬到了约一里外小山坡上的一所小学校里。沈从文住一间房，屋顶漏雨，房中潮湿。"因无电灯，又舍不得用清油和洋烛（买不到灯），只好从六点到明早七点，在黑中闷坐痴睡度过。也是一种锻炼。对我说来，可能也有好处。一日三顿，早上用一饼度过（加点糖水），中上去打饭，或多取二两，或一馒头，晚上即不再出门，泡泡水饭，用豆豉酱和一个鸡蛋（盐水煮，不限量）对付。"（22；264）几天过后，移过来几把条凳椅子，糊好门窗缝隙，张同志又用浆糊瓶给做了个简易油灯，住处就初步像个"家"了。每天去一里外大厨房取饭打水，对沈从文来说是过"小关"，因此一瓶开水就用得很节省，有时脸也就不洗了；夜晚黑灯瞎火走大半里上厕所，就更是负担。四月二日给张兆和信中描述了这么一个情形："昨晚上模范茅房，半路得上下一二尺高坎，两脚半，失了一脚，来个仰天翻倒，幸好是带点'溜'的姿势，只是后半身在泥浆中蘸了一下罢了。若作'马打滚'，就未免狼狈。怕的是'雷兼雨'或'雨中雷'，走一里路不大稳。"（22；283）

四月初，北京一路带来的那些大小行李，从区革委会仓库全部搬进了住处。过了些日子，沈朝慧寄来一个小煤油炉，这可大有用处：陈饭剩菜能够热一热了；还能烧水，天晴从水塘里提桶水，天雨从屋檐下接些水。

四月十八日，沈云麓在家乡病逝。沈从文最后的信和新写的诗寄到时，大哥已经入土三日，就在坟前焚烧了。

四、文化史与诗

　　困于重病，不能做事，对沈从文来说是很痛苦的，他常常说人生百年长勤，可是这种情境之下，他又能做什么呢？枯寂长日，他又拾起了旧体诗。这似乎是他找到的唯一还能做的事。他说"写诗只在百十字中琢磨，头脑负担轻，甚至于有时还可收'简化头脑'效果。"（22；281）他写干校生活，写日常见闻，写政治时事，今天读来，会觉得大多不怎么好，特别是其中的时代色彩，有时不免显得刺眼；不过，也正是这些合乎时代形势的诗句，起到了"简化头脑"的效果——顺着潮流说话和表达，头脑的负担就不会过重。那么，从这些诗来看，能不能得出结论说，沈从文被"改造"好了？沈从文放弃自己的思想和表达了？问题还有另外一面，即"简化头脑"的体会，也只有一贯坚持自己的思想和表达形式、头脑负担过重的人，才更能敏感得到。沈从文确实试图"简化"一下自己的头脑，但沈从文还是那个沈从文，要"简化"也不容易。这一时期的诗里有一首《自检》，题记"二月廿七双溪　阴雨在零度下"，全诗如下：

> 身是"乾坤一腐儒"，略闻大道身转虚。
>
> 七十白发如丝素，卅载独战真大愚。
>
> 行莫离群错较少，手难释卷人易痴。
>
> "独木桥"废何足惜！"阳关道"直行若飞。
>
> "捕虎逐鹿臣老矣"，"坐策国事"实无知。
>
> 屈贾文章失光彩，连旬阴雨眼模糊。

致张兆和（1970年9月24日，双溪）　187

试从实践证真理，深愧"乾坤一腐儒"！（15；349—350）

看起来从头到尾都是对自己的否定，但说自己是"腐儒"，说自己"愚""痴"，说自己走的"独木桥"现在被"废"了没有什么可惜，如此等等，不过是自嘲——深重、悲哀的自嘲。

四月二十四日，中国第一颗人造地球卫星发射成功，消息从收音机传来后不久，附近村子里就响起了锣鼓声。沈从文有感于创造力量的惊人成就，五月写了一首《红卫星上天》，五言，一千一百多字。单看标题容易把它误会成时事诗，其实重点在叙述一个民族文化的发展。六月十八日他抄了一份寄给张兆和，说"用红卫星上天消息，引起历史联想，从作曲法得到一点启发，当作史诗加以处理的。""等于把馆中一万六千米陈列，压缩到千字中，处理得还有层次条理，能把握大处。从群众要求说，可能深了些。因为用千把字来概括百万年中华民族的发展，在发展中的艰巨和复杂斗争，求文字用得有分寸，又能通俗，不可免容易顾此失彼。"一九七二年他又把这首长诗抄赠程应镠，说这"等于一个'说明员'的考卷，是否及格，心中有数，不必待新学台来决定也。"（15；366，367）

对沈从文来说，这首诗的写作开启了一个试探性的方向：以旧体诗的形式来展现历史文化的发展。也就是说，这一类的诗，不仅是被压抑的文学创作才能的转化形式，同时也是被迫中断的历史文化史研究的变体和替代形式——用沈从文自己的话来说，即博物馆"说明员"的"考卷"。沈从文对这一类诗的写作投入了极大的热情和精力，干校时期写出了《读秦本纪》《文字书法发展——社会影响和工艺、艺术相互关系试探》《商代劳动文化中"来源"及影响试探——就武官村大墓陈列》《西周及东周——上层文化之形成》《书少虞剑》等，以诗写史，为"文"亦为"学"。

以《文字书法发展》为例，五言，长达近八百句，附有大量注释文字，可视为一部文字、书法简史，其中涉及的不少问题存在争议性。这首诗初成于一九七〇年十月，后来不断修改补充，章草行草部分又曾改写为《叙书法进展》而单独成篇。诗初稿后有跋语："乡居独处，因常用八分钱毛笔，就一破碟蘸墨汁作书。适为一邻居小医生偶尔见到，以为所用'文房四宝'如此马虎，那宜写字？事实上在他人不易设想情形下，采用这个办法，作为他日过考'说明员'准备，试写文化史诗已到十多首。因此启发，复试就'文房四宝'各自历史和文字发展历史，及彼此相互关系，概括成五言诗一首。……有关字体及纸墨笔砚种种，平时并无研究，只是就接触到的实物知识，和通史陈列所得常识而言。正因为一切从'常识'出发，和专家的专门知识，必不尽相同。对个人实极其有意义。……特别是在目前环境，无一本书可得情形下，凡事全凭回忆，不许临时翻书，欲作'齐人'，亦无可逃，仍能凑合完篇，值得纪念。"（15；393）

因《文字书法发展》长诗，沈从文和下放干校的中山大学教授、书法家、古文字学家马国权，交流、讨论起文字、书法的学术问题，两人书信往还不断，从一九七一年一月到五月，沈从文长信达十封。其中说到一个笑话：几十年前沈从文给一个熟人书章草长条贴壁间，为刘半农所见，"执意肯定为明人书，后方悉系弟戏作，大笑一阵而散。"（22；463）

五、请求和答复，暴雨袭击下的屋子

迫于环境无从继续的杂文物研究，以旧体诗阐发文化史的形式得到略微的"补偿"；这种"补偿"显然是不够的，非但不能全部转化研究的愿望，反而使得这种愿望愈发强烈。与此同时，沈从文却从博物馆下放到咸宁的第二批职工口中，得知自己已经被划为"编余"人员。这让他很受挫伤；然而，"我即或已成编余人员，总不免还妄想近廿年学的种种，还有机会应用得上。"他相信自己二十年来积累的东西，"还对馆中有用，对改陈有用，对文化史的编写，工艺史和其他几种专史教材通通有用。"（22；312，313，314）他把带来的文稿取出来一一重看，总觉得这些东西应该整理成各个专题，留下来给后人；他还打算把二十万字的服饰资料文稿再重新抄写整理一份，但天时不时下雨，屋子到处漏，得用大大小小的盆子承接，他担心雨水损毁了稿件，就完全凭记忆把想到的修改补充处，用签条记下来备忘。

七月中旬，急切希望恢复文物工作的心情，促使沈从文给博物馆革委会委员王镜如写了一封信；二十日，又给另一位革委会委员高岚写了一封约一万字的长信，几天后又改成略短的第二稿。他深感来日无多，在干校什么也不能干，这样"消极的坐以待毙，不是办法"，因此提出："我要求极小，只是让我回到那个二丈见方原住处，把约六七十万字材料亲手重抄出来，配上应有的图像，上交国家，再死去，也心安理得！"（22；335）这两封信他都是让沈龙朱看过之后转寄，沈龙朱转寄了第一封信之后，还专门去和王镜如谈了一次，谈话的结果使沈龙朱觉得第二封信没有必要再转寄，就自己留存下来。沈龙朱向沈从文转告了谈话的意思，其中最主要的是：干校组织和北京馆内没有直接领导关系，除非真正工作急需的人，才能申请调回；目前博物馆还是主要在搞运动，"改陈"根本没有提到日程上来；而沈从文自以为有重要价值的文稿材料，革委会领导劝告，"你的那几份资料，希望你自己能一分为二来看待，那是'还没有经过批判的'，不能把它们全看成是'方法全新的''唯物的'。要正确对待群众，正确对待自己。"

这样的答复给沈从文的打击可想而知。其实这本应该是预料之中的事，只是沈从文盼望工作的愿望太过迫切，他念念不忘二十年心血所寄的研究材料，反反复复唠叨它们的价值和意义，却忘了那是前不久被查抄了去又发还的，是"还没有经过批判的"。

潮湿的屋子发霉，如同霉窖；夏季一来，太阳暴晒，又如蒸笼，房间里气温会高达四十度。八月四日，沈从文给张兆和写了封短信，信文前面加了一句话："不论如何，务必来看看我。不宜迟疑。"（22；350）倘若不是身体坚持不了，他断不会说这样的话。十五日，张兆和请假，早上搭车到咸宁县城，下午从县城搭车来双溪，照料了沈从文十天，她自己也借此从长期体力透支的劳动中得到短暂的休息。张兆和二十五日返回，半路上遇到大雷雨，受阻在咸宁县城，二十八日才回到向阳区连队。

暴雨来袭，沈从文住处积水，要用盆从房中往外倒。屋子里的地面还没有干，九月四日，大雨又来了。"房中如落倾盆大雨，一切全湿了，比桃源狼狈得多！张同志父女同为抢救也无办法。……地下简直成了河。倒了近廿盆水还不抵事,后来雨稍缓,又扫了十多盆水,柳同志父女也来了,几个人为搬了六七十块砖纵横铺在泥地上,才能走路。这些砖看来将在屋中过年了。"(22;358)过了十几天,"第三次灾难性暴风雷雨袭击,数第三次格外猛,而且正当半夜四点左右,幸好即早把一切盖上,但是由上而下不太紧张,自墙根入浸水不免过急,不到半小时一盆,我总计倒了不止四十大盆,你能想象,应当是种什么情景!如不抢救,水早已把全房灌满,还影响到张家!直到今天十二点还未止,忙得我精疲力尽。独自还搬了数十块大小砖头,把全房搭成一通道,还整天不能脱去胶鞋,在泥中料理伙食。"(22;375)第二天沈从文写诗《读贾谊传》,又写了一则日记:"九月十八日,阴雨袭人,房中反潮,行动如在泥泞中。时有蟋蟀青蛙窜入,各不相妨,七十岁得此奇学习机会,亦人生难得乐事。"(22;379)

六、"改业"之思、重病住院、申请

风雨泥泞中,沈从文诗兴不减反增,似乎有些难以理解;其实这和残酷的现实有关:给博物馆革委会领导写信得到那样的答复之后,沈从文不能不正视这样的现实,即回到北京继续研究文物的希望几乎是没有的。他不甘心坐以待毙,就只能再次"改业"了。

九月十日,他给张兆和信中说:"我若已不可能再有机会恢复文物研究工作,只能从新环境条件出发,作点准备,较好使用七十以后有限生命,拿起笔来继续习作下去,亦意中事,并且也会在新路上走一段，作出点成绩。只是不宜在成败上计得失。因为比较说来，是明明白白不可能作到如过去写短篇，近廿年搞文物那么显著突出的。不过对人影响虽不大，'自得其乐'必较多，何况还可望在这一格式中得到些较新纪录？等于在一老式车床上产生新装备！真正所谓'古为今用'！所以也不妨寄托一点假想，即将来人就体裁谈新诗到举例时，还会有一天在新选本中、新教材中，要提到，给以适当合理估价！"（22；368）

　　九月十六日他写了一首《老马》，此后不断修改，到农历十月改题为《喜新晴》。写诗期间，他生活的一般情景是，"日间执雨伞在室中来回走动工作，晚上则床下一片蛙鸣，与窗外田蛙相呼应，间以身长二米之锦纹蛇咯咯鸣声，共同形成一生少经的崭新环境。"（15；453-454）这首诗可视为他旧体诗的代表性作品之一，连同跋语照抄如下：

　　　　朔风摧枯草，岁暮客心生。

　　　　老骥伏枥下，千里思绝尘，

　　　　本非驰驱具，难期装备新。

　　　　只因骨格异，俗谓喜离群。

　　　　真堪托生死，杜诗寄意深。

　　　　间作腾骧梦，偶尔一嘶鸣，

　　　　万马齐喑久，闻声转相惊！

　　　　枫械啾啾语，时久将乱群。

　　　　天时忽晴朗，蓝穹卷白云。

　　　　佳节逾重阳，高空气象清，

不怀迟暮叹，还喜长庚明。

亲旧远分离，天涯共此星！

独轮车虽小，不倒永向前！

一九七〇年十月。久病新瘥，于微阳下散步，稍有客心。值七十生日，得二儿虎雏川中来信，知肾病已略有好转。云六、真一二兄故去已经月矣。半世纪中，一切学习，多由无到有，总得二兄全面支持鼓励，始能取得尺寸进展。真一兄对于旧诗鉴赏力特高，凡繁词赘语，及词不达意易致误解处，均能为一一指出得失，免触时忌。死者长已，生者实宜百年长勤，有以自勉也。后用十字作结，用慰存亡诸亲友。从文于湖北双溪丘陵高处。（15；448-449）

云六即沈云麓；真一是田真逸，沈从文的姐夫，他欣赏沈从文的诗，但劝他不要再写了，以免惹祸。《读秦本纪》跋语有记："真一兄临死前信中说：'此诗甚好，但因此宜搁笔。'寄意深厚，语重心长，诚可念也。"（15；372）

九月下旬沈从文把《读秦本纪》也抄了一份给张兆和，抄写的时候，"附近不远爆破炮声连响三次后，土石纷纷下落，已把屋顶开了大小天窗数处"，"还担心再来，头上且顶了个坐垫"；"抄到'钟鼓上闻天'和'直上干青云'时，望到房顶那几个大小天窗真好笑。世界上那会有人想得到我是在什么具体情形下写这些诗！"他跟妻子说，在文学创作、文物研究之后，他现在做的是第三次新的试验，虽然已经不可能如前两次那么出色，但还一定搞得像个样子，他要用五言的形式，在"缩短文、白，新、旧差距"的方向上努力，"说是'五言的尾声'，多少像是有点悲怆感。但事实大致也就是这样了。"（22；385-390）

张兆和，沈龙朱，还有几位亲友，都担心沈从文写诗可能带来意外的灾难，沈从文考虑过后决定接受他们的劝告，后来虽然断断续续仍有试作，但到底心里多了一种深忧，热忱还是控制了下来。

国庆节期间，张兆和来双溪探望，住了三天。四日，附近采煤矿来了四位故宫熟人，加上同住的老张，帮助沈从文整修住房，房外挖了排水沟，房内用土垫高，又推一车干草填塞房上通风漏雨处。十一日，家乡来了一个人看望沈从文，谈起来才知道是表弟聂清的女儿聂巧珍，聂清抗战中牺牲，遗下的孤女成了童养媳，沈从文听她诉说生活经历，联想起自己一生的挣扎，愧叹自己对家乡年轻人帮助太少。

天气冷了起来，心梗痛、头闷重也随之而来。十一月十三日夜间，沈从文腹痛剧烈，双溪卫生院初步诊断为结肠炎，治疗几天后仍不见好转；十九日搭便车到咸宁县人民医院，诊断为肾结石，因心脏病久，年龄过老，不宜动手术，所以服中药治疗。张兆和赶来照料。七天后仍认为是高血压心脏病，转内科。其实是肾结石、高血压、心脏病并发症。二十一日，沈从文致信干校二十三连领导，说明了自己的病情，并请转陈校部领导；十二月十一日，沈从文再次致信二十三连领导，申请准许回京治病。但没有得到答复。住院四十天之后，沈从文回到双溪。年底他写了一首《双溪大雪》，感慨老来飘零，忧惧惊心。

回来后的沈从文生活自理已经十分困难，住院治疗病暂时缓解了病情却并没有好转，"心脏间歇梗痛，从不止息。"一九七一年一月十七日，沈从文第三次致信二十三连领导，请求"允许我暂时回北京治疗"，"我虽已迫近风烛残年，如能使病情稍有好转，尚希望到另一时，还可能将近二十年所学文物点滴零碎常识，对于本馆今后改陈工作，能稍尽绵薄贡献……"（22；417）随信附有县医院诊断书、住院单据。但是，仍然没有答复。

二月八日，沈从文致函干校校部领导，重申回京治病请求。收信人批示"请二大队研究提出报告校部"（22；429），但此后再无下文。

七、贫农大院的小房间和纸上的六十个展柜

因为学校要复课，沈从文的住处又将迁移。但移到哪里去，又成了问题。曾经开玩笑似地找了个前有大牛棚、左有大猪圈、旁边有公共茅房、臭气熏天、上见天光的房间，被沈从文坚决拒绝。反复周折之后，三月初，被安置到双溪村里一个贫农大院，借住一个小房间。沈从文在这里住了近半年，与农民、住户、孩子之间，建立了亲密友善的感情。

三月三十日，沈从文写信给张兆和说，"房子一经住定，一切即无所谓了。"他坐在床上，写出了万言《关于马的应用历史发展》初稿，"一切全凭记忆，大几百匹，甚至于过千匹马的形象，在头脑中跑来跑去，且能识别他们的时代、性能和特征，和相关文化史百十种问题。真是奇怪！平时也并不如何特别注意留心，

怎么学来的？自己也说不出。"此外还写了一篇《狮子如何在中国落脚生根》，"文革"前沈从文写过关于狮子艺术的文章，此时也是仅凭记忆另写此文。"要来的终得接受，应做的还是得争时间做下去。尽人事去谨慎处理，终能出现些奇迹。"（22；464，466）

五月一日，沈龙朱和新婚妻子马永暲来咸宁探亲，先到沈从文处住了四天，又到张兆和处住了四天。沈从文对妻子说："大弟等来来双溪，我极高兴。也可说近十年来最高兴事，你定必有同感！"（22;485）沈龙朱大学没毕业就被划为"右派"，婚姻受影响，多年来成了压在一家人心里的大问题；如今三十七岁，终于结婚成家。沈从文和张兆和心里的高兴，真是难以言表。

不知道是什么机缘触发，沈从文这段时间偷偷起草以黄永玉家世为内容的小说，写了个引子，题为《来的是谁？》。这个作品在构思里应该是一个很长篇幅的东西，因为光是开篇的引子，就写了八千字。虽然只是个引子，故事情节却一波三折，人物来去更是扑朔迷离，引人好奇，是相对完整的篇章。文后有跋语："一九七一年六月一日，完成第一章引子，第四次重抄完毕于双溪见方一丈斗室中，时大雷雨过后，房中地面如洗。……"

黄永玉一九六九年冬与中央美院一些教工下放河北磁县军垦农场劳动，一九七一年六月收到沈从文塞在牛皮纸小信封里的小说，"情调哀凄，且富有幻想神话意味。劳动归来，晚上睡在被窝里思索老人在那种地方、那个时候、那种条件，忽然正尔八经用蝇头行草写起那么从容的小说来？石头记开篇也是从仙禅打头的，何况解放以后，他从未如此这般地方式的动过脑子。"

他想不出为什么表叔写起了这个，只能猜测，"孤寂的身心在情感上不免回忆中求得慰藉，那最深邃的，从未发掘过的儿时的宝藏油然浮出水面，这东西既大有可写，且不犯言涉，所以一口气写了八千多字。"——写黄永玉的家世，也即是写沈从文的外祖父一家几代，所以黄永玉才会说沈从文是如此这般地"地方式"动脑子、发掘"儿时的宝藏"。

天气热了起来，沈从文在小房间里就很难受了。这个贫农大院住了二十五六个人，鸡、猪、狗、羊，约六十只；有一个天井，变成了沤肥池，正对着沈从文小房间的窗户，猪饲料是酸的，坐在房间中如坐"酸菜坛子"中；天三日晴三日雨，"床下已霉，且生长了点绿毛白毛，房中似更湿滑了些。我也多少有点像《聊斋》中人物，所以闻《聊斋》解禁，丝毫不奇怪。"（22；507）——还有心思解嘲，可见心情并不算太坏。《聊斋》解禁，指的是传闻说，近期将要解禁二十八种旧书，有《水浒》《三国》《红楼梦》《聊斋》等。

沈从文本来打算写一系列文物专题文章，后来感到这样写"内容还是深了些，大了些，说明员和搞陈列的同志消化不了"；再加上全凭记忆，相当吃力；至于引书，只能记大略出处，无从查核原书全文。所以他改变了一下方式，就博物馆的八千平方米陈列，一个一个展柜去写。他做了那么多年解说员，博物馆的陈列早已烂熟于心，"陈列内容宜去什么，加什么，如何说明它们在'劳动文化史'中的位置，及相互关系，一个柜子一个场面的想去，写去。工作似乎比较省事，也切实多了。……每一事少则一页，多到十页为止"。

酷暑之中，挥汗如雨，他却觉得，"到这时节，才真正享受了过去几十年学无专门'杂学'的好处。特别是难于设想的记忆力的运用，及联想的运用，所得到的便利处。估想即在比目前更糟的环境下，我大致还将是从容不迫，超额完成自己安排下的任务的。也真近于奇迹，学它时，只是仔细认真，却并没料想到还能分门别类记下来，在'超孤寂'七十岁时，能一一自自然然不太费事的写出来，且肯定还十分有用的！什么熟人生人来到房中时，都异口同声说到'好湿，好闷！'只看到我桌上满是乱稿，完全想不到我是在就八千平方米陈列，上万件文物，用我的特别办法在开刀，真作到'废寝忘餐'！世界上这么进行小说写作，是一点不希奇的。至于这么搞新的文物学工作，实在太不可思议了。就一般说，是不可能的。"

沈从文右手指关节炎严重，甚至影响到右臂转动不自然，写字时关节疼痛，他也想到"有可能会忽然一天即失去作用，结束了五十年下笔不知自休的劳动。"——"但不必发愁，"因为，"还学会了用左手写字"！（22；520，521，522）

到八月份，他已经完成了六十个展柜的文稿。此外，还写了一些专题小文章的初稿，如《谈辇舆》等。

八、丹江

干校决定让沈从文和张兆和一起迁到丹江，那里有文化部安置处。张兆和先去丹江做了点儿准备，八月四日到双溪和沈从文安排行李，十一日两人坐机关的卡车到咸宁中转站，直到二十日下午才坐上火车，到达武昌后再换车，二十一日中午到了丹江。

文化部安置处是为老弱病人员而设的，在一个采石场的荒山沟里，大约有五百间房子，住下五百多人。沈从文和张兆和初来被安排分住，过了些日子才调到一处。他们住的一间房子，窗后靠山，十分清静，屋里东西无尘土，桌子柜子干干净净，张兆和十分满意，"以为几十年住处，或数这里最好。"（22；546）

张兆和的劳动，比起在咸宁时要轻不少，但杂事多，学习辅导、帮厨卖饭、修猪圈、搬沙运土、开小会，等等，基本上从早忙到晚。她还是蔬菜班班长，要管理菜地。沈从文因病免除劳动，但要参加学习，"因头昏重，地势高缺氧，心脏供血不良，除学习即躺下。"（22；547）他很少出门，"一出门，看到的总是手拄拐杖行动蹒跚的老朋友，和一个伤兵医院差不多。这些人日常还参加种菜、种树、搬石头任务。……《静静的顿河》译者金人先生，就是我和家中人到达后第二天故去的。……我平时已不大便于行动，间或拄个拐杖看病取药，总常常见雪峰独自在附近菜地里浇粪，满头白发，如汉代砖刻中老农一样。"（27；455-456）

这里的生活条件似乎好了一点，至少房间是干爽的，但沈从文的身体却很糟糕。血压经常升到二百四十，心脏长日隐痛，这都算老毛病了；手脚关节炎逐渐升级，折磨得厉害，写字越来越不灵便。他满心装着一大堆杂文物，却没法展开工作，能做的事，一是继续把服饰资料的修改补充想法，写成签条备忘，像在双溪时那样；二是琢磨修改双溪时写的几首诗，冬天新写一首文化史诗《战国时代》；三是写些文物小文章，如《鼓的形象在文物中的反应》《唐宋以来丝绸彩色加工》《铝带问题》等。

冬季的某天，他在一张16×9厘米的小纸片写了篇杂记《从针刺麻醉中得到一点启发》，沉痛之极。大意是说，他把自己沉浸到那些杂文物问题里面，类似于针刺麻醉，是用转移忘我的方式，来解决病痛带来的种种压力和痛苦。"世有解人，或能不以头脑发昏胡言谵语见诮。世无解人，亦已焉哉。"半个世纪以来的工作，"凡事多近于沙上建屋，随潮必毁，毁后又复重建，仍难免毁去。"当此"改造"机会，"总还是对于四旧中的坛坛罐罐，花花朵朵，桌子板凳，刀刀枪枪……像是有责任待尽，真是愚不可及。这些问题，即或还有些意义，也应分是'考古专家''史学权威''学部委员'等等责任范围，绝不是作说明员的所宜妄参末议。我则为了减去这个240给我的具体压力，一切从说明员常识出发，还痴心妄想，以为这些点滴常识的连类并举笔记，或许在另一时能代替学习《实践论》《矛盾论》的考卷，得到'说明员及格'的证明，尽可能早些回到陈列室原有那个位子上去。"（27；385-386）

十二月下旬，他在一封信里说到目前设想，希望能请假回京治病，"用一月时间，换一副假牙，买些工具书，并就新出土文物展学个十天半月。……两年来，似乎所有的人都可以短期回去，或被调回去，或因病回去，不少人小病也回去了，唯我例外。请求的信一般也不批、不复，却在我转丹江时退还，也很奇怪。……我就不可免有在沉默中日益愚蠢趋势。因为不让我用其所长，把学习心得和具体工作结合，取得应有进展。却留在这里，学习'发言'。……现在却无一可建议或请求处，真急人！""我

老老实实的说，人家多不懂，照大家那么说，又始终不会。这么熬下去，日益愚蠢是必然的结果……"（22；577-578）

一九七二年一月，沈从文写《有代表性之案形》短文，完成了近万字资料性文稿《乐舞杂伎与戏剧》。

二月初，因为听说回京要总理批准，他致函周恩来，要求回京工作。

二月上旬，这个七十岁的老人，终于获准回京治病。张兆和陪同他，安排了他的治疗和生活后，于三月十六日返回丹江。此后，沈从文以不断向干校续假的形式留在北京，为的是能够持续地把全部精力投入到文物研究工作中。

作者按：

为减轻因注释数量过多而带来的繁琐之感，根据注释性质的不同，作分别处理：

1、凡从《沈从文全集》（太原：北岳文艺出版社，2002 年）引用沈从文的文字，采取文中夹注的形式，标出卷数和页码，卷数和页码之间用分号（；），不同页码之间用逗号（，）。如：（27；437），指的是《沈从文全集》第 27 卷，437 页；（12；248—249），指的是第 12 卷，248—249 页；（19；360，363），指的是第 19 卷，360 页，363 页。

2、除此之外的引用和注释，则用脚注的形式。

文物研究

关于西南漆器及其他
一章自传——一点幻想的发展

本篇为沈从文病中所写,生前未曾发表过。

作者在本文手稿首页注"介于这个和自白中应还有八章"。在手稿第十六页背面注"关于西南漆器(未发表)卅八年二月廿毕事(未抄齐,来不及)"。在手稿末页后注"解放前最后一个文件"。这里"解放"意为"解脱"。此后不久,作者曾自杀,获救。

　　科学的发现或发明,常打些"偶然触机"记载。虽由于偶然触机,影响文化史却相当大。文学艺术的优秀记录,常有相似情形。关于西南漆器的收集,截到现在为止,就个人所知,北大博物馆所有的十余器,还是一般工艺美术问题上未讨论到的事情。这些器物有助于吾人对西南文化的探索,事显而易见。但是这些器物的收集,即从个人的幻想触机而得。这幻想还影响到另外两个朋友[1]更伟大的探索与发现:即滇西大雪山的自然景物雄伟与清奇处,第一回由一个国画家保留了下来。古宗族么些文[2]象形字典,又由另一人积十年辛勤终于产生。这两种收获,在近

1　两个朋友指李晨岚、李霖灿。
2　么些文今称纳西族的东巴文。

十年个人工作记录中，实创造了一种新记录，值得重视。

我有一点习惯，从小时养成，即对音乐和美术的爱好，以及对于数学的崇拜。从一个亲长口中，知道一切问题都和数学碰头，宇宙间至大和最小都可由数学测知，而一个新的进步的文化或文明，数学恰占有主要位置。真正公平的社会分配制度，更离不了数学的处理。所以我尊敬数学甚于一切。至于对音乐和美术爱好，来得实源远流长。从四五岁起始，这两种东西和生命发展，即完全密切吻合。初有记忆时，记住黄昏来临一个小乡镇戍卒屯丁的鼓角，在紫煜煜入夜光景中，奏得又悲壮，又凄凉。春天的早晨，睡梦迷糊里，照例可听到高据屋脊和竹园中竹梢百舌画眉鸟自得其乐的歌呼。此外河边的水车声，天明以前的杀猪声，田中秧鸡、笼中竹鸡、塘中田鸡……以及通常办喜事丧事的乐曲，求神还愿的乐舞，田野山路上的唢呐独奏——一切在自然中与人生中存在的有情感的声音，陆续镶嵌在成长的生命中每一部分。这个发展影响到成熟的生命，是直觉的容易接受伟大优美乐曲的暗示或启发。到都市中来已三十年，在许多问题上，工作方式生活取舍上，头脑都似乎永远有点格格不入，老是闹别扭。即勉强求适应，终见得顽固呆钝，难于适应，意识中有"承认"与"否定"两种力量永远在争持，显得混乱而无章次。唯有音乐能征服我，驯柔我。一个有生命有性格的乐章在我耳边流注，逐渐浸入脑中襞折深处时，生命仿佛就有了定向，充满悲哀与善良情感，而表示完全皈依。音乐对我的说教，比任何经典教义更具效果。也许我所理解的并不是音乐，只是从乐曲节度中条理出"人的本性"。一切好音乐都能把我引带走向过去，走向未来，而认识当前，乐意于将全生命为当前平凡人生卑微哀乐而服务。笔在手上工作已二十六年，总似乎为一种召唤而永远向前，任何挫折均无从阻止，从风声、水声、鸟声中，都可以得到这种鼓励与激发。从隔船隔壁他人家常絮语与小小龃龉中，也同样能够得到。即身边耳边一切静沉沉的，只要生命中有这些回音来复，来自多年以前的远方，我好像也即刻得到一线微光，一点热，于是继续摸索而前。试从深处检讨，可以说正是一个受伤灵魂必然现象。社会给我的教育太多了，十二岁即已教会我能思索。一切由都市文明文化形成的强制观念，不是永远在螫我烫我，就是迷乱我，压迫我。只有一件事给我生命以力量和信心回复，即仅具启发性的音乐。为的是一切伟大乐章的组成，不是传统观念的强迫，却反映作曲者对于生命或情绪所作的自由解释。作者既有生命悲哀或欢悦，向往和倾注，有愿望受挫折以后的突进，以及对于人性脆弱的枨触感怀，由于生命经验复杂的综合，而经过重新整理排比，从一种形式中完全重现，即有鼓励或抚慰，重在将一个全人格溶解于音程中，回复其本来作用。这个心或生命，若与观念教育有关连，而受抚慰得平复的过程，又和音乐交替反应关连，就可知音乐教育我，实在比任何文字书本意义都重大得多。对于生命的欢欣，死亡的肯定，一个伟大作曲者，他也必然能理解，并理解到这种受伤生命皈依的庄肃，即用它当成创造的动力。

我爱美术有相似而不同情形。认识我自己生命，是从音乐而来；认识其他生命，实由美术而起。就记忆所及，最先启发我教育我的，是黄蜂和蟢子在门户墙壁间的结窠。工作辛勤结构完整处，使我体会到微小生命的忠诚和巧智。其次看到鸟雀的作窠伏雏，花草在风雨阳光中的长成和新陈代谢，也美丽也严肃的生和死。举凡动植潜跃，生命虽极端渺小，都有它的完整自足性。再其次看到小银匠捶制银锁银鱼，一面因事流泪，一面用小钢模敲击花纹。看到小木匠和小媳妇作手艺，我发现了工作成果以外工作者的情绪或紧贴，或游离。并明白一件艺术品的制作，除劳动外还有个更多方面的相互依存关系。而尤其重要的，是这些小市民层生产并供给一个较大市民层的工艺美术，色泽与形体，原料及目的，作用和音乐一样，是一种逐渐浸入寂寞生命中，娱乐我并教育我，和我生命发展严密契合分不开的。

这种美术既和"职业"相关联，欲从事必自学徒作起，我自然无从参预。到后文知它与"教育"相关联，只有学生能有机会，我自然更无望参预。但我对于美术的理解和兴趣，前者很明显即比普通美术理论大不相同，也容易和一般鉴赏家兴致异趣。加上十年流亡转徙生活教育，自然景物与人生万象，复轮流浸润于生命中。凡百人事总于一个不同季候不同景物背景中发生存在，区域性独一性因之分外鲜明。个人生命即在这种错综繁复人生中发育长成，戏剧和图画的本事，因之保留无数不同篇页而永远长新。即缺少美术史的严格训练，爱好与理解，自然和普通人已经大不相同。和音乐关系二而一，我能从多方面对于一件美术品发生兴味，一个有风格有性格的优秀美术作家，他工作也似乎乐于有这种鉴赏者或评判者。有一点还想特别提出，即爱好的不仅仅是美术，还更爱那个产生动人作品的性格的心，一种真正"人"的素朴的心。

这种爱好很明显，即到乡村，到都市，实没有满足学习希望的机会。"美术"虽与"人生"不可分，和"我"似乎会要完全隔离了。可是也正因为这一点，到都市上来，工艺美术却扩大了我的眼界，而且爱好与认识，均奠基于综合比较。不仅对制作过程充满兴味，对制作者一颗心，如何融会于作品中，他的勤劳，愿望，热情，以及一点切于实际的打算，全收入我的心胸。一切美术品都包含了那个作者生活挣扎形式，以及心智的尺衡，我理解的也就细而深。为扩大知识范围，到北平来读书用笔，书还不容易断句，笔又呆住于许多不成形观念里无从处分时，北平图书馆（从宣内京师图书馆起始）的美术考古图录，和故宫三殿所有陈列品，于是都成为我真正的教科书。读诵的方法也与人不同，还完全是读那本大书方式，看形态，看发展，并比较看它的常和变，从这三者取得印象，取得知识。再加上一堆杂书，由《医宗金鉴》《麻衣相法》《法苑珠林》《吕氏春秋》，与二十年实生活经验……就是这么一份原料，到学习能用笔有所叙述，想从原料中提出一点东西自由塑造时，文学运动的要求，又恰恰是"乡土回复"与"个人自由表现"理论流行，并得到社会认可时。作品因此突过必然的挫折，能够在刊物上和读者见面。

如果当时能有机会受一点美术史训练，来写美术欣赏，或有基本作曲训练，来用音符表现生命情感起伏与连续，我相信，成就都必然比文学来得大，来得深，也来得容易。事实上由于种种限制，却被迫得用写作继续生存，用生僵呆定发霉发腐文字，来把脑子里与颜色声音分不开的一簇簇印象，转移重现到纸上。初期作品的驳杂，无疑是这种尝试应有的失败。因为要表现要解释的，本不宜于用文字处理。就中虽有少数又少数短短篇章还稍稍看得去,大多习题实在浪费中。但批评家照例只重视作家位置,不计数过程,所以当苏雪林和韩侍桁两先生各从一个观点对作品批判时,即忽略了这些作品的试探性。韩先生想从作品中找寻"社会意识",苏雪林又想从作品中找寻"人生哲学"或其他东西,当然都失望。其实如有一个人敢大胆简单的向我说:"这是一种样品,从生命复合物中仿照文学提炼出的一种不成形东西,原料虽丰富,可完全不合时代需要。"我倒将报以会心微笑,全部接受。或者即因此改业,也说不定。不幸得很是直到二十四年,才有个刘西渭先生,能从《边城》和其他《三三》等等短篇中,看出诗的抒情与年青生活心受伤后的痛楚,交织在文字与形式里,如何见出画面并音乐效果。唯有这个批评家从作品深处与文字表面,发掘出那么一点真实。其余誉毁都难得其平。

自己的批评当然比外面检讨严酷,从作品不断试验检选中可以见出。就思想说,我的思想与其作种种不相干比拟,不如说至今还停搁在子部的农家许行和墨家宋荣子两者综合上。它实在相当旧,但也可以解说得极新。重要的是它近于固有的中国农民型与社会型,而形成一个现代文化中的新的复合物,在试探发展中得到一点记录。手中笔知有意识来使用,一面保留乡村风景画的多样色调,一面还能注意音乐中的复合过程,来处理问题时,是民十七写《柏子》,民十八九写《腐烂》,写《丈夫》,写《灯》和《会明》。这些文章当时实为大多数同学举例用。在学习上我起始注意到传达效果,由不同读者得到的反应。而自书本上,我从佛道诸经中,得到一种新的启示,即故事中的排比设计与乐曲相会通处。尤其是关于重叠、连续、交错,湍流奔赴与一泓静止,而一切教导都溶化于事件"叙述"和"发展"两者中。这个发现又让我从宋人画小景中，也得到相似默契与印证。或满幅不见空处，或一角见相而大部虚白；小说似这个也是那个。作者生命情感、愿望、信念，注入作品中，企图得到应当得到的效果，美术音乐转递的过程，实需要有较深理解。

民二十过了青岛，大海边的天与水，云物和草木，重新教育我，洗炼我，启发我。又因为空暇较多，不在图书馆即到野外，我的笔有了更多方面的试探。且起始认识了自己。人贴近都市，生命实永远见出格格不入处。都市无章次的动，和我生命中的动完全对立，使我存在如不存在。过去想入燕京大学国文系，考试失败，得分为零，现在来到国文系教书，还是得分为零。我应当回到我最先那个世界中去，一切作品都表示这个返乡还土的诚挚召呼。"让我回去，让我回去，回到那些简单平凡哀乐中，手足肮脏心地干净单纯诚虔生命中去！我熟习他们，也欢喜他们，因为他本是我一部分。"但自然无从回去。欲勉强学作城里人，便照当时写都市见风格的《绅士的太太》和《八骏图》，改佛经故事为传奇的《月下小景》，而真正酝酿的，还是一次去崂山玩时，路过一小乡村中，碰到人家有老者死亡，报庙招魂当中一个小女儿的哭泣，形成《边城》写作的幻念。记得当时即向面前的朋友许下愿心："我懂得这个有丧事女孩子的欢乐和痛苦，正和懂得你的纯厚与爱好一样多一样深切。我要把她的不幸，和你为人的善良部分结合起来，好好用一个故事重现，作为我给你一件礼物。你信不信？"那个人就说："我完全相信。女人生命本来就是由信出发，终止于爱，恰恰和你们男子一切由思出发，终点为知；

二而一，都接触了生命本体，了解了生命。方式可不一样。"其实这个人当时并没有说什么。这些话全是我从她一个微笑中翻译出来的。但是翻译得相当正确，从过去十六年生活中，得到完全的证实。

生命在成熟中，为自然景物、书本知识，以及一种幸福预期友情与爱情中培育，单一而沉默的逐渐成熟。十七岁以前，过去受伤的心、受伤的灵魂、一面为新的环境及在发展中的一切而小小平复，一面那个"让我回去，让我回去……"的召呼。便依然若来自远处，又如来自近身。《边城》于是也在酝酿成熟中。

二十二年从青岛转回北平，我结了婚，身和心都仿佛有了着落，又仿佛依然还到那个原来地方去，且将用不同方式进行。这是一条多远的路，一种多麻烦的行程！九月结婚，十一月[1]《边城》写到一小半时，当真即向家乡跑了。《湘行散记》诸篇章，就是这次行旅的日常报告，是人在中途心在北平的一种记录。回到北平续写《边城》，又恰恰是人在北平心回乡下一种记录。这个作品原来是那么情绪复杂背景鲜明中完成的。过去的失业，生活中的压抑、痛苦，以及音乐和图画吸入生命总量，形成的素朴激情，旋律和节度，都融汇而为一道长流，倾注入作品模式中，得到一回完全的铸造。模型虽很小，素朴而无华，装饰又极简，变化又不多，可恰恰和需要相称。

那里的翠翠，秉性善良处，熟人一看即可明白，和当时的

1　十一月，作者于1934年1月上旬动身回乡，为农历十一月。

新妇实在相差不多。但谁也不会料到这个也就要成为预言。一切发展全如预言，在十五年后将用事实证明。塔圮了，船溜了，老船夫于一夜雷雨中死了，剩余一个黑脸长眉性情善良的翠翠，在小河边听杜鹃啼唤。一个悲剧的镜头如此明白具体。

试用爱美术和音乐的方式来写作，虽可收到一点点不同效果，用他来应接人事，尤其是都市中的复杂人事，当然有些费心，费力，而结果必无好处。那在家庭一个由"信"出发终止于"爱"，一个由"思"出发终止于"知"，也必然于求适应谐和中有不易接榫处，得相互作不断修正，以及用更大克制来学习经验，方可勉强维持。其时经济上和时间上，都像是容许我把生命一部直接消耗到美术品的搜集上，因此有机会进而从北平市面还缺少商业价值，却具有充分美术价值的明清彩瓷和青花瓷平面小件器物，有系统保留一点印象。这种生命分散的形式，像是有使我离本日远的趋势，不能说是理想的，却可说是适合当下环境的。正常工作是教科书和文学刊物的编辑，后者工作实在牺牲情形中为他人服务，我作了一个新旧之间的桥梁。照北方文运传统制度，鼓励每一作者谨严把握工作，面对历史，人自为战，一些年青作家所得到的便利，应当有些和历史正面发展相关联，初期鲁艺学院文学部门的工作，这些作家即占了个多数。

战争来了，国家既在一切无准备情形中，接受了这个历史性严格试验，个人自然也免不了如此急剧匆忙，来应付面前现实。我得在七小时后离开北平，是八一三前夕一个朋友临时的通知。

但是，风向什么方向吹？实需要一种抉择。当时本有两条路可走，西南或西北。

出于过去生命所储蓄，所积聚，形成的愿望和能力，能向西北农村走，对我自然是一个大转机。因为多少年以来，即有一种看法，他人出国留学，我倒想看看东北和西北土地人事，从寥廓、朴素、简单、荒寒、陌生背景中，可以体验出更多不同的变化和生长。手中一支笔，也正好为一些新的课题而重用。西南都市我比较熟习，实在学不了什么。上海南京武汉都住过，早已感觉厌倦。且深深明白都市人事不易适应，为改造自己也唯有向陌生处一方走。但在习惯上和家中人生活关系上，我终于随同北方师友，向西南跑了。于是一直到了云南，除在联大教点书，于滇池边两个村子里住了八年。

熟人到云南的，多有机会游山玩水，访奇探胜，以为既来云南，著闻于史志的点苍鸡足二山，路南石林大瀑，不能不寓目。又或因其他便利，还可向更远处走去，自然更容易得到许多动人社会景物印象。尤其是几个科学家的工作成就，值得敬羡，几个社会学家部分的调查，意义重大。我一家人却只守住昆明滇池旁一个小点上，和一群普通本地人及若干青年学生，发生亲密接触。然而这种无私心无蔽隔的相处关系，实在使我极满意。云南乡村中人民的勤快、朴质，以及多数农民和水边渔民在穷困中挣扎生活的方式，正是老中国人民共通的方式。在这里，我似乎已回到了家乡，回到了本来。所以生活有一时虽相当困苦，因缺水少炭，必动员全家大小四人，去附近山上或公路边捡柴提水，接受现实并从之学习，生命竟觉得十分合理。即到最艰苦的后二年，一面眼见社会在战事变态繁荣中急剧变化，许多外来人转眼间都成幡皤大富翁，本地做小生意的，也金饰满手而洋服上身，相形之下，我们生活水准实已降到最低点。可是云南地方的天时，草木与人事，我们对于它既有了深爱，即再支持几年下去，也还可以活得健康而结实。

寓居云南八年，虽未离开过昆明百里以外，对于西南文化某一面，我却有了些由幻想，到假定，终于得证实的问题。即由西南文物的残余，为历史所忽略，亦未曾为现代学人注意过的东西，保留了点新印象，得到些新启发。

先是二十七年春天，乘汽车由公路沿湘黔国道入滇时，汽车常在半道停顿，增加了其他伴侣的极大烦恼。因此有很多机会，得在许多小乡村中过夜。这对我真是一分动人的教育！在黔滇边境一个小客店中，发现当地煮烤茶用的白瓷罐，大开片厚釉，竟完全和北平古董商认为"明代仿哥瓷"同一形制。又在一个小县城公用水井旁，看见个妇人用大瓷罐取水，铜环勾着罐耳放入井中，取水方法即还近乎古典。到把水提起时，看看耀耳蟠夔纽，竟十分精美，式样完全如宋制，刻画花纹尤奇古精巧。到昆明后，为办伙食用具，去青云街陶器店选择，忽发现木架上层，还剩余一批满是灰尘的旧货。绿釉黑釉陶器，都汁水浓厚，温润无匹，形制尤古秀动人。有四楞瓜式和带盖筒奁式，犹完全保存定窑风。有些鼠灰釉釉面毛毛的，胎质薄而带青灰，竟和传世越窑如嫡亲兄弟。绿釉青瓷则和"暹罗龙泉青"系列各别，转多唐三彩风味。还有黄釉加绿彩而具定式温雅的。还有黑釉小杯如唐式。所看见的在素陶上实可以排成一个新系统，如能收集百十种不同器物，陈列到任何现代陶瓷工艺博物馆，也将毫无愧色。然本地人照例很少注意这些事。外来学人最先对之发生兴趣的，只有梁思成先生伉俪，和思永先生。思永先生是安阳发掘主持者，就说过，有些陶器形制和商器相通。可见源远流长。

一面是仅此小小事物，即可见出古典传统与区域性风格的混和，一面是天时地利又如此美好，人事如此素朴，总令人疑心，应当还有些具文化特征的东西，可寻觅，可发现。其时有两个习美术的年青朋友常相过从，由工作问题谈到工作方式，因此极力鼓励他们向云南西部深入旅行。因为根据气候和地理，又与印缅国境毗连关系，都可推测得出，这个区域必有些为历史所不具的文化残余，值得特别注意。即无从作纯科学性的探讨，就用一个艺术家或新闻记者身份，去从事作广泛认识，也必然有极多收获，比住在这个战时变态繁荣的内陆都会，有意义得多。这两个朋友当真就携带了点简单行李，和些些用费，向滇西作现代徐霞客去了。过一年后，他们的大雪山游简和么些文初步研究报告，就寄回昆明来了。

他们先用丽江作根据地，绕雪山探江源，前后作了八年徐霞客；一个习国画，竟在雪山边作了上千件雪山景物。一个由风景记录者开始，后来竟成为么些文字专家，沉沉默默八年努力，结果竟成为西南文化唯一的开荒者。那些游记和报告，增加了世人对于这地方剩余潜伏文化的浓厚兴味，而我还分享了朋友发现西南的光荣。这两个朋友都可说是云南人的好朋友，完成了一种庄严而艰苦工作！

随即又得从旅行中国西南十六年美人洛克收集有关西南民

俗文物美术品一小部分，扩大了些见闻。又因与人类学者陶云逵兄同住乡下，得看到他在车里、佛海、丽江、中甸各处作人类学调查，所得器物图片千余种。三方面知识，增加了我原来所作假定与推测，并无谬误。

本人既呆在昆明学校，不易转移地方，因此估想：这个改装不久的中古城市，从木器家私和起居服食，还有些不脱元明中古时代的古朴。应当还有些为人所疏忽的事物，保留下来可资研讨。云南本以出铜锡器及象牙器著名，因此起始去民权街文庙街注意铜锡杂器，看看是不是还有些东西，可以认出它是"诸葛鼓"的远亲。或者把时代移后一点，尚能缅想"南诏"文化。结果毫无所得。乌铜走银形制花样均不古。铜器中佛像和杂用件，上至明代风味为止。象牙工艺已根本无可观。再其次试去注意到本地刺绣编织物，露趾鞋和花围腰，虽色泽华美，鲜明，小镜片的点缀，形制却少古意。至于枕帕、裙脚、包头毛巾，扣花图纹，虽多秀美而雅洁，又似乎多南中国习见吉祥图案，远不如湘黔产品富于奇幻变化。昆明随处可见的，只是鹿皮背甲和白毛氆氇，除为实用潘光旦先生曾买过一件背甲，朱佩弦先生曾披过一片氆氇，此外竟少有人注意。偶然间，在一个本地人家中，发现了个殷朱素漆奁，形制竟完全如《女史箴图》镜前地上那个东西，边缘上有一点简单彩饰，却近于铜鼓边缘纹案。当时我心中嘀咕："如果这是漆奁，里面还应当可以放镜子和粉。"试一掀开，不出所料，原来还有两层套盒！这一来，真是又惊又喜！因为"镜奁"一词虽人所熟习，还少有人注意过当时收藏镜子的位置。故宫嵌铜镜入木框方式不古，北方漆系中的犀毗、剔红、填彩、堆朱、描金各式器物，却多方圆大小果盒、盘碗，不见旧式奁具。川广两湖两江漆器，器材处理即已大异，虽有用竹篾编胎加灰涂漆的提篮捧盒，还保留一点古代簋簠遗制，统少古意。闽中漆器又多受倭漆影响，由朱黑改五彩，由霏金彩绘转为浅淡色泽，失去了古典美，却把纤巧俏薄学到。特别器物较好的还秀巧玲珑，漂亮美观，应市货便不免日趋堕落。长沙、朝鲜、阳高出土晚周及汉代漆器，试从器材和形制处分上考查，即可知已精工十分，入成熟期。惟应当还有些比较早期东西，可作参证，应当有些和彩陶、石镞同时存在的东西，至今为止，从地下发掘还得不到。我因此推想，具边远区域性的工艺品制作，因种种限制，或有个传统形式图案，不易改变，由今亦可以会古。目下所见漆奁年代虽新，规范可相当旧。由于这点小发现触机，因此进一步，试向昆明旧货铺和文庙街夜市小地摊巡视，不多久即得到大小不同约十件器物。初步发现就证实了原来推测。

时间延长，我的收集也日益丰富，几几乎可说是凡能用较少的钱，能买的全买到了。但是许多旧家正厅神桌前，还有无数精美的器物，搁置在那里无人注意。外州县西部的腾冲、鹤庆、大理，东部的会泽、昭通，南部的石屏、车里，必然有更多样不同器物。而古墓古坟有计划发掘，且必然还可发现相似纹案于坟壁绘画和棺木髹饰上。

就已得到的器物说来，即可明白在器材处理上，有三四种不同形式，在图纹彩饰上可分出四种不同设计。有扁盒式二种，奁筒式一种。彩绘分纯几何纹朱墨相衬的，绘蛮人乐舞战争的，作花朵密集的，作马与鸟的（可能为金马碧鸡含义）。最后一种则为密集人像群，或王子出行，象车彩女罗列，并有鱼龙百戏，兵阵行进夹杂其间。几何纹的有彩陶纹案风，并和中国各地所发现汉墓砖绘彩相似。蛮人乐舞则充满地方性，王子出行则纯为印缅式。这类漆器在记录上虽通称它为"缅盒"，本地人却叫作"耿马盒"，似乎属于耿马土司区产物。但那个地方的一般文化，问及当地人，却决不能生产那么繁复多样的东西。

接着这种发现，我作过三种假定：

一、这种漆器从花纹形式上看，本来或比朝鲜发现蜀制漆器还早些。

二、这种漆器或为西南边民特具器物（如绘蛮女乐舞及火烧藤甲兵）。仿汉式，而成熟于南诏以前。

三、这种漆器系印缅产，或受佛教影响而成。因王子象车兵阵行列，与柬埔寨佛教遗迹作风相似。尤其是大型漆奁多如此。但形式还是出于汉式。

本地人在应用上中等奁式多放置香料，搁置神座前作供物，所以照例成双作对（由印缅来益近情）。

大型奁有容量到一斛以上的，似多供献纳时顶于头上方便。（埃及、希腊、罗马古石刻上，似均有这类圆形器物于贡献行列中发现。不知是木制竹制或皮制。）

几何纹或乐舞花绘扁盒式，两面相同，初初不得其解，怎么放它？随后才知道，多用作装小用物或烟草烟泡，揣置于怀中。这种原因才把盒子作成两面一样花纹，在中国器物中是一个特色。至于颜色，较旧式的，多以朱墨二色为主，和韩非子叙述古漆器还完全相同。除二色外还有黄绿及金线的。较新的有揭绿底的，描金花的，形制实不古。

时同住乡下陶云逵兄，曾为中研院作人类学研究，在车里、佛海、丽江、中甸一带边区作过人类学考查二年，并收集过民俗学器物至数千件。谈及这类漆器时，才知道奁具式还有金银二种，花纹多唐代风，分藏式与缅式，雕刻分捶打、线雕与浮刻数种。接近康藏多藏式，车里佛海多暹缅式。至于髹漆糌粑盒，藏式多用木镟成，不用竹编，纹案不甚讲究，讲究的多在镶嵌。与藏式其他镶银器近，惟风格不尽相同。这点说明引起我新的探索兴趣，打量就昆明市所见其他髹饰物，作更多认识，得个比较。当发现惟有旧型小马鞍，有作相似纹饰。鞍桥部分几何纹，更繁复而多变化。这种纹饰除彩陶与汉墓砖以外，任何图录上均少述及，真可说是一种艺术品。滇蜀小种马既在历史上有二千年知名，马鞍制作一望而知是传统作风。我从下乡骑马方便，及其他旧户人家，前后一共即见过有廿多具，印象十分深刻：花纹多如汉砖，用红黄绿三色作纵横几何绘饰，并拼合作人物跳舞兵阵兽鸟形。一切与漆盒相似。尤其几何纹排列法，三色横斜拼合作成花朵云物，设计全然相似。惟一般说来，马鞍制作实多草率。

更大发现还是能容三斗的大奁，上下四周人物繁复重叠，纯暹缅风，内中套盒却如唐镜花纹，壮与秀并。又得到一个仿铜器有提梁的朱墨二色漆篮，四只脚，中部透空，有盖活动却不能取下。设计真可说朴茂典雅，形制完全如汉器。又得一素漆圆盒，作殷红色，可注意处是里层墨绘海水，竟完全如汉陶上纹案，外面红漆上用细小黑点牵连成线，如汉陶针刻花饰。又得一黑漆大斛，用薄木片圈成，绘捕象图，二象奴作生摆夷[1]装，树如汉画连理柏，拙中见媚，极其生动。又得漆略泛黄，绘有八卦加唐草花饰扁碗式盒二种（或越南制）。又得错综满绘人兽云鸟，如绥远青铜器纹案组织扁盒二种，又作牛毛纹大小若干种。又得黑漆绘金花番莲一种（似印制），就中有几种香味极强烈，或本贮香料，或内胎有麝，不得而知。就漆质看，即以朱漆而言，也有四种色调。又有揭漆底作绿花的，绿底作小梅花朵的，才知道这部门器物，仅就手边所得，原来就包含了那么多不同款式，且每一种均有不同待点。即同作牛毛纹，也有四五种以上不同。几何纹饰更是花样翻新，风格特具，有细如游丝的，有粗线条红黑对照鲜明的。惟始终未发现具铜鼓纹饰的。又未见具铜玉器蟠夔饕餮形及串枝莲的，可知中原与印度影响都不多，而事实上大多几何纹饰，倒和石器时代雕镂至汉墓砖相通。又闻腾冲一李先生府藏有数种花纹极古，可惜未见。越南博物馆有些，大的可容二斛量。华西大学也得到些，或不甚多。美人洛克在西南极久，对迤西特别熟习，有关西南杂民俗文物，曾得有数百箱，关于漆器尚未闻有特别记录。又有一蒋姓朋友，随军入缅，败退回国翻越野人山[2]时，曾俘获一着藤甲持藤盾尖矛野人，身上纹饰和武器纹饰，据云亦极和漆器中细圜形几何纹饰近似。

---

1 摆夷，清代对傣族的称呼，民国以后仍沿用。

2 野人山，缅甸北部胡冈谷地和枯门岭一带的原始森林山区，有较原始的少数民族散居。1942年中国远征军第一次入缅抗日，战事失利后部分官兵分批翻越此山，辗转撤回国内。

这点小小发现，引起我对于西南漆器更深的爱以及更多的关心，几几乎把陈列市上能买的全买到了。本意以为如能搜罗到三百种时，必可就手边所有，写出个比较报告，向对于这些器物有兴趣朋友，作个抛砖引玉的工作。不意洞庭湖边战事转紧时，昆明重庆两地，都成为大轰炸目标。学校宿舍附近一次投弹，一条短短文林街，一分钟内即死亡八百人，个人住处周围即毁去房屋三百所。我觉得这个工作已不易继续，因此把三年来得到的大小百十件漆器，四处疏散，凡是朋友出国结婚，要器皿装糖果茶叶烟丝的，或者对某一种发生好感的，都听之拿去一二件作个纪念。这些器物于是聚而复散，各自存亡于意想不到情形中。这回北大展览，就是自己存下的几个和梁思成夫人林徽因女士所保存的几个，实不足代表所见全部，惟有很多特点，似乎已很可提供专家学人作个参考。很希望有云南同学，回到家乡去，肯有计划用几年功夫，来对于这种漆奁与漆盒，并马鞍及其他髹饰物，与石刻、编织物，来作更广泛的收集，必可有更惊人新发现，从比证上解决一些问题，并提出些有关西南文化史新问题。尤其是如能够就川蜀接壤区域的木胎和夹纻器，与黔中接壤区域的皮胎漆器，及迤西南竹胎或编藤器物，能作较多收集，必然还可得到一个不同印象，足供漆工艺史专家学人作更深一层的探讨。

三十八年三月六日

"乡下人"的学问 | 王风

一

一九六○年，沈从文出版文物论文集《龙凤艺术》，在书的"题记"中有这样一段话：

> 近十年我写的东西实在太少，做的工作也不够多，这个小书能够出版，既欣喜且深深惭愧，真近于古人说的野人献曝，东西不足道，意思却还好……

按《列子·杨朱》："昔者宋国有田夫，常衣缊黂，仅以过冬。暨春东作，自曝于日，不知天下之有广厦隩室，绵纩狐貉。顾谓其妻曰：'负日之暄，人莫知者，以献吾君，将有重赏。'"这就是"野人奏曝"或"野人献曝"的出处，"题记"引这个典故，原是自谦贡献微薄，却又出人意料地贴切。沈从文出身湘西凤凰县，据说还有西南少数民族的血统，按传统南蛮的说法，更坐实是"野人"了。当然《列子》中所谓"野人"，是与"国人"相对，也就是今天的"乡下人"和"城里人"。沈从文一辈子总在文字上定义自己为"乡下人"，一九七九年十月二十日给研究他的美国学者金介甫回信，其中专门答复了这个微妙处有点难以把握的名词：

> 湘西虽属湖南，因为地方比较偏僻，人口苗族占比例

极大，过去一般接近省会的长沙、湘潭，以至于沅水下游的常德人，常叫我们作"乡巴老"……表示轻贱，以为不讲礼貌，不懂道理意思。但也包含一点恐惧，因为长沙人能言会说，一遇有什么不同意见，麻阳、凤凰人说不过他们，只有用拳头回答。照例却打得"下江人"望风而逃……"下江人"，这是我们叫常德以下人的通称。如专指"长沙"人，则叫"沙脑壳"，或"叫雀儿"，也有看不起意思，前者为"不经碰撞"，后者为"只会叫嚷"，别无能耐。事实上是聪敏得多也能干得多的，任何事总是"乡巴老"吃亏！

籍贯与出生地所在，对很多人而言是终生洗不去的身份。湘西是沈从文所依赖的"土地"意义上的故乡，因而有他永远不认同也不被认同的"城里"对应着，当这种对应成为隔阂并上升为自觉时，他也就成了精神上的"乡下人"。在晚年不断提示研究者注意的《习作选集代序》中，有这样的自白：

　　我和你虽然共同住在一个都市里，有时居然还有机会同在一节火车上旅行，一张桌子上吃饭，可是说真话，你我原是两路人……我实在是个乡下人，说乡下人我毫无骄傲，也不在自贬，乡下人照例有根深蒂固永远是乡巴老的性情，爱憎和哀乐自有它独特的式样，与城市中人截然不同！他保守，顽固，爱土地，也不缺少机警却不甚懂诡诈。他对一切事照例十分认真，似乎太认真了，这认真处某一时就不免成为"傻头傻脑"。这乡下人又因为从小飘江湖，各处奔跑，挨饿，受寒，身体发育受了障碍，另外却发育了想象，而且储蓄了一点点人生经验。

这么一个"乡下人"，二十岁时直接越过"省城"，跑到"国都"，其后辗转于数座大城市，绝大部分时间还是在北京。先是赤手空拳拼命写成了一个名小说家，接着遇到位于二十世纪中间点的那场天翻地覆，郭沫若《斥反动文艺》，是他一辈子遇到最大一次"说不过他们"，而事实上不可能"用拳头回答"，这回"吃亏"的后果是他成就为杰出的文史学者。

二

沈从文与文物的最早接触，按《从文自传》的说法，是十几岁在湘西一位"统领官身边作书记"时，登记其收藏的旧画古董。抗战时期在昆明西南联大，流连于工艺品之美，时时在地摊上拣一点物美价廉的东西，大多是后来他经常提到并倾注心力的"花花朵朵、坛坛罐罐"。四十年代末北京大学筹建博物馆，他自愿帮忙，那时已是颇具眼光了。但即便如此，五十年代转入中国历史博物馆后，他还是主动当了十年的"说明员"，这种艰苦的实物学习以及不为人知同样刻苦的文献披览，使他具备罕见的综合文物研究的能力。

与他同时代的文物专家，约略可以分为两类，一类是现代教育体制下科班出身的，也就是学考古的，当然他们有一整套的方法进行田野发掘并处理出土文物的科学鉴定和保管；另一类大多出身名门望族或古玩铺，名门之后和古玩铺伙计的身份差别自不可以道里计，但有同样得天独厚的条件，就是大量接触传世文物的机会，因而炼就出眼光。不过尽管他们也喜爱文物之美，但自觉或不自觉地都会受市场对文物价值定位的影响，日常物用不具"收藏"特性者通常不会关注。解放后，这些极具水平的专家进入各级博物馆，提升了各馆收藏水平，也带来各自的学术背景和观念习惯。

沈从文和他们不一样，现代的传统的都没有经历过，他"转行"进入博物馆的人生大变动，也正像当年从湘西跑到北京，却仍然是个"乡下人"闯入"城里"，比如与那些在深院大宅和古董店练就眼力的书画鉴定家就有点格格不入。他"照例十分认真"地研究文物制度，并掌握了广泛的杂文物知识，尤其是衣着器物方面的全面了解，每每于定论有异样的看法，"对于字画时代鉴定，有的是专家'权威'，我从来少发言权，只是从制度上提提而已"，谦虚的发言姿态背后有压抑不住的自负，所以有时候很严厉，"我说的可能是'专家'不注意的小问题，是常识，是客观事实"。在他看来，"不仅是这些搞字画的专家'权威'，对于一般文物常识少兴趣，即搞博物馆的同行中大专家'权威'，看不起文物常识，不相信常识能解决问题、推翻迷信"，这也包括高校科研机构的文史教员和研究员。"关键处就是'专家知识'有时没有'常识辅导'，结果就走不通"，而有"知识"少"常识"的专家，凭的是书本和成见、经验和感觉，因为不了解或不愿下工夫去了解便看不起文物"常识"。他们的权威地位隔断了这些极具意义的"常识"对学术发展的作用，而沈从文的后半生就是锲而不舍地为"常识"的为人所知而奋斗，即便解放后的十八年间已"作过大小六十多次的检讨"，"文革"时的申诉材料仍在为"常识"争地位，下放干校，还是不放弃：

> 在极端孤寂简单乡居中，用默记方式，试写文物常识小文，今天为止，已达二十篇，暂时告一结束……给人印象，若只是"毫无学术性，不过是些常识凑和"，那是完全十分对的。因为本来就"不学无术"，作了十多年说明员，对事事物物稍微有点"常识"而已。

这可真是乡下人"认真处某一时就不免成为'傻头傻脑'"了。

三

沈从文在书画方面事实上只是余力为之，曾计划过的中国前期画史最终也没有成篇，只留下片段的看法，尽管他从服饰器物角度的考证并不能代替其他已有的方法，但确实自成体系，令人耳目一新，判断绘制时间上限尤其有效。不过这并非他的主要成就，他真正划时代的贡献是前人和他人用力甚少或者根本没有注意过的杂文物乃至于"非文物"。以通常观点看，早先的沈从文是很不入流的，以自己的趣味买些大路货，看完了就到处送人，因为本就不值钱，这与太太小姐去商店挑东西似乎没有什么大区别，喜欢而已。按他自己的说法，"'玩票'资格也说不上"，但正是这种超越行业功利的广泛爱好使得他以特殊的眼光进入文物研究领域，他所主要关注的对象，"由于习惯上少文物价值，所以无人过问。既少文物经济价值，也不可能作伪。究竟有什么用处，还少专家学人注意过。考古工作者既未注意，一般谈工艺美术的又不知具体材料何在"，所以他会对那些堆积文物库房永远不会展出或出土后毫不引人注目的东西投以热情，在他看来，"货币价值既不高，很多又缺少美术价值"的器物，"惟有能够把它当成古代物质文化发展史的地下材料看待，才会觉得这里有丰富的内容，值得我们用一种新的态度来发现，来研究，来理解"。只有理解他的这种学术关怀，才能明白他的期望和选择：

> 对于年纪较轻、文史底子又较好的同行，则深深盼望其中还能有一小部分人，明白文物研究工作中范围实广，除了金石瓷玉、法书名画诸"热门"外，其实还有千百种至今还无人过问的"冷门"，大都还等待有心人，带点开荒辟地的雄心和勇气，采取个素朴客观热诚唯物态度，各就条件所许可，来分门别类，随时留心，进行些探讨工作，合力同功，能把这些研究中的空白点，逐渐加以填补。

这些工作都是为未来他所称的"物质文化史"或"劳动文化史""生产发展史"打基础。"文革"期间下放回来后稍有工作条件，他就开始"分门别类"，设计各种小专题，从开始的十项二十项到后来居然列出五六十项。就现在所知，光是他曾经提到的，就有绸缎、漆工艺、玉工艺、陶瓷加工、金属加工、前期山水画、图案、镜子、扇子、灯、屏风、家具、饮食用具、地毯、纸、车辆、肩舆、船、兵器、马的应用和装备、马技和百戏、马球及其他球类、杂伎、舞乐、狮及狮子舞、熊经鸟伸、玻璃、琉璃等等，其中也有"金石瓷玉"，不过他的角度是工艺而非单纯器物鉴定。这些题目有些还曾有人注意过，但大部分从未有研究成果，"近于空白点"，而且一般不认为有什么价值，沈从文投入如此大的精力和热情，坚持当"'打前站'的什长"、充先锋的廖化，明知道"事不可为而为之，后必有灾"的古训，明知道"这本是个'举鼎绝膑'的工作，难于见好是意中事"，但他仍不免于做，希望"由少数知识分子手中产生的'文史'和由万千劳动者手中产生的'器物'，知兼爱并重，使之打成一片，看成整体"，这种坚持了整个后半生的剃头挑子一头热的精神，其迂阔处确实近于宋国田夫之"献曝"了。

四

这繁多而有趣的课题出于各种原因只留下一些片段，大部分只字未见，层出不穷的运动和应接不暇的人事问题始终冲抵着沈从文的勤奋与努力，他前半生的文学事业被粗暴地打断，而后半生的文物事业却在渐渐地消耗，那么多他可以做甚至只有他能做的课题，尽付不了了之，最终留下比较完整的工作成果也就《中国古代服饰研究》一项，这还得归功于周恩来的偶然提起和齐燕铭的举荐。虽然对沈从文来说，这只是他学问的一角，但巨著煌煌，也已聊可告慰了，这本著作实际上可看作其一生的学术总结，而在"引言"里，他不引人注目地说了这样一句话：

这份工作和个人前半生搞的文学创作方法态度或仍有相通处……

在沈从文晚年，就他前后半生截然不同的际遇，亲属、朋友、研究者、爱好者等等每每议论乃至争论他的转行得失几何。所谓失之东隅，收之桑榆，这是大家都承认的，只是孰轻孰重见仁见智而已。由文学转到文物，有不得已的因素，自是终身之痛，八十年代他作品开禁以后，沈从文对出版旧作投入了相当的精力，但对自己的研究者，他在尽力配合提供方便之余，总要说那些东西已经烧了，已经过时了，不值得研究等等，这种语气的背后当然并非颓唐或灰心，更不是自谦，或者毋宁说是严重的反抗乃至示威，他清楚自己作品的价值以及正在行进的回归。不过话说回来，对于转行，以及由此取得的成就，作出的贡献，也许他也有侥幸的感觉，在书信中，他表明自己并不羡慕"茅盾、巴金、老舍、冰心等"原先与自己有相似地位的作家享受着他所没有的各种待遇，而在政治运动中，又庆幸自己躲在历史博物馆，免去如他们那般被迫表态的尴尬。所以，与八十年代声明自己小说散文没有价值相反，他在不同场合甚至检讨中也一直认为自己选择转到文物界是正确的，这应该是出于他的本心：

　　……同时自然不免会感觉到，过去从事小说写作，工作态度即或还谨严认真，成就实在极其有限。现在搞的综合文物研究工作，对于在发展中的博物馆事业，对于文物研究中几个比较生疏薄弱环节的突破，以为文物研究中为生产服务的实践，可以尽的力，或许比过去写点小说，还来得比较扎实有用！

那么，对于自己前半生的小说写作呢，同样在五、六十年代，一九五七年人民文学出版社为一些有历史影响但不符现实需求的作家出了一些选集，其中有《沈从文小说选集》，"选集题记"中，他还是很顽强地表达自己的文学理想：

> 我这个新从内地小城市来的乡下人，不免呆头呆脑，把"文学革命"看得死板板的，相信它一定会在将来能起良好作用……还应当有许多人，来从事这个新工作，用素朴单纯工作态度，作各种不同的努力……这么一个伟大艰巨工作，用上半个世纪时间，并不算太费！我既然预备从事写作，就抓住手中的笔，不问个人成败得失，来作下去吧。

无论是文学还是文物，所谓"工作态度"，无非是"不问个人成败得失"，只问自己"可以尽的力"。至于方法，则基于不断的试验和努力，创作从标点符号学起，研究从当说明员干起，由此学习、探索、总结、发展……这是他前后半生工作的"或仍有相通处"。不过如果我们由此略略探究更有意味的一些沈从文生命的底色，则有一个特别的文本《关于西南漆器及其他》，写于一九四九年初，末页自注"解放前最后一个文件"，这个"解放"不是"被解放"，而是"自我解放"，写作时他的精神已经不太正

常了,不久就试图自杀,或者这篇文章可以算作他的"美学遗嘱",其中有这样的内容:

> 我有一点习惯,从小时养成,即对音乐和美术的爱好,以及对于数学的崇拜……认识我自己生命,是从音乐而来;认识其他生命,实由美术而起……到都市上来,工艺美术却扩大了我的眼界,而且爱好与认识,均奠基于综合比较。不仅对制作过程充满兴味,对制作者一颗心,如何融会于作品中,他的勤劳,愿望,热情,以及一点切于实际的打算,全收入我的心胸。一切美术品都包含了那个作者生活挣扎形式,以及心智的尺衡,我理解的也就细而深。

所以他"有一点还想特别提出,即爱好的不仅仅是美术,还更爱那个产生动人作品的性格的心,一种真正'人'的素朴的心",从这里我们可以知道他用什么样的眼光看文物,是由文物之美看到人心之美。那么小说呢,他所写的湘西呢,"我要表现的本是一种'人生的形式',一种'优美,健康,自然,而又不悖乎人性的人生形式'。我主意不在领导读者去桃源旅行,却想借重桃源上行七百里路酉水流域一个小城小市中几个愚夫俗子,被一件人事牵连在一处时,各人应有的一分哀乐,为人类'爱'字作一度恰如其分的说明",从桃源之美看到的同样是人心之美。正是在"人心之美"这个意义上,沈从文无论如何改行,他写的都是同样的文字,表达的都是同样的意思。或者按他的说法,本质都不过是一种"抽象的抒情",区别无非在于"文学多重在对于传统道德观念或文字结构的反叛", "艺术则重在形式结构和给人影响的习惯有所破坏", 一则曰"反叛", 再则曰"破坏", 内在精神实一以贯之。

沈从文

经典名作

中册

萧萧……

上海三联书店

中册目录

短篇小说

短篇小说

柏子

本篇发表于一九二八年八月十日《小说月报》第十九卷第八号。署名甲辰。一九三六年五月收入《从文小说习作选》，上海良友图书印刷公司初版。现据良友图书印刷公司初版本编入。

把船停顿到岸边，岸是辰州的河岸。

于是客人可以上岸了，从一块跳板走过去。跳板是一端固定在码头石级上，一端搭在船舷。一个人从跳板走过时，摇摇荡荡不可免。凡要上岸的全是那么摇摇荡荡上岸了。

泊定的船太多了，沿岸泊，桅子数不清，大大小小随意矗到空中去，桅子上的绳索像纠纷成一团，然而却并不。

每一个船头船尾全站得有人穿青布蓝布短汗褂，口里噙了长长的旱烟杆，手脚露在外面让风吹，——毛茸茸的像一种小孩子想象中的妖洞里喽啰毛脚毛手。看到这些手脚，很容易记起"飞毛腿"一类英雄名称。可不是，这些人正是……桅子上的绳索揩定活车，拖拉全无从着手时，看这些飞毛腿的本领，有得是机会显露！毛脚毛手所有的不单是毛，还有类乎钩子的东西，光溜溜的桅，只要一贴身，便飞快的上去了。为表示上下全是儿戏，这些年青水手一面整理绳索，一面还将在上面唱歌，那一边桅上，也有这样人时，这种歌便来回唱下去。

昂了头看这把戏的，是各个船上的伙计。看着还在下面喊着。左边右边，不拘要谁一个试上去，全是容易之至的事，只是不得老舵手吩咐，则不敢放肆而已。看的人全已心中发痒，又不能随便爬上桅子顶尖去唱歌，逗其他船上媳妇发笑，便开口骂人。

"我的儿，摔死你！"

"我的孙，摔死了你看你还唱！"

"……"

全是无恶意而快乐的笑骂。

仍然唱，且更起劲了一点。但可以把歌唱给下面骂人的人听，当先若唱的是"一枝花"，这时唱的便是"众儿郎"了。"众儿郎"却依然笑嘻嘻的昂了头看这唱歌人，照例不能生气的。

可是在这情形中，有些船，却有无数黑汉子，用他的毛手毛脚，盘着大而圆的黑铁桶，从舱中滚出，也是那么摇摇荡荡跌到岸边泥滩上了。还有作成方形用铁皮束腰的洋布，有海带，有鱿鱼，有药材……这些东西同搭客一样，在船上舱中紧挤着卧了二十天或十二天，如今全应当登岸了。登岸的人各自还家，各自找客栈，各自吃喝。这些货物却各自为一些大脚婆子走来抱之负之送到各个堆栈里去。

在各样匆忙情形中，便正有闲之又闲的一类人在。这些人住到另一个地方，耳朵能超然于一切嘈杂声音以上，听出桅子上人的歌声——可是心也正忙着，歌声一停止，唱歌地方代替了一盏红风灯以后，那唱歌的人便已到这听歌人的身边了。桅上用红灯，不消说是夜里了。河边夜里不是平常的世界。

落着雨，刮着风，各船上了篷，人在篷下听雨声风声，江波吼哮如癫子，船只纵互相牵连互相依靠，也簸动不止，这一种情景是常有的。坐船人对此决不奇怪，不欢喜，不厌恶。因为凡是在船上生活，这些平常人的爱憎便不及在心上滋生了。（有月亮又是一种趣味，同晚日与早露，各有不同。）然而他们全不会注意。船上人心情若必须勉强分成两种或三种，这分类方法得另作安排。吃牛肉与吃酸菜，是能左右一般水手心情的一件事，泊半途与湾口岸，这于水手们情形又稍稍不同。不必问，牛肉比酸菜合乎这类"飞毛腿"胃口，船在码头停泊他们也欢喜多了！

如今夜里既落小雨，泥滩头滑溜溜使人无从立足，还有人上岸到河街去。

这是其中之一，名叫柏子。日里爬桅子唱歌，不知疲倦，到夜来，还依然不知道疲倦，所以如其他许多水手一样，在腰边板带中塞满了铜钱，小心小心的走过跳板到岸边了。先是在泥滩上走，没有月，没有星，细毛毛雨在头上落，两只脚在泥里慢慢翻——成泥腿，快也无从了——目的是河街小楼红红的灯光，灯光下有使柏子心开一朵花的东西存在。

灯光多无数，每一小点灯光便有一个或一群水手，灯光还不及塞满这个小房，快乐却将水手们胸中塞紧，欢喜在胸中涌着，各人眼睛皆眯了起来。沙喉咙的歌声笑声从楼中溢出，与灯光同样，溢进上岸无钱守在船中的水手耳中眼中时，便如其他世界一样，反应着欢喜的是诅咒。那些不能上岸的水手，他们诅咒着，然而一颗心也摇摇荡荡上了岸，且不必冒滑滚的危险，全各以经验为标准，把心飞到所熟习的楼上去了。

酒与烟与女人，一个浪漫派文人非此不能夸耀于世人的三样事，这些喽啰们却很平常的享受着。虽然酒是酽冽的酒，烟是平常的烟，女人更是……然而各个人的心是同样的跳，头脑是同样的发迷，口——我们全明白这些平常时节只是吃酸菜南瓜臭牛肉以及说下流话的口，可是到这时也粘粘糍糍，也能找出所蓄于心各样对女人的诮谀言语，献给面前的妇人，也能粗粗卤卤的把它放到妇人的脸上去，脚上去，以及别的位置上去。他们把自己沉浸在这欢乐空气中，忘了世界，也忘了自己的过去和未来。女人则帮助这些可怜人，把一切劳苦一切期望从这些人心上挪去。放进的是类乎烟酒的兴奋与醉麻。在每一个妇人身上，一群水手同样作着那顶切实的顶勇敢的好梦，预备将这一月贮蓄的金钱与精力，全倾之于妇人身上，他们却不曾预备要人怜悯，也不知道可怜自己。

他们的生活，若说还有使他们在另一时反省的机会，仍然是快乐的吧。这些人，虽然缺少眼泪，却并不缺少欢乐的承受！

其中之一的柏子，为了上岸去找寻他的幸福，终于到一个地方了。

先打门，用一个水手通常的章法，且吹着哨子。

门开后，一只泥腿在门里，一只泥腿在门外，身子便为两条胳膊缠紧了，在那新刮过的日炙雨淋粗糙的脸上，就贴紧了一个宽宽的温暖的脸子。

这种头香油是他所熟习的，这种抱人的章法，先虽说不出，这时一上身却也熟习之至。还有脸，那么软软的，混着脂粉的香，用口可以吮吸。到后是，他把嘴一歪，便找到了一个湿的舌子了，他咬着。

女人挣扎着，口中骂着：

"悖时的！我以为你到常德府被婊子尿冲你到洞庭湖了！"

"老子把你舌子咬断！"

"我才要咬断你……"

进到里面的柏子，在一盏"满堂红"灯下立定。妇人望他痴笑。这一对是并肩立着，他比她高一个头，他蹲下去，像整理橹绳那样扳了妇人的腰身时，妇人身便朝前倾。

"老子摇橹摇厌了，要推车。"

"推你妈！"妇人说，一面搜索柏子身上的东西。搜出的东西便往床上丢去，又数着东西的名字。"一瓶雪花膏，一卷纸，一条手巾，一个罐子——这罐子装什么？"

"猜呀！"

"猜你妈，忘了为我带的粉吗？"

"你看那罐子是什么招牌！打开看！"

妇人不认识字，看了看罐上封皮，一对美人儿画相。把罐子在灯前打开，放鼻子边闻闻，便打了一个嚏。柏子可乐了，不顾妇人如何，把罐子抢来放在一条白木桌上，便擒了妇人向床边倒下去。

灯光明亮，照着一堆泥脚迹在黄色楼板上。

外面雨大了。

张耳听，还是歌声与笑骂声音。房子相间多只一层薄薄白木板子，比吸烟声音还低一点的声音也可以听出，然而人全无闲心听隔壁。

柏子的纵横脚迹渐干了，在地板上也更其分明。灯光依然，将一对横搁在床上的人照得清清楚楚。

"柏子，我说你是一个牛。"

"我不这样，你就不信我在下头是怎么规矩！"

"你规矩！你赌咒你干净得可以进天王庙！"

"赌咒也只有你妈去信你，我不信。"

柏子只有如妇人所说，粗卤得同一只小公牛一样。到后于是喘息了，松弛了，像一堆带泥的吊船棕绳，散漫的搁在床边上。

肥肥的奶子两手抓紧，且用口去咬。又咬她的下唇，咬她的膀子，咬她的大腿……一点不差，这柏子就是日里爬桅子唱歌的柏子。

妇人望到他这些行为发笑，妇人是翻天躺的。

过一阵，两人用一个烟盘作长城，各据长城一边烧烟吃。

妇人一旁烧烟一旁唱《孟姜女》给柏子听，在这样情形下的柏子，喝一口茶且吸一泡烟，像是作皇帝。

"婊子我告给你听，近来下头媳妇才标得要命！"

"你命怎么不要去，又跟船到这地方来？"

"我这命送她们，她们也不要。"

"不要的命才轮到我。"

"轮到你，你这……好久才轮到我！我问你，到底有多少日子才轮到我？"

妇人嘴一扁，举起烟枪把一个烧好的烟泡装上，就将烟枪送过去塞了柏子的嘴，省得再说混话。

柏子吸了一口烟，又说："我问你，昨天有人来？"

"来你妈！别人早就等你，我算到日子，我还算到你这尸……"

"老子若是真在青浪滩上泡坏了，你才乐！"

"是，我才乐！"妇人说着便稍稍生了气。

柏子是正要妇人生气才欢喜的。他见妇人把脸放下，便把烟盘移到床头去。长城一去情形全变了，一分钟内局面成了新样子。柏生的泥腿从床沿下垂，绕了这腿的上部的是用红绸作就套鞋的小脚。

一种丑的努力，一种神圣的愤怒，是继续，是开始。

柏子冒了大雨在河岸的泥滩上慢慢的走着，手中拿的是一段燃着火头的废缆子，光旺旺的照到周围三尺远近。光照前面的雨成无数返光的线，柏子全无所遮蔽的从这些线林穿过，一双脚浸在泥水里面，——把事情作完了，他回船上去。

雨虽大，也不忙。一面怕滑倒，一面有能防雨——或者不如说忘雨的东西吧。

他想起眼前的事心是热的。想起眼前的一切，则头上的雨与脚下的泥，全成了无须置意的事了。

这时妇人是睡眠了，还是陪别一个水手又来在那大白木床上作某种事情，谁知道。柏子也不去想这个。他把妇人的身体，记得极其熟习；一些转弯抹角地方，一些幽僻地方，一些坟起与一些窟窿，恰如离开妇人身边一千里，也像可以用手摸，说得出尺寸。妇人的笑，妇人的动，也死死的像蚂蝗一样钉在心上。这就够了，他的所得抵得过一个月的一切劳苦，抵得过船只来去路上的风雨太阳，抵得过打牌输钱的损失，抵得过……他还把以后下行日子的快乐预支了。这一去又是半月或一月，他很明白的。以后也将高高兴兴的作工，高高兴兴的吃饭睡觉，因为今夜已得了前前后后的希望，今夜所"吃"的足够两个月咀嚼，不到两月他可又回来了。

他的板带钱已光了，这种花费是很好的一种花费。并且他也并不是全无计算，他已预先留下了一小部分钱，作为在船上玩牌用的。花了钱，得到些什么，他是不去追究的。钱是在什么情形下得来，又在什么情形下失去，柏子不能拿这个来比较。总之比较有时像也比较过了，但结果不消说还是"合算"。

轻轻的唱着《孟姜女》，唱着《打牙牌》，到得跳板边时，柏子小心小心的走过去，预定的《十八摸》便不敢唱了——因为老板娘还在喂小船老板的奶，听到哄孩子声音，听到吮奶声音。

辰州河岸的商船各归各帮，泊船原有一定地方，各不相混。可是每一只船，把货一起就得到另一处去装货，因此柏子从跳板上摇摇荡荡上过两次岸，船就开了。

洞箫的悲悯与美 ｜ 何立伟

　　《柏子》是沈从文小说中较为精短的一篇，所写也是极简单的一桩事，人物就是叫作柏子的一个水手同另外辰河岸边一个不知名字与柏子相好又做娼妇的女人。柏子在这小说中所作所为唯一一种事情，那便是他命运所系的一只船在泊岸与离岸，亦即是漂泊同漂泊之间的一个微雨夜，摇摇晃晃到岸边吊脚楼找那相好妇人发泄他积压多时的愁闷困苦，作"一种丑的努力，一种神圣的愤怒"。一切言行极简单，因为这桩事本身绝无甚复杂纠葛节外生枝处，仿佛只是水手柏子所有风浪生涯劳作中的一种劳作，与摇桨或是整理缆索并无二致。但沈先生在这篇小说里不是要塑造一个叫柏子的人物的性格，也不是要纪实一种旧生活习见的场景，而且也不是要来编织一个纳入深深寓意的故事，沈先生在《柏子》里要完成的乃是他毕生都很倾心的一类悲苦人物的生存状态，他是借一个人的丑的努力与神圣的愤怒来表达他对水手这类特别职业劳动人民所压抑人性的吁叹与同情，这其中又包括得有一个作家伟大心灵中对平常小人物在特定生存条件下所做一切事情的深切理解、宽容同祈愿，以及对一切人性美丑模糊处的近乎诗意的观照或表现。在这小说中，沈先生几乎是以一支洞箫歌吹了这样一个微雨的夜。一切展现通过灵巧文字慢慢织成画图，犹如我们见到过的珂勒惠支或蒙克的某些作品；是一种丑的美、恶的美、变形扭曲的美。因为这种美里表达的不是别的，正是卑贱生命的努力挣扎。那悲伤中的快乐同重负中的轻松，叫人读来不由得不如芒在背。这便是《柏子》这篇小说给人的阅读感染。

沈从文先生的小说只要一写到湘西，写到他所熟悉的河流及水上岸边风物，写到他认识且关怀的那些在社会宝塔底层挣扎而生命顽强一类人物命运，他的箫便仿佛生出一种魔力，那些山光水色、平常人事，只须轻灵勾勒点染，便生出美的莹光。他那缅想且温暖的情绪流淌在字里行间，而他的慈悲的襟抱则是照亮他所写故事的和煦的阳光。《边城》《萧萧》……及至本篇《柏子》无一不是如此。沈先生这一类乡土题材小说艺术上最大特色，我以为就是极诗意地讲述他年轻时节经历过识见过的人与事，这人与事在他梦魂牵绕的湘西的山水间发生发展，一切的笑与泪于是皆成了用小说形态完成的诗篇。生命挣扎的粗犷线条同生存泥涂的险恶陷阱，也一一成了经由文字魔力产生的美的画图。但沈先生决不是以一支灵动的笔来粉饰罪孽、贫穷和愚昧的人生，他是要让人在这美的画图之外倾听到岩缝中生灵的叹息，正如在一帘秋色之外听到季节的悲风同落叶的低泣。一切文字的美丽到头来终于为沈先生悲悯的泪水所酿制。把痛苦升华为诗，这正是沈先生的艺术表达。

《柏子》的开头是描写船到岸后水手们的劳动同歌唱。沈先生一支笔不是来描写劳作的艰辛，反而是描写劳作给水手带来的莫大欢欣。当水手爬高桅杆解定绳索时，沈先生写道："为表示上下全是儿戏，这些年轻水手一面整理绳索，一面还将在上面唱歌，那一边桅上，也有这样人时，这种歌便来回唱下去。"劳动无论如何也是叫沈先生怦然心动的一种美，而沈先生的心灵善于感受的恰是这种美。这种美也正映衬着柏子到岸后寻娼妇"粗卤得同一只小公牛一样"拼力发泄生命热力的"丑"。仿佛后面的"丑"不是一种叫人唾弃的人性的黑暗，反倒是前面那一种美的恰如其分的逻辑延续；而柏子也仿佛是辰河波涛上的一只船，驶过阳光明丽的白昼，亦驶过浓云密布的夜阑。一切显出这种人物行状的无可厚非，显出命运把握之中的人的欲望及渴求的自然。沈从文作为伟大作家对于普遍人性的洞彻了解便使得他的小说充满了一种诗意的柔情。即便是柏子同那妇人肉体（或许还稍稍加上一点情感）的纠缠亦莫不笼上这层诗意柔情的淡淡光环。因为这"丑的努力"同"神圣的愤怒"与其说是生命的发泄，不如说是生命的兑换，其所得来者"抵得过一个月的一切劳苦，抵得过船只来去路上的风雨太阳，抵得过打牌输钱的损失，抵得过……他还把以后下行日子的快乐预支了。这一去又是半月或一月，他很明白的。以后也将高高兴兴的做工，高高兴兴的吃饭睡觉，因为今夜已得了前前后后的希望"。这"前前后后的希望"是柏子的欢乐所系。也实在是柏子的悲愁所系。船到岸心也到岸的柏子，在岸上所得不过是一种微茫的"希望"而已。事实上沈先生是借了一个水手以整个命途的漂泊劳作抵押一瞬的愉悦来表达他对这不公平人世的愤怒同谴责。但表达的方式却是沈从文式的，就是将愤怒同谴责化为诗意的述描，使作者的情绪沉潜在文字画面的背后，使生命之重化为让人一唱三叹的轻，使悲啸的大号化为一支悠远的洞箫。这便是沈从文区别于许多与他同时代描写中国农村下层劳动人民的故事的作家的鲜明艺术风格。

洞箫是悠美的，但也是悲悯的。对一切善良敏感的耳朵来说，是这样的。

龙朱

本篇发表于一九二九年一月十日《红黑》第一期。署名沈从文。一九三一年八月收入小说集《龙朱》，上海晓星书店初版。现据晓星书店初版本编入。

写在《龙朱》一文之前

这一点文章，作在我生日，送与那供给我生命，父亲的妈，与祖父的妈，以及其同族中仅存的人一点薄礼。

血管里流着你们民族健康的血液的我，二十七年的生命，有一半为都市生活所吞噬，中着在道德下所变成虚伪庸懦的大毒，所有值得称为高贵的性格，如像那热情、与勇敢、与诚实、早已完全消失殆尽，再也不配说是出自你们一族了。

你们给我的诚实，勇敢，热情，血质的遗传，到如今，向前证实的特性机能已荡然无余，生的光荣早随你们已死去了。皮面的生活常使我感到悲恸，内在的生活又使我感到消沉。我不能信仰一切，也缺少自信的勇气。

我只有一天忧郁一天下来。忧郁占了我过去生活的全部，未来也仍然如骨附肉。你死去了百年另一时代的白耳族王子，你的光荣时代，你的混合血泪的生涯，所能唤起这被现代社会蹂躏过的男子的心，真是怎样微弱的反应！想起了你们，描写到你们，情感近于被阉割的无用人，所有的仍然还是那忧郁！

第一　说这个人

白耳族苗人中出美男子，仿佛是那地方的父母全曾参预过雕塑阿波罗神的工作，因此把美的模型留给儿子了。族长儿子龙朱年十七岁，为美男子中之美男子。这个人，美丽强壮像狮子，温和谦驯如小羊。是人中模型。是权威。是力。是光。种种比譬全是为了他的美。其他的德行则与美一样，得天比平常人都多。

提到龙朱相貌时，就使人生一种卑视自己的心情。平时在各样事业得失上全引不出妒嫉的神巫，因为有次望到龙朱的鼻子，也立时变成小气，甚至于想用钢刀去刺破龙朱的鼻子。这样与天作难的倔强野心却生之于神巫，到后又却因为这美，仍然把这神巫克服了。

白耳族，以及乌婆、猓猓、花帕、长脚各族，人人都说龙朱相貌长得好看，如日头光明，如花新鲜。正因为说这样话的人太多，无量的阿谀，反而烦恼了龙朱了。好的风仪用处不是得阿谀（龙朱的地位，已就应当得到各样人的尊敬歆羡了）。既不能在女人中煽动勇敢的悲欢，好的风仪全成为无意思之事。龙朱走到水边去，照过了自己，相信自己的好处，又时时用铜镜观察自己，觉得并不为人过誉。然而结果如何呢？因为龙朱不像是应当在每个女子理想中的丈夫那么平常，因此反而与妇女们离远了。

女人不敢把龙朱当成目标，做那荒唐艳丽的梦，并不是女人的错。在任何民族中，女子们，不能把神做对象，来热烈恋爱，来流泪流血，不是自然的事么？任何种族的妇人，原永远是一种胆小知分的兽类，要情人，也知道要什么样情人为合乎身份。纵其中并不乏勇敢不知世故的女子，也自然能从她的不合理希望上得到一种好教训。相貌堂堂是女子倾心的原由，但一个过分美观的身材，却只作成了与女子相远的方便。谁不承认狮子是孤独？狮子永远是孤独，就只为了狮子全身的纹彩与众不同。

龙朱因为美，有那与美同来的骄傲不？凡是到过青石冈的苗人，全都能赌咒作证，否认这个事。人人总说总爷的儿子，从不用地位虐待过人畜，也从不闻对长年老辈妇人女子失过敬礼。在称赞龙朱的人口中，总还不忘同时提到龙朱的相貌。全砦中，年青汉子们，有与老年人争吵事情时，老人词穷，就必定说，我老了，你青年人，干吗不学龙朱谦恭待长辈？这青年汉子，若还有羞耻心存在，必立时遁去，不说话，或立即认错，作揖赔礼。一个妇人与人谈到自己儿子，总常说，儿子若能像龙朱，那就卖自己与江西布客，让儿子得钱花用，也愿意。所有未出嫁的女人，都想自己将来有个丈夫能与龙朱一样。所有同丈夫吵嘴的妇人，说到丈夫时，总说你不是龙朱，真不配管我磨我；你若是龙朱，我做牛做马也甘心情愿。

还有，一个女人同她的情人，在山峒里约会，男子不失约，女人第一句赞美的话总是"你真像龙朱"。其实这女人并不曾同龙朱有过交情，也未尝听到谁个女人同龙朱约会过。

一个长得太标致的人，是这样常常容易为别人把名字放到口上咀嚼！

龙朱在本地方远远近近，得到的尊敬爱重，是如此。然而他是寂寞的。这人是兽中之狮，永远当独行无伴！

在龙朱面前，人人觉得是卑小，把男女之爱全抹杀，因此这族长的儿子，却永无从爱女人了。女人中，属于乌婆族，以出产多情多才貌女子著名地方的女人，也从无一个敢来在龙朱面前，闭上一只眼，荡着她上身，同龙朱挑情。也从无一个女人，敢把她绣成的荷包，掷到龙朱身边来。也从无一个女人敢把自己姓名与龙朱姓名编成一首歌，来到跳年时节唱。然而所有龙朱的亲随，所有龙朱的奴仆，又正因为美，正因为与龙朱接近，如何的在一种沉醉狂欢中享受这些年青女人小嘴长臂的温柔！

"寂寞的王子，向神请求帮忙吧。"

使龙朱生长得如此壮美，是神的权力，也就是神所能帮助龙朱的唯一事。至于要女人倾心，是人为的事啊！

要自己，或他人，设法使女人来在面前唱歌，狂中裸身于草席上面献上贞洁的身，只要是可能，龙朱不拘牺牲自己所有何物，都愿意。然而不行。任怎样设法，也不行。七梁桥的洞口终于有合拢的一日，有人能说在这高大山洞合拢以前，龙朱能够得到女人的爱，是不可信的事。

不是怕受天责罚，也不是另有所畏，也不是预言者曾有明示，也不是族中法律限止，自自然然，所有女人都将她的爱情，给了一个男子，轮到龙朱却无分了。民族中积习，折磨了天才与英雄，不是在事业上粉骨碎身，便是在爱情中退位落伍，这不是仅仅白耳族王子的寂寞，他一种族中人，总不缺少同样故事！

在寂寞中龙朱用骑马猎狐以及其他消遣把日子混过了。

日子过了四年，他二十一岁。

四年后的龙朱，没有与以前日子龙朱两样处，若说无论如何可以指出一点不同来，那就是说如今的龙朱，更像一个好情人了。年龄在这个神工打就的身体上，加上了些更表示"力"的东西，应长毛的地方生长了茂盛的毛，应长肉的地方增加了结实的肉。一颗心，则同样因为年龄所补充的，是更其能顽固的预备要爱了。

他越觉得寂寞。

虽说七梁洞并未有合拢，二十一岁的人年纪算青，来日正长，前途大好，然而什么时候是那补偿填还时候呢？有人能作证，说天所给别的男子的，幸福与苦恼，也将同样给龙朱么？有人敢包，说到另一时，总有女子来爱龙朱么？

白耳族男女结合，在唱歌。大年时，端午时，八月中秋时，以及跳年刺牛大祭时，男女成群唱，成群舞，女人们，各穿了峒锦衣裙，各戴花擦粉，供男子享受。平常时，在好天气下，或早或晚，在山中深洞，在水滨，唱着歌，把男女吸到一块来，即在太阳下或月亮下，成了熟人，做着只有顶熟的人可做的事。在此习惯下，一个男子不能唱歌他是种羞辱，一个女子不能唱歌她不会得到好的丈夫。抓出自己的心，放在爱人的面前，方法不是钱，不是貌，不是门阀也不是假装的一切，只有真实热情的歌。所唱的，不拘是健壮乐观，是忧郁，是怒，是恼，是眼泪，总之还是歌。一个多情的鸟绝不是哑鸟。一个人在爱情上无力勇敢自白，那在一切事业上也全是无希望可言，这样人决不是好人！

那么龙朱必定是缺少这一项，所以不行了。

事实又并不如此。龙朱的歌全为人引作模范的歌，用歌发誓的男子妇人，全采用龙朱誓歌那一个韵。一个情人被对方的歌窘倒时，总说及胜利人拜过龙朱作歌师傅的话。凡是龙朱的声音，别人都知道。凡是龙朱唱的歌，无一个女人敢接声。各样的超凡入圣，把龙朱摒除于爱情之外，歌的太完全太好，也仿佛成为一种吃亏理由了。

有人拜龙朱作歌师傅的话，也是当真的。手下的用人，或其他青年汉子，在求爱时腹中歌词为女人逼尽，或者爱情扼着了他的喉咙，歌不出心中的事时，来请教龙朱，龙朱总不辞。经过龙朱的指点，结果是多数把女子引到家，成了管家妇。或者到山峒中，互相把心愿了销。熟读龙朱的歌的男子，博得美貌善歌的女人倾心，也有过许多人。但是歌师傅永远是歌师傅，直接要龙朱教歌的，总全是男子，并无一个青年女人。

龙朱是狮子，只有说这个人是狮子，可以作我们对于他的寂寞得到一种解释！

年青女人到什么地方去了呢？懂到唱歌要男人的，都给一些歌战胜，全引诱尽了。凡是女人都明白情欲上的固持是一种痴处，所以女人宁愿意减价卖出，无一个敢屯货在家。如今是只能让日子过去一个办法，因了日子的推迁，希望那新生的犊中也有那不怕狮子的犊在。

龙朱是常常这样自慰着度着每个新的日子的。我们也不要把话说尽，在七梁桥洞口合拢以前，也许龙朱仍然可以遇着与这个高贵的人身份相称的一种机运！

第二 说一件事

中秋大节的月下整夜歌舞，已成了过去的事了。大节的来临，反而更寂寞，也成了过去的事了。如今是九月。打完谷子了。打完桐子了。红薯早挖完全下地窖了。冬鸡已上孵，快要生小鸡了。连日晴明出太阳。天气冷暖宜人。年青妇人全都负了柴耙同笼上坡耙草。各处坡上都有歌声。各处山峒里，都有情人在用干草铺就并撒有野花的临时床上并排坐或并头睡。这九月是比春天还好的九月。

龙朱在这样时候更多无聊。出去玩，打鸠本来非常相宜，然而一出门，就听到各处歌声，到许多地方又免不了要碰到那成双的人，于是大门也不敢出了。

无所事事的龙朱，每天只在家中磨刀。这预备在冬天来剥豹皮的刀，是宝物，是龙朱的朋友。无聊无赖的龙朱，是正用着那"一日数摸挲剧于十五女"的心情来爱这宝刀的。刀用油在一方小石上磨了多日，光亮到暗中照得见人，锋利到把头发放到刀口，吹一口气发就成两截，然而还是每天把这刀来磨的。

某天，一个比平常日子似乎更像是有意帮助青年男女"野餐"的一天，黄黄的日头照满全村，龙朱仍然磨刀。

在这人脸上有种孤高鄙夷的表情，嘴角的笑纹也变成了一条对生存感到烦厌的线。他时时凝神听察堡外远处女人的尖细歌声，又时时望天空。黄的日头照到他一身，使他身上作春天温暖。天是蓝天，在蓝天作底的景致中，常常有雁鹅排成八字或一字写在那虚空。龙朱望到这些也不笑。

什么事把龙朱变成这样阴郁的人呢？白耳族，乌婆族，猓猓，花帕，长脚……每一族的年青女人都应负责，每一对年青情人都应致歉。妇女们，在爱情选择中遗弃了这样完全人物，是委娜丝神不许可的一件事，是爱的耻辱，是民族灭亡的先兆。女人们对于恋爱不能发狂，不能超越一切利害去追求，不能选她顶欢喜的一个人，不论是白耳族还是乌婆族，总之这民族无用，近于中国汉人，也很明显了。

龙朱正磨刀，一个矮矮的奴隶走到他身边来，伏在龙朱的脚边，用手攀他主人的脚。

龙朱瞥了一眼，仍然不做声，因为远处又有歌声飞过来了。

奴隶抚着龙朱的脚也不做声。

过了一阵，龙朱发声了，声音像唱歌，在揉和了庄严和爱的调子中挟着一点愤懑，说："矮子你又不听我话，做这个样子！"

"主，我是你的奴仆。"

"难道你不想做朋友吗？"

"我的主，我的神，在你面前我永远卑小。谁人敢在你面前平排？谁人敢说他的尊严在美丽的龙朱面前还有存在必须？谁人不愿意永远为龙朱作奴作婢？谁……"

龙朱用顿足制止了矮奴的奉承，然而矮奴仍然把最后一句"谁个女子敢想爱上龙朱？"恭维得不得体的话说毕，才站起。

矮奴站起了，也仍然如平常人跪下一般高。矮人似乎真适宜于作奴隶的。

龙朱说："什么事使你这样可怜？"

"在主面前看出我的可怜，这一天我真值得生存了。"

"你太聪明了。"

"经过主的称赞，呆子也成了天才。"

"我问你，到底有什么事？"

"是主人的事，因为主在此事上又可见出神的恩惠。"

"你这个只会唱歌不会说话的人，真要我打你了。"

矮奴到这时，才把话说到身上。这个时候他哭着脸，表示自己的苦恼失望，且学着龙朱生气时顿足的样子。这行为，若在别人猜来，也许以为矮子服了毒，或者肚脐被山蜂所螫，所以作这样子，表明自己痛苦，至于龙朱，则早已明白，猜得出这样的矮子，不出赌输钱或失欢女人两事了。

龙朱不作声，高贵的笑，于是矮子说：

"我的主，我的神，我的事瞒不了你的，在你面前的仆人，是又被一个女子欺侮了。"

"你是一只会唱谄媚曲子的鸟，被欺侮是不会有的事！"

"但是，主，爱情把仆人变蠢了。"

"只有人在爱情中变聪明的事。"

"是的，聪明了，仿佛比其他时节聪明了点，但在一个比自己更聪明的人面前，我看出我自己蠢得像猪。"

"你这土鹦哥平日的本事在什么地方去了？"

"平时哪里有什么本事呢，这只土鹦哥，嘴巴大，身体大，唱的歌全是学来的歌，不中用。"

"把你所学的全唱过，也就很可以打胜仗了。"

"唱过了，还是失败。"

龙朱就皱了一皱眉毛，心想这事怪。

然而一低头，望到矮奴这样矮；便了然于矮奴的失败是在身体，不是在咽喉了，龙朱失笑的说：

　　"矮东西，莫非是为你相貌把你事情弄坏了？"

　　"但是她并不曾看清楚我是谁。若说她知道我是在美丽无比的龙朱王子面前的矮奴，那她定为我引到老虎洞做新娘子了。"

　　"我不信你。一定是土气太重。"

　　"主，我赌咒。这个女人不是从声音上量得出我身体长短的人。但她在我歌声上，却把我心的长短量出了。"

　　龙朱还是摇头，因为自己是即或见到矮人在前，至于度量这矮奴心的长短，还不能够的。

　　"主，请你信我的话。这是一个美人，许多人唱枯了喉咙，还为她所唱败！"

　　"既然是好女人，你也就应把喉咙唱枯，为她吐血，才是爱。"

　　"我喉咙是枯了，才到主面前来求救。"

　　"不行不行，我刚才还听过你恭维了我一阵，一个真真为爱情绊倒了脚的人，他决不会又能爬起来说别的话！"

　　"主啊，"矮奴摇着他的大的头颅，悲声的说道，"一个死人在主面前，也总有话赞扬主的完全的美，何况奴仆呢。奴仆是已为爱情绊倒了脚，但一同主人接近，仿佛又勇气勃勃了。主给人的勇气比何首乌补药还强十倍。我仍然要去了。让人家战败了我也不说是主的奴仆，不然别人会笑主用着这样的蠢人，丢了白耳族的光荣！"

　　矮奴就走了。但最后说的几句话，激起了龙朱的愤怒，把矮子叫着，问，到底女人是怎样的女人。

矮奴把女人的脸，身，以及歌声，形容了一次。矮奴的言语，正如他自己所称，是用一枝秃笔与残余颜色，涂在一块破布上的。在女人的歌声上，他就把所有白耳族青石冈地方有名的出产比喻净尽。说到像甜酒，说到像枇杷，说到像三羊溪的鲫鱼，说到像狗肉，仿佛全是可吃的东西。矮奴用口作画的本领并不蹩脚。

在龙朱眼中，是看得出矮奴饿了，在龙朱心中，则所引起的，似乎也同甜酒狗肉引起的欲望相近。他因了好奇，不相信，就为矮奴设法，说同到矮奴一起去看。

正想设法使龙朱快乐的矮奴，见到主人要出去，当然欢喜极了，就着忙催主人快出砦门到山中去。

不到一会这白耳族的王子就到山中了。

藏在一积草后面的龙朱，要矮奴大声唱出去，照他所教的唱。先不闻回声。矮奴又高声唱，在对山，在毛竹林里，却答出歌来了。音调是花帕族中女子的音调。

龙朱把每一个声音都放到心上去，歌只唱三句，就止了。有一句留着待唱歌人解释。龙朱就告给矮奴答复这一句歌。又教矮奴也唱三句出去，等那边解释，歌的意思是：凡是好酒就归那善于唱歌的人喝，凡是好肉也应归善于唱歌的人吃，只是你好的美的女人应当归谁？

女人就答一句，意思是：好的女人只有好男子才配。她且即刻又唱出三句歌来，就说出什么样男子是好男子的称呼。说好男子时，提到龙朱的名，又提到别的个人的名，那另外两个名字却是历史上的美男子名字，只有龙朱是活人，女人的意思是：你不是龙朱，又不是××××，你与我对歌的人究竟算什么人？

"主，她提到你的名！她骂我！我就唱出你是我的主人，说她只配同主人的奴隶相交。"

龙朱说："不行，不要唱了。"

"她胡说，应当要让她知道是只够得上为主人搓脚的女子！"

然而矮奴见到龙朱不作声，也不敢回唱出去了。龙朱的心是深深沉到刚才几句歌中去了，他料不到有女人敢这样大胆。虽然许多女子骂男人时，都总说，"你不是龙朱。"这事却又当别论了。因为这时谈到的正是谁才配爱她的问题，女人能提出龙朱名字来，女人骄傲也就可知了。龙朱想既然是这样，就让她先知道矮奴是自己的用人，再看情形是如何。

于是矮奴照到龙朱所教的，又唱了四句。歌的意思是：吃酒糟的人何必说自己量大，没有根柢的人也休想同王子要好，若认为掺了水的酒总比酒糟还行，那与龙朱的用人恋爱也就可以写意了。

谁知女子答得更妙，她用歌表明她的身份，说，只有乌婆族的女人才同龙朱用人相好，花帕族女人只有外族的王子可以论交，至于花帕苗中的自己，是预备在白耳族与男子唱歌三年，再来同龙朱对歌的。

矮子说："我的主，她尊视了你，却小看了你的仆人，我要解释我这无用的人并不是你的仆人，免得她耻笑！"

龙朱对矮奴微笑,说："为什么你不说应当说'你对山的女子,胆量大就从今天起来同我龙朱主人对歌'呢？你不是先才说到要她知道我在此，好羞辱她吗？"

矮奴听到龙朱说的话，还不很相信得过，以为这只是主人的笑话。他哪里会想到主人因此就会爱上这个狂妄大胆的女人。他以为女人不知对山有龙朱在，唐突了主人，主人纵不生气，自己也应当生气。告女人龙朱在此，则女人虽觉得羞辱了，可是自己的事情也完了。

龙朱见矮奴迟疑，不敢接声，就打一声吆喝，让对山人明白，表示还有接歌的气概，尽女人起头。龙朱的行为使矮奴发急，矮奴说："主，你在这儿我是没有歌了。"

"你照到意思唱，问她胆子既然这样大，就拢来，看看这个如虹如日的龙朱。"

"我当真要她来？"

"当真！要来我看是什么女人，敢轻视我们白耳族说不配同花帕族女子相好！"

矮奴又望了望龙朱，见主人情形并不是在取笑他的用人，就全答应下来了。他们于是等待着女子的歌声。稍稍过了些时间，女子果然又唱起来了。歌的意思是：对山的雀你不必叫了，对山的人你也不必唱了，还是想法子到你龙朱王子的奴仆前学三年歌，再来开口。

矮奴说："主，这话怎么回答？她要我跟龙朱的用人学三年歌，再开口，她还是不相信我是你最亲信的奴仆，还是在骂我白耳族的全体！"

龙朱告矮奴一首非常有力的歌，唱过去，那边好久好久不回。矮奴又提高喉咙唱。回声来了，大骂矮子，说矮奴偷龙朱的歌，不知羞，至于龙朱这个人，却是值得在走过的路上撒花的。矮子烂了脸，不知所答。年青的龙朱，再也不能忍下去了，小小心心，压着了喉咙，平平的唱了四句。声音的低平仅仅使对山一处可以明白，龙朱是正怕自己的歌使其他男女听到，因此哑喉半天的。龙朱的歌意思就是说：唱歌的高贵女人，你常常提到白耳族一个平凡的名字使我惭愧，因为我在我族中是最无用的人，所以我族中男子在任何地方都有情人，独名字在你口中出入的龙朱却仍然是独身。

不久，那一边像思索了一阵，也幽幽的唱和起来了，歌的是：你自称为白耳族王子的人我知道你不是，因为这王子有银钟的声音，本来拿所有花帕苗年青的女子供龙朱作垫还不配，但爱情是超过一切的事情，所以你也不要笑我。所歌的意思，极其委婉谦和，音节又极其整齐，是龙朱从不闻过的好歌。因为对山的女人不相信与她对歌的是龙朱，所以龙朱不由得不放声唱了。

这歌是用白耳族顶精粹的言语，自白耳族顶纯洁的一颗心中摇着，从白耳族一个顶甜蜜的口中喊出，成为白耳族顶热情的音调，这样一来所有一切声音仿佛全哑了。一切鸟声与一切远处歌声，全成了这王子歌时和拍的一种碎声，对山的女人，从此沉默了。

龙朱的歌一出口，矮奴就断定了对山再不会有回答。这时等了一阵，还无回声，矮奴说："主，一个在奴仆当来是劲敌的女人，不在王的第二句歌已压倒了。这女人不久还说到大话，要与白耳族王子对歌，她学三十年还不配！"

矮奴问龙朱意见，许可不许可，就又用他不高明的中音唱道：

你花帕族中说大话的女子，

大话是以后不用再说了，

若你欢喜作白耳族王子仆人的新妇，

他愿意你过来见他的主同你的夫。

仍然不闻有回声。矮奴说，这个女人莫非害羞上吊了。矮奴说的只是笑话，然而龙朱却说出过对山看看的话了。龙朱说后就走，向谷里下去。跟到后面追着，两手拿了一大把野黄菊同山红果的，是想做新郎的矮奴。

矮奴常说，在龙朱王子面前，跛脚的人也能跃过阔涧。这话是真的。如今的矮奴，若不是跟了主人，这身长不过四尺的人，就决不会像腾云驾雾一般的飞！

第三　唱歌过后一天

"狮子我说过你，永远是孤独的！"白耳族为一个无名勇士立碑，曾有过这样句子。

龙朱昨天并没有寻到那唱歌人。到女人所在处的毛竹林中时，不见人。人走去不久，只遗了无数野花。跟到各处追。还是不遇。各处找遍了，见到不少好女子，女人见到龙朱来，识与不识都立起来怯怯的如为龙朱的美所征服。见到的女子，问矮奴是不是那一个人，矮奴总摇头。

到后龙朱又重复回到女人唱歌地方。望到这个野花的龙朱，如同嗅到血腥气的小豹，虽按捺到自己咆哮，仍不免要憎恼矮奴走得太慢。其实则走在前面的是龙朱，矮奴则两只脚像贴了神行符，全不自主，只仿佛像飞。不过女人比鸟儿，这称呼得实在太久了，不怕白耳族王子主仆走得怎样飞快，鸟儿毕竟是先已飞到远处去了！

天气渐渐夜下来，各处有鸡叫，各处有炊烟，龙朱废然归家了。那想作新郎的矮奴，跟在主人的后面，把所有的花丢了，两只长手垂到膝下，还只说见到了她非抱她不可，万料不到自己是拿这女人在主人面前开了多少该死的玩笑。天气当时原是夜下来了。矮奴是跟在龙朱王子的后面，望不到主人的颜色。一个聪明的仆人，即或怎样聪明，总也不会闭了眼睛知道主人的心中事！

龙朱过的烦恼日子以昨夜为最坏。半夜睡不着，起来怀了宝刀，披上一件豹皮褡，走到堡墙上去外望。无所闻，无所见，入目的只是远山上的野烧明灭。各处村庄全睡尽了。大地也睡了。寒月凉露，助人悲思，于是白耳族的王子，仰天叹息，悲叹自己。且远处山下，听到有孩子哭，好像半夜醒来吃奶时情形，龙朱更难自遣。

龙朱想，这时节，各地各处，那洁白如羔羊温和如鸽子的女人，岂不是全都正在新棉絮中做那好梦？那白耳族的青年，在日里唱歌疲倦了的心，作工疲倦了的身体，岂不是在这时也全得到休息了么？只是那扰乱了白耳族王子的心的女人，这时究竟在什么地方呢？她不应当如同其他女人，在新棉絮中做梦。她不应当有睡眠。她应当这时来思索她所歆慕的白耳族王子的歌声。她应当野心扩张，希望我凭空而下。她应当为思我而流泪，如悲悼她情人的死去。……但是，这究竟是什么人的女儿？

烦恼中的龙朱，拔出刀来，向天作誓，说："你大神，你老祖宗，神明在左在右：我龙朱不能得到这女人作妻，我永远不与女人同睡，承宗接祖的事我不负责！若是爱要用血来换时，我愿在神面前立约，砍下一只手也不悔！"

立过誓的龙朱，回到自己的屋中，和衣睡了。睡了不久，就梦到女人缓缓唱歌而来，穿白衣白裙，头发披在身后，模样如救苦救难观世音。女人的神奇，使白耳族王子屈膝，倾身膜拜。但是女人却不理，越去越远了。白耳族王子就赶过去，拉着女人的衣裙，女人回过头就笑。女人一笑龙朱就勇敢了，这王子猛如豹子擒羊，把女人连衣抱起飞向一个最近的山洞中去。龙朱做了男子。龙朱把最武勇的力，最纯洁的血，最神圣的爱，全献给这梦中女子了。

白耳族的大神是能护佑于青年情人的，龙朱所要的，业已由神帮助得到了。

今日里的龙朱，已明白昨天一个好梦所交换的是些什么了，精神反而更充足了一点，坐到那大凳上晒太阳，在太阳下深思人世苦乐的分界。

矮奴走进院中来，仍复来到龙朱脚边伏下，龙朱轻轻用脚一踢，矮奴就乘势一个斤斗，翻然立起。

"我的主，我的神，若不是因为你有时高兴，用你尊贵的脚踢我，奴仆的斤斗决不至于如此纯熟！"

"你该打十个嘴巴。"

"那大约是因为口牙太钝，本来是得在白耳族王子跟前的人，无论如何也应比奴仆聪明十倍！"

"唉，矮陀螺，你是又在做戏了。我告了你不知道有多少回，不许这样，难道全都忘记了么？你大约似乎把我当做情人，来练习一精粹的谄媚技能罢。"

"主，惶恐，奴仆是当真有一种野心，在主面前来练习一种技能，便将来把主的神奇编成历史的。"

"你是近来赌博又输了，总是又缺少钱扳本。一个天才在穷时越显得是天才，所以这时的你到我面前时话就特别多。"

"主啊，是的。是输了。损失不少。但这个不是金钱，是爱情！"

"你肚子这样大，爱情总是不会用尽！"

"用肚子大小比爱情贫富，主的想象是历史上大诗人的想象。不过……"

矮奴从龙朱脸上看出龙朱今天情形不同往日，所以不说了。这据说爱情上赌输了的矮奴，看得出主人有出去的样子，就改口说：

"主，今天这样好的天气，是日神特意为主出游而预备的天气，不出去像不大对得起神的一番好意！"

龙朱说，"日神为我预备的天气我倒好意思接受，你为我预备的恭维我可不要了。"

"本来主并不是人中的皇帝，要倚靠恭维而生存。主是天上的虹，同日头与雨一块儿长在世界上的，赞美形容自然是多余。"

"那你为什么还是这样唠唠叨叨？"

"在美的月光下野兔也会跳舞，在主的光明照耀下我当然比野兔聪明一点儿。"

"够了！随我到昨天唱歌女人那地方去，或者今天可以见到那个人。"

"主呵，我就是来报告这件事。我已经探听明白了。女人是黄牛寨寨主的姑娘。据说这寨主除会酿好酒以外就是会养女儿。据说姑娘有三个,这是第三个,还有大姑娘二姑娘不常出来。不常出来的据说生长得更美。这全是有福气的人享受的!我的主,当我听到女人是这家人的姑娘时,我才知道我是癞蛤蟆。这样人家的姑娘,为白耳族王子擦背擦脚,勉勉强强。主若是要,我们就差人抢来。"

龙朱稍稍生了气,说:"滚了吧,白耳族的王子是抢别人家的女儿的么?说这个话不知羞么?"

矮奴当真就把身卷成一个球,滚到院的一角去。是这样,算是知羞了。然而听过矮奴的话以后的龙朱,怎么样呢?三个女人就在离此不到三里路的寨上,自己却一无所知,白耳族的王子真是怎样愚蠢!到第三的小鸟也能到外面来唱歌,那大姐二姐是已成了熟透的桃子多日了。让好的女人守在家中,等候那命运中远方大风吹来的美男子作配,这是神的意思。但是神这意见又是多么自私!白耳族的王子,如今既明白了,也不要风,也不要雨,自己马上就应当走去!

龙朱不再理会矮奴就跑出去了。矮奴这时正在用手代足走路,作戏法娱龙朱,见龙朱一走,知道主人脾气,也忙站起身追出去。

"我的主,慢一点,让奴仆随在一旁!在笼中蓄养的雀儿是始终飞不远的,主你忙有什么用?"

龙朱虽听到后面矮奴的声音,却仍不理会,如飞跑向黄牛寨去。

快要到寨边,白耳族的王子是已全身略觉发热了,这王子,一面想起许多事，还是要矮奴才行，于是就蹲到一株大榆树下的青石墩上歇憩。这个地方再有两箭远近就是那黄牛寨用石砌成的寨门了。树边大路下，是一口大井。溢出井外的水成一小溪活活流着，溪水清明如玻璃。井边有人低头洗菜，龙朱望到这人的背影是一个女子，心就一动。望到一个极美的背影还望到一个大大的髻，髻上簪了一朵小黄花，龙朱就目不转睛的注意这背影转移，以为总可有机会见到她的脸。在那边，大路上，矮奴却像一只海豹匍匐气喘走来了。矮奴不知道路下井边有人，只望到龙朱，深恐怕龙朱冒冒失失走进寨去却一无所得，就大声嚷：

"我的主，我的神，你不能冒昧进去，里面的狗像豹子！虽说白耳族的王子原是山中的狮子，无怕狗道理，但是为什么让笑话留给这花帕族。"

龙朱也来不及喝止矮奴，矮奴的话却全为洗菜女人听到了。听到这话的女人，就嗤的笑。且知道有人在背后了，才抬起头回转身来，望了望路边人是什么样子。

这一望情形全了然了。不必道名通姓，也不必再看第二眼，女人就知道路上的男子便是白耳族的王子，是昨天唱过了歌今天追跟到此的王子，白耳族王子也同样明白了这洗菜的女人是谁。平时气概轩昂的龙朱看日头不眨眼睛，看老虎也不动心，只略把目光与女人清冷的目光相遇，却忽然觉得全身缩小到可笑的情形中了。女人的头发能系大象，女人的声音能制怒狮，白耳族王子屈服到这寨主女儿面前，也是平平常常的一件事啊！

矮奴走到了龙朱身边，见到龙朱失神失志的情形，又望到井边女人的背影，情形明白了五分。他知道这个女人就是那昨天唱歌被主人收服的女人，且知道这时候无论如何女人也明白蹲在路旁石墩上的男子是龙朱，他不知所措对龙朱作呆样子，又用一手掩自己的口，一手指女人。

龙朱轻轻附到他耳边说："聪明的扁嘴公鸭，这时节，是你做戏的时节！"

矮奴于是咳了一声嗽。女人明知道了头却不回。矮奴于是把音调弄得极其柔和，像唱歌一样，说道：

"白耳族王子的仆人昨天做了错事，今天特意来当到他主人在姑娘面前赔礼。不可恕的过失是永远不可恕，因为我如今把姑娘想对歌的人引导前来了。"

女人头不回却轻轻说道：

"跟到凤凰飞的乌鸦也比锦鸡还好。"

"这乌鸦若无凤凰在身边，就有人要拔它的毛……"

说出这样话的矮奴，毛虽不被拔，耳朵却被龙朱拉长了。小子知道了自己猪八戒性质未脱，忙陪礼作揖。听到这话的女人，笑着回过头来，见到矮奴情形，更好笑了。

矮奴望到女人回了头，就又说道：

"我的世界上唯一良善的主人，你做错事了。"

"为什么？"龙朱很奇怪矮奴有这种话，所以问。

"你的富有与慷慨，是各苗族全知道的，所以用不着在一个尊贵的女人面前赏我的金银，那不要紧。你的良善喧传远近，所以你故意这样教训你的奴仆，别人也相信你不是会发怒的人。但是你为什么不差遣你的奴仆，为那花帕族的尊贵姑娘把菜篮提回，表示你应当同她说说话呢？"

白耳族的王子与黄牛寨主的女儿，听到这话全笑了。

矮奴话还说不完，才责了主人又来自责。他说：

"不过白耳族王子的仆人，照理他应当不必主人使唤就把事情做好，是这样也才配说是好仆人——"

于是，不听龙朱发言，也不待那女人把菜洗好，走到井边去，把菜篮拿来挂到屈着的肘上，向龙朱眙了一下眼睛，却回头走了。

矮奴与菜篮，全像懂得事，避开了，剩下的是白耳族王子同寨主女儿。

龙朱迟了许久才走到井边去。

主题的淡化 | 蔡测海

一九二九年。上海。秋天或者冬天。教堂的钟声应和着洋场的西语，宣讲着欧洲的文明。那个时候，在大都市的一间小屋子里，一个温和而倔强的乡下青年，固执地玩着他的游戏。他游戏得痴迷。他放过了"妇女问题""民族问题""阶级问题"等等时代重大主题，他没有自己的《娜拉》《祝福》《包身工》《阿Q正传》和《子夜》，他因而被二十世纪文学史及文学批评非常合理地误解了：他是文体家，而非思想家；他是乡土的，而非时代的；他是少数民族的，而非人类的。乡下青年对上述二项对立、轻重扬抑毫无觉察，继续着他的游戏。在那年的秋天或者冬天，他完成了短篇小说《龙朱》。

首先，我们把《龙朱》读成爱情小说，它抑或是一篇爱情童话。求偶者主人公龙朱不是因为贫穷和残缺而是因为富有和完美才陷入爱的孤独中。龙朱有财资，有智慧，有容貌，有美德，而且健如雄狮，他无疑是一个种族中的优良品种，一个民族如果缺乏对人的鉴赏能力和对优秀分子的热爱，缺乏对美的渴慕，这个民族将毫无希望。一个民族首先需要的，不是至善至美的典范，而是鉴赏能力。龙朱的族人不缺乏这样的鉴赏能力，要不，他这样一个典范就不存在。然而，龙朱的周围确实有一种惰性，这种惰性使人们连仰望典范的勇气都没有，他们甘愿求其次。升华与沉沦，谁与我同在？高山流水，知音在哪儿？

龙朱二十一岁，孤寂与骚动，到了剑拔弩张的地步，他希望有不怕狮子的犊在，尽管所有的女子宁可降价出售也不敢囤货在闺房，希望总在。结果，在其貌不扬却有几分机智几分顽劣的矮奴的穿凿附会下，以歌为媒，这位寂寞的白马王子与黄牛寨的公主结合了。那位黄牛寨的公主竟是何等模样？她爱别人不敢爱、不能爱的龙朱，便可见她也必定是鹤立鸡群，必定娇好妩媚，必定聪慧贤能。

这是个美丽而又美丽的爱情童话。它未必有，也未必无。

我们可以把主人公当成一个爱的歌者，把《龙朱》当成爱情的白皮书。作者所言："一个人在爱情上无力勇敢自白，那在一切事业上也全是无希望可言，这样人决不是好人！"

爱成为做人的准则，成为"必须"，无爱的生命是孤寂难耐的，这也同时道出了爱的属性，它是生命的一部分，是自然的自在的事物。

既然情爱是一个自然事物，那么情爱中的男女呢？女的是"在新棉絮里做梦的"，"甜得像枇杷"，"香得像大兴场的狗肉"，"美得像三羊溪的鳜鱼"，在龙朱的心中，同甜酒、狗肉一样引起欲望。至于男人，则是这些比喻后面隐藏的一个比喻。"凡是好酒就归那善于唱歌的人喝，凡是好肉也应归善于唱歌的人吃，只是你好的美的女人应当归谁？"

玩味之后，我们离开别的情爱小说的蓝本，发现了一个野花野草乡人野语配制的情爱故事。

如是欣赏了《龙朱》之后，其次，我们还可以把它读成一篇风俗小说，写乡土、地域风情的小说。小说提供了一些人类学、民俗学方面的知识，比如同是南方苗族，却分成花帕、长脚、郎家等许多支系，他们的语言不尽相同，歌唱却能沟通各族人的思想和情感。歌唱是娱乐也是塑造民族灵魂一种仪式，这是一个没有宗教却浪漫、热爱和平的民族，所有的矛盾冲突仿佛被歌唱融蚀了。

其三，我们亦可以把《龙朱》读成一篇文化小说，它兼有《诗经》的原生态的品质和《楚辞》的行云流水般的浪漫，我们借以读出了楚文化的渊源，而小说结构和语言的民间文学基调更强化了它作为一篇文化小说的特色。

我们还似乎从小说中找到了更为重大的主题，它是一部人类寓言，给现代都市人营造一处风景，使人的性情有个栖身之地，给人类的遗失以某种补偿。

等等。也许，这诸多的主题意义分析纯属误解。或许作者有那么一段时间，读了唯美的王尔德的许多作品或者是夏多布里昂那些美得让人心痛与哀伤的作品，勾起了年轻的乡下人的某种情绪，即写出了一篇追求美的极致的小说来？我们这样猜想的唯一理由是，小说是作者的精神活动的一部分，所谓纯客观的小说分析是没有说服力的，小说的本体批评及手段近乎数学游戏。

我们最终感觉到的，是这样的野花野草的奏鸣曲，文字演奏的是韵律，而不是主题，主题甚至细节，连同流动着的场景全被作者音乐化了。我们感受到的是一种氛围和一种意味，小说主题遗留在了文学史教科书里。有如花开，不一定就包含着春天的主题，花可以开在秋天或冬天。

我们试着进入小说的意味和氛围，进入小说的"场"。但障碍是多重的。二十世纪的批评界想造一座通往小说场的桥，这事

272

业有几分悲壮。因为文化基因，个人的精神因素，心理因素，人生阅历等等，我与你，如此千差万别，孤独是无可逃遁的。你能品出"狗肉比女人"的味道吗？这很离奇，也很"孤独"。

　　带着我们的缺陷和优势，去一厢情愿地认同世界上的某一件事物，这就是我们。我个人对小说艺术及《龙朱》这一篇小说，也只能如此。

阿金

本篇发表于一九二九年一月十日《新月》第一卷第十一号。署名沈从文。一九三六年五月收入《从文小说习作选》，上海良友图书印刷公司初版。现据良友图书印刷公司初版本编入。

黄牛寨十五赶场，鸦拉营的地保，在场头一个狗肉铺子里，向一个预备与寡妇结婚的阿金进言。这地保说话的本领原同他吃狗肉的本领一样好，成天不会厌足。

"阿金管事，我直得同一根葱一样把话全说尽了，听不听全在你。我告你的事清清楚楚。事情摆在你面前，要是不要，你自己决定。你已经不是小孩子了。你懂得别人不懂的许多事，——譬如划算盘，就使人佩服。你头脑明白，不是醉酒。你要讨老婆，这是你的事，不用别人出主意。不过我说，女人脾气不容易摸捉。我们看过许多会管账的人管不了一个女人。我们又得承认有许多人管兵时有作为，有独断，一到女人面前就糟糕。为什么巡防军的游击大人被官太罚跪的笑话会遐迩皆知？为什么有人说知县怕老婆还拿来搬戏？为什么在鸦拉营地方为人正直的阿金

274

也……"

地保一番好心告给阿金，说有些人不宜讨媳妇的。所谓阿金者，这时似乎有点听厌烦了，站起身来，正想走去。

地保隔桌子一手把阿金拉着，不即放手。走是不行的了。地保力气大，能敌两个阿金。

"别着急！你得听完我的话，再走不迟！我不怕人说我有私心，愿意在鸦拉营正派人阿金作地保的侄婿。我不图财，不图名，劝你多想一天两天。为什么这样忙？我的话你不能听完，将来你能同那女人相处长久？"

"我的哥，你放我，我听你说！"

地保笑了，他望阿金笑，笑阿金为女人着迷，到这样子，全无考虑，就只想把女人接进门。又笑自己做老朋友的，也不很明白为什么今天特别有兴致，非把话说完不可。见阿金样子像求情告饶，倒觉得好笑起来了。不拘是这时，是先前，地保对阿金原完完全全是一番好意的。

除了口多，爱说点闲话，这地保在鸦拉营原被所有人称为好人的。就是口多，爱说说这样那样，在许多人面前，也仍然不算坏人啊！爱说话，在他自己无好无坏。一个地保，他若不爱说话，成天到各处去吃酒坐席，仿佛一个哑子，地保的身份，还在什么地方可以找寻呢？一个知县的本分，照本地人说来，只是拿来坐轿子下乡，把个结结实实的身体，给那些轿夫压一身臭汗。一个地保不长于语言可真不成其为地保！

地保见阿金重复又坐下了，他把拉阿金那一只右手，拿起桌上的刀来就割，割了就往口里送。（割的是狗肉！）他嚼着那肥肥的狗肉，从口中发出咀嚼的声音，把眼睛略闭了一会又复睁开，话又说到了阿金的婚事。

"……"

总而言之他要阿金多想一天。就只一天，老朋友的建议总不能不稍加考虑！因为不能说不赞成这事，这地保到后来方提出那么一个办法，等明天才说。仿佛这一天有极大关系存在，一到明天就"革命"似的使世界一切发生了变化。这婚事，阿金原是预备今晚上就定规的，抱兜里的钱票一束，就为的是预备下定钱用的东西。这乡下人手摸钞票洋钱摸厌了，一双数惯钱钞的手，如今存心想摸摸妇人身上的一切，算不得是怎样不合理的欲望！但是经不着地保用他的老友资格一再劝告，且所说的只是一天的事，想一天，想不想还是由乎自己，不让步真像对不起这好人，他到后只好答应下来了。

为了使地保相信，——也似乎为了使地保相信方能脱身的原因，阿金管事举起酒杯，喝了一杯白酒，当天赌了咒，说今天不上媒人家走动，绝对要回家考虑，绝对要想想利害。赌过咒，地保方面得到保障，到后便满意的微笑着，近于开释的把阿金管事放走了。

阿金在场上，各处走动了一阵，苗族女人格外多。各处是年青的风仪，年青的声音，年青的气味，因此阿金更不能忘情那一身白肉寡妇。乌婆族的女人是妖是神，比酒还使人沉醉，那不承认是不行的。这管事，打量讨进门的女人，就正是乌婆族中身体顶壮肌肤顶白的一个女人！

在别的许多地方，一个人有了点积蓄时，照例可以作许多事情，或者花五百银子，买一匹名为拿破仑的狼狗，或者花一千银子，买一部宋版书。阿金是苗人，生长在苗地，他不明白这些事情。他只按照一个平常人的希望，要得到一种机会，将自己的精力，用在一个妇人身上去。精致的物品只合那有钱的人享用，这句话凡是世界上用货币的地方都通行。这妇人的身体值五头黄牛，凡出得起这个价钱的人都有作她丈夫的资格。阿金管事既不缺少这份金钱，自然就想娶这个精致体面妇人作老婆。

妇人新寡，在本地出名的美丽。大致因为美，引起了许多人的不平。许多无从与这个妇人亲近的汉子中，就传述了一种只有男子们才会有的谣言，地保既是阿金的老友，因此一来自然就觉到一分责任了。地保劝阿金，不是为自己有侄女看上了阿金，也不是自己看上了那妇人，这意思是得到了阿金管事谅解的。既然谅解了老友，阿金当真觉得不大方便在今天上媒人家了。

知道了阿金不久将为那美妇人的新夫的大有其人。这些人，今天同样的来到了黄牛寨场上会集，见了阿金就问："阿金管事什么时候可吃酒？"这正直乡下人，在心上好笑，说是"快了吧，在一个月以内吧"。答着这样话时的阿金管事，是显得非常快乐的。因为照本地规矩一面说吃酒，一面就有送礼物道贺意思。如今刚好进十月，十月正是各处吹唢呐接亲的一个好节季。

说起这妇人，阿金管事就仿佛捏到了妇人腿上的白肉，或拧着了妇人的脸，有说不出的兴奋。他的身子虽在场坪里打转，他的心是在媒人那一边的。

虽然赌了小咒，说决定想一天再看，然而终归办不到。不由自主又向做媒那家走去了。走到了街的一端狗肉摊前时遇见了地保，地保把手一摊拦住了去路。

"阿金管事，这是你的事，我本来不必管。不过你答应了我想一天！"

原来地保等候在那里。他知道阿金会翻悔的。阿金一望到那个大酒糟鼻子，连话也不多听就回头走了。

地保一心为好候在那去媒人家的街口，预备拦阻阿金，这关切真来得深。阿金明白这种关切意思，只有回头一个办法。

他回头时就绕了这场坪，走过卖牛羊处去，看别人做牛羊买卖。认得到阿金管事的，都来问他要不要牛羊。他只要人。他预备的是用值得六只牯牛的钱换一个身体肥胖胖白蒙蒙的妇人的。望到别人的牛羊全成了交易，心中有点难过，不知不觉又往媒人家路上走去。老远就听得那地保与他人说话的声音，知道那好管闲事的人还守在那里，像狗守门，所以第二次又回了头。

第三次已走过了地保身边，却被另一人拉着讲话，所以又被地保见到，又不能进媒人家里。

第四次他还只起了心，就有另一个熟人来，说是地保还坐在那狗肉摊边不动，与人谈天。谈到阿金的事，阿金便不好意思再过去冒险了。

地保的好心肠的的确确全为的是替阿金打算。他并不想从中叨光，也不想拆散鸳鸯。究竟为什么不让阿金抱兜中钱，送上媒人的门，是一件很不容易明白的事。但他总有他的道理的，好管闲事的脾气，这地保平素虽有一点也不很多，恰恰今天他却特别关心到阿金的婚事。为什么缘故？因为妇人太美，相书上写明"克夫"。老朋友意思，不大愿意阿金勤苦多年积下的一注财产一分事业为一个妇人毁去。

为了避开这麻烦，决计让地保到夜炊时回家，再上媒人家去下定钱，阿金管事无意中走到赌场里面去。一个心里有事的人，赌博自然不大留心，阿金一进了赌场，也同别的许多下人一样，很豪兴的玩了一阵出来时天当真已入夜了。这时节看来无论如何那个地保应当回家吃红炖猪脚去了。但阿金抱兜已空，所有钱财业已输光，好像已无须乎再上媒人家商量迎娶了。

过了几天，鸦拉营为人正直的地保，在路上遇到那为阿金做媒的人，问起阿金管事的婚事究竟如何。媒人说阿金管事出不起钱，妇人已归一个远方绸商带走了。亲眼见到阿金抱兜里一大束钞票的地保，还以为必是阿金已觉得美妇人不能做妻，因此将亲事辞了。地保自以为自己做了一件很对得起朋友的事情，即刻就带了一大葫芦烧酒，走到黄牛寨去看阿金管事，为老朋友的有决断致贺。

十七年十二月写成

超越深度模式 | 吴晓东

对一篇小说的鉴赏可以有若干种不同的切入角度。如果我们试图在哲学层面上探究《阿金》这篇小说所反映的人生观的话，那么阿金由于好心的地保多管闲事的介入而最终未能迎娶到美妇人的结局中，确乎隐含着某种"命定论"的影子。尽管沈从文晚年在《答凌宇问》中曾说："我最担心的是批评家从我习作中找寻'人生观'或'世界观'。"但一部作品既然已经到了读者手中，作者是无权干涉读者的阅读行为的。况且"命定论"的人生观很难说不是《阿金》这部小说可以解读出来的客观上的深层意义。

但真正的问题在于，这种探究作品深度模式的阅读和欣赏习惯恰恰会妨碍对一部作品更深入的认识。悖论之所以产生，原因在于对作品的深度模式的寻求最终获得的不过是哲学层次上的抽象概念和图式，而作品的具体而丰富的感性存在却在这个过程中被肢解甚至舍弃了。这理由对于《阿金》这篇小说也一样，如果我们暂不去接受"命定论"的结论，而是回过头去进一步推敲一下造成阿金这种命运的诸种因素和契机，那么，篇幅虽短的《阿金》却一下子展示给读者施展想象力的巨大的空间。我们不妨看看几个具体化的问题：

其一，为什么地保对阿金的婚事如此热心，以至一而再，再而三地拦路阻止阿金去媒人家下定钱？本来读者也许会不加思索地认同叙述者的观点，同意"地保对阿金原完完全全是一番好意的"，但叙述者却运用了一系列修饰词诸如"为人正直热情的地保""好心的地保""地保的好心肠"等等来不厌其烦地强化读者的印象，反而导致读者的逆反心理。读者完全是有理由怀疑一系列修饰词的重复运用的背后是否隐藏着叙述上的反讽效果。更何况连叙述者最后也流露出一丝困惑："究竟为什么不让阿金抱兜中钱，送上媒人的门，是一件很不容易明白的事。"地保除了觉得为好朋友尽一分责任的好心之外是否还有什么深层的心理动机？"为什么缘故？因为妇人太美，相书上写明'克夫'。"假如这就是真实的动机，那么地保是不是把自己对于美妇人的恐惧与偏见强加到了阿金身上？如果可以更大胆地设想一下，那么是不是因为妇人出名的美引起不平的许多人之中也有地保一个？

其二，叙述者暗示地保劝阻阿金的另一个心理动机是听到了"许多无从与这个妇人亲近的汉子中，就传述了一种只有男子们才会有的谣言"，那么这些谣言可信性如何？是否仅仅是无中生有，捕风捉影？阿金一旦"抱兜已空，所有钱财业已输光"，美妇人便只好"归一个远方绸商带走了"，这种首先由金钱聘礼决定的婚姻是否能给阿金带来真正的幸福？换句话说，阿金最终丧失了美妇人是不是"塞翁失马，焉知非福"呢？

其三，阿金的最终命运或许是偶然中存在着必然。固然斜刺里杀出个地保横加阻拦以及阿金无意中闯进赌场都是偶然性因素，但假如阿金不听从地保的良言相劝而一意孤行，又假如他能够抵制住赌场的诱惑，恐怕这篇小说的结局会是另外一个样子。如果说性格决定命运，那么阿金的悲剧在本质上是不是决定于他的性格因素？

其四，小说的叙述者对阿金和地保分别保持一种什么样的情感判断和价值取向？小说在叙事层面是否有结构性反讽倾向？叙述者对阿金的命运最终持一种什么样的态度？

上述问题是无须得出十分确凿的答案的，何况有些疑问恐怕连作者自己也未必完全有自觉意识的。我们随便列举出几个问题只是想说明，一个小说文本所蕴含的具体的感性内容远比抽象哲理丰富得多。这种具体的问题之中才真正隐藏着文本之谜。阅读行为中的真正的快乐正在这种猜谜本身。读者正是在这种思考与追寻中去参与和再创造文本世界的。而衡量一部作品是否成功的一个重要尺度也正是这部作品激发读者想象和再创造文本的能力。这要求一个作者的创作动机不能仅仅满足于提供某种抽象的哲学图式。成功的作品并不提供答案，它更注重呈示初始的人生境遇，而正是这种境遇中蕴含了生活本来固有的复杂性、相对性和诸种可能性。

《阿金》正是这样一篇作品，它排斥任何单值的判断和价值取向，尽管叙述者在语词层面存在着反讽因素，但这并不一定代表作者的倾向。我们终究无法明了作者对人物的情感和态度。阿金固然是值得同情的，但对地保却也似乎无法过多责备。我们在为阿金宿命般的结局击节扼腕之余，只能感叹正因为生活中充满了各种偶然性因素，才充满了各种可能性，也才充满了它的丰富性和传奇性。

与作者这种相对性的情感立场相一致的是小说所采用的叙述调子。作者运用了一种相对平和的叙述口吻，不温不火，不露声色，这或许是沈从文小说中作者的声音隐藏得最深的作品之一。这种不偏不倚的中立的叙述姿态与小说的内涵是吻合的，对于《阿金》而言，也许没有比这再合适的叙述姿态了。这种叙述姿态的选择，使作者回避了情感与价值取向，从而赋予了作品以自足性。小说似乎已经独立于作者之外而自身呈示生活境遇所固有的丰富性。

奥地利小说家海尔曼·布洛赫曾这样表述他对小说本质的理解："发现小说才能发现的，这是小说的存在的唯一理由。"这个近似于同义反复的命题隐含着深刻的意义，它说明，小说这一体裁自身的本质界定或许正是与人类生存境遇的丰富性相吻合的。小说并不热衷于去寻求解答，它只是惊异于大千世界的各种相对性和矛盾性。这使人联想起捷克小说家米兰·昆德拉在回答克里斯蒂安·萨尔蒙的提问中所阐发的小说观。米兰·昆德拉认为他的小说更倾向于揭示人类生存的基本境况，并力图在小说中为读者启示对人类丰富的生存境遇进行无穷思索和追问下去的途径。一旦我们运用某种哲学的抽象概念去图解他的小说，那么他的作品的内涵反而被局限了。这种论点对于我们理解沈从文的《阿金》也是不无裨益的。我们从《阿金》这篇小说中最终领悟到的，也并不是小说反映了作者的"命定论"的人生观，而是人生境遇的充满偶然性与传奇性的复杂图景。

旅店

本篇发表于一九二九年二月十日《新月》第一卷第十二号。署名沈从文。一九三〇年一月收入《旅店及其他》，上海中华书局初版，并于一九三二年十二月再版。现据中华书局再版本编入。

只有醒的人，去看睡着了的另一种人，才会觉到有意思的。他们是从很远一个地方走来，八十里，或一百里的长途，疲劳了他们的筋骨，因此为熟睡所攫，张了口，像死尸，躺在那用干稻草铺好的硬炕上打鼾。他们在那里做梦，不外乎梦到打架、口渴、烧山、赌钱等等事。他们在日里时节，生活在一种已成习惯了的简单形式中，吃、喝、走路、骂娘，一切一切觉得已够，到可以睡时就把脚一伸，躺下一分钟后就已睡好了。

这样的人在各处全不缺少。生在都会中人是即或有天才也想不到这些人生在同一世界的。博士是懂得事情极多的一种上等人，他也不会知道这种人的存在的。俄国的高尔基，英国的萧伯纳，中国的一切大文学家，以及诗人，一切教授，出国的长虹，讲民生主义的党国要人，极熟习文学界情形的赵景深，在女作家专号一书中客串的男作家,他们也无一个人能知道。革命文学家,似乎应知道了,但大部分的他们,去发现组织在革命情绪里的爱去了,也仿佛极其茫然。

中国的大部分的人,是不单生活在被一般人忘记的情形下,同时是也生活在文学家的想象以外的。地方太宽,打仗还不容易,其余无从来发现,这大概也是当然的道理了。这里一件事,就是把中国的中心南京作起点,向南走五千里,或者再多,因此到了一个异族聚居名为苗窠的内地去。这里是说那里某一天的情形的。

天已快亮。

在主人名字名为黑猫的小店中,有四个走长路的人,还睡在一个长大木床上做梦。他们从镇远以上,一个产纸的地方,各人肩上扛了一担纸下来,预备到屈原溯江时所停船的辰阳地方去。路走了将近一半。再有十一天他们就可以把纸卖给铺子回头了。做着这样仿佛行脚僧事业的人是为了生儿育女的原故,长年得奔走的。每一次可以休息十天,通计一年之中有四分之三在各地小旅店中过夜。习惯把这些人变成比他一种商人更能耐劳,旅店与家也近乎是同样的一种地方了。

这旅店开设在山脚,过湖南界下辰州的是应翻山过去的,走了长路的因此多数在此住宿,预备在一夜中把疲倦了的身体恢复过来,蓄了力上这高山。主人是二十七岁的妇人,属于花脚苗。这妇人为什么被人取名为黑猫,是很难于追溯的事。大概是肌肤微黑,又逗人欢喜的原故,所以称为黑猫。这名字好像又是这妇人丈夫所取的,为自己妇人取下了这样好名字的丈夫,料不到很早的就死去，却把名字留给一切过往客人的呼唤了。把名字留给过往客人呼唤，原是不什么要紧，黑猫的身体，自从丈夫死了以后，倒并不如名字那样被一般人所有！

欢喜白肉，苗族中并不如汉人嗜好之深。对于黑的认识，在白耳族中男子是比任何中国人还有知识的。然而黑猫自从丈夫死了以后，继续了店中营业，卖饭、卖酒、且款待来往远方的客人住宿，却从不闻谁个人对黑猫能有皮肤以内的认识。凡是出门经商作事的人全不是无眼睛的人，眼睛大部分全能注意到生意以外的妇女们脸孔，但对于黑猫，总像她真是个猫，与男女事无关，与爱情无分。事情也并不怎样奇怪，她不是平常的花脚族妇女。乌婆族妇女的风流娇俏，在这妇人身上并不缺少，花脚族妇女的热情，她也秉赋很多，同时她有那猓猓族妇女的自尊与精明，死去了的丈夫让他死去，她在一种选择中做着寡妇活下来了。

她在寡妇的生活中过了三年，没有见到一个动心的男子。白耳族男子的相貌在她身边失了诱人的功效，巴义族男子的歌声也没有攻克得这妇人心上的城堡。土司的富贵并不是她所要的东西，烟土客的挥霍她只觉得好笑。为了店中的杂事，且为了保镖须人，她用钱雇了一个有了四十多岁的驼背人助理一切。来到这里的即或心怀不端，也不能多有所得，相约不来则又是办不到的事。这黑猫的本身就是一件招徕生意的东西，至于自黑猫手中做出的菜，吃来更觉得味道真好，也实有其人。

因为这样，黑猫在众人所不能忘的情形下生活，自然幸福与忧患是同时都有得到的方便，她应得到的全来了。在营业上心怀上占了优势的黑猫，在身体上灾难上不可免的也来了。用歌声，与风仪与富贵，完全克服不了黑猫的心，因此有人想起用力来作最后一举的事了。亏了黑猫的机警，仍然不至于被人遂心，其中故事不少。……故事数毕到了最近的今天。

照例天一发白，黑猫是就应当同那驼子起身，为客人热水洗脸，或烫一壶酒，让客人在灶边火光中把草鞋套上，就来开门送客的。把客送走，天若早，又是冬天，还可以再把身子卷到棉絮中睡一觉。若系三月到九月中任何一日，则大清早各处全是雾，也将走到大路旁井边去担水，把水缸中贮满清水为止。担水的事是黑猫自作的。

黑猫今天特别醒得早，醒时把麻布蚊帐一挂，把床边小小窗子推开，见得是满天星子，满院子虫声，冷冷的风吹来使人明白今天的天气晴朗是一定。虫声像为露水所湿，星光也像湿的，天气是太美丽了。这时节，不知正有多少女人轻轻的唱着歌送她的情人出门越过竹林！不知有多少男子这时听到鸡叫，把那与他玩嬉过一夜的女人从山峒中送转家去！又不知道有多少人在那分别时流泪赌咒！黑猫想起了这些，倒似乎奇怪自己起来了。别人作过的事她不是无分！别一个作店主妇人的都有权利在这时听一点负心男子在床边发的假誓，她却不能做。别的妇人都有权利在这时从一个山峒中走出，让男子脱下裳衣代为披上送转家中，她也不能做。

一个二十多岁的妇人，结实光滑的身体，长长的臂，健全多感的心，不完全是特意为男子夜来用的么？可是一个有权享受她的男子，却安安静静睡到土里四年，放弃这权利了。其余呢，又都不济。

今天的黑猫真有点不同往常，在星光下想起的却是平时不曾想到的男女事情。她本应在算账这些纠葛上感觉到客人好坏的，这时却从另一些说不分明的印象上记起住宿的客人来了。四个客，每年来去约在十五六次左右，来去全在此住宿也已经有数年了。因为熟，她把每一个人的家事全知道得清清楚楚。这些人全有家室是她早知道了的。只要中了意，把家中撒开，来做一点只有夫妻可以有的亲密，不拘形迹的事体，那原无妨于事的。山高水长两人分手又是一个月，正因为难于在一处或者也就更有意思。这些事，在另一时本来她就想到了，不行的仍然是男子中还无一个她所要的男子在。此时的四个纸客，就无一个像与她可以来流泪赌咒的。她即或愿意在这四碗菜中好歹选取一碗，这男子因为太与主人相熟，也就很难自信在这个有名规矩的妇人身上，把野心提起！

　　但奇怪的是今天这黑猫性情，无端的变了。

　　一种突起的不端方的欲望，在心上长大，黑猫开始来在这四个客人上面思索那可以光身的人了。她要得是一种力，一种圆满健全的、而带有顽固的攻击，一种蠢的变动，一种暴风暴雨后的休息。过去的那个已经安睡在地下的男子，所给她的好经验，使她回忆到自己失去的权利，生出一种对平时矜持的反抗。她觉得应当抓定其中一个，不拘是谁，来完成自己的愿心，在她身边作一阵那顶撒野的行为。她思索这样事情在这当儿似乎听得有人上山的声音了。

　　她又从窗口去望天上的星，大小的星群无从数清，极大的星子放出的光作白色，山头上照得出庙宇的轮廓，无论如何天是快明了。

听到鸡叫的声音，听到远处水磨的呜咽声音，且听到狗的声音。狗叫是显然已有人乘早凉上路了。在另一时，她这时自然应当下床了，如今却想到狗的叫声也有是为追逐那无情客人而怀了愤恨的情形的，她懒懒的又把窗关上了。

那驼子原是一个极准确的钟，人上了年纪，一到天亮他非起床不行，这时已在那厨灶边打火镰燃灯，声音为黑猫所听到了。

黑猫在床上，像是生了气，说："驼子，你这样早是做些什么事？"

"不早了，我知道。今天天气又好，今年的八月真是菩萨保佑！"

驼子照例把灯一燃，就拿灯到客人房中去，于是客人也醒了。

一个客人问驼子："天气怎么样？"

"好天气！这种天气是引姑娘上山睡觉，比走长路还合式的天气！"

驼子的话把四个客人中有三个引笑了，一个则是正在打哈欠。这打哈欠的人只顾到打哈欠，所以听不真。驼子像有意说话给这四个客人以外另一个人听，接口说：

"如今是变了，一切不及以前好。近来的人成天早早起来作事。从前二十年，年青人的事是不少，起来的也更早，但这件事情却是从他相好的被里爬出回家，或是送女人回家。他们分了手，各在山坡上站立，雾大对面不见人，还可以用口打哨唱歌。如今是完了，女人也很少情浓心干净的女人了。"

主人黑猫在后房听到驼子的话，大声喊他，说："驼子，你把水烧好，少在那里说呆话！”

“噢，噢，”这驼子答应了，还向这四个客人做一个烂脸神气，表示他所说的话不是无根，主人就是一个不知情趣的女人。他一旁走一旁自言自语，说的是“世界变了，女人不好好的在年青时唱歌喝酒，倒来作饭店主人。作了饭店主人，又不……”他不把话说完，因为已到了灶边，有灶王菩萨在。大约是天气作的怪，这个人，今天也分外感到主人安分守寡不应当了。

听到驼子发了感慨的黑猫，她这时已起了床，趿了鞋过客人这边房来，衣服还未扣好，一头的发随意盘在头上蓬起像鹰窠，使人想象到在山峒狼皮褥上仰卧的媚金，等候情人不来自杀以前的样子。客人中之一，适听到驼子的不平言语，见到黑猫的苗条身段，见到黑猫的一对胀起的奶，起了点无害于事的想头，他说：

“老板娘，你晚来睡得好！”

她说：“好呀！我是无晚上不好！”

“你若是有老板在一处，那就更好。”

黑猫在平时，听到这种话，颜色是立刻就会变成严肃的。

如今却斜睨这说笑话的客人笑。她估量这客人的那一对强健臂膊，她估他的肩、腰以及大腿，最后又望到这客人的那个鼻子，这鼻子又长又大。

客人是已起床了，各人在那里穿衣，系带，收拾好的全到房外灶边去套草鞋。说笑话的那个客人独在最后。在三个伙伴出去以后，黑猫望到这大鼻子客人，真有一口咬下这大鼻头的潜意识在，所以自己用手揣到自己的奶，把身子摇摆，想同客人说两句话。

这客人虽曾与黑猫说了一句笑话，是想不到黑猫此时欲望的。伙伴去后见到黑猫在身边，倒无一句可说的话了。他慢慢把裹腿绑好，就走出房了。黑猫本应在这时来整理棉被，但她只伏到床上去嗅，像一个装醉的人作的事。

另一个客人，因为找那扎在床头的草烟叶，从外面走来，黑猫赶即起来为客人拿灯照烛，客人把烟叶找到，也像不注意到这妇人的大与往日不同处，又走出去了。

黑猫拿了灯跟出房来，把灯放在灶上，去瞧水缸。水所剩不多了，她得去担水，就拿了扁担在手，又从方桌下拖水桶。

把店门开了，外面的街有两三只狗走过身，她又忙把门关上。"驼子，近来怎么野狗又多起来了！"

"每年一到秋天就来了。我说了多久，要装一个药弩，总不得空。我听人说野狗皮在辰州可卖三四两银子一个，若是打到一对狐种狗，我就可以发财了。"

那大鼻子客人说："岂止三四两银子？我是亲眼见到有人花十块钱买一个花尾獾子的。"

"这话信不得。"另一个客人则有疑惑，因为若果这话可靠，那这纸生意可以改为猎狐生意了。

"谁说谎？他们卖獭是二十两银子，我亲眼见的，可以赌咒。"

"你亲眼见些什么呢？许多事你就不会亲眼见到。若是你有眼睛，早是——"这话是黑猫说的。说了她就笑。

他们都不知道她所说意义何所在，也不明白为什么而笑。但这个大鼻子客人，则仿佛有所会心了，他在一种方便中，为众人所忽略时，摸了一下黑猫的腰，黑猫不作声，只用目瞅着这人的鼻子，好像这鼻子是能作怪的一种东西。

虽然有野狗，野狗不是能吃大人的兽物，本用不着害怕的，所以不久黑猫又开门出去担水去了。大鼻客人也含了烟杆跟了出去，预备打狗或者解溲，总有事。这一担水像是在一里路以外挑回的，回来时黑猫一句话不说，坐在灶边烤火。

驼子见大鼻客人转来更慢，却说以为客人被狗吃了。或者狗，或者猫。某一个地方总也真有那种能吃人的猫狗吧。被狗吓的是有人，至于猫，那是并不像可怕的东西了，有人问到时大鼻客人是说得出的。

洗完脸，主人不知何故又特意来为客人煮了一碗鸡蛋，把蜂糖放在鸡蛋里吃完后，送了钱，天已大亮，四个客人把扁担扛上了肩，翻山去了。黑猫主人痴立在门边半天，又坐到灶边去半天，无一句话同驼子可说。

过了一个月左右，旅店中又有人住宿了。卖纸人四个中不见了那位大鼻子，问起原故才知道人是在路上发急症死了。过了十个月，这旅店中多了一个小黑猫，一些人都说这是驼子的儿子，驼子因为这暧昧流言，所以在小黑猫出世以后，做了黑猫的丈夫。

黑猫是到后真应了那不幸的大鼻客人的话，有老板人更好了。那三个纸客，还是仍然来往住宿到这旅店中，一到了这店里，见到驼子的样子，总奇怪这个人能使黑猫欢喜的理由不知在什么地方。这些事谁能明白？譬如说，以前是同伴四个，到后又成为三个，这件事就谁也不知道清楚。

一月十日作（病中）

限制视角中的叙事空间 | 吴晓东

　　在经典的文体概念中，小说是作为故事被讲述的。这使得小说文本在阅读过程中最先进入读者视域的，是它的叙事角度。小说的叙事角度不仅指涉着叙述者的人称选择，同时也包括了叙述者从何种空间位置观照他讲述的故事，以及叙述者把他的故事限定在多长的时间跨度之中。

　　沈从文的《旅店》在小说艺术上很值得体味之处正是它的叙事角度。作者选择的是一个相对较为紧凑与浓缩的时空形式，故事的讲述基本上限定在旅店的一个清早的规定情境之中，这就形成这篇小说的限制性叙事角度。

　　小说一开始就奠定了这种限制性叙事基调，作者运用了一个近似于电影特写镜头的手段描绘旅店中"为熟睡所攫，张了口，像死尸，躺在那用干稻草铺好的硬炕上打鼾"的旅人。随后又拉成一个全景式的镜头，旅店的空间环境便在这种全景镜头中向读者展示了出来。时间是大清早，随着旅店年轻美丽的女店主、作为旅店助理的驼背人以及店中旅客的次第醒来，故事的主人公便全部登场了。小说情节的主体部分正是在这种旅店的全景式的空间环境中展开的。

　　"旅店"作为小说空间形式的限定无疑给作者驾驭整个故事增添了难度，具体到《旅店》这篇小说而言，则要求作者的叙事角度不能游离于"旅店"这一规定性场景之外，换句话说，一旦作者直接描述了"旅店"之外的情节和场面，那么"旅店"这一小说空间形式以及限制性视角便都被打破了。这要求作者的叙事必须有所舍弃。这一点沈从文做到了。他在《旅店》中所割舍的情节描写甚至可以说是这篇小说的情节高潮部分，那就是女主人公黑猫与大鼻子旅客"露水夫妻"的旅店外的野合场面。在平庸的作者也许泼墨如注的最富于戏剧性的环节上，沈从文却克制了自己的笔墨。这或许是一个高明的小说家在艺术上走向成熟的一个标志。作者通过心理分析的方法细致入微地描写了女主人公生命中本能激情的涌动过程，她的清心寡欲生活中对于男性生命力的期待，她的一清早所萌发的"突起的不端方的欲望"，但当读者期待女主人公与旅客间一个戏剧性高潮的场景出现的时候，作者却打破了这种阅读期待。作者运用了暗示性的描写，通过女主人公与大鼻子旅客的迟归以及女主人公为客人送行之际痴立门边相望等细节，使读者凭借想象去揣测野地里所发生的事情。这无疑在客观上为小说赋予了含蓄的美感，但是在叙事艺术上，这种悬置读者阅读期待的近于"反高潮"的处理方式，却决定于作者对于"旅店"这一空间场景的选择，决定于小说的限制性叙事角度。

"旅店"这一空间形式的限定为写作带来的另一个难度是它要求作者必须借助于场景叙事来讲述他的故事。随着故事情节的进展，读者可以看到作者基本上是凭场景叙事展开故事的。"旅店"空间形式的确定，使叙述者有如一台摄影机，一旦机位确定，便在这一特定时空中运用推拉摇移、跟拍以及特写镜头等技术手段来施展本领。读者可以随同镜头对女主人公的跟拍，在她的诸如"手揣到自己的奶，把身子摇摆着，想同客人说两句话"的动作背后，捕捉她心中欲望的流涌，可以从大鼻子客人"摸了一下黑猫的腰，黑猫不作声，只用目瞅着这人的鼻子"的特写中，领悟男女主人公的默契与会心。沈从文高超处正在于这种在场景叙事中透视人物心理本质的能力。他笔下的场景既展示了生活的原生形态本身，同时又隐含了人性与心理的深层内容。这或许是沈从文小说艺术的一个重要的特征。他的一些篇幅较短的近于速写的小说，如《雨后》以及《阿黑小史》中的某些篇章同《旅店》一样，可以说均是场景叙事艺术的典范。

"旅店"是空间化的小说规定情境。作者试图把叙事限制于旅店的一个早上的具体时空框架里，场景叙事是小说的主体部分。但另一方面，作者又在小说的总体上企图讲述一个相对完整的故事，这便牵扯进来了诸如女主人公身世与结局的历时性情节介绍以及对女主人公的心理分析。这使《旅店》并没有像海明威的短篇如《白象似的群山》《世界之光》那样是以纯限制性客观视角进行纯场景的呈示。尽管沈从文基于限制性叙事角度，在《旅店》的结尾没有给读者一个确定性的结局，使非全知的叙事得以贯彻始终，但对于女主人公的心理分析以及叙述者主体声音的介入，尤其是小说第二、三自然段引入的游离于小说叙事之外的议论，都带有全知叙事的痕迹，这不免割裂了《旅店》叙事视角的统一性。

其实沈从文擅长的不是叙事艺术中的视角的选择，而是场景叙事以及把心理分析的主观性与场景叙事的客观性相融合的本领。《旅店》中的限制性叙事角度得以贯彻的原因也许尚不在于作者对这种叙事视角的自觉运用的程度如何，而更在于他直觉地领悟到了"旅店"这一特定小说空间形式本身所具有的独特的美学内涵。

"旅店"可以说是极富于小说美学特质的空间形式。对旅客而言，它象征了人生的飘泊动荡与暂时性，它隐含了"人生如寄"的人类具有原型意味的体验，它的经典的美感特征在于它的不稳定性和梦幻般的感觉；而对于店主人而言，"旅店"则象征着"家"，象征着安宁和温馨，象征着人性中对于稳定性和归宿感的渴望。沈从文的《旅店》在最终的意旨上正体现了这种家园与飘泊的对立，按沈从文所习用的语汇来说即是"恒"与"变"的对立，大鼻子旅客动荡无定的生活形态与女主人公黑猫最终下嫁驼背人的命运，恰恰构成了小说在总体结构上的反讽。于是小说的真正主角"旅店"从小说的背景浮到前台来了。笼罩在"旅店"这一特定小说空间形式之上的是小说中流露的偶然性决定命运的无奈感，是人生变幻莫测的宿命感。"旅店"最终超越了世事变幻的"恒"与"变"，而成为人类生存境况的见证。

沈从文真正关注的恰恰是"旅店"这一小说空间形式背后所蕴藏的丰富的人生体验。这体现了一个小说家独具的审美眼光。小说空间形式的选择因此在本质上不仅与叙事角度相关，更与小说家对自己所要讲述的故事背后的形而上内涵的感悟相关。

七个野人与最后一个迎春节

本篇发表于一九二九年五月十日《红黑》第五期。署名沈从文。一九三○年一月收入《旅店及其他》，上海中华书局初版，并于一九三二年十二月再版。现据中华书局再版本编入。

迎春节，凡属于北溪村中的男子，全是为家酿烧酒醉倒了。据说在某城，痛饮是已成为有干禁例的事了，因为那里有官，有了官，凡是近于荒唐的事是全不许可了。有官的地方，是渐渐会兴盛起来，道义与习俗传染了汉人的一切，种族中直率慷慨全会消灭，迎春节的痛饮禁止，倒是小事中的小事，算不得怎样可惜，一切都得不同了！将来的北溪，也许有设官的一天吧？到那时，人人成天纳税，成天缴公债，成天办站，小孩子懂到见了兵就害怕，家犬懂到不敢向穿灰衣人乱吠，地方上每个人皆知道了一些禁律，为了逃避法律人人全学会了欺诈，这一天终究会要来吧。什么时候北溪将变成那类情形，是不可知的，然而这一天年青人大约可以见到的一天了。地方上，勇敢如狮的人，徒手可以搏野猪，对于地方的进化，他们是无从用力制止的。年高有德的长辈，眼见到好风俗为大都会文明侵入毁灭，也是无可奈何的。凡是有地位一点的人，皆知道新的习惯行将在人心中生长，代替那旧的一切了，在这迎春节，用烧酒醉倒是普遍的事！他们要醉倒，对于事情不再过问，在醉中把恐吓失去，则这佳节所给他们的应有的欢喜，仍然可以在梦中得到了。

仍然是耕田，仍然是砍柴栽菜，地方新的进步只是要他们纳捐，要他们在一切极琐碎极难记忆的规则下走路吃饭，有了内战时，便把他们壮年能作工的男子拉去打仗，这是有政府时对于平民的好处。什么人要这好处没有？族长，乡约或经纪人，卖肉的屠户，卖酒的老板，有了政府他就得到幸福没有？做田的，打鱼的，行巫术的，卖药卖布的，政府能使他们生活得更安稳一点没有？

他们愿意知道的，是牛羊在有了官的地方，会不会发生瘟疫？若牛羊仍然得发瘟，那就证明无须乎官了。不过这时他们还能吃不上税的家酿烧酒，还能在这社节中举行那尚保留下来的风俗，聚合了所有年青男女来唱歌作乐，聚合了所有老年人在大节中讲述各样的光荣历史与渔农知识，男子还不曾出去当兵，女子也尚无做娼妓的女子，老年人则更能尽老年人责任。未来的事谁知道呢？过去的不能挽回，未来的无从抵当，也是自然的事！"醉了的，你们睡吧，还有那不曾醉倒的，你们把葫芦中的酒向肚中灌吧。"这个歌近来唱时是变成凄凉的丧歌，失去当年的意思了。

照到这办法把自己灌醉的是太多了。只有一个地方的一群男子不曾醉倒，他们面前没有酒也没有酒葫芦，只是一堆焚得通红的火。他们人一共是七个，七个之中有六个年纪青青的，只有一个约莫有四十五岁左右。大房子中焚了一堆柴根，七个人围着这一堆火坐下，火中时时爆着小小的声音。那年长的男子便用长铁箸拨动未焚的柴尽它跌到火中心去。

房中无一盏灯，但熊熊的火光已照出这七个朴质的脸孔，且将各个人的身躯向各方画出不规则的暗影了。

那年长的汉子，拨了一阵火，忽然又把那铁箸捏紧向地面用力筑，愤愤的说道：

"一切是完了，这一个迎春节应当是最后一个了。一切是……喝呀，醉呀，多少人还是这样想！他们愿意醉死，也不问明天的事。他们都不愿意见到穿号衣的人来此！他们都明白此后族中男子将堕落女子也将懒惰了！他们比我们是更能明白许多许多事的。新的制度来代替旧的习惯，到那时，他们地位以及财产全摇动了。……但是这些东西还是喝呀！喝呀！……"

全屋默然无声音，老人的话说完这屋中又只有火星爆裂的微声了。

静寂中，听得出邻居划拳的嚷声，与唱歌声音。许许多人是在一杯两杯情形中伏到桌上打鼾了。许许多人是喝得头脑发眩伏在儿子肩上回家了。许许多人是在醉中痛哭狂歌。这些人，在平时，却完完全全是有业知分的正派人，一年之中的今日，历来为神核准的放纵，仅有的荒唐，把这些人变成另外一个种族了。

奇怪的是在任何地方情形如彼，而在此屋中的众人却如此。年长人此时不醉倒在地，年青人此时不过相好的女人家唱歌吹笛，只沉闷的在一堆火旁，真是极不合理的一件事！

迎春节到了最后的一个，即或如所说，在他人，也是更非用沉醉狂欢来与这唯一残余的好习惯致别不可的。这里则七个人七颗心只在一堆火上，且随到火星爆裂，终于消失了。

诸人的沉默，在沉默中可以把这屋子为读者一述。屋为土窑屋，高大像衙门，闳敞如公所。屋顶高耸为泄烟窗，屋中火堆的烟即向上窜去。屋之三面为大土砖封合，其一面则用生牛皮作帘，帘外是大坪。屋中除有四铺木床数件粗木家具及一大木柜外，壁上全是军器与兽皮。一新剥虎皮挂在壁当中，虎头已达屋顶尾则拖到地上。尚有野鸡与兔，一大堆，悬在从屋顶垂下的大藤钩上，嶷然不动。从一切的陈设上看来，则这人家是猎户无疑了。

这土屋主人，即属于火堆旁年长的一位。他以打猎为业，那壁上的虎皮就是上月他一个人用猎枪打毙的。其余六人则全是这人的徒弟。徒弟从各族有身份的家庭中走来，学习设阱以及一切拳棍医药，这有学问的人则略无厌倦的在作师傅时光中消磨了自己壮年。他每天引这些年青人上山，在家中时则把年青人聚在一处来说一切有益的知识。他凡事以身作则，忍耐劳苦，使年青人也各能将性情训练得极其有用。他不禁止年青人喝酒唱歌，但他在责任上教给了年青人一切向上的努力，酒与妇人是在节制中始能接近的。至于徒弟六人呢？勇敢诚实，原有的天赋，经过师傅德行的琢磨，智慧的陶冶，一个完人应具的一切，在任何一个徒弟中全不缺少。他们把这年长人当作父亲，把同伴当作兄弟，遵守一切的约束，和睦无所猜忌，在欢喜中过着日子。他们上山打猎，下山与人作公平的交易。他们把山上的鸟兽打来换一切所需要的东西：枪弹，火药，箭头，弦，酒，无一不是用所获得的鸟兽换来。他们运气好时，还可以换取从远方运来的戒子绒帽之类。他们作工吃饭，在世界上自由的生活，全无一切苦楚。他们

300

用枪弹把鸟兽猎来，复用歌声把女人引到山中。

这属于另一世界的人，也因为听到邻近有设了官设了局的事情，想起不久这样情形将影响到北溪，所以几个年青人，本应在迎春节各穿新衣，把所有野鸡、毛兔、山菇、果狸等等礼物送到各人相熟的女人家中去的，也不去了。这师傅本应到庙坛去与年长族人喝酒到烂醉如泥，也不去了。

六个年青人服从了师傅的命令，到晚不出大门，围在火前听师傅谈天。师傅把话说到地方的变更，就所知道的其余地方因有了法律结果的情形说了不少，师傅心中的愤慨，不久即转为几个年青人的愤慨了。年青人各无所言，但各人皆在此时对法律有一种漠然反感。

到此年长的人又说话了，他说：

"我们这里要一个官同一队兵有什么用处？我们要他们保护什么？老虎来时，蝗虫来时，官是管不了的。地方起了火，或涨了水，官是也不能负责的。我们在此没有赖债的人，有官的地方却有赖债的事情发生。我们在此不知道欺骗可以生活，有官地方每一个人可全靠学会骗人方法生活了。我们在此年青男女全得做工，有官地方可完全不同了。我们在此没有乞丐盗贼，有官地方是全然相反，他们就用保护平民把捐税加在我们头上了。"

官是没有用处的一种东西，这意见是大家一致了。

他们结果约定下来，若果是北溪也有人来设官时，一致否认这种荒唐的改革。他们愿意自己自由平等的生活下来，宁可使主宰的为无识无知的神，也不要官。因为神永远是公正的，官则总不大可靠。而且，他们意思是在地方有官以后，一切事情便麻烦起来了。他们觉得生活并不是为许多麻烦事而生活的，所以这也只有那欢喜麻烦的种族才应当有政府的设立必要，至于北溪的人民，却普遍皆怕麻烦，用不着这东西！

为了终须要来的恶运，大势力的侵入，几个年青人不自量力，把反抗的责任放到肩上了。他们一同当天发誓，必将最后一滴的血流到这反抗上。他们谈论妥帖，已经半夜，各自就睡了。

若果有人能在北溪各处调查，便可以明白这一个迎春节所消耗的酒量真特别多，比过去任何一个迎春节也超过，这里的人原是这样肆无忌惮的行乐了一日，不久过年了。

不久春来了。

当春天，还只是二月，山坡全发了绿，树木苗了芽，鸟雀孵了卵，新雨一过随即是温暖的太阳，晴明了多日，山阿田中全是一旁做事一旁唱歌的人。这样时节从边县里派有人来调查设官的事了。来人是两个，会过了地方当事人，由当事人领导往各处察看。带了小孩子在太阳下取暖的主妇皆聚在一处谈论这事。来人问了无数情形，量丈了社坛的地，录下了井灶，看了两天就走了。

第二次来人是五个，情形稍稍不同：上一次是探视，这一次可正式来布置了。对于妇女特别注意，各家各户去调查女人，人人惊吓不知应如何应付，事情为猎人徒弟之一知道了，就告了师傅。师傅把六个年青人聚在一处，商量第一步反对方法。

年长人说："事情是在我们意料中出现了，我们全村毁灭的日子到了，这责任是我们的责任，应当怎么办，年青人可各供一个意见来作讨论，我们是决不承认要官管理的。"

第一个说："我们赶走了他完事。"

第二个说："我们把这些来的人赶跑。"

第三四五六意见全是这样。既然来了，不要，仿佛是只有赶走一法了。赶不走，倘必须要力，或者血，他们是将不吝惜这些，来为此事牺牲的。单纯的意识，是不拘问什么人，都是不需要官的，既然全不要这东西，这东西还强来，这无理是应当在对方了。

在这些年青简单的头脑中，官的势力这时不过比虎豹之类稍凶一点，只要齐心仍然是可以赶跑的。别的人，则不可知，至于这七人，固无用再有怀疑，心是一致了。

然而设官的事仍然进行着。一切的调查与布置，皆不因有这七人而中止。七个人明示反抗，故意阻碍调查人进行，不许乡中人引路，不许一切人与调查人来往，又分布各处，假扮引导人将调查人诱往深山，结果还是不行。

一切反抗归于无效，在三月底税局与衙门全布置妥了。这七个人一切计划无效，一同搬到山洞中去了。照例住山洞的可以作为野人论，不纳粮税，不派公债，不为地保管辖，他们这样做了。

地方官忙于征税与别的吃喝事上去了，所以这几个野人的行为，也不曾引起这些国家官吏注意。虽也有人知道他们是尚不归化的，但王法是照例不及寺庙与山洞，何况就是住山洞也不故意否认王法，当然尽他们去了。

他们几个人自从搬到山洞以后，生活仍然是打猎。猎得的一切，也不拿到市上去卖，只有那些凡是想要野味的人，就拿了油盐布匹衣服烟草来换。他们很公道的同一切人在洞前做着交易，还用自酿的烧酒款待来此的人。他们把多余的兽皮赠给全乡村顶勇敢美丽的男子，又为全乡村顶美的女子猎取白兔，剥皮给这些女子制手袖笼。

凡是年青的情人，都可以来此地借宿，因为另外还有几个小山洞，经过一番收拾，就是这野人等特为年青情人预备的。洞中并且不单是有干稻草同皮褥，还有新鲜凉水与玫瑰花香的煨芋。到这些洞里过夜的男女，全无人来惊吵的乐了一阵，就抱得很紧舒舒服服睡到天明。因为有别的原故，向主人关照不及时，就道谢也不说一声就走去，也是很平常的事。

他们自己呢，不消说也不是很清闲寂寞，因为住到这山洞的意思，并不是为修行而来的。他们日里或坐在洞中磨刀练习武艺，或在洞旁种菜舀水，或者又出到山坡头湾里坳里去唱歌。他们本分之一，就是用一些精彩嘹亮的歌声，把女人的心揪住，把那些只知唱歌取乐为生活的年青女人引到洞中来，兴趣好则不妨过夜，不然就在太阳下当天做一点快乐爽心的事，到后就陪到女人转去，送女人下山。他们虽然方便却知道节制，伤食害病是不会有的。

在这些年青人身上所穿的衣裤，以及麂皮抱兜，就是这些多情的女人手上针线为做成。他们送女人则不外乎山花山果，与小山狸皮。他们几个人出猎以前，还可以共同预约，得山羊便赠谁个最近相交的一个女人，得野狗又算谁的女人所有。他们的口除了亲嘴就是唱赞美情欲与自然的歌，不像其余的中国人还要拿来说谎的。他们各人尽力作所应作的工，不明白世界上另外那些人懒惰就是享福的理由。他们把每一天看成一个新生的天，所以在每一天中他们除了坐在洞中不出，其余的人是都得在身体与情绪上调节的极好，预备来接受这一天他们所不知道的幸福与灾难的。他们不迷信命运，却能够在失败事情上不固执。譬如一天中间或无法与一小山鸡相遇，他们到时也仍然回洞，不去死守的。又譬如唱歌也有失败时，他们中不拘是谁，知道了这事情无望，却从不想到用武力与财产强迫女子倾心过。

因为一切的平均，一切的公道，他们嫉妒心也很薄弱，差不多看不出了。

那师傅，则教给这几个年青人以武艺与渔猎知识外，还教给这些年青人对于征服妇人的法宝。为了要使情人倾心，且感到接近以后的满意，他告他们在什么情景下唱什么歌，以及调节嗓子的技术。他又告他们如何训练他的情人，方能使女人快乐。他又告他们如何保养自己，才能成为一个忠于爱情的男子。他像教诗的夫子指点他们唱歌，像教体操战术的教官指点他们对付女人，到后还像讲圣谕那么告诫他们不可用不正当方法骗女人的爱情与他人的信任。

师傅各事以身作则，所以每晨起身就独早。打老虎他必当先。擒蛇时他选那大的。泅水他第一个泅过河。爬树他占那极难上的。就是于女人，他也并不因年纪稍长而失去勇敢与热诚！凡是一个女子命令到几个年青人办得下的，与他好的女子要他去做，也总不故意规避的。

人类的首领，像这样真才是值得敬仰的首领！

日子是一天一天过下来了，他们并不觉得是野人就有什么不好处。至于显而易见的好处，则是他们从不要花一个钱到那些安坐享福的人身上去。他们也不撩他，不惹他，仍然尊敬这种成天坐在大瓦屋堂上审案、罚钱、打屁股的上等人。

国家的尊严他们是明白的，但他们在生活上用不着向谁骄傲，用不着审判，用不着要别人坐牢挨打，所以他们不有一个官管理，也自己能照料活一世下来了。

他们是快快乐乐活下来了，至于北溪其余的人呢？

北溪改了司，一切地方是王上的土地，一切人民是王上的子民了，的确很快的便与以前不同了。迎春节醉酒的事真为官方禁止了，别的集社也禁止了。平时信仰天的，如今却勒令一律信仰大王，因为天的报应不可靠，大王却带了无数做官当兵的人，坐在极高大极阔气的皇城里，要谁的心子下酒只轻轻哼一声，就可以把谁立刻破了肚子挖心，所以不信仰大王也不行了。

还有不同的，是这里渐渐同别地方一个样子，不久就有种不必做工也可以吃饭的人了。又有靠说谎话骗人的大绅士了。又有靠狡诈杀人得名得利的伟人了。又有人口的买卖行市，与大规模官立鸦片烟馆了。地方的确兴隆得极快，第二年就几几乎完全不像第一年的北溪了。

第二年迎春节一转眼又到了，荒唐的沉湎野宴，是不许举行的，凡不服从国家法令的则有严罚，决无宽纵。到迎春节那日，凡是对那旧俗怀恋，觉得有设法荒唐一次必要的，人人皆想起了山洞中的野人。归籍了的子民有遵守法令的义务，但若果是到那山洞去，就不至于再有拘束了。于是无数的人全跑到山洞聚会去了，人数将近两百，到了那里以后，作主人的见到来了这样多人，就把所猎得的果狸、山猪、白绵野鸡等等，熏烧炖炒办成了六盆佳肴，要年青人到另一地窖去抬出四五缸陈烧酒，把人分成数堆，各人就用木碗同瓜瓢舀酒喝，用手抓菜吃。客气的就合当挨饿，勇敢的就成为英雄。

众人一旁喝酒一旁唱歌，喝醉了酒的就用木碗覆到头上，说是做皇帝的也不过是一顶帽子搁到头上，帽子是用金打就的罢了，于是赞成这醉话的其余醉人，头上全是木碗瓜瓢以至于一块猪牙帮骨了，手中则拿得是山羊腿骨与野鸡脚及其他，作为做官做皇帝的器具，忘形笑闹跳掷，全不知道明天将有些什么事情发生。

第二天无事。

第三天，北溪的人还在梦中，有七十个持枪带刀的军人，由一个统兵官用指挥刀调度，把野人洞一围。用十个军人伏侍一个野人，于是将七个尸身留在洞中，七颗头颅就被带回北溪，挂到税关门前大树上了。出告示是图谋倾覆政府，有造反心，所以杀了，凡到吃酒的，自首则酌量罚款，自首不速察出者，抄家，本人充军，儿女发官媒卖作奴隶。

这故事北溪人不久就忘了，因为地方进步了。

三月一日于申成

野人与洞穴 | 蔡测海

　　正因为二十世纪文学批评的"正统派"认为沈从文是一个文体家而不是一个思想家，作为小说家的沈从文和他的小说倒是因此获得了读者感觉上的纯粹性，然而，对《七个野人与最后一个迎春节》我们却不能仅仅把它当成小说来读。

　　湘西苗人，一直被蔑称为"野人"。这蔑称是苗族历史陈述的最初的官方印记。官方史籍称苗族为"蛮夷"或"南蛮"。他们剽悍，难以驯化。他们首先是官方行政统治的肉中刺，必须拔出，然后是官方文化心理的眼中钉，必须抹掉。

　　湘西地区自秦汉已纳入中央王朝的版籍，设置郡县，归流管理。唐末五代以后，湘西占山为王的豪门大姓废除了郡县制，实施土官、土司制，湘西苗民便处在中央王朝和土司土官的双重迫害之下。到清康熙、雍正年间，中央王朝武力废除湘西土司统治，复设郡县，委派流官治理，使湘西成为中央王朝的一部分。这便是湘西历史上有名的"改土归流"。从历史主义的眼光来看，这是湘西少数民族社会发展史的一大重要转折和历史性的进步。

　　然而，社会历史的进步又似乎总与流血牺牲连在一起。万千生灵，如果因为历史要进步而流血，而牺牲，历史的进步实在不尽是福祉。

　　历史的曲曲折折，人间的生生死死，一边是历史主义的理性抉择，一边是道德、情感的纠葛，我们似乎很难作出是是非非的决断。

这种历史主义的理性态度与道德情感的冲突，无论你赋予它一个悲剧形式还是一个喜剧形式，它的美学意味都极其残酷。

《七个野人与最后一个迎春节》选择了人类社会发展史的大事件中的小故事、小场景、小的流血事件。

小故事：七个人为了躲官去钻山洞，做野人。

小场景：小小苗村和一个山洞。

小的流血事件：只有七个人被砍头。比起苗民吴八月起义被中央王朝砍杀的千百头颅，七个"野人"的头颅只是个小数目。

小小苗村北溪人怕官，凡是有官的地方，诸如迎春节的痛饮、对歌、赶边边场等等都会被视为荒唐的习俗，该地必定会传染汉人的一切，民族性格中的直率慷慨自会消失。这种文化上的清洗是不痛不痒的，算不得怎样严酷，更可怕的是要纳税、交公债、服劳役，小孩见了穿灰衣服的兵不敢哭，狗见了穿灰衣服的兵不敢叫。有了法律，人就学会了欺诈。哪怕苗人勇士能徒手斗虎豹斗野猪，却无法阻止这种所谓的"地方进化"。这种随官而来的"地方进化"是必然的和令人惶恐的，于是喝酒吧，以酒浇愁，历史的某种"进步"实在是愁煞人的苦事。于是，族人全醉倒了。

但是，有七个人不曾醉倒。他们当中有六个诚实勇敢的青年和一个深思熟虑而年长些的，这一个与六个，是师徒关系，他们在屋子当中燃起一团火，议论设官的事，议论苗人的前途命运。

那官来了，庄稼同样会遭蝗虫，牛羊一样会发瘟疫，官对一切自然而然的事物只有害处而没有好处，设一个官干什么？于是他们一致反对设官，以为官不过比虎狼稍凶一点，齐力驱赶是可奏效的。但设官的事不会因七个人的阻挠而终止，这些勇敢的猎手终于碰上了超过他们的勇敢与技艺的敌手，他们一筹莫展。税局成立了，衙门也挂了牌子，七个人便住进山洞。作为野人，不缴公款，不纳粮税，不属地保管辖。野人没有政府，视官为伪官，政权为伪政权。他们以山洞及山野为自己的家园，这是一个自由、自足、自治的小世界，也是一个自我封闭的小国度。他们自食其力，以歌以酒以情爱为娱乐，以勤劳、忠实为道德，他们彼此不分尊卑，没有嫉妒，一切平均，一切公道。山洞山野，是苗人的香格里拉和乌托邦，是柏拉图的理想国。照例王法不及寺庙与山洞，任野人们自为野人，野人们也用不着伺候那些坐在大瓦屋里升堂、罚钱、打屁股的官们。

洞外的世界北溪镇呢？那七人之外的其余苗人呢？土地是皇帝的土地，人民是皇上的子民，迎春节饮酒和别的集会被禁止，要谁的心子下酒也得剖腹开膛取出来，谁敢不信奉皇上大王？苗人的北溪有了人口市场，有了鸦片馆，有了说谎骗人的大绅士，有了狡诈杀人得利的伟人。地方确实兴隆得极快，第二年的北溪就大不同于一年前的北溪了，"历史进步"真有惊人的速度！

第二年迎春节到，因国家法令苛严，北溪苗人野性未泯，想在迎春节放纵一回，便记起洞穴中的七个野人，于是，伙同洞中野人，狂欢了一回。这种人心的背向，在政府与野人之间，不能不构成政治冲突，结果是七个野人毙命，他们的洞天福地也告毁灭。

故事就这样在最后一个迎春节结束了。

这故事北溪人不久便忘记了，因为地方"进步"了。

我们读到的是一篇政治寓言，作者为我们冷炒凉拌了一个冷冷的故事，这是冷制作、冷叙述，埋伏着一些道德上的同情、道义上的愤怒，以及历史主义的无奈与悲哀。

在沈从文的小说世界中，可当作政治寓言来读的小说似乎不多。

在人类历史不断的演变中，政治的、经济的，甚至科学技术等等各类进步，其中的得与失，令我们在评价时为难、尴尬，令我们无从选择又不得不选择。我们躲不过劫数，无论是柏拉图的理想国，还是野人洞穴。

北溪兴隆了，进步了，北溪也因而沦落了。

进与退，人类总是处在两难的境况中。

《七个野人与最后一个迎春节》是一个永远的寓言，政治的和人类历史的。我们曾指责某些小说图解政治，但真正能作人类社会政治图解的小说其实是太少了。

会明

本篇发表于一九二九年九月十日《小说月报》第二十卷第九号。署名沈从文。一九三六年五月收入《从文小说习作选》，上海良友图书印刷公司初版。现据良友图书印刷公司初版本编入。

排班站第一，点名最后才喊到，这是会明。这个人所在的世界，是没有什么精彩的世界。一些铁锅，一些大箩筐，一些米袋，一些干柴，把他的生命消磨了三十年。他在这些东西中把人变成了平凡人中的平凡人了。他以前是个农夫，民国革命，改了业。改业后，他做的是火夫，在一个军队中烧火、担水、挑担子走长路，除此以外没有别的可做。

他样子是那么的——

身高四尺八寸。长手长脚长脸，脸上那个鼻子分量也比他人的长大沉重。长脸的下部分，生了一片胡子，这个本来长得像野草，因为剪除，所以不能下垂，却横横的蔓延发展成为一片了。

这品貌，若与身份相称，他应当是一个将军，若把胡子也作为将军必须条件之一时，这个人的胡子，还有两个将军的好处的。许多人，在另一时，因为身上或脸上一点点东西出众，从平凡中跃起，成为一时代中要人，原是很平常的事情。这人却似乎正因为这些特长，把一生毁了。

他是陆军第四十七团三十三连一个火夫。提起三十三连，很容易使人同时记起当洪宪帝制时代国民军讨袁时在黔湘边界一带的血战。事情已十年了。那时会明是火夫，无事时烧饭炒菜，战事一起则运输子弹，随连长奔跑。一直到这时，他还仍然在原有位置上任事。一个火夫应做的事他没有不做，他的名分上的收入，也仍然并不与其余火夫两样。

如今的三十三连，全连中只剩余会明一人同一面旗帜十年前参预过革命战争，这光荣的三十三连俨然只是为他一人而有了。旗在会明身上谨谨慎慎的缠裹着，会明则在火夫的职分上按照规矩做着粗重肮脏的杂务，便是本连的长官也仿佛把这过去历史忘掉多久了。

野心的扩张，若与人本身成正比，会明有作司令的希望。然而主持这人类生存的，俨然是有一个人，用手来支配一切，有时因高兴的缘故，常常把一个人赋与了特别夸张的体魄，却又在这峨然巍然的躯干上安置一颗平庸的心。会明便是如此被处治的一个人了。他一面发育到使人见来生出近于对神鬼的敬畏，一面却天真如小狗，循良如母牛。若有人想在这人生活上，找出那屯塞运畜的根原，这天真同和善，就是其所以使这个人永远是火夫的一种极正当理由。在躯体上他是一个火夫，在心术上他是一个好人。人好时，就不免有人拿来当呆子惹，被惹时，他在一种大度心情中看不出可发怒的理由。但这不容易动火的性格，在另一意义上，却仿佛人人都比他聪明十分，所以他只有永远当火夫了。

军队中，总不缺少四肢短小如猢狲，却同时又不缺少如猢狲聪明那类同伴的。有了这样同伴，会明便显得更呆相更元气了。这一类人一开始，随后是全连一百零八个好汉，在为军阀流血之余，人人把他当呆子看待，用各样绰号称呼他，用各样工作磨难他，渐渐的，使他把世界对于呆子的待遇一一尝到了。没有办法，他便自然而然也越来越与聪明离远了。

从讨袁到如今整十年。十年来，在别人看来他只长进了他的呆处，除此以外完全无变动。他正像一株极容易生长的大叶杨，生到这世界地面上，一切的风雨寒暑，不能摧残他，却反而促成他的坚实长大。他把一切戏弄放在脑后，眼前所望所想只是一幅阔大的树林，树林中没有会说笑话的军法，没有爱标致的中尉，没有勋章，没有钱，此外嘲笑同小气也没有。树林印象是从都督蔡锷一次训话所造成，这树林，所指的是中国边境，或者竟可以说是外洋，在这好像外洋地方，军队为保卫国家驻了营，作着一种伟大事业，一面垦辟荒地，一面生产粮食。

在那种地方，也有过年过节，也放哨，也打仗，也有草烟吃，但仿佛总不是目下军中的情形。那种生活在什么时候就出现，怎么样就出现，问及他时是无结论的。或者问他，为什么这件事比升官发财有意义，他也说不分明。他还不忘记都督尚说过"把你的军旗插到堡上去"那一句话。军旗在他身上，是有一面的，他所以保留下来，就是相信有一天用得着这东西。到了那日，他是预备照所说方法做去的。

被人谥作"呆"，那一面宝藏的军旗，与那理想，都有一部分责任了。他似乎也明白，到近来，旗子事情从不与人提起了。他那伟大的想望，除供自己玩味以外，也不与另外人道及了。

因为打倒军阀打倒反革命，三十三连被调到黄州前线。

这时所说的，就是他上了前线的情形。

打仗不是可怕的事，在中国当兵，不拘如何胆小，都不免在一年中有到前线去的机会。这火夫，有了十年的经验，这十年来是中国在这新世纪别无所为只成天互相战争的时代。新时代的纪录是流一些愚人的血，升一些聪明人的官。他看到的事情太多，死人算什么大不了的事。若他有机会知道"君子远庖厨"一类话，他将成天嘲笑人类怜悯是怎么一回事了。流汗，挨饿，以至于流血，腐烂，这生活，在军队以外的人配说同情吗？他不为同情，不为国家迁都或党的统一，——他只为"冲上前去就可以发三个月的津贴"，这呆子，他当真随了好些样子很聪明的人冲上前去了。

到前线了，他的职务还是火夫。他预备在职分上仍然参预这热闹事情。他老早就编好了草鞋三双。还有绳子、铁饭碗、成束的草烟，都预备得完完全全。他另外还添制了一个火镰，是用了大的价钱向一个卖柴人匀来的。他算定这热闹快来了。望到那些运输辎重的车辆，很沉重的从身边过去时，车轮深深的埋在泥沙里，他就呐喊，笑那拉车的马无用。他在开向前方的路上，肩上的重量不下一百二十斤，但他还唱歌。一歇息，就大喉咙说话。

军队两方还无接触的事，各处队伍，以连为单位分驻各处，三十三连被分驻在一小山边。他同平时一样，挑水洗菜煮饭每样事都是他作，凡是用气力的他总有分。事情做过后，司务长兴豪时，在那过于触目了的大个儿体格上面，加以地道的嘲弄，把他喊作"枪靶"，他就只做着一个火夫照例在上司面前的微笑，问连长什么时候动手。为什么动手他却不问。因为自然是革命救国打倒军阀才有战事，不必问也知道，这个人，有些地方他已不全呆了。

　　驻到前线三天，一切却无动静。这事情仿佛与自己太有关系了，他成天总想念到这件事。白天累了，草堆里一倒就睡死，可是忽然在半夜醒来时，他的耳朵就像为什么枪声引起了注意才醒的。他到这时节就不能再睡了。他就想，或者这时候前哨已有命令到了？或者有夜袭的事发生了？或者有些地方已动了手，用马刀互相乱砍，用枪刺互相乱划？他打了一个冷战，爬起身来，悄悄的走出去望了一望帐篷外的天气，同时望到守哨的兵士鹄立在前面，或者是肩上扛了枪来回的走。他不愿意惊动了这人，又似乎不能不同这人说一句话，就咳嗽，递了一个知会。他的咳嗽是无人不知道的，自然守哨的人即刻就明白是会明了。到这时，遇守哨人是个爱玩笑的人呢，就必定故意的说："口号！"他在无论何时是不至于把本晚上口号忘去的。但他答应的却是"火夫会明"。军队中口号不同是自然的事，然而这个人的口号却永远是"火夫会明"四个字。把口号问过，无妨了，就走近哨兵身边。他总显着很小心的神气，问："大爷，怎么样，没有事情么？""没有。"答应着这样话的哨兵，走动了。"我好像听见枪声。""你在做梦。""我醒了很久。""说鬼话。"问答应当小住了，这个人于是又张耳凝神听听远处。然而稍过一会，总仍然又要说："听，

316

听，大爷，好像有点不同，你不注意到么？"假若答的还是"没有"，他就像顽固的孩子气的小声说："我疑心是有，我听到马嘶。"那答的就说："这是你出气。"被骂了，仍然像是放心不下，还是要说。……或者，另外又谈一点关于战事死人数目的统计，以及生死争夺中的轶闻。这火夫直到不得回答，身上也有点感觉发冷，到后看看天，天上全是大小星子，看不出甚么变化，就又好好的钻进帐篷去了。

战事对于他也可以说是有利益的，因为在任何一次行动中，他总得到一些疲倦与饥渴，同一些紧张的欢喜。就是逃亡、退却，看到那种毫无秩序的纠纷，可笑的慌张，怕人的沉闷，都仿佛在他是有所得的。然而他期待前线的接触，却又并不因为这些事了。他总以为既然是预备要打，两者已经准备好了，那么乘早就动手，天气合宜，人的精神也较好。他还记得去年在鄂西的那回事情，时间正是六月，人一倒下，气还不断，糜碎处就发了臭，再过一天，全身就是小蛆爬行。否则头脸发紫，涨大如斗，肚腹肿高，旋即爆裂出肠。一个军人，自己的生死虽应置之度外，可是死后那么难看，那么发出恶臭流水生蛆，虽然是敌人，还是另一时用枪拟过自己的头作靶，究竟也是不很有意思的事！如今天气是显然一天较一天热，再不打，过一会，真就免不了要像去年情形了。

为了那太难看太不与鼻子相宜的六月情形，他愿意动手的命令即刻就下。

然而前线的光景，却不能如会明所希望的变化。先是已有消息令大队在 ×× 集中，到集中以后，局面反而和平了许多，又像是前途还有一线光明希望了。

这和平，倘若当真成了事实，真是一件使他不大高兴的事。单是为他准备战事起后那种服务的梦，这战争的开端，只顾把日子延长下去，已就是许多人觉得是不可忍受的一件事了。人人都并不欢喜打仗。但都期望从战事中得到一种解决：打赢了，就奏凯；败了，退下。总而言之一到冲突，真的和平也就很快了。至于两方支持原来地位下来呢，在军人看来却感到十分无聊。他与他们心情并不差异的，就是死活都以即刻解决为妙，维持原防，不进不退，是不行的。谁也明白六月天气真不行！

他实在愿意打打起来，似乎每打一仗，便与他从前所想的军人到西北去屯边救国的事实走近一步了，于是他在白天，逢人就问究竟是要什么时候开火。他那种关心好像一开火后就可以擢升营长。可是这事谁也不清楚，谁也不能作决定的回答。人人就想知道这一件事，然而照例在命令到此以前，军人是谁也无权过问这日子的。看样子，非要在此过六月不可了。

五天了，还没动静。

六天了，一切还是同过去的几天一样情形。

一连几天不见变动，他对于夜里的事渐渐不大关心了。遇到半夜醒来出帐篷解溲，同哨兵谈话的次数也渐渐少了。

去他们驻防处不远有一个小村落，这村落因为地形的原故，没有争夺的必要，所以不驻一兵。然而住在村落中的人，却早已全数迁往深山中去了。数日来，看看情形不甚紧张，渐渐的，数日前迁往深山的乡下人，就有很多悄悄的仍然回到村中看视他们的田园的人。又有乡下人敢拿鸡蛋之类陈列在荒凉的村前大路旁，来同这些军人冒险做生意的。

会明为了火夫的本分，在开火以前，是仍然可以随时各处走动的。村中已经有了人做生意，他就常常到村子里去。他每天走几次，一面是代连上的弟兄买一点东西，一面是找一个把乡下上年纪的人谈一谈话。而且村中更有使他欢喜的，是那本地种的小叶烟，颜色简直是金子，味道又不坏。既然不开火，烟总是要吸的，有了本地烟，则返回原防时，那原有三束草烟还是原束不动，所得好处的确已不少了。所以他虽然不把开火的事情忘却，但每天到村中去谈谈话，尽村中人款待一点很可珍贵的草烟，也像这日子仍然可以过得去了。

村子里还有酒，从地窖中取出的陈货。他量不大，但喝一杯也令人心情欢畅。

他一到了那村落里，把谈话的人找到了，因为那满嘴胡子，别人总愿意知道他胡子的来处。这好人，就很风光的说及十年前的故事。把话说滑了口，有时也不免小小吹了一点无害于事的牛皮，譬如本来只见过蔡锷两次，他说顺了口，就说是五次。然而说过这样话的他，比听的人先把这话就忘记了到脑后，这也不算是罪过了。当他提起蔡锷时，说到那伟人的声音颜色，说到那伟人的精神，他于是记起了腰间一面旗，他就想了一想，很老成的望了一望对方人的颜色。本来这一村，这时留到这里的全是有了年纪的人，照例同他在一起谈话的总是老头子，因为望到对方人眼睛是诚实的眼睛，他笑了。他随后做的事是把腰间缠的小小三角旗取下来了。"看，这个！"看的人眼睛露出吃惊的神气，他得意了。"看，这是他送我们的，他说：'嗨，勇敢点，插到那个地方去!你明白插到那个地方去吗?"听的人自然是摇头,而且有愿意明白"他"是谁以及插到什么地方去的意思。他就慢慢的一面含着烟管一面说……听这话的人,于是也仿佛到了那个地方,看到这一群勇敢的军人,在插定旗子下面生活,旗子一角被风吹得拨拨作响的情形。若不是怕连长罚在烈日下立正,这个人,为了使这乡下人多明白一点,早已在这村落中一个土阜上面把旗子竖起,让这面旗子当真来在风中拨拨作响了。有时候,他人也许还问到:"这是到日本到英国?"他就告他们:"不拘哪一国,总之不是湖南省,也不是四川省。"他想到那种树林,那里与中国相远,以为大概不是英国总就是日本国的。

至于俄国呢,他不说的,因为那里可怕,军队中照例是不许说起这个国名的。

就好像是因为这种慷慨的谈论,他把一切友谊同这村落中人交换了,有一次,他忽然得到一个人赠送的一只母鸡,带回帐篷了。那送鸡的人,告他这鸡每天会从拉屎的地方掉下一个卵来,他把鸡捧回时,就用一个无用处的白木子弹箱安置了它,到第二天一早,果然木箱中多了一个鸡卵。他把鸡卵取去好好的收藏了,喂了鸡一些饭粒,等候第二个鸡卵。第三天果然又是一个。当他把鸡卵取到手时,便对那母鸡做着"我佩服你"的神气。鸡也懂事,应下的卵从不悭吝过一次。

鸡卵每天增加一枚,他每天抱母鸡到村子里尽公鸡轻薄一次。他为一种新的兴味所牵引,把战事的一切完全忘却了。

自从产业上有了一只母鸡以后,这个人,他有些事情,已近于一个做母亲人才需要的细心了。他同别人讨论这只鸡时,是也像一个母亲与人谈论儿女一样的。他夜间做梦，就梦到有二十只小鸡旋绕脚边吱吱的叫。梦醒来，仍然是凝神听，但所注意的已不是枪声是其他，他担心有人偷取鸡卵，有野猫拖鸡。

鸡卵到后当真已积到了二十枚。

会明除了公事以外多了些私事。预备孵小鸡，他各处找找东西，仿佛做父亲的人着忙看儿子从母亲大肚中卸出。对于那伏卵的母鸡，他也从"我佩服你"的态度上转到"请耐耐烦烦"的神情，似乎非常客气了。

日子在他的期待中，在其他人的胡闹中，在这世界上另一地方许多人的咒骂歌唱中，又糟蹋二十余天了。小鸡从薄薄的蛋壳里出到日光下，一身嫩黄乳白的茸毛，啁啾的叫喊，把会明欢喜到快成疯子。他很高兴，如果这时他被派的地方，就是平时神往的地方，他能把这一笼小鸡带去，即或别无其他人作伴，也将很勤的一个人在那里竖旗子地方住下了。

知道他有了一窝小鸡，本连上小兵，就成天有人来看他的小鸡的。还有那爱小意思的兵士，就有向他讨取的事情发生了。对于这件事他不悭吝的就答应了人，却附下了条件，虽然指派定这鸡归谁那鸡归谁，却统统仍然由他管理。他在每一小鸡身上作一个不同的记号，却把它们一视同仁的喂养下来。他走到任何帐篷里去都有机会告给旁人小鸡近来如何情形，因为每一个帐篷里面总有一个人向他要过小鸡。

白天有太阳，他就把鸡雏同母鸡从木箱中倒出来，尽这母子在帐篷附近玩，自己却赤了膊子咬着烟管看鸡玩，或者举起斧头劈柴，把新劈的柴堆成塔形。

遇到进村里去，他便把这笼鸡也带去。他预备给那原来的主人看，像那人是他的亲家。小鸡雏的健康活泼，从那旧主人口中得到一些动人的称赞后，他就非常荣耀骄傲的含着短烟管微笑，还极谦虚的说："这完全是鸡好，它太懂事了，它太乖巧了。"为此一来，则仿佛这光荣对于旧主人仍然有分，旧主人觉悟到这个，就笑笑，会明感动到眼角噙了两粒热泪。

"大爷，你们是不打了吗？"

"唔，命令不下来。"

"还不听到什么消息吗？"

"或者是六月要打的。"

"若是要打，怎么样？"这老人意思所指，是这一窝鸡雏的下落。

会明也懂到这个意思了，就说："这是连上一众所有的。"他且为把某只小鸡属于某一个人——指点给那人看。"要打吧，也得带它们上前去。它们不会受惊的。你不相信吗？我从前带过一匹猫，这猫同我们在壕沟中过了两个月，是一只黑猫。"

"猫不怕炮火么？"

"它像人，到了那里就不知道怕！"

"我听说外国狗也打仗！"

"是吧，狗也能打仗吧。狗比人还聪明的。我亲眼看过一只狗有小牛大，拉车子。"

虽然说着猫呀狗呀的过去的事，看样子，为了这一群鸡雏发育的方便，会明已渐渐的倾向于"非战主义"者一面，也是很显然的事实了。

白日里，还同着鸡雏旧主人说过这类话的会明，返到帐篷中时，坐在鸡箱边吸烟，正幻想着这些鸡各已长大飞到帐幕顶上打架的情形，有人来传消息了。人从连长处来，站在门口，说这一连已得到命令，今晚上就应当退却。会明跑出去把人拉着了，"嗨，你说谎！"来人望了望是会明，把身挣脱，走到别一帐幕前去了。他没有追这人，却一直向连长帐篷那一方跑去。

在连长帐篷前遇到他的上司了。

"连长，这是正经话吗？"

"什么话是正经话？"

"我听到他们说……"

连长不作声。这火夫，已经跑得气息发喘，见连长不说话，从连长的肩膊上望过去，才注意到有人在帐篷里面收拾东西，他抿抿嘴唇，很得意的跑回去了。

和议的局势成熟，一切作头脑的讲了和，地盘分派妥当，照例约好各把军队撤退，各处标语全扯去，天下太平了。会明的财产上多一个木箱，多一个鸡的家庭。他们队伍撤回原防时，会明的伙食担上一端是还不曾开始用过的三束草烟叶，一端就是那些小儿女。本来应当见到血，见到糜碎的肢体，见到腐烂的肚肠，没有一人不这样想！但料不到的是这样开了一次玩笑，一切的忙碌，一切精力的耗费，一切悲壮的预期，结果无事，等于儿戏。

在前线，会明是火夫，回到原防会明仍然也是火夫。不打仗，他仿佛觉到去那大树林涯还很远，插旗子到堡上，望到这一面旗被风吹的日子还无希望。但他喂鸡，很细心的料理它们，多余的草烟至少能对付四十天，他是很幸福的。六月来了，这一连人没有一个腐烂，会明望到这些人微笑时，那微笑的意义，是没有一个人明白的。

十八年作二十三年改

想起了堂·吉诃德 | 凌宇

　　文学的历史发展证明，作家一旦完成某种典型性格的塑造，往往也就捕获到一种具有普遍意义的人类精神现象，具有这种典型性格的人物形象，甚而成为这种精神现象的代名词，如歌德笔下的浮士德，莎士比亚笔下的哈姆雷特，塞万提斯笔下的堂·吉诃德，鲁迅笔下的阿Q等等。与之相关的文学作品，是人类凝视反省自身灵魂的一面面镜子。

　　《会明》写成于一九二九年，是沈从文创作刚刚开始步入成熟期的作品，在其艺术处理的某些方面，还留有其早期创作不成熟的痕迹，如小说的叙述语言，同他后来的作品相比，不免蹇涩之感，未经严格磨砺与锤炼的湘西方言所含的"土气"显得过重。但发生在会明这个人物形象身上的精神历程，却使这篇小说不独在沈从文的全部创作中，而且在整个现代文学史上，具有重要意义。

　　这是一个关于老兵会明的故事。全篇展示的，是这个农民出身的老兵在战时（包括临战前夕）以及战争间歇阶段的种种行状。在小说中，由会明种种行状组接而成的叙述链条被嵌入会明的"呆""傻"与其他人的"聪明"，会明对战争的素朴而带几分神圣的认知与现实战争庸鄙化对立的深层结构。因而，由会明的行状所显示的会明精神与其所处环境的严重不协调，使小说带着明显的喜剧色彩。

　　小说一开始，就叙述了会明对战争性质与士兵职责的朴素感知。在他看来，作为一个士兵，平时流汗，战时流血，不是为了勋章，不是为了钱，而是履行"保卫祖国"的神圣职责，其最终归宿是驻防边境，"一面垦辟荒地，一面生产粮食。"会明的这一信念是从十年前讨袁战争中蔡锷的一次训话中获得的，并且一经获得，便在会明身上生了根——会明的信念是十年前反袁战争的性质与环境的产物。

但是十年后，战争的性质与环境却起了变化。虽然，生活表象一切依旧。依旧是行军打仗，流血牺牲，"打倒军阀"；会明的工作依旧——十年前是一个火夫，十年后仍然是一个火夫；就连会明所在连队的番号也依旧。然而。战争的性质与环境却发生了质变。尽管仍然是"打倒军阀"，但会明上司的上司，也就是一个军阀；战争的结果，只是"流一些愚人的血，升一些聪明人的官"；战争与和平蜕变为一种交易手段：原本是两军对峙，双方剑拔弩张。战事一触即发，却又突然停了火。因为"一切做头脑的讲了和，地盘分派妥当"，于是"天下太平了"——战与和成了一场场随行交易的儿戏。但会明却没有发现这种变化。生活的表象欺骗了他。他依然将每一次战争看作通向他的理想的途径："似乎每打一仗，便与他从前所想的军人到西北去屯边救国的事实走近一步了"。于是，他始终保持着高度的战争警觉感与责任感。每到临战前夕，常常突然半夜醒来，"他的耳朵就像为什么枪声引起了注意才醒的"。而当战事一起，"他当真随了许多样子很聪明的官冲上去了"。

——战争的性质与目的与会明的理想已是南辕北辙，会明却继续着他在十年前讨袁战争中的行为。由于会明的行为、精神与时间严重脱节，而显得大冒"傻气"。这种傻气由于小说提炼的典型细节获得强化。为了实现蔡锷当年的嘱托，会明保留了一面当年的小小三角旗。这一不合时宜的古怪举动，使会明成为周围那些"聪明人"嘲弄的对象。于是，他便将其藏缠在腰间，"从不与人提起"，理想也只"自己玩味"。只有在他与上了年纪的乡下农民谈话时，才会亮宝似的拿出来。

当他提到蔡锷时，说到那伟人的声音颜色，说到那伟人的精神，他于是记起了腰间一面旗，他就想了一想，很老成的望了一望对方人的颜色……因为望到对方人眼睛是诚实的眼睛，他笑了。他随后做的事是把腰间缠的小小三角旗取下来了。"看，这个！"看的人眼睛露出吃惊的神气，他得意了。

正由于这份傻气，会明不仅被人们当作呆子戏弄，而且铸成了他的近乎悲剧的命运。十年来，会明仍然只是个火夫。但会明却不以此为意，他自有他的人生乐趣。到了战争间歇阶段，一旦远离了战争气氛，会明便去驻地附近的村子里走动。他欢喜找当地农民谈话，欢喜本地种的小叶烟，一小杯陈年烧酒也使他"心情欢畅"；得到村人赠送的一只母鸡后，他又忙着取卵、孵小鸡。小鸡孵出后，他像对待自己儿女似的照料它们，旋又一一将小鸡分派到连里士兵名下（但依旧由他饲养）。想象着"这些鸡各已长大，飞到帐篷顶上打架的情形"而感到幸福、满足。这一切，竟发生在行伍军营的士兵身上，会明骨子里依旧是一个农民——人物人生情趣的土地根性与环境太不协调，会明的行为模式又一次用错了地方。其精神由于与空间严重脱节而显得滑稽。但会明这种保守、固执得难以易移的乡巴佬性格，却内在的与其对理想的信守根连枝接，是会明整个精神世界的有机构成部分。

在小说的人物层面，似乎处处指向会明精神的呆、傻特征：他竟弄不清"边境"与"外洋"的区别；虽说他认定"理想"比"升官发财"有意义，却"说不分明"个中缘由；战争已经变了质，他却无法辨别，仍然糊糊涂涂"冲上去了"；一到战争间歇，便立即在一把小叶烟、一小杯烧酒、一群小鸡这类小东西上自得其乐；就连他生就的一副"将军"长相与其实际的"火夫"身份也构成强烈反差——讽刺，似乎是小说叙述语调的一个重要特征。但会明绝非完全是一个讽刺形象，小说叙述的，也不只是一个关于呆子的故事。在会明精神的主要方面，即他对战争性质与士兵责任的朴素认知及其对理想的毫不更移的信守，小说的叙述是在会明的"呆"与其周围的"聪明人"的对照中进行的。虽然同样是"冲上去了"，却一面是为了实践自己的理想（尽管行为用错了地方），一面却是为了"升官发财"；十年前会明是一个火夫，十年后依然是一个火夫，这一经历也是以那些"聪明人"为参照叙述的。于是，连会明保有的那面旗帜及其理想似乎"都有了责任"，成为那些"聪明人"的嘲弄对象。这些"聪明人"能顺应现实，取得了成功，却完全阉割了战争的应有之义，丧失了做人的价值准则。他们愈是"聪明"，便愈是走向其反面——由对比叙事生成的这一弦外之音，使得原本对会明的讽刺，由于嘲弄会明者在骨子里被嘲讽,而翻成反讽。两相对照,会明的"呆""傻"反见出一种神圣与庄严。

这种讽刺与反讽的叠用,流露出叙述者对会明精神的两面特征——崇高与凡庸的不同价值判断。一方面,会明是凡庸的。由于无知无识,他无从发现战争本质的异化,不仅精神与现实脱节,甚至为别人所利用。在平时,又以人生琐屑为满足。这一切,使他无法积极参与现代竞争。凡是这些地方,小说的讽刺语调里藏着作者的深深叹惋;另一方面,会明又是崇高的。他对战争应有之义的朴素理解与做人原则的信守,尽管时时成为人们嘲弄的对象,却仍矢志不移——会明的形象令人想起堂·吉诃德。正如屠格涅夫指出的,堂·吉诃德本身表现了对"某种永恒的"真理的信仰,他"全身心浸透着对理想的忠诚,为了理想他准备承受种种艰难困苦,准备牺牲自己的生命"。[1]在这一点上,小说的反讽语调回荡的,正是这一声音。

虽然,在沈从文笔下诞生的会明现象,发生在一个普通的农民——士兵身上,其意义却已经溢出了会明身份所显示的范围。在一切时代转折或变动时期,由于时流所趋,人类原先拥有的某些具永恒价值的东西已经失落,而人生的假象又障蔽着人们的目光,无从发现人生本质变异的时候,会明现象就有可能在每个社会成员身上不同程度地发生。既要信守人类社会中那些具有永恒意义的真理,不为时流所动,并随时准备为自己的选择承受苦难;又要识破欺骗,尤其是假借这些真理的旗帜与口号,即原

---

1 《哈姆雷特与堂·吉诃德》,《外国文学评论选》,湖南人民出版社1982年版。

有的真理只保留了其话语外壳，其本质已被偷换的欺骗，似乎是每个人都无法规避的思想与精神课题，——《会明》所欲敲响的，正是这样的人生警钟。

菜园

本篇发表于一九二九年十月十日《小说月报》第二十卷第十号。署名沈从文。一九三六年十一月收入小说集《新与旧》，上海良友图书印刷公司初版。现据良友图书印刷公司初版本编入。

玉家菜园出白菜，因为种子特别，本地任何种菜人所种的都没有那种大卷心。这原因从姓上可以明白，姓玉本是旗人，菜是当年从北京带来的菜。北京白菜素来著名的。

辛亥革命以前，来城候补的是玉太爷，单名讳琛。当年来这小城时带了家眷也带了白菜种子。大致当时种来也只是为自己吃。谁知太爷一死，不久革命军推翻了清室，清宗室平时在国内势力一时失尽，顿呈衰败景象。各处地方皆有流落的旗人，贫穷窘迫，无以为生。玉家却在无意中得白菜救了一家人的灾难。玉家卖菜，从此玉家菜园成为人人皆知的地方了。

主人玉太太，年纪有五十岁，年青时节应是美人，所以到老来还可以从余剩风姿想见一二。这太太有一个儿子是白脸长身的好少年，年纪二十一，在家中读过书，认字知礼，还有世家风范。

虽本地新兴绅士阶级，因切齿过去旗人的行为，极看不起旗人，如今又是卖菜佣儿子，很少同这家少主人来往。但这人家的儿子，总仍然有与平常菜贩儿子两样处。虽在当地得不到人亲近，却依然受人相当尊敬。

玉家菜园园地的照料，另雇得有人。主人设计每到秋深便令长工在园中挖窖，冬天来雪后白菜全入窖。从此一年四季城中人皆有大白菜吃。菜园廿亩地方除了白菜也还种了不少其他菜蔬，善于经营的主人，使本城人一年任何时节都可得到极好的蔬菜。也便因此，收入数目不小，十年来，因祸得福，渐渐成为小康之家了。

仿佛因为种族不同，很少同人往来的玉家母子，由旁人看来，除知道这家人卖菜有钱以外，其余一概茫然。

夏天薄暮，这个富于林下风度的中年妇人，穿件白色细麻布旧式衣服，拿把宫扇，朴素不华的在菜园外小溪边站立纳凉。侍立在身边的是穿白绸短衣裤的年青男子。两人常常沉默着半天不说话，听柳上晚蝉拖长了声音飞去，或者听溪水声音。溪水绕菜园折向东去，水清见底，常有小虾小鱼，鱼小到除了看玩就无用处。那时节，鱼大致也在休息了。

动风时，晚风中混有素馨兰花香，茉莉花香。菜园中原有不少花木的，在微风中掠鬓，向天空柳枝空处数点初现的星，做母亲的想着古人的诗歌，想不起谁曾写下形容晚天如落霞孤鹜一类好诗句，又总觉得有人写过这样恰如其境的好诗，便笑着问那个男子，是不是能在这样情境中想出两句好诗。

"这景象，古今相同。对它得到一种彻悟，一种启示，应当写出几句好诗的。"

"这话好像古人说过了，记不起这个人。"

"我也这样想。是谢灵运，是王……不能记得，我真上年纪了。"

"母亲你试作七绝一首，我和。"

"那么，想想吧。"

做母亲的于是当真就想下去，低吟了半天，总像是没有文字能解释当前这一种境界。所谓超于言语，正如佛法，心印默契，不可言传，所以笑了。她说：

"这不行。"

稍过，又问：

"少琛，你呢？"

男子笑着说，这天气是连说话也觉得可惜的天气，做诗等于糟蹋好风光。听到这样话的母亲莞尔而笑，过了桥，影子消失在白围墙后不见了。

不过在这样晚凉天气下，母子两人走到菜园去，看工人作瓜架子，督促舀水，谈论到秋来的菜种、萝卜的市价，也是很平常的事。他们有时还到园中去看菜秧，亲自动手挖泥舀水。一切不造作处，较之斗方诗人在瓜棚下坐一点钟便拟赋五言八韵田家乐，虚伪真实，相去真不可以道里计。

冬天时，玉家白菜上了市，全城人皆吃玉家白菜。在吃白菜时节，有想到这卖菜人家居情形的，赞美了白菜总同时也就赞美了这人家母子。一切人所知有限，但所知的一点点便仿佛使人极其倾心。这城中也如别的城市一样，城中所住蠢人比聪明人多十来倍，所以竟有那种人，说出非常简陋的话，说是每一株白菜，皆经主人的手抚手摸，所以才能够如此肥苗，这原因是有根有柢的。从这样呆气的话语中，也仍然可以看出城中人如何闪耀着一种对于这家人生活优美的企羡。

做母亲的还善于把白菜制各样干菜，根、叶、心皆可以用不同方法制作成各种不同味道。少年人则对于这一类知识，远不及其对于笔记小说知识丰富。但他一天所做的事，经营菜园的时间却比看书写字时间多。年青人，心地洁白如鸽子毛，需要工作，需要游戏，所以菜园不是使他厌倦的地方。他不能同人锱铢必较的算账，不过单是这缺点，也就使这人变成更可爱的人了。

他不因为认识了字就不作工，也不因为有了钱就增加骄傲。对于本地人凡有过从的，不拘是小贩他也能用平等相待。他应当属于知识阶级，却并不觉得在作人意义上，自己有特别尊重读书人必要。他自己对人诚实，他所要求于人的也是诚实。他把诚实这一件事看作人生美德，这种品性同趣味却全出之于母亲的陶冶。

日子到了应当使这年青人定婚的时候了，这男子尚无媳妇。本城的风气，已到了大部分皆男女自相悦爱才结婚，然而来到玉家菜园的仍有不少老媒人。这些媒人完全因为一种职业的善心成天各处走动，只愿意事情成就，自己从中得一点点钱财谢礼。因太想成全他人，说谎自然也就成为才艺一种。眼见用了各样谎话都等于白费以后，这些媒人方死了心，不再上玉家菜园。

然而因为媒人的串掇，以及另一因缘，认识过玉家青年人，愿意作玉家媳妇私心窃许的，本城女人却很多很多。

二十二岁的生日，作母亲的为儿子备了一桌特别酒席，到晚来两人对坐饮酒。窗外就是菜园，时正十二月，大雪刚过，园中一白无际。已经摘下还未落窖的白菜，全成堆的在园中，白雪盖满，正像大坟。还有尚未摘取的菜，如小雪人，成队成排站立雪中。母子二人喝了一些酒，谈论到今年大雪同菜蔬，萝卜白菜皆须大雪始能将味道转浓，把窗推开了。

　　窗开以后园中一切都收入眼底。

　　天色将暮，园中静静地。雪已不落了，也没有风。上半日在菜畦觅食的黑老鸹，不知到什么地方去了。母亲说：

　　"今年这雪真好！"

　　"今年刚十二月初，这雪不知还有多少次落呢。"

　　"这样雪落下人不冷，到这里算是希奇事。北京这样一点点雪可就太平常了。"

　　"北京听说完全不同了。"

　　"这地方近十年也变得好厉害！"

　　这样说话的母亲，想起二十年来在本地方住下的经过人事变迁，她于是喝了一口酒。

　　"你今天满二十二岁，太爷过世十八年，民国反正十五年，不单是天下变得不同，就是我们家中，也变得真可怕。我今年五十，人也老了。你爹若在世，就太好了。"

　　在儿子印象中只记得父亲是一个手持"京八寸"[1]人物。那时吸纸烟真有格，到如今，连做工的人也买美丽牌，不用火镰同烟

1　京八寸，指流行于北京的一种长约八寸的旱烟袋管。

杆了。这一段长长的日子中，母亲的辛苦从家中任何一事皆可知其一二。如今儿子也教养成人了，二十二岁，命好应有了孙子。听说"母亲也老了"这类话的少琛，不知如何，忽想起一件心事来了。他蓄了许久的意思今天才有机会说出。他说他想过北京。

北京方面他有一个舅父，宣统未出宫以前，还在宫中做小管事，如今听说在旂章胡同开铺子，卖冰，卖西洋点心，生意不恶。

听说儿子要到北京去，作母亲的似乎稍稍吃了一惊。这惊讶是儿子料得到的，正因为不愿意使母亲惊讶，所以直到最近才说出来。然而她也挂念着那胞兄的。

"你去看看你三舅，还是做别的事？"

"我想读点书。"

"我们这人家还读什么书？世界天天变，我真怕。"

"那我们俩去！"

"这里放得下吗？"

"我去三个月又回来，也说不定。"

"要去，三年五年也去了。我不妨碍你。你希望走走就走走，只是书，不读，也不什么要紧。做人不一定要多少书本知识。像我们这种人，知识多，也是灾难！"

这妇人这样慨乎其言的说后，就要儿子喝一杯，问他预备过年再去还是到北京过年。

儿子说赶考，是今年走好，且乘路上清吉，也极难得。

虽然母亲同意远行，却认为事情不必那么匆忙，因此到后仍然决定正月十五以后，再离开母亲身边。把话说过，回到今天雪上了，母亲记起忘了的一桩事情，她要他送一坛酒给做工人，因为今天不是平常的日子。八个工人喝着酒时，都很快乐。

不久过年了。

过了年，随着不久就到了少琛动身日子了。信早已写给北京的舅父，于是坐了省河小轿，到××市坐车，转武汉，再换火车，到了北京。

时间过了三年。

在这三年中，玉家菜园还是玉家菜园。但渐渐的，城中便知道玉家少主人在北京大学读书，极其出名的事了。其中经过自然一言难尽，琐碎到不能记述。然而在本城，玉家还是出白菜。在家中一方面稍稍不同了的，是作儿子的常常寄报纸回来，寄书回来，作母亲的一面仍然管理菜园的事务，兼喂养一群白色母鸡。自己每天无事时，便抓玉米喂鸡，与鸡雏玩，一面读从北京所寄来的书报杂志。

地方一切新的变故甚多，革命，北伐。……于是死到野外无人收尸因而烂去了的英雄，全成了志士先烈……于是地方的党部工会成立了。……于是马日事变年青人都杀死，工会解散党部换人。……于是北京改成了北平。

地方改了北平，北方已平定，仿佛真命天子出世，天下快太平了。在北平地方的儿子，还是常常有信来，寄书报则稍稍少了一点。

在本城的母亲，每月寄六十块钱去，同时写信总在告给身体保重以外顺便问问有不有那种相合的女子可以订婚。母亲年纪渐老，自然对于这些事也更见其关心。大热天，三年来的母亲还是同样的不失林下风度。因儿子的原故，多知了许多时事，然而一切外形，属于美德的没有一种失去。且因一种方便，两个工人得到主人的帮助，都接亲了。母亲把这类事告给儿子时，儿子来信说这样作很对。

儿子也来过信，说是母亲不妨到北平看看，把菜园交给工人，是一样的。虽说菜园的事也不一定放不下手，但不知如何，这老年人总不曾打量过北行的事。

当这母亲接到了儿子的一封信，说本学期热天可以回家来住一月时，欢喜极了。来信还只是四月，从四月起作母的就在家中为儿子准备一切。凡是这老年人想到可以使儿子愉快的事皆计划到了。一到了七月，就成天盼望远行人的归来。又派人往较远的××市去接他，又花了不少钱为他添办了一些东西，如迎新娘子那么期待儿子的归来。

如期儿子回来了。更出于意外惊喜的，是同时还有一个媳妇回来。这事情直到进了家门母亲才知道，一面还在心中作小小埋怨，一面把"新客"让到自己的住房中去，作母亲的似乎人年青了十岁。

见到脸目略显憔悴的儿子，把新媳妇指点给两对工人夫妇，说"这是我们的朋友"时，母亲欢喜得话说不出。

儿子回家的消息不久就传遍了本城，美丽的媳妇不久就为本城人全知道了。因为是从北京方面回来的，虽然绅士们的过从仍然缺少，但渐渐有绅士们的儿子到玉家菜园中的事了。还有本地教育局，在一次集会中，也把这家从北平回来的男子与媳妇请去开会了。还有那种对未来有所倾心的年青人，从别的事情上知道了玉家儿子的姓名，因为一种倾慕，特邀集了三五同好来奉访的事了。

从母亲方面看来，儿子的外表还完全如未出门以前，儿子已慢慢是个把生活插到社会中去的人了。许多事皆仿佛天真烂漫，凡是一切往日的好处完全还保留在身上，所有新获得的知识，却融入了生活里，找不出所谓痕迹。媳妇则除了像是过分美丽不适宜于做媳妇值得忧心以外，简直没有疵点可寻。

时间仍然是热天，在门外溪边小立，听水听蝉，或在瓜棚豆畦间谈话，看天上晚霞，五年前母子两人过的日子如今多了一人。这一家仍然仿佛与一地方人是两种世界，生活中多与本城人发生一点关系，不过是徒增注意及这一家情形的人谈论到时一点企羡而已。

因为媳妇特别爱菊花，今年回家，拟定看过菊花，方过北平，所以作母亲的特别令工人留出一块地种菊花，各处寻觅佳种，督工人整理菊秧，母子们自己也动动手。已近八月的一天，吃过了饭，母子们皆在园中看菊苗，儿子穿一件短衣，把袖子卷到肘弯以上，用手代铲，两手全是泥。

母亲见一对年青人，在菊圃边料理菊花，便作着一种无害于事极其合理的祖母的幻梦。

一面同母亲说北平栽培菊花的，如何使用他种蒿草干本接枝，开花如斗的事情，一面便同蹲在面前美丽到任何时见及皆不免出惊的夫人用目光作无言的爱抚。忽然县里有人来说，有点事情，请两个年青人去谈一谈。来人连洗手的暇裕也没有留给主人，把一对年青人就"请"去了。从此一去，便不再回家了。

做母亲的当时纵稍稍吃惊，也仍然没有想到此后事情。

第二天，作母亲的已病倒在床，原来儿子同媳妇，已与三个因其他原故而得着同样灾难的青年人，陈尸到教场的一隅了。

第三天，由一些粗手脚汉子为把那五个尸身一起抬到郊外荒地，抛在业已在早一天掘就因夜雨积有泥水的大坑里，胡乱加上一点土，略不回顾的扛了绳杠到衙门去领赏，尽其慢慢腐烂去了。

做母亲的为这种意外不幸晕去数次，却并没有死去。儿子虽如此死了，办理善后，罚款，具结，她还有许多事得做。三天后大街上贴了告示，才使她同本城人同时知道儿子是政府要缉捕的人。仿佛还亏得衙门中人因为想到要白菜吃，才没有把菜园充公。这样打量着而苦笑的老年人，不应当就死去，还得经营菜园才行。她于是仍然卖菜，活下来了。

秋天来时菊花开遍了一地。

主人对花无语，无可记述。

玉家菜园或者终有一天会改作玉家花园，因为园中菊花多而且好，有地方绅士和新贵强借作宴客的地方了。

骤然憔悴如七十岁的女主人，每天坐在园里空坪中喂鸡，一面回想一些无用处的旧事。

玉家菜园从此简直成了玉家花园。内战不兴，天下太平，到秋天来地方有势力的绅士在园中宴客，吃的是园中所出产的素菜，喝着好酒，同赏菊花。因为赏菊，大家在兴头中必赋诗，有祝主人有功国家，多福多寿，比之于古人某某典雅切题的好诗，有把本园主人写作卖菜媪对于旧事加以感叹的好诗，好诗皆题壁，或镌石，预备嵌墙中作纪念。名士伟人，相聚一堂，人人尽欢而散，扶醉归去，各人回到家中，一定还有机会作与五柳先生猜拳照杯的梦。

玉家菜园改称玉家花园，是主人在儿子死去三年后的事。这妇人沉默寂寞的活了三年，到儿子生日那一天，天落大雪，想这样活下去日子已够了，春天同秋天不用再来了，忽然用一根丝绦套在颈子上，便缢死了。

无声的悲歌 | 孙郁

    沈从文并不是一个超然的人，即使在他最具有恬淡色调的作品中，依然可以感受到他对现实的某种参与精神。我在读《菜园》时，被他的这种平静中的愤然的激情深深地吸引了。他的笔触清淡得很，叙述之法亦十分自然，可在这个无声的画面里，隐含着带泪的人生感悟。这感悟是凄楚的，没有过多的理想主义色彩。作品把一种田园之梦的幻灭，无情地抛到了每个读者面前。

    《菜园》的调子是低缓的。玉家菜园的主人在小城中的安宁、小康的生活，给人一种世外桃源的感觉。作者似乎觉得，这种远离大都市和政治漩涡的安谧的生活，真正地体现了人的自由自在的价值。玉家人的风雅和谐的心理状态，与自然对象心印默契，相宜无间。这个"富于林下风度的"女主人，与"把诚实这一件事看作人生美德"的儿子，在作者笔下是柔和而善良的，富有人性中最纯洁的美质。美丽的菜园与善良的主人，构成了一幅优雅纯净的图画。虽然这里没有湘西苗家风情那么神异，但由这里可以感受到作者对和谐的生活那种向往、认可的态度。中国普通小镇的生活秩序，在沈从文那里被诗意化了。

    但我们的作者不是那种遁迹山林的隐者，他实在是太憎恨世道的黑暗了，惟其如此，才将"田园"作为衬托，映现现存社会非道义的一面。沈从文常借叙述者之口慨叹道，世道变化太快，且变化得令人忧虑。人一旦离开那些近于封闭的纯美之境，则往往被不测的厄运所捉弄。玉家的儿子本来是个天生聪慧、颇晓人情的文静书生。但他去了北京读书之后。情况就全然不同了。在小镇子的人看来，玉家儿子实在是难得的人才，可远方的都市却让人捉摸不透。几年后，这位多才的青年却因了"政府要缉捕的人"的罪名而被杀害。玉家宁静的菜园里，被一种恐怖的血气罩住，那以往的明净与闲适顿然消失。闲适、隐逸毕竟是一场梦。现代文明与现代政治，已将山林野趣抛到了血腥的格斗场上。不管你如何想支配你的生活与命运，终究无法逃脱异己的力量的冲击。我们的作者从玉家的悲剧之中，含蓄地揭示了现代中国历史的某种残酷性。

沈从文无法回避这种残酷，它犹如一道寒光晃动在他的内心深处。也许是太钟爱祥和的人生了，他在作品中避开了血淋淋的杀人场景的描写，避开了儿子与女友受难时的苦况的表现。他似乎不忍心让这血腥的一幕展示在读者面前，而是用极冷静的手法将其轻轻掠过。但这恰恰增添了作品的压抑的情调。生活依旧"安宁"，"安宁"抹去了笑语，也抹去了愁叹。玉家女主人公的悲恸的面容，被菜园中菊花的姿容遮掩住了。在这令人窒息的缄默里，沈从文的复杂心境被生动地托现了出来。

《菜园》无疑是一幕悲剧。从令人羡慕的小康之家，到儿子的罹难，以及母亲的自缢，给人心灵的撼动是巨大的。玉家菜园作为小镇子令人赏心悦目的花园，为"有势力的绅士"与"名士伟人"提供了良多雅趣。但这表象的背后，却是一个痛苦的、毫无亮色的昏暗的人生。无论菜园是怎样的幽寂，都无法使菜园主人摆脱现代政治的骚扰。人已经失去了生存的"无怨"之境，创造美的人死于刽子手的刀下，而阔人们却享有着田园情趣，这是对中国现代文明的一种怎样的讽刺！

我很喜欢《菜园》，细细品味，可以约略窥见作品的精神意蕴。这是一支轻悄地奏出的感伤的乐曲，似梦非梦的田园风光，突然被一股无形的寒气卷破，在荒寂的菜园里，只留下了一片遗憾……我感到，沈从文的高明之处在于，在对现实苦难扫描的同时，他的心灵一直保存着一块圣地。这在作品内部造成了一种反差。他的文体是含蓄的，疏淡中透着一丝抑郁，明与暗，清与浊，甜与涩，浑然交织在一起。沈从文即使在最悲痛的时刻，依然不放弃他心灵的那块净土，并不断从这块净土中释放出纯情的、真人性的东西。他的许多作品不拘于流俗的清绮之风，都与此有着深刻的联系。《菜园》的魅力，是不是也在这里呢？

夫妇

本篇发表于一九二九年十一月十日《小说月报》第二十卷第十一号，署名沈从文。一九三六年五月收入《从文小说习作选》，上海良友图书印刷公司初版。现据良友图书印刷公司初版本编入。

移住到××村，以为可以从清静中把神经衰弱症治好的璜，某一天，正在院子中柚树边吃晚饭，对于过于注意自己饮食的居停主人，所办带血的炒小鸡感到束手。忽然听到有人在外面喊叫道："看去看去，捉了一对东西！"声音非常迫促，真如出了大事，全村中人皆有非去看看不可的声势。不知如何，本来不甚爱看热闹的璜，也随即放下了饭碗，手拿着竹筷，走过门外大塘边看热闹去了。

出了门，还见人向南跑，且匆匆传语给路人说：

"在八道坡，在八道坡，非常好看的事！要去，就走，不要停了，恐怕不久会送到团上去！"

究竟是怎么回事，他是不得分明的。惟以意猜想，则既然人人皆想一看，自然是一件有趣味的消息了。然而在乡下，什么事即"有趣"，想来是不容易使城中人明白的。

他以为或者是捉到了两只活野猪，也想去看看了。

随了那一旁走路一旁同路上人说话的某甲，脚步匆匆过了一些平时所不经踏过的小山路走去，转弯后，见到小坳上的人群了。人群莫名其妙的包围成一圈，究竟这事是什么事还是不能即刻明白。那某甲，仿佛极其奋勇的冲过去，把人用力掀开。原来这聪明人看着璜也跟来看，以为有应当把乡下事情给城中客人看看的必需了，所以便很奋勇的排除了其余的人。乡下人也似乎觉得这应给外客看看，着忙各自闪开了一些。

一切展在眼前了。

看明白所捉到的，原来是两个乡下人。把看活野猪心情的璜分外失望了。

但许多人正因有璜来看，更对于这事本身似乎多了一种趣味了。人人皆用着仿佛"那城里人也见到了"的神气，互相作着会心的微笑。还有对了他近于奇怪的洋服衬衫感到新奇的乡下妇人，作着"你城中穿这样衣服的人也有这事么"的疑问。璜虽知道这些乡下人望到他的头发，望到他的皮鞋与起棱的薄绒裤，所感生兴味正不下于绳缚着那两人的事情，但仍然走近那被绳捆的人面前去了。

到了近身才使他更吓，原来所缚定的是一对年青男女。男女全是乡下人，皆很年青，女的在众人无怜悯的目光下不作一声，静静的流泪。不知是谁还把女人头上插了极可笑的一把野花，这花几几乎是用藤缚到头上的神气，女人头略动时那花冠即在空中摇摆，如在另一时看来当有非常优美的好印象。

望着这情形，不必说话事情也分明了，假若他们犯了罪，他们的罪一定也是属于年青人才有的罪过。

某甲是聪明人，见到璜是"城里客人"，却来为璜解释这件事。事情是这样：有人过南山，在南山坳里，大草集旁发现了这一对。这年青人不避人大白天做着使谁看来也生气的事情，所以发现这事的人，就聚了附近的汉子们把人捉来了。

捉来了，怎么处置？捉的人可不负责了。

既然已经捉来，大概回头总得把乡长麻烦麻烦，在红布案桌前，戴了墨镜坐堂审案，这事人人都这样猜想。为什么非一定捉来不可，被捉的与捉人的两方面皆似乎不甚清楚。然而属于流汗喘气事自己无分，却把人捉到这里来示众的汉子们，这时对女人是俨然有一种满足，超乎流汗喘气以上的。妇女们走到这一对身边来时，便各用手指刮脸，表示这是可羞的事，这些人，不消说是不觉得天气好就适宜于同男子作某种事情应当了。老年人看了则只摇头，大概他们都把自己年青时代性情中那点孩气处与憨气处忘掉，有了儿女，风俗有提倡的必需了。

微微的晚风刮到璜的脸上，听到山上有人吹笛，抬头望天，天上有桃红的霞。他心中就正想到，风光若是诗，必定不能缺少一个女人。

他想试问问被绳子缚定垂了头如有所思那男子，是什么地方来的人，总不是造孽。

男子原先低头，已见到璜的黑色皮鞋了。皮鞋不是他所习见的东西，故虽不忘却眼前处境，也仍然肆意欣赏了那黑色方嘴的皮鞋一番，且出奇那小管的裤子了。这时听人问他，问的话不像审判官，语气十分温和，就抬头来望璜。人虽不认识，但这人已经看出璜是与自己同情的人了，把头略摇，表示这事所受的冤抑，且仿佛很可怜的微笑着。

"你不是这地方人么？"

这样问，另外就有人代为答应，说"决定不是"。这说话的人自然是不至于错误的，因为他认识的人比本地所住人还多。尤其是女人，打扮的样子并不与本村年青女人相同。他又是知道全村女子姓名相貌的。但在璜没有来到以前，已经过许多人询问，皆没有得到回答。究竟是什么地方人，那好事的人也说不出。

璜又看看女人。女人年纪很青，不到二十岁，穿一身极干净的月蓝麻布衣裳，浆洗得极硬，脸上微红，身体颀长，风姿不恶。身体风度都不像个普通乡下女人。这时虽然在流泪，似乎全是为了惶恐，不是为羞耻。

璜疑心或者这是两个年青人背了家人的私奔事也不一定，就觉得这两个年青人很可怜。他想如何可以设法让两人离开这一群疯子才行。然而做居停主人的朋友进了城，此间团总当事人又不知是谁。并且在一群民众前面，或者真会作出比这时情形更愚蠢的事也不可知。这时这些人就并不觉得管闲事的不合理。正这样想已经就听到有人提议了。

有个满脸疙疸再加上一条大酒糟鼻子的汉子，像才喝了烧酒，把酒葫芦放下来到这里看热闹的样子，从人丛中挤进来，用大而有毛的手摸了女人的脸一下，在那里自言自语，主张把男女衣服剥下，一面拿荆条打，打够了再送到乡长处去。他还以为这样处置是顶聪明合理的处置。这人不惜大声的嚷着，拥护这希奇主张,若非另一个人扯了这汉子的裤头,指点他有"城里人"在此,说不定把话一说完,不必别人同意就会做他所想做的事。

另外有较之男子汉另有切齿意义,仿佛因为女人竟这样随便同男子在山上好风光下睡觉,极其不甘心的妇女,虽不同意脱去衣裤,却赞成"挞"。都说应结结实实的挞一顿,让他们明白胡来乱为的教训。

小孩子听到这话莫名其妙的欢喜,即刻便竞往各处寻找荆条去了。他们是另一时常常为家中父亲用打牛的条子,把背抽得次数太多,所以对于打贼打野狗野猫一类事,分外感到趣味。

璜看看这情形太不行了,正无办法。恰在此时跑来一个行伍中出身军人模样的人物。这人一来群众就起了骚动,大家争告给这人事件的经过,且各把意见提出。大众喊这人作"练长",璜知道这必定是本村有实力的人物了,且不作声,听他如何处置。

行伍中人摹仿在城中所常见的营官阅兵神气,双眉皱着,不言不语,忧郁而庄严的望到众人,随后又看看周围,璜于是也被他看到了。似乎因为有"城中人"在,这汉子更非把身份拿出不可了,于时小孩子与妇人皆围近到他身边成一圈,以为一个出奇的方法,一定可从这位重要人物方面口中说出。这汉子,却出乎众人意料以外的喝一声:"站开!"

因这一喝各人皆跟跟跄跄退远了。众人都想笑又不敢笑。

这汉子,就用手中从路旁扯得的一根狗尾草,拂那被委屈的男子的脸,用税关中人盘诘行人的口吻问道:

"从那里来的?"

被问的男子，略略沉默了一会，又望望那练长的脸，望到这汉子耳朵边有一粒朱砂痣。他说：

"我是窑上的人。"

好像有了这一句口供已就够了的练长，又用同样的语气问女人，他问她姓。

"你姓什么？"

那女子不答，抬头望望审问她的人的脸，又望望璜。害羞似的把头下垂，看自己的脚。脚上的鞋绣得有双凤，是只有乡中富人才会穿的好鞋。这时有人在夸奖女人的脚的，一个无赖男子的口吻。那练长用同样微带轻薄的口吻问：

"你从那里来的？不说我要派人送你到县里去！"

乡下人照例怕见官，因为官这东西，在乡下人看来，总是可怕的一种东西。有时非见官不可，要官断案，也就正有靠这凶恶威风把仇人压下的意思，所以单是怕走错路，说进城，许多人就毛骨悚然了。

然而女人被绑到树下，与男子捆在一处，好像没有办法，也不怕官了，她仍然不说话。

于是有人多嘴了，说"挞"，还是老办法，因为这些乡下人平时爱说谎，在任何时见官皆非大板子皮鞭竹条不能把真话说出。所以他们之中也就只记得挞是顶方便的办法，乘混乱中就说出了。

又有人说找磨石来，预备沉潭。这自然是一种恐吓。

又有人说喂尿给男子吃，喂女子吃牛粪。这自然是笑谑。

…………

完全是这类近于孩子气的话。

大家各自提出种种虐待的办法，听着这些话的男女皆不做声。不做声则仿佛什么也不怕。这使练长激动了，声音放严厉了许多，仍然用那先前别人所说过的恐吓话复述给两人听，又像在说："这完全是众人意见，既然有了违反众人的事，众人的裁判是正当的，城里做官的也不能反对。"

女人摇着头，轻轻的轻轻的说：

"我是从窑上来的人，过黄坡看亲戚。"

听到女人这样说话的那男子，也怯怯的说话了，说：

"同路到黄坡。"

那裁判官就问：

"同逃？"

女人对于逃字觉得用得大非事实，就轻轻的说：

"不是。是同路。"

在"同路"不"同逃"的解释上，众人皆知道这是因为路上相遇始相好的意义，大家哄笑。

捉奸的乡下人一个，这时才从团上赶来，正各处找不到练长，回来见到练长了，欢喜得如见大王报功。他用他那略略显得狡猾的眼睛，望练长睐着，笑眯眯的说怎样怎样见到这一对无耻的年青人在太阳下所做的事。事情并不真正希奇，希奇处自然是"青天白日"。因为青天白日在本村的人除了做工就应当打盹，别的似乎都不甚合理，何况所做的事更不是在外面做的事。

听完这话，练长自然觉得这是应当供众人用石头打死的事了，他有了把握。在处置这一对男女以前，他还想要多知道一点这人的身家，因为凡是属于男女的事，在方便中皆可以照习惯法律，罚这人一百串钱，或把家中一只牛牵到局里充公，他从中也多少可叨一点光。有了这种思想的他，就仍然在那里讯取口供，不殚厌烦，而且神气也温和多了。

在无可奈何中男子一切皆不能隐瞒了。

这人居然到后把男子的家中的情形完全知道了，财产也知道了，地位也知道了，家中人也知道了，便很得意的笑着。谁知那被捆捉的男子，到后还说了下面的话。他说他就是女子的亲夫。虽是亲夫妇，因为新婚不久，同返黄坡女家去看岳丈，走过这里，看看天气太好，两人皆太觉得这时节需要一种东西了，于是坐到那新稻草集旁看风景，看山上的花。那时风吹来都有香气，雀儿叫得人心腻，于是记起一些年青人可做的事，于是到后就被捉了。

到男子说完这话，众人也仿佛从这男女情形中看得出不是临时匹配的两个了。然而同时从这事上失了一种浪漫趣味的众人，就更觉得这是非处罚不行了。对于罚款无分的，他们就仍然主张挞了再讲。练长显然也因为男子说出是真夫妇，成为更彻底了的。

正因为是真实的夫妇，在青天白日下也不避人的这样做了一些事情，反而更引起一种只有单身男子才有的愤恨骚动，他们一面想望一个女人无法得到，一面却眼看到这人的事情，无论如何将不答应的，也是自然的事。

从明白了头至尾这事的璜，先是也出于意外的一惊的，这时同练长来说话了。他要这练长，把这人放下才是。听过这话的练长，望着璜的脸，大约必在估计璜"是不是洋人的翻译"。看了一会，璜皮裤带边一个党部的特别证被这人见到了，这人不愿意表示自己是纯粹乡下人，就笑着，想伸手给璜握。手没有握成，他就在腿上搓自己那只手，起了小小反感，说：

"先生，不能放。"

"为什么？"

"我们要罚他，他欺侮了我们这一乡。"

"做错了事，赔赔礼，让人家赶路好了，没有什么可罚的！"

那糟鼻子在众人中说："那不行，这是我们的事。"虽无言语但见到了璜在为罪人说话的男女，听到糟鼻子的话，就哄然和着。然而当璜回过头去找寻这反对的敌人时，糟鼻子心有所内恶赶忙把头缩下，蹲于人背后抽烟去了。

糟鼻子一失败，于是就有人附和了璜，代罪人为向练长说好话的人来了。这中也有女人，就是非常害怕"城里人"那类平时极爱说闲话的中年妇人，可以谥之为长舌妇而无愧的。其中还有知道璜是谁的，就扯了练长黑香云纱的衣角，轻轻的告练长这是谁。听到了话的练长，点着头，心软了，知道敲诈的事不行，但为维持自己在众人面前的身份，虽知道面前站得是"老爷"，也仍然装着办公事人神气说：

"璜先生您对。不过我们乡下的事我不能作主，还有团总。"

"我去见你们团总，好不好？"

"那也好吧，我们就去。我是没有什么的，只是莫让本乡人说话就好了。"

练长狡猾处，璜早就看透了，说是要见团总，把事情推到团总身上去，他就跟了这人走。于是众人闪开了，预备让路。

他们同时把男女一对也带去。一群人皆跟在后面看，一直把他们送到团总院子前，许多人还不曾散去。

天色渐渐的夜了。

从团总处交涉得到了好的结果，狡猾的练长在璜面前无所施其伎俩，两个年青的夫妇缚手绳子在团总的院中解脱了。那练长，作成卖人情的样子，向那年青妇人说：

"你谢谢这先生，全是他替你们说话。"

女人正在解除头上乡下人恶作剧为缠上的那一束花，听过这话后，就连花为璜作揖。这花束她并不弃去，还拿在手里。那男子见了，也照样作揖，但却并不向练长有所照应。练长早已借故走去，这事情就这样喜剧的形式收场了。

璜伴送这两个年青乡下人出去，默无言语，从一些还不散去守在院外的愚蠢好事乡下人前面过身，因为是有了璜的原故，这些人才不敢跟随。他伴送他们到了上山路，站到那里不走了，才想到说话，问他们肚中饿了没有，两人中男子说到达黄坡时赶得及夜饭。他又告璜这里去黄坡只六里路，并不远，虽天夜了，靠星光也可以走得到他的岳家。说到星光时三人同时望天，天上有星子数粒，远山一抹紫，黄昏正开始占领地面的一切，夜景美极了。这样的天气,似乎就真适宜于年青男女们当天作可笑的事。

璜说："你们去好了，他们不会与你为难了。"

那乡下男子说："先生住在这里，过几天我来看你。"

女人说："天保佑你这好先生。"

那一对年青夫妇就走了。

独立在山脚小桥边的璜，因微风送来花香，他忽觉得这件事可留一种纪念，想到还拿在女人手中的那一束花了，于是遥遥的说：

"慢点走，慢点走，把你们那一把花丢到地下，给了我。"

那女人似乎笑着为把花留在路旁石头上，还在那里等候了璜一会，见璜不上来，那男子就自己往回路走，把花送来了。

人的影子失落到小竹丛后了。得了一把半枯的不知名的花的璜，坐在石桥边，嗅着这曾经在年青妇人头上留过很希奇过去的花束，不可理解的心也为一种暧昧欲望轻轻摇动着。

他记起这一天来的一切事，觉得自己的世界真窄。倘若自己有这样的一个太太，他这时也将有一些看不见的危险伏在身边了，因此开始觉得住在这里是厌烦的地方了，地方风景虽美，乡下人与城市中人一样无味，他预备明后天进城。

十八年七月十四作

二十二年十一月改

乡村戏剧　|　范智红

　　"你们能欣赏我故事的清新，照例那作品背后蕴藏的热情却忽略了，你们能欣赏我文字的朴实，照例那作品背后隐伏的悲痛也忽略了"（《〈从文小说习作选〉代序》），这是在写作《湘西》《长河》之前，沈从文以一个"乡下人"的直捷方式称那所谓能欣赏他的读者也不过在"买椟还珠"。他自己是更珍视那故事与文字"背后"的掩藏，那里不止有"矜持的忧郁和轻微疯狂"（《看虹摘星录》后记）而且有"理性"的剪裁，有厌憎，有哀痛，这"理性"即是在深刻认识"手足贴近泥土的农人"（包括他们的"缺乏"与"充足"）基础上形成的关于"民族品德的消失与重造"思想。出入于古典的浪漫往事与浪漫的现代传奇这"牧歌情调"中的沈从文，和那个对于"现实"（农村和城市）露出他的矛和盾，露出他毫不掩饰的嘲讽态度的沈从文，实则是二而一的。"统一"不始于他回到"见出在变化中堕落趋势"（《长河·题记》）的湘西时那一九三四年寒冷的冬天，而开始于他试图在文字世界中重构种种"人生的形式"时。从无意识到自觉追求，后者几乎贯串沈从文整个写作生涯。若如此来读作于一九二九年的《夫妇》，你该不至感到微微诧异了。

　　在《夫妇》尾记中作者说，同是用"抒情诗的笔调"写一个仿佛被人疏忽遗忘的世界，自己不如废名先生"经济"。废名的"经济"来自在节制感情中对于文字的"悭吝"。由于在描写和叙事中略去因果的暗示和联接，从而营造出一个一个封闭的、孤立的单元画境（即沈从文所谓"最小一片的完全，部分的精雕细刻"《沫沫集·论冯文炳》），废名的作品充满了"寂静"之美；并且，必须通过画境与画境之间的自身组合方能显示文字意义这一特殊表意方式的"寂静"效应，与对于阅读者所要求的沉潜慧根达于默契，都共同促成着这一审美风格的完成。不论从作者方面说，还是从作品、读者方面说，"冯文炳君只按照自己的兴味做了一部分所欢喜的事"（同上文），与其说他意在表现那被疏忽遗忘世界的人事，毋宁说他更看重在这表现过程中显示个人"趣味"。感情的节制与文字的简约，这或许也正是沈从文《夫妇》首先给予你的印象；我们的目标是如作者所期望去"找出其相似中稍稍不同处"。

《夫妇》实际上包含三个有独立意义的故事：

关于××村村民的故事，一对新婚夫妇的故事，璜的故事。在"夫妇"被"捉奸"这样一个充分戏剧化的时刻，三个故事得到了一次共时性展开。这题材本身似乎就已不太轻松，没有诗意。"城市"使璜患上了神经衰弱症，他来"乡村"寻求的是"清静"。然而"乡村"并不缺少"好事者"，他们把人捉来，兴奋地围观，从鉴赏与捉弄中，汉子们"俨然有一种满足"，女人们发泄着"极不甘心"的妒意，老年人忘记自己年轻时代的性情而要救正风俗了，小孩子则从"打人"中补偿了"挨打"的损失；更有乡村中的"特权者"，"摹仿在城中所见到的营官阅兵神气"，从装腔作势的讯问中满足了自己对于权力和财富的渴慕。人们从各自隐秘的私欲出发，毫无怜悯地戏弄、践踏着那些牺牲者。这是一个什么样的"乡村"？这是没有"人情美"，没有"爱"和"童心"，有的只是愚昧卑贱共同作成的庸俗世故和残忍，和我们同一时期在沈从文那里所看到的"湘西"是完全两样的世界。事实上，也正是"好事者"和"特权者"的日见其多使沈从文看出了现实湘西的堕落趋势；两相对照中，应该说，沈从文其实是一个对于"现实"有敏锐感觉和洞察力的小说家，只是由于他切入的角度与方式在"人性"／"生命"，人们不免发生了迷惑。

一方面是对于"乡村"现实的厌恶与失望，另一方面，从那受窘的新婚夫妇处，璜却发现了他生活理想的一点星光。他们天然地懂得欣赏自然之美享受生命的活力，在好天气好风光中他们怀着同样好的心情做他们想做的事，然而因此他们须蒙受那些以为在青天白日下"除了做工就应当打盹，别的似乎都不甚合理"的人们的羞辱。在羞辱中的女人虽然流羞泪，但那只是因为惶恐而不因感觉羞耻，那男子且仍能从容地欣赏他未尝习见的新鲜人物新奇装束，他们都没有羞恼，坦白而且平静——对照之下，这闹剧的真正制作者和表演者自然只是那一干无聊乡民了。信仰简单，哀乐平凡，"接受自然的状态，把生命谐合于自然中，形成自然一部分"（《虹桥》），显示着"生命自足性"，璜的求"清静"的身心只有在这样一种"人生形式"中方可找到安然居所，并且重新获得健康生命的热情。从见到这对年轻人，璜即感应着了自然的美好：山上有人吹笛，天上有桃红的霞，女人正应是这如诗风光的诗韵。及至目送他们从容离去，嗅着那曾被当作捉弄工具而在女人心中依然不改其"美"的性质的花束，璜感到自己"不可理解的心也为一种暧昧欲望轻轻摇动着"。然而这自然的欲求将使他面临那同样的刚刚逝去的"危险"，意识到这一点后，璜从"花香"的迷醉中清醒过来了,他重新感觉到了"自己的世界",一个现实的"乡村",那年轻夫妇已经消失,他们并不属于这"乡村",这"乡村"与那使他厌倦的"城市"却在连为一体。

沈从文曾经认为废名小说"依赖作者的文体",而非作品"所描写的人格"暗示出对于作品中人物的"嘲弄"(《论冯文炳》)。所谓"依赖作者的文体"其实也即是作者完全以一个旁观人身份品评一切,听凭个人"趣味"的显示发挥去打乱、曲扭叙事的节奏,从形式因素上说这就使作品失去了"朴素的美"而露着"畸形的姿态"(《论冯文炳》)。沈从文要求从作品中人物的"人格"来暗示作者态度,实际上也即是要求写作者关注现实感受,并通过人物及品性的具象实现它的完形。如果说废名由"写作"更多地感到"写作的喜悦",那么沈从文应是从"写什么"中得到更多情感与思想的沉醉了。《夫妇》中人物"人格"的表现,通过上述三种类型人物性情心态自身的逐步对映互相完成;而"用矜慎的笔,作深入的解剖,具强烈的爱憎,有悲悯的感情",用"使社会的每一面,每一棱,皆有机会在作者笔下写出"而不局囿了自己"欢喜的事"(《论冯文炳》),在《夫妇》中也是俱已实践了。

萧萧

本篇发表于一九三○年一月十日《小说月报》第二十一卷第一号；一九三六年七月一日《文季月刊》第一卷第二期，七月号。署名均为沈从文。一九三六年十一月收入小说集《新与旧》，上海良友图书印刷公司初版。现据良友图书印刷公司初版本编入。

乡下人吹唢呐接媳妇，到了十二月是成天有的事情。

唢呐后面一顶花轿，四个伕子平平稳稳的抬着，轿中人被铜锁锁在里面，虽穿了平时不上过身的体面红绿衣裳，也仍然得荷荷大哭。在这些小女人心中，做新娘子，从母亲身边离开，且准备作他人的母亲，从此将有许多新事情等待发生。像做梦一样，将同一个陌生男子汉在一个床上睡觉，做着承宗接祖的事情，当然十分害怕，所以照例觉得要哭，就哭了。

也有做媳妇不哭的人。萧萧做媳妇就不哭。这女人没有母亲，从小寄养到伯父种田的庄子上，出嫁只是从这家转到那家。因此到那一天这女人还只是笑。她又不害羞，又不怕，她是什么事也不知道，就做了人家的媳妇了。

萧萧做媳妇时年纪十二岁，有一个小丈夫，年纪三岁。丈夫比她年少九岁，还在吃奶。地方规矩如此，过了门，她喊他做弟弟。她每天应作的事是抱弟弟到村前柳树下去玩，饿了，喂东西吃，哭了，就哄他，摘南瓜花或狗尾草戴到小丈夫头上，或者亲嘴，一面说："弟弟，哪，啵。再来，啵。"在那满是肮脏的小脸上亲了又亲，孩子于是便笑了。孩子一欢喜，会用短短的小手乱抓萧萧的头发。那是平时不大能收拾蓬蓬松松到头上的黄发。有时垂到脑后一条有红绒绳作结的小辫儿被拉，生气了，就挞那弟弟，弟弟自然嗗的哭出声来，萧萧便也装成要哭的样子，用手指着弟弟的哭脸，说："哪，不讲理，这可不行！"

　　天晴落雨日子混下去，每日抱抱丈夫，也时常到溪沟里去洗衣，搓尿片，一面还捡拾有花纹的田螺给坐到身边的丈夫玩。到了夜里睡觉，便常常做世界上人所做过的梦，梦到后门角落或别的什么地方捡得大把大把铜钱，吃好东西，爬树，自己变成鱼到水中溜扒。或一时仿佛很小很轻，身子飞到天上众星中，没有一个人，只是一片白，一片金光，于是大喊："妈！"人醒了。醒来心还只是跳。吵了隔壁的人，就骂着："疯子，你想什么！"却不作声，只是咕咕的笑着。也有很好很爽快的梦，为丈夫哭醒的事。那丈夫本来晚上在自己母亲身边睡，吃奶方便，但是吃多了奶，或因另外情形，半夜大哭，起来放水拉稀是常有的事。丈夫哭到婆婆不能处置，于是萧萧轻脚轻手爬起来，眼屎矇眬，走到床边，把人抱起，给他看灯光，看星光。或者仍然啵啵的亲嘴，互相觑着，孩子气的"嗨嗨，看猫呵"那样喊着哄着。于是丈夫笑了。慢慢阖上眼。人睡了，放上床，站在床边看着，听远处一传一递的鸡叫，知道天快到什么时候了，于是仍然蜷到小床上睡去。天亮了，虽不做梦，却可以无意中闭眼开眼，看一阵空中黄金颜色变幻无端的葵花。

萧萧嫁过了门，做了拳头大丈夫的小媳妇，一切并不比先前受苦，这只看她半年来身体发育就可明白。风里雨里过日子，像一株长在园角落不为人注意的蓖麻，大叶大枝，日增茂盛。这小女人简直是全不为丈夫设想那么似的长大起来了。

夏夜光景说来如做梦。坐到院心，挥摇蒲扇，看天上的星同屋角的萤，听南瓜棚上纺织娘子咯咯咯拖长声音纺车，禾花风飐飐吹到脸上，正是让人在自己方便中说笑话的时候。

萧萧好高，一个人常常爬到草料堆上去，抱了已经熟睡的丈夫在怀里，轻轻的轻轻的随意唱着那使自己也快要睡去的歌。

在院中，公公婆婆，祖父祖母，另外还有帮工汉子两个，散乱的坐，小板凳无一作空。

祖父身边有烟包，在黑暗中放光。这用艾蒿作成的长火绳，是驱逐长脚蚊东西，蜷在祖父脚边，就如一条黑色长蛇。

想起白天场上的事，那祖父开口说话：

"听三金说前天有女学生过身。"

大家就哄然笑了。

这笑的意义何在？只因为大家都知道女学生没有辫子，像个尼姑，穿的衣服又像洋人，吃的、用的……总而言之一想起来就觉得怪可笑！

萧萧不大明白，她不笑。所以祖父又说话了。他说：

"萧萧，你将来也会做女学生！"

大家于是更哄然大笑起来。

萧萧为人并不愚蠢，觉得这一定是不利于己的一件事情了，所以接口便说：

"我不做女学生！"

"不做可不行。"

"我不做。"

众口一声的说："非做女学生不行！"

女学生这东西，在本乡的确永远是奇闻。每年热天，据说放"水假"日子一到，便有三三五五女学生，由一个荒谬不经的热闹地方来，到另一个远地方去，取道从本地过身。从乡下人眼中看来，这些人皆近于另一世界中活下的人，装扮如怪如神，行为也不可思议。这种人过身时，使一村人皆可以说一整天的笑话。

祖父是当地人物，因为想起所知道的女学生在大城中的生活情形，所以说笑话要萧萧也去作女学生。一面听到这话就感觉一种打哈哈趣味，一面还有那被说的萧萧感觉一种惶恐，说这话的不为无意义了。

女学生由祖父方面所知道的是这样一种人：她们穿衣服不管天气冷暖，吃东西不问饥饱，晚上交到子时才睡觉，白天正经事全不作，只知唱歌打球，读洋书。她们一年用的钱可以买十六只水牛。她们在省里京里想往什么地方去时，不必走路，只要钻进一个大匣子中，那匣子就可以带她到地。她们在学校，男女一处上课，人熟了，就随意同那男子睡觉，也不要媒人，也不要财礼，名叫"自由"。她们也做官；做县官，带家眷上任，男子仍然喊作老爷，小孩子叫少爷。她们自己不养牛，却吃牛奶羊奶，如小牛小羊，买那奶时是用铁罐子盛的。她们无事时到一个唱戏地方去，那地方完全像个大庙，从衣袋中取出一块洋钱来（那洋钱在乡下可买五只母鸡），买了一小方纸片儿，拿了那纸片到里面去，就可以坐下看洋人扮演影子戏。她们被冤了，不赌咒，不哭。她们年纪有老到二十四岁还不肯嫁人的，有老到三十四五还好意思嫁人的。她们不怕男子，男子不能使她们受委屈，一受委屈就上衙门打官司，要官罚男子的款，这笔钱她可以同官平分。她们不洗衣煮饭，有了小孩子也只化五块钱或十块钱一月，雇人专管小孩，自己仍然整天看戏打牌。……

总而言之，说来都希奇古怪，岂有此理。这时经祖父一为说明，听过这话的萧萧，心中却忽然有了一种模模糊糊的愿望，以为倘若她也是个女学生，她是不是照祖父说的女学生一个样子去做那些事？不管好歹，做女学生极有趣味，因此一来却已为这乡下姑娘体念到了。

因为听祖父说起女学生是怎样的人物，到后萧萧独自笑得特别久。笑够了时，她说：

"祖爹，明天有女学生过路，你喊我，我要看。"

"你看，她们捉你去作丫头。"

"我不怕她们。"

"她们读洋书你不怕？"

"我不怕。"

"她们咬人你不怕？"

"也不怕。"

可是这时节萧萧手上所抱的丈夫，不知为什么，在睡梦中哭了，媳妇用作母亲的声势，半哄半吓说：

"弟弟，弟弟，不许哭，不许哭，女学生咬人来了。"

丈夫还仍然哭着，得抱起各处走走。萧萧抱着丈夫离开了祖父，祖父同人说另外一样话去了。

萧萧从此以后心中有个"女学生"。做梦也便常常梦到女学生，且梦到同这些人并排走路。仿佛也坐过那种自己会走路的匣子，她又觉得这匣子并不比自己跑路更快。在梦中那匣子的形体同谷仓差不多，里面有小小灰色老鼠，眼珠子红红的。

因为有这样一段经过，祖父从此喊萧萧不喊"小丫头"，不喊"萧萧"，却唤作"女学生"。在不经意中萧萧答应得很好。

乡下里日子也如世界上一般日子，时时不同。世界上人把日子糟蹋，和萧萧一类人家把日子吝惜是同样的，各人皆有所得，各人皆为命定。城市中文明人，把一个夏天全消磨到软绸衣服精美饮料以及种种好事情上面。萧萧的一家，因为一个夏天，却得了十多斤细麻，二三十担瓜。

作小媳妇的萧萧，一个夏天中，一面照料丈夫，一面还绩了细麻四斤。这时工人摘瓜，在瓜间玩，看硕大如盆上面满是灰粉的大南瓜，成排成堆摆到地上，很有趣味。时间到摘瓜，秋天已来了，院中各处有从屋后林子里树上吹来的大红大黄木叶。萧萧在瓜旁站定，手拿木叶一束，为丈夫编小笠帽玩。

工人中有个名叫花狗，抱了萧萧的丈夫到枣树下去打枣子。小小竹杆打在枣树上，落枣满地。

"花狗大，莫打了，太多了吃不完。"

虽这样喊，还不动身。到后，仿佛完全因为丈夫要枣子，花狗才不听话。萧萧于是又喊她那小丈夫：

"弟弟，弟弟，来，不许捡了。吃多了生东西肚子痛！"

丈夫听话，兜了一堆枣子向萧萧身边走来，请萧萧吃枣子。

"姊姊吃，这是大的。"

"我不吃。"

"要吃一颗！"

她两手那里有空！木叶帽正在制边，工夫要紧，还正要个人帮忙！

"弟弟，把枣子喂我口里。"

丈夫照她的命令作事，作完了觉得有趣，哈哈大笑。

她要他放下枣子帮忙捏紧帽边，便于添加新木叶。

丈夫照她吩咐作事，但老是顽皮的摇动，口中唱歌。这孩子原来像一只猫，欢喜时就得捣乱。

"弟弟，你唱的是什么？"

"我唱花狗大告我的山歌。"

"好好的唱给我听。"

丈夫于是就唱下去，照所记到的歌唱：

天上起云云起花，

包谷林里种豆荚，

豆荚缠坏包谷树，

娇妹缠坏后生家。

天上起云云重云，

　　地下埋坟坟重坟，

　　娇妹洗碗碗重碗，

　　娇妹床上人重人。

　　丈夫唱歌中意义全不明白，唱完了就问好不好。萧萧说好，并且问从谁学来的。她知道是花狗教他的，却故意盘问他。

　　"花狗大告我，他说还有好歌，长大了再教我唱。"

　　听说花狗会唱歌，萧萧说：

　　"花狗大，花狗大，您唱一个歌我听听。"

　　那花狗，面如其心，生长得不很正气，知道萧萧要听歌，人也快到听歌的年龄了，就给她唱"十岁娘子一岁夫"。那故事说的是妻年大，可以随便到外面作一点不规矩事情，夫年小，只知道吃奶，让他吃奶。这歌丈夫完全不懂，懂到一点儿的是萧萧。把歌听过后，萧萧装成"我全明白"那种神气，她用生气的样子，对花狗说：

　　"花狗大，这个不行，这是骂人的歌！"

　　花狗分辩说："不是骂人的歌。"

　　"我明白，是骂人的歌。"

　　花狗难得说多话，歌已经唱过了，错了陪礼，只有不再唱。他看她已经有点懂事了，怕她回头告祖父，就把话支开，扯到"女学生"。他问萧萧，看不看过女学生习体操唱洋歌的事情。

　　若不是花狗提起，萧萧几乎已忘却了这事情。这时又提到女学生，她问花狗近来有没有女学生过路。

花狗一面把南瓜从棚架边抱到墙角去，告她女学生唱歌的事，这些事的来源就是萧萧的那个祖父。他在萧萧面前说了点大话，说他曾经到官路上见到四个女学生，她们都拿得有旗帜，走长路流汗喘气之中仍然唱歌，同军人所唱的一模一样。不消说，这完全是笑话。可是那故事把萧萧可乐坏了。

　　花狗是会说会笑的一个人。听萧萧带着歆羡口气说："花狗大，您膀子真大。"他就说："我不止膀子大。"

　　"你身个子也大。"

　　"我全身无处不大。"

　　到萧萧抱了她的丈夫走去以后，同花狗在一起摘瓜，取名字叫哑叭的，开了平时不常开的口，他说：

　　"花狗，你少坏点。人家是黄花女，还要等十二年才圆房！"

　　花狗不做声，打了那伙计一掌，走到枣树下捡落地枣去了。

　　到摘瓜的秋天，日子计算起来，萧萧过丈夫家有一年了。

　　几次降霜落雪，几次清明谷雨，都说萧萧是大人了。天保佑，喝冷水，吃粗砺饭，四季无疾病，倒发育得这样快。婆婆虽生来像一把剪，把凡是给萧萧暴长的机会都剪去了，但乡下的日头同空气都帮助人长大，却不是折磨可以阻拦得住。

　　萧萧十四岁时高如成人，心却还是一颗糊糊涂涂的心。

　　人大了一点，家中做的事也多了一点。绩麻纺车洗衣照料丈夫以外，打猪草推磨一些事情也要作。还有浆纱织布：两三年来所聚集的粗细麻和纺就的纱，已够萧萧坐到土机上抛三个月的梭子了。

丈夫已断了奶。婆婆有了新儿子，这五岁儿子就像归萧萧独有了。不论做什么，走到什么地方去，丈夫总跟到身边。丈夫有些方面很怕她，当她如母亲，不敢多事。他们俩"感情不坏"。

地方稍稍进步，祖父的笑话转到"萧萧你也把辫子剪去"那一类事上去了。听着这话的萧萧，某个夏天也看过一次女学生了，虽不把祖父笑话认真，可是每一次在祖父说过这笑话以后，她到水边去，必用手捏着辫子末梢，设想没有辫子的人那种神气，那点趣味。

因为打猪草，带丈夫上螺蛳山的山阴是常有的事。

小孩子不知事，听别人唱歌也唱歌。一唱歌，就把花狗引来了。

花狗对萧萧生了另外一种心，萧萧有点明白了，常常觉得惶恐。但花狗是男子，凡是男子的美德恶德皆不缺少，所以一面使萧萧的丈夫非常欢喜同他玩，一面一有机会即缠在萧萧身边，且总是想方设法把萧萧那点惶恐减去。

山大人小，平时不知道萧萧所在，花狗就站在高处唱歌逗萧萧身边的丈夫；丈夫小口一开，花狗穿山越岭就来到萧萧面前了。

见了花狗，小孩子只有欢喜，不知其他。他原要花狗为他编草虫玩，做竹箫哨子玩，花狗想方法支使他到一个远处去，便坐到萧萧身边来，要萧萧听他唱那使人红脸的歌。她有时觉得害怕，不许丈夫走开；有时又像有了花狗在身边，打发丈夫走去也好一点。终于有一天，萧萧就给花狗变成了妇人了。

那时节，丈夫走到山下采刺莓去了，花狗唱了许多歌，到后却向萧萧说，我想了你二三年。他又说，我为你睡不着觉。他又说，我赌咒不把这事情告给人。听了这些话仍然不懂什么的萧萧，眼睛只注意到他那一对膀子，耳朵只注意到他最后一句话。末了花狗大便又唱歌给她听，她心里乱了。她要他当真对天赌咒，赌了咒，一切好像有了保障，她就一切尽他了。到丈夫返身时，手被毛毛虫螫伤，肿了一片，走到萧萧身边。萧萧捏紧这一只小手，且用口去呵它，吮它，想起刚才的糊涂，才仿佛明白作了一点糊涂事。

花狗诱她做坏事情是麦黄四月，到六月，李子熟了，她欢喜吃生李子。她觉得身体有点特别，碰到花狗，就将这事情告给他，问他怎么办。

讨论了多久，花狗全无主意。虽以前自己当天赌得有咒，也仍然无主意。这家伙个子大，胆量小，个子大容易做错事，胆量小做了错事就想不出办法。

到后，萧萧捏着自己那条辫子，想起城里了，她说：

"花狗，我们到城里去过日子，不好么？"

"那怎么行？到城里去做什么？"

"我肚子大了。"

"我们找药去。"

"我想……"

"你想逃？"

"我想逃吗？我想死！"

"我赌咒不辜负你。"

"负不负我有什么用，帮我个忙，拿去肚子里这块肉吧。我害怕！"

花狗不再做声，过了一会，便走开了。不久丈夫从他处回来，见萧萧一个人坐在草地上哭，眼睛红红的。丈夫心中纳罕。看了一会，问萧萧：

"姊姊，为什么哭？"

"不为什么，灰尘落到眼睛里，痛。"

"你瞧我，得这些这些。"

他把从溪中捡来的小蚌小石头陈列在萧萧面前，萧萧用泪眼看了一会，笑着说："弟弟，我们要好，我哭你莫告家中。"到后这事情家中当真就无人知道。

第二天，花狗不辞而行，把自己所有的衣裤都拿去了。祖父问同住的哑叭知不知道他为什么走路，走那儿去。哑叭只是摇头，说，花狗还欠了他两百钱，临走时话都不留一句，为人少良心。哑叭说他自己的话，并没有把花狗走的理由说明。因此这一家希奇一整天，谈论一整天。不过这工人既不偷走物件，又不拐带别的，这事过后不久自然也就把他忘了。

萧萧仍然是往日的萧萧。她能够忘记花狗，就好了。但是肚子真有些不同了，肚中东西使她常常一个人干发急，尽做怪梦。

她脾气似乎坏了一点，这坏处只有丈夫知道，因为她对丈夫似乎严厉苛刻了好些。

仍然每天同丈夫在一处，她的心，想到的事自己也不十分明白。她常想，我现在死了，什么都好了。可是为什么要死？她还很高兴活下去，愿意活下去。

家中人不拘谁在无意中提起关于丈夫弟弟的话，提起小孩子，提起花狗，都像使这话如拳头，在萧萧胸口上重重一击。

到八月，她担心人知道更多了，引丈夫庙里去玩，就私自许愿，吃了一大把香灰。吃香灰时被她丈夫见到了，丈夫问这是做什么事，萧萧就说这是肚痛，应当吃这个。萧萧自然说谎。虽说求菩萨保佑，菩萨当然没有如她的希望，肚子中长大的东西仍在慢慢的长大。

她又常常往溪里去喝冷水，给丈夫见到了，丈夫问她她就说口渴。

一切她所想到的方法都没有能够使她与自己不欢喜的东西分开。大肚子只有丈夫一人知道，他却不敢告这件事给父母晓得。因为时间长久，年龄不同，丈夫有些时候对于萧萧的怕同爱，比对于父母还深切。

她还记得那花狗赌咒那一天里的事情，如同记着其他事情一样。到秋天，屋前屋后毛毛虫更多了，丈夫像故意折磨她一样，常常提起几个月前被毛毛虫所螫的话，使萧萧难过。她因此极恨毛毛虫，见了那小虫就想用脚去踹。

有一天，又听人说有好些女学生过路，听过这话的萧萧，睁了眼做过一阵梦，愣愣的对日头出处痴了半天。

萧萧步花狗后尘，也想逃走，收拾一点东西预备跟了女学生走的那条路上城。但没有动身，就被家里人发觉了。

家中追究这逃走的根源，才明白这个十年后预备给小丈夫生儿子继香火的萧萧肚子，已被另外一个人抢先下了种。这真是了不得的大事。一家人的平静生活为这一件事全弄乱了。生气的生气，流泪的流泪。悬梁，投水，吃毒药，诸事萧萧全想到了，年纪太小，舍不得死，却不曾做。于是祖父想出了个聪明主意，把萧萧关在房里，派两人好好看守着，请萧萧本族的人来说话，看是沉潭还是发卖？萧萧家中人要面子，就沉潭淹死，舍不得死就发卖。萧萧既只有一个伯父，在近处庄子里为人种田，去请他时先还以为是吃酒，到了才知道是这样丢脸事情，弄得这家长手足无措。

大肚子作证，什么也没有可说。伯父不忍把萧萧沉潭，萧萧当然应当嫁人作二路亲了。

这处罚好像也极其自然，照习惯受损失的是丈夫家里，然而却可以在改嫁上收回一笔钱，当作赔偿损失的数目。那伯父把这事告给了萧萧，就要走路。萧萧拉着伯父衣角不放，只是幽幽的哭。伯父摇了一会头，一句话不说，仍然走了。

没有相当的人家来要萧萧，就仍然在丈夫家中住下。这件事情既经说明白，倒又像不什么要紧，大家反而释然了。先是小丈夫不能再同萧萧在一处，到后又仍然如月前情形，姊弟一般有说有笑的过日子了。

丈夫知道了萧萧肚子中有儿子的事情，又知道因为这样萧萧才应当嫁到远处去。但是丈夫并不愿意萧萧去，萧萧自己也不愿意去，大家全莫名其妙，像逼到要这样做，不得不做。

在等候主顾来看人，等到十二月，还没有人来。

萧萧次年二月间，坐草生了一个儿子，团头大眼，声响宏壮，大家把母子二人照料得好好的，照规矩吃蒸鸡同江米酒补血，烧纸谢神。一家人都欢喜那儿子。

生下的既是儿子，萧萧不嫁别处了。

到萧萧正式同丈夫拜堂圆房时，儿子年纪十岁，已经能看牛割草，成为家中生产者一员了。平时喊萧萧丈夫做大叔，大叔也答应，从不生气。

　　这儿子名叫牛儿。牛儿十二岁时也接了亲，媳妇年长六岁。媳妇年纪大，才能诸事作帮手，对家中有帮助。唢呐吹到门前时，新娘在轿中呜呜的哭着，忙坏了那个祖父，曾祖父。

　　这一天，萧萧抱了自己新生的月毛毛，却在屋前榆蜡树篱笆看热闹，同十年前抱丈夫一个样子。

走出凤凰 | 王安忆

　　我至今不能忘怀的，那日天黑之后，我们驶出凤凰的情景。前面是墨一般深透淋漓的黑，车灯刷地亮了，好像洞开了一条路，路边竟有一对一伙的青年男女。在向前走着。我们的车从他们背后驶过，他们却也不回头望望，因此，他们的样子便有了一股义无反顾的气息。他们往哪里去呢？

　　就我所知，从凤凰走出成为大人物的就有好几位，政治家熊希龄，画家黄永玉兄弟，还有作家沈从文。他们从山水天地的折缝里走上了广阔的社会舞台，外面的世界在向他们招手。我还记得永顺的夜晚，我们走在街上，脚下是陈旧的石子路面。远处深黑的天空之下，那一道浅黑的影障，是静谧的山峦。古老的板壁缝里，透出灯光。这一切都有一股地老天荒的气息。可是，却有一家店面，陈列着出售的电视机，屏幕上正播送着一个关于艾滋病的国际性节目。这外面的消息，似乎是从山的缝隙里渗漏进来的。

　　我想，当年熊希龄、黄永玉、沈从文他们，大约是乘船走出去的，船这东西也带有地老天荒的味道。船从狭窄的水道走上开阔的江面，乘风而行，两边的山壁陡然退去的一瞬一定令他们心情激动。我们去湘西走的是盘山公路，最险要的矮寨坡塑有开路先锋的铜像，居高临下，下面是绵绵无边的山峦。记载说，当年修筑矮寨坡公路死难筑路工二百余人。那是一九三七年。

　　沈从文先生的小说《萧萧》里面，祖父常说的"女学生过身"，是从哪条路上来，又往哪条路上去呢？我觉得，女学生就像是水样，流过水道河床，流向四面八方。而萧萧就像是水边的石头，永远不动，当水流过的时候，听着水响。湘西的村寨，常常是扎在水边，竹子的房柱浸在水里，变了颜色，千年万代的样子。"女学生过身"是萧萧心里最奇妙的风景，可是萧萧却从未有一次亲眼目睹。这是沈从文安排于萧萧和女学生之间的神秘的幕幛？还是命运的沟壑？小说里说，每年六月天就是女学生过身的日子，因为放"水假"了。"水假"这个词也很有趣，它给人一种流动欢畅的气氛。而萧萧始终没有看见女学生，萧萧和女学生没缘分。

女学生还被祖父用另一个名词代表，这名词就是"自由"，祖父说："萧萧你也把辫子剪去。""自由"是比女学生更抽象，更叫萧萧不懂得的东西，萧萧只懂得往水里照她假如没有辫子的模样是什么神气，还有就是当长工花狗把她肚子睡大时，她说："花狗大，我们到城里去过日子。"她这时明白，"自由"是解决她目下困境的一个办法。可是花狗显然不需要这个"自由"，他悄悄收拾起东西溜之大吉，只剩下萧萧一个，于是她也收拾起东西，"预备跟了女学生走的那条路上城"。这就是山外边水外边，轰轰烈烈的变化着的世界传给萧萧的信息，是萧萧在无办法可想的境地中的唯一可想的一点办法。

可是萧萧还没动身就被家里人发觉了，我们期待着萧萧给我们一个壮烈的结局，将这倒霉事升华成一出悲剧。可萧萧那里的事情是与外面大舞台上的戏剧完全不同的事情。萧萧想到过死，悬梁、投水、吃毒药，可她终究舍不得死，萧萧不是女英雄，连女学生也不是。萧萧自己不死，祖父便请萧萧本族的人来决定，是"沉潭"还是"发卖"。"沉潭"是读过"子曰"的族长们做的事，萧萧的伯父没有读过"子曰"，不晓得礼教比萧萧的性命宝贵，就决定"发卖"去远处。可远处没有人来买，而后萧萧又生下一个儿子，于是"发卖"也免了。萧萧还是做她的小丈夫的大妻子。

萧萧的乡间是很有情味也很现实的乡间，它们永远给人出路，好叫人苟苟且且地活着，一代接一代。它们像是世外，有着自己的质朴简单的存活的原则，自生自灭。世界上风起云涌的大革命，没有一点矛头是指向萧萧的乡间，它们和哪一种革命都不沾边，因此，哪一种革命似也救不了它们。任何激烈的对峙都与它无关。外头世界的天翻地覆，带给这乡间的气象，便是"女学生过身"。女学生是什么样的人呢？女学生是怪物一样的人。女学生的世界是什么样的世界呢？也是怪诞可怕的世界。是样样叫萧萧的乡党们好笑与嘲弄的。

其实，萧萧和女学生之间，仅仅是一步之遥。倘若萧萧逃跑的计划再作周密一些，行动再迅速一些，或许已成为女学生中的一员，可是萧萧的计划失败了，失败就只能按失败的说了。萧萧只得留在了乡间，做媳妇，生儿子，然后再做婆婆。

萧萧没走成，可是沈从文却走成了，并且还给他的乡人们留下了出走的好榜样，还有那个画家黄永玉。据说凤凰的青年中，习文弄画的特别多。其实沈从文就是"水假"时从萧萧乡间过身的女学生以外的一个男学生，岸边的石头从他眼中历历而过，一副地老天荒的样子。沈从文走到了宽阔的江面，风也浩大凛冽起来，激荡着他的帆，嚣声四起。而萧萧的乡间是他心中永远的寂寞的风景。

灯

本篇发表于一九三〇年二月十日《新月》第二卷第十二号。署名沈从文。一九三六年五月收入《从文小说习作选》，上海良友图书印刷公司初版。现据良友图书印刷公司初版本编入。

因为有个穿青衣服底女人，到×住处来，见×桌上的一个灯，非常旧且非常清洁，想知道这灯被主人敬视的理由，所以他就告给这青衣女人关于这个灯的一件故事。

两年前我住到这里，在××教了一点书，仍然是这样两间小房子，前面办事后面睡觉，一个人住下来。那时正是五月间，不知为什么事情，住处的灯总非常容易失职。一到了晚间，或者刚刚把饭碗筷子摆上了桌子，认清楚了菜蔬正想由那形色方面，对于我厨子加以一点不失诚实的称赞，灯忽然一熄，晚饭就吃不成了。有时是饭后正预备开始做一点事或看看书的时节，有时是有客人拿了什么问题同我来讨论的时节，就像有意捣乱那种神气，灯会忽然熄灭了的。有几回，正当我同一个朋友，把一段不下注解的章草，从那形体上加以估计的当儿，或者是把一个印章考察它的真伪中间，灯骤然熄灭，朋友同我皆非常扫兴。从来不曾开口骂过人的书画家××，也不能节制这点愤怒，把电灯公司对于市民的不尽职，加以不容恕的指摘了。

这事情发生了几几乎有半个月。似乎有人责问过电灯公司，公司方面的答复，放到当地报纸上登载出来，情形仿佛是完全推诿到由于"天气"。既不是公司的那一方面的过失，所以小换钱铺子的洋烛，每包便忽然比上月贵了五个铜子了。洋烛涨价这件事，是从为我照料饮食的厨子方面知道的。这当家人对于上海人故意居奇的行为，每到晚上为我把饭菜拿来；唯恐电灯熄灭，在预先就点上一枝洋烛的情形下，总要同我说一次的。

这人是一个非常忠诚的中年人。这人年纪很青的时节，就随同我的父亲到过中国的西北东北，出过蒙古，上过四川。他一个人又走过云南广西。在家乡，且看守过我祖父的坟墓，很有了些年月。上年随了北伐军队过山东，在济南府眼见××军队对于济南府平民所施的暴行，那时他在七十一团一个连上作司务长，一个晚上被机关枪的威胁，糊糊涂涂走出了团部，把一切东西全损失了。人既空手逃回南京，听到一个熟人说我在这里住，所以就写了信来，说是愿意来侍候我。我告给他来玩玩是很好的，要找事做恐怕不行，我生活也非常简单。来玩玩，住一会，想要回去了，我或者能设点法，只是莫希望太大。到后人当真就来了。初次见到，一身灰色中山布军服，衣服又小又旧，好像还是三年前国民革命军初过湖南时节缝就的。一个巍然峨然的身体，就拘束到这军服中间，另外随身的只一个小小包袱，一个热水瓶，一把牙刷，一双黄杨木筷子。热水瓶像千里镜那么佩到身边，牙刷是放在衣袋里，筷子是仿照军营中老规矩插在包袱外面，所以我能够一望就知道的。这真是我日夜做梦的伙计！这个人，一切都使我满意，一切外表以及隐藏在这样外表下的一颗单纯优良的心，我不必同他说话也就全部清楚了！

既来到了我这里，我们要谈的话可多了。从我祖父谈起，一直到我父亲同他说过的还未出世的孙子为止，他都想在一个时节里同我说及。他对于我家里的事永远不至于说厌，对于他自己的经历又永远不会说完。实在太动人了。请想想，一个差不多用脚走过半个中国的五十岁的人物，看过庚子的变乱，看过辛亥革命，参加过多少战争，跋涉过多少山水，吃过多少异样的饭，睡过多少异样的床，简直是一部永远翻看不完的名著！我的嗜好即刻就很深很深的染上了。只要一有空闲我即刻就问他这样那样，只要问到，我所得的经验都是些动人的事实。

因为平常时节我的饮食是委托了房东娘姨包办的，所以十六块钱一个月，每天两顿，一些菜蔬总是任凭这江北妇人意思安排。这主人看透了我的性格，知道我对于饮食不大苛刻，今天一碟大蚕豆，明天一碟小青蚶，到后天又是一碟蚕豆。总而言之蚕豆同青蚶是少不了的好菜。另外则吃肉时无论如何总不至于忘记加一点儿糖，吃鱼多不用油煎，只放到饭上去蒸，就拿来加点酱油摆上桌子。本来像做客的他，吃过了两天空饭，到第三天实在看不惯，问我要了点钱。从我手上拿了十块钱去的他，先是不告我这钱的用处。到下午，把一切吃饭用的东西通通买来了。这事在先我还一点不知道，一直到应当吃晚饭时节，这老兵，仍然是老兵打扮，恭恭敬敬的把所有由自己两手做成的饭菜，放到我那做事桌上来，笑眯眯的说这是自己试做的，而且声明以后也将这样做下去。从那人的风味上，从那菜饭的风味上，都使我对于过去的军营生活生出一种眷念，就一面吃饭一面同他谈军中事情。把饭吃过后，这司务长收拾了碗筷，回到灶房去。过一阵，我正坐在桌边凭借一支烛光看改从学校方面携回的卷子，忽然门一开，这老兵闪进来了，像本来原知道这不是军营，但忽然因为电灯熄灭，房中代替的是烛光，坐在桌边的我还不缺少一个连长的风度，这人恢复了童心，对我取了军中上士的规矩，喊了一声"报告"，站在门边不动。"什么事情？"听到我问他了，才走近我身边来，呈上一个单子，写了一篇账。原来这人是同我来算伙食账的！我当时几乎要生气了，望到这人的脸，想起司务长的职务，却只有笑了。"怎么这样同我麻烦？""我要弄明白好一点。我要你知道，自己做，我们两个人每月都用不到十六块钱。别人每天把你蚌壳吃，每天是过夜的饭，你还送十六块！""这样你不是太累了吗？""累！煮饭做菜难道是下河抬石头？你真是少爷！"望望这好人的脸，我无话可说了。我不答应是不行的。所以到后做饭做菜就派归这个老兵了。

　　这老兵，到都会上来，因为衣服太不相称，我预备为他缝一点衣，问他欢喜要什么样子，他总不做声。有一次，知道我得了许多钱，才问我要了十块钱。到晚上，不知往什么地方买了两套呢布中山服，一双旧皮靴，还有刺马轮，把我看时非常满意。我说："你到这地方何必穿这个？你不是现役军官，也正像我一样，穿长衣好！""我永远是军人。"我有一个军官厨子，这句话的来源是这样发生的。

电灯的熄灭，在先还只少许时间，一会儿就恢复了光明；到后来越加不成样子，所以每次吃饭都少不了一枝烛。但是这老兵，不知从什么地方又买来了一个旧灯，擦得罩子非常清洁，把灯头剪成圆形，放到我桌子上来了。因为我明白了他的脾气，也不大好意思说到上海地方用灯是愚蠢事情。电灯既然不大称职，有这灯也真给了我不少方便。因为不愿意受那电灯时明时灭的作弄，索性把这灯放在桌上，到了夜里，望到那清莹透明的灯罩，以及从那里放散的薄明微黄的灯光，面前又站得是那古典风度的军人，总使我常常幻想到那些驻有一营人马的古庙，同小乡村的旅店，发生许多幻想。我是曾经太与那些东西相熟，因为都市生活的缠缚，又太与那些世界离远了的。我到了这些时候，不能不对于目下的生活，感到一点烦躁了。这是什么生活呢？一天爬上讲台去，那么庄严，那么不儿戏，也同时是那么虚伪，站在那小四方木榻上，谈这个那个，说一些废话谎话，这本书上如此说，那本书上又如此说，说了一阵，自己仿佛受了催眠，渐渐觉得是把问题引到严重方面去。待听到下面什么声音一响，憬然有所觉悟，再注意一下学生，才明白原来有几个快要在本学期终了就戴方帽儿的学士某君，已经伏在桌上打盹，这一来，头绪完全为这现象把它纷乱了。到了教员休息室里，一些有教养的绅士们，一得到机会，就是一句聪明询问："天气好，又有小说材料！"在他们自己，或者还非常得意，以为这是一种保持教授身份的雅谑，但是听到这个蠢话，望望那些扁平的脸嘴，觉得同这些吃肉睡觉打哈哈的人，不能有所争持，只得认了输，一句话不说，走到外面长廊下去晒太阳。到了外面，又是一些学生，取包围声势走拢来，谈天气，谈这个那个。似乎我因为教了点课，就必得负一种义务，随时来报告他们所谓作家们的佚事，似乎就说点这些空话，他们也就算了解文学了。从学校返回家里，坐近满是稿件以及各处寄来的新书新杂志的桌前，很努力的把桌面匀出一个位置，放下从学校带回的一束文章，一行一行的来过目。第一篇，五个"心灵儿为爱所碎"，第二篇有了七个，第三篇是革命的了，有泪有血，仍然不缺少"爱"。把一堆文章看过一小部分，看看天气有夜下来的样子。弄堂对过王寡妇家中三个年青女儿，照例时候到了把话匣子一开，意大利情歌一唱，我忽然感到小小冤屈，什么事也不能做了。觉得自己究竟还是从农村培养长大的人，现在所处的世界，仍然不是自己所习惯的世界。都会生活的厌倦，生存的厌倦，愿意同这世界一切好处离开，愿意再去做十四吊钱的屠税收捐员，坐到团防局，听为雨水汇成小潭的院中青蛙叫，用夺金标笔写《索靖出师颂》同《钟繇宣示表》了。但是当我面对这煤油灯，当我在煤油灯不安定的光度下，望到那安详的和平的老兵的脸，望到那古典的家乡风味的略显弯曲的上身，我忘记了白日的辛苦，忘记了当前的混乱，转成为对于这个人的精神发生极大兴味了。

"怎么样？是不是懂得军歌呢？"我这样问他，同他开一点小小玩笑。

他就说："怎么军人不懂军歌？我不懂洋歌。"

"不懂也很好。山歌懂不懂？"

"看是什么山歌。"

"难道山歌有两样山歌吗？'天上起云云重云'，'天上起云云起花'，[1] 全是好山歌，我小时不明白。后来在游击支队司令杨处做小兵，太放肆了，每天吃我们所说过的那种狗肉，唱我们现在所说的这种山歌，真是小神仙。"

"我们是不好意思唱那种山歌的。一个正派军人，这样撒野算是犯罪。"

"那我是罪恶滔天了。可是我很挂念那些新从父母身边盘养大的人，因为不知这时在这样好天气下，还有这种歌在一些人口中唱着没有？"

"好的都完了！好人同好风俗，都被一个不认识的运气带走了。就像这个灯，我在上年同老爷到乡下去住，就全是这样灯。"

老兵在这些事上，有了因为清油灯的消灭，使我们常常见到的乡绅一般的感慨了。

我们这样谈着，凭了这诱人的空气，诱人的声音，我正迷醉到一个古旧的世界里，非常感动。可是这老兵，总是听到外面楼廊房东主人的钟响了九下，即或是大声的叱他，要他坐到椅子上，把话继续谈下去也不行。一到时候了，很关心的看了看一下我的卧室，很有礼貌的行了个房中的军人礼，用着极其动人的神气，站在那椅子边告了辞，就走下楼到亭子间睡去了。这是为什么？他怕担搁我的事情，恐我睡得太迟，所以明明白白有许多话他很欢喜谈到的，他也必得留到第二天来继续。谈闲话总不过九

1　作者原注："是两阕山歌第一句。"

点，竟是这个老兵的军法，一点不能通融。所以每当到他走去后，我总觉得有一些新的寂寞安置到心上一角，做事总不大能够安定。

因为当到我面前，这个老兵以他五十年的生活经验，吓人的丰富，消化入他的脑中，同我谈及一切，平常时节对于农村因经济影响到社会组织来写成的短篇小说，是我永远不缺少兴味的工作；但如今想要写一个短篇的短篇，也像是不好下笔了。我有什么方法可以把这个人的纯朴优美的灵魂，平平的来安置到这纸上？望到这人的颜色，听到这人的声音，我感觉过去另外一时所写作的人生的平凡。我实在懂得太少了。单是那眼睛，带一点儿忧愁，同时或不缺少对于未来作一种极信托的乐观，看人时总像有什么言语要从那无睫毛的微褐的眼眶内流出，我是缺少力气来为作一种说明的。望着他一句话不说，或者是我们正谈到那些战事，那些把好人家房子一把火烧掉，牵了农人母牛奏凯回营的战事，这老兵忽然想起了什么，不再说话。我猜想他是要说一些话的，但言语在这老兵头脑中好像不大够用，一到这些事情上，他便哑口了。他只望着我。或者他也能够明白我对于他的同意，所以后来总是很温柔的也很妩媚的一笑，把头点点就转移了一个方向，唱了一个四句头的山歌。他哪里料得到我在这些情形下所生的动摇！我望着这老兵一个动作，就觉得看见了中国多数愚蠢的朋友。他们是那么愚蠢，同时又是那么正直。那最东方的古民族和平灵魂，为时代所带走，安置到这毫不相称的战乱世界里来，那种忧郁，那种拘束，把生活妥协到新的天地中，所做的梦，却永远是另一个天地的光与色，我简直要哭了。

有时，就因为这些感觉扰乱了我，我不免生了小小的气，似乎带了点埋怨神气，要他出去玩玩，不必尽呆在我房中。他就像一尾鱼那么悄悄的溜出去，一句话不说。看到那样子，我又有点不安，就问他："是不是想看戏？"恐怕他没有钱了，就一面送了他两块钱，说明白这是可以拿去随意花到大世界或者什么舞台之类地方的。他仍然望了我一下，很不自然的做了一个笑样子，把钱拿到手上，走下楼去了。我照例做事多数到十二点才上床，先是听到这个老兵开了门出去，大约有十点多样子，又转来了。我以为若不是看过戏，一定也是喝了一点酒，或者照例在可以作赌博的事情上狂了一会，把钱用掉回来了，也就不去过问。谁知第二天，午饭时就有了一钵清蒸母鸡放在桌上。对于这鸡的来源，我不敢询问，我们就相互交换了一个微笑，在这当儿我又从那褐色眼睛里看到流动了那种说不分明的言语。我只能说："应当喝一杯，你不是很能够喝么？""已经买得了的。这里的酒是火酒，亏我找，到后找到了一家乡亲铺子，才得那么一点点米酒。"仿佛先是不好意思劝我喝，听我说及酒，于是忙匆匆的走下楼去，用小杯子倒了半杯白酒，把那个酒瓶也拿来了。"你喝一点点，莫多吃。"本来不能喝酒不想喝酒的我，也不好意思拒绝这件事了。把酒喝下，接过了杯子，自己又倒了小半杯，向口中一灌，抿抿嘴，对我笑了一会儿，一句话不说，又拿着瓶子下楼去了。第二天还是鸡，就因为上海的鸡只须要一块钱一只。

学校的事这老兵士像是漠不关心的。他问过我那些大学生将来做些什么事，是不是每人都去做县长。他又问过我学校每月应当送我多少钱，这薪水是不是像军队请饷一样，一起了战争就受影响。但他的意思全不是对于学校的关心。他想知道学生是不是都去做县长，只是要明白我有多少门生是将来的知事老爷。他问欠薪不欠薪，只是要明白我究竟钱够不够用。他最关心的是我的生活。这好人，越来越不守本分，对于我的生活，先还是事事赞同，到后来，好像找出了许多责任，不拘是我愿不愿意，只要有机会总就要谈到了。即或不是像一些不懂事故的长辈那种偏见的批评，但对那些问题，他的笑，他的无言语的轻轻叹息，都代表了他的语言，使我感受不安。我当然不好生他的气，我不能把他踢下楼梯去，也不好意思骂他。他实在又并不加上多少意见，对于我的生活，他就只是反抗，就只是否认。对于我这样年龄，还不打量找寻一个太太，他比任何人皆感觉到不平。在先我只装做不懂他的意思，尽他去自言自语，每天只同他讨论点军中生活，以及各地各不相同的风俗习惯。到后来他简直有点麻烦人了。并且他那麻烦，又永远使人感到他是诚实的麻烦。所以我只得告他我是对于这件事毫无办法的，因为做绅士的方便我得不到，做学生的方便我也得不到，所以不能注意这些空事情。我还以为同他这样一说，自然就一切谅解，此后就不再也不会受他的批评了。谁知因此一来更糟了。他仿佛把责任放在他自己身上去，从此对于与我来往的女人，皆被他所注意了。每一个来我住处的女人，或者是朋友，或者是学生，在客人谈话中间，不待我的呼唤，总忽然见到他买了一些水果，把一个盘子装来，非常恭敬的送上，到后就站到门外楼梯上去听我们谈话。待到我送客人下楼时，常常又见他故意做成在梯边找寻什么东西神情，目送客人出门。客人走去后，总又装成无意思的样子，从我口中探寻这女人一切，且窥探我的意思。他并且不忘记对这客人的风度言语加以一种批评，常常引用他所知道的"麻衣相法"，论及什么女人多子，什么女人聪明贤惠，若不是看出我的厌烦，决不轻易把问题移开。他虽然这样关心这件事情，暗示了我什么女人多福，什么女人多寿，但他总还以为他用的计策非常高明。他以为这些关心是永远不会为我明白的。他并不是不懂得到他的地位。这些事在先我实在也是不曾注意的，不过稍稍长久一点，我可就看出这好管闲事的人，是如何把同我来往的女人加以分析了。对于这种行为他所给我的还是忧愁，我不能恨他，又不能同他解释，又不能同他好好商量，只有少同他谈到这些事情为妙。

这老兵，在那单纯的正直的脑中，还不知为我设了多少法，尽了帮助我得到一个女人的多少设计的义务！他那欲望隐藏到心上，以为我完全不了解，其实我什么都懂。他不单是盼望他可以有一个机会，把他那从市上买来的呢布军服穿得整整齐齐，站到亚东饭店门前去为我结婚日子的迎宾主事，还非常愿意穿了军服，把我的小孩子，打扮得像一个将军的儿子，抱到公园中去玩！他在我身上，一定还做得最夸张的梦，梦到我带了妻儿，光荣，金钱，回转乡下去，他骑了一匹马最先进城。对于那些来迎接我的同乡亲戚朋友们，如何询问他，他又如何飞马的走去，一直跑到家里，禀告老太太，让一个小小县城的人如何惊讶到这一次的荣归！他这些希望，十余年前放到我的父亲身上，失败了，到后又放到我的哥哥身上，哥哥又失败了，如今是只有我可以安置他这可怜希望了。他那对于我们父兄如何从衰颓家声中爬起，恢复原来壮观的希望，在父亲方面受了非常的打击。父亲是回家了，眼看到那老主人，从西北，从外蒙，带了因与马贼作战的腰痛，带了沙漠的荒凉，带了因频年争斗的衰老，回到家乡去作他那默默无闻的上校军医正了。他又看到哥哥从东北，从那些军队生活中，得到奉天省人的粗豪，与黑龙江人的勇迈坚忍，从流浪中，得到了上海都市生活的嚣杂兴味，也转到家乡作画师去了。还有我的弟弟，这老兵认为同志却尚无机会见到的弟弟，从广东得了冰冷的铁与热烈的革命的血两种揉和的经验，用起码下级军官的名分，打岳州，打武昌，打南昌，打龙潭，侥幸中的安全，引起了对生存深深的感喟，带了喊呼，奔突，死亡，腐烂，一时代人类愚蠢行为各种印象，也寂寞的回到家乡，在那参军闲散职分上过着休息的日子了。他如今只认为我这无用人，可以寄托他那最无私心最诚恳的希望。他以为我做的事比父兄们的都可以把它更夸张的排列到故乡人眼下，给那些人一些歆羡，一些惊讶，一些永远不会忘记的豪华光荣。

我在这样一个人面前，感到忧郁也十分感到羞惭。因为那仿佛由于自己脑中成立的海市，而又在这海市景致中对于海市中人物的我的生活加以纯然天真的信仰，我不好意思把这老兵的梦戳破，也好像缺少那戳破这个梦的权力了。

可是我将怎么来同这老兵安安静静生活下去？我做的事太同我这老家人的梦离远了。我简直怕见他了。我只告他现在做点文章教点书，社会上对我如何好，在他那方面，又总是常常看到体面的有身份朋友同我来往，还有那更体面的精致如粉如奶作成的年青女人到我住处来，他知道我许多关于表面的生活，这些情形就坚固了他的好梦。他极力在那里忍耐，保持着他做仆人的身份，但越节制到自己，也就越容易对于我的孤单感到同情。这另一个世界长大的人，虽然有了五十岁，完全不知道我们的世界是与他的世界两样。他没有料得到来我处的人同我生活的距离是多远。他没有知道我写一个短篇小说得费去多少精力，他没有知道我如何与女人疏隔，与生活幸福离开。他像许多人那样，看到了我的外表，他称赞我，也如一般人所加的赞美一样。以为我聪明，以为我待人很好，以为我不应当太不讲究生活，疏忽了一身的康健。这个人，他还同意我的气概，以为这只是一个从军籍中出身才有的好气概！凡是这些他全在另一时用口用眼睛用行动都表示到了的。许多时候当这个人面前时节，我觉得无一句话可说，若是必须要做些什么事，最相宜的，倒真是痛痛的打他一顿较好。

那时到我处来往次数最多的，是一个穿蓝衣服的女孩子，好像一年四季这人都穿得是蓝颜色，也只有蓝色同这女人相称。这是我一个最熟的人，每次来总有很多话说，一则因为这女子是一个××分子，一则是这人常常拿了文章来我处商量。因为这女人把我当成一个最可靠的朋友，我也无事不与她说到。我的老管家私下在暗地里注意了这女人许多日子，他看准了这个人一切同我相合。他一切同意。就因为一切同意，比一个做母亲的还细腻，每次当这客人来到时，他总故意逗留到我房中，意思很愿意我向女人提及他。他又常常采用了那种学来的官家体裁，在我面前问女人这样那样。我不好对于他这种兴味加以阻碍，自然同女人谈到他的生活，谈到他为人的正直，以及经验的丰富等等事情，渐渐的，时间一长，女人对于他自然也发生一种友谊。可是这样一来，当他同我两个人在一块时，这老兵，这行伍中风霜冰雪死亡饥饿打就的结实的心，到我婚姻问题上，完全柔软如蜡了。

他觉得我若是不打量同那蓝衣女人同住，简直就是一种罪过。他把这些意见带着了责备样子，很庄严的来同我讨论过。

先是这老兵还不大好意思同女人谈话，女人问到这样那样，像请他学故事那么把生活经验告给她听时，这老兵，总还用着略略拘束的神气，又似乎有点害羞，非常矜持的同女人谈话。后来因为一熟习，竟同女人谈到我的生活来了！他要女人劝我做一个人，劝我少做点事，劝我稍稍顾全一点穿衣吃饭的绅士风度，劝我……虽然这些话谈及时，总是当我的面，却又取了一种在他以为是最好的体裁来提的。他说的只是我家里父亲以前怎么样讲究排场，我弟兄又如何亲爱为乡下人所敬视，母亲又如何贤慧温和。他实正在用了一种最笨拙的手段，暗示到女人应当明白做这人家的媳妇是如何相宜的。提到这些，因为那稍稍近于夸张处，这老兵虑及我的不高兴，一面谈说总一面对我笑，好像不许我开口。把话说完，看看女人，仿佛看清楚了女人已经为他一番话所动摇，责任已尽，这人就非常满意，同我飞了一个眼风，奏凯似的橐橐走下楼预备点心去了。

他见我写信回到乡下去，总问我，是不是告给了老太太有一个非常……的女人？他意思是非常"要好"非常"相称"这一类形容词。当发现我眉毛一皱，这老兵，就"吓""吓"的低低喊着，带着"这是笑话，也是好意，不要见怪"的要求神气赶忙站远了一点，占据到屋角一隅去，好像怕我会要当真动手攫了墨水瓶掷到他头上去。

然而另外任何时节，他是不会忘记谈到那蓝衣女子的。

我能在这些事上有什么办法？我既然不能像我的弟弟那样，

处置多嘴的副兵用马粪填口，又不能像我的父亲，用"费话！"去支使他走路。我一见了这老兵就只有苦笑，听他谈到他自己生活同谈到我的希望，都完全是这个样子。这人并不是可以请求就能缄默的。就是口哑了，但那一举一动，他总不忘记使你看出他是在用一副善良的心为你打算一切。他不缺少一个戏子的天才，他的技巧，使我见到只有感动。

　　有一天，穿蓝衣的女人来到我的住处，第一次我不在家，老兵同女人说了许多话。（从后来他的神气上，我知道他在与女人谈话时节，一定是用了一个对主人的恭敬而又亲切的态度应答着的。）因为恐怕我不能即刻回家，就走了。我回来时，老兵正同我讨论到女人，女人又来了。那时因为还没有吃晚饭，这老兵听说要招待这个女客了，显然十分高兴，走下楼去。到吃饭时，菜蔬排列到桌上，却有料不到的丰盛。不知从什么地方学得了规矩，知道了女客不吃辣子，平素最欢喜用辣子的煎鱼，也做成甜醋的味道排上桌子了。

　　把饭吃过，这老兵不待呼唤又去把苹果拿来，把茶杯倒满了从酒精炉子烧好的开水，一切布置妥帖了，趑趄了好一会才走出去。他到楼下喝酒去了。他觉得非常快乐。他的梦展开在他眼前，一个主人，一个主妇，在酒杯中，他一定还看到他的小主人，穿陆军制服，像在马路上所常常见到的小洋人，走路挺直，小小的皮靴套在白嫩的脚上，在他前面忙走。他就用一个军官的姿势，很有身份很觉尊贵的在后面慢慢跟着。他因为我这个客人的来临，把梦肆无忌惮的做下去。可是，真可怜，来此的朋友，是告我她的爱人 W 君的情形，他们在下个月过北平去，他们将在北平结婚的！无意中，这结婚的字言，断章取义的又为那尖耳朵老战马听去，他自以为一切事果不出其所料，他相信这预兆，也非常相信这未来的事情。到女人走去，我正伏到桌子旁边，为这朋友的好消息感到喜悦，也感到一点应有的惆怅时节，喝了稍稍过量的酒的好人，一个红红的脸在我面前晃动了。

"今天你喝多了，你怎么忽然有这样好菜，客人说从没吃过这样菜。"

本来要笑的他，听到这个话样子更像猫儿了。他说："今天我快乐。"

我说："你应当快乐。"

他分辩，同我故意争持："怎么叫作应当？我不明白！我从来没有今天快乐！我喝了半瓶白酒了！"

"明天又去买，多买一瓶存放身边，你到这里别的不有，酒总是当要让你喝够量。"

"这样喝酒我从不曾有过。我应当快乐！为什么应当？我常常是不快乐！我想起老太爷，那种运气，快乐不来了。我想起大少爷，那种体格，也不能快乐了。我想起三少爷，我听人说到他一点儿，一个豹子，一个金钱豹，一个有脾气有作为的人，我要跟到他去打仗，我要跟到他去冲锋，捏了枪，爬过障碍物，吼一声杀，把刺刀刜到北佬胸膛里去。我要向他请教，手榴弹七秒钟的引线，应当如何抛去。但同他们在一处的都烂了，都埋成一堆。我听到人家说，四期黄埔军官生在龙潭作战的全烂了。两个月从那里过身，还有使人作呕臭气味。三少爷命好，他仍然能够骑马到黄罗寨打他的野猪，一个英雄！我不快乐，因为想起了他不作师长。你呢，我也不快乐。你身体多坏！你为什么不——"

"早睡点好不好？我要做点事情，我心里不大高兴。"

"你瞒我。你把我当外人。我耳朵是老马耳朵，听得懂得，我知道我要吃喜酒，你这些事都不愿意同我说，我明天回去了。"

"你听到什么？有什么事说我瞒你？"

"我懂我懂，我求你——你还不知道我这时的心里像什么样子！"

说到这里，这老兵哭了。那么一个中年人，一个老军人，一个……他真像一个小孩子哭了。但我知道这哭是为欢喜而流泪的。他以为我快要与刚走去不久的女人结婚。他知道我终久不能瞒他也不愿意瞒他。他知道还有许多事我都不能缺少他。他知道这事情不拘大小要他尽力的地方很多。他有了一个女主人，从此他的梦更坚固更实在的在那单纯的心中展开，欢喜得非哭不可了。他这感情是我即刻就看清楚了的。他同时也告给我哭的理由了，一面忙匆匆的又像很害羞的用那有毛的大手掌拭他的眼泪，一面就问我是什么日子，是不是要到吴瞎子处去问问，也选择一下，从一点俗。

一切事都使我哭笑两难。我不能打他骂他，他实在又不是吃醉了酒的人。他只顽固的相信我对于这事情不应当瞒他；还劝我打一个电报，把这件事即刻通知七千里外的几个家中人。他称赞那女人，他告我白天就同女人谈了一些话，很懂得这女人一定会是老太太所欢喜的媳妇。

我不得不把一切事，在一种极安静的态度下为他说明。他望到我，把口张着，听完我的解释，信任了我的话。后来看到他那颜色惨沮的样子，我不得不谎了他一下，又告他我另外有了一个女人，相貌性情都同这穿蓝衣的女人差不多。可是这老兵，只愿意相信我前面那一段说明，对于后一段明白是我的谎话。我把话谈到末了，他毫不做声，那黄黄的小眼睛里，酿了满满的一泡眼泪，他又哭了。本来是非常强健的身体，到这时显出万分衰弱的神情了。

楼廊下的钟已经响了十点。

"睡去，明天我们再谈好不好？"

听到我的请求，这老兵忽然又像觉悟了自己的冒失，装成笑样子，自责似的说自己喝多点酒就像颠子，且赌咒以后一定要戒酒，又问我明天欢喜吃鲫鱼没有。我不做声。他懂得我心里难过处。他望到桌上那一个建漆盘子里面的苹果皮，拿了盘子，又取了鱼的溜势，溜了出去，悄悄的把门拉拢，一步一步走下楼梯去了。听到那衰弱的脚踏着楼梯的声音，我觉得非常悲哀。这中年人给我的一切印象，都使我对于人生多一个反省的机会，且使我感觉到人类的关系，在某一姿态下，所谓人情的认识，全是酸辛，全是难于措置的纠葛。这人走后，听到响过十二点钟我还没有睡觉，正思索到这些琐碎人情上，失去了心上的平衡。忽然楼梯上有一种极轻的声音，走近了门口，我猜得着这必定是他又来扰我了。他一定是因为我的不睡觉，所以来督促我上床了，就赶忙把桌前的灯扭小，就只听到一个低低的叹息起自门外。我不好意思拒绝这老兵好意了，我说："你听吧。我事情已经做完，就要睡了。"外面没有声音，待一会儿我去开门，他已经早下楼去了。

经过这一次喜剧的排场，老兵性格变更了。他当真不再买酒吃了，问他为什么原故，就只说市上全是攒火酒的假酒。他不再同我谈女人，女客来到我处，好像也不大有兴味加以注意了。他对我的工作，把往日的乐观成分抽去，从我的工作上看出我的苦闷。我不做声时，他不大敢同我说及生活上的希望了。他把自己的梦，安置到一个新的方向上来，却仿佛更大方更夸诞了一点，做出很高兴的样子。但心上那希望，似乎越缩越小得可怜了。他不再责备我储蓄点钱预备留给一个家庭支配，也不对于我的衣服缺少整洁加以非难了。

我们互相了解得多一点。我仍然是那么保持到一种同世界绝缘的寂寞生活，并不因为气候时间有所不同。在老兵那一方面，由于从我这里，他得到了一些本来不必得到的认识，那些破灭的梦，永远无法再用一个理由把它重新拼合成为全圆，老兵的寂寞，比我更可怜了。关于光明生活的估计，从前完全由他提出，我虽加以否认也毫无办法挫折他的勇气，但后来反而需要我来为他说明那些梦的根据，如何可以做到，如何可以满意，帮助他把梦继续来维持了。

但是那蓝衣女人，预备过北平结婚去了，到我住处来辞行，老兵听到女人又要到此吃饭，却只在平常饭菜上加了一样素菜，而且把菜拿来时节那种样子，真是使人不欢的样子。这情形只有我明白。不知为什么，我那时反而不缺少一点愉快，因为我看到这老兵，在他名分上哀乐的认真。一些情感上的固执，决对不放松，本来应当可怜他，也应当可怜自己；但因为本来就没有对那女人作另外打算的我，因为老兵胡涂的梦，几几乎把我也引到烦恼里去，如今看到这难堪的脸嘴，我好像报了小小的仇，忘记自己应当同情他了。

从此蓝衣女人在我的书房绝了踪迹。而且更坏的是两个青年男女，到天津皆被捕了。我没有把这件事告过老兵，那老兵也从不曾问起过。我明白他不但有点恨那女人，而且也似乎有点恨我的。

本来是答应同我在七月暑假时节，一块儿转回乡下去，因为我已经有八年不曾看过我那地方的天空，踹过我那地方的土泥，他也有了六年没有回去了。可是到仅仅只有十八天要放假的六月初，福建方面起了战事，他要我送他点路费，说想到南京去玩玩。我看他脾气越来越沉静，不能使他快乐一点，并且每天到灶间去做菜做饭，又间或因为房东娘姨欢喜随手拖取东西，常常同那娘姨吵闹，我想就尽他到南京去玩几天也好。可是这人一去就不回来了。我不愿意把他的故事结束到那战事里去。他并不死，如许多人一样，还是活着。还是做他的司务长，驻扎到一个庙里，大清早就同连上的火夫上市镇去买菜，到相熟的米铺去谈谈天，到河边去看看船。一到了夜里，就坐在一个子弹箱上，靠一盏满堂红灯照着，同排长什长算日里的伙食账，用草纸记下那数目，为一些小小数目上的错误赌发着各样的重誓，睡到硬板子的高脚床上去，用棉絮包裹了全身，做梦必梦到同点验委员喝酒，或下乡去捉匪，过乡绅家吃蒸鹅。这人应当永远这样活到世界上，这人至少还应当在中国活二十年。所以他再不同我来信问候我，我总以为他仍然还是在这个世界上。

这就是我桌上有这样一盏灯的理由了。这灯我仍然常常用它。当我写到我所熟习的那个世界上一切时，当我愿意沉溺到那生活里面去时节，把电灯扭熄，燃好这个灯，我的房子里一切便失去了原有的调子，我在灯光下总仿佛见到那老兵的红脸，还有那一身军服，一个古典的人，十八世纪的老管家——更使我不会忘记的，是从他小小眼睛里滚出的一切无声音的言语。

故事说完时，穿青衣服的女人，低低的叹了一声气，走过那桌子边旁去，用纤柔的手去摩挲那盏小灯。女人稍稍吃惊了，怎么两年来还有油？但 × 是说过了的，因为在晚上，把灯燃好，就可在灯光下看到那个老行伍中人的声音颜色。女人好奇似的说晚上要来试试看，是不是也可以看得出那司务长，显然的是，女人对于主人所说的那老兵是完全中意了。

到了晚上，× 的房间里，那旧洋灯放了薄薄光明。火头微微的动摇，发出低微的滋滋声音。用惯了五十枝烛光的人，在这灯光下是感到一切情调皆非常阒默模糊的。主人 × 同穿青衣女人把身体搁在两个小小圈椅里。主人又说起了那灯，且告女人，什么地方是那老兵所站的地方，老兵说话时是如何神气，这灯罩子在老兵手下是擦得如何透明清澈，桌上那时是如何混乱……末了，他指点那蓝衣女人的坐处，恰恰正是这时她的坐处。

听到这个话的穿青衣女人，笑了又复仍然轻轻的叹着。过了好一会，忽然惋惜似的说：

"这人一定早死了！"

男子 × 说："是的，这人一定死了，在穿蓝衣人心上这人也死了的。但他活在你的心上，他一定还那么可爱的活在你心上，是不是？"

"很可惜我见不着这个人。"

"他也应当很可惜不见你。"

"我愿意认识他，愿意同他谈谈话，愿意……"

"那有什么用处！不是因为见到，便反而将给许多人的麻烦么？"

女人觉得有些事情应当红脸下来。

于是两人在灯光中沉默下来。

另外一个晚上，那穿青衣的女人忽然换了一件蓝色衣服来了。×懂得这是为凑成那故事而来的，非常欢喜。两人皆像这件事全为的使老兵快乐而做的，没有言语，年青人在一种小小惶恐情形中抱着接了吻。到后女人才觉得房中太明亮了点，询问那个灯，今晚为什么不放在桌上。×笑了。

"是嫌电灯光线太强么？"

"是要司务长看另外一个穿蓝衣服的人在你房里的情形。"

听到这个俏皮的言语，×想下楼去取灯，女人问他：

"放在楼下么？"

"是在楼下的。"

"为什么又放到楼下去？"

"那是因为前晚上灯泡坏了不好做事，借他们楼下娘姨的。我再去拿来就是了。"

"是娘姨的灯吗？"

"不，我好像说过是老兵买的灯！"男子×加以分辩，还说，"你知道这灯是老兵买的！"

"但那是你说的谎话！"

"若谎话比真实美丽……并且，穿蓝衣的人如今不是有一个了么?"

女人承认:"穿蓝衣的虽有一个,但她将来也一定不让老兵快乐。"

"我赞成你这个话。倘若真有这个老兵,实在不应当好了他。"

"真是一个坏人,原来说的全是空话!"

"可是有一个很关心他的听差,而且仅仅只把这听差的神气样子告给别人,就使这人对于那主人感到兴味,十分同情,这坏人……!"

女人忍不住笑了。他们于是约定下个礼拜到苏州去,到南京去,男的还答应了女人,这种旅行为的是探听那个老司务长的下落。

《灯》欣赏 | 陈思和

　　一九二九年五月，在上海教书的沈从文写出了短篇小说《灯》。如果从他最初发表文章的年代算起，到那时沈从文已经有了五年的文字生涯，写出了几十篇小说，其中还包括一些著名的湘西浪漫故事：《龙朱》《媚金·豹子·与那羊》和《神巫之爱》等。不过《灯》发表时情况有些不一样，沈从文在这篇小说的叙事文体上做了功夫，不单单是一改先前的杂芜和矫情，还开始学着把饱满的情感压缩到文字后面去，用朴素的笔调和游移不定的口气，表达出他对传统的湘西生活的复杂态度——这种叙事文体萌始于《灯》，而在《边城》里达到了登峰造极。因此，有的研究者作出了这样大胆的判断：《灯》的叙事文体的形成，表明沈从文已经初步形成他个人的文体了。

　　那么，什么算是《灯》的叙事文体？什么又是代表沈从文个人的文体呢？沈从文在三十年代被人称作文体家，这当然不光是指他文章中遣辞造句特别出色，而是说沈从文拥有了一份独特的情感天地和独特的表述这片情感的方式。沈从文的情感天地在湘西，那是没错的，不过说得广泛些，似乎又不仅限于湘西地理范围中产生的一切人情风土，它隐隐约约地浓缩成一种做人的理想境界和生活信仰。沈从文很固执地坚持着这份做人的原则。这是他的感情寄托所在，只是因为这感情与都市社会中的人们所拥有的不一样。他才搬出他的"湘西"作为自己的"根"。沈从文并非不明白，他执着追求的那份做人原则，不但与现实环境格格不入，而且正如一切美好又背时的文化一样，正在他身后慢慢地消褪，离他越去越远，他简直能够敏感到它在溃退时的叹气和咳嗽。他想把这些声音保留下来，哪怕是留在文字里也好，但由于这声音本属他个人谛听的一份天地，即便是保留下来，公布开去，在人们的眼中也仿佛是隔着雾似的朦胧和虚妄。沈从文再怎样固执地写"乡下人"的坚毅、粗犷、善良以及为人做事上的原始质朴，给人的效果总是在云里雾里，有一种明显的不确定。正是这种自相矛盾的文本与效应，才有了沈从文的那一份魅力。就像是这篇作品里"灯"的黯淡象征，它与其说在都市方式下是有效的，毋宁说是审美的，一如沈从文的乡下人"文体"。

在这篇用"灯"命名的小说里，那盏煤油灯起先不过是故事的引子。由灯的来历引出了两个故事文本：一个是关于灯的故事，另一个是关于讲灯的故事。前一个故事主人公是那个旧军人，他以他固执的湘西精神（也正是沈从文所梦寐以求的做人的理想境界和生活信仰），格格不入地生活在现代都市里，最后他终于醒悟，他的所有美好的追求在都市原则下都是滑稽可笑的。后一个故事的主人公是前一个故事的叙事者，他百无聊赖地，又多少含着一点暧昧心理在编造故事，拿一个关于湘西精神的动人故事赚得女孩子的好感。通篇小说是从这个叙事者的口中说出，所以极大部分都是以一种可靠的语气描述出来，无论是小说中的那个听者（青衣女子），还是小说外的大多数读者，都深信不疑这个故事的真诚性。直到最后叙事人在一个偶然的疏忽中漏了口误，才泄露出他编造故事的马脚：根本就不存在这么一个灯和旧军人的故事（那盏灯不过是楼下娘姨的备用货）。粗看起来，由于第二个文本的存在，揭示出第一个文本的虚拟性（从语态上说，是间接引语的叙事式所构成的第一虚拟语态），但是，如果读者再耐心往下读，会发现在小说结尾时，作家（第二叙事人）也露出了马脚，作家似乎想帮助第一叙事人弥补前面的失误，所以欲盖弥彰地添了一句：叙事人与听者（青衣女子）决定在下周的旅行中，去探听那个旧军人的下落。这样一来，前一个故事究竟是实是虚呢？军人到底是否实有其人呢？这些问题又陷入了不确定状态。就是说第二个故事提供的文本也是不确实的（这种不确定的语态构成了第二虚拟式）。用自身的不确定性语态去叙述一个明显编造的故事，这就使通篇小说在结尾的反照下，形成了梦一般的虚幻性。

因而也可以说，沈从文在《灯》里讲叙了两个梦：一个是乡下人在城里的梦，一个是城里人关于乡下的梦。我这里用"乡下"来取代"湘西"的概念别无深意，只是想说明沈从文的这种理想并不以湘西地理为限。那个旧军人满脑子的梦想，就是想中兴一个军人世家，可是他经受了一个又一个理想破灭的打击：老主人的颓败，大少爷的消沉以及小少爷的沉落。他凭一个军人的直觉，已经感到了这个家族不可挽救的衰落。他把希望转向了不是军人的二少爷（即故事的叙事者），把生活场景转到现代都市，想依着他的旧军人的梦想，在这个知识分子身上重新激发出昔日的豪华光荣。这种"义仆"式的善良梦由于与现代生活节奏的错位，必然是要破灭的。然而我觉得小说的深层内涵还不仅止这里，接下去的问题是：叙事人（二少爷）为什么要津津有味地编造这个旧军人的梦呢？而且为什么这个老掉牙的旧时代故事在现代都市环境下不仅感动了叙事者本人，还感染了那听者青衣女子，以至使她不由自主地扮演起梦中的一个角色呢？这不正是现代都市人的一种梦幻的爆发么？抑或可以这么说，那个旧军人梦幻的故事，根本就是城里人在都市文明压榨下对旧式人格理想与生活信仰的一种潜在的渴望。如果抽去那个旧军人作为"义仆"的具体内涵，抽象地考察他做人的理想境界，那么，一种未经污染、毫无私心的质朴与善良被透明地凸现出来，但作者明知这种人性的美丽在现实环境下已渐远去，不仅只能以梦的形式，而且只能以梦的破碎形式去展现。所以这第二个梦像也就是关于旧军人的梦破碎了的梦，是一个城里人关于乡下原始理想的梦。

最后再过来说"灯"。看来那盏灯在小说里不只是两个梦的引子，它自身作为一种象征：在普遍使用电灯的都市里，竟有一盏老式的煤油灯，被擦得干干净净地放在桌上，每当电力不足或干脆停电的时候，它也能燃起薄明微黄的光，隔着透明清莹的灯罩放射出古典意味的情趣。灯是纯洁的，干净的，又是怀旧的，它对现代都市方式怀着天然的敌意，勾起了人们不切实的梦幻。这种意味作为一种做人的原则，不但从那个旧军人身上折射出来，同时也始终若有若无地笼罩着小说，使之成为梦幻的本身。

绅士的太太

本篇发表于一九三〇年三月十日《新月》第三卷第一期，特大号。署名沈从文。一九三一年五月收入《沈从文子集》，上海新月书店初版。现据新月书店初版本编入。

我不是写一个可以用你们石头打他的妇人，我是为你们高等人造一面镜子。

他们的家庭

一个曾经被人用各样尊敬的称呼加在名字上面的主人，国会议员，罗汉，猪仔，金刚，后来又是顾问，参议，于是一事不作，成为有钱的老爷了。

人是读过书，很干练的人，在议会时还极其雄强，常常疾声厉色的与政敌论辩，一言不合就祭起一个墨盒飞到主席台上去，又常常做一点政治文章到金刚月刊上去发表。现在还只四十五岁。四十多岁就关门闭户做绅士，是因为什么原故，很少有人明白的。

绅士为了娱悦自己，多数念点佛，学会静坐，会打太极拳，能谈相法，懂鉴赏金石书画。另外的事情，就是喝一点酒，打打牌。这个绅士是并不把自己生活放在例外的地位上去的，凡是一切坏绅士的德性他都不会缺少。

一栋自置的房子，门外有古槐一株，金红大门，有上马石安置在门外边。（因为无马可上，那石头，成为小贩卖冰糖葫芦憩息的地方了。）门内有门房，有小黑花哈叭狗。门房手上弄着两个核桃，又会舞石槌，哈叭狗成天寂寞无事可作，就蹲到门边看街。房子是两个院落的大小套房子，客厅里有柔软的沙发，有地毯，有写字台，壁上有名人字画，红木长桌上有古董玩器，同时也有打牌用的一切零件东西。太太房中有小小宫灯，有大铜床，高镜台，细绢长条的仕女画，极精致的大衣橱。僻处有乱七八糟的衣服，有用不着的旧式洋伞草帽，以及女人的空花皮鞋。

绅士有个年纪不大的妻，有四个聪明伶俐的儿女。妻曾经被人称赞过为美人，儿女都长得体面干净。因为这完全家庭，这主人，培养到这逸乐安全生活中，再无更好的理由拒绝自己的发胖了。

绅士渐渐胖下来，走路时肚子总先走到，坐在家中无话可说时就打呼睡觉，吃东西食量极大，谈话时声音滞呆。太太是习惯了，完全不感觉到这些情形是好笑的。用人则因为凡是有钱的老爷天南地北都差不多是这个样子，也就毫不引起惊讶了。对于绅士发生兴味的，只有绅士的儿子，那个第三的，看到爹爹的肚子同那神气，总要发笑的问，这里面是些什么东西。绅士记得苏东坡故事，就告给儿子，这是满腹经纶。儿子不明白意思，请太太代为说明，遇到太太兴致不恶的时节，太太就告给儿子说这是"宝贝"，若脾气不好，不愿意在这些空事情上唠叨，就大声喊奶妈，问奶妈为什么尽少爷牙痛，为什么尽少爷头上长疙瘩。

少爷大一点是懂事多了的，只爱吃零碎，不欢喜谈空话，所以做母亲的总是欢喜大儿子。大少爷因为吃零碎太多，长年脸庞黄黄的，见人不欢喜说话，读书聪明，只是非常爱玩，九岁时就知道坐到桌子边看牌，十岁就会"挑土"，为母亲拿牌，绅士同到他太太都以为这小孩将来一定极其有成就。

绅士的太太，为绅士养了四个儿子，还极其白嫩，保留到女人的美丽，从用人眼睛估计下来，总还不上三十岁。其实三十二岁，因为结婚是二十多，现在大少爷已经十岁了。绅士的儿子大的十岁，小的三岁，家里按照北京做官人家的规矩，每一个小孩请娘姨一人，另外还有车夫，门房，厨子，做针线的，抹窗子扫地的，一共十一个下人。家里常常有客来打牌，男女都有。把桌子摆好，人上了桌子，四双白手争到在桌上洗牌，抱引小少爷的娘姨就站到客人背后看牌。待到太太说，娘姨，你是看少爷的，怎么尽呆到这里？这三河县老乡亲才像记起了自己职务，把少爷抱出外面大街，看送丧事人家大块头吹唢呐打鼓打锣去了。引少爷的娘姨，厨子娘姨，虽不必站在桌边看谁输赢，总而言之是知道到了晚上，汽车包车把客人接走以后，太太是要把人喊在一处，为这些下等人分派赏号的。得了赏号这些人就按照身份，把钱用到各方面去。厨子照例也欢喜打一点牌，门房能够喝酒，车夫有女人，娘姨们各个还有瘦瘦的挨饿的儿子，同到一事不作的丈夫，留在乡下，靠到得钱吃饼过日子。太太有时输了，不大高兴，大家就不做声，不敢讨论到这数目，也不敢在这数目上作那种荒唐打算。因为若是第二次太太又输，手气坏，这赏号分给用人的，不是钱，将只是一些辱骂了。实在说来使主人生气的事情也太多了，这些真是完全吃闲饭的东西，一天什么事也不作，什么也不能弄得清楚，这样人多，还是胡胡涂涂，有客来了，喊人摆桌子也找不到，每一个人又都懂得到分钱时，不忘记伸手。太太是常常这样生气骂人的，用人从不会接嘴应声，人人皆明白骂一会儿回头不是客来就是太太到别处去做客。太太事情多，不会骂得很久，并且不是输了很多的钱也不会使太太生气，所以每个下人都懂得做下人的规矩，对于太太非常恭敬。

太太是很爱儿子的，小孩子哭了病了，一面打电话请医生，一面就骂娘姨，因为一个娘姨若照料得尽职，像自己儿子一样，照例小孩子是不大应当害病爱哭的。可是做母亲的除了有时把几个小孩子打扮得齐全，引带小孩子上公园吃点心看花以外，自己小孩子是不常同母亲接近的。另外时节母亲事情都像太多了，母亲常常有客，常常做客，平时又有许多机会同绅士吵嘴斗气，小孩子看到母亲这样子，好像也不大愿意亲近这母亲了。有时顶小的少爷，一定得跟到母亲做客，总得太太装成生气的样子骂人，于是娘姨才能把少爷抱走。

绅士为什么也缺少这涵养，一定得同太太吵闹给下人懂到这习惯？是并不溢出平常绅士家庭组织以外的理由。一点点钱，一次做客不曾添制新衣，更多次数的，是一种绅士们总不缺少的暧昧行为。太太从绅士的马褂袋子里发现了一条女人用的小小手巾，从朋友处听到了点谣言，从娘姨告诉中知道了些秘密，从汽车夫处知道了些秘密。或者,一直到了床上,发现了什么,都得在一个机会中把事情扩大,于是骂一阵,嚷一阵,有眼睛的就流眼泪,有善于说谎赌咒的口的也就分辩,发誓,于是本来预备出去做客也就不去了,本来预备睡觉也睡不成了。哭了一会的太太,若是不甘示弱,或遇到绅士恰恰有别的事情在心上,不能采取最好的手段赔礼,太太就一人出去到别的人家做客去了。绅士羞惭在心,又不无小小愤怒,也就不即过问太太的去处。生了气的太太,还是过相熟的亲戚家打牌,因为有牌在手上,纵有气,也不是对于人的气了。过一天,或者吵闹是白天,到了晚上,绅士一定各处熟人家打电话,问太太在不在。有时太太记得到这行为,正义在自己身边,不愿意讲和,就总预先嘱咐那家主人,告给绅士并不在这里。有时则虽嘱咐了主人,遇到公馆来电话时,主人知道是绅士想讲和了,总仍然告给了太太的所在地方,于是到后绅士就来了,装作毫无其事的神气,问太太输赢。若旁人说赢了,绅士不必多说什么,只站在身后看牌,到满圈,绅士一定就把太太接回家了。若听到人说输了呢,绅士懂得自己应做的事,是从皮包里甩一百八十元的票子,一面放到太太跟前去,一面挽了袖子自告奋勇,为太太扳本。既然加了股份,太太已经愿意讲和,且当到主人面子,不好太不近人情,自然站起来让坐给绅士。绅士见有了转机,虽很欢喜的把大屁股贴到太太坐得热巴巴的椅子上去,仍然不忘记说:"莫走莫走,我要你帮忙,不然这些太太们要欺骗我这近视眼!"那种十分得体的趣话,主人也仿佛很懂事,听到这些话总是打哈哈笑,太太再不好意思走开,到满圈,两夫妇也仍然就回家了。遇到各处电话打过,太太的行动还不明白时节，主人照例问汽车夫，照例汽车夫受过太太的吩咐，只说太太并不让他知道去处，是要他送到市场就下了车的。绅士于是就坐了汽车各家去找寻太太。每到一个熟人的家里，那家公馆里仆人，都不以为奇怪，公馆中主人，姨太太，都是自己才讲和不久，也懂得这些事情，男主人照例袒护绅士，女主人照例袒护太太，同这绅士来谈话。走到第二家,第三家,有时是第七家,太太才找着。有时找了一会,绅士新的气愤在心上慢慢滋长,不愿意再跑路了,吼着要回家（或索性到那使太太出走的什么家中去玩了一趟）。回到家中躺在柔软的大椅子上吸烟打盹。这方面一坚持,太太那方面看看无消息,有点软弱惶恐了。或者就使那家主人打电话回家来,作为第三者转圜,使绅士来接；或者由女主人伴送太太回家,且用着所有绅士们太太的权利,当到太太把绅士教训了一顿。绅士虽不大高兴,既然见到太太归来了,而且伴回来的又正说不定就是在另一时方便中也开了些无害于事的玩笑过的女人,到这时节,利用到机会,把太太支使走开,主客相对会心的一笑,大而肥厚的柔软多脂的手掌,把和事老小小的善于搅牌也善于做别的有趣行为的手捏定,用人不在客厅,一个有教养的绅士,总得对于特意来做和事老的人有所答谢,一面无声的最谨慎的做了些使和事老忍不着笑的行为,一面又柔声的喊着太太的小名,用"有客在怎么不出来"这一类正义相责。太太本来就先服了输,这时又正当到来客,再不好坚持,就出来了。走出来了,谈了一些空话,因为有了一主一客,只须再来两个就是一桌,绅士望到客人做了一个会心的微笑,赶忙去打电话邀人。坐在家里发闷的女人正多,自然不到半点钟,这一家的客厅里又有四双洁白的手同几个放光的钻戒在桌上唏唎哗唎乱着了。

关于这家庭战争，由太太这一面过失而起衅，由太太这一面错误来出发，这事是不是也有过？也有过。不过男子到底是男子，一个绅士，学会了别的时候以前先就学会了对这方面的让步，所以除了有时无可如何才把这一手拿出来抵制太太，平常时节是总以避免这冲突为是的。因为绅士明白每一个绅士太太，都在一种习惯下，养成了一种趣味，这趣味有些人家是在相互默契情形下维持到和平的，有些人家又因此使绅士得了自由的机会。总而言之太太们这种好奇的趣味，是可以使绅士阶级把一些友谊僚谊更坚固起来的，因这事实绅士们装聋装哑过着和平恬静的日子，也就大有其人了。这绅士太太，是缺少这样把柄给丈夫拿到，所以这太太比其余公馆的太太更使绅士尊敬畏惧了。

另外一个绅士的家庭

因为做客，绅士太太做到西城一个熟人家中去。

也是一个绅士，有姨太太三位，儿女成群。大女儿在大学念书，小女儿在小学念书，有钱有势，儿子才从美国回来，即刻就要去新京教育部做事。绅士太太一到这人家，无论如何也有牌打，因为没有客这个家中也总是一桌牌。小姐从学校放学回来，争着为母亲替手，大少爷还在候船，也常常站到庶母后面，间或把手从隙处插过去，抢去一张牌，大声吼着，把牌掷到桌上去。绅士是因为疯瘫，躺到藤椅上哼，到晚饭上桌时，才扶到桌边来吃饭的。绅士太太是到这样一个人家来打牌的。

到了那里，看到瘫子，用自己儿女的口气，同那个废物说话：

"伯伯这几天不舒服一点吗？"

"好多了。谢谢你们那个橘子。"

"送小孩子的东西也要谢吗？伯伯吃不得酸的，我那里有人从上海带来的外国苹果，明天要人送点来。"

"不要送，我吃不得。××近来忙，都不过来。"

"成天同和尚来往。"

"和尚也有好的，会画会诗，谈话风雅，很难得。"

自己的一个姨太太就笑了，因为她就同一个和尚有点熟。这太太是不谈诗画不讲风雅的，她只觉得和尚当真也有好人，很可以无拘束的谈一些话。

那从美利坚得过学位的大少爷，一个基督教徒，就说：

"和尚都该杀。"

绅士把眼睛一睁，很不平了：

"怎么，乱说！佛同基督有什么不同吗？不是都要渡世救人吗？"

少爷记起父亲是废物了，耶稣是怜悯老人的，取了调和妥协的神气："我说和尚不说佛。"

姨太太A说："我不知道你们男人为什么都恨和尚。"

这少爷正想回话，听到外面客厅一角有电话铃响，就奔到那角上接电话去了。这里来客这位绅士太太就说："伯伯媳妇怎么样？"废物不作声，望到大小姐，因为大小姐在一点钟以前还才同爹爹吵过嘴。大小姐笑了。大小姐想到这一件事，就笑了。

姨太太 B 说："看到相片了，我们同大小姐到他房里翻出相片同信，大小姐读过笑得要不得。还有一个小小头发结子，不知是谁留下的，还有……"

姨太太 C 不知为什么红了脸，借故走出去了。

大小姐追出去："三孃[1]，婶婶来了，我们打牌！"

绅士太太也追出去，走到廊下，赶上大小姐："慢走，我同你说。"

大小姐似乎懂得所说的意思了，要绅士太太走过那大丁香树下去。两人坐到那小小绿色藤椅上去，两人互相望着对方白白的脸同黑黑的眼珠子。大小姐笑了，红脸了，伸手把绅士太太的手捏定。

"婶婶，莫逼我好吧。"

"逼你什么？你这丫头，那么聪明。你昨天装得使我认不出是谁了。我问你，到过那里几回了？"

"婶婶你到过几回？"

"我问你！"

"只到过三次，万千莫告给爹爹！"

"我先想不到是你。"

"我也不知道是婶婶。"

"输了赢了？"

"输了不多。姨姨输二千七百，把戒子也换了，瞒到爹爹。"

"几姨？"

1　孃，湘西方言，称姑母为"孃"。三孃，即三姑。

"就是三孃。"

三孃正在院中尖声唤大小姐，到后听到这边有人说话，也走到丁香花做成的花墙后面来了。见到了大小姐同绅士太太，就说："请上桌子，牌早摆好了。"

绅士太太说："三孃，你手气不好，怎么输很多钱。"

这妇人为妓女出身，会做媚笑，就对大小姐笑，好像说大小姐不该把这事告给外人。但这姨太太一望也就知道绅士太太不是外人了，所以说："××去不得，一去就输，还是大小姐好。"又问："太太你常到那里？"绅士太太就摇头，因为她到那里是并不为赌钱的，只是监察到绅士丈夫，这事不能同姨太太说，不能同大小姐说，所以含混过去了。

他们记起牌已摆上桌子了，从花下左边小廊走回内厅，见到大少爷在电话旁拿着耳机，说洋话，疙疙瘩瘩，大小姐听得懂是同女人说的话，就嘻嘻的笑，两个妇人皆莫名其妙，也好笑。

四个人哗喇哗喇洗牌，分配好了筹码，每人身边一个小红木茶几，上面摆纸烟，摆细料盖碗，泡好新毛尖茶。另外是小磁盘子，放得有切成小片的美国橘子。四个人是主人绅士太太，客人绅士太太，姨太太 B，大小姐。另外有人各人背后站站，谁家和了就很伶俐的伸出白白的手去讨钱，是"做梦"的姨太太 C。废人因为不甘寂寞，要把所坐的活动椅子推出来，到厅子一端，一面让姨太太 A 捶背，一面同打牌人谈话。

大少爷打完电话，穿了洋服从厅旁过身，听到牌声洗得热闹，本来预备出去有事情，也在牌桌边站定了。

"你们大学生也打牌？"

"为什么不能够陪妈陪婶婶？"

客人绅士太太就问大少爷："春哥，外国有牌打没有？"

主人绅士太太笑了："岂止有牌打，我们这位少爷还到美国做教师，那些洋人送他十块钱一点钟，要他指点！"

"当真是这样我将来也到美国去。"

大小姐说："要去，等我毕业了，我同婶婶一路去。我们可以……慢点慢点，一百二十副。妈你为什么不早打这张麻雀，我望这麻雀望了老半天了。哈哈，一百二！"说了，女人把牌放在嘴边亲了那么一下，表示这么索同自己的感情。

母亲像是不服气样子，找别的岔子："玉玉，怎么一个姑娘家那么野？"

大小姐不做声，因为大少爷捏着她的膀子，要代一个庄，大小姐就嚷："不行不行，人家才第一个上庄！"

大少爷到后坐到母亲位置上去，很热心的洗着牌，很热心的叫骰子，和了一牌四十副，才哼着美国学生所唱的歌走去了。

这一场牌一直打到晚上，到后又来了别的一个太太，二姨太让出了缺，仍然是五个人打下去。到晚饭时许多鸡鸭同许多精致小菜摆上了桌子，在非常光亮的电灯下，打牌人皆不必调换位置，就仍然在原来座位上吃晚饭。废人也镶拢来了，问这个那个的输赢，吃了很多的鱼肉，添了三次白饭，还说近来厨子所做的菜总是不大合口味。因为在一钵鸡中发现了一只鸡脚没有把外皮剥去，就叫厨子来，骂了一些吃冤枉饭的大人们照例骂人的话，说是怎么这东西还能给人吃，要把那鸡收回去。厨子把一个大磁盆拿回到灶房，看看所有的好肉已经吃尽，也就不说什么话。回头上房喊再来点汤，于是又在那煨鸡缸里舀了一盆清汤送上去了。

吃过了晚饭，晚上的时间觉得尚长，大小姐明早八点钟就得到学校去上课，做母亲的把这个话提出来，在客人面前不大好意思同母亲作对，于是退了位，让姨太太C来补缺，四人重新上了场，不过大小姐站到母亲身后不动，一遇到有牌应当上手时，总忽然出人意外的飞快的把手从母亲肩上伸到桌中去，取着优美的姿势，把牌用手一摸，看也不看，嘘的一声又把牌掷到桌心去。母亲因为这代劳的无法拒绝，到后就只有让位了。

八点了，二少爷三小姐三少爷不忘记姐姐日里所答应的东道，选好了××主演的《妈妈趣史》电影，要大小姐陪到去做主人。恰恰一个大三元为姨太太C抢去单吊，非常生气，不愿意再打，就伴同一群弟妹坐了自己汽车到××去看影戏去了。主人绅士太太仍然又上了桌子。

大少爷回来时，废物已回到卧房睡觉去了。大少爷站到姨太太C身后看牌，看了一会，走去了。姨太太C到后把牌让姨太太B打，说要有一点事，也就走去了。

于是客人绅士太太一面砌牌一面说："伯母，你真有福气。"

主人绅士太太说："吵闹极了，都像小孩子。"

另外来客也有五个小孩，就说："把他们都赶到学校去也好，我有三个是两个礼拜才许他们回来一次的。"这个妇人却料不到那个大儿子每星期到××饭店跳舞两次。

"家里人多也好点。"

"我们大少爷过几天就要去南京，做什么'边事'，不知边些什么。"

"有几百一个月。"

"听说有三百三,三百三他哪里够,好歹是也可以找钱,不要老子养他了。"

"他们都说美国回来好,将来大小姐也应当去。"

"她说她不去美国,要去就去法国。法国女人就只会妆扮,这个丫头爱好。"

轮到绅士太太做梦赋闲了,站到红家身后看了一会,又站到痞家身后看了一会,吃了些糖松子儿,又喝了口热茶。想出去方便一下,就从客厅出去,过东边小院子,过圆门,过长廊。那边偏院辛夷树开得花朵动人,在月光里把影子通通映在地下,非常有趣味。辛夷树那边是大少爷的书房,听到有人说话,引起了一点好奇的童心,就走过那边窗下去,只听到一个极其熟习的女人笑声,又听到说话,声音很小,像在某一种情形下有所争持。

"小心一点……"

"你莫把手挡着,我就……"

听了一会,绅士太太忽然明白这里是不适宜于站立的地方,脸上觉得发烧,悄悄的又走回到前面大院子来。月亮挂到天上,有极小的风吹送花香,内厅里不知是谁一个大牌和下了,只听到主客的喜笑与搅牌的热闹声音,绅士太太想起了家里的老爷,忽然不高兴再在这里打牌了。

听到里面喊丫头,知道是在找人了,就进到内厅去,一句话不说,镶到主人绅士太太的空座上去补缺,两只手皆放到牌里去乱合。

不到一会儿，姨太太 C 来了，悄静无声的，极其矜持的，站到另外那个绅士太太背后，把手搁到椅子靠背上，看大家发牌。

另外一个绅士太太，一面打下一张筒子，一面鼻子皱着，说："三孃，你真是使人要笑你，怎么晚上也擦得一身这样香。"

姨太太 C 不做声，微微的笑着，又走到客人绅士太太背后去。绅士太太回头去看姨太太 C，这女人就笑，问赢了多少。绅士太太忽然懂得为什么这人的身上有浓烈的香味了，把牌也打错张了。

绅士太太说："外面月亮真好，我们打完这一牌，满圈了，出去看月亮。"

姨太太 C 似乎从这话中懂得一些事情，用齿咬着自己的红红嘴唇，离开了牌桌，默默的坐到较暗的一个沙发上，把自己隐藏到深软的靠背后去了。

一点新的事情

××公馆大少爷到东皇城根绅士家来看主人，主人不在家，绅士太太把来客让到客厅里新置大椅上去。

"昨天我以为婶婶会住到我的家的，怎么又不打通夜？"

"我恐怕我们家里小孩子发烧要照应。"

"我还想打四圈，哪晓得婶婶赢了几个就走了。"

"哪里。你不去南京，我们明天又打。"

"今天就去也行，三孃总是一角。"

"三孃同……"绅士太太忽然说滑了口，把所要说的话都融在一个惊讶中，她望到这个整洁温雅的年青人呆着，两人互相皆为这一句话不能继续开口了。年青人狼狈到无所措置，低下了头去。

过了一会，大少爷发现了屋角的一具钢琴，得到了救济，就走过去用手按琴键，发出高低的散音。小孩子听到琴声，手拖娘姨来到客厅里，看奏琴。绅士太太把小孩子抱在手里，叫娘姨削几个梨子苹果拿来，大少爷不敢问绅士太太，只逗着小孩，要孩子唱歌。

到后两人坐了汽车又到××废物公馆去了。在车上，绅士太太很悔自己的失言，因为自己也还是年青人，对于这些事情，在一个二十六七岁的晚辈面前，做长辈的总是为一些属于生理上的种种，不能拿出长辈样子。这体面的年青人，则同样也因为这婶婶是年青女人，对于这暧昧情形有所窘迫，也感到无话可说了。车到半途，大少爷说："婶婶，莫听他们谣言。"绅士太太就说："你们年青人小心一点。"仍然不忘记那从窗下听来的一句话，绅士太太把这个说完时，自己觉得脸上发烧得很，因为两个人是并排坐得那么近，身体的温皆互相感到，年青人则从绅士太太方面的红脸，起了一种误会，他那聪明处到这时仿佛起了一个新的合理的注意，而且这注意也觉得正是救济自己一种方法。到了公馆，下车时，先走下去，伸手到车中，一只手也有意那么递过来，于是轻轻的一握，下了车，两人皆若为自己行为，感到了一个憧憬的展开扩大，互相会心的交换了一个微笑。

到了废物家，大少爷消失了，不多一会又同三孃出现了。绅士太太觉得这三孃今天特别对她亲切，在桌边站立，拿烟拿茶，剥果壳儿，两人望到时，就似乎有些要说而不必用口说出的话，从眼睛中流到对方心里去。绅士太太感到自己要做一个好人，要为人包瞒打算，要为人想法成全，要尽一些长辈所能尽的义务。这是为什么？因为从三孃的目光里，似乎得到一种极其诚恳的信托，这妇人，已经不能对于这件事不负责任了。

大小姐已经上坤范女子大学念书去了，少爷们也上学了，今天请了有两个另外的来客，所以三孃不上场，到绅士太太休息时，三孃就邀绅士太太到房里去，看新买的湘绣。两人刚走过院子，望见偏院里辛夷，开得如红火，一大树花灿烂夺目，两人皆不知忌讳走到树下去看花。

"昨夜里月光下这花更美。"绅士太太在心上说着，微微的笑。

"我想不到还有人来看花！"姨太太C也这样想着，微微的笑。

书房里大少爷听到有人走路声音，忙问是谁。

绅士太太说，"××，不出去么？"

"是婶婶吗？请进来坐坐。"

"太太就进去看看，他很有些好看的画片。"

于是两个妇人就进到这大少爷书房里，一个并不十分阔大的卧室，四壁裱得极新，小小的铜床，小小的桌子，四面皆是书架，堆满了洋书，红绿面子印金字，大小不一，似乎才加以整理的神情，稍稍显得凌乱。床头一个花梨木柜橱里，放了些女人用的香料，一个高脚维多利亚式话匣子，上面一大册安置唱片的本子，本子上面一个橘子，橘子边旁一个烟斗。大少爷正在整理一个像小钟一类东西，那东西就搁到窗前桌上。

"有什么用处？"

"无线电盒子，最新从美国带回的，能够听上海的唱歌。"

"太太，大少爷带得一个小闹表，很有趣味。"

"哎呀，这样小，值几百？"

"一百多块美金，婶婶欢喜就送婶婶。"

"这怎么好意思，你只买得这样一个，我怎么好拿！"

"不要紧，婶婶拿去玩，还有一个小盒子。这种表只有美国一家专利，若是坏了，拿到中央表店去修理，不必花钱，因为世界凡是代卖这钟表公司出品的都可以修理。"

"你留到自己玩吧，我那边小孩子多，掉到地下可惜。"

"婶婶真是当作外人。"

绅士太太无话可说。因为姨太太C已经把那个表放到绅士太太手心里，不许她再说话了。这女人，把人情接受了，望一望全房情景，像是在信托方面要说一句话，就表示大家可以开诚布公作商量了，就悄悄的说道：

"三孃，你听我说一句话，家里人多了，凡事也小心一点。"

三孃望到大少爷笑："我们感谢太太，我们不会忘记太太对我们的好处。"

大少爷，这美貌有福的年轻人，无话可说，正翻看到一本日日放在床头的英文圣经，不做声，脸儿发着烧，越显得娇滴滴红白可爱，忽然站起来，对绅士太太作了三个揖，态度非常诚恳，用一个演剧家扮演哈孟雷特青年的姿势，把绅士太太的左手拖着，极其激动的向绅士太太说道：

"婶婶的关心地方，我不会忘记到脑背后。"

绅士太太右手捏着那纽扣大的小表，左手被人拖着，也不缺少一个剧中人物的风度，谦虚的而又温和的说："小孩子，知道婶婶不是妨碍你们年青人事情就行了，我为你们担心！我问你，什么时候过南京有船？"

"我不想去，并不是没有船。"

"母亲也瞒到？"

"母亲只知道我不想去，不知道为什么事情。她也不愿意我就走，所以帮同瞒到老瘫子说是船受检查，极不方便。"

绅士太太望望这年青侄儿，又望望年青的姨太太C，笑了："真是一对玉合子。"

三孃不好意思，也味的笑了。"太太，今夜去××试试赌运，他们那里主人还会做很好的点心，特别制的，不知尝过没有？"

"我不欢喜大数目，一百两百又好像拿不出手——××，美国有赌博的？"

"法国美国都有，我不知道这里近来也有了，以前我不听到说过。婶婶也熟习那个吗？"

"我是悄悄的去看你的叔叔。我装得像妈子那样带一副墨眼镜，谁也不认识。有一次我站到我们胖子桌对面，他也看不出是我。"

"三孃今天晚上我们去看看，婶婶莫打牌了。假装有事要回去，我们一道去。"

姨太太C也这样说："我们一道去。到那里去我告给太太巧方法扎七。"

事情就是这样定妥了。

到了晚上约莫八点左右，绅士太太不愿打牌了，同废物谈了一会话，邀三嬢送她回去，大少爷正有事想过东城，搭乘了绅士太太的汽车，三人一道儿走。汽车过长安街，一直走，到哈德门大街了，再一直走，汽车夫懂事，把车向右转，因为计算今天又可以得十块钱特别赏赐，所以乐极了，把车也开快许多了。

三人到××，留在一个特别室中喝茶休息，预备吃特制点心。三姨太太悄悄同大少爷说了几句话，扑了一会粉，对穿衣镜整理了一会头发，说点心一时不会做来，先要去试试气运，拿了皮箧想走。

绅士太太说："三嬢你就慌到输！"

大少爷说："三嬢是不怕输的，顶爽利，莫把皮箧也换筹码输去才好。"

姨太太C走下楼去后，小房中只剩下两个人。两人说了一会空话，年青人记起了日里的事情，记起同姨太太C商量得很好了的事情，感到游移不定，点心送来了。

"婶婶吃一杯酒好不好？"

"不吃酒。"

"吃一小杯。"

"那就吃甜的。"

"三嬢也总是欢喜甜酒。"

当差的拿酒去了，因为一个方便，大少爷走到绅士太太身后去取烟，把手触了她的肩。在那方，明白这是有意，感到可笑，也仍然感到小小动摇，因为这贵人记起日里在车上的情形，且记起昨晚上在窗下窃听的情形，显得拘束，又显得烦懑了，就说："我要回去，你们在这里吧。"

"为什么忙？"

"为什么我到这里来？"

"我要同婶婶说一句话，又怕骂。"

"什么话？"

"婶婶样子像琴雪芳。"

"说瞎话，我是戏子吗？"

"是三孃说的，说美得很。"

"三孃顶会说空话。"虽然这么答着，侧面正是一个镜台，这绅士太太，不知不觉把脸一侧，望到镜中自己的白脸长眉，温和的笑了。

男子低声的蕴藉的笑着，半天不说话。

绅士太太忽然想到了什么的神情，对着了大少爷："我不懂你们年青人做些什么鬼计。"

"婶婶是我们的恩人，我……"那只手，取了攻势，伸过去时，受了阻碍。

女人听这话不对头，见来势不雅，正想生气，站在长辈身份上教训这年青人一顿，拿酒的厮役已经在门外轻轻的啄门，两人距离忽然又远了。

把点心吃完，到后两人用小小起花高脚玻璃杯子，吃甜味橘子酒。三姨太太回来了，把皮夹掷到桌上，坐到床边去。

绅士太太问："输了多少？"

三孃不作答，拿起皮夹欢欢喜喜掏出那小小的精巧红色牙骨筹码数着，一面做报告，一五一十，除开本，赢了五百三。

"我应当分三成，因为不是我陪你们来，你一定还要输。"

绅士太太当笑话说着。

大少爷就附和到这话说：“当真婶婶应当有一半，你们就用这个做本，两人合份，到后再结算。”

“全归太太也不要紧，我们下楼去，现在热闹了点，张家大姑娘同到张七老爷都来了，×总理的三小姐也在场，五次输一千五，骄傲极了，越输人越好看。”

“我可不下去，我不欢喜让她知道我在这里赌钱。”

“大少爷？”

“我也不去，我陪婶婶坐坐，三孃你去吧，到十一点我们回去。”

“……莫走！”

“…………”

回到家中，皮夹中多了一个小表，多了四百块钱，见到老爷在客厅中沙发上打盹，就骂用人，为什么不喊老爷去睡。当差的就说，才有客到这里谈话刚走不久，问老爷睡不睡觉，说还要读一点书，等太太回来再叫，所以不敢喊叫。绅士见到太太回了家，大声的叱娘姨，惊醒了。

“回来了，太太！到什么人家打牌？”

绅士太太装成生气的样子，就说：“运气坏极了，又输一百五。”

绅士正恐怕太太追问到别的事，或者从别的地方探听到了关于他的消息，贼人心虚，看到太太那神气，知道可以用钱调和了，就告给绅士太太明天可以还账。且安慰太太，输不要紧。又同太太谈各个熟人太太的牌术和那属于打牌的品德。这贵人日里还才到一个饭店里同一个女人鬼混过一次，待到太太问他白天做些什么事时，他就说到佛学会念经，因为今天是开化老和尚讲《楞严》日子。若是往日，绅士太太一定得诈绅士一阵，不是说杨老太太到过佛学会，就是说听说开化和尚已经上天津，绅士照例也就得做戏一样，赌一个小咒，事情才能和平了结，解衣上床。今晚上因为赢了钱，且得了一个小小金表，自己又正说着谎话，所以也就不再追究谈《楞严》谈到第几章那类事了。

两人回到卧室，太太把皮夹子收到自己小小的保险箱里去。绅士作为毫不注意的神气，一面弯腰低头解松绑裤管的带子，一面低声的摹仿梅畹华老板的《天女散花》摇板，用节奏调和到呼吸。

到后把汗衣剥下，那个满腹经纶的尊贵肚子因为换衣的原因，在太太眼下，用着骄傲凌人的态度，挺然展露于灯光下，暗褐色的下垂的大肚，中缝一行长长的柔软的黑毛，刺目的呈一种图案调子。太太从这方面得到了一个联想，告绅士，今天西城××公馆才从美国回来不久的大少爷来看过他，不久就得过南京去。

绅士点点头："这是一个得过哲学硕士的有作为的年青人，废物有这样一个儿子，自己将来不出山，也就不妨事了。"

绅士太太想到别的事情，就笑，这时也已经把袍子脱去，夹袄脱去，鞋袜脱去，站在床边，对镜用首巾包头，预备上床了。绅士从太太高硕微胖的身材上，在心上展开了一幅美人出浴图，且哗哗的隔房浴室便桶的流水声，也仿佛是日里的浴室情景，就用鼻音做出亵声，告太太小心不要招凉。

更新的事情

约有三天后，××秘密俱乐部的小房子里又有三个人在吃点心。那三孃又赢了三百多块钱，分给了绅士太太一半。这次绅士太太可在场了，先是输了一些，到后大少爷把婶婶邀上楼去，姨太太 C 不到一会儿就追上来，说是天红得到五百，把所输的收回，反赢三百多。绅士太太同大少爷除了称赞运气，并不说及其他事情。

绅士太太对于他们的事更显得关切，到废物公馆时，总借故到姨太太 C 房中去盘旋。打牌人多，也总是同三孃合手，两股均分，输赢各半。

星期日另外一个人家客厅里红木小方桌旁，有西城××公馆大小姐，有绅士太太，大小姐不明奥妙，问绅士太太，知不知道三孃近来的手气。

"婶婶不知道么？我听人说她输了五百。"

"输五百吗？我一点不明白。"

"我听人说的，她们看到她输。"

"我不相信，三孃太聪明了，心眼玲珑，最会看风色，我以为她扳了本。"

大小姐因为抓牌就不说话了，绅士太太记到这个话，虽然当真不大相信，可是对于那两次事情，有点小小怀疑起来了。到后新来了两个客，主人提议再拼成一桌，绅士太太主张把三孃接来。电话说不来，有小事，今天少陪了。绅士太太要把耳机接线拿过身边来，捏了话机，用着动情的亲昵调子：

"三嬢，快来，我在这里！"

那边说了一句什么话，这边就说："好好，你快来，我们打过四圈再说。"

说是有事的姨太太 C，得到绅士太太的嘱咐，仍然答应就来了，四个人皆拿这事情当笑话说着，但都不明白这友谊的基础建筑到些什么关系上面。

不到一会，三嬢的汽车就在这人家公馆大门边停住了。客来了，桌子摆在小客厅，三嬢不即去，就来在绅士太太身后。

"太太赢了，我们仍然平分，好不好？"

"好，你去吧，人家等得太久，张三太快要生气了。"

三嬢去后，大小姐问绅士太太：

"这几天婶婶同三嬢到什么地方打牌。"

绅士太太摇头喊："五万碰，不要忙！"

休息时，三嬢扯了绅士太太走到廊下去，悄悄的告她，大少爷要请太太到 ×× 去吃饭。绅士太太记起了大小姐先前说的话，问姨太太 C：

"三嬢，你这几天又到 ×× 去过吗？"

"哪里，我这两天门都不出。"

"我听谁说你输了些钱。"

"什么人说的？"

"没有这回事就没有这回事，我好像听谁提到。"

三嬢把小小美丽嘴唇抿了一会，莞尔而笑，拍着绅士太太肩膊："太太，我谎你，我又到过 ××，稍稍输了一点小数目。我猜这一定是宋太太说的。"

绅士太太本来听到三孃说不曾到过××，以为这是大小姐或者明白她们赢了钱，故有意探询，也就罢了。谁知姨太太C又说当真到过，这不是谎话的谎话，使她不能不对于前两天的赌博生出疑心了。她这时因为不好同三孃说破，以为另外可去问问大少爷，就忙为解释，说是听人说过，也记不起是谁了。她们到后都换了一个谈话方向，改口说到花。一树迎春颜色黄澄澄地像碎金缀在枝头上，在晚风中摇摆，姿态绝美，三孃折了一小枝来替绅士太太插到衣襟上去。

"太太，你真是美人，我一看到你，就好像自己会嫌自己肮脏卑俗。"

"你太会说话了。我是中年人了，哪里敌得过你们年青太太们。"

到了晚上，两人借故有事要走，把两桌牌拼成一桌。大小姐似乎稍稍奇怪，然而这也管不了许多，这位小姐是对于牌的感情太好了，依旧上了桌子摸风，这两人就坐了汽车到××饭店去了。××饭店那方面，大少爷早在那里等候了许久，人来了，极其欢喜。三孃把大少爷扯到身边，咬着耳朵说了两句话，大少爷望到绅士太太只点头微笑。两个人不久就走到隔壁房间去了，房里剩下绅士太太一个人。襟边的黄花掉落到地下，因为拾花，想起了日里三孃的称誉，回头去照镜子。照了好一会，又用手抹着自己头上光光的柔软的头发，顾影自怜，这女人稍稍觉得有点烦恼，从生理方面有一些意识模糊的反抗，想站起身来走过去，看两个人在商量些什么事情。

推开那门，见到大少爷坐在大椅上，三孃坐大少爷腿上，把头聚在一处，蜜蜜的接着吻。绅士太太不待说话，心中起着惊讶，就缩回来了，仍然坐到现处，就听到两人在隔壁的笑声，且听到接吻嘴唇离开时的声音。三孃走过房中来了，一只手藏在身后，一只手伏在绅士太太肩上，悄悄的说：

"太太，要看我前回所说那个东西没有？"

"你怎么当真？"

"不是说笑话。"

"真是丑事情。"

三孃不再作声，把藏在身后那只手所拿的一个折子放到绅士太太面前，翻开了第一页。于是第二页，第三页……两人相对低笑，大少爷，轻脚轻手，已经走到背后站定许久了。

…………

回家去，绅士太太向绅士说头痛不舒服，要绅士到书房去睡。

一年以后

绅士太太为绅士生养了第五个少爷，寄拜给废物三姨太太作干儿子。三孃送了许多礼物给小孩。绅士家请酒，客厅卧房皆摆了牌。小孩子们皆穿了新衣服，由娘姨带领，来到这里做客。绅士家一面举行汤饼宴，一面接亲家母过门。头一天是女客，废物不甘寂寞也接过来了。废物在客厅里一角，躺在那由公馆抬来的轿椅中，一面听太太们打牌嚷笑，一面同绅士谈天，讲到佛学中的果报，以及一切古今事情。按照一个绅士身份，采取了一个废人的感想，对于人心世道，莫不有所议及。绅士同废人说一阵，又各处走去，周旋到妇人中间，这里看看，那里玩玩，院子中小客人哭了，就叹气，大声喊娘姨，叫取果子糖来款待小客人。因为女主人不大方便，不能出外走动，干妈收拾得袅袅婷婷，风流俏俊，代行主人的职务，也像绅士一样忙着一切。

到了晚上，客人散尽，娘姨把各房间打扫收拾清楚，绅士走到太太房中去，忙了一整天，有点疲倦了，就坐到太太床边，低低的叹了一声气。看到桌上一些红绿礼物，看到干妈送来的大金锁同金寿星，想起那妇人飘逸风度，非常怜惜似的同太太说：

"今天干妈真累了，忙了一天！"

绅士太太不做声，要绅士轻说点，莫惊吵了后房的小孩。

似乎因为是最幼的孩子，这孩子使母亲特别关心，虽然请得有一个奶娘，孩子的床就安置在自己房后小间。绅士也极其爱悦这小小生命的嫩芽。正像是因为这小孩的存在，母亲同父亲互相也都不大欢喜在小事上寻隙缝吵闹，家庭也变成非常和平了。

因为这孩子是西城 ×× 公馆三孃太太的干儿子，从此以后，三孃有一个最好的理由来到东城绅士公馆了。因这贵人的过从，从此以后，绅士也常常有理由同自己太太讨论到这干亲家母的为人。

有一天，绅士从别处得到了一个消息，拿来告给了太太。

"我听到人说西城 ×× 公馆的大少爷，有人做媒。"

太太略略惊讶，注意的问："是谁？"

两人在这件事情上说了一阵，绅士也不去注意到太太的神气，不知为什么，因为谈到消息，这绅士记起另外一种消息，就笑了。

太太问："笑什么？"

绅士还是笑，并不作答。

太太有点生气样子，其时正为小孩子剪裁一个小小绸胸巾，就放下了剪刀，一定要绅士说出。

绅士仍然笑着，过了好一会，才嚅嚅滞滞的说："太太，我听到有笑话，说那大少爷和……有点……"

绅士太太愕然了，把头偏向一边，惊讶而又惶恐的问：

"怎么，你说什么！？"

"我是听人说的，好像我们小孩子的……"

"怎么，说什么？你们男子的口！"

绅士望到太太脸上突然变了颜色，料不到这事情会有这样吓人，就忙分辩说："这是谣言，我知道！"

绅士太太要哭了。

绅士赶忙匆匆促促的分辩说："是谣言，我是知道的！我只听说我们的孩子干妈三孃，特别同那大少爷谈得合式，听到人这样说过，我也不相信。"

绅士太太放了一口气，才明白谣言所说的原是孩子的干妈，对于自己先前的态度忽然感到悔恨，且非常感到丈夫的可恼了，就骂绅士，以为真是一个堕落的人，那么大年纪的人了，又不是年轻小孩子，不拘到什么地方，听到一点毫无根据的谰言，就拿来嚼咀。且说：

"一个绅士都不讲身份，亏得你们念佛经，这些话拿去随便说，拔舌地狱不知怎么容得下你们这些人。"

绅士听到这教训，一面是心中先就并不缺少对于那干亲家母的一切憧憬，把太太这义正辞严的言语，嵌到肥心上去后，就不免感到一点羞惭了。见到太太样子还很难看，这尊贵的人，照老例，做戏一样赔了礼，说一点别的空话，搭搭讪讪走到书房继续做阿难伽叶传记的研究去了。

绅士太太好好保留到先前一刻的情形，保留到自己的惊，保留到丈夫的谦和，以及那些前后言语给她的动摇，这女人，再把另外一些时节一些事情追究了一下，觉得全身忽然软弱起来，发着抖，再想支持到先前在绅士跟前的生气倔强，已经是万万办不到了。于是她就哭了，伏在那尚未完成的小孩子的胸巾上面，非常伤心的哭了。

悄悄溜到门边的绅士，看到太太那情形，还以为这是因为自己失去绅士身份的责难，以及物丧其类底痛苦，才使太太这样伤心，万分羞惭的转到书房去，想了半天主意，才亏得想出一个计策来，不让太太知道，出了门雇街车到一个亲戚家里去，只说太太为别的事使气，想一个老太太装作不知道到他家里，邀她往公园去散散。把计策办妥当后，这绅士又才忙忙的回转家中，仍然去书房坐下，拿一本陶渊明的诗来读。

读了半天，听到客来了，到上房去了，又听到太太喊叫拿东西。过了一会又听到叫把车子预备。来客同太太出去以后，绅士走到天井中，看看天气，天气非常好。好像很觉得寂寞，就走到上面房里去。看到一块还未剪裁成就的绸子，湿得像从水中浸过，绅士良心极其难过，本来乘到这机会，可以到一个相好的妇人处去玩玩，也下了决心，不再出门了。

绅士太太回来时，问用人，老爷什么时候出去，什么时候回来。用人回答太太，是老爷并不出门，在书房中读书，一个人吃的晚饭。太太忙到书房去，望着老爷正跪在佛像前念经。站到门边许久，绅士把经念完了，回头才看到太太。两人皆有所内恶，都愿好好的讲了和，都愿意得到对方谅解。绅士太太极其温柔的走到老爷身边去。

"怎么一个人在家中，我以为你到傅家吃酒去了。"

绅士看到太太神气，是讲和的情形，就做着只有绅士才会做出的笑样子，问到什么地方去玩了来。明白是到公园了，就又问到公园什么馆子吃的晚饭，人多不多，碰到什么熟人没有。两人于是很虚伪又很诚实的谈到公园的一切，白鹤，鹿，花坛下围棋的林老头儿，四如轩的水饺子，说了半天，太太还不走去。

"累了，早睡一点吧。"

"你呢？"

"我念了五遍经，近来念经真有了点奇迹，念完了神清气爽。"

听着这样谎话的绅士太太，容忍着，不去加以照例的笑谑，沉默了一阵，一个人走到上房去了。绅士在书房中，正想起傅家一个婢女打破茶碗的故事，一面脱去袜子，娘姨走来了，静静的怯怯的说："老爷，太太请您老人家。"绅士点点头，娘姨退出去了，绅士不知为什么原故，很觉得好笑，在心中搅起了些消失了多年的做新郎的情绪，趿上鞋，略显得匆促的向上房走去。

第二天，三嬢来看孩子，绅士正想出门，在院子里遇到了。绅士红着脸，笑着，敷衍着，一溜烟走了。三嬢是也来告给绅士太太关于大少爷的婚事消息的，说了半天，后来接到别处电话，邀约打牌，绅士太太却回绝了。

两个人在家中密谈了一些时候，小孩子不知为什么哭了，绅士太太叫把小孩子抱来。小孩子一到母亲面前就停止了啼哭，望到这干妈，小小的伶精的黑眼仁，好像因为要认清楚这女人那么注意集中到三孃的脸。三孃把孩子抱在手上，哄着喝着：

"小东西，你认得我！不许哭！再哭你爹爹会丢了你！"

绅士太太不知为什么原因，小孩子一不哭泣，又教奶妈快把孩子抱去了。

设镜 | 吴福辉

《绅士的太太》开宗明义便说道，"我是为你们高等人造一面镜子"。确实，它整篇的叙述口气不像是针对一个绅士太太，或者一个绅士家庭，而是嘲讽全体绅士阶层的。

一般人提起沈从文的作品，总津津乐道于《边城》《三三》《长河》一类抒情体小说，也有称诗体小说的。这自然没有错。沈从文一旦面向湘西世界，笔下总有万种柔情。不过他开始练习写作的时候，业已背井离乡，整日价在北京城里讨生活，耳闻目睹的多半是知识者，其中少部分是上等人。他耽于回忆的梦境，时间的流水淘洗出的是故乡世俗的那份美丽；等到惊醒过来，满眼是丑恶的城市和丑恶的人们。所以他也写了一些讽刺之作。本篇并非他最佳的讽刺小说，要论题旨的深沉莫测和技法的高超，首推《八骏图》，是讥刺高等教授的畸型的；要说雕镂刻画讽刺性人物的惟妙惟肖，当数《顾问官》，后者本要到沙汀的集子里去寻来，沈从文照样能将城乡大小头面人物这样充满喜剧化地表现，这支笔也够火辣。现在单说《绅士的太太》，它经常被作为沈从文都市批判系统的一个突出代表，而故事及其叙述又很有通俗谴责作品的风格，遂成为阅读沈从文不可忽略的一篇早期小说。

开头两节"他们的家庭"和"另外一个绅士的家庭"，描述了当时北京城内绅士家庭的日常生活情景，够典型的。叙述的方式各有不同。对第一个绅士太太家庭进行概括性评述，绅士、房子、太太、儿女，绅士与太太为了绅士总不缺少的暧昧行为从吵闹到和解的通常程式，这被戏称为"家庭战争"。其最后结局是装聋做哑的"和平"。没有场面描写，注重这类家庭的"整体相"，故意不加上多少个别性，"这个绅士是并不把自己生活放在例外的地位上去的"，"用人则因为凡是有钱的老爷天南地北差不多都是这个样子"，"因为绅士明白每一个绅士太太，都在一种习惯下，养成了一种趣味"，广泛的指称特征十分明显。暗示这种虚假的家庭关系的普遍存在。第二个绅士太太家庭是实取了一天的具体生活场景，赌、吃、调情、很多对话，一组聚焦灯下的镜头。这里的绅士是个瘫痪的"废物"，照样能维持一妻三妾的复杂体制。第一个绅士太太进入这个家庭的内部，叙述指称中出现"客人绅士太太"和"主人绅士太太"，于是"太太"满篇跳来跳去。不动声色的叙述，主要是让事实本身来说明真相，好像不经意地露出揶揄的口风，掌握住分寸，不温不火。

自第三节始，进入故事的主体。所谓"新的事情"，即指绅士太太卷进另一绅士家庭大少爷和三嬢（三姨太太）的通奸丑闻中去。这件事在第二节结尾处已经露头，绅士太太花前窗下窃听到这个秘密，随后发展为全篇情节的核心。上流社会文明的丝绒帷幕被撕开一角。沈从文写此篇时是一九二九年，仿佛一个"乡下人"刚刚接触到都市的垃圾而感新奇，暴露的快感溢于言表。先是绅士太太怀着握有旁人隐私的浓厚兴趣，证实了姨太太C的所为。接着这一对通奸者反来设计梳笼绅士太太，以求掩盖。在大少爷房中赠表，在××秘密俱乐部里合股赌博，让绅士太太坐享其成。待大小姐无意中拆穿了"赢钱"的骗局后，大少爷和姨太太 C 干脆拉绅士太太在大陆饭店开房间、看春宫，这才造成一年之后绅士太太生下第五个儿子，姨太太 C 做孩子干娘的结局。人间的肮脏事物具一种扩张的力，能拉你下水，同流合污，并据此巩固它的黑暗，直至吞没一切。这一场绅士社会"爱"的游戏正是如此。

全篇讽刺的要点是揭穿虚假。绅士家庭表面上的讲究礼数、客套，互相谅解、默契、设警，与骨子里的道德沦丧、堕落，形成对比。这就势必造成绅士与绅士太太们每日都生活于谎言欺骗之中，而这种"虚假"为要保持其文明外表和体面秩序，遂铸成他们特有的语言方式和行为方式，是掩掩藏藏的，是充满机心的，是多方暗示的，是欲言又止的。比如绅士太太要试探月光下从大少爷书房窗边听到的女人笑声是谁，当姨太太 C 回到客厅时便说："三孃，你真是使人要笑你，怎么晚上也擦得一身这样香？"再说："外面月亮真好，我们打完这一牌，满圈了，出去看月亮。"这样的话已足够使姨太太 C 明了事情已经败露了。再如姨太太 C 让绅士太太看春宫，本来是极想看，而且随后便看了的。双方的对话却是这样："太太，要看我前回所说那个东西没有？""这事怎么当真。""不是说笑话。""真是丑事情。"绅士社会有绅士式的语言习惯和语言规则，只有懂得这个规则的才可能进入这场虚情假意的游戏。

讽刺性叙述语言的熟练运用也是本篇成功之处。特别是含蓄与对比的运用。小说中抓住两个绅士家庭的男人喜谈佛事佛学，进行调侃，什么读经、因果报应说、研究阿难伽叶传记，甚为热闹。"这贵人日里还才到一个饭店里同一个女人鬼混过一次，待到太太问他白天做些什么事时，他就说到佛学会念经，因为今天是开化老和尚讲《楞严》日子。若是往日，绅士太太一定得诈绅士一阵，不是说杨老太太到过佛学会，就是说听说开化和尚已经上天津，绅士照例也就得做戏一样，赌一个小咒，事情才能和平了结，解衣上床。今晚上因为赢了钱，且得了一个小小金表，自己又正说着谎话，所以也就不再追究谈《楞严》谈到第几章那类事了"。这一段的语言喜剧化最有代表性。沈从文写湘西苗民风俗的故事《神巫之爱》等，虽然也包含自然人与社会人冲突的主题，但宗教信仰的真诚和浪漫色彩的浓重，皆令人炫目，跟《绅士的太太》关于佛的讽刺内涵大异其趣。

经过对两性关系的摹写，显示了沈从文的心目中，乡村与都会，下层与上层，自然人性与现代文明互为对峙的审美世界。读《绅士太太》应与《柏子》《雨后》《月下小景》等篇对照，后者对"性"的描写更加直截，更趋原始状态，但反而纯净美丽，男女双方自由互爱，不掺杂金钱因素，真挚热烈，喷发生命活力。相形之下，绅士们的"爱"在含情脉脉的纱网中受到阉割、扭曲。"爱"成为乱伦。

《绅士的太太》结尾。绅士告绅士太太外面流传的大少爷和干妈的丑话。一时间，绅士太太错以为丈夫知道跟自己有染。初虚惊，继而大骂绅士一顿。这段戏剧型"误解"情节的设置，属于正宗的讽刺手法。"误解"像一柄两刃的利剑，刺向"误解"的双方，挑破各自的面具。而且，在使他们实际上出乖露丑之后，最终维持住了中国人最宝贵的"面子"。"误解"像一面镜子，照出一切虚假人物的深度，并显示沈从文讽刺小说达到的水准。

丈夫

本篇发表于一九三○年四月十日《小说月报》第二十一卷第四号。署名沈从文。一九三六年五月收入《从文小说习作选》，上海良友图书印刷公司初版。现据良友图书印刷公司初版本编入。

落了春雨，一共有七天，河水涨大了。

河中涨了水，平常时节泊在河滩的烟船妓船，离岸极近，船皆系在吊脚楼下的支柱上。

在楼上"四海春"茶馆楼上喝茶的闲汉子，伏身在临河一面窗口，可以望到对河的宝塔烟雨红桃好景致，也可以知道船上妇人陪客烧烟的情形。因为那么近，上下都方便，有喊熟人的声音，从上面或从下面喊叫，到后是互相见到了，谈话了，取了亲昵样子，骂着野话粗话，于是楼上人会了茶钱，从湿而发臭的甬道走去，从那些肮脏地方走到船上了。

上了船，花钱半元到五块，随心所欲吃烟睡觉，同妇人毫无拘束的放肆取乐，这些在船上生活的大臀肥身年青女人，就用一个妇人的好处，服侍男子过夜。

船上人，她们把这件事也像其余地方一样称呼，这叫作"生意"。她们都是做生意而来的。在名分上，那名称与别的工作，同样不与道德相冲突，也并不违反健康。她们从乡下来，从那些种田挖园的人家，离了乡村，离了石磨同小牛，离了那年青而强健的丈夫的怀抱，跟随到一个熟人，就来到这船上做生意了。做了生意，慢慢的变成为城市里人，慢慢的与乡村离远，慢慢的学会了一些只有城市里才需要的恶德，于是这妇人就毁了。但那毁，是慢慢的，因为需要一些日子，所以谁也不去注意了。而且也仍然不缺少在任何情形下还依然好好的保留着那乡村气质的妇人，所以在市的小河妓船上，决不会缺少年青女子的来路。

　　事情非常简单，一个不呕呕于生养孩子的妇人，到了城市，能够每月把从城市里两个晚上所得的钱送给那留在乡下诚实耐劳种田为生的丈夫，在那方面就可以过了好日子，名分不失，利益存在，所以许多年青的丈夫，在娶妻以后，把妻送出来，自己留在家中安分过日子，竟是极其平常的事了。

　　这种丈夫，到什么时候，想及那在船上做生意的年青的妻，或逢年过节，照规矩要见见妻的面了，自己便换了一身浆洗干净的衣服，腰带上挂了那个工作时常不离口的烟袋，背了整箩整篓的红薯糍粑之类，赶到市上来，像访远亲一样，从码头第一号船上问起，一直到认出自己女人所在的船上为止。问明白了，到了船上，小心小心的把一双布鞋放到舱外护板上，把带来的东西交给了女人，一面便用着吃惊的眼睛，搜索女人的全身。这时节，女人在丈夫眼下自然已完全不同了。

　　大而油光的发髻，用小钳子由人工扯成的细细眉毛，脸上的白粉同绯红胭脂，以及那城市里人派头城市里人的衣服，都一定使从乡下来的丈夫感到极大的惊讶，有点手足无措。那呆相是女人很容易看到的。女人到后开了口，或者问："那次五块钱得了么？"或者问："我们那对猪养儿子了没有？"女人说话时口音自然也完全不同了，就是变成城市里做太太的大方自由，完全不是做媳妇的神气了。

但听女人问到钱，问到家乡豢养的猪，这作丈夫的看出自己做主人的身份，并不在这船上失去，看出这城里奶奶还不完全忘记乡下，胆子大了一点，慢慢的摸出烟管同火镰。第二次惊讶，是烟管忽然被女人夺去，即刻在那粗而厚大的掌握里，塞了一枝哈德门香烟的缘故。吃惊也仍然是暂时的事，于是这做丈夫的，一面吸烟一面谈话……

到了晚上，吃过晚饭仍然在吸那有新鲜趣味的香烟。来了客，一个船主或一个商人，穿生牛皮长统靴子，抱兜一角露出粗而发亮的银链，喝过一肚子烧酒，摇摇荡荡的上了船。一上船就大声的嚷要亲嘴要睡，那宏大而含糊的声音，那势派，皆使这作丈夫的想起了村长同乡绅那些大人物的威风，于是这丈夫不必指点，也就知道怯生生的往后舱钻去，躲到那后梢舱上去低低的喘气，一面把含在口上那枝卷烟摘下来，毫无目的的眺望河中暮景。夜把河上改变了，岸上河上已经全是灯火，这丈夫到这时节一定要想起家里的鸡同小猪，仿佛那些小小东西才是自己的朋友，仿佛那些才是亲人，如今与妻接近，与家庭却离得很远，淡淡的寂寞袭上了身，他愿意转去了。

当真转去没有？不。三十里路，路上有豺狗，有野猫，有查夜放哨的团丁，全是不好惹的东西，转去实在做不到。船上的大娘自然还得留他上三元宫看夜戏，到"四海春"去喝清茶，并且既然到了市上，大街上的灯同城市中的人更不可不去看看。于是留下了，坐到后舱看河中景致取乐，等候大娘的空暇。到后要上岸了，就由小阳桥攀援篷架到船头；玩过后，仍然由那旧地方转到船上，小心小心使声音放轻，省得留在舱里躺到床上烧烟的客人发怒。

到要睡觉的时候，城里起了更，西梁山上的更鼓咚咚响了一会，悄悄的从板缝里看看客人还不走，丈夫没有什么话可说，就在梢舱上新棉絮里一个人睡了。半夜里，或者已睡着，或者还在胡思乱想，那太太抽空爬过了后舱，问是不是想吃一点糖。本来非常欢喜口含冰糖的脾气，是做太太不能忘却的，所以即或说已经睡觉，已经吃过，也仍然还是塞了一小片糖在口里。太太用着略略抱怨自己那种神气走去了，丈夫把冰糖含在口里，正像仅仅为了这一点理由，就得原谅妻的行为，尽她在前舱陪客，自己也仍然很和平的睡觉了。

这样丈夫在黄庄多着，那里出强健女子同忠厚男人，女子出乡卖身，男人皆明白这做生意的一切利益。他懂事，女子名分仍然归他，养得儿子归他，有了钱也总有一部分归他。

那些船，排列在河下，一个陌生人，数来数去永远无法数清的。明白这数目，而且明白那秩序，记忆得出每一个船与摇船人样子，是五区一个老水保。

水保是个独眼睛的人。这独眼据说在年青时节杀过人，因为杀人，同时也就被人把眼睛抠瞎了。但两只眼睛不能分明的，他一只眼睛却办到了。一个河里都由他管事。他的权力在这些小船上，比一个中国的皇帝在地面上的权力还统一集中。

涨了河水，水保比平时似乎忙多了。他得各处去看看，是不是有些船上做父母的上了岸，小孩子在哭奶了，是不是有些船上在吵架，是不是有些船因照料无人，有溜去的危险。在今天，这位大爷，并且要到各处去调查一些从岸上发生影响到了水上的事情。岸上这几天来发生三次小抢案，据公安局那方面人说，是凡地上小缝小罅皆找寻到了，还是毫无痕迹。地上小缝小罅皆亏那些体面的在职人员找过，于是水保的责任便到了。他得了通知，就是那些说谎话的公安局办事处通知，要他到半夜会同水面武装警察上船去搜索。

水保得到这个消息时是上半天。一个整白天他要做许多事，他要先尽一些从平日受人款待好酒好肉而来的义务了，于是沿了河岸，从第一号船起始，每个船上去谈谈话。他得先调查一下，问问这船上是不是留容得有不端正的外乡人。

做水保的人照例是水上一霸，凡是属于水面上的事他无有不知。这人本来就是一个吃水上饭的人，是立于法律同官府对面，按照习惯被官吏来利用，处治这水上一切的。但人一上了年纪，世界成天变，变去变来这人有了钱，成过家，喝点酒，生儿育女，生活安舒，这人慢慢的转成一个和平正直的人了。在职务上帮助了官府，在感情上又亲近了船家。在这些情形上面他建设了一个道德的模范。他受人尊敬不下于官，他做了许多妓女的干爹。

他这时正从一个木跳板上跃到一只新油漆过的花船头，那船位置在较清静的一家莲子铺吊脚楼下。他认得这只船归谁管业，一上船就喊"七丫头"。

没有声音，年青的女人不见出来，年老的掌班也不见出来，老年人很懂事情，以为或者是大白天有年青男子上船做呆事，就站在船头眺望，等了一会。

过一阵他又喊了两声，又喊伯妈，喊五多；五多是船上的小毛头，人很瘦，声音尖锐，平时大人上了岸就守船，买东西煮饭，常常挨打，爱哭。但是喊过五多了，也仍然得不到结果。因为听到舱里又似乎实在有声音，类人出气，不像全上了岸，也不像全在做梦。水保就偻身窥觑舱口，向暗处询问是谁在里面。

里面还是不作答。

水保有点生气了，大声的问："那一个？"

里面一个很生疏的男子声音，又虚又怯，说："是我。"接着又说："都上岸去了。"

"都上岸了么？"

"上岸了的。她们……"

好像单单是这样答应，还深恐开罪了来人，这时觉得有一点义务要尽了，这男子于是从暗处爬出来，在舱口，小心小心扳着篷架，非常拘束的望着来人。

先是望到那一对峨然巍然似乎是为柿油涂过的猪皮靴子，上去一点是一个赭色柔软鹿皮抱兜，再上去是一双回环抱着的毛手；手上一颗其大无比的黄金戒指，再上去才是一块正四方形像是无数橘子皮拼合而成的脸膛。这男子，明白这是有身份的主顾了，就学着城市里人说话，"大爷，您请里面坐坐，她们就来。"

从那说话的声音，以及干浆衣服的风味上，这水保一望就明白这个人是才从乡下来的种田人。本来女人不在船就想走，但年青人忽然使他发生了兴味，他留着了。

　　"你从什么地方来的？"他问他，为了不使人拘束，水保取得是做父亲的和平样子，望到这年青人。"我认不得你。"

　　他想了一下，好像也并不认得客人，就回答："我昨天来的。"

　　"乡下麦子抽穗了没有？"

　　"麦子吗？水碾子前我们那麦子，哈，我们那猪，哈，我们那……"

　　这个人，像是忽然明白了答非所问，记起了自己是同一个有身份的城里人说话，不应当说"我们"，不应当说我们"水碾子"同"猪"。把字眼儿用错，所以再也接不下去了。

　　因为不说话，他就怯怯的望到水保微笑，他要人了解他，原谅他。

　　水保懂得这个意思的。且在这对话中，明白这是船上人的亲戚了，他问年青人："老七到什么地方去了，什么时候可以回来？"

　　这时节，这年青人答语小心了。他仍然说"是昨天来的"。他又告水保，他"昨天晚上来的"。末了才说，老七同掌班同五多上岸烧香去了，要他守船。因为守船必得把守船身份说出，他还告给了水保，他是老七的"汉子"。

　　因为老七平常喊水保都喊干爹，这干爹第一次认识了女婿，不必年青人挽留，再说了几句，不到一会儿两人皆爬进舱中了。

　　舱中有个小小床铺，床上有锦绸同红色印花洋布铺盖，折叠得整整齐齐。来客皆应当坐在床沿。光线从舱口来，所以在外面以为舱中极黑，在里面却一切分明。

年青人为客找烟卷，找自来火，毛脚毛手打翻了身边一个贮栗子的小坛子，圆而发乌金光泽的板栗便在薄明的船舱里各处滚去，年青人各处用手去捕捉，仍然放到小坛中去，也不知道应当请客人吃点东西。但客人却毫不客气，从舱板上把栗拾起咬破了吃，且说这风干的栗子真好。

"这个很好，你不欢喜么？"因为水保见到主人并不剥栗子吃。

"我欢喜。这是我屋后栗树上长的。去年生了好多，乖乖的从刺球里爆出来，我欢喜。"他笑了，近于提到自己儿子模样，很高兴说这个话。

"这样大不容易得到。"

"我选出来的。"

"你选？"

"是的，因为老七欢喜吃这个，我才留下到今年。"

"你们那里有猴栗？"

"什么猴栗？"

水保就把故事所说的"猴子在大山上住，被人辱骂时，抛下拳大栗子打人，人想这栗子，就故意去山下骂丑话，预备捡栗子"——说给乡下人听。

因为栗子，正苦无话可说的年青人，得到同情他的人了。他又说到地名栗坳的新闻。他又说到一种栗木作成的犁且如何结实合用。这个人太需要说说这些了。昨天来一晚上都有客人吃酒烧烟，把自己关闭在小船后梢，同五多说话，五多睡得成死猪。今天一早上，本来应当有机会同妻谈到乡下事情了，女人又说要上岸过七里桥烧香，派他一个人守船。坐到船上等了半天，还不见人回，到后梢去看河上景致，一切新奇不同，全只给自己发闷。先一时，正睡在舱里，就想这满江大水若到乡下去涨，鱼梁上不知道应当有多少鲤鱼上梁！把鱼捉来时，用柳条穿鳃到太阳下去晒，正计算到那数目，总算不清楚。忽然客人来到船上，似乎一切鱼都跳进水中去了。

来了客人，且在神气上看出来是并不拒绝这些谈话的，所以这年青人，凡是预备到同自己的妻说的各样事情，这时得到了一个好机会，都拿来同水保谈着。

他告给水保许多乡下情形，说到小猪捣乱的脾气，叫小猪名字是乖乖，又说到新由石匠整治过的那付石磨，顺便告给了一个石匠的笑话。又说到一把失去了多久的镰刀，一把水保梦想不到的小镰刀，他说：

"你瞧，奇怪不奇怪？我赌咒我各处都找到了。我们在床下，门枋上，谷仓里，什么不找到？它躲了。我为这件事骂过老七。老七哭过。可是仍然不见。鬼打岩，朦朦眼，它在饭箩里！半年躲在饭箩里！它吃饭！一身锈得像生疮。这东西多坏！我说这个你明白我没有？怎么会到饭箩里半年？那是一只做样子的东西，挂到斗窗上。我记起那事了，是我削尖劈，手上刮了皮，流了血，生了大气，抖气把刀一丢。……到水上磨了半天，还不错；仍然能吃肉，你一不小心，就得流血。我还不曾同老七说到这个，她不会忘记那哭得伤心的一回事。找到了，哈哈，真找到了。"

"找到它就好了。"

"是的，得到了它那是好的。因为我总疑心这东西是老七掉到溪里，不好意思说明。我知道她不骗我了。我明白了。我知道她受了冤屈，因为我说过：'找不出么？那我就要打人！'我并不曾动过手。可是生气时也真吓人。她哭了半夜！"

"你不是用得着它割草么？"

"嗨，哪里，用处多咧。是小镰刀，那么精巧，你怎么说割草！那是削一点薯皮，刮刮箫：这些这些用的。它小得很，值三百钱，钢火妙极了。我们都应当有这样一把刀放到身边，不明白么？"

水保说："明白明白，都应当有一把，我懂你这个话。"

他以为水保当真懂的！因此再说下去，什么也说到了，甚至于希望明年来一个小宝宝，这样只合宜于同自己的妻睡到一个枕头上的话也说到了。年青人毫无拘束的还加上许多粗话蠢话，说了半天，水保起身要走了，他记起问客人贵姓。

"大爷，您贵姓？留一个片子到这里，我好回话。"

"你告她有这么一个大个儿到过船上，穿这样大靴子，告她晚上不要接客，我要来。"

"不要接客，你要来？"

"就是这样说，我一定要来的。我还要请你喝酒。我们是朋友。"

"好，我们是朋友。"

水保用他那大而肥厚的手掌，拍了一下年青人的肩膊，从船头上岸，走到别一个船上去了。

在水保走后，年青人就一面等候一面猜想到这个大汉子是谁。他还是第一次同这样尊贵的人物谈话。他不会忘记这很好的印象的。人家今天不仅是同他谈话，还喊他做朋友，答应请他喝酒！他猜想这人一定是老七的熟客。他猜想老七一定得了这人许多钱。他忽然觉得愉快，感到要唱一个歌了，就轻轻的唱了一首山歌，用四溪人体裁，他唱得是"水涨了，鲤鱼上梁，大的有大草鞋那么大，小的有小草鞋那么小"。

但是等了一会还不见老七回来，一个鬼也不回来，他又想起那大汉子的丰采言谈了。他记起那一双靴子，闪闪发光，以为不是极好的山柿油涂到上面，是不会如此体面好看的。他记起那黄而发沉的戒子，说不分明那将值多少钱，一点不明白那宝贝为什么如此可爱。他记起那伟人点头同发言，一个督抚的派头，一个军长的身份——这是老七的财神！他于是又唱了一首歌。用杨村人不庄重口吻，唱得是"山坳里团总烧炭，山脚里地保爬灰；爬灰红薯才肥，烧炭脸庞发黑"。

到午时，各处船上皆已有人烧饭了。湿柴烧不燃，烟子各处窜，使人流泪打嚏，柴烟平铺到水面时如薄绸。听到河街馆子里大师傅用铲子敲打锅边的声音，听到邻船上白菜落锅的声音，老七还不见回来。可是船上烧湿柴的本领年青人还没有学到，小钢灶总是冷冷的不发吼。做了半天还是无结果，只有拿它放下一个办法了。

应当吃饭时候不得饭吃，人饿了，坐到小凳上敲打舱板，他仍然得想一点事情。一个不安分的估计在心上滋长了。正似乎为装满了钱钞便极其骄傲模样的抱兜，在他眼下再现时，把和平已失去了。一个用酒糟同红血所捏成的橘皮红色四方脸，也是极其讨厌的神气，保留到印象上。并且，要记忆有什么用？他记忆得到那嘱咐，是当到一个丈夫面前说的！"今晚上不要接客，我要来。"该死的话，是那么不客气的从那吃红薯的大口里说出！为什么要说这个？有什么理由要说这个？……

胡想使他心上增加了愤怒，饥饿重复揪着了这愤怒的心，便有一些原始人不缺少的情绪，在这个年青简单的人反省中长大不已。

他不能再唱一首歌了。喉咙为妒嫉所扼，唱不出什么歌。他不能再有什么快乐。按照一个种田人的身份，他想到明天就要回家。

有了脾气再来烧火，更不行了，于是把所有的柴全丢到河里去了。

"雷打你这柴！要你到洋里海里去！"

但那柴是在两三丈以外便被别个船上的人捞起了的。那船上人似乎正等待一点从河面漂流而来的湿柴，把柴捞上，即刻就见到用废缆一段引火，且即刻满船发烟，火就带着小小爆裂声音燃好了。眼看这一切，新的愤怒使年青人感到羞辱，他想不必等待人回船就要走路。

在街尾遇到女人同小毛头五多两个人，牵了手走来，五多手上拿得有一把胡琴，崭新的样子，这是做梦也不曾遇到的一件家伙！

"你走哪里去？"

"我——要回去。"

"要你看船船也不看，要回去。什么人得罪了你，这样小气？"

"我要回去，你让我回去。"

"回到船上去！"

看看妻，样子比说话还硬，并且看到那一张胡琴，明知道这是特别买来给他的，所以不能坚持，摸了摸自己发烧的额角，幽幽的说"转去也好，转去也好"，就跟了妻的身后跑转船上。

掌班大娘也赶来了，原来提了一副猪肺，好像东西只是乘便偷来的，深恐被人追上带到衙门里去。所以颧骨发了红，喘气不止。大娘一上船，女人在舱中就喊：

"大娘，你瞧，我家汉子想走！"

"谁说的，戏也不看就走！"

"我们到街口碰到他，他生气样子，一定是怪我们不回来。"

"那是我的错；是菩萨的错；是屠户的错。我不该同屠户为一个钱吵闹半天，屠户不该肺里灌这样多水。"

"是我的错。"陪男子在舱里的女人，这样说了一句话，坐下了，对面是男子汉：她于是有意的在把衣服解换时，露出极风情的红绫胸褡。

男子觑着。不说话，有说不出的什么东西，在血里窜着涌着。

在后梢，听到大娘同五多谈着柴米。

"怎么，柴都被谁偷去了！"

"米是谁淘好的？"

"一定是火烧不燃。……姊夫是乡下人，只会烧松香。"

"我们不是昨天才解散一捆柴么？"

"都完了。"

"去前面搬一捆，不要说了。"

"姊夫知道淘米！"

听到这些话的年青汉子，一句话不说，静静的坐在舱里望着那一把新买来的胡琴。

女人说："弦早配好了，试拉拉看。"

先是不作声，到后把琴搁在膝上，查看松香，调琴时，生疏的音响从指间流出，拉琴人便快乐的微笑了。

不到一会满舱是烟，男子被女人喊出，仍然把琴拿到外面去，站据船头调弦。

到吃中饭时，五多说：

"姊夫，你回头拉《孟姜女哭长城》，我唱。"

"我不会。"

"我听说你拉得很好，你骗我谎我。"

"我不骗你。"

大娘说："我听老七说你拉得好，所以到庙里，一见这琴，我才说就为姊夫买回去吧。是运气，烂贱就买来了。这到乡里一块钱还恐怕买不到，不是么？"

"是的，值多少钱？"

"一吊六。他们都说值得！"

五多搭嘴说："谁说值得？"

大娘很生气的说："毛丫头，谁说不值得？你知道？"

因为这琴是从一个卖琴熟人手上拿来，一个钱不花，听到大娘的谎话，五多分辩，大娘就骂五多，老七却笑了。男子以为这是笑大娘不懂事，所以也在一旁笑着。

男子先把饭吃完，就动手拉琴，新琴声音又清又亮，五多放下碗筷唱将起来，被大娘结结实实打了一筷子头，才忙着吃饭收碗洗锅子。

到了晚上，前舱盖了篷，男子拉琴，五多唱歌，老七也唱歌，美孚灯罩子有红纸剪成的遮光帽，全舱灯光如办大喜事作红颜色，年青人在热闹中像过年，心上开了花。有兵士从河街过身，喝得烂醉，听到这声音了。

两个醉鬼踉踉跄跄到了船边，两手全是污泥，用手扳船，口含胡桃那么混混胡胡的嚷叫：

"什么人唱，报上名来！好，赏一个五百。不听到么？老子赏你五百？"

里面琴声戛然而止，沉静了。

醉鬼用脚踢船，蓬蓬蓬发钝而沉闷的声音，且想推篷，搜索不到篷盖接榫处，"不要赏么，婊子狗造的？装聋，装哑？什么人敢在这里作乐？我怕谁？王帝我也不怕。大爷，我怕王帝么？我不是人！……"

另一个喉咙发沙的说道：

"骚婊子？出来拖老子上船！"

且即刻听到用石头打船篷，大声的辱骂祖宗，一船人皆吓慌了，大娘忙把灯扭小一点，走出去推篷，男子听到那汹汹声气，挟了胡琴就往后舱钻去。不一会，醉人已经进到前舱了，两个人一面说着野话一面还要争夺同老七亲嘴，同大娘五多亲嘴。且听到有个哑嗓子问是谁在此唱歌作乐,把拉琴的抓来再唱一个歌。

大娘不敢作声,老七也无主意了,两个酒疯子就大声的骂人。

"臭货,喊龟子出来,跟老子拉琴,赏一千,英雄盖世的曹孟德也不会这样大方!我赏一千,一千个红薯,快来,不出来我烧掉你们这船。听着没有,老东西!?赶快,莫使老子们生了气,认不得人!"

"大爷,这是我们自己家几个人玩玩,不!……"

"不?不?不?老婊子,你不中吃。你老了。快叫拉琴的来!杂种!我要拉琴,我要自己唱!"一面说一面便站起身来,想向后舱去搜寻,大娘弄慌了,把口张大合不拢去。老七急了,拖着那醉鬼的手,安置到自己的大奶上。醉鬼懂到这意思,又坐下了。"好的,妙的,老子出得起钱,老子今天晚上要到这里睡觉!"

这一个在老七左边躺下去了,另一个不说什么,也在右边躺下去了。

年青人听到前舱仿佛安静了一会,在隔壁轻轻的喊大娘。正感到一种侮辱的大娘,爬过去,男子还不大分明是什么事情。

"什么事?"

"营上的副爷,醉了,像猫,等一会儿就得走。"

"要走才行。我忘记告你们了,今天有一个大方脸人来,好像大官,吩咐过我,他晚上要来,不许留客。"

"是大皮靴子,说话像打锣么?"

"是的。是的。他手上还有一个大金戒子。"

"那是干爹,他今早上来过了么?"

"来过的。他说了半天话才走，吃过些干栗子。"

"他说些什么事？"

"他说一定要来，一定莫留客……还说一定要请我喝酒。"

大娘想想，难道是水保自己要来歇夜？难道是老对老，水保注意到……？想不通，一个老鸨虽一切丑事做成习惯，什么也不至于红脸，但被人说到"不中吃"时，是多少感到一种羞辱的。她悄悄的回到前舱，看前舱的事情不成样子，伸伸舌头骂了一声猪狗，终归又转到后舱来了。

"怎么？"

"不怎么。"

"怎么，他们走了？"

"不怎么，他们睡了。"

"睡——？"

大娘虽不看清楚这时男子的脸色，但她很懂得这语气，就说："姊夫，我们可以上岸玩玩去。今夜三元宫夜戏，我请你坐高台子，戏是《秋胡三戏结发妻》。"

男子摇头不语。

兵士走后，五多大娘老七皆在前舱灯光下说笑，说那兵士的醉态。男子留在后舱不出来。大娘到门边喊过了二次不答应，不明白这脾气从什么地方发生。大娘回头就来检查那四张票子的花纹，因为她已经认得出票子的真假了。票子倒是真的，她在灯光下指点给老七看那些记号，那些花，且放近鼻子上嗅嗅，说这个一定是清真馆子里找出来的，因为有牛油味道。

五多第二次又走过去："姊夫，姊夫，他们走了，我们应当把那个唱完，我们还得……"

女人老七像是想到了什么心事，拉着了五多，不许她说话。

一切沉默了，男子在后舱先还是正用手指扣琴弦，作小小声音，这时手也离开那弦索了。

四个人都听到从河街上飘来的锣鼓唢呐声音，河街上一个做生意人办喜事，客来贺喜，大唱堂戏，一定有一整夜的热闹。

过了一会，老七一个人轻脚轻手爬到后舱去，但即刻又回来了。

大娘问："怎么了？"

老七摇摇头，叹了一口气。

先以为水保恐怕不会来的，所以大家仍然睡了觉，大娘老七五多三个人在前舱，只把男子放到后面。

查船的在半夜时，由水保领来了，鸦雀无声，四个警察守在船头，水保同巡官进到前舱。这时大娘已把灯捻明了，她懂得这不是大事情。老七披了衣坐在床上，喊干爹，喊老爷，要五多倒茶。五多还只想到梦里在乡下摘三月莓。

男子被大娘摇醒，揪出来，看到水保，看到一个穿黑制服的大人物，嘎吓得不能说话，不晓得有什么事情发生。

"什么人？"

水保代为答应："老七的汉子，才从乡下来的。"

老七补说道："老爷，他昨天才来的。"

巡官看了一会儿男子，又看了一会儿女人，仿佛看出水保的话不是谎话，就不再说话了，随意在前舱各处翻翻，注意到那个贮风干栗子的小缸子，水保便抓了一把栗子塞到巡官那件体面制服的大口袋里去，巡官只是笑。

一伙人一会儿就走到另一船上去了。大娘刚要盖篷，一个警察回来了。

"大娘，你告老七，巡官要回来过细考察她一下，懂不懂？"

大娘说："就来么？"

"查完夜就来。"

"当真吗？"

"我什么时候同你这老婊子说过谎？"

大娘很欢喜的样子，使男子很奇怪，因为他不明白为什么巡官还要回来考察老七。但这时节望到老七睡起的样子，上半晚的气已经没有了，他愿意讲和，愿意同她在床上说点话，商量件事情，就傍床沿坐定不动。

大娘像是明白男子的心事，明白男子的欲望，也明白他不懂事，故只同老七打知会，"巡官就要来的。"

老七咬着嘴唇不作声，半天发痴。

男子一早起来就要走路，沉默的一句话不说，端整了自己的草鞋，找到了自己的烟袋。一切归一了，就坐到那矮床边沿，像是有话说又说不出口。

老七问他："你不是昨晚上答应过干爹，今天到他家中吃中饭吗？"

"……"摇摇头不作答。

"人家特意为你办了酒席！"

"……"

"戏也不看看么？"

"……"

"满天红的荤油包子，到半日才上笼，那是你欢喜的包子。"

"……"

一定要走了，老七很为难，走出船头呆了一会，回身从荷包里掏出昨晚上那兵士给的票子来，点了一下数，一共四张，捏成一把塞到男子左手心里去。男子无话说，老七似乎懂到那意思了，"大娘，你拿那三张也把我。"大娘将钱取出。老七又将这钱塞到男子右手心里去。

男子摇摇头，把票子撒到地下去，两只大而粗的手掌捂着脸孔，像小孩子那样莫名其妙的哭了。

五多同大娘看情形不好，逃到后舱去了。五多心想这真是怪事，那么大的人会哭，好笑！她站在船后梢看挂在梢舱顶梁上的胡琴，很愿意唱一个歌，可是也总唱不出声音来。

水保来船上请远客吃酒时，只有大娘同五多在船上。问及时，才明白两夫妇一早皆回转乡下去了。

十九年四月十三作于吴淞

二十三年七月廿一改于北平

人性的升沉 | 吴福辉

　　《丈夫》一篇，十分耐读，为沈从文短篇小说之精品。故事发生在本世纪初期湘西某城河畔的妓船上，从文中所说吊脚楼茶馆的临河窗口"可以望到对河宝塔边烟雨红桃好景致"一句，能隐约觉得是凤凰城外沱江风光。在船上大臀肥身的年轻乡下女子，并非受人拐骗诱惑，曲曲折折误入这人类最古老最羞耻的路途，倒是明明白白由其诚实、耐劳、强健的丈夫们送出来操此"生意"的。俨然是男耕女织的现代颠覆，妇人在外将卖身所得之一部分送回家里维持生计，丈夫居乡安分种田。逢年过节或想到见见那个船上的媳妇时，便访亲一样进城。遭遇嫖客，"不必指点，也就知道往后舱钻去"，可以相安无事。因为他们极懂这个卖娼制度所带来利益的重要，而自己的丈夫名分并未随之失去，女人归他，养得儿子也归他，这个制度在一个貌似均衡的社会天平上存在下来，成为曾经有过的特殊的湘西人生活样式。任谁读了这篇小说，都会首先被这样视若平常的、"粗野"的人文景观所打动。

　　问题出在《丈夫》里"这一个"丈夫的身上。读过刘祖春短篇小说《荤烟划子》的知道，同是写下等妓船，《荤烟划子》中的丈夫因是自划船，喊什么"文明脚婆娘，黄牛水牛，好一块肥肉"，而显出情境的惊心动魄。但究竟只是简单地受辱，愚蠢可怜的男人受尽屈辱后仅剩下本能的绝望。比较起来，《丈夫》里的丈夫所经历的心理路程便要复杂深刻多了。小说从妓女老七的丈夫（注意他没有姓名，他就是"丈夫"。对水保称自己为老七的"汉子",船上的五多叫他"姊夫")照规矩来探视妻子写起。开初,男人的心情颇平静,不管多么奇特的人际关系,在一种能生长这类关系的环境里,都已变作"正常"。青年眼里的水保真如庞然大物,没见过世面的乡下佬是拘束的,怯怯的。及至父亲般的水保下问起农村的物事,他才恢复了一个普通农夫的自然心态,突然健谈起来,麦子、栗子、小猪、石磨,尤其说到半年躲在屋梁饭箩里的小小镰刀,简直像数落自己一个调皮机灵鬼的孩子。一夜没得与媳妇在枕边说话,其时算得到补偿。这个喜欢生活的素朴的农夫,一直兴奋到妻子迟迟不回,饥饿加上烧湿柴失败,方才朦胧感到原先奉若神明的水保临走嘱咐的话"今晚上不要接客,我要来",实是给当丈夫的难堪。但他刚刚上岸就让老七劝回了。女人专为他带回的胡琴及胡琴从他指尖流出的音响,使他得到抚慰。等醉兵上船胡闹,凶蛮地占据老七,他归于沉默了,再次感受羞辱。不过他还愿意与妻子讲和,他还以为后半夜在床上有与妻子说私话的权利,谁料巡官的"过细考察"彻底地无可挽救地打破了丈夫的梦想,于是导致最后的结局,两夫妇一同回乡了。长久被踩躏到浑然不觉的丈夫的尊严,猛然抬头。丈夫的尊严掺和着下层人民的尊严,人的尊严,被唤醒以至要求回归到应有的位置。主人公丈夫的几度心理起伏,是本篇小说的中心关节,无论你如何解读《丈夫》,都不能忽视这个关节。

有的学者曾指出,本小说暴露中国旧时社会经济制度戕害人性的罪恶,呼唤并赞美人性的觉醒和复归,虽属作者主旨,但尚有多重的涵义待挖掘。丈夫的心理冲突,一方面因农村穷困破产酿成夫权沦丧,被迫出让妻子的"性"以换取经济实利;一方面又是用传统夫权的失而复得为代价来维系自己的人的地位。这种女权主义批评当然有一定道理，即使看柔石《为奴隶的母亲》的典妻故事，妇人悲苦的心理描写也占相当位置，而《丈夫》男性中心的眼光是很明显的。不过，沈从文的湘西世界里，男人对女人的"性禁锢"本就松弛，性爱转让所标示的夫权危机自然对男女双方都没有那么严重，这是可以进一层讨论的。

本篇的人物，大小七八个，皆写得活灵活现。沈从文有些小说并不着力刻画性格，像《八骏图》等，但他不缺乏准确把握人物的能力，职业、年龄、身份、个性在特定场合表现的动作声音，都能写得如闻其人。丈夫形象之外，水保这个人物不涂成一团乌黑是正确的。"在职务上帮助了官府，在感情上又亲近了船家"，正是这上年纪的水霸的位置。其穿戴服饰因与小说开头叙述的一般嫖客相似，读者初也会以为"今晚上不要拉客"是水保来嫖，增加了丈夫误解的可信度，及至故事微妙转折才体会水保当夜替妓船排除闲杂人的用心。至于人物与人物之间的关系，描写更细致微妙。特别是所有人物构成的认识世界与丈夫的认识世界绝对不同，对照鲜明。比如对兵痞骚扰，五多看似平常，副爷们刚走就来吵姊夫拉琴；大娘喜欢巡官来"考察"老七，而丈夫简直不明白；水保照样来请远客吃酒，丈夫的世界已经天翻地覆。只有老七最能理解丈夫的心思：烧香晚归，她说是她的错，解换衣服时故意露出红绫胸褡；兵痞走后她有了心事，爬到后舱去劝慰丈夫；而听说巡官要来，她并不像平时那样欢喜，反是咬着嘴唇发痴。她能靠拢丈夫的世界，在两个世界里穿插，使小说的人物叙述充满人情味。

全篇的叙事甚为讲究。开头一大段，从"落了春雨"到"也总有一部分归他"居然有两千多字来进入故事。这是背景交待，像说书人前面的楔子。把所有丈夫们认可的特殊制度说清楚了，下面这个丈夫由认可到不认可，才显出突兀。它还有补充后面故事的作用，比如故事开场这位丈夫已经是一晚无人理睬了，他是如何打发这宿的，没有写，看看前面就知道。老七在兵痞走后去安慰丈夫，回来只说了声"牛脾气"，她如何安慰也没写，看看前面塞一片糖的具体文字皆可想象。这种故事主干外的长篇静态背景描写，不能随便去学，否则不免东施效颦。但沈从文的弟子汪曾祺偏能运用自如，《戴车匠》《大淖记事》开头都有长长的关于草巷口街市和大淖的环境叙述，没有人说它是败笔。对于京派小说家的观念来说，背景即人，是故意为之的。《丈夫》的叙事在客观平静的语态中，注意视点的变化，如从丈夫的眼光打量水保，由水保角度观察丈夫，有巧妙的安排。叙述细腻处，什么节目也不放过，该留空白地方就留空白。丈夫在水保面前流露自然人性，写得多细。丈夫扔下钱不要，哭了，这哭要由五多去感受，才会五味俱全。不善于表达的农夫有了琐细的心理活动，用山歌暗示。《娘送女》《孟姜女哭长城》《秋明三戏结发妻》，每一个曲目戏目出现的时机也都大有文章。最干净利落的是最后煞尾，水保第二天来请客，两夫妇一早已走了，戛然而止，这中间经过些什么事情，完全不坐实，而让你去填补，就像中国画留下大片的空间，正是本篇叙事的佳妙处。

《丈夫》的写作时间最早填"四月十三作于吴淞"，发表在《小说月报》第二十一卷第四号。因为《小说月报》第二十一卷是一九三〇年出版，后来就有填"一九三〇年四月作于吴淞"。以至于填成"一九三〇年四月十三日作于吴淞"的，这就与初载日期发生矛盾，因二十一卷四号是该年四月十日出的。此存疑。小说经一九三四年、一九五七年改校过，越改越细。如兵痞口唱戏文初载便没有，仅"老子今晚上要到这里睡觉"，后来加上"……孤王酒醉桃花宫，韩素梅生来好貌容……"，醉态蛮态皆可掬了。最紧要的是这几句，"地方实在太穷了，一点点收成照例要被上面的人拿去一大半，手足贴地的乡下人，任你如何勤省耐劳的干做，一年中四分之一时间，即或用红薯叶子拌和糠灰充饥，总还不容易对付下去"，是后来补添的。可以由此断定作者起初并不想过分强调这一悲剧的社会经济动因，他的相当的注意力是放在人的本身上面，可是以后他的改笔挖掘了社会经济这一层面的意义。沈从文讲这个故事的角度，本来是一个觉悟了的"乡下人"的角度，修改后的优和劣应该由时间来检验，也不必为他避讳。

三三

本篇发表于一九三一年九月十五日《文艺月刊》第二卷第九号。署名沈从文。一九三六年五月收入《从文小说习作选》，上海良友图书印刷公司初版。现据良友图书印刷公司初版本编入。

杨家碾坊在堡子外一里路的山嘴路旁。堡子位置在山湾里，溪水沿了山脚流过去，平平的流，到山嘴折弯处忽然转急，因此很早就有人利用到它，在急流处筑了一座石头碾坊，这碾坊，不知什么时候起，就叫杨家碾坊了。

从碾坊往上看，看到堡子里比屋连墙，嘉树成荫，正是十分兴旺的样子。往下看，夹溪有无数山田，如堆积蒸糕，因此种田人借用水力，用大竹扎了无数水车，用椿木做成横轴同撑柱，圆圆的如一面锣，大小不等竖立在水边。这一群水车，就同一群游手好闲的人一样，成日成夜不知疲倦的咿咿呀呀唱着意义含糊的歌。

一个堡子里只有这样一座碾坊，所以凡是堡子里碾米的事都归这碾坊包办，成天有人轮流挑了仓谷来，把谷子倒到石槽里去后，抽去水闸的板，枧槽里水冲动了下面的暗轮，石磨盘带着动情的声音，即刻就转动起来了。于是主人一面谈说一件事情，一面清理到簸箩筛子，到后头上包了一块白布，拿着个长把的扫帚，追逐着磨盘，跟着打圈儿，扫除溢出槽外的谷米，再到后，谷子便成白米了。

到米碾好了，筛好了，把米糠挑走以后，主人全身是灰，常常如同一个滚入豆粉里的汤圆，然而这生活，是明明白白比堡子里许多人生活还从容，而为一堡子中人所羡慕的。

凡是到杨家碾坊碾过谷子的，皆知道杨家三三。妈妈十年前嫁给守碾坊的杨，三三五岁，爸爸就丢下碾坊同母女，什么话也不说死去了。爸爸死去后，母亲作了碾坊的主人，三三还是活在碾坊里，吃米饭同青菜小鱼鸡蛋过日子，生活毫无什么不同处。三三先是眼见爸爸成天全身是糠灰，到后爸爸不见了，妈妈又成天全身是糠灰……于是三三在哭里笑里慢慢的长大了。

妈妈随着碾槽转，提着小小油瓶，为碾盘的木轴铁心上油，或者很兴奋的坐在屋角拉动架上的筛子时，三三总很安静的自己坐在另一角玩。热天坐当有风凉处吹风，用包谷秆子作小笼，冬天则伴同猫儿蹲到火桶里，剥灰煨栗子吃。或者有时候从碾米人手上得到一个芦管作成的唢呐，就学着打大醮的法师神气，屋前屋后吹着，半天还玩不厌倦。

这磨坊外屋上墙上爬满了青藤，绕屋全是葵花同枣树，疏疏的树林里，常常有三三葱绿衣裳的飘忽。因为一个人在屋里玩厌了，就出来坐在废石槽上洒米头子给鸡吃。在这时，什么鸡欺侮了另一只鸡，三三就得赶逐那横蛮无理的鸡，直等到妈妈在屋后听到鸡声，代为讨情时才止。

这磨坊上游有一潭，四面有大树覆荫，六月里阳光照不到水面。碾坊主人在这潭中养得有几只白鸭子，水里的鱼也比上下溪里特别多。照一切习惯，凡靠自己屋前的水，也算是自己财产的一份。水坝既然全为了碾坊而筑成的，一乡公约不许毒鱼下网，所以这小溪里鱼极多。遇到有不甚面熟的人来钓鱼，看到潭边幽静，想蹲一会儿，三三见到了时，总向人说："不行，这鱼是我家潭里养的，你到下面去钓罢。"人若顽皮一点，听到这个话等于不听到，仍然拿着长长的杆子，搁到水面上去安闲的吸着烟管，望着这小姑娘发笑，使三三急了，三三便喊叫她的妈，高声的说："娘，娘，你瞧，有人不讲规矩钓我们的鱼，你来折断他的杆子，你快来！"娘自然是不会来干涉别人钓鱼的。

母亲就从没有照到女儿意思折断过谁的杆子，照例将说："三三，鱼多唎，让别人钓吧。鱼是会走路的，上面总爷家塘里的鱼，因为欢喜我们这里的水，都跑来了。"三三照例应当还记得夜间做梦，梦到大鱼从水里跃起来吃鸭子，听到这个话，也就没有什么可说了，只静静的看着，看这不讲规矩的人，钓了多少鱼去。她心里记着数目，回头好告给妈妈。

有时因为鱼太大了一点，上了钓，拉得不合式，撒断了钓杆，三三可乐极了，仿佛娘不同自己一伙，鱼反而同自己是一伙了的神气，那时就应当轮到三三向钓鱼人咧着嘴发笑了。但三三却常常急忙跑回去，把这事告给母亲，母女两人同笑。

有时钓鱼的人是熟人，人家来钓鱼时，见到了三三，知道她的脾气，就照例不忘记问："三三，许我钓鱼吧。"三三便说：

"鱼是各处走动的，又不是我们养的，怎么不能钓。"

钓鱼的是熟人时，三三常常搬了小小木凳子，坐到旁边看鱼上钩，且告给这人，另一时谁个把钓杆撇断的故事。到后这熟人回到磨坊时，把所得的大鱼分一些给三三家。三三看着母亲用刀破鱼，掏出白色的鱼胦来，就放在地下用脚去踹，发声如放一枚小爆仗，听来十分快乐。鱼洗好了，揉了些盐，三三就忙取麻线来把鱼穿好，挂到太阳下去晒。等待有客时，这些干鱼同辣子炒在一个碗里待客，母亲如想到折钓杆的话，将说："这是三三的鱼。"三三就笑，心想着："怎么不是三三的鱼？潭里的鱼若不是我照管，早被看牛小孩捉完了。"

三三如一般小孩，换几回新衣，过几回节，看几回狮子龙灯，就长大了，熟人都说看到三三是在糠灰里长大的。一个堡子里的人，都愿意得到这糠灰里长大的女孩子作媳妇，因为人人都知道这媳妇的妆奁是一座石头作成的碾坊。照规矩十五岁的三三，要招郎上门也应当是时候了。但妈妈有了一点私心，记得一次签上的话语，不大相信媒人的话语，所以这磨坊还是只有母女二人，不曾有谁添入。

三三大了，还是同小孩子一样，一切得傍着妈妈。母女两人把饭吃过后，在流水里洗了脸，眺望行将下沉的太阳，一个日子就打发走了。有时听到堡子里的锣鼓声音，或是什么人接亲，或是什么人做斋事，"娘，带我去看，"又像是命令又像是请求的说着，若无什么别的理由推辞时，娘总得答应同去。去一会儿，或停顿在什么人家喝一杯蜜茶，荷包里塞满了榛子胡桃，预备回家时，有月亮天什么也不用，就可以走回家。遇到夜色晦黑，燃了一把油柴！毕毕剥剥的响着爆着，什么也不必害怕。若到总爷家寨子里去玩时，总爷家还有长工打了灯笼火把送客，一直送到碾坊外边。只有这类事是顶有趣味的事，在雨里打灯笼走夜路，三三不能常常得到这机会，却常常梦到一人那么拿着小小红纸灯笼，在溪旁走着，好像只有鱼知道这会事。

当真说来，三三的事，鱼知道的比母亲应当还多一点，也是当然的。三三在母亲身旁，说的是母亲全听得懂的话，那些凡是母亲不明白的，差不多都在溪边说的。溪边除了鸭子就只有那些水里的鱼，鸭子成天自己哈哈哈的叫个不休，那里还有耳朵听别人说话？

这个夏天，母女两人一吃了晚饭，不到黄昏，总常常过堡子里一个人家去，陪一个将远嫁的姑娘谈天，听一个从小寨来的人唱歌。有一天，照例又进堡子里去，却因为谈到绣花，使三三回碾坊来取样子，三三就一个人赶忙跑回碾坊来，快到屋边时，黄昏里望到溪边有两个人影子，有一个人到树下，拿着一枝杆子，好像要下钓的神气，三三心想这一定是来偷鱼的，照规矩喊着："不许钓鱼，这鱼是有主人的！"一面想走上前看是什么人。

就听到一个人说："谁说溪里的鱼也有主人？难道溪里活水也可养鱼吗？"

另一人又说："这是碾坊里小姑娘说着玩的。"

那先一个人就笑了。

旋即又听到第二个人说："三三，三三，你来，你鱼都捉完了！"

三三听到人家取笑她，声音好像是熟人，心里十分不平！

就冲过去，预备看是谁在此撒野，以便回头告给母亲。走过去时，才知道那第二回说话的人是总爷家管事先生，另外同一个从不见面的年青男人。那男人手里拿的原来只是一个拐杖，不是什么钓杆。那管事先生是一个堡子里知名人物，他认得三三，三三也认识他，所以当三三走近身时，就取笑说：

"三三，怎么鱼是你家养的？你家养了多少鱼呀！"

三三见是总爷家管事先生，什么话也不说了，只低下头笑。头虽低低的，却望到那个好像从城里来的人白裤白鞋，且听到那个男子说："女孩很聪明，很美，长得不坏。"管事的又说："这是我堡里美人。"两人这样说着，那男子就笑了。

到这时，她猜到男子是对她望着发笑！三三心想："你笑我干吗？"又想："你城里人只怕狗，见了狗也害怕，还笑人，真亏你不羞。"她好像这句话已说出了口，为那人听到了，故打量跑去。管事先生知道她要害羞跑了，便说："三三，你别走，我们是来看你碾坊的。你娘呢？"

"娘不在。"

"到堡子里听小寨人唱歌去了，是不是？"

"是的。"

"你怎么不欢喜听那个？"

"你怎么知道我不欢喜？"

管事先生笑着说："因为看你一个人回来，还以为你是听厌了那歌，担心这潭里鱼被人偷尽，所以……"

三三同管事先生说着，慢慢的把头抬起，望到那生人的脸目了，白白的脸好像在什么地方看到过，就估计莫非这人是唱戏的小生，忘了擦去脸上的粉，所以那么白……那男子见到三三不再怕人了，就问三三：

"这是你的家里吗？"

三三说："怎么不是我家里？"

因为这答话很有趣味，那男子就说：

"你不怕水冲去吗？"

"嗨，"三三抿着小小的美丽嘴唇，狠狠的望了这陌生男子一眼，心里想："狗来了，狗来了，你这人吓倒落到水里，水就会冲去你。"想着当真冲去的情形，一定很是好笑，就不理会这两个人笑着跑去了。

从碾坊取了花样子回向堡子走去的三三，在潭边再上游一点，望到那两个白色影子还在前面，不高兴又同这管事先生打麻烦，故跟到这两个人身后，慢慢的走着。听到两个人说到城里什么人什么事情，听到说开河，又听到说学务局要总爷办学校，因为这两人全都不知道有人在后面，所以自己觉得很有趣味，到后又听到管事先生提起碾坊，提起妈妈怎么人好，更极高兴。再到后，就听到那城里男人说：

"女孩子倒真俏皮，照你们乡下习惯，应当快放人了。"

那管事的先生笑着说："少爷欢喜，要总爷做红叶，可以去说说。不过这磨坊是应当由姑爷管业的。"

三三轻轻的呸了一口，停顿了一下，把两个指头紧紧的塞了耳朵。但仍然听到那两人的笑声，想知道那个由城里来好像唱小生的人还说些什么，故不久就仍然跟上前去。

那小生说些什么可听不明白，就只听那个管事先生一人说话，那管事先生说："少爷做了碾坊主人，别的不说，成天可有新鲜鸡蛋吃，也是很值得的！"话一说完，两人又笑了。

三三这次可再不能跟上去了，就坐在溪边的石头上，脸上发着烧，十分生气。心里想："你要我嫁你，我偏不嫁你！我家里的鸡纵成天下二十个蛋，我也不会给你一个蛋吃。"坐了一会，凉凉的风吹脸上，水声淙淙使她记忆起先一时估计中那男子为狗吓倒跌在溪里的情形，可又快乐了，就望到溪里水深处，一人自言自语说："你怎么这样不中用！管事的救你，你可以喊他救你！"

到宋家时，正听宋家婶子说起一件已经说了一会儿的事情，只听宋家妇人说：

"……他们养病倒希奇，说是养病，日夜睡在廊下风里让风吹……脸儿白得如闺女，见了人就笑……谁说是总爷的亲戚，总爷见他那种恭敬样子，你还不见到。福音堂洋人还怕他，他要媳妇有多少！"

母亲就说："那么他养什么病？"

"谁知道是什么病？横顺成天吃那些甜甜的药，在床上躺着。在城里是享福，到乡里也是享福。老庚说，害第三等的病，又说是痨病，说也说不清楚。谁清楚城里人那些病名字。依我想，城里人欢喜害病，所以病的名字特别多；我们不能因害病耽搁事情，所以除打摆子就只发烧肚泻，别的名字的病，也就从不到乡下来了。"

另外一个妇人因为生过瘰疬，不大悦服宋家妇人武断的话，

472

就说："我不是城里人，可是也害城里人的病。"

"你舅妈是城里人！"

"舅妈管我什么事？"

"你文雅得像城里人，所以才生痧子！"

这样说着，大家全笑了起来。

母女两人回去时，在路上三三问母亲："谁是白白脸庞的人？"母亲就照先前一时听人说过的话，告给三三，堡子里总爷家中，如何来了一位城里的病人，样子如何美，性情如何怪。一个乡下人，对于城中人隔膜的程度，在那些描写里是分明易见的，自然说得十分好笑。在平常某个时节，三三对于母亲在叙述中所加的批评与稍稍过分的形容，总觉得母亲说得极其俨然，十分有味，这时不知如何却不大相信这话了。

走了一会，三三忽问：

"娘，娘，你见到那个城里白脸人没有呢？"

妈妈说："我怎么见到他？我这几天又不到总爷家里去。"

三三心想："你不见到怎么说了那么半天。"

三三知道妈妈不见到的自己倒早见到了，把这件事秘密着，却十分高兴，以为只有自己明白这件事情，凡是说到城里人的都不甚可靠。

两人到潭边，三三又问：

"娘，你见到总爷家管事先生没有？"

若是娘说没有见过，反问她一句，那么，三三就预备把先前遇到总爷家那两个人的一切，都说给妈妈听了。但母亲这时正想到别一个问题，完全不关心到三三身上的事，所以三三把今天的事瞒着母亲，一个字不提。

第二天三三的母亲到堡子里去，在总爷家门前，碰到那个从城里来的白脸客人，同总爷的管事先生。那管事先生告她，说他们昨天曾到碾坊前散步，见到三三，又告给母亲说，这客人是从城里来养病的客人。到后就又告给那客人，说这个人就是碾坊的主人杨伯妈。那人说，真很同三小姐相像。那人又说三三长得很好，很聪敏，做母亲的真福气。说了一阵话，把这老妇人说快乐了，在心中展开了一个幻景，想起自己觉得有些近于糊涂的事情，忙匆匆的回到碾坊去，望到三三痴笑。

三三不知母亲为什么今天特别乐，就问母亲到了什么地方，遇到了谁。

母亲想应当怎么说才好，想了许久才说：

"三三，昨天你见到谁？"

三三说："我见到谁？"

娘就笑了："三三你记记，晚上天黑时，你不看见两个人吗？"

三三以为是娘知道一切了，就忙说："人是有两个的，一个是总爷家管事的先生，一个是生人……怎么……"

"不怎么。我告你，那个生人就是城里来的少爷，今天我见到他们，他们说已经同你认识了，所以我们说了许多话。那少爷像个姑娘样子。"母亲说到这里时，想起一件事情好笑。

三三以为妈妈是在笑她，偏过头去看土地上灶马，不理母亲。

母亲说："他们问我要鸡蛋，你下半天送二十个去，好不好？"

三三听到说鸡蛋，打量昨天两个男人说的笑话都为母亲知道了，心里很不高兴，说道："谁去送他们鸡蛋，娘，娘，我说……

他们是坏人！"

母亲奇怪极了，问："怎么是坏人？"

三三红了脸不愿答应，母亲说：

"三三，你说什么事？"

迟了许久，三三才说："他们背地里要找总爷做媒，把我嫁给那个白脸人。"

母亲听到这天真话什么也不说，笑了好一阵。到后看到三三要跑了，才拉着三三说："小报应，管事先生他们说笑话，这也生气吗？谁敢欺侮你？总爷是一堡子的主人，他会为你骂他们！……"

说到后来三三也被说笑了。

她到后来就告给娘城里人如何怕狗的话，母亲听到不作声，好久以后，才说："三三，你真是还像小丫头，什么也不懂。"

第二天，妈妈要三三送鸡蛋到总爷家去，三三不说什么，只摇头。妈妈既然答应了人家，就只好亲自送去。母亲走后，三三一个人在碾坊里玩，玩厌了又到潭边去看白鸭，看了一会鸭子，等候母亲还不回来，心想莫非管事先生同妈妈吵了架，或者天热到路上发了痧？……心里老不自在回到碾坊里去。

但母亲可仍然回来了。回到碾坊一脸的笑，跨着脚如一个男子神气，坐到小凳上，告给三三如何见到那少爷，那少爷如何要她坐到那个用粗布做成的软椅子上去，摇着宕着像一个摇篮。又说到城里人说的三三为何不念书，城里女人是全念书。又说到……

三三正因为等了母亲半天，十分不高兴，如今听到母亲说到的话，莫名其妙，不愿意再听，所以不让母亲说完就走了。走到外边站到溪岸旁，望着清清的溪水，记起从前有人告诉她的话，说这水流下去，一直从山里流一百里，就流到城里了。她这时忖想……什么时候我一定也不让谁知道，就要流到城里去，一到城里就不回来了。但若果当真要流去时，她愿意那碾坊，那些鱼，那些鸭子，以及那一匹花猫，同她在一处流去。同时还有她很想母亲永远和她在一处，她才能够安安静静的睡觉。

母亲不见到三三了，站在碾坊门前喊着：

"三三，三三，天气热，你脸上晒出油了，不要远走，快回来！"

三三一面走回来一面就自己轻轻的说："三三不回来了！"

下午天气较热，倦人极了，躺到屋角竹凉床上的三三，耳中听着远处水车陆续的懒懒的声音，眯着眼睛觑母亲头上的髻子，仿佛一个瘦人的脸，越看越活，矇矇眬眬便睡着了。

她还似乎看到母亲包了白帕子，拿着扫帚追赶碾盘，绕屋打着圈儿，就听到有人在外面说话，提到她的名字。

只听到说："三三到什么地方去了，怎么不出来？"

她奇怪这声音很熟，又想不起是谁的声音，赶忙走出去，站在门边打望，才望到原来又是那个白脸的人，规规矩矩坐在那儿钓鱼。过细看了一下，却看到那个钓竿，是总爷家管事先生的烟杆。

拿一根烟杆钓鱼，倒是极新鲜的事情，但身旁似乎又已经得到了许多鱼，所以三三非常奇怪。正想走去告母亲，忽然管事先生也从那边来了。

好像又是那一天的那种情景，天上全是红霞，妈妈不在家，自己回来原是忘了把鸡关到笼子里，故跑回来捉鸡的。如今碰到这两个人，管事先生同那白脸城里人，都站在那石墩子上，轻轻的商量一件事情。这两人声音很轻，三三却听得出是一件关于不利于己的行为。因为听到说这些话，又不能嗾人走开，又不能自己走开，三三就非常着急，觉得自己的脸上也像天上的霞一样。

那个管事先生装作正经人样子说："我们是来买鸡蛋的，要多少钱把多少钱。"

那个城里人，也像唱戏小生那么把手一扬，就说："你说错了，要多少金子把多少金子。"

三三因为人家用金子恐吓她，所以说："可是我不卖给你，不想你的钱，你搬你家大块金子来到场上去买吧。"

管事先生于是又说："你不卖行吗，你舍不得鸡蛋为我做人情，你想想，妈妈以后写庚帖，还少得了管事先生没有？"

那城里人于是又说："向小气的人要什么鸡蛋，不如算了吧。"

三三生气似的大声说："就算我小气也行。我把鸡蛋喂虾米，也不卖给人！因为我们不羡慕别人的金子宝贝。你同别人去说金子，恐吓别人吧。"

可是两个人还不走，三三心里就有点着急，很愿意来一只狗向两个人扑去。正那么打量着，忽然从家里就扑出来一条大狗，全身是白色，大声汪汪的吠着，从自己身边冲过去，即刻这两个恶人就落到水里去了。

于是溪里的水起了许多水花，起了许多大泡，管事先生露出一个光光的头在水面，那城里人则长长的头发，缠在贴近水面的柳树根上，情景十分有趣。

可是一会儿水面什么也没有了，原来那两个人在水里摸了许多鱼，全拿走了。

三三想去告给妈妈，一滑就跌下了。

刚才的事原来是做一个梦。母亲似乎是在灶房煮午饭，因为听到三三梦里说话，才赶出来的。见三三醒了，摇着她问："三三，三三，你同谁吵闹？"

三三定了一会儿神，望妈妈笑着，什么也不说。

妈妈说："起来看看，我今天为你焖芋头吃。你去照照镜子，脸睡得一片红！"虽然照到母亲说的，去照了镜子，还是一句话不说。人虽早醒了，还记得梦里一切的情景，到后来又想起母亲说的同谁吵闹的话，才反去问母亲，听到吵闹些什么话。妈妈自然是不注意这些的，所以说听不分明，三三也就不再问什么了。

直到吃饭时，妈妈还说到脸上睡得发红，所以三三就告给老人家先前做了些什么梦，母亲听来笑了半天。

第二次送鸡蛋去时，三三也去了。那时是下午。吃过饭后，两人进了总爷家的大院子。在东边偏院里看到城里来的那个客，正躺在廊下藤椅上，望到天上飞的鸽子。管事的不在家，三三认得那个男子，不大好意思上前去，就逗母亲过去，自己站在月门边等候。母亲上前去时节，三三又为出主意，要妈妈站在门边大声说，"送鸡蛋来的了，"好让他知道。母亲自然什么都照到三三主意作去，三三听到母亲说这句话，说到第三次，才引起那个白白脸庞的少爷注意到，自己就又急又笑。

三三这时是站在月门外边的。从门罅里向里面窥看，只见到那白脸人站起身来，又坐下去，正像梦里那种样子。同时就听到这个人同母亲说话，说到天气同别的事情，妈妈一面说话一面尽掉过头来望到三三所在的一边。白脸人以为她就要走去了，便说：

"老太太，你坐坐，我同你说话很好。"

妈妈于是坐下了，可是同时那白脸城里人也注意到那一面门边有一个人等候了，"谁在那里，是不是你的小姑娘？"

看到情形不好，三三就想跑。可是一回头，却望到管事先生站在身后，不知已站了多久。打量逃走自然是难办到的，到后就被管事先生拉着牵进小院子来了。

听到那个人请自己坐下，听到那个人同母亲说那天在溪边见到自己的情形，三三眼望另一边，傍近母亲身旁，一句话不说。

坐了一会儿，出来了一个穿白袍戴白帽装扮的女人，三三先还以为是男子，不敢细细的望。到后听到这女人说话，且看她站在城里人身旁，用一根小小管子塞到那白脸男子口里去，又抓了男子的手捏着，捏了好一会，拿一枝好像笔的东西，在一张纸上写了些什么记号。那先生问"多少豆"，就听到回答说"同昨天一样"。且因为另外一句话听到这个人笑，才晓得那是一个女人。这时似乎妈妈那一方面，也刚刚才明白这是一个女人，且听到说"多少豆"，以为奇怪，所以两人互相望到都笑了。

看着这母女生疏疏的情形，那白袍子女人也觉得好笑，就不即走开。

那白脸城里人说："周小姐，你到这地方来一个朋友也没有，就同这个小姑娘做个朋友吧。她家有个好碾坊,在那边溪头,有一个动人的水车,前面一点还有一个好堰坝,你同她做朋友,就可到那儿去玩,还可以钓些鱼回来。你同她去那边林子里玩玩吧,要这小姑娘告你那些花名草名。"

这周小姐就笑着过来,拖了三三的手,想带她走去。三三想不走,望到母亲,母亲却做样子努嘴要她去,不能不走。

可是到了那一边,两人即刻就熟了。那看护把关于乡下的一切,这样那样问了她许多,她一面答着,一面想问那女人一些事情,却找不出一句可问的话,只很希奇的望到那一顶白帽子发笑。

过后听到母亲在那边喊自己的名字,三三也不知道还应当同看护告别,还应当说些什么话,只说妈妈喊我回去,我要走了,就一个人忙忙的跑回母亲身边,同母亲走了。

母女两人回到路上走过了一个竹林,竹林里恰正当到晚霞的返照,满竹林是金色的光。三三把一个空篮子戴在头上,扮作钓鱼翁的样子,同时想起总爷家养病服侍病人那个戴白帽子的女人,就和妈妈说:

"娘,你看那个女人好不好?"

母亲说:"那一个女人?"

三三好像以为这答复是母亲故意装作不明白的样子,故稍稍有点不高兴,向前走去。

妈妈在后面说:"三三,你说谁?"

三三就说:"我说谁,我问你先前那个女子,你还问我!"

"我怎么知道你是说谁?你说那姑娘,脸庞红红白白的,是说她吗？"

三三才停着了脚，等着她的妈。且想起自己无道理处，悄悄的笑了。母亲赶上了三三，推着她的背，"三三，那姑娘长得体面，你说是不是？"

三三本来就觉得这人长得体面，听到妈妈先说，所以就故意说："体面什么？人高得像一条菜瓜，也是体面！"

"人家是读过书来的，你不看过她会写字吗？"

"娘，那你明天要她拜你做干妈吧。她读过书，娘你近来只欢喜读书的。"

"嗨，你瞧你！我说读书好，你就生气。可是……你难道不欢喜读书的吗？"

"男人读书还好，女人读书讨厌咧。"

"你以为她讨厌，那我们以后讨厌她得了。"

"不，干嘛说'讨厌她得了？'你并不讨厌她！"

"那你一人讨厌她好了。"

"我也不讨厌她！"

"那是谁该讨厌她？三三，你说。"

"我说，谁也不该讨厌她。"

母亲想着这个话就笑，三三想着也笑了。

三三于是又匆匆的向前走去，因为黄昏太美了，三三不久又停顿在前面枫树下了，还要母亲也陪她坐一会，送那片云过去再走。母亲自然不会不答应的。两人坐在那石条上了，三三把头上的篮儿取下后，用手整理头发。就又想起那个男人一样短短头发的女人。母亲说："三三，你用围裙揩揩脸，脸上出汗了。"

三三好像不听到妈妈的话，眺望到另一方，她心中出奇，为什么有许多人的脸，白得像茶花。她不知不觉又把这个话同母亲说了，母亲就说，这就是他们称呼为城里人的理由，不必擦粉脸也总是很白的。

三三说："那不好看。"母亲也说："那自然不好看。"三三又说："宋家的黑子姑娘才真不好看。"母亲因为到底不明白三三意思所在，所以再不敢揍言，就只貌作留神的听着，让三三自己去作结论。

三三的结论就只是故意不同母亲意见一致，可是母亲若不说话时，自己就不须结论，也闭了口，不再作声了。

另外某一天，有人从大寨里挑谷子来碾坊的，挑谷子的男人走后，留下一个女人在旁边照料到一切。这女人具一种欢喜说话的性格，且不久才从六十里外一个寨上吃喜酒回来，有一肚子的故事，同许多消息，得同一个人说话才舒服，所以就拿来与碾坊母女两人说。母亲因为自己有一个女儿，有些好奇的理由，专欢喜问人家到什么地方吃喜酒，看到些什么体面姑娘，看到些什么好嫁妆。她还明白，照例三三也愿意听这些故事，所以就向那个人，问了这样又问那样，要那人一五一十说出来。

三三听到这些话，却静静的坐在一旁，用耳朵听着，一句话不说。有时说的话那女人以为不是女孩子应当听的，声音较低时，三三就装作毫不注意的神气，用绳子结连环玩，实际上仍然听得清清楚楚。因为听到那些怪话，三三忍不住要笑了，却别过头去悄悄的笑，不让那个长舌妇人注意。

到后那两个老太太，自然而然就说到总爷家中的来客，且说到那个白袍白帽的女人了。那妇人说：她听说这白帽白袍女人，是用钱雇来的一个女人，雇来照料那个先生，好几两银子一天。但她却又以为这话不十分可靠，她以为这人一定就是城里人的少奶奶，或者小姨太太。

三三的妈妈意见却同那人的恰恰相反，她以为那白袍女人，决不是少奶奶。

那妇人就说："你怎么知道决不是少奶奶？"

三三的妈说："怎么会是少奶奶。"

那人说："你告我些道理。"

三三的妈说："自然有道理，可是我说不出。"

那人说："你又不看到，你怎么会知道。"

三三的妈说："我怎么不看到……"

两人争着不能解决，又都不能把理由说得完全一点，尤其是三三的母亲，又忘记说是听到过那少爷喊叫过周小姐的话，来用作证据。三三却记到许多话，只是不高兴同那个妇人去说，所以三三就用别种的方法打乱了两人不能说清楚的问题。三三说："娘，莫争这些事情，帮我洗头吧，我去热水。"

到后那妇人把米碾完挑走了。把水热好了的三三，坐在小凳上一面解散头发，一面带着抱怨神气向她娘说：

"娘，你真奇怪，欢喜同老婆子说空话。"

"我说了些什么空话？"

"人家媳妇不媳妇管你什么事。"

…………

母亲想起什么事来了，抿着口痴了半天，轻轻的叹了一口气。

过几天，那个白帽白袍的女人，却同总爷家一个小女孩子到碾坊来玩了。玩了大半天，说了许多话。妈妈因为第一次有这么一个稀客，所以走出走进，只想杀一只母鸡留客吃饭，但又不敢开口，所以十分为难。

三三则把客人带到溪下游一点有水车的地方去，玩了好一阵，在水边摘了许多金针花，回来时又取了钓竿，搬了凳子，到溪边去陪白帽子女人钓鱼。

溪里的鱼好像也知道凑趣，那女人一根钓竿，一会儿就得了四条大鲫鱼，使她十分欢喜。到后应当回去了，女人不肯拿鱼回去，母亲可不答应，一定要她拿去。并且因为白帽子女人说南瓜子好吃，就又另外取了一口袋的生瓜子，要同来的那个小女孩代为拿着。

再过几天那白脸人同总爷家管事先生，也来钓了一次鱼，又拿了许多礼物回去。

再过几天那病人却同女人在一块儿来了，来时送了一些用瓶子装的糖，还送了些别的东西，使主人不知如何措置手脚。因为不敢留这两个尊贵人吃饭，所以到两人临走时，三三母亲还捉了两只活鸡，一定要他们带回去。两人都说留到这里生蛋，用不着捉去，还不行，到后说等下一次来再杀鸡，那两只鸡才被开释放下了。

自从这两个客人到碾坊这次以后，碾坊里有点不同过去的样子，母女两人说话，提到"城里"的事情就渐渐多了。城里是什么样子，城里有些什么好处，两人本来全不知道。两人用总爷家的派头，同那个白脸男子、白袍女人的神气，以及平常从乡下人听来的种种，作为想象的根据，摹拟到城里的一切景况，都以为城里是那么一种样子：一座极大的用石头垒就的城，这城里就有许多好房子。每一栋好房子里面住了一个老爷同一群少爷，每一个人家都有许多成天穿了花绸衣服的女人，装扮得同新娘子一样，坐在家中房里，什么事也不必作。每一个人家，房子里一定还有许多跟班同丫头，跟班的坐在大门前接客人的名片，丫头便为老爷剥莲心去燕窝毛。城里一定有很多条大街，街上全是车马。城里有洋人，脚干直直的，就在这类大街上走来走去。城里还有大衙门，许多官如包龙图一样，威风凛凛，一天审案到夜，夜了还得点了灯审案。城里还有铺子，卖的是各样希奇古怪的东西。城里一定还有许多庙，庙里成天有人唱戏，成天也有人看戏。看戏的全是坐在一条板凳上，一面看戏一面剥黑瓜子。

自然这些情形都是实在的。这想象中的都市，像一个故事一样动人，保留在母女两人心上，却永远不使两人痛苦。她们在自己习惯中得到幸福，却又从幻想中得到快乐，所以若说过去的生活是很好的，那到后来可说是更好了。

但是，从另外一些记忆上，三三的妈妈却另外还想起了一些事情，因此有好几回同三三说话到城里时，却忽然又住了口不说下去。三三询问这是什么意思，母亲就笑着，仿佛意思就只是想笑一会儿，什么别的意思也没有。

三三可看得出母亲笑中有原因，但总没有方法知道这另外原因是件什么事情。或者是妈妈预备要搬到城里，或者是作梦到过城里，或者是因为三三长大了，背影子已像一个新娘子了，妈妈惊讶着，这些躲在老人家心上一角儿的事可多着呐。三三自己也常常发笑，且不让母亲知道那个理由。每次到溪边玩，听母亲喊"三三你回来吧"，三三一面走一面总轻轻的说："三三不回来了，三三永不回来了。"为什么说不回来，不回来又到些什么地方来落脚，三三并不曾认真打量过。

有时候两人都说到前一晚上梦中去过的城里，看到大衙门大庙的情形，三三总以为母亲到的是一个城里，她自己所到又是一个城里。城里自然有许多，同寨子差不多一样，这个是三三老早就想到了的。三三所到的城里一定比母亲所到的还远一点，因为母亲凡是梦到城里时，总以为同总爷家那堡子差不多，只不过大了一点，却并不很大。三三因为听到那白帽子女人说过，一个城里看护至少就有两百，所以她梦到的就是两百个白帽子女人的城里！

妈妈每次进寨子送鸡蛋去，总说他们问三三，要三三去玩，三三却怪母亲不为她梳头。但有时头上辫子很好，却又说应当换干净衣服才去。一切都好了，三三却常常临时又忽然不愿意去了。母亲自然是不强着三三的。但有几次母亲有点不高兴了，三三先说不去，到后又去，去到那里，两人是都很快乐的。

人虽不去大寨，等待妈妈回来时，三三总很愿意听听说到那一面的事情。母亲一面说，一面注意三三的眼睛，这老人家懂得到三三心事。她自己以为十分懂得三三，所以有时话说得也稍多了一点，譬如关于白帽子的女人，如何照料白脸男子那一类事，母亲说时总十分温柔，同时看三三的眼睛，也照样十分温柔，于是，这母亲，忽然又想到了远远的什么一件事，不再说下去，三三也想到了另外一件事，不必妈妈说话了，这母女二人就沉默了。

总爷家管事，有次过碾坊来了，来时三三已出到外边往下溪水车边采金针花去了。三三回碾坊时，望到母亲同那个管事先生商量什么似的在那里谈话，管事一见到三三，就笑着什么也不说。三三望望母亲的脸，从母亲脸上颜色，也看出像有些什么事，很有点凑巧。

那管事先生见到三三就说："三三，我问你，怎么不到堡子里去玩，有人等你！"

三三望到自己手上那一把黄花，头也不抬说："谁也不等我。"

管事先生说："你的朋友等你。"

"没有人是我的朋友。"

"一定有人！"

"你说有就有吧。"

"你今年几岁，是不是属龙的？"

三三对这个谈话觉得有点古怪，就对妈妈看着，不即作答。

管事先生却说："你不说我也知道，你妈妈还刚刚告我，四月十七，你看对不对？"

三三心想，四月十七五月十八你都管不着，我又不希罕你为我拜寿。但因为听说是妈妈告的，三三就奇怪，为什么母亲同别人谈这些话。她就对母亲把小小嘴唇扁了一下，怪着她不该同人说到这些，本来折的花应送给母亲，也不高兴了，就把花放在休息着的碾盘旁，跑出到溪边，拾石子打飘飘梭去了。

不到一会儿，听到母亲送那管事先生出来了，三三赶忙用背对到大路，装着眺望溪对岸那一边牛打架的样子，好让管事先生走去。管事先生见三三在水边，却停顿到路上，喊三姑娘，喊了好几声，三三还故意不理会，又才听到那管事先生笑着走了。

管事先生走后，母亲说："三三，进屋里来，我同你说话。"三三还是装作不听到，并不回头，也不作答。因为她似乎听到那个管事先生，临走时还说，"三三你还得请我喝酒"。这喝酒意思，她是懂得到的，所以不知为什么，今天却十分不高兴这个人。同时因为这个人同母亲一定还说了许多话，所以这时对母亲也似乎不高兴了。

到了晚上，母亲因为见三三不大说话，与平时完全不同了，母亲说："三三，怎么，是不是生谁的气？"

三三口上轻轻的说："没有。"心里却想哭一会儿。

过两天，三三又似乎仍然同母亲讲和了，把一切事都忘掉了，可是再也不提到大寨里去玩，再也不提醒母亲送鸡蛋给人了，同时母亲那一面，似乎也因为了一件事情，不大同三三提到城里的什么，不说是应当送鸡蛋到大寨去了。

日子慢慢的过着，许多人家田堤的新稻，为了好的日头同恰当的雨水，长出的禾穗全垂了头。有些人家的新谷已上了仓，有些人家摘着早熟的禾线，舂出新米各处送人尝新了。

因为寨子里那家嫁女的好日子快到了，搭了信来接母女两人过去陪新娘子。母亲正新为三三缝了一件葱绿布围裙，故要三三去住两天。三三没有什么理由可以说不去，所以母女两人就带了些礼物到寨子里来了。到了那个嫁女的家里，因为一乡的风气，在女人未出阁以前，有展览妆奁的习惯，一寨子的女人皆可来看，所以就见到了那个白帽子的女人。她因为在乡下除了照料病人就无什么事情可作，所以一个月来在乡下就成天同乡下女人玩玩，如今随了别的女人来看嫁妆，所以就碰到了这母女两人。

一见面，这白帽子女人就用城里人的规矩，怪三三母亲，问为什么多久不到总爷家里来看他们；又问三三为什么忘了她，这母女两人自然什么也不好说，只按照到一个乡下人的方法，望到略显得黄瘦了的白帽子女人笑着。后来这白帽子的女人，就告给三三妈妈，说病人的病还不什么好，城里医生来了一次，以为秋天还要换换地方，预备八月里就回城去，再要到一个顶远的有海的地方养息。因为不久就要走了，所以她自己同病人，都很想母女两人，同那个小小碾坊。

这白帽子女人又说：曾托过人带信要她们来玩的，不知为什么她们不来。又说她很想再来碾坊那小潭边钓鱼，可是又因为天气热了一点。

这白帽子女人，望到三三的新围裙，就说：

"三三，你这个围腰真美，妈妈自己作的是不是？"

三三却因为这女人一个月以来脸晒红多了，就望到这个人的红脸好笑。

母亲说："我们乡下人，要什么讲究东西，只要穿得身上就好了。"因为母亲的话不大实在，三三就轻轻的接下去说："可是改了三次。"

那白帽子女人听到这个话，向母女笑着："老太太你真有福气，做你女儿的也真有福气。"

"这算福气吗？我们乡下人哪里比得城里人好。"

因为有两个人正抬了一盒礼过去，三三追了过去想看看是什么时，白帽子女人望着三三的背影："老太太，你三姑娘陪嫁的，一定比这家还多。"

母亲也望那一方说："我们是穷人，姑娘嫁不出去的。"

这些话三三都听到，所以看完了那一抬礼，还不即过来。

说了一阵话，白帽子女人想邀母女两人到总爷家去看看病人，母亲看到三三有点不高兴，同时且想起是空手，乡下人照例又不好意思空手进人家大门，所以就答应过两天再去。

又过了几天，母女二人在碾坊，因为谈到新娘子敷水粉的事情，想起白帽子女人的脸，一到乡下后就晒红了许多的情形，且想起那天曾答应人家的话了，所以妈妈问三三，什么时候高兴去寨子里总爷家看"城里人"。三三先是说不高兴，到后又想了一下，去也不什么要紧，就答应母亲，不拘那一天去都行。既然不拘什么时候，那么，自然第二天就可以去了。

因为记起那白帽子女人说的话，很想来碾坊玩，所以三三要母亲早上同去，好就便邀客来，到了晚上再由三三送客回去。母亲则因为想到前次送那两只鸡，客人答应了下次来吃，所以还预备早早的回来，好杀鸡款客。

一早上，母女两人就提了一篮鸡蛋，向大寨走去。过桥，过竹林，过小小山坡，道旁露水还湿湿的，金铃子像敲钟一样，叮叮的从草里发出声音来，喜鹊喳喳的叫着从头上飞过去。母亲走在三三的后面，看到三三苗条如一根笋子，拿着棍儿一面走一面打道旁的草，记起从前总爷家管事先生问过她的话，不知道究竟是些什么意思。又想到几天以前，白帽子女人说及的话，就觉得这些从三三日益长大快要发生的事，不知还有许多。

她零零碎碎就记起一些属于别人的印象来了……一顶凤冠，用珠子穿好的，搁到谁的头上？二十抬贺礼，金锁金鱼，这是谁？……床上撒满了花，同百果莲子枣子，这是谁？……四个奶妈还说不合式，这是谁？……那三三是不是城里人？……

若不是滑了一下，向前一窜，这梦还不知如何放肆做下去。

因为听到妈妈口上连作呸呸，三三才回过头来："娘，你怎么，想些什么，差点儿把鸡蛋篮子也摔了。你想些什么？"

"我想我老了，不能进城去看世界了。"

"你难道欢喜城里吗？"

"你将来一定是要到城里去的！"

"怎么一定？我偏不上城里去！"

"那自然好极了。"

两人又走着，三三忽然又说："娘，娘，为什么你说我要到城里去？"

母亲忙分辩说："你不去城里，我也不去城里。城里天生是为城里人预备的，我们自然有我们的碾坊，不会离开。"

不到一会儿，就望到大寨那门楼了，总爷家在大寨南方，门前有许多大榆树和梧桐树。两人进了寨门向南走，快要走到时，就望到榆树下面，有许多人站立，好像看热闹似的，其中还有一些人，忙手忙脚的搬移一些东西，看情形好像是总爷家发生了什么事情，或者来了远客，或者还是别的原因。所以母女两人也不什么出奇，仍然慢慢的走过去。三三一面走一面说："莫非是衙门的官来了，娘，我在这里等你，你先过去看看吧。"妈妈随随便便答应着，心里觉得有点蹊跷，就把篮子放下要三三等着，自己赶上前去了。

这时恰巧有个妇人抱了自己孩子向北走，预备回家去，看到三三了，就问："三三，怎么你这样早，有些什么事？"但同时却看到了三三篮里的鸡蛋了，"三三，你送谁的礼呢？"

三三说："随便带来的。"因为不想同这人说别的话，故低下头去，用手攀弄那个盘云的葱绿围腰扣子。

那妇人又说："你妈呢？"

三三还是低着头用手向南方指着："过那边去了。"

那女人说："那边死了人。"

"是谁死了？"

"就是上个月从城中搬来在总爷家养病的少爷，只说是病，前一些日还常常同管事先生出外面玩，谁知就死了。"

三三听到这个，心里一跳，心想，难道是真话吗？

这时，母亲从那边也知道消息了，匆匆忙忙的跑回来，脸儿白白的，到了三三跟前，什么话也不说，拉着三三就走，好像是告三三，又像是自言自语的说："就死了，就死了，真不像会死！"

但三三却立定了，三三问："娘，那白脸先生死了吗？"

"都说是死了的。"

"我们难道就回去吗？"

母亲想想，真的，难道就回去？

因此母女两人又商量了一下，还是到总爷家去看看，知道究竟是些什么原因。三三且想见见那白帽子女人，找到白帽子女人一切就明白了，但一走进总爷家门边，望到许多人站在那里，大门却敞敞的开着，两人又像怕人家知道他们是来送礼的，不敢进去。在那里就听到许多人说到这个白脸人的一切，说到那个白帽子女人，称呼她为病人的媳妇，又说到别的，都显然证明这些人并不同这两个城里人有什么熟识。

三三脸白白的拉着妈妈的衣角，低声的说"走"，两人就走了。

…………

到了磨坊，因为有人挑了谷子来在等着碾米，母亲提着蛋篮子进去了，三三站立溪边，眼望一泓碧流，心里好像掉了什么东西，极力去记忆这失去的东西的名称，却数不出。

母亲想起三三了，在里面喊着三三的名字，三三说："娘，我在看虾米呢。"

"来把鸡蛋放到坛子里去，虾米在溪里可以成天看！"因为母亲那么说着，三三只好进去了。磨盘正开始在转动，母亲各处找寻油瓶，三三知道那个油瓶挂在门背后，却不做声，尽母亲各处去找。三三望着那篮子，就蹲到地下去数着那篮里的鸡蛋，数了半天，后来碾米的人，问为什么那么早拿鸡蛋到别处去送谁，三三好像不曾听到这个话，站起身来又跑出去了。

起八月五日讫九月十七日（青岛）

梦中的《三三》｜唐敏

　　读沈从文的《三三》。如同经历了一个清凉的梦境。这是个一切都不真确的梦，杨家碾坊和那个堡子是在沈从文家乡湘西吗？那溪水、潭鱼、槽里溢出来的白米，那墙上爬满青藤、绕屋全是葵花同枣树的碾坊，还有三三、娘、总爷家的管事、山乡的女人们和城里来的女看护，更有那个突然出现又突然死去的病少爷，完全像梦里的情景，倏然来去，没有一点足音。他们浮现在比屋连墙、嘉树成荫的堡子内外，堡子城浮现在如堆积的蒸糕的无数山田之上，山脚下有溪水在流动。十五岁的少女三三像做梦一样在一个夏天的黄昏里，碰到了一个城里来的白脸少爷；而总爷的管事又如同说梦话般地对少爷说让总爷做媒，少爷可以当磨坊的主人了；三三梦见少爷掉进水里了；三三的娘听管事的问三三的生辰八字。勾起了一点的梦想，对女儿的婚姻有了不着边际的浮想；何况还有母女俩对城市怪诞的梦、乡下女人对城里少爷的病的猜想；一会儿三三和娘到堡子里给少爷送鸡蛋去了；一会儿病少爷到磨坊来看三三了；一会儿是女看护、一会儿是管事的对三三说："有人等你去呢"；可是一会儿三三和娘去堡子看病少爷时，却看到了少爷的丧事。沈从文这样写道："三三听到这个。心里一跳，心想，难道是真话吗？"那么读者的心也跟着一跳，也跟着想："这难道是真的吗？"于是从这梦境中醒过来，三三和磨坊、溪水、堡子以及周围的人都渐渐淡去，留下一些余音，如同沈从文写到的在堆积如蒸糕的无数山田里的无数水车，

494

咿咿呀呀唱着意义含糊的歌。于是只觉得做过一个很清凉优美的梦，就连什么具体的感受都说不出口，就连三三面目也没有见到过。沈从文只写了在磨坊外的小树林里"常常有三三葱绿衣裳的飘忽"，三三的葱绿围裙上"扣了朵小花"。还有是三三的母亲说三三："你去照照镜子，脸睡得一片红"，不过没有镜子给我们看到三三的脸。文中只通过三三母亲的眼写了一笔"母亲走在三三的后面，看到三三苗条如一根笋子，拿着棍儿一面走一面打道旁的草"，我们喜欢沈从文写的三三，却不能看见她，这就是梦。

合上书页，仔细想想。三三有什么好让人喜欢的呢？她的心智简单到只有五岁的水平，她的梦也简单得有点丑，她跑得最远的地方是一里路外的堡子。站在梦的外面，会觉得三三很可笑，包括三三周围的一群人，都过着不用大脑的日子，一片的含糊，与其说他们是人，不如说他们是山坡上的一片树林。可是只要一踏进梦境，这一切又都活灵活现了，让人心旌飘摇，柔情荡漾。

《三三》写于一九三一年，距今已六十余年，对六十年前的中国文坛的状况，现在没有多少人了解。那时在中国的南方，共产党正与国民党打仗（第二次国内革命战争时期），从一九一九年的"五四"运动以来，到一九三一年时，各种革命和战争从未平息过。既然有革命和战争，文学难免不披戴着铠甲，像持剑的雅典娜，刀枪所指的是封建专制，是军阀官僚财主和洋人。对劳苦大众悲惨生活的描写，对丑恶和不公平的呐喊，要求社会革命和关心政治成了文学的主流。在《三三》问世前半年，发生了左联五烈士为这革命的文学捐躯的悲惨事件。就在一大片的刀枪中、呐喊中、牺牲中，有人突然奏响了柔美的乐音，一个行伍出身的乡下青年，不顾时尚地大写其美景如画的故土湘西。就是最可怕的大屠杀，甚至最丑恶的奸尸，在这个乡下士兵笔下都让人感到灿烂的生命之光照出的美丽。沈从文就这样异军突起，出现在中国的文坛，而且在作家捐躯流血的严冷之年，写下了《三三》这样清丽的一个梦。这种文学选择注定了使他走上孤独的道路，最后付出半生的沉默为代价，来保全他的梦境。与世俗的靡靡之音、三角恋爱、女人胸腿的文学作品相比，也许当时的文坛更难容下沈从文的梦。因为高雅与庸俗本来可以共存，政治观点的异同也不足为怪，难以容忍的是审美意识上的差异。而沈从文恰是少数的注意到在美学上重建中国新文学的作家之一。他不是留过洋的博士或书香门第的传人，他对美的情感是他从故乡山水中呼吸到的，是他的直觉的积淀，所以也是大自然通过一个纯朴忠厚的老实人传递的信息。沈从文是人与自然间的一个媒介体，通过他，我们感觉到什么是"美"。正是沈从文的小小的梦，像细细的泉水渗透了半个世纪，滋养了五十年后的新的一代作家。当人们不再拿笔当刀枪时，才会懂得梦想是美丽的。只有理解这一点，才会珍惜《三三》，才会对沈从文这位前辈说一声谢谢。

做梦和梦想，本来是人性的一部分，不同的民族、国度有不同的梦想。如果说"三三的时代"，中国是一口封闭着的大木箱，那么杨家碾坊（或者说是湘西）就是这大箱中杂物堆底下压着的小木匣，是封闭中的封闭之地。越是封闭的地方，那儿人们的梦想便越可爱。写下最普通的（甚至愚昧的）人的梦想，就剥出了最美的珍珠。在幽闭中，人的想象如同蚌的黏液，渐渐养成浑圆的珍珠，使山乡的人变得梦一样美丽，像阳光下的植物般可爱。沈从文是从小木匣里走出来的人，他善良的天性保护了他带出来的珍珠。其中有一颗珍珠就是《三三》。山里人的善良是彻底的，沈从文写过掷筊杀人的情形，两块木片决定了一个人的死，或者一群人的死，这个人和这群人就毫无怨言地死了，死了也没有怨恨。沈从文一生就处在这种心境中，他从不决眦裂目地痛斥什么，所以他笔下的《三三》便让人如历美梦。沈从文在写作时并没有故意造梦，他只是诚实地写下山乡人们的憧憬。于是有一种叫"美"的情感渗入了人生，如同水漾在田中，养育了饱满的稻穗。

沈从文把自然人心之美化为少女，除了三三，从《边城》《长河》《萧萧》到他笔下凤凰小城、苗家山寨、沅河流域的少女们的音容笑貌，使半个世纪后的人们一想起湘西，便联想到豆蔻年华的少女形象，这窈窕的形象如清风，如洒落在腥风血雨中荒凉土地上的阳光。这美，也是沈从文作品魅力之所在。

沈从文

经典名作

下册

边城……

上海三联书店

下册目录

短篇小说

虎雏

本篇发表于一九三一年十月十日《小说月报》第二十二卷第十号。署名沈从文。一九三二年一月收入小说集《虎雏》，上海新中国书局初版。现据新中国书局初版本编入。

我那个做军官的六弟上年到上海时，带来了一个勤务兵，见面之下就同我十分谈得来，因为我从他口上打听出了多少事情，全是我想明白终无法可以明白的。六弟到南京去同政府接洽事情时，就把他丢在我的住处，这小兵使我十分中意，我到外边去玩玩时，也常常带他一起去，人家不知道的，都以为这就是我的弟弟，有些人还说他很像我的样子。我不拘把他带到什么地方去，见到的人总觉得这小兵不坏。其实这小孩真是体面得出众的。一副微黑的长长的脸孔，一条直直的鼻子，一对秀气中含威风的眉毛，两个大而灵活的眼睛，都生得非常合式，比我六弟品貌还出色。

这小兵乖巧得很，气派又极伟大，他还认识一些字，能够看《建国大纲》，能够看《三国演义》。我的六弟到南京把事办完要回湖南军队里去销差时，我就带开玩笑似的说：

"军官，咱们俩商量一下，把你这个年轻的当差的留下给我，我来培养他，他会成就一些事业。你瞧他那样子，是还值得好好儿来料理一下的！"

六弟先不大明白我的意思，就说我不应当用一个副兵，因为多一个人就多一种累赘。并且他知道我脾气不好，今天欢喜的自然很有趣味，明天遇到不高兴时，送这小子回湘可不容易。

他不知道我意思是要留他的副兵在上海读书的，所以说我不应当多一个累赘。

我说："我不配用一个副兵，是不是？我不是要他穿军服，我又不是军官，用不着这排场！我要他穿的是学校的制服，使他读点书。"我还说及"倘若机会使这小子傍到一个好学堂，我敢断定他将来的成就比我们弟兄高明。我以为我所估计的绝不会有什么差错，因为这小兵决不会永远做小兵的。可是我又见过许多人，机会只许他当一个兵，他就一辈子当兵，也无法翻身。如今我意思就在另外给这小兵一种机会，使他在一个好运气里，得到他适当的发展。我认为我是这小兵的温室"。

我的六弟听到了我这种意见，他觉得十分好笑，大声的笑着。

"你在害他！"他很认真的样子说："你以为那是培养他，其中还有你一番好意值得感谢。你以为他读十年书就可以成一个名人，这真是做梦！你一定问过他了，他当然答应你说这是很好的。这个人不止是外表可以使你满意，他的另外一方面做人处，也自然可以逗你欢喜。可是你试当真把他关到一个学校里去看看，你就可以明白一个作了一阵勤务兵到野蛮地方长大的人，是不是还可以读书了。你这时告诉他读书是一件好事，同时你又引他去见那些大学教授以及那些名人，你口上即不说这是读书的结果，他仍然知道这些人因为读书才那么舒服尊贵的。我听到他告我，你把他带到那些绅士的家中去，坐在软椅上，大家很亲热和气的谈着话，又到学校去，看看那些大学生，走路昂昂作态，仿佛家养的公鸡，穿的衣服又有各种样子，他实在也很羡慕，但是他正像你看军人一样，就只看到表面。你不是常常还说想去当兵吗？好，你何妨去试试？我介绍你到一个队伍里去试试，看看我们的生活，是不是如你所想象的美，以及旁人所说及的坏。你欢喜谈到，你去详细生活一阵好了。等你到了那里拖一月两月，你才明白我们现在的队伍，是些什么生活。平常人用自己物质爱憎与自己道德观念作标准，批评到与他们生活完全不同的军人，没有一个人说得较对。你是退伍的人，十年来什么也变迁了，你如今再去看看，你就不会再写那种从容疏放的军人生活回忆了。战争使人类的灵魂野蛮粗糙，你能说这句话却并不懂它的意思。"

　　我原来同我六弟说的，是把他的小兵留下来读书的事，谁知平时说话不多的他，就有了那么多空话可说。他的话中意思，有笑我是书生的神气。我因为那时正很有一点自信，以为环境可以变更任何人性，且有点觉得六弟的话近于武断了。我问他当了兵的人就不适宜于进一个学校去的理由，是些什么事，有些什么例子。

　　六弟说："二哥，我知道你话里意思有你自己。你正在想用你自己作辩护，以为一个兵士并不较之一个学生为更无希望。因为你是一个兵士。你莫多心，我不是想取笑你，你不是很有些地方觉得出众吗？也不只是你自己觉得如此，你自己或许还明白你不会做一个好军人，也不会成一个好艺术家。（你自己还承认过不能做一个好公民，你原是很有自知之明！）人家不知道你时，人家却异口同声称赞过你！你在这情形下虽没有什么得意，可是你却有了一种不甚正确的见解，以为一个兵士同一个平常人有同样的灵魂这一件事情。我要纠正这个，你这是完全错误了的。平常人除了读过几本书学得一些礼貌和虚伪外，什么也不会明白，他当然不会理解这类事情。但是你不应当那么糊涂。这完全是两种世界两种阶级，把他牵强混合起来，并不是一个公平的道理！你只会做梦，打算一篇文章如何下手，却不能估计一件事情。"

"你不要说我什么，我不承认的。"我自然得分辩，不能为一个军官说输。"我过去同你说到过了，我在你们生活里，不按到一个地方好好儿的习惯，好好儿的当一个下级军官，慢慢的再图上进，已经算是落伍了的军人。再到后来，逃到另外一个方向上来，又仍然不能服从规矩，于目下的习俗谋妥协，现在成为个不文不武的人，自然还是落伍。我自己失败，我明白是我的性格所成，我有一个诗人的气质，却是一个军人的派头，所以到军队人家嫌我懦弱，好胡思乱想，想那些远处，打算那些空事情，分析那些同我在一处的人的性情，同他们身份不合。到读书人里头，人家又嫌我粗率，做事麻胡[1]，行为简单得怕人，与他们身份仍然不合。在两方面皆得不到好处，因此毫无长进，对生活且觉得毫无意义。这是因为我的体质方面的弱点，那当然是毫无办法的。

---

1 麻胡，马虎。

至于这小副兵，我倒不相信他仍然像我这样子。"

"你不希望他像你，你以为他可以像谁？还有就是他当然也不会像你。他若当真同你一样，是一个只会做梦不求实际，只会想象不要生活的人，他这时跟了我回去，机会只许他当兵，他将来还自然会做一个诗人。因为一个人的气质虽由于环境造成，他还是将因为另外一种气质反抗他的环境，可以另外走出一条道路。若是他自己不觉到要读书，正如其他人一样，许多人从大学校出来，还是做不出什么事业来。"

"我不同你说这种道理，我只觉得与其把这小子当兵，不如拿来读书。他是家中舍弃了的人，把他留在这里，送到我们熟人办的那个××中学校去，又不花钱，又不费事，这事何乐不为。"

我的六弟好像就无话可说了，问我××中学要几年毕业。我说，还不是同别的中学一个样子，六年就可以毕业吗？六弟又笑了，摇着那个有军人风的脑袋。

"六年毕业，你们看来很短，是不是？因为你说你写小说至少也要写十年才有希望，你们看日子都是这样随便，这一点就证明你不是军人。若是军人，他将只能说六个月的。六年的时间，你不过使这小子从一个平常中学卒业，出了学校找一个小事做，还得熟人来介绍，到书铺去当校对，资格还发生问题。可是在我们那边，你知道六年的时间，会使世界变成什么样子没有？一个学生在六年内还只有到大学的资格，一个兵士在六年内却可以升到团长。这个事比较起来，相差得太远了。生长在上海，家里父兄靠了外国商人供养，做一点小小事情，慢慢的向上爬去，十年八年因为业务上谨慎，得到了外国资本家的信托，把生活举起，机会一来就可以发财，儿子在大学毕业，就又到洋行去做写字，这是上海洋奴的人生观。另外不作外国商人的奴隶，不作官，宁愿用自己所学去教书，自然也还有人。但是你若没有依傍，到什么地方去找书教？你一个中学校出身的人，除了小学还可以教什么书？本地小学教员比兵士收入不会超过一倍，一个稍有作为的兵士，对于生活改变的机会，却比一个小学教员多十倍；若是这两件事平平的放在一处，你意思选择什么？"

我说："你意思以为六年内你的副兵可以做一个军官，是不是？"

"我的意思只以为他不宜读书。因为你还不宜于同读书人在一处谋生活，他自然更不适当了。"

我还想对于这件事有所争论，六弟却明白我的意思，他就抢着说："你若认为你是对的，我尽你试验一下，尽事实来使你得到一个真理。"

本来听了他说的一些话，我把这小子改造的趣味已经减去一半了，但这时好像故意要同这一位军官闹气似的，我说："把他交给我再说。我要他从国内最好的一个大学毕业，才算是我的主张成功。"

六弟笑着："你要这样麻烦你自己，我也不好意思坚持了。"

我们算是把事情商量定局了，六弟三天即将回返湖南，等他走后我就预备为这未来的学士，找朋友补习数学和一切必需学问，我自己还预备每天花一点钟来教他国文，花一点钟替他改正卷子。那时是十月，两月后我算定他就可以到××中学去读书了。我觉得我在这小兵身上，当真会做出一分事业来，因为这一块原料是使人不能否认可以治成一件值价的东西的。

我另外又单独的和这个小兵谈及，问他是不是愿意不回去，就留在这里读书，他欢喜的样子是我描摹不来的。他告我不愿意做将军，愿意做一个有知识的平民。他还就题发挥了一些意见，我认为意见虽不高明，气概却极难得的。到后我把我们的谈话同六弟说及，六弟总是觉得好笑。我以为这是六弟军人顽固自信的脾气，所以不愿意同他分辩什么。

过了三天，三天中这小副兵真像我的最好的兄弟，我真不大相信有那么聪颖懂事的人。他那种识大体处，不拘为什么人看到时，我相信都得找几句话来加以赞美才会觉得不辜负这小子。

我不管六弟样子怎么冷落，却不去看他那颜色，只顾为我的小友打算一切。我六弟给过了我一百块钱，我那时在另外一个地方，又正得到几十块钱稿费，一时没有用去，我就带了他到街上去，为他看应用东西。我们又到另一处去看中了一张小床，在别的店铺又看中其他许多东西。他说他不欢喜穿长衣，那个太累赘了一点，我就为他定了一套短短黑呢中山服，制了一件粗毛呢大衣。他说小孩子穿方头皮鞋合式一点，我就为他定制了一双方头皮鞋。我们各处看了半天，估计一切制备齐全，所有钱已用去一半，我还好像不够的样子，倒是他说不应当那么用钱，我们两个人才转回住处。我预备把他收拾得像一个王子，因为他值得那么注意。我预备此后要使他天才同年龄一齐发展，心里想到了这小子二十岁时，一定就成为世界上一个理想中的完人。他一定会音乐和图画，不擅长的也一定极其理解。他一定对于文学有极深的趣味，对于科学又有极完全的知识。他一定坚毅诚实，又一定健康高尚。他不拘做什么事都不怕失败，在女人方面，他的成功也必然如其他生活一样。他的品貌与他的德行相称，使同他接近的人都觉得十分爱敬。……

不要笑我，我原是一个极善于在一个小事情上做梦的人，那个头顶牛奶心想二十年后成家立业的人是我所心折的一个知己，我小时听到这样一个故事，听人说到他的牛奶泼在地上时，大半天还是为他惆怅。如今我的梦，自然已经早为另一件事破灭了。可是当时我自己是忘记了我的奢侈夸大想象的，我在那个小兵身上做了二十年梦，我还把二十年后的梦境也放肆的经验到了。我想到这小子由于我的力量，成就了一个世界上最完全最可爱的男子，还因为我的帮助，得到一个恰恰与他身份相称的女子作伴，我在这一对男女身边，由于他人的幸福，居然能够极其从容的活到这世界上。那时我应当已经有了五十多岁，我感到生活的完全，因为那是我的一件事业，一种成功。

到后只差一天六弟就要回转湖南销差去了，我们三人到一个照相馆里去拍了一个照相。把相照过后，我们三人就到××戏院去看戏，那时时候还不到，故就转到××园里去玩。在园里树林子中落叶上走着，走到一株白杨树边，就问我的小朋友，爬不爬得上去，他说爬得上去。走了一会，又到一株合抱大枫树边，问这个爬不爬得上去，他又说爬得上去。一面走就一面这样说话，他的回答全很使我满意。六弟却独在前面走着，我明白他觉得我们的谈话是很好笑的。到后听到枪声，知道那边正有人打靶，六弟很高兴的走过去，我们也跟了过去，远远的看那些人伏在一堵土堆后面，向那大土堆的白色目标射击。我问他是不是放过枪，这小子只向着六弟笑，不敢回答。

我说："不许说谎，是不是亲自打过？"

"打过一次。"

"打过什么？"

这小子又向着六弟微笑，不能回答。

六弟就说："不好意思说了吗？二哥你看起他那样子老实温和，才真是小土匪！为他的事我们到××差一点儿出了命案。这样小小的人，一拳也经不起，到××去还要同别的人打架，把我手枪偷出去，预备同人家拼命。若不是气运，差一点就把一个岳云学生肚子打通了。到汉口时我检查枪，问他为什么少了一颗子弹，他才告我在长沙同一个人打架用了的。我问他为什么敢拿枪去打人，他说人家骂了他丑话，又打不过别人，所以想一枪打死那个人。"

六弟觉得无味的事，我却觉得更有趣味，我揪着那小子的短头发，使他脸望着我，不好躲避，我就说："你真是英雄，有胆量。我想问你，那个人比你大多少？怎么就会想打死他？"

"他大我三岁，是岳云中学的学生，我同参谋在长沙住在××，六月里我成天同一个军事班的学生去湘河洗澡，在河里洗澡，他因为泅水比我慢了一点，和他的同学，用长沙话骂我屁股比别人的白，我空手打不过他，所以我想打死了他。"

"那以后怎么又不打死他？"

"打了一枪不中，子弹啃了膛，我怕他们捉我，所以就走脱了。"

六弟说："这种性情只好去当土匪，半年就可以做大王。"

我说："我不承认你这话。他的胆量使他可以做大王，也就可以使他做别的伟大事业。你小时也是这样的。同人到外边去打架胡闹，被人用铁拳星打破了头，流满了一脸的血，说是不许哭，你就不哭。你所以现在做军官，也不失为一个好军人。若是像我那么不中用，小时候被人欺侮了，不能报仇，就坐在草地上去想，怎么样就学会了剑仙使剑的方法，飞剑去杀那个仇人，或者想自己如何做了官，派家将揪着仇人到衙门来打他一千板屁股，出出这一口气。单是这样空想，有什么用处？一个人越善于空想，也就越近于无用，我就是一个最好的榜样。"

六弟说："那你的脾气也不是不好的脾气，你就是因为这种天赋的弱点，成就了你另外一份天赋的长处。若是成天都想摸了手枪出去打人，你还有什么创作可写。"

"但是你也知道多少文章就是多少委屈。"

"好，我汉口那把手枪就送给你，要他为你收着，从此有什么被人欺侮的事，都要这个小英雄去替你报仇好了。"

六弟说得我们大家都笑了。我向小兵说，假若有一把手枪，将来我讨厌什么人时，要你为我去打死他们，敢不敢去动手？他望了我笑着，略略有点害羞，毅然的说："敢。"我很相信他的话，他那态度是诚恳天真，使人不能不相信的。

我自然是用不着这样一个镖客喔！因为始终我就没有一个仇人值得去打一枪。有些人见我十分沉静，不大谈长道短，间或在别的事上造我一点谣言，正如走到街上被不相识的狗叫了一阵的样子，原因是我不大理会他们，若是稍稍给他们一点好处，也就不至于吃惊受吓了。又有些自己以为读了很多书的人，他不明白我，看我不起，那也是平常的事。至于女人都不欢喜我，其实就是我把逗女人高兴的地方都太疏忽了一点，若我觉得是一种仇恨，那报仇的方法，倒还得另外打算，更用不着镖客的手枪了。

不过我身边有了那么一个勇敢如小狮子的伙伴，我一定从此也要强干一点，这是我顶得意的。我的气质即或不能许我行为强梁，我的想象却一定因为身边的小伴，可以野蛮放肆一点。他的气概给了我一种气力，这气力是永远还能存在而不容易消灭的。

那天我们看的电影是《神童传》，说一个孤儿如何奋斗成就一生事业。

第二天，六弟就动身回湖南去了。因六弟坐飞机去，我们送他到飞机场，六弟见我那种高兴的神气，不好意思说什么扫兴的话批评到小兵，他当到小兵告我，若是觉得不能带他过日子时，就送到南京师部办事处去，因为那边常有人回湖南，他就仍然可以回去。六弟那副坚决冷静的样子，使我感到十分不平，我就说：

"我等到你后来看他的成就，希望你不要再用你的军官身份看待他！"

"那自然是好的。你自信能成就他，恐怕的是他不能由你的造就。你就留下他过几个月看看罢。"

我纠正他的前面一句话大声的说："过几年。"

六弟忙说："好，过几年。一件事你能过几年不变，我自然也高兴极了。"

时间已到，六弟坐到飞机客座里去，不一会这飞机就开走了，我们待飞机完全不见时方回家来。回来时我总记到六弟那种与我意见截然相反的神气，觉得非常不平，以为六弟真是一个军人，看事情都简单得怕人，自信成见极深，有些地方真似乎顽固得很。我因为六弟说的话放在心上，便觉得更想耐烦来整顿我这个小兵，我也就想用事实来打破六弟的成见，我以为三年后暑假带这小兵回乡时，将让一切人为我处理这小孩子的成绩惊讶不已。

六弟走后我们预定的新生活便开始了，看看小兵的样子，许多地方聪明处还超过了我的估计，读书写字都极其高兴。过了四天，数学教员也找到了，教数学的还是一个大学教授！这大教授一到我处，见到这小兵正在读书，他就十分满意，他说："这小朋友我很爱他，真是一个笑话。"我说："那就妙极了，他正在预备考 ×× 中学，你大教授权且来尽义务充一个小学教员，教他乘法除法同分数罢。"这大教授当时毫不迟疑就答应了。

许多朋友都知道我家中有一个小天才的事情了，凡是来到我住处玩的，总到亭子间小朋友处去谈谈。同了他玩过一点钟的，无一人不觉得他可爱，无一人不觉得这小子将来成就会超过自己。我的朋友音乐家 ××，就主张这小朋友学提琴，他愿意每天从公共租界极北跑来教他。我的朋友诗人 ××，又觉得这小孩应当成一个诗人。还有一个工程学教授宋先生，他的意见却劝我送小孩子到一个极严格的中学校去，将来卒业若升入北洋大学时，则他愿意帮助他三年学费。还有一个律师，一个很风趣的人，他说："为了你将来所有作品版税问题，你得让他成一个有名的律师，才有生活保障。"

大家都愿意这小朋友成为自己的同志，且因这个原故，他们各个还向我解释过许多理由。为什么我的熟人都那么欢喜这小兵，当时我还不大明白，现在才清楚，那全是这小兵有一个迷人的外表。这小兵，确实是太体面一点了。我的自信，我的梦，也就全是为那个外表所骗而成的！

这小兵进步是很快的，一切都似乎比我预料得还顺利一点，我看到我的计划，在别人方面的成功，感到十分快乐。为了要出其不意使六弟大吃一惊，目前却不将消息告给六弟。为这小兵读书的原因，本来生活不大遵守秩序的我，也渐渐找出秩序来了。我对于生活本来没有趣味，为了他的进步，我像做父亲的人在佳子弟面前，也觉得生活还值得努力了。

每天我在我房中做事情，他也在他那间小房中做事情，到吃饭时就一同往隔壁一个外国妇人开的俄菜馆吃牛肉汤同牛排。清早上有时到××花园去玩，有时就在马路沿走走。晚上饭后应当休息一会儿时节，不是我为他学西北绥远包头的故事，就是学东北的故事。有时由他说，则他可以告我近年来随同六弟到各处剿匪的事情，他用一种诚实动人的湘西人土话，说到六弟的胆量。说到六弟的马。说到在什么河边滩上用盒子枪打匪，他如何伏在一堆石子后面，如何船上失了火，如何满河的红光。又说到在什么洞里，搜索残匪，用烟子熏洞，结果得到每只有三斤多重的白老鼠一共有十七只，这鼠皮近来还留在参谋家里。又说到名字叫作"三五八"的一个苗匪大王，如何勇敢重交情，不随意抢劫本乡人。凡事由于这小兵说来，搀入他自己的观念，仿佛在这些故事的重述上，见到一个小小的灵魂，放着一种奇异的光，我在这类情形中，照例总是沉默到一种幽杳的思考里，什么话也没有可说。因这小朋友观念、感想、兴味的对照，我才觉得我已经像一个老人：再不能同他一个样子了。这小兵的人格，使我在反省中十分忧郁，我在他这种年龄上时，却除了逃学胡闹或和了一些小流氓蹲在土地上掷骰子赌博以外，什么也不知道注意的。到后我便和他取了同样的步骤，在军队里做小兵，极荒唐的接近了人生。但我的放荡的积习，使我在作书记时，只有一件单汗衣，因为自己一洗以后即刻落下了行雨，到下楼吃饭时还没有干，不好意思赤膊到楼下去同副官们吃饭，我就饿过一顿饭。如今这小兵，却俨然用不着人照料也能够站起来成一个人，因这小兵的人格，想起我的过去，以及为过去积习影响到的现在，我不免感觉到十分难过。

日子从容的过去，一会儿就有了一个月，小兵同我住在一处，一切都习惯了，有时我没有出门，要他到什么地方去看看信，也居然做得很好。有时数学教员不能来，他就自己到先生那里去。时间一久，有些性质在我先时看来，认为是太粗鲁了一点的，到后也都没有了。

有一天，我得到我的六弟由长沙来的一个信，信上说着：

  ……二哥，你的计划成功了没有？你的兴味还如先前那样浓厚没有？照我的猜想，你一定是早已觉得失败了。我同你说到过的，"几个月"你会觉得厌烦，你却说"几年"也不厌烦，我知道你这是一句激出的话，你从我的冷静里，看出我不相信你能始终其事，你样子是非常生气的。可是你到这时一定意见稍稍不同了。我说这个时，我知道，你为了骄傲，为了故意否认我的见解，你将仍然能够很耐烦的管教我们的小兵，你一定不愿意你做的事失败。但是，明明白白这对你却是很苦的，如今已经快到两个月了，你实在已经够受了，当初小孩子的劣点以及不适宜于读书的根性，倘若当初是因为他那迷人的美使你原谅疏忽，到如今，他一定使你渐渐的讨厌了。

……我希望你不要太麻烦自己。你莫同我争执，莫因拥护你那做诗人的见解，在失败以后还不愿意认账。我知道你的脾气，因为我们为这件事讨论过一阵，所以你这时还不愿意把小兵送回来，也不告我关于你们的近状。可是我明白，你是要在这小子身上创造一种人格，你以为由于你的照料，由于你的教育，可以使他成一个好人。但是这是一种夸大的梦，永远无从实现的。你可以影响一些人，使一些人信仰你，服从你，这个我并不否认的。但你并不能使那个小兵成好人。你同他在一处，在他是不相宜的，在你也极不相宜。我这时说这个话时也许仍然还早了一点，可是我比你懂那个小兵，他跟了我两年，我知道他是什么材料。他最好还是回来，明年我当送他到军官预备学校去，这小子顶好的气运，就是在军队中受一种最严格的训练，他才有用处，才有希望。

……你不要以为我说的话近于武断，我其实毫无偏见。现在有个同事王营长到南京来，他一定还得到上海来看看你，你莫反对我这诚实的提议，还是把小兵交给那个王同事带回去。两个月来我知道你为他用了很多的钱，这是小事，最使我难过的，还是你在这个小兵身上，关于精神方面损失得很多，将来出了什么事，一定更有给你烦恼处。

　　……你觉得自信并不因这一次事情的失败而减去，我同你说一句笑话，你还是想法子结婚。自己的小孩，或者可以由自己意思改造，或者等我明年结婚后，有了小孩，半岁左右就送给你，由你来教养培植。我很相信你对小孩教育的认真，一定可以使小孩子健康和聪敏，但一个有了民族积习稍长一点的孩子，同你在一块，会发生许多纠纷！
　　…………

　　六弟的信还是那么军人气度，总以为我是失败了，而在斗气情形下勉强同他的小兵过日子的。尤其他说到那个"民族"积习，使我很觉得不平。我很不舒服，所以还想若果姓王的过两天来找寻我时，我将不会见他。

　　过了三天，我同小兵出外到一个朋友家中去，看从法国寄回来的雕刻照片，返身时，二房东说有一个军官找我，坐了一会留下一个字条就走了。看那个字条，才知道来的就是姓王的。先是六弟只说同事王营长，如今才知道六弟这个同事，却是我十多年前的同学。我同他在本乡军士技术班做学生时，两个人成天皆从家中各打了一根竹子，预备到学校去练习撑篙跳，我们两个人年纪都极小，每天穿灰衣着草鞋扛了两根竹子在街上乱撞，出城时，守城兵总开玩笑叫我们做小猴子，故意拦阻说是小孩子不许扛竹子进出，恐怕戳坏他人的眼睛。这王军官非常狡猾，就故意把竹子横到城门边，大声的嚷着说是守城兵抢了他的撑篙跳的杆儿。想不到这人如今居然做营长了。

为了我还想去看看我这个同学，追问他撑篙跳进步了多少，还想问他，是不是还用得着一根腰带捆着身上，到沙里去翻筋斗。一面我还想带了小兵给他看看，等他回去见到六弟时，使六弟无话可说，故当天晚上，我们在大中华饭店就见面了。

　　见到后一谈，我们提到那竹子的事情，王军官说：

　　"二爷，你那个本领如今倒精细许多了，你瞧你把一丈长的竹子，缩短到五寸，成天拿了它在纸上画，真亏你！"

　　我说："你那一根呢？"

　　他说："我的吗？也缩短了，可是缩短成两尺长的一枝笛子。我近来倒很会吹笛子。"

　　我明白他说的意思，因为这人脸上瘦瘦白白的，我已猜到他是吃大烟了。我笑着装作不甚明白的神气，"吹笛子倒不坏，我们小时都只想偷道士的笛子吹，可是到手了也仍然发不成声音来。"

　　军官以为我愚骏，领会不到他所指的笛子是什么东西，就极其好笑。"不要说笛子罢，吹上了瘾真是讨厌的事！"

　　我说："你难道会吃烟了吗？"

　　"这算奇怪的事吗？这有什么会不会？这个比我们俩在沙坑前跳三尺六容易多了。不过这些事倒是让人一着较好，所以我还在可有可无之间，好像唱戏的客串，算不得脚色。"

　　"那么，我们那一班学撑篙跳的同学，都把那竹子截短了。"

　　"自然也有用不着这一手的，不过习惯实在不大好，许多拿笔的也拿'枪'，无从编遣。"

　　说到这里我们记起了那个小兵了，他正站在窗边望街，王军官说：

"小鬼头，你样子真全变了，你参谋怕你在上海捣乱，累了二先生，要你跟我回去，你是想做博士，还想做军官？"

小兵说："我不回去。"

"你跟了二先生这么一点日子，就学斯文得没有用处了。你引我的三多到外面玩玩去。你一定懂得到'白相'了。你就引他到大马路白相去，不要生事，你找个小馆子，要三多请你喝一杯酒，他才得了许多钱。他想买靴子，你引他买去，可不要买像巡捕穿的。"

小兵听到王军官说的笑话，且说要他引带副兵三多到外面去玩，望着我只是笑，不好作什么回答。

王军官又说："你不愿同三多玩，是不是？你二先生现在到大学堂教书，还高兴同我玩，你以为你就是学生，不能同我副兵在一起白相了吗？"

小兵见王军官好像生了气，故意拿话窘着他，不会如何分辩，脸上显得绯红。王军官便一手把他揪过去，"小鬼头，你穿得这样体面，人又这样标致，同我回去，我为你做媒讨老婆，不要读书了吧。"

小兵益觉得不好意思，又想笑又有点怕，望着我想我帮帮他的忙，且听我如何吩咐，他就照样做去。

我见到我这个老同学爽利单纯，不好意思不让他陪勤务兵出去玩，我就说："你熟习不熟习买靴子的地方？"

他望了我半天，大约又明白我不许他出去，又记到我告过他不许说谎，所以到后才说："我知道。"

王军官说：“既然知道，就陪三多去。你们是老朋友，同在一堆，你不要以为他的军服就辱没了你的身份。你的样子倒像学生，你的心可不是学生。你莫以为我的勤务兵相貌蠢笨，将军多像猪，三多是有将军的分的。你们就去吧，我同你二先生还要在这里谈话，回头三多请你喝酒，我就要二先生请我喝酒。……”

王军官接着就喊：“三多，三多。”那副兵当我们来时到房中拿过烟茶后，出去似乎就正站立在门外边，细听我们的谈话，这时听到营长一叫，即刻就进来了。

这副兵真像一个将军，年纪似乎还不到十六岁，全身就结实得如成人，身体虽壮实却又非常矮短，穿的军服实在小了一点，皮带一束，因此全身绷得紧紧的如一木桶，衣服同身体便仿佛永远在那里作战。在一种紧张情形中支持，随时随处身上的肉都会溢出来，衣服也会因弹性而飞去。这副兵样子虽痴，性情却十分好，他把话都听过了，一进来就笑嘻嘻的望着小兵。

王军官一见到自己勤务兵的痴样子，做出十分难受的神情：“三大人，我希望你相信我的忠告，少吃喝一点，少睡一点！你到外面去瞧瞧，你的肉快要炸开了。我要你去爬到那个洋秤上去过一下磅，看这半个月来又长了多少，你磅过没有？人家有福气的人肥得像猪，一定是先做官再发体，你的将军还没有得到，在你的职务上就预先发起胖来，将来怎么办？”

那勤务兵因为在我面前被王军官开着玩笑，仿佛一个十几岁处女一样，十分腼腆害羞，说道：“我不知为什么总要胖。”

“沈参谋告你每天喝酸醋一碗，你试验过没有？”

那勤务兵说不出话来，低下头去，很有些地方像《西游记》

上的猪八戒，在痴呆中见出妩媚。我忍不住要笑了，就拈了一支烟来，他见到时赶忙来刮自来火。我问他，是什么乡下的，今年有了多大岁数？他告我他是××的人，搬到城里住，今年还只十六岁。我又问他为什么那么胖，他十分害羞的告我说，是因为家中卖牛肉同酒，小小儿吃肉就发了膘。

王军官告三多可以跟着小兵去玩，我不好意思不让他们去，到后两人就出去了。

我同这个老同学谈了许多很有趣味的话，到后我就说："营长，你刚才说的你的未来将军请我的未来学士喝酒，我就来做东，只看你欢喜吃什么口味。"

王军官说："什么都欢喜，只是莫要我拿刀刀叉叉吃盘中的饭，那种罪我受不了。"

…………

第二天我们早约定了要到王军官处去的，因为一去我怕我的"学士"又将为他的"将军"拖去，故告诉他，今天不要出去，就在家中读书。等一会儿一个杜先生同一个孙先生或许还要来。（这些朋友是以到我处看看小兵为快乐的。）我又告他，若是杜教授来了，他可以接待客人到他小房间里去，同客人玩玩。把话嘱咐过后，我就到大中华饭店找寻王军官去了。晚上我们一同到一个电影院去消磨了两个钟头，那时已经快要十二点钟了，我很担心一个人留在家中的小兵，或者还等候着我没有睡觉，所以就同王军官分了手，约好明天我送他上车过南京。回来时，我奇怪得很，怎么不见了小兵。我先以为或者是什么朋友把他带走看戏去了，问二房东有什么朋友来找我，二房东恰恰日里也没有在家，回来时也极晏。我又问到二房东家的用人，才知道下午有一个大块头兵士来邀他出去，出门时还是三点钟以前。我算定这兵士就是王军官处那个勤务兵，来邀他玩，他又不好推辞，以为这一对年轻人一定是到什么热闹场所去玩，所以把回家的时间也忘却了。当时我就很生气，深悔昨天不应该带他到那里去，今天又不该不带他去。

我坐在房中等着，预备他回来时为他开门，一直等过了十二点还毫无消息。我以为不是喝醉了酒，就一定是在外面闯了乱子，不敢回来，住到那将军住处去了。这些事我认为全是那个王军官的副兵勾引成功的，所以非常愤恨那个小胖子。我想我此后可再不同这军官来往了，再玩一天我的学士就会学坏，使我为他所有一切的打算，都将付之泡影。

到十二点后他不回来，我有点疑心，就到他住身的亭子间去，看看是不是留得什么字条，看了一下，却发现了他那个箱子位置有点不同，蹲下去拖出箱子看看，他的军衣都不见了。我忽然明白他是做些什么事了，非常生气，跑回到我自己房中来，检察我的箱子同写字台的抽屉，什么东西都没有动过，一切秩序井然如旧，显然他是独自私逃走去的。我恐怕王军官那边还闹了乱子，拐失了什么东西，赶忙又到大中华饭店去，到时正见王军官生气骂茶房，见我来了才不作声，还以为我是来陪他过夜的，就说：

"来的好极了，我那将军这时还不回来，莫非被野鸡捉去了！"

我说："恐怕他逃了，你赶快清查一下箱子，有些东西失落没有。"

"那里有这事，他不会逃的。"

"我来告你，我的学士也不在家了！你的将军似乎下午三点钟时候，就到我住处邀他，两人一块儿走了！"

王军官一跳而起，拖出箱子一看，一些日前为太太兑换的金饰同钞票，全在那里，还有那枝手枪，也搁在那里，不曾有人动过。他一面搜检其他一个为朋友们代买物件所置的皮箱，一面同我说："这土匪，我看不出他会逃走！"看到另外一口箱子也没有什么东西失掉，王军官松了一大口气，向我摇着头说："不会逃走，不会逃走，一定是两人看戏恐怕责罚不敢回来了。一定是被野鸡拉去了。上海野鸡这样多，我这营长到乡下的威风，来到此地被她们一拉也头昏了，何况我那个宝贝。不过那宝贝也要人受，他是不会让别人占多少便宜的，身上油水虽多，可不至于上当。他是那么结实的，在女人面前他不会打下败仗来，只是你那个学士，我真为他担心。她们恐怕放不过他，他会为那些老鸡折磨一整夜，这真是糟糕的事。"

我说："恐怕不是这样，我那个学士，他把军服也带走了。"

王军官先还笑着，因为他见到东西没有失掉，所以总以为这两个人是被妓女扣留到那里过夜的，所以还露着羡慕的神气，笑说他的将军倒有福气。他听到我说是小兵军服也拿走了，才相信我的话，大声的辱骂着"杂种"，同时就打着哈哈大笑。他向我笑着说：

"你六弟说这小子心野得很，得把他带回去，只有他才管得到这小土匪，不至于多事，我还没有和你好好的来商量，事就发生了。我想不到是我那个将军居然也想逃走，你看他那副尊范，居然在那全是板油的肚子里，也包得有一颗野心。他们知道逃走也去不远，将来终有方法可以知道所去的地方，恐怕麻烦，所以不敢偷什么东西。……"

说到这里，这军官忽然又觉得这事一定另外还有蹊跷了，因为既然是逃走，一个钱不拐去，他们又到什么地方去了呢？若说别处地方有好事情干，那么两个宝贝又没有枪械，徒手奔走去会做出什么好事情？

他说："这个事我可不明白了！我不相信我那个将军，到另外一个地方去比他原来的生活还好！你瞧他那样子，是不是到别的地方去就可以补上一个大兵的名额？他除了河南人耍把戏，可以派他站到帐幕边装傻子收票以外，没有一个去处是他合式的去处！真是奇怪的世界，这种傻瓜还要跳槽！"

我说："我也想过了，我那一位也不应当就这样走去的。我问你，你那将军他是不是欢喜唱戏？他若欢喜唱戏，那一定是被人骗走了。由他们看来，自然是做一个名角也很值得冒一下险。"

王军官摇着头连说："绝对不会，绝对不会。"

我说："既不是去学戏，那真是古怪事情。我们应当赶即写几个航空信到各方面去，南京办事处，汉口办事处，长沙，宜昌，一定只有这几个地方可跑，我们一定可以访得出他们的消息。明天早上我们两人还可到车站上去看看，还可到轮船上去看看。"

"拉倒了吧，你不知道这些土匪的根基是这样的，你对他再好也无益处。不要理他们算了。这些小土匪有许多天生是要在各种古怪境遇里长大成人的，有些鱼也是在逆水里浑水里才能长大。我们莫理他，还是好好睡觉罢。"

我这个老同学倒真是一个军人胸襟，这件事发生后，骂了一阵，说了一阵到后不久依然就躺在沙发上睡着了。我是因为告他不能同谁共床，被他勒到一个人在床上睡的。想到这件事情的突然而至，而为我那个小兵估计到这事不幸的未来，又想到或者这小东西会为人谋杀或饿死，到无人知道的什么隐僻地方，心中轮转着辘轳，听着王军官的鼾声，响四点钟了我才稍稍的合了一下眼。

　　第二天八点，我们就到车站上去，到各个车上去寻找，看到两路快慢车的开去后，又赶忙走到黄浦江边，向每一只本日开行的轮船上去探询。我们又买了好几份报纸，以为或者可以得到一点线索，自然什么结果也没有得到。

　　当天晚上十一点钟，那个王军官仍然一个人上车过南京去了，我还送他到车上去。开车后，我出了车站，一个人极其无聊，想走到北四川路一个跳舞场去看看，是不是还可以见到个把熟人。因为我这时回去，一定又睡不着。我实在不愿意到我那住处去，我想明天就要另外搬一个家。我心上这时难受得很，似乎一个男子失恋以后的情形，心中空虚，无所依傍。从老靶子路一个人慢慢儿走到北四川路口，站了一会，见一辆电车从北驶来，心中打算不如就搭个车回去，说不定到了家里，那个小兵还在打盹等候着我回来！可是车已上了，这一路车过海宁路口时，虹口大旅社的街灯光明烛照，引起了我的注意，我临时又觉得不如在这旅馆住一夜，就即刻跳下了车。到虹口大旅社，我看了一间小小房间，茶房看见我是单身，以为我或者是来到这里需要一个暗娼作陪的，就来同我说话，到后见我告他不要在房里，只嘱咐他重新上一壶开水就用不着再来时，把事做了出去，他看到我抑郁不欢，一定猜我是来此打算自杀的人。我因为上一晚没有睡好，白天又各处奔走累了一天，当时倒下去就睡着了。

第二天大清早我回到住处，计划搬家的事，那个听差为我开门时，却告我小朋友已经回来了。我听到这个消息，心中说不分明的欢喜，一冲就到三楼房中去，没有见到他。又走过亭子间去，也仍然没有见到他，又走到浴间去找寻，也没有人。那个听差跟在我身后上来，预备为我升炉子，他也好像十分诧异，说：

"又走了吗？"

我还以为他或因为害羞躲在床下，还向床下去看过一次。我急急促促的问他："这是怎么回事，他什么时候到这儿来？"

听差说："昨天晚上来的，我还以为他在这里睡。"

我说："他没说什么话吗？"

听差说："他问我你是什么时候出去的。"

"不说别的了吗？"

"他说他饿了，饭还不曾吃，到后吃了一点东西，还是我为他买的。"

"一个人吗？"

"一个人。"

"样子有什么不同吗？"

听差好像不明白我问他这句话的意义，就笑着说："同平常一样长得好看，东家都说他像一个大少爷。"

我心里乱极了，把听差哄出房门，訇的把门一关，就用手抱着头倒在床上睡了。这事情越来越使我觉得奇怪，我为这迷离不可摸捉的问题，把思想弄成纷乱一团。我真想哭了。我真想殴打我自己，我又来深深的悔恨自己，为什么昨天晚上没有回来？我又悔恨昨天我们为了找寻这小兵，各处都到过了，为什么不回到自己住处来看看？

使我十分奇怪的，是这小东西为什么拿了衣服逃走又居然回来？若说不是逃走，那这时又到哪里去了呢？难道是这时又跑到大中华去找我们，等一会儿还回来吗？难道是见我不回来，所以又逃走了吗？难道是被那个"将军"所骗，所以逃回来，这时又被逼到逃走了吗？

事情使我极其糊涂，我忽然想到他第二次回来一定有一种隐衷，一定很愿意见见我，所以等着我，到后大约是因为我不回来，这小兵心里害怕，所以又走去了。我想到各处找寻一下，看看是不是留得有什么信件，以及别的线索，把我房中各处皆找到了，全没有发现什么。到后又到他所住的房里去，把他那些书本通通看过，把他房中一切都搜索到了，还是找不出一点证据。

因为昨天我以为这小兵逃走，一定是同王军官那个勤务兵在一处，故找寻时绝不疑心他到我那几个熟人方面去。此时想起他只是一个人回来，我心里又活动了一点，以为或者是他见我不回来，所以大清早走到我那些朋友处找我去了。我不能留在住处等候他，所以就留下了一个字条，并且嘱咐楼下听差，倘若是小兵回来时，叫他莫再出去，我不久就会回来的。我于是从第一个朋友家找到第二个朋友家，每到一处当我说到他失踪时，他们都以为我是在说笑话，又见到我匆匆忙忙的问了就走，相信这是一个事实时，就又拦阻了我，必得我把情形说明，才能够许我脱身。

我见到各处皆没有他的消息，又见到朋友们对这事的关心，还没有各处走到，已就心灰意懒明白找寻也是空事了。先前一点点希望，看看又完全失败，走到教小兵数学的 ×× 教授家去，他的太太还正预备给小朋友一枝自来水笔，要 ×× 教授今天下半天送到我住处去，我告他小兵已逃走了，这两夫妇当时的神气，我真永远还可以记忆得到。

各处皆绝望后，我回家时还想或者他会在火炉边等我，或者他会睡在我的床上，见我回来时就醒了。听差为我开门的样子，我就知道最后的希望也完了。我慢慢的走到楼上去，身体非常疲倦，也懒得要听差烧火，就想去睡睡，把被拉开，一个信封掉出来了。我像得到了救命的绳子一样，抓着那个信封，把它用力撕去一角，上面只写着这样一点点话：

　　　二先生，我让这个信给你回来睡觉时见到。我同三多惹了祸，打死了一个人，三多被人打死在自来水管上。我走了。你莫管我，你莫同参谋说。你保佑我吧。

为了我想明白这将军究竟因什么事被人打死在自来水管子上，自来水管又在什么地方，被他们打死的另外一个人，又是什么人，因此那一个冬天，我成天注意到那些本埠新闻的死亡消息，凡是什么地方发现了一个无名尸首时，我总远远的跑去打听。但是还仍然毫无结果。只听到一个巡警被人打死的一次消息，算起日子来又完全不对。我还花了些钱，登过一个启事，告诉那个小兵说，不愿意回来，也可以回湖南去，我想来这启事是不是看得到，还不可知，若见到了，他或者还是不会回湖南去的。

这就是我常常同那些不大相熟爱讲故事的人说笑话时，说我有一个故事，真像一个传奇，却不愿意写出这原因！有些人传说我有一个稀奇的恋爱，也就是指这件事而言的。有了这件事以后，我就再也不同我的六弟通信讨论问题了。我真是一个什么小事都不能理解的人，对于性格分析认识，由于你们好意夸奖我的，我都不愿意接受。因为我连一个十二岁的小孩子，还为他那外表所迷惑，不能了解，怎么还好说懂这样那样。至于一个野蛮的灵魂，装在一个美丽盒子里，在我故乡是不是一件常有的事情，我还不大知道；我所知道的，是那些山同水，使地方草木虫蛇皆非常厉害。我的性格算是最无用的一种型，可是同你们大都市里长大的人比较起来，你们已经就觉得我太粗糙了。

廿年五月十五日完于新窄而霉斋

"乡下人"的情感 | 吴俊

    一个怀有理想主义热情的"读书人"，由于一次偶然的机会，想使一个少年士兵脱下军装，换上学校的制服，接受城市文明和现代知识的教育，最终也成为同自己一样的"读书人"。可是，不到两个月，理想便化为泡影。这个野性未驯的少年，终因犯了人命案而逃离城市。临走，他带走的唯一一件东西，便是他的军服。这就是沈从文在《虎雏》中给读者讲的一个故事。

    几年以后，沈从文又作《虎雏再遇记》。作品一开始便提到了《虎雏》中的故事，并说："想把一个年龄只十四岁，生长在边陬僻壤，小豹子一般的乡下人，用最文明的方法试来造新他"，不过一种"荒唐的打算"。因为"一切水得归到海里，小豹子也只宜于深山大泽方能发展他的生命"。故而再遇"虎雏"时，作者还颇有点儿庆幸，幸好以前的"荒唐打算有了岔儿，既不曾把他的身体用学校锢定，也不曾把他的性灵用书本锢定。这人一定要这样发展才像个人"。这些话大概也足以解释作者之所以要创作例如《虎雏》及《再遇记》之类作品的原因吧。其实，城市与乡村、文明与野蛮等等的对立和冲突，可以说几乎是沈从文绝大部分作品所表现的一个共同的基本主题。在这之中，自然也流露出了作者自己的近乎矛盾的情感心态和价值取向。

    沈从文一直是以"乡下人"自称的，但他却长期生活在城市中。并且，又大多与"文明人"相往来。或许，也正因为置身于城市文明之中，才更刺激了沈从文的"乡下人"的自我意识。

因此，在"乡下人"沈从文的作品中，我们往往可以读到那些对于"读书人"和城市文明的揶揄、调侃乃至讥嘲之词，感受到作者与周围生活环境难以协调的烦恼、惆怅以至愤世的心态。"乡下人"沈从文的内心，实在是并不平和的。《虎雏》开始时，为了那个少年勤务兵今后究竟是继续当兵还是读书，"我"同"六弟"曾有过一番讨论。在这段对话中，"我"的口吻完全反映了一个城市读书人的立场，热衷并信奉现代文明对于野蛮心灵和蒙昧人生的改造及其不可抗拒的影响作用；而"六弟"则对此表示出一种深刻的怀疑。作为一个同样怀有"野蛮灵魂"的军人，他对于文明与野蛮的关系，似乎倒有更为现实的认识。相比之下，"我"所有的不过是一个理想主义者的勇气和热情而已。这已经预示了"我"最后必不免于失败。这样，此后"我"对于少年士兵所抱的种种幻想和所作的种种努力，便只成为一连串可笑的盲目之举。这是"我"作为一个"读书人"在一个"野蛮灵魂"面前的失败，同时，也是所谓的城市文明的一次失败。城市文明并不能征服一切。面对一种充满着原始生命活力的人生和生活方式，城市文明暴露出的正是其自身的无能为力。在城市以外，事实上还存在着另一处截然不同的生活空间。除了"读书人"，人群中还有一些类似"小豹子"和"虎雏"的生命。对于这些生命及其生活方式和道德观念等等，城市与读书人自然是不易理解，也很难接受和认同的。这正像《虎雏》中的"六弟"所说的："平常人用自己物质爱憎与自己道德观念作标准，批评与他们生活完全不同的军人，没有一个人说得较对。……战争使人类的灵魂野蛮粗糙，你能说这句话却并不懂他的意思。"以读书人的情感、态度、立场和价值取向为代表的城市文明或现代文明的性格弱点，也便表现在这里。"我"和"我"周围的那些教授、诗人、律师及音乐家等人，之所以会对少年士兵如此感兴趣，期望如此之高，完全是由于不了解在"迷人的外表"包裹之中的也会是一个野蛮、放肆的灵魂，并且，他们也过于相信文明对于人性的教化作用了。说到底，这是两种不同的文明状态及其在人性中的表现之间的隔膜与冲突的反映。作者沈从文身处其间，必有其进退维谷的微妙情境。不过，他的情感倾向是十分鲜明的。他在《虎雏》的结尾处这样写道："至于一个野蛮的灵魂，装在一个美丽盒子里，在我故乡是不是一件常有的事情，我还不大知道；我所知道的，是那些山同水，使地方草木虫蛇皆非常厉害。我的性格算是最无用的一种典型，可是同你们大都市里长大的读书人比较起来，你们已经就觉得我太粗糙了。"在沈从文笔下，失败者往往就是这些"读书人"。而值得同情和怀念的，则是与之相反的"乡下人"及属于乡村的朴素情感。沈从文作品的婉约、感伤情调，也便由此而来。

那么，我们能不能就此得出结论说，沈从文是一个城市生活和城市文明的反对者，并甚而是一个文化倾向上的保守主义者呢？在沈从文的世界里，固有其倾向于传统的情感，并且，这种情感与某种特殊的乡俗民情和地域文化因素融和在一起，构成为一种典雅、动人的情调。但这并不意味着沈从文将一种"乡下人"的价值观完全置于"读书人"的价值观之上，并使之绝对化。从包括《虎雏》在内的许多作品中，我们可以看到，沈从文更多的是以一种审美的方式来观照和对待生活；他对于自然人性和人格的推崇，更多的是出于他的审美情感，而非理智的评判。如果把城市文明看作是现代社会发展的一种主流趋势，那么，沈从文所表现的就是在这种主流趋势之外的另一种生活方式。在这种方式中，人性表现出更多的质朴和自然之美。而这种质朴和自然之美，恰恰又已为城市生活所抛弃，并且也已远离了我们的现代生活。于是，沈从文的情感选择的合理性便表现出来了，让城市的属于城市，让乡村的属于乡村。这才是真正属于自然的。但是，在现代社会中，城市生活和城市文明居于无可置疑的主导地位，乡村情感不仅得不到重视，而且还不断地遭到破坏。同时，城市生活也根本不可能为一种质朴和自然的人性提供生存与发展的空间，其结果必然是对于这种人性的扼杀。

由于沈从文在道德和审美的情感方面表现出倾向于肯定乡村的质朴、原始和自然的生活方式，他便往往受到某种误解。人们以为他是一个顽固的文化守旧分子。其实，沈从文不过是在现代文明的氛围中，为乡村情感的消逝而惋惜。他其实是不可能真正与城市生活诀别的。不过，他自觉地站在城市的边缘，并自觉地用一种"城市里的乡下人"的目光来看待城市与乡村、文明与野蛮的对立和冲突，所见所感自与"读书人"和"乡下人"都各不相同。而在他自身的情感与理智及其价值取向中，也便深藏着一种深刻的痛苦。他的作品不是牧歌，而是关于乡村情感的一首首挽歌。这些挽歌在现实生活中无疑是相当低沉、软弱的，但在情感和审美领域中，它们却产生出无比动人的魅力。《虎雏》等作品的内在价值，大致就体现于此。

黔小景

本篇发表于一九三一年十一月二十日《北斗》第一卷第三期。署名沈从文。一九三二年一月收入小说集《虎雏》，上海新中国书局初版。现据新中国书局初版本编入。

三月间的贵州深山里，小小雨总是特别多，快出嫁时乡下姑娘们的眼泪一样，用不着什么特殊机会，也常常可以见到。春雨落过后，大小路上烂泥如膏，远山近树皆躲藏在烟里雾里，各处有崩坏的坎，各处有挨饿后全身黑区区的老鸦，天气早晚估计到时常常容易发生错误，许多小屋子里，都有憔悴的妇人，望到屋檐外的景致发愁了。

官路上，这时节正有多少人在泥里雨里奔走。这些人中有作兵士打扮送递文件的公门中人，有向远亲奔差事的人，有骑了马回籍的小官，有行法事的男女巫师，别忘记，这种人有时是穿了鲜明红色缎袍，一边走路一边吹他手中所持镶银的牛角，招领到一群我们看不见的鬼神走路的。单独的或结伴的走着。最多的是商人，这些活动的分子，似乎为了一种行路的义务，长年从不休息，在这官路上来往。他们从前一辈父兄传下的习惯，用一百八十的资本，同一具强健结实的身体，如云南小马一样，性格是忍劳耐苦的，耳目是聪明适用的：凭了并不有十分把握的命运，只按照那个时节的需要，三五成群的扛负了棉纱、水银、白蜡、梧子、官布、棉纸，以及其他两地所必需交换的出产，长年用这条长长的官路，折磨那两只脚，消磨到他们的每一个日子中每人的生命。

因为新年的过去，新货物在节候替移中，有了巨量的出纳，各处春货皆快要上市了，加之雪后的春晴，行路方便，这些人，皆在家中先吃得饱饱的，睡得足足的，选了好的日子上路。官路上商人增加了许多，每一个小站上，也就热闹许多了。

但吹花送寒的风，却很容易把春雨带来。春雨一落后，路上难走了。在这官路上作长途跋涉的人，因此就有了一种灾难。落了雨，日子短了许多，许多心急的人，也不得不把每日应走的里数缩短，把到达目的地的日子延长了。

于是许多小站上的小客舍里，天黑以前都有了商人落脚。这些人一到了站上，便像军队从远处归了营，纪律总不大整齐，因此客舍主人便忙碌起来了。他好为他们预备水，预备火，照料一切，若客人多了一点，估计到坛中余米不大敷用时，还得忙匆匆的到别一家去借些米来。客人好吃喝时，还得为他们备酒杀鸡。主人为客烧汤洗脚，淘米煮饭，忙了一阵，到后在灶边矮脚台凳上，辣子豆腐牛肉干鱼排了一桌子，各人喝着滚热的烧酒，嚼着粗粝的米饭。把饭吃过后，就有了许多为雨水泡得白白的脚，在火堆边烘着，那些善于说话的人，口中不停说着各样在行的言语，谈到各样撒野粗糙故事。火光把这些饶舌的或沉默的人影，各拉得长短不一，映照到墙上去。过一会，说话的沉默了。有人想到明早上路的事，打了哈欠，有人打了盹，低下头时几几乎把身子栽到火中去。火光也渐渐熄灭了，什么人用火铁箸搅和着，便骤然向上卷起通红的火焰。外面雨声或者更大了一点，或者已结束了，于是这些人，觉得应当到了睡的时候了。

到睡时，主人必在屋角的柱上，高高的悬着一盏桐油灯，站到一个凳子上，去把灯芯爬亮了一点，这些人，到门外去方便了一下。因为看到外面极黑，便说着什么地方什么时节豹狼吃人的旧话，虽并不畏狼，总问及主人，这地方是不是也有狼咬人颈项的事情。一面说着，各在一个大床铺的草荐上，拣了自己所需要的一部分，拥了发硬微臭的棉絮，就这样倒下去睡了。

半夜后，或者忽然有人为什么声音吼醒了。这声音一定还继续短而宏大的吼着，山谷相应，谁个听来也明白这是老虎的声音。这老虎为什么发吼，占据到什么地方，生谁的气？这人是不会去猜想的。商人中或者有贩卖虎皮狼皮的人，听到这个声音时，他就估计到这东西的价值，每一张虎皮到了省会客商处，能值多少钱。或者所听到的只是远远的火炮同打锣声音，人可想得出，这时节一定有什么人攻打什么村子，各处是明亮的火把，各处是锋利的刀，无数用锅烟涂黑的脸，在各处大声喊着。一定有砍杀的事，一定有妇人，哭哭啼啼抱了孩子，忙匆匆的向屋后竹园跑去的事，一定还有其他各样事情，因为人类的仇怨，使人类作愚蠢事情的机会，实在太多了。但这类事同商人又有什么关系？这事是决不会到他们头上来的。一切抢掠焚杀的动机，在夜间发生的，多由于冤仇而来。听一会，锣声止了，他们也仍然又睡着了。

…………

有一天，有那么两个人，落脚到一个孤单的客栈里。一个扛了一担作账簿用的棉纸，一个扛了一担染色用的栳子。他们因为在路上耽误了些时间，掉在大帮商人后面了几里路，不能追赶上去。落雨的天气照例断黑又极早，年纪大一点的那个人，先一日腹中作泻，这时也不愿意再走路了，所以不到黄昏，两人就停顿下来了。

他们照平常规矩，到了站，放下了担子，等候烧好了水，就脱下草鞋，在灶边一个木盆里洗脚。主人是一个老男子，头上发全是白的，走路腰弯弯的如一匹白鹤。今天是他的生日，这老年人白天一个人还念到这生日，想不到晚上就来那么两个客人了。两个客一面洗脚，一面就问有什么吃的。

这老人站到一旁好笑，说："除了干红豆，什么也没有了。"

年青那个商人说："你们开铺子，用红豆待客吗？"

"平常有谁肯到我们这里住？到我这儿坐坐的，全是接一个火吃一袋烟的过路人。我这红豆本来留着自己吃的，你们是我这店里今年第一个客。对不起你们，马马虎虎吃一顿吧。我们这里买肉，远得很，这里隔寨子，还有二十四里路，要半天工夫。今天本来预备托人买点肉，落了雨，前面村子里就无人上市。"

"除了红豆就没有别的吗？"客人意思是有没有鸡蛋。

老人说："有红薯。"

红薯在贵州乡下人当饭，在别的什么地方，城里人有时却当菜，两个客人都听人说过，有地方，城里人吃红薯是京派，算阔气的行为，所以现在听到说红薯当菜就都记起"京派"的称呼，以为非常好笑，两人就很放肆的笑了一阵。

因为客人说饿了，这主人就爬到凳子上去，取那些挂在梁上的红薯，又从一个坛子里抓取红豆，坐到大门边，用力在筛心木板上，轧着那些红豆条。

这时门外边雨似乎已止住了，天上有些地方云开了眼，云开处皆成为桃红颜色，远处山上的烟雾好像极力在凝聚，一切光景在到黄昏里明媚如画，看那样子明天会放晴了。

坐在门边的主人，看到天气放了晴，好像十分快乐，拿了筛子放到灶边去，像小孩子的神气说着："晴了，晴了，我昨天做梦，也梦到今天会晴。"有许多乡下人，在落春雨时都只梦到天晴，所以这时节，一定也有许多人，在向另一个人说他的梦。

他望着客人把脚洗完了，赶忙走到房里去，取出了两双鞋子来给客人。那个年青一点的客，一面穿鞋一面就说："怎么你的鞋子这样同我的脚合式！"

年长商人说："穿别人的新鞋非常合式，主有酒吃。"

年青人就说："伯伯，那你到了省城一定得请我喝。"

年长商人就笑了："不，我不请你喝。这兆头是中在你讨媳妇的，应当喝你的喜酒。"

"我媳妇还在吃奶咧。"同时他看到了他伯伯穿那双鞋也似乎十分相合，就说："伯伯，你也有喜酒吃。"

两个人于是大声的笑着。

那老人在旁边听到这两个客人的调笑也笑着，但这两双鞋子却属于他在冬天刚死去的一个儿子所有的。那时正似乎因为两个商人谈到家庭儿女的事情，年青人看到老头子孤孤单单的在此住下，有点怀疑，生了好奇的心思了。

"老板，你一个人在这里吗？"

"我一个人。"说了又自言自语似的，"嗳，就是我一个人。"

"你儿子呢？"

这老头子这时节，正因为想到死去的儿子，有些地方很同面前的人相像，所以本来要说"儿子死了"，但忽然又说："儿子做生意去了。"

那年长一点的商人，因为自己儿子在读书，就问老板，在前面过身的小村子里，一个学塾，是"洋学堂"还是"老先生"？

这事老板并不明白，所以不作答，就走过水缸边去取水瓢，因为他看到锅中的米汤涨腾溢出，应当榨取米汁了。

两个商人跷了鞋子，到门边凳子上坐下，望到门外黄昏的景致。望到天，望到山，望到对过路旁一些小小菜圃（油菜花开得黄澄澄的，好像散碎金子），望到踏得稀烂的路（晴过三天恐怕还不会干），一切调子在这两个人心中引起的情绪，皆没有同另外任何时节不同，而觉得稍稍惊讶。到后倒是望到路边屋檐下堆积的红薯藤，整整齐齐的堆了许多，才诧异老板的精力，以为在这方面一个生意人比一个农人不如了。他们于是说，一个商人不如一个农人好，一个商人可是比一个农人高。因为一个商人到老来，生活较好时，总是坐在家里喝酒，穿了庞大的狐皮袄子，走路时摇摇摆摆，气派如一个大官。但乡下人就完全不同了。两叔侄因为望到这些干藤，到此地一钱不值，还估计这东西到城里能卖多少钱。可是这时节，黄昏景致更美丽了，晚晴正如人病后新愈，柔和而十分脆弱，仿佛在笑着，仿佛有种忧愁，沉默无言。

这时老板在屋里，本来想走出去，望到那两个客人用手指点对面菜畦，以为正指到那个土堆，就不出去了。那土堆下面，就埋得有他的儿子，是在这人死过一天后，老年人背了那个尸身，埋在自己所挖掘成就的阱里，再为他加上土做成小坟的。

慢慢的夜就来了。

屋子里已黑暗得望不分明物件，在门外边的两个商人，回头望到灶边一团火光，老板却在灶边不动。年青人就喊他点灯，这老人才站起来，从灶边取了一根一端已经烧着的枝子，在空中划着，借着这个光去找取屋角的油瓶。因为这人近来一到夜时就睡觉，不用灯火也有好几个月了。找着了贮桐油的小瓶，把油倒在灯盏里去后，他就把这个烧好的灯，放到灶头上预备炒菜。

吃过晚饭后，这老人就在锅里洗碗，两个商人坐在灶口前，用干松枝塞到灶肚里去，望到那些松枝着火时，訇然一轰的情形，以为快乐的事。

到后，洗完了碗，只一会儿，老头子就说，应当去看看睡处，若客人不睡，他想先睡。

把住处看好了，两个商人仍然坐到灶边，称赞这个老年人的干净，以为想不到床铺比别处大店里还好。

老人说是要睡，已走到他自己那个用木头隔开的一间房里睡去了，不过一会儿，这人却又走出来，说是不想就睡，傍到两个商人一同在灶边坐下了。

几个人谈起话来，他们问他有六十几，他说应当再加十岁去猜。他们又问他住到这里有了多久，他说，并不多久，只二十多年。他们问他还有多少亲戚，在些什么地方，他就像为骗哄自己原因的样子，把一些已经毫无消息了的亲戚，一一的数着，且告诉他们，这些人在什么地方，做些什么事。他们问他那个在别处做生意的儿子，什么时候来看他一次，他打量了一下，就说冬天过年来过一次，还送了他多少东西。

说了许多他自己都不明白的话，自己为什么有那么多话可说，使他自己也觉得今天有点奇怪。平常他就从没有想到那些亲戚熟人，也从不想到同谁去谈这些事，但今天很显然的，是不必谈到的也谈到，而且谎话也说得很多了。到后，商人中那个年长的，提议要睡了，这俚儿却以为时间太早了一点，所以他还不消化，要再缓一点。因此年长商人睡后，年青商人还坐到那条板凳上，又同老头子谈了许久。

到末了，这年青商人也睡去了，老头子一面答应着明天早早的喊叫客人，一面还是坐在灶边，望着灶口，不即起身。

第二天天明以后，他们起来时，屋子还黑黑的，到灶边去找火媒燃灯，希奇得很，怎么老板还坐在那凳上，什么话也不说。开了大门再看看，才知道原来这人死了。

…………

这两个商人自然到后又上路了。他们已经跑到邻近小村子里，把这件事告给了村子里人，且在住宿应把的数目以外，加了一点钱。那么老了一个孤人，自然也很应当死掉了，如今恰恰在这一天死去，幸好有个人知道，不然死后到全身爬得是蛆时，还恐怕才会被人发现。乡下人那么打算着，这两个商人，自然就不会再有什么理由被人留难了。在路上，他们又还有路上的其他新事情，使他们很自然的也就忘掉那件事了。

他们在路上，在雨后崩坍的土坎旁，新的翻起的土上，印有巨大的山猫的脚迹，知道白天这样是人走的路，晚上却是别的东西走的路，望了一会儿，估计了一下那脚迹的大小，过身了。

在什么树林子里，一个希奇的东西，悬到迎面的大树枝桠上，这用绳索兜好的人头，为长久雨水所淋，失去一个人头原来的式样，有时非常像一个女人的头。但任何人看看因为同时想起这人就是先一时在此地抢劫商人的强盗，所以各存戒心默默的又走开了。

路旁有时躺得有死人，商人模样或军人模样，为什么原因，在什么时候死到这里，无人敢去过问，也无人敢去掩埋。

在这官路上，有时还可碰到二十三十的兵士，或者什么县警备队，穿了不很整齐的军服，各把长矛子同快枪扛到肩膊上，押解了一些满脸菜色受伤了的人走着。同时还有一眼看来尚未成年的小孩子，用稻草扎成小兜，担着四个或两个血淋淋的人头，若商人懂得这规矩，不必去看那人头，也就可以知道那些头颅就是小孩的父兄，或者是这些俘虏的伙伴。有时这些奏凯而还的武士，还牵得有极肥的耕牛，挑得有别的杂用东西。这些兵士从什么地方来，到什么地方去，奉谁的命令，杀了那么多人，从什么聪明人领教，学得把人家父兄的头割下后，却留下一个活的来服务？这是谁也不明白的。

商人在路上所见的虽多，他们却只应当记下一件事，是到地时怎样多赚点钱。因为这个理由，所以他们同税局的稽查验票人，在某一种利益相通的事情上，好像就有一种希奇的友谊必须成立。如何成立这友谊，一个商人常常在路上也很费思索的。

"沉默无言"的暗影 | 王晓明

　　十年前我读过这篇《黔小景》，记得是一目十行，很快就看完了，随手往桌上一搁，心中并不起什么反应。那时候我正扬眉挢袖地写一篇长长的毕业论文，满脑子神圣的文学理想，可这《黔小景》写的是什么呢？贵州三月的深山和细雨，绵绵雨雾中的阴晦和泥泞，在这泥泞中负重奔走的商人，以及迎接这些商人的客舍，客舍中的热水，糙米饭，和发硬微臭的棉絮：这一切都与我隔得太远了。一篇小说要获得读者的理解，也需这读者有一份适合去理解的心情，以我那时的天真和偏执，自然是难与这《黔小景》发生共鸣的。

　　十年过去了，我对人生的体验逐渐增加，再重读这篇小说，感觉就和当初大不一样。譬如第一段，一上来就打动了我，特别是"大小路上烂泥如膏"与"挨饿后全身黑区区的老鸦"这几句，一再激起我的想象，造成我的错觉，仿佛自己也正陷在那泥泞之中。我由此也领会了作者的用心，他是精心安排了这样一段动人的开头，要将读者一下子拽入阴晦迷蒙的情绪的氛围。

　　作者一步步展开他的叙述，我对那些长途跋涉的商人，也就不自觉地生出羡慕之情。他们对自己的命运并没有把握，却毫不犹豫，只管在家中吃饱睡足，然后选一个合适的日子上路启程。道路非常难走，雨、泥、崩坏的土坎、肩上的重担，他们却并不叫苦，只依着习惯一步步走下去，如此劳累了一天，却并不都能找到合意的客舍，不是饭食太粗，就是被席太脏，可他们也不计较，依旧快快活活地烫脚、嚼饭。倘若竟能喝到一碗酒，那就兴致更高了，会围着火堆哈哈笑着讲许多粗野有趣的故事。实在酒也喝不成，鸡蛋也买不到，那就倚在门边，看看晚霞，开开玩笑，也能轻松地消磨黄昏。即便夜深人静的时候，附近山野中的虎啸，或者远处村寨械斗的火炮，将他们从梦中惊醒，他们也不在意，最多静听一阵，就闭上眼睛，继续打他们的呼噜。这些人的心思是如此简单，活得如此自然，除了眼前的实际事情，其他一概不管，没有深沉的感慨，也不作高远的遐想，一切都听凭本能和习惯，自自然然地做去。倘若你是一个困居城市的知识分子，被种种复杂卑琐的人事纠缠得精疲力尽，偏偏又对社会抱有许多理想，它们的破灭更压得你喘不过气来，在这样的时刻读到这些商人，你会不会产生一种神往之情呢？也许在一刹那间，你会产生这样的念头：倘若我也能以他们这样的心态去承受人生，也能过这样平常自然的生活，那有多好！看得出，作者在《黔小景》的前半部分里，正是凸现商人们这种人生态度的魅力，凸现他们这生活的诗意。我并非出身农家，更缺乏作者对湘川黔乡村世界的那一份血缘亲情，但我还是被他的描写深深感动了，那样平常自然的心态，那样淳朴简单的心灵，它们对我产生一种难以说清的诱惑，我虽然学不成他们那样，却觉得那确实有一种美。

但是，读到这小说的中间部分，读到那叔侄俩看着客舍老主人从内屋取来的鞋子互相打趣，作者却又点明这两双鞋原属于老主人刚刚死去的儿子时，一种模糊的不安，却从我心头悄悄升起。在这贵州的深山里，官道旁的小站上，其实并不是只有平淡和自然，就在商人店主的笑谈背后，分明还有悲惨和不幸，那叔侄俩指指点点的开满油菜花的菜圃旁，不就蹲着一座早夭的青年人的新坟吗？叔侄俩眺望着天边的晚霞，作者却写道："黄昏景致更美丽了，晚晴正如人病后新愈，柔和而十分脆弱，仿佛在笑着，仿佛有种忧愁，沉默无言。"这似乎是个意味深长的暗示，我越往下读，就越能够清楚地体味它，在作者描述给我看的小说画面的深处，确实有一片"沉默无言"的东西，就仿佛那客舍房子里的黑暗，即便你站在门口，沐浴在明亮的霞光之中。还是会清楚地感觉到它在你身后的存在。那客舍的孤独的老主人，本来是想无视这"沉默无言"的东西的，他甚至为了天晴而快乐，想高高兴兴地度过自己的生日。可是，作者终于拗不过自己的敏感，最后还是写出了老人的失态：他无法对客人坦言儿子的死，只好用谎话来应付；他也压不下因客人问及他家人而起的激动，虽然早早就上床了，却一直睡不着。就像是受不了屋子里黑暗的压迫，他又爬起来走近灶口的火光，加入两位客商的闲聊。他是那样亢奋，编造了一大堆自慰的谎言，仿佛是要使退到屋角的暗影相信，他的生活并非孤苦。一直讲到那年轻商人熬不往去睡了，他还是不愿起身，依旧坐在灶口，一任闪烁的火光照亮他的前胸，可是，第二天天亮后，两位商人起身一看，发现这老人依旧坐在熄了火的灶口，一动不动，原来他半夜里死了，还是被那"沉默无言"的黑暗吞没了。

作者写到这一步，整篇小说的意蕴急转直下。无论我先前怎样羡慕那种平常自然的人生，现在也禁不住要发生怀疑。莫非那人生的诗意也如这老人的生命一样脆弱？显然作者也掩饰不住自己的怀疑，到小说的第三节，他竟设想那叔侄两位商人将遇到这样一连串可怕的景象：先是路边土堆上的虎豹的脚印，使他们暗自一惊，知道在夜晚，这同一条路上，曾出没过什么样的猛兽；接着是树林中悬挂着的肿胀的人头，使他们禁不住要想象，从这林中奔出来的劫道者凶相；再接着是路旁商人或者军人模样的尸体；最后是一群一群的士兵，用绳子牵着淌血的俘虏，肥壮的耕牛，甚至还有半大的孩子，肩挑或许就属于自己父兄的血淋淋的人头……我不禁要想，那叔侄俩昨天投宿之前，是不是已经领教过这样可怕的场面？倘若已经见过了，他们又如何从心头拂去这些刺激，依旧笑呵呵地招呼客店主人呢？作者每讲一处可怕的场面，都要写一笔商人的表情，或者"各存戒心，默默地又走开了"，或者"无人敢去过问，也无人敢去掩埋"，或者"这是谁也不明白的"。

我似乎懂得了，为什么夜半被虎啸惊醒，这些人依然能倒头睡去，连尸身和人头都不断见过了，几声虎叫又算得什么？但是，如果这些人的平常和自然，竟有许多是来自一种见多了惨酷景象而习以为常的麻木，一种习惯于忍受不幸，一看见不幸降临便作鸵鸟式逃避的浑浑噩噩，你先前从他们生活中感觉到的诗意，是不是也就有点变味了呢？那原先是伏在小说画面深处的"沉默无言"的阴影，终于穿过晚霞般的人生景象，在我眼前逐渐扩大，最后将一切都罩在黑暗中。

到这时，我再读小说的最后一段，便觉出了作者的勉强。无论他再怎样强调商人们对路上那些惨酷景象的不在意，也唤不回读者对他们的羡慕了。我倒是想起了他的一句名言："美丽总是使人愁。"既然最后是引起你的忧愁，你还能继续沉醉入对那美丽的迷恋吗？或者，正因为有这忧愁的衬托，美丽本身也就更能引动人的心绪？我不知道作者是否存心要安排小说意蕴的前后变化，来突出这种令人迷惑的复杂情味，也许他确是有意如此。在我自己，却好像在多日的疲惫之后坠入一个轻松的好梦，正做在高兴处，却被人一下子推醒，迷迷瞪瞪地再要想寻回那梦境，已经寻不回了，那不过是一个梦。

静

本篇发表于一九三二年五月一日《创化》第一卷第一号。署名沈从文。一九三二年十一月收入小说集《都市一妇人》，上海新中国书局初版。现据新中国书局初版本编入。

春天日子是长极了的。长长的白日，一个小城中，老年人不向太阳取暖就是打瞌睡，少年人无事作时皆在晒楼或空坪里放风筝。天上白白的日头慢慢的移着，云影慢慢的移着，什么人家的风筝脱线了，各处便皆有人仰了头望到天空，小孩子皆大声乱嚷，手脚齐动，盼望到这无主风筝，落在自己家中的天井里。

女孩子岳珉年纪约十四岁左右，有一张营养不良的小小白脸，穿着新上身不久长可齐膝的蓝布袍子，正在后楼屋顶晒台上，望到一个从城里不知谁处飏来的脱线风筝，在头上高空里斜斜的溜过去，眼看到那线脚曳在屋瓦上，隔壁人家晒台上，有一个胖胖的妇人，正在用晾衣竹竿乱捞。身后楼梯有小小声音，一个男小孩子，手脚齐用的爬着楼梯，不久一会，小小的头颅就在楼口边出现了。小孩子怯怯的，贼一样的，转动两个活泼的眼睛，不即上来，轻轻的喊女孩子。

"小姨，小姨，婆婆睡了，我上来一会儿好不好？"

女孩子听到声音，忙回过头去。望到小孩子就轻轻的骂着："北生，你该打，怎么又上来？等会儿你姆妈就回来了，不怕骂吗？"

"玩一会儿。你莫出声，婆婆睡了！"小孩重复的说着，神气十分柔和。

女孩子皱着眉吓了他一下，便走过去，把小孩援上晒楼了。

这晒楼原如这小城里所有平常晒楼一样，是用一些木枋，疏疏的排列到一个木架上，且多数是上了点年纪的。上了晒楼，两人倚在朽烂发霉摇摇欲堕的栏杆旁，数天上的大小风筝。晒楼下面是斜斜的屋顶，屋瓦疏疏落落，有些地方经过几天春雨，都长了绿色霉苔。屋顶接连屋顶，晒楼左右全是别人家的晒楼。有晒衣服被单的，把竹竿撑得高高的，在微风中飘飘如旗帜。晒楼前面是石头城墙，可以望到城墙上石罅里植根新发芽的葡萄藤。晒楼后面是一道小河，河水又清又软，很温柔的流着。河对面有一个大坪，绿得同一块大毡茵一样，上面还绣得有各样颜色的花朵。大坪尽头远处，可以看到好些菜园同一个小庙。菜园篱笆旁的桃花，同庵堂里几株桃花，正开得十分热闹。

日头十分温暖，景象极其沉静，两个人一句话不说，望了一会天上，又望了一会河水。河水不像早晚那么绿，有些地方似乎是蓝色，有些地方又为日光照成一片银色。对岸那块大坪，有几处种得有油菜，菜花黄澄澄的如金子。另外草地上，有从城里染坊中人晒得许多白布，长长的卧着，用大石块压着两端。坪里也有三个人坐在大石头上放风筝，其中一个小孩，吹一个芦管唢呐，吹各样送亲嫁女的调子。另外还有三匹白马，两匹黄马，没

548

有人照料，在那里吃草，从从容容，一面低头吃草一面散步。

小孩北生望到有两匹马跑了，就狂喜的喊着："小姨，小姨，你看！"小姨望了他一眼，用手指指楼下，这小孩子懂事，恐怕下面知道，赶忙把自己手掌掩到自己的嘴唇，望望小姨，摇了一摇那颗小小的头颅，意思像在说："莫说，莫说。"

两个人望到马，望到青草，望到一切，小孩子快乐得如痴，女孩子似乎想到很远的一些别的东西。

他们是逃难来的，这地方并不是家乡，也不是所要到的地方。母亲，大嫂，姊姊，姊姊的儿子北生，小丫头翠云一群人中就只五岁大的北生是男子。糊糊涂涂坐了十四天小小篷船，船到了这里以后，应当换轮船了，一打听各处，才知道××城还在被围，过上海或过南京的船车全已不能开行。到此地以后，证明了从上面听来的消息不确实。既然不能通过，回去也不是很容易的，因此照妈妈的主张，就找寻了这样一间屋子权且居住下来，打发随来的兵士过宜昌，去信给北京同上海，等候各方面的回信。在此住下后，妈妈同嫂嫂只盼望宜昌有人来，姊妹只盼望北京的信，女孩岳珉便想到上海一切。她只希望上海先有信来，因此才好读书。若过宜昌同爸爸住，爸爸是一个军部的军事代表，哥哥也是个军官，不如过上海同教书的二哥哥同住。可是××一个月了还打不下。谁敢说定什么时候才能通行？几个人住此已经有四十天了，每天总是要小丫头翠云作伴，跑到城门口那家本地报馆门前去看报，看了报后又赶回来，将一切报上消息，告给母亲同姊姊。几人就从这些消息上，找出可安慰的理由来，或者互相谈到晚上各人所作的好梦，从各样梦里，卜取一切不可期待的佳兆。

母亲原是一个多病的人，到此一月来各处还无回信，路费剩下来的已有限得很，身体原来就很坏，加之路上又十分辛苦，自然就更坏了。女孩岳珉常常就想到："再有半个月不行，我就进党务学校去也好吧。"那时党务学校，十四岁的女孩子的确是很多的。一个上校的女儿有什么不合式？一进去不必花一个钱，六个月毕业后，派到各处去服务，还有五十块钱的月薪。这些事情，自然也是这个女孩子，从报纸上看来，保留到心里的。

正想到党务学校的章程，同自己未来的运数，小孩北生耳朵很聪锐，因恐怕外婆醒后知道了自己私自上楼的事，又说会掉到水沟里折断小手，已听到了楼下外婆咳嗽，就牵小姨的衣角，轻声的说："小姨，你让我下去，大婆醒了！"原来这小孩子一个人爬上楼梯以后，下楼时就不知道怎么办了的。

女孩岳珉把小孩子送下楼以后，看到小丫头翠云正在天井洗衣，也就蹲到盆边去搓了两下，觉得没什么趣味，就说："翠云，我为你楼上去晒衣吧。"拿了些扭干了水的湿衣，又上了晒楼。一会儿，把衣就晾好了。

这河中因为去桥较远，为了方便，还有一只渡船，这渡船宽宽的如一条板凳，懒懒的搁在滩上。可是路不当冲，这只渡船除了染坊中人晒布，同一些工人过河挑黄土，用得着它以外，常常半天就不见一个人过渡。守渡船的人，这时正躺在大坪中大石块上睡觉。那船在太阳下，灰白憔悴，也如十分无聊十分倦怠的样子，浮在水面上，慢慢的在微风里滑动。

"为什么这样清静？"女孩岳珉心里想着。这时节，对河远处却正有制船工人，用钉锤敲打船舷，发出砰砰庞庞的声音。还有卖针线飘乡的人，在对河小村镇上，摇动小鼓的声音。声音不断的在空气中荡漾，正因为这些声音，却反而使人觉得更加分外寂静。

过一会，从里边有桃花树的小庵堂里，出来了一个小尼姑，戴黑色僧帽，穿灰色僧衣，手上提了一个篮子，扬长的越过大坪向河边走来。这小尼姑走到河边，便停在渡船上面一点，蹲在一块石头上，慢慢的卷起衣袖，各处望了一会，又望了一阵天上的风筝，才从容不迫的，从提篮里取出一大束青菜，一一的拿到面前，在流水里乱摇乱摆。因此一来，河水便发亮的滑动不止。又过一会，从城边岸上来了一个乡下妇人，在这边岸上，喊叫过渡。渡船夫上船抽了好一会篙子，才把船撑过河，把妇人渡过对岸。不知为什么事情，这船夫像吵架似的，大声的说了一些话，那妇人一句话不说就走去了。跟着不久，又有三个挑空箩筐的男子，从近城这边岸上唤渡，船夫照样缓缓的撑着竹篙，这一次那三个乡下人，为了一件事，互相在船上吵着，划船的可一句话不说，一摆到了岸，就把篙子钉在沙里。不久那六只箩筐，就排成一线，消失到大坪尽头去了。

洗菜的小尼姑那时也把菜洗好了，正在用一段木杵，捣一块布或是件衣裳，捣了几下，又把它放在水中去拖摆几下，于是再提起来用力捣着。木杵声音印在城墙上，回声也一下一下的响着。这尼姑到后大约也觉得这回声很有趣了，就停顿了工作，尖锐的喊叫"四林,四林"，那边也便应着"四林，四林"。再过不久，庵堂那边也有女人锐声的喊着"四林，四林"，且说些别的话语，大约是问她事情做完了没有。原来这就是小尼姑自己的名字！这小尼姑事作完了，水边也玩厌了，便提了篮子，故意从白布上面，横横的越过去，踏到那些空处，走回去了。

小尼姑走后，女孩岳珉望到河中水面上，有几片菜叶浮着，傍到渡船缓缓的动着，心里就想起刚才那小尼姑十分快乐的样子。"小尼姑这时一定在庵堂里把衣晾上竹竿了！……一定在那桃花树下为老师傅捶背！……一定一面口下念佛，一面就用手逗身旁的小猫玩！……"想起许多事都觉得十分可笑，就微笑着，也学到低低的喊着："四林，四林。"

过了一会。想起这小尼姑的快乐，想起河里的水，远处的花，天上的云，以及屋里母亲的病，这女孩子，不知不觉又有点寂寞起来了。

她记起了早上喜鹊，在晒楼上叫了许久，心想每天这时候送信的都来送信，不如下去看看，是不是上海来了信。走到楼梯边，就见到小孩北生正轻脚轻手，第二回爬上最低那一级梯子。

"北生你这孩子，不要再上来了呀！"

下楼后，北生把女孩岳珉拉着，要她把头低下，耳朵俯就到他小口，细声细气的说："小姨，大婆吐那个……"

到房里去时，看到躺在床上的母亲，静静的如一个死人，很柔弱很安静的呼吸着，又瘦又狭的脸上，为一种疲劳忧愁所笼罩。母亲像是已醒过一会儿了，一听到有人在房中走路，就睁开了眼睛。

"珉珉，你为我看看，热水瓶里的水还剩多少。"

一面为病人倒出热水调和库阿可斯，一面望到母亲日益消瘦下去的脸，同那个小小的鼻子，女孩岳珉说："妈，妈，天气好极了，晒楼上望到对河那小庵堂里桃花，今天已全开了。"

病人不说什么，微微的笑着。想到刚才咳出的血，伸出自己那只瘦瘦的手来，摸了摸自己的额头，自言自语的说着："我不发烧。"说了又望到女孩温柔的微笑着。那种笑是那么动人怜悯的，使女孩岳珉低低的嘘了一口气。

"你咳嗽不好一点吗？"

"好了好了不要紧的，人不吃亏。早上吃鱼，喉头稍稍有点火，不要紧的。"

这样问答着，女孩便想走过去，看看枕边那个小小痰盂。病人明白那个意思了，就说："没有什么。"又说："珉珉你站到莫动，我看看，这个月你又长高了！"

女孩岳珉害羞似的笑着："我不像竹子罢，妈妈。我担心得很，人太长高了要笑人的！"

静了一会。母亲记起什么了。

"珉珉我作了个好梦，梦到我们已经上了船，三等舱里人挤得不成样子。"

其实这梦还是病人捏造的，因为记忆力乱乱的，故第二次又来说着。

女孩岳珉望到母亲同蜡做成一样的小脸，就勉强笑着："我昨晚当真梦到大船，还梦到三毛老表来接我们，又觉得他是福禄旅馆接客的招待，送我们每一个人一本旅行指南。今早上喜鹊叫了半天，我们算算看，今天会不会有信来。"

"今天不来明天应来了！"

"说不定自己会来！"

"报上不是说过，十三师在宜昌要调动吗？"

"爸爸莫非已动身了！"

"要来，应当先有电报来！"

两人故意这样乐观的说着，互相哄着对面那一个人，口上虽那么说着，女孩岳珉心里却那么想着："妈妈病怎么办？"病人自己也心里想着："这样病下去真糟。"

姊姊同嫂嫂，从城北卜课回来了，两人正在天井里悄悄的说着话。女孩岳珉便站到房门边去，装成快乐的声音："姊姊，大嫂，先前有一个风筝断了线，线头搭在瓦上曳过去，隔壁那个妇人，用竹竿捞不着，打破了许多瓦，真好笑！"

姊姊说："北生你一定又同小姨上晒楼了，不小心，把脚摔断，将来成跛子！"

小孩北生正蹲到翠云身边，听姆妈说到他，不敢回答，只偷偷的望到小姨笑着。

女孩岳珉一面向北生微笑，一面便走过天井，拉了姊姊往厨房那边走去，低声的说："姊姊，看样子，妈又吐了！"

姊姊说："怎么办？北京应当来信了！"

"你们抽的签？"

姊姊一面取那签上的字条给女孩，一面向蹲在地下的北生招手，小孩走过身边来，把两只手围抱着他母亲："娘，娘，大婆又咯咯的吐了，她收到枕头下！"

姊姊说："北生我告你，不许到婆婆房里去闹，知道么？"

小孩很懂事的说："我知道。"又说："娘娘，对河桃花全开了，你让小姨带我上晒楼玩一会儿，我不吵闹。"

姊姊装成生气的样子："不许上去，落了多久雨，上面滑得很！"又说："到你小房里玩去，你上楼，大婆要骂小姨！"

这小孩走过小姨身边去，捏了一下小姨的手，乖乖的到他自己小卧房去了。

那时翠云丫头已经把衣搓好了，且用清水荡过了，女孩岳珉便为扭衣裳的水，一面作事一面说："翠云，我们以后到河里去洗衣，可方便多了！过渡船到对河去，一个人也不有，不怕什么吧。"翠云丫头不说什么，脸儿红红的，只是低头笑着。

病人在房里咳嗽不止，姊姊同大嫂便进去了。翠云把衣扭好了，便预备上楼。女孩岳珉在天井中看了一会日影，走到病人房门口望望。只见到大嫂正在裁纸，大姊姊坐在床边，想检察那小痰盂，母亲先是不允许，用手拦阻，后来大姊仍然见到了，只是摇头。可是三个人皆勉强的笑着，且故意想从别一件事上，解除一下当前的悲戚处，于是说到一个很久远的故事。到后三人又商量到写信打电报的事情。女孩岳珉不知为什么，心里尽是酸酸的，站在天井里，同谁生气似的，红了眼睛，咬着嘴唇。过一阵，听到翠云丫头在晒楼说话：

"珉小姐，珉小姐，你上来，看新娘子骑马，快要过渡了！"

又过一阵，翠云丫头于是又说：

"看呀，看呀，快来看呀，一个一块瓦的大风筝跑了，快来，快来，就在头上，我们捉它！"

女孩岳珉抬起来了头，果然从天井里也可以望到一个高高的风筝，如同一个吃醉了酒的巡警神气，偏偏斜斜的滑过去，隐隐约约还看到一截白线，很长的在空中摇摆。

也不是为看风筝，也不是为看新娘子，等到翠云下晒楼以后，女孩岳珉仍然上了晒楼了。上了晒楼，仍然在栏干边傍着，眺望到一切远处近处，心里慢慢的就平静了。后来看到染坊中人在大坪里收拾布匹，把整匹白布折成豆腐干形式，一方一方摆在草上，看到尼姑庵里瓦上有烟子，各处远近人家也都有了烟子，她才离开晒楼。

　　下楼后，向病人房门边张望了一下，母亲同姊姊三人都在床上睡着了。再到小孩北生小房里去看看，北生不知在什么时节，也坐在地下小绒狗旁睡着了。走到厨房去，翠云丫头正在灶口边板凳上，偷偷的用无敌牌牙粉，当成水粉擦脸。女孩岳珉似乎恐怕惊动了这丫头的神气，赶忙走过天井中心去。

　　这时听到隔壁有人拍门，有人互相问答说话。女孩岳珉心里很希奇的想到："谁在问谁？莫非爸爸同哥哥来了，在门前问门牌号数罢？"这样想到，心便骤然跳跃起来，忙匆匆的走到二门边去，只等候有什么人拍门拉铃子，就一定是远处来的人了。

　　可是，过一会儿，一切又都寂静了。

　　女孩岳珉便不知所谓的微微的笑着。日影斜斜的，把屋角同晒楼柱头的影子，映到天井角上，恰恰如另外一个地方，竖立在她们所等候的那个爸爸坟上一面纸制的旗帜。

（萌妹述，为纪念姊姊亡儿北生而作。）

廿一年三月三十日

静与动的辩证法 | 袁一丹

"丝纶长线寄天涯，纵放由咱手内把。纸糊披就里没牵挂，被狂风一任刮，线断在海角天涯。收又收不下，见又不见他，知他流落在谁家？"元曲中的这首小令《喻纸鸢》，道出放鸢行家的自信及纸鸢脱手后的怅然。

在沈从文小说《静》的故事背景中，始终有一只脱线风筝在四处游荡。故事一开头，在日光云影的移动中，"什么人家的风筝脱线了"，吸引了大人小孩的注意；在故事临近结尾处，又借女孩岳珉的眼睛，在天井上空"捉"住一个高高的风筝，"如同一个吃醉了酒的巡警神气，偏偏斜斜的滑过去，隐隐约约还看到一截白线，很长的在空中摇摆"。

这只脱线风筝，仿佛是《静》这篇小说在叙事技巧，尤其是叙事节奏上的一个隐喻。《静》的故事氛围，很大程度上是通过"纵放由咱手内把"的叙事技巧实现的。叙事者手腕的高明处，与其说是凭借"丝纶长线"放起一只纸鸢来，不如说体现在线断后，如何将一只脱线风筝仍操控在手中。如若将《静》的叙事技巧比作放风筝，风筝能否上天，能否飞得高、飞得稳，不仅依托风力，更要看牵线人的收放之术。放风筝在小说中看似只是春日里应景的游戏，从叙事学的意义上，不妨视作小说家沈从文的一种文体实验。

如何把控一只脱线风筝？这条看不见的"丝纶长线"，被沈从文系在《静》的空间结构上。《静》里的空间布局是功能性的：

楼下是家人的居所，是压抑的生活空间，被母亲的病及未来的不确定性笼罩着；而与现实生活相区隔的晒楼，是开敞的自由空间，是独属于女孩岳珉的静谧世界。这里无需对话交流，无需亲人间的宽慰及善意的欺瞒，静观足矣。"这是一种世俗性的遗忘：小说是如此充满着它自己的生命力，以至于在永恒的视角下观望的人类生活——也就是说，作为死亡的生活——已经被不经意地赶走了。死亡会叫嚣着回来，只是还没到时间，不是现在。"（詹姆斯·伍德《最接近生活的事物》）

上晒楼，对女孩岳珉而言，是某种暂时的解脱，可以暂时屏蔽现实的杂音，暂时忘却逃难途中的困窘，从母亲的病、亲人的焦虑中游离出来，甚至可以暂时挣脱未来的不确定性，如脱线风筝一般放飞自我，全身心沉浸在眼前明媚的春光中，同时亦没入自我心灵深处，去体会一种无目的的快乐。晒楼对女孩最大的吸引力，无疑是这种无目的的快乐。令岳珉目醉心迷的，是与自身毫无利害关系的人事物。晴空中四处游荡的风筝，草坪上无人看管的野马，便是这种快乐的化身。

能摆脱现实及未来的胁迫，与女孩岳珉分享这种快乐的，只有小孩北生，还有丫头翠云。北生固然懂事，有时像小大人，但仍保有孩子的天真，见到跑脱的野马，忍不住惊呼狂喜，所以能与岳珉共享晒楼上隐秘的快乐。用牙粉当水粉搽脸的小丫头翠云，也是故事里的一抹亮色，她能猜透岳珉想坐渡船去对岸洗衣服的小心思，能捕捉到骑马过渡的新娘子和掠过天际的瓦片风筝。晒楼对女孩岳珉的心理抚慰作用，在她第三回上晒楼眺望时，沈从文明白道出："也不是为看风筝，也不是为看新娘子，等到翠云下晒楼以后，女孩岳珉仍然上了晒楼了。上了晒楼，仍然在栏杆边傍着，眺望到一切远处近处，心里慢慢的就平静了。"

女孩三次在晒楼上眺望，第一次是大块的风景素描，第二次目光锁定在渡船及河对岸。岳珉对小尼姑四林的特别关注，或许隐藏着快乐的真谛。小尼姑的出场，在第一回风景素描中已埋下伏笔，"庵堂里几株桃花"是春光图中最闹热的一笔。小尼姑提着篮子到河边洗菜，偏不好好干活，而是"慢慢的卷起衣袖，各处望了一会，又望了一阵天上的风筝，才从容不迫的，从提篮里取出一大束青菜，一一的拿到面前，在流水里乱摇乱摆。因此一来，河水便发亮的滑动不止"。这种漫不经心的行事节奏，把枯燥的日常劳作变成自得其乐的游戏。

在插入两段过渡的场景后，沈从文再度把镜头转到小尼姑身上，小尼姑是整个春光图中着墨最多的背景人物。她洗好菜后，又开始捣衣，忽然留意到木杵的回声，于是"停顿了工作"，对着城墙大喊自己的名字："四林，四林。"这个与剧情主线无关的小插曲，或许是整篇小说最耐人寻味的细节。小尼姑从洗菜、捣衣中发觉的快乐，比红黄蓝绿的春光，更触动女孩岳珉的心。原来快乐是寂寞的回声，无需观众。小说家借切断尘缘的小尼姑，用她的身世、性情及顽皮的举动，来界定不同于人伦之乐的，无目的的快乐。

《静》虽不是沈从文的代表作，但在叙事学层面上，充分展示了他最擅长的一种讲故事的方法，即将自然风景最大限度地织入事件中，部分转化为人物内面的风景。沈从文始终不是以构造戏剧冲突见长的小说家，他更擅于写风景画中的人与事，或者说营造人事之外的"空气"。所谓"空气"可以理解为故事胚胎之外的一种补充，"一种近于废话而又是不可少的说明"(《论冯文炳》)。沈从文在五十年代家书中曾批评当时的小说家"只会写事，缺少事以外的空气"，"特别是不会写平凡时，不会写静，不会写家常，因之写特别事，写动，写变故，也无个对比，易失于夸，而得不到准确生动效果"。这段批评反过来可读作沈从文的自我表扬。三十年代进入创作成熟期的沈从文，掌握了以静写动的手法，让自然与人事相衬托，以自然风物为背景映衬出平凡的人性之美。

《静》这篇小说让人印象深刻处，并非岳珉一家逃难途中没有故事的故事，反倒是女孩眼中的自然风景。小说中一幅幅淡彩的白描画，不是单纯的故事背景，而是女孩当时心境的某种外化。沈从文认为不能把人事孤立起来看，背景和事件有不可分割的联系，刻画人物更不能离开他生活的环境。沈从文自知其对自然风景画的嗜好，本是"一种长期孤独离群生长培养的感情"。小女孩在晒楼上对风景的凝视，极易与叙事者的视角混淆起来。沈从文极力在小说中保持故事与背景的某种平衡，让人事的悲欢在自然的光影中缓缓移动，用一个柔弱的生命反映出一部分现代社会的动荡。

《静》中的风景素描及人物轮廓，与废名二三十年代的短篇小说有面目相似处。沈从文在《论冯文炳》中指出，废名几乎所有的作品，尤其是《莫须有先生传》之前的短篇，其基础都建筑在"静"上面。废名作品中显现的趣味，来自其师周作人，在沈从文看来，师徒二人都表现出用"僧侣模样领会世情"的姿态，擅长以静写动，"用平静的心，感受一切大千世界的动静，从为平常眼睛所疏忽处看出动静的美，用略见矜持的情感去接受这一切"。废名与沈从文一样，擅于写寂静的美，写纤细朴素的美，其"用淡淡文字，画一切风物轮廓姿态"，"所显示的神奇，是静中的动，与平凡的人性的美"。沈从文对废名创作风格的概括，恰可以挪来评价《静》的叙事手法。沈从文坦言，在三十年代创作界与废名风格"最相称"的是自己，因为两人对农村生活的观察相同，作为故事背景的风俗习惯也相同，都用"同一单纯的文体，素描风景画一样把文章写成"。从这个意义上说，《静》这个题目及风景画的写法，在沈从文三十年代作品中，具有某种方法论的示范性。

如蕤

本篇曾以《女人》为篇名分十七次连载于一九三三年八月二十五日至九月十日《申报·自由谈》。署名沈从文。这是作者以《女人》为篇名的作品之一。一九三四年五月收入小说集《如蕤集》，上海生活书店初版。现据上海生活书店初版本编入。

（秋天，仿佛春天的秋天。）

协和医院里三楼甬道上，一个头戴白帽身穿白色长袍的年轻看护妇，手托小小白磁盆子，匆匆忙忙从东边回廊走向西去。到楼梯边时，一个招呼声止住了她的脚步。

从二楼上来了一个女人，在宽阔之字形楼梯上盘旋，身穿绿色长袍，手中拿着一个最时新的朱红皮夹，使人一看有"绿肥红瘦"感觉。这女人有一双长长的腿子，上楼时便显得十分轻盈。年纪大约有了二十七八，由于装饰合法，又仿佛可以把她岁数减轻一些。但靥额之间，时间对于这个人所作的记号，却不能倚赖人为的方法加以遮饰。便是那写在口角眉目间的微笑，风度中也已经带有一种佳人迟暮的调子。

她不能说是十分美丽，但眉眼却秀气不俗，气派又大方又尊贵。身体长得修短合度，所穿的衣服又非常称身，且正因为那点"绿肥红瘦"的暮春风度，故使人在第一面后，就留下一个不易忘掉的良好印象。

这个月以来她因为每天按时来院中看一病人，同那看护已十分熟习，如今在楼梯边见到了看护，故招呼着，随即快步跑上楼了。

她向那看护又亲切又温柔的说：

"夏小姐，好呀！"

那看护含笑望望喊她的人手中的朱红皮夹。

"如蕤小姐，您好！"

"夏小姐，医生说病人什么时候出院？"

"曾先生说过一礼拜好些，可是梅先生自己，上半天却说今天想走。"

"今天就走吗？"

"他那么说的。"

穿绿衣的不作声，把皮夹从右手递过左手。

穿白衣的看护仿佛明白那是什么意思，便接着说：

"曾先生说不行。他不签字，梅先生就不能出院。"

甬道上西端某处病房里门开了，一个穿白衣剃光头的男子，露出半个身子，向甬道中的看护喊：

"密司夏，快一点来！"

那看护轻轻的说："我偏不快来！"用眉目作了一个不高兴

的表示，就匆匆的走去了。

如蕤小姐站在楼梯边一阵子，还不即走，看到一个年青圆脸女孩，手中执了一把浅蓝色的大花，搀扶了一个青年优美的男子，慢慢的走下楼去。男子显得久病新瘥的样子，脸色苍白，面作笑容，女孩则脸上光辉红润，极其愉快。

一双美丽灵活的眼睛，随着那两个下楼人在之字形宽阔楼梯上转着，到后那俪影不见了，为楼口屏风掩着消灭了。这美丽的眼睛便停顿在楼梯边棕草垫上，那是一朵细小的蓝花。

"把我拾起来，我名字叫'毋忘我草'。"

她弯下腰把它拾起来。

一张猪肝色的扁脸，从肩膊边擦过去。一个毛子军人把一双碧眼似乎很情欲的望着这女人一会，她仿佛感到了侮辱，匆匆的就走了。

不到一会，三楼三百十七号病房外，就有只带着灰色丝织手套的纤手，轻轻的扣着门。里面并无声音，但她仍然轻轻的推开了那房门。门开后，她见到那个病人正披了白色睡衣，对窗外望，把背向着门，似乎正在想到某样事情，或为某种景物堕入玄思，故来了客人，他却全不注意。

她轻轻的把门掩上，轻轻的走近那病人身边，且轻轻的说："我来了。"

病人把头掉回，便笑了。

"我正想到为什么秋天来得那么快。你看窗外那株杨柳。"

穿绿衣的听到这句话，似乎忽然中了一击，心中刺了一下。装作病人所说的话与彼全无关系的神气，温柔的笑着。

"少想些，秋来了，你认识它就得了，并不需要你想它。"

"不想它，能认识它吗？"

女人于是轻轻的略带解嘲的神气那么说：

"譬如人，有些人你认识她就并不必去想她！"

"坐下来，不要这样说吧。这是如蕤小姐说话的风格，昨天不是早已说好不许这样吗？"

病人把如蕤小姐拉在一张有靠手的椅子旁坐下，便站在她面前，捏着那两只手不放：

"你为什么知道我不正在念你？"

女人嘴唇略张，绽出两排白色小贝，披着优美卷发的头略歪，做出的神气，正像一个小姑娘常作的神气。

病人说：

"你真像小孩子。"

"我像小孩子吗？"

"你是小孩子！"

"那么，你是个大人了。"

"可是我今年还只二十二岁。"

"但你有些方面，真是个二十二岁的大人。"

"你是不是说我世故？"

"我说我不如你那么……"

"得了。"病人走过窗边去，背过了女人，眉头轻微蹙了一下。回过头来时就说："我想出院了，医生不让我走。"

女人说："忙什么？"随即又说，"我见到那看护，她也说曾医生以为你还不能出去。"

"我心里躁得很。我还有许多事……"

"你好些没有？睡得好不好？"

病人听到这种询问，似乎从询问上引起了些另一时另一事不愉快的印象，反问女人：

"你什么时候动身？"

女人不好回答，抬起头把一双水汪汪的眼睛望着病人，望了一会，柔弱无力的垂下去，轻轻的透了一口气，自言自语的说："什么时候动身？"

病人明白那是什么原因，就说：

"不走也好！北京的八月，无处景物不美。并且你不是说等我好了，出了院，就陪我过西山去住半个月吗？那边山上树叶极美，我欢喜那些树木。你若走了，我一个人可不想到那边去。你为什么要走？"

女的把头低着，带着伤感气氛说："我为什么要走？我真不知道！"

病人说：

"我想起你一首诗来了。那首名为《季羨之谜》的诗，我记得你那么……"若说下去，他不知道应当说得是"寂寞"还是"多情善感"，于是他换了口气向女人说："外边一定很冷了，你怎么不穿紫衣？"

女人装作不曾听到这句话，无力地扭着自己那两只手套，到后又问："你出了院，预备上山不预备上山？"

病人似乎想起了这一个月来病中的一切，心中柔和了，悄然说道："你不走，你同我上山，不很好么？你又一定要走。"

"我一定要走，是的，我要走。"

"我要你陪我！"

"你并不要我陪你！"

"但你知道……"

"但你……"

什么话也不必说了，两人皆为一件事喑哑了。

她爱他，他明白的，他不爱她，她也明白的。问题就在这里，三年来各人的地位还依然如故，并不改变多少。

他们年龄相差约七岁。一片时间隔着了这两个人的友谊，使他们不能不停顿到某一层薄幕前面。两人皆互相望着另外一个心上的脉络，却常常黯然无声的呆着，无从把那个人的臂膊张开，让另一个无力地任性地卧到那一个臂膊里去。

（夏天，热人闷人倦人的夏天。）

三年前，南国××暑期海滨学术演讲会上，聚集五十个年青女人，七十个年青男子，用帐幕在海边经营暑期生活。这些年青男女皆从各大学而来，上午齐集在林荫里与临时搭盖的席棚里，听北平来的名教授讲学，下午则过海边浴场作海水浴，到了晚上，则自由演剧，放映电影，以及小组谈话会，跳舞会，同时分头举行。海边沙上与小山头，且常燃有营火，焚烧柴堆，作为海上荡舟人与入山迷失归途的人指示营幕所在地。

女子中有个杰出的人物。××总长庶出的女儿，岭南大学二年级学生。这女子既品学粹美，相貌尤其丰丽。游泳，骑马，划船，击球，无不精通超人一等。且为人既活泼异常，又无轻狂佻野习气。待人接物，温柔亲切，故为全个团体所倾心。其中尤以一个青年教授，一个中年教授，两人异常崇拜这个女子。但在当时，这女孩子对于一切殷勤，似乎皆不甚措意。俨然这人自觉应永远为众人所倾心，永远属于众人，不能尽一人所独占，故个人仍独来独往，不曾被任何爱情所软化。

当她发觉了男子中即或年纪到了四十五岁，还想在自己身边装作天真烂漫的神气，认为妨碍到她自己自由时，就抛开了男子们，常常带领了几个年幼的女孩，驾了白色小船，向海中驶去。在一群女孩中间她处处像个母亲，照料得众人极其周到，但当几人在沙滩上胡闹时，则最顽皮最天真的也仍然推她。

她能独唱独舞。

她穿着任何颜色任何质料的衣服，皆十分相称，坏的并不显出俗气，好的也不显出奢华。

她说话时声音引人注意，使人快乐。

她不独使男子倾倒，所有女子也无一不十分爱她。

但这就是一个谜，这为上帝特别关切的女孩子，将来应当属谁？

就因为这个谜，集会中便有许多男子皆发着痴，心中思索着，苦恼着。林荫里，沙滩上，帐幕旁，大清早有人默默的单独的踱着躺着，黄昏里也同样如此。大家皆明白"一切路皆可以走近罗马"那句格言，却不明白有什么方法，可以把这颗心傍近这女人的心。"一切美丽皆使人痴呆"，故这美丽的女孩，本身所到处，自然便有这些事情发生，同时也将发生些旁的使男子们皆显得可怜可笑的事情。

她明白这些，她却不表示意见。

她仍然超越于人类痴妄以上，又快乐又健康的打发每个日子。

她欢喜散步，海滨潮落后，露出一块赭色沙滩，齐平如茵褥，比茵褥复更柔和。脚所践履处，皆起微凹，分明地印出脚掌或脚跟美丽痕迹。这沙滩常常便印上了一行她的脚迹。许多年青学生，在无数脚迹中皆辨识得出这种特别脚迹，一颗心追数着留在沙上那点东西，直至潮水来到，洗去了那东西时，方能离开。

每天潮水的来去，又正似乎是特别为洗去那沙上其他纵横凌乱的践履记号，让这女孩子脚迹最先印到这长沙上。

海边的潮水涨落因月而异。有时恰在中午夜半，有时又恰在天明黄昏。

有一天，日头尚未从海中升起，潮水已缩，淡白微青的天空，还嵌了疏疏的几颗白星，海边小山皆还包裹在银红色晓雾里，大有睡犹未醒的样子。沿海小小散步石道上，矗立在轻雾中的电灯白柱，尚有灯光如星子，苍白着脸儿。

她照常穿了那身轻便的衣服，披了一件薄绒背心，持了一条白竹鞭子，钻出了帐幕，走向海边去。晨光熹微中大海那么温柔，一切万物皆那么温柔，她饱饱的吸了几口海上的空气，便起始沿了尚有湿气与随处还留着绿色海藻的长滩，向日头出处的东方走去。

她轻轻的啸着，因为海也正在轻轻的啸着。她又轻轻的唱着，因为海边山脚豆田里，有初醒的雀鸟也正在轻轻的唱着。

有些银色的雾，流动在沿海山上，与大海水面上。

这些美丽的东西会不会到人的心头上？

望到这些雾她便笑着。她记起蒙在她心头上一张薄薄的人事网子。她昨天黄昏时，曾同一个女伴，坐到海边一个岩石上，听海涛呜咽，波浪一个接着一个撞碎在岩石下。那女孩子年纪不过十七岁，爱了一个牧师的儿子，那牧师儿子却以为她是小孩子，一切打算皆由于小孩子的糊涂天真，全不近于事实所许可。那牧师儿子伤了她的心。她便一一诉说着。且说他若再只把她当小孩，她就预备自杀给他看。问那女孩子："自杀了，他会明白么？除了自杀难道就并无别的办法让他明白吗？而且，是不是当真爱他？爱他即或是真的，这人究竟有什么好处？"那女孩沉默了许久，昂起头带着羞涩的眼光，却回答说："我自己也不知道这是怎么回事。他所有好处在别个男孩子品性中似乎皆可以发现，我爱他似乎就只是他不理我那分骄傲处。我爱那点骄傲。"当时她以为这女孩子真正是小孩子。

但现在给她有了一个反省的机会。她不了解这女孩子的感情，如今却极力来求索这感情的起点与终点。

爱她的人可太多了，她却不爱他们。她觉得一切爱皆平凡得很，许多人皆在她面前见得又可怜又好笑。许多人皆因为爱了她把他自己灵魂，感情，言语，行为，某种定型弄走了样子。譬如大风，百凡草木皆为这风而摇动，在暴风下无一草木能够坚凝静止，毫不动摇。她的美丽也如大风。可是她希望的正是永远皆不动摇的大树，在她面前昂然的立定，不至于为她那点美丽所征服。她找寻这种树，却始终没有发现。

她想："海边不会有这种树。若需要这种树，应当深山中去找寻。"

的的确确，都市中人是全为一个都市教育与都市趣味所同化，一切女子的灵魂，皆从一个模子里印就，一切男子的灵魂，又皆从另一模子中印出，个性与特性是不易存在，领袖标准是在共通所理解的榜样中产生的。一切皆显得又庸俗又平凡，一切皆转成为商品形式。便是人类的恋爱，没有恋爱时那分观念，有了恋爱时那分打算，也正在商人手中转着，千篇一律，毫不出奇。

海边没有一株稍稍崛强的树，也无一个稍稍崛强的人。为她倾倒的人虽多，却皆在同样情形下露出蠢相，做出同样的事情，世故一些的先是借些别的原因同在一处，其次就失去了人的样子，变成一只狗了。年纪轻些的，则就只知写出那种又粗鲁又笨拙的信，爱了就谦卑谄媚，装模作样，眼看到自己所作的糊涂样子，还不能够引动女人，既不知道如何改善方法，便作出更可笑的表示，或要自杀，或说请你好好防备，如何如何。一切爱不是极其愚蠢，就是极其下流，故她把这些爱看得一钱不值了。

真没有一个稍稍可爱的男子。

她厌倦了那些成为公式的男子，与成为公式的爱情。她忽然想起那个女孩口中的牧师儿子。她为自己倏然而来飘然而逝的某种好奇意识所吸引，吃了点惊。她望望天空，一颗流星正划空而逝，于是轻轻的轻轻的自言自语说道："逝去的，也就完事了。"

但记忆中那颗流星，还闪着悦目的光辉。"强一些，方有光辉！"她微笑了，因为她自觉是极强的。然而在意识之外，就潜伏了一种欲望，这欲望是隐秘的，方向暧昧的。

左拉在他的某篇小说上，曾提及一个贞静的女人，拒绝了所有向她献媚输诚的一群青年绅士，逃到一个小乡村后，却坦然尽一个粗卤的农夫，在冒昧中吻了她的嘴唇同手足。骄傲的妇人厌倦轻视了一切柔情，却能在强暴中得到快感。

她记起了左拉那篇小说。那作品中从前所不能理解的，现在完全理解了。倘若有那么凑巧的遭遇，她也将如故事所说，"毫不拒绝的躺到那金黄色稻草积上去。"固执的热情，疯狂的爱，火焰燃烧了自己后还把另外一个也烧死，这爱情方是爱情！

但什么地方有这种农夫？所有农夫皆大半饿死了。这里则面前只是一片沙，一片海。

民族衰老了，为本能推动而作成的野蛮事，也不会再发生了。都市中所流行的，只是为小小利益而出的造谣中伤，与为稍大利益而出的暗杀诱捕。恋爱则只是一群阉鸡似的男子，各处扮演着丑角喜剧。

她想起十个以上的丑角，温习这些自作多情的男子各种不得体的爱情，不愉快的印象。

她走着，重复又想着那个不识面的牧师儿子。这男子，十七岁的女子还只想为他自杀哩，骄傲的人！

流星，就是骑了这流星，也应当把这种男子找到，看他的骄傲，如何消失到温柔雅致体贴亲切的友谊应对里。她记着先前一时那颗流星。

日光出来了，烧红了半天。海面一片银色，为薄雾所包裹。

早日正在融解这种薄雾。清风吹人衣袂如新秋样子。

薄雾渐渐融解了，海面光波耀目，如平敷水银一片，不可逼视。

炫目的海需要日光，炫目的生活也需要类乎日光的一种东西。这东西在青年绅士中既不易发现，就应当注意另外一处！

当天那集会里应当有她主演的一个戏剧，时间将届时，各处找寻这个人，皆不能见到。有人疑心她或在海边出了事，海边却毫无征兆可得。于是有人又以可笑的测度，说她或者走了，离开这里了，因此赴她独自占据的小帐幕中去寻觅，一点简单行李虽依然在帐幕里，却有个小小字条贴在撑柱上，只说："我不高兴再留到这里，我走了。大家还是快乐的打发这个假期吧。"大家方明白这人当真走了。

也像一颗流星，流星虽然长逝了，在人人心中，却留下一个光辉夺目的记号。那件事在那个消夏会中成为一群人谈论的中心，但无一个人明白这标致出众的女人，为什么忽然独自走去。

日头出自东方，她便向东方注意，坐了法国邮船向中国东部海岸走去。她想找寻使她生活放光同时他本身也放光的一种东西。她到了属于北国的东方另一海滨。

那里有各地方来的各样人，有久住南洋带了椰子气味的美国水兵，有身着宽博衣裳的三岛倭人，有流离异国的北俄，有庞然大腹由国内各处跑来的商人政客，有……

她并不需要明白这些。她住到一个滨海著名旅馆中后，每日皆默默的躺到海滩白沙上大伞下眺望着大海太空的明蓝。她正在用北海风光，洗去留在心上的南海厌人印象。她在休息，她在等待。

有时赁了一匹白马，到山上各处跑去，或过无人海浴处，沿了潮汐退尽的沙滩上跑去。有时又一人独自坐在一只小艇内，慢慢的摇着小桨，把船划到离岸远到三里五里的海中，尽那只小艇在一汪盐水中漂流荡漾。

陌生地方陌生的人群，却并不使她感到孤寂。在清静无扰孤独生活中，她有了一个同伴，就是她自己的心。

当她躺在沙上时，她对于自然与对于本性，皆似乎多认识了一些。她看一切，听一切，分析一切，皆似乎比先前明澈一些。

尤其使她愉快的，便是到了这地方来，若干游客中，似乎并无一个人明白她是谁。虽仿佛有若干双陌生的眼睛，每日皆可在沙滩中无意相碰，她且料想到，这些眼睛或者还常常在很远处与隐避处注视到她，但却并无什么麻烦。一个女子即或如何厌烦男子，在意识中，也仍然常常有把这种由于自己美丽使男子现出种种蠢相的印象，作为一种秘密悦乐的时节。我们固然不能欢喜一个嗜酒的人，但一个文学者笔下的酒徒，却并不使我们看来皱眉。这世界上，也正有若干种为美所倾倒的人类可怜悯的姿态，玩味起来令人微笑！

划船是她所擅长的运动，青岛的海面早晚尤宜于轻舟浮泛。有一天她独自又驾了那白色小艇，打着两桨，沿海向东驶去。

东方为日头所出的地方，也应当有光明热烈如日头的东西，等待在那边。可是所等待的是什么？

在东方除了两个远在十哩以外金字塔形的岛屿以外，就只一片为日光镀上银色的大海。这大海上午是银色，下午则成为蓝色，放出蓝宝石的光辉。一片空阔的海，使人幻想无边的海。

东边一点，还有两个海湾，也有沙滩，可以作海水浴，游人却异常稀少。

她把船慢慢的划去，想到了第三个海湾时为止。她欢喜从船上看海边景物。她欢喜如此寂寞地玩着，就因她早为热闹弄疲倦了。

当船摇到离开浴场约两哩左右，将近第三海湾，接近名为太平角的山岨时，海上云物奇幻无方，为了看云，忘了其他事情。

盛夏的东海，海上有两种稀奇的境界，一是自海面升起的阵云，白雾似的成团成饼从海上涌起，包裹了大山与一切建筑；一是空中的云彩，五色相煊，尤以早晨的粉红细云与黄昏前绿色片云为美丽。至于中午则白云嵌镶于明蓝天空，特多变化，无可仿佛，又另外有一番惊人好处。

她看的是白云。

到后夏季的骤雨到了，挟以雷声电闪，向海面逼来。海面因之咆哮起来，各处是白色波帽，一切皆如正为一只人目难于瞧见的巨手所翻腾，所搅动。她匆忙中把船向近岸处尽力划去。她向一个临海岩壁下划去。她以为在那方面当容易寻觅一个安全地方。

那一带岩石的海岸，却正连续着有屋大的波浪，向岩石撞去，成为白沫。船若傍近，即不能不与一切同归于尽。

船离岩壁尚远，就倾覆了，她被波浪卷入水中后，便奋力泅着。

头上是骤雨与吓人的雷声，身边是黑色愤怒的海，她心想："这不是一个坏经验！"她毫不畏怯，以为自己的能力足支持下去，不会有什么不幸。她仍然快乐的向前泅去。

她忽然记起岩壁下海面的情形，若有船只，尚可停泊，若属空手，恐怕无上岸处，故重复向海中泅去，再看看方向，观察从某一方泅去，可以省事一些，方便一些。

她发现了她应当向东泅去，则可在第二海湾背风的一面上岸。

她大约还应泅半哩左右。她估计她自己能力到岸有剩余，故她毫不忙乱。

但到离岸只有二百米左右时，她的气力已不济事了，身体为大浪所摇撼，她感觉疲倦，以为不能拢岸，行将沉入海底了。

她被波浪推动着。

她把方向弄迷了，本应当再向东泅去，忽又转向南边一点泅去。再向南泅去，她便将为浪带走，摔碎到岩石上。

当她在海面挣扎中，忽被一只强而有力的手攫住头发，带她向海岸边泅去时，她知道她已得了救助，她手脚仍然能够拍水分水，口中却喑哑无言，到了岸时便昏迷了。那人把她抱上了岸，尽她俯伏着倒出了些咸水，后来便让她卧下，蹲在她身边抚摩着手心。

她慢慢的清楚了。张开两只眼睛，便看到一个黑脸长身青年俯伏在她身边。她记起了前一时在水中种种情形，便向那身边陌生男子屡弱的笑着，作的是感谢的微笑。她明白这就是救她出险的男子。她想起来一下，男子却把手摇着，制止了她。男子也微笑着，也感谢似的微笑着，因为他显然在这件事情上得到了最大的快乐。

她闭上眼睛时，就看到一颗流星，两颗流星。这是流星还是一个男孩子纯洁清明的眼睛呢?

她迷糊着。

重新把眼睛睁开时，那陌生青年男子因避嫌已站远了一些了。她伸出手去招呼他。且让他握着那只无力的手。于是两人皆微笑着。一句"感谢"的话语融解成为这种微笑,两人皆觉得感谢。

年青人似乎还刚满二十岁,健全宽阔的胸脯,发育完美的四肢,尖尖的脸,长长的眉毛,悬胆垂直的鼻头,带着羞怯似的美丽嘴唇,无一不见得青春的力与美丽。

行雨早过了,她望着那男子身后天空,正挂着一条长虹。女人说:

"先生,这一切真美丽!"

那男子笑了,也点头说:

"是的,太美丽了。"

"谢谢您。没有您来带我一手,我这时一定沉到这美丽海底,再不能看到这种好景致了。为什么我在海中你会见到?"

"我也划了一只小船来的,我看看云彩,知道快要落雨了,故把船泊近岸边去。但我见到你的白船,我从草帽上知道您是个小姐,我想告你一下,又不知道如何呼喊您。到后雨来了,我眼看着你把船尽力向岸边划来,大声告你不能向那边岩壁下划去,你却听不到。我见你把船向岩边靠拢,知道小船非翻不可,果然一会儿就翻了,我方从那边跳下来找你。"

"你冒了险作这件事,是不是?"

男子笑着,承认了自己的行为。

"你因为看清楚我是个女人,故那么勇敢从悬岩上跃下把我救起,是不是?"

那男子羞怯似的摇着头,表示承认也同时表示否认。

"现在我们已经成为朋友了,请告我些你自己的事情吧。我希望多知道些，譬如说，你住在什么地方？在什么学校念书？这家有些什么人，家中人谁对你最好，谁最有趣？你欢喜读的书是那几本？"

"我姓梅……"

"得了，好朋友是用不着明白这些的。这对我们友谊毫无用处。你且告我，你能够在这一汪咸水里尽你那手足之力，泅得多远？"

"我就从不疲倦过。"

"你欢喜划船吗？"

"我有时也讨厌这些船。"

"你常常是那么一个人把船划到海中玩着吗？"

"我只是一个人。"

"我到过南方。你见不见到过南方的大棕榈树同凤尾草？"

"我在黑龙江黑壤中长大的。"

"那么你到过北京城了。"

"我在北京城受的中学教育。"

"你不讨厌北京吗？"

"我欢喜北京。"

"我也欢喜北京。"

"北京很好。"

"但我看得出你同别的人欢喜北京不同。别人以为北京一切是旧的，一切皆可爱。你必定以为北京罩在头上那块天，踏在脚下那片地，四面八方卷起黄尘的那阵风，一些无边无际那种雪，莫不带点儿野气。你是个有野性的人，故欢喜它，是不是。"

这精巧的阿谀使年青男子十分愉快。他说：

"是的，我当真那么欢喜北京，我欢喜那种明朗粗豪风光。"

女子注意到面前男子的眉目口鼻，心中想说："这是个小雏儿，不济事，一点点温柔就会把这男子灵魂高举起来！你并不欢喜粗野，对于你最合适的，恐怕还是柔情！"

但这小雏儿虽天真却不俗气。她不讨厌他。她向他说：

"你傍我这边坐下来，我们再来谈谈一点别的问题，会不会妨碍你？你怕我吗？"

青年人无话可说，只好微带腼腆站近了一点，又把手遮着额部，眺望海中远处，吃惊似的喊着：

"我们的船并不在海中，一定还在岩壁附近。"

他们所在的地方，已接近沙滩，为一个小阜上，却被树林隔着了视线，左边既不能见着岩壁，右边也看不到沙滩，只是前面一片海在脚下展开。年青男子走过左边去，不见什么，又走过右边去，女人那只白色小艇正斜斜的翻卧在沙滩上，赶忙跑回来告给女人。

女的口上说"船坏了并不碍事"，心中却想着："应当有比这小船儿更坚固结实的'小船'，容载这个心，向宽泛无边的大海中摇去！"她看看面前，却正泊着一只理想的小船。强健的胳膊，强健的灵魂，一切皆还不曾为人事所脏污。如若有所得的微笑着，她几乎是本能地感到了他们的未来一切。

她觉得自己是美丽的，且明白在面前一个人眼光中，她几乎是太美丽了。她明白他曾又怯又贪注意过她的身体的每一部分。她有些羞恶，但她却不怕他也不厌烦他。

他毫无可疑，只是一个大学一年生，一切兴味同观念，就是对女人的一分知识，也不会离开那一年级生的限制。他读书并不多，对于人生的认识有限，他慢慢的在学习都市中人的生活，他也会成为庸碌而无个性的城市中人。她初初看他，好像全不俗气，多谈了几句话，就明白凡是高级中学所输入于学生的那分坏处，这个人也完全得到他应得的一分。但不知怎么样的稀奇的原因，这带着乡下人气分的男子，单是那点野处单纯处，使她总觉得比绅士有意思些。他并不十分聪明，但初生小犊似的，天下事什么都不怕的勇气，仿佛虽不使他聪明，却将令他伟大。真是的，这孩子可以伟大起来！

　　她问他：

　　"你每天洗海水浴吗？"

　　他点着头，故她又问：

　　"你什么时候离开这海滨？"

　　"我自己也不知道。"

　　"自己应当知道自己。想怎么样就怎么样，你难道不想么？"

　　"我想也没有用处。"

　　"你这是小孩子说法，还是老头子说法？小孩子，相信爸爸，因为家中人管束着他，可以那么说。老头子相信上帝，因为一切事皆以为上帝早有安排，故常常也不去过分折磨自己情感。你……"

　　女的说到这里时，她眼看着身边那一个有一分害羞的神气，她就不再说下去了。她估计得出他不是个"老头子"。她笑了。

　　那男子为了有人提说到小孩与老人，意思正像请他自行挑选，他便不得不说出下面的话语。

"我跟了我爸爸来的。我爸爸在××部里作参事，有人请我们上崂山去，我在山上住了两天厌倦了，独自跑回来了，爸爸还在山上做诗！"

"你爸爸会做诗吗？"

"他是诗人，他同梁任公夏××曾……"

"啊，你是××先生的少爷吗？"

"你认识我爸爸吗？"

"在××讲演时我见过一次，我认得他，他不认识我。"

"你愿不愿意告给我……"

女的想起了自己来此本不愿意另外还有人知道她的打算了，她极不愿意人家知道她是××总长的小姐，她尤其不愿意想傍近她的男子，知道她是个百万遗产的承继人。现在被问到时，她一时不易回答，就把手摇着，且笑着，不许男的询问。且说：

"崂山好地方，你不欢喜吗？"

"我怕寂寞。"

"寂寞也有寂寞的好处，它使人明白许多平常所不明白的事情。但不是年青人需要的，人年纪轻轻的时节，只要得是热闹生活，不会在寂寞中发现什么的。"

"你样子像南方人，言语像北方人。"

"我的感情呢，什么都不像。"

"我似乎在什么地方看过你。"

"这是句绅士说的话。绅士看到什么女人，想同她要好一点时，就那么说，其实他们在过去任何一时皆并不见到。他那句话意思也不过是说'我同你熟了'或'看你使人舒服'罢了。你是不是这意思？"

男的有点羞怯了，把手去抓取身边小石子，奋力向海中掷去，要说什么又不好说，不敢说。其实他记忆若好一点，就能够说得出他在某种画报上看到过她的相片。但他如今一时却想不起。女的希望他活泼点，自由点，于是又说：

"我们应当成为很好的朋友，你说，我是怎么样一种人？"

男的说：

"我不知道你是怎么样身份的人，但你实在是个美人！"

听到这种不文雅的赞美，女的却并不感觉怎样难堪。其实他不必说出来，她就知道她的美丽早已把这孩子眼目迷乱了。这时她正躺着，四肢匀称柔和，她穿的原是一件浴衣，浴衣外面再罩了一件白色薄绸短褂。这短褂落水时已弄湿，紧紧的贴着身体，各处襞皱着。她这时便坐了起来，开始脱去那件短褂，拧去了水，晾到身边有太阳处去。短褂脱掉后，这女人发育合度的肩背与手臂，以及那个紧束在浴衣中典型的胸脯，皆收入了男子的眼底。

男子重新拾起了一粒石子，奋力向海中抛去，仿佛那么一来，把一点引起妄想的东西同时也就抛入了海中。他说："得把它摔得极远极远，我会作这件事！"但石子多着，他能摔尽吗？

女的脱掉短褂后，站起来活动了一下四肢，也拾起了一粒石子向海中摔去，成绩似乎并不出色，女的便解嘲一般说道：

"这种事我不成，这是小孩子作的事！"

两人想起了那只搁在浅滩上的小船，便一同跑下去看船，从水中拉起搁到沙上，且坐在那船边玩。玩得正好，男的忽向先前两人所在的小阜上跑去，过一会，才又见他跑回来，原来他为得是去拿女人那件短褂，把短褂拿来时晾到船边，直到这时两人似乎才注意到这个男子身上所穿的衣服，不是入水的衣服。这男孩子把船从浴场方面绕过炮台摇来时，本不预备到水中去，故穿得是一件白色翻领衬衫，一件黄色短裤。当时因为匆忙援救女子，故从岩壁上直向海中跳下，后来虽离了险境，女子苏醒了，只顾同她谈话，把自己全身也忘记了。

若干时以来，湿衣在身上还裹着，这时女子才说：

"你衣全湿了，不好受吧。"

"不碍事。"

"你不脱下衣拧拧吗？"

"不碍事，晒晒就干了。"

男子一面用木枝画着沙土，一面同女子谈了很多的话。他告给她，关于他自己过去未来的事情，或者说得太多了些，把不必说到的也说到了，故后来女人就问他是不是还想下海中去游泳一阵。他说他可以把小船送她回到惠泉浴场去，她却告他不必那么费事，因为她的船是旅馆的，走到前面去告给巡警一声，就不再需要照料了。她自己正想坐车回去。

其实她只是因为同这男子太接近了，无从认清这男子。她想让他走后，再来细细玩味一下这件凑巧的奇遇。

她爬上小阜去，眼看那男孩子上了船，把船摇着离开了海岸后，这方面摇着手，那方面也摇着手，到后船转过峭壁不见了，她方重新躺下，甜甜的睡了一阵。

他们第二天又在浴场中见了面。

他们第三天又把船沿海摇去，停泊在浴人稀少的长沙旁小湾里，在原来树林里玩了半天。分别时，那女孩子心想："这倒是很好的，他似乎还不知道说爱谁，但处处见得他爱我！"她用得是快乐与游戏心情，引导这个男孩子的感情到了一个最可信托的地位。她忘了这事情的危险。弄火的照例也就只因为火的美丽，忘了一切灼手的机会。

那男孩子呢，他欢喜她。他在她面前时，又活泼，又年青，离开她时，便诸事毫无意绪。他心乱了。他还不会向她说"他爱了她"，他并不清楚什么是爱。

她明白他是不会如何来说明那点心中烦乱的爱情的，她觉得这些方面美丽处，永远在心上构成一条五色的虹。

但两人在凑巧中成了朋友，却仍然在另一凑巧中发生了点误会，终于又离开了。

（一个极长的冬天。）

那年秋天他转入了北京的工业大学理科。她也到了北京入了燕京教会大学的文科二年级。

他们仍然见了面。她成了往日在南海之滨所见到的一个十七岁女孩子，非得到那个男孩子不成了。

她爱了他。他却因为明白了她是一个官僚的女子，且从一些不可为据的传闻上，得到这个女人一些故事，他便尽避着她。

年龄同时形成两人间一重隔阂，女人却在意外情形中成为一个失恋者。在各样冷淡中她仍然保持到她那分真诚。至于他呢，还只是一个二十一岁的孩子，气概太强了点，太单纯了点，只想在化学中将来能有一分成就，对于国家有所贡献。这点单纯处使他对于恋爱看得与平常男子不同了。事实上他还是个小孩子，有了信仰，就不要恋爱了。

如此在一堆无多精彩的连续而来的日子中，打发了将近一千个日子。两人只在一分亲切友谊里自重的过着下去。

到后却终于决裂了。女人既已毕了业，且在那个学校研究院过了一年，他也毕业了。她明白这件事应得有一个结束，她便结束了这件事，告给他，她已预备过法国去。那男的只是用三年来已成习惯的态度，对于她所说的话表示同意，他到后却告她，他只想到上海一家酸类化工厂做助理技师，积了钱再出国读书。

她告他只要他想读书，她愿意他把她当个好朋友，让她借给他一笔钱。他就说他并不想这样读书，这种读书毫无意思。

他们另外还说了别的，这骄傲美丽的男子，差不多全照上面语气答复女子。

她到后便什么话也不说，只预备走了。

他恰好于这时节在实验室中了毒。

后来入了医院，成为协和医院病房中一位常住者，病房中病人床边那张小椅子上，便常常坐了那个女子。

人在病中性情总温柔了些。

他们每天温习三年前那海上一切，这一片在各人印象中的海，颜色鲜明，但两人相顾，却都不像从前那么天真了。这病对于女人给了许多机会，使女人的柔情，在各种小事上，让那个躺在白色被单里的病人，明白它，领会它。

（春天，有雪微融的春天。不，黄叶作证，这不是春天！）

一辆汽车停顿在西山饭店前门土地上，出来了一个男子，一个颀长俊美的男子，一个女人，一个穿了绿色丝质长袍的女人，两人看了三楼一间明亮的房间。一会儿，汽车上的行李，一个黄衣箱，一个黑色打字机小箱，从楼下搬来时，女人告给穿制服的仆役，嘱告汽车夫，等一点钟就要下山。

过了一点钟后，那辆汽车在八里庄坦平官道上向城中跑去时，却只是一辆空车。

…………

将近黄昏时，男子拥了薄呢大衣，伴同女人立定在旅馆屋顶石栏杆边，望一抹轻雾流动于山下平田远村间，天上有赧霞如女人脸庞。天空东北方角隅里，现出一粒星星，一切皆如梦境。旅馆前面是上八大处的大道，山道上正有两个身穿中学生制服的女孩子，同一个穿翻领衬衣黄色短裤的男子，向旅馆看门人询问上山过某处的道路。一望而知这些年青人皆是从城中结伴上山来旅行的。

女人看看身旁久病新瘥的男子，轻轻的透了口气。

去旅馆大约半里远近，有一个小小山阜，阜上种得全是洋槐，那树林浴在夕阳中，黄色的叶子更觉得耀人眼目。男子似乎对于这小阜发生了兴味，向女人说：

"我们到那边去看看好不好？"

女人望了一望他的脸儿，便轻轻的说：

"你不是应当休息吗？"

"我欢喜那个小山。"男的说，"这山似乎是我们的……"

"你不能太累！"女的虽么说，却侧过了身，让男的先走。

"我精神好极了，我们去玩玩，回来好吃饭。"

两人不久就到了那山阜树林。这里一切恰恰同数年前的海滨地方一样，两人走进树林时，皆有所惊讶，不约而同急促的举步穿过树林，仿佛树林尽处，即是那片变化无方的大海。但到了树林尽头处，方明白前面不是大海，却只是一个私人的坟地。女的一见坟地，为之一怔，站着发了痴。男的却不注意到这坟地，只愉快的笑着。因为更远处，夕阳把大地上一切皆镀了金色，奇景当前，有不可形容的瑰丽。

男子似乎走得太急促了一些，已微微作喘，把手递给女子后，便问女子这地方像不像一个两人十分熟习的地方。她听着这个询问时，轻微的透了一口气，勉强笑着，用这个微笑掩饰了自己的感情。

"回忆使人年青了许多。"男的自言自语的说着。

但那女的却自心中回答着："一个人用回忆来生活，显见得这人生活也只剩下些残余渣滓了。"

晚风轻轻的刷着槐树，黄色叶子一片一片落在两人身上与脚边，男子心中既极快乐，故意作感慨似的说：

"夏天过了，春天在夏天的前面，继着夏天而来的是秋天。多美丽的秋天！"

他说着，同时又把眼睛望着有了秋意的女人的眼、眉、口、鼻。

她的确是美丽的，但一望而知这种美丽不是繁花压枝的三月，却是黄叶藉地的八月。但他现在觉得她特别可爱，觉得那点妩媚处，却使她超越了时间的限制，变成永远天真可爱，永远动人吸人的好处了。他想起了几年来两人间的关系，如何交织了眼泪与微笑。他想起她因爱他而发生的种种事情，他想起自己，几年来如何被爱，却只是初初看来好像故意逃避，其实说来则只漫无理性的拒绝，便带了三分羞惭，把一只手向女人伸去，两人握着了手，眼睛对着眼睛时，他便抱歉似的轻轻的说：

"我快乐得很。我感谢你。"

女人笑了。瞳子湿湿的，放出晶莹的光。一面愉快的笑，一面似乎也正孤寂的有所思索，就在那两句话上，玩味了许久，也就正是把自己嵌入过去一切日子里去。

过了一会，女人说：

"我也快乐得很。"

"我觉得你年青了许多，比我在山东那个海边见你时还年青。"

"当真吗？"

"你看我的眼睛，你看看，你就明白你的美丽处，如何反映在一个男子惊讶上！"

"但你过去从不为什么美丽所惊讶，也不为什么温柔所屈服。"

"我这样说过吗？"

"虽不这样说过，却有这样事实。"

他傍近了她，把另一只手轻轻的搭上她的肩部，且把头靠近她鬓边去。

"我想起我自己糊涂处，十分羞惭。"

588

她把脸掉过去，遮饰了自己的悲哀，却轻轻的说道：

"看，下面的村子多美！……"

男子同一个小孩子一样，走过她面前去，搜索她的脸，她便把头低下去，不再说话。他想拥抱她，她却向前跑了。前面便是那个不知姓氏的坟园短墙，她站在那里不动，他赶上前去把她两只手皆捏得紧紧的，脸对着脸，两人皆无话可说。两人皆似乎触着一样东西，喑哑了，不能用口再说什么了。

女的把一只白白的手抚摩着男的脸颊同胳膊，"冷不冷？夜了，我们回去。"男的不说什么，只把那只手拖过嘴边吻着。

两人默默的走回去。

到旅馆后，男的似乎还兴奋，躺在一张靠背椅上，女的则站在他的身边，带着亲切的神气，把手去抚男子的额部，且轻轻的问他：

"累不累？头昏不昏？"

男的便仰起头颅，看到女人的白脸，作将近第五十次带着又固执又孩气的模样说：

"我爱你。"

女的笑说：

"不爱既不必用口说我就明白，爱也可以无需乎用口说。"

男的说：

"还生我的气吗？"

女的说：

"生你什么气？生气有什么用处？"

两人后来在煤油灯下吃了晚饭。饭吃过后，女的便照医生所嘱咐的把两种药水混合到一个小瓶子里，轻轻的摇了一会，再倒出到白瓷杯子里去。

服过了药，男的躺在床上，女的便坐在床边，同他来谈说一切过去事情。

两人谈到过去在海边分手那点误会时，男的向女的说：

"……你不是说过让我另外给你一个机会，证明你是个什么样的人吗？我问你，究竟是什么样的机会？"

女的不说什么，站起了一下，又重复坐下去，把脸贴到男的脸边去。男的只觉得香气醉人，似乎平时从不闻过这种香味。

第二天早上约莫八点钟，男的醒来时，房中不见女人，枕头边有个小小信封，一个外面并不署名，一拈到手中却知道有信件在里面的白色封套。撕去了那个信封的纸皮，里面果然有一张写了字的白纸，信上写着：

　　我不知为什么，我总觉得走了较好，为了我的快乐，为了不委屈我自己的感情，我就走了。莫想起一切过去有所痛苦，过去既成为过去，也值不得把感情放在那上面去受折磨。你本来就不明白我的。我所希望的，几年来为这点愿心经验一切痛苦，也只是要你明白我。现在你既然已明白我，而且爱了我，为了把我们生命解释得更美一些，我走了，当然比我同你住下去较好的。

　　你的药已配好，到时照医生说的方法好好吃完，吃后仍然安静的睡觉。学做个男子，学做个你自己平时以为是男子的模样，不必大惊小怪，不必让旅馆中知道什么。

希望你能照往常一样，不必担心我的事情。我并不是为了增加你的想念而走的。我只觉得我们事情业已有了一个着落，我应当走，我就走了。

愿天保佑你！

如蕤留

把信看完后，他赶忙揿床边电铃。听差来了，他手中还捏着那个信，本想询问那听差的，同房女人什么时候下的山，但一看到听差，却不作声，只把头示意，要他仍然出去。听差拉上了门出去后，他伸手去攫取那个药瓶，药瓶中的白汁，被振荡时便发着小小泡沫。

他望着这些泡沫在振荡静止以后就消灭了，便继续摇着。

他爱她，且觉得真爱了她。

廿二年六月在青岛写成

爱情场景与女性理想 | 姜泓冰

沈从文以都市人，尤其以知识者心态为表现对象的小说，多有讽刺小说的倾向，如《八骏图》《蜜柑》等，都以恋爱故事为依托，嘲谑人类的欺诈、游戏或痴妄、无能等劣性，展示某种流俗。但《如蕤》是少数描写都市知识者的"正剧"之一，似乎是真正的恋爱小说。

这一恋爱故事被集中于四个季节与场景：秋（医院）—夏（海滨）—冬（北平）—春（西山），在场景转换的说明文字中，女主人公心态有明显的表露。如"夏天，热人闷人倦人的夏天"，反映了她在南方海滨生活的心理感受，"闷""倦"促使她逃离日常生活轨道，寻找爱情。"一个极长的冬天"，以简略的叙述概括了三年生活，对如蕤而言，她与男子的关系处于"冬天"，毫无生气，只是"在一堆无多精彩的连续而来的日子中，打发了一千个日子"。秋天部分被置于叙述之始。"仿佛春天"，既契合了恋爱的季候，预告了前方的严冬，爱情在温情脉脉的掩饰下走向决裂；又契合了如蕤的生命节律，是她的青春、快乐、自信在时间之流的冲激下渐渐消退的时节。男子不唯无名，而且其感受也较少受关注，仅在最后一部分才有表露。因为在病中受了温柔的照料，体味到感情的重量，他的"春天"是"有雪微融"的。但更强烈的仍是如蕤的心声："不，黄叶作证，这不是春天。"在寒暖更替中，她看到的是死灭，似乎顿悟了爱的虚幻，决意离开了。

从场景说明中，可以看出作品的叙述中心是女主人公如蕤。

作者刻意选择了从盛夏正午到微寒的春日黄昏，从喧闹的海滨到寂寥的西山（面对无名氏墓园）这样的时空变换，以戏剧性的场景使事件成为戏剧化的情节，也成为如蕤在恋爱中心理历程的外化。在沈从文的作品中，有许多以女性为叙述中心者，如《萧萧》《三三》等，边地自然的女儿在体现作者理想方面得天独厚。她们的美丽、善良、天真、热情，是封闭、清幽的乡土与自然的清辉灵性的投射而已；对于如蕤，环境相反地成为其内心意识的映照与回响，女性形象不同以往，在这映照与回响中显得突出，甚至超乎情节之上。

如蕤像沈从文笔下一切年轻女子一样，美丽、自然、活泼、骄傲。既顽皮天真又温柔亲切，加上知识者的"品学粹美"，精通各种技能，其魅力使所有的人为之倾倒。这种"完美"性使她高不可及，阅览众人的痴妄而无从涉足爱情，骄傲之中裹着落寞与厌倦。在如左拉笔下的贵妇一样被粗暴冒犯的念头中，不仅有被征服的渴望，也有都市人对乡村空气和原始生活的向往，都根源于对生活常态的倦怠。当她向东方航行寻找照亮生活的太阳时，其理想是含糊不明且极普通的：希望一只有力的手将她从当前令人痛苦厌倦的境遇中解救出去。

如蕤的爱情故事实际上是个人内心的外化物，是女性获得幻想模式的变体。故事中的男子无名无姓，因为与他人并无二致，只是恰好在她落难（遇风暴落水）之时扮演了勇士角色。在这一场景中，如蕤失去了独立行动的力量，自觉扮演弱者，任"一只强而有力的手攫住头发"，"孱弱地笑着"。而年轻的男子竟"经验十足"，有"强健的胳膊，强健的灵魂，一切皆还不曾为人事所脏污"。这些词语出自如葳的内心，男子成为她爱情理想的化身，自造的目标。

迄今为止，灰姑娘获救的模式，仍是许多爱情故事最动人的一幕，是女性获得爱情的有效方式。但如葳并非一直处于艰险恶劣境遇之中的灰姑娘，而是有清醒的自我意识的骄傲的知识女性。意外的瞬间过去，她仍显出对自我、他人及事件的控制力与主动性。在此后的关系中，她用"快乐和游戏的心情"引导男子，使其处于附和地位。如葳的故事危机便埋伏于此：年轻男子只将她从意外中救起，而非如幻想模式，从倦怠的生活常态中将她解救。改变不曾发生。而她作为"被救者"无力控制整个事件的流向，引导女性的"拯救者"。因而只能在不和谐中漂流过三年，一个漫长的冬天。

又一意外场景帮助了她。男子因实验中毒，成为受照顾的病人，如葳扮演受感激的护理者。在秋天、春天这两部分。二人完成了与夏天相对的角色转换。两个场景构成一种均衡，意外使男子成为弱者，受感动而爱上了如葳，似乎帮助如葳完成了"引导"，圆满了恋爱故事。然而男子一旦被感动，便丧失了那种征服如葳的骄傲与光辉，成为她所熟悉并超乎其上的"痴妄者"之一。既然她立意要找一个男子，"看他的骄傲，如何消失到温柔雅致体贴亲切的友谊的应对里"，那么她已经获得成功；这种引她入爱情的快乐游戏的动机，也成为她放弃恋爱故事的心理机制，使她如三年前一样，留言、离去。

这一圆满结局之外的选择使《如葳》不止于一则伤感的爱情故事，更是如葳个人的一次体悟，泄露了一个现代青年知识女性的生存状态及复杂心态。如葳被陷于游戏与真实、个人骄傲与爱情等力量之间。她的执着、痛苦都真实无伪，即使只是出于好奇，为了体验爱的全程。但如葳需要的与其说是爱情，不如说是认识、寻找自我，证明自身的力量。她理想中的爱人在这一事件中依然模糊，如同她第一次离开海滨之时。不同的是，身后增加了一位痴妄者。虽然时光摧折着容貌，她的成功却使骄傲与寂寞依旧。若说湘西女儿的狡黠与骄傲，为其赢得了最多最美的歌声，为恋爱加入生趣的话，如葳的骄傲与强烈的自我意识、主动性，却阻碍了她获取爱情，又使爱转化为审美体验，失去了它的自然重量。如葳的悲剧（如果算是悲剧的话）是都市人的悲剧，其中有许多知识女性共有的矛盾心态。不论在追求中曾付出怎样的努力，但获得男子爱情，既是她个人魅力的成功（一如既往并无惊喜），保全了其骄傲，也是其爱情信念（寻找更为骄傲者以被征服）的失败。如葳注定是尴尬的，尤其在男子为之感动之后。她只有抛弃与出走。在小说中，她已重复着这一行为，天真单纯的快乐与充满混沌的感觉便注定远离她而去，永远置她于迷惘与不满之中了。

  沈从文擅长塑造少女形象，湘西留给人们最具体的形象便是美丽乖巧多情的少女，她们是自然孕成的完美混沌的产儿，是作者诗性与理想的载体。如葳们同样显出理想化描写，但《三个女性》中"理想的女性"××死了，《主妇》中的碧碧简单而多俗气，《八骏图》中教授庚身边的女子有轻佻狡猾的嫌疑，都比较复杂成熟，心思缜密，令人捉摸不透，作为诗性理想的载体的符号作用已大大降低，却仍体现了男性理想的痕迹，在《如葳》

的人物关系中可以看出。无论如何，在从湘西到都市的题材改变中，女性形象也由天真单一走向成熟、深刻，甚至逸出作者控制，这是沈从文在女性心理开掘方面的发展。

然而，作者的态度是矛盾的。一方面以女性为叙述核心，写周围一切在她内心的反应，甚至借她的心理发自己对于城市文明、时局的牢骚，一方面又保持距离，在叙述中间离读者的信任，破坏其美丽、骄傲等特征。小说叙述人常表现出调侃、嘲谑态度，如刻意让如蕤在秋天着绿衣用红色票夹，造出"绿肥红瘦"效果，讽其挽救青春的努力。诙谐与调侃在乡土小说和讽刺作品中，常可增加生趣，这里却显见缺乏关切的嘲笑与自赏自得感，也阻碍了对如蕤内心的深入探究，仅将其建立和谐关系、获取爱情的失败归于年龄差距，归于人对时间的无力，过于简单。旁观的叙述者将人物的心理悲剧轻轻掩上，完成部分的自我消解。似乎对这一类性格鲜明复杂自我意识强烈的女性既渴望了解，又害怕其自我呈现，难以把握。如蕤的恋爱故事确令人迷惑，难有完美结局；其性格愈丰满，愈往其信念深处、行动背后走，愈可见一个令人害怕的黑洞。对于沈从文，在亲切而遥远的回忆与想象中，已有一个美丽明净、永远等待着爱人的湘西女儿，使他终将放弃对如蕤们内心的冒险探索，凝视生长于心灵中的完美女性。《如蕤》作为沈从文的都市小说的代表作之一，正显示了性别对于其观察创造力的难以避免的框范。

新与旧

本篇发表于一九三五年五月十九日《独立评论》第一百五十一期。署名沈从文。一九三六年十一月收入小说集《新与旧》，上海良友图书印刷公司初版。现据良友图书印刷公司初版本编入。

（光绪……年）

日头黄浓浓晒满了教场坪，坪里有人跑马。演武厅前面还有许多身穿各色号衣的人，在练习十八般武艺。到霜降时节，道尹必循例验操，整顿部伍，执行升降赏罚，因此直属辰沅永靖兵备道[1]各部队都加紧练习，准备过考。演武厅前马札子上坐得是千总同教官，一面喝茶，一面点名。每个兵士都有机会选取合手行头，单个儿或配对子舞一回刀枪。驰马尽马匹入跑道后，纵辔奔驰，真个是来去如风。人在马上显本事，便用长矛杀球，或回身射箭。看本领如何，博取采声和嘲笑。

---

1 辰沅永靖兵备道，辰沅永靖指湖南西部的辰州、沅州、永顺、靖州四州府所辖地区。清政府为镇苗需要，在此设置兵备道，统领该地区的军政事务。道台衙门设在凤凰镇筸镇。

战兵杨金标，名分直属苗防屯务处[1]第二队。这战兵在马上杀了一阵球，又到演武厅来找对手玩"双刀破牌"。执刀的虽来势显得异常威猛，他却拿着两个牛皮盾牌，在地下滚来滚去，真像刀扎不着，水泼不进。相打到十分热闹时，忽然一个穿红褂子传令兵赶来，站在滴水檐前传话：

"杨金标，杨金标，衙门里有公事，午时三刻过西门外听候使唤！"

战兵听到使唤，故意卖个关子，向地下一跌，算是被对手砍倒了，赶忙抛下盾牌过去回话。传令兵走后，这战兵到马门边歇憩，大家一窝蜂拥过去，皆知道今天中午有案件要办，到时就得过西门外去砍一个人的头。原来这人一面在教场坪营房里混事，一面在城里大衙门当差，不止马上平地有好本领，还是一个当地最优秀的刽子手。

吃过饭后，这战兵身穿双盘云青号褂，包一块绉丝帕头，带了他那把尺来长的鬼头刀，便过西门外等候差事。到晌午时，城中一连响了三个小猪仔炮[2]，不多久，一队人马就拥来了一个被吓得痴痴呆呆的汉子，面西跪在大坪中央，听候发落。这战兵把鬼头刀藏在手拐子后，走过凉棚公案边去向监斩官打了个千，请示旨意。得到许可，走近罪犯身后，稍稍估量，手拐子向犯人后颈窝一擦，发出个木然的钝声，那汉子头便落地了。军民人等齐声喝彩（对于这独传拐子刀法喝彩！）；这战兵还有事作，不顾

1　苗防屯务处，清乾嘉苗民事件后，清政府在凤凰、乾州、永绥等处屯田养勇以利镇抚苗民。屯务处，即管理屯田事务的机构。
2　猪仔炮，外形略似小猪头的铁炮，筑入火药，点燃后发出巨响，为明清间遗物。

一切，低下头直向城隍庙跑去。

到了城隍庙，菩萨面前磕了三个头，赶忙躲藏到神前香案下去，不作一声，等候下文。

过一会儿，县太爷领差役鸣锣开道前来进香。上完香，一个跑风的探子，忙匆匆的从外边跑来，跪下回事："禀告太爷，城外某处有一平民被杀，尸首异处，流血一地，凶手去向不明。"

县太爷虽明明白白在稍前一时，还亲手抹朱勒了一个斩条，这时节照习惯却俨然吃了一惊，装成毫不知情的神气，把惊堂木一拍，"青天白日之下，有这等事？"

即刻差派员役，城厢各处搜索，且限令出差人员，得即刻把人犯捉来。又令人排好公案，预备人犯来时在神前审讯。那作刽子手的战兵，估计太爷已坐好堂，赶忙从神桌下爬出，跪在太爷面前请罪。禀告履历籍贯，声明西门城外那人是他杀的，有一把杀人血刀呈案作证。

县太爷把惊堂木一拍，装模作样的打起官腔来问案。刽子手一面对杀人事加以种种分辩，一面就叩头请求太爷开恩。到结果，太爷于是连拍惊堂木，喝叫差役："与我重责这无知乡愚四十红棍！"差役把刽子手揪住按在冷冰冰四方砖地下，"一五一十""十五二十"那么打了八下，面对太爷禀告棍责已毕。一名衙役把个小包封递给县太爷，县太爷又将它向刽子手身边掼去。刽子手捞着了赏号，一面叩头谢恩，一面口上不住颂扬"青天大人禄位高升"。等到一切应有手续当着城隍爷爷面前办理清楚后，县太爷便打道回衙去了。

一场悲剧必需如此安排，正合符了"官场即是戏场"的俗话，也有理由。法律同宗教仪式联合，即产生一个戏剧场面，且可达到那种与戏剧相同的娱乐目的。原因是边疆僻地的统治，本由人神合作，必在合作情形下方能统治下去。即如这样一件事情，当地市民同刽子手，就把它看得十分慎重。尤其是那四十下杀威棍，对于一个刽子手似乎更有意义。统治者必使市民得一印象，即是官家服务的刽子手，杀人时也有罪过，对死者负了点责任。然而这罪过却由神作证，用棍责可以禳除。这件事既已成为习惯，自然会好好的保存下来，直到社会一切组织崩溃改革时为止。

刽子手砍下一个人头，便可得三钱二分银子。领下赏号的战兵，回转营上时必打酒买肉邀请队中兄弟同吃同喝，且与众人讨论刀法，讨论一个人挨那一刀前后的种种，并摹拟先前一时与县正堂在城隍庙里打官话的腔调取乐。

——战兵杨金标，你岂不闻王子犯法，应与庶民同罪？一个战兵，胆敢在青天白日之下，持刀杀人！

——青天大人容禀……

——鬼神在上，为我好好招来！

——青天大人容禀……

于是喊一声打，众人便揪成一团，用筷头乱打乱砍起来。

战兵年纪正二十四岁，尚是个光身汉子，体魄健康，生活自由自在，手面子又好，一切皆来得干得，对于未来的日子，便怀了种种光荣的幻想。"万丈高楼从地起"，同队人也觉得这家伙将来不可小觑。

（民国……年）

时代有了变化，前清时当地著名的刽子手，一口气用拐子刀团团转砍六个人头不连皮带肉，所造成的奇迹不会再有了。时代一变化，"朝廷"改称"政府"，这个小地方毙人时常是十个八个，因此一来，任你怎么英雄好汉，切胡瓜也没那么好本领干得下。被排的全用枪毙代替斩首，于是杨金标变成了一个把守北门城上闩下锁的老士兵。他的光荣时代已经过去，全城人在寒暑交替中，把这个人同这个人的事业早完全忘掉了。

他年纪已六十岁，独身住在城门边一个小屋里。墙板上还挂了两具盾牌，一付虎头双钩，一枝广式土枪，一对护手刀；全套帮助他对于他那个时代那分事业倾心的宝贝。另外还有两根钓竿，一个鱼叉，一个鱼捞兜，专为钓鱼用的。一个葫芦，常常有半葫芦烧酒。至于那把杀人宝刀，却挂在枕头前壁上。（三十年前每当衙门里要杀人时，那把刀先一天就会来个预兆。一入了民国，这刀子既无用处，预兆也没有了。）这把宝刀直到如今一拉出鞘时，还寒光逼人，好像尚不甘心自弃的样子。刀口尚还留下许多半圆形血痕，刮磨不去。老战兵日里无事，就拿了它到城上去，坐在炮台头那尊废铜炮身上，一面晒太阳取暖，一面摩挲它，赏玩它。

城楼上另外还驻扎了一排正规兵士，担负守城责任。全城兵士早已改成新式编制。老战兵却仍然用那个战兵名义，每到月底就过苗防屯务处去领取一两八钱银子，同一张老式粮食券。银子作价折钱，粮食券凭券换八斗四升毛谷子。他的职务是早晚开闭城门，亲自动手上闩下锁。

他会喝一杯酒，因此常到杨屠户案桌边去谈谈，吃猪脊髓川汤下酒。到沙回回屠案边走一趟，带一个羊头或一付羊肚子回家。他懂得点药性，因此什么人生疱生疮，托他找药，他必很高兴出城去为人采药。他会钓鱼，也常常一个人出城到碾坝上长潭边去钓鱼，把鱼钓回来焖好，就端钵头到城楼上守城兵士伙里吃喝，大吼几声五魁八马。

大六月三伏天，一切地方热得同蒸笼一样，他却躺在城楼上透风处打鼾。兵士们打拳练"国术"，弄得他心痒手痒时，便也拿了那个古董盾牌，一个人在城上演"夺槊""砍拐子马"等等老玩意儿。

城下是一条长河，每天有无数妇人从城中背了竹笼出城洗衣，各蹲在河岸边，扬起木杵捣衣。或高卷裤管，露出个白白的脚肚子，站在流水中冲洗棉纱。河上游一点有一列过河的跳石，横亘河中，同条蜈蚣一样。凡从苗乡来作买卖的，下乡催租上城算命的，割马草的，贩鱼秧的，跑差的，收粪的，连牵不断从跳石上通过，终日不息。对河一片菜园，全是苗人的产业，绿油油的菜圃，分成若干整齐的方块，非常美观。菜园尽头就是一段山冈，树木郁郁苍苍。有两条大路，一条翻山走去，一条沿河上行，皆进逼苗乡。

城脚边有片小小空地，是当地卖柴卖草交易处，因此有牛杂碎摊子，有粑粑江米酒摊子。并且还有几个打铁的架棚砌炉作生意，打造各式镰刀，砍柴刀，以及黄鳝尾小刀，与卖柴卖草人作生意。

老战兵若不往长潭钓鱼，不过杨屠户处喝酒，就坐在城头铜炮上看人来往。或把脸掉向城里，可望见一个小学校的操坪同课堂。那学校为一对青年夫妇主持，或上堂，或在操坪里玩，城头上全望得清清楚楚。小学生好像很欢喜他们的先生，先生也很欢喜学生。那个女先生间或把他们带上城头来玩，见到老战兵盾牌，女的就请老战兵舞盾牌给学生看。（学生对于那个用牛皮作成绘有老虎眉眼的盾牌，充满惊奇与欢喜，这些小学生知道了这个盾牌后，上学下学一个个悄悄的跑到老战兵家里来看盾牌，也是常有的事。）有时小学生在坪子里踢球，老战兵若在城上，必大声呐喊给输家"打气"。

有一天，又是一个霜降节前，老战兵大清早起来，看看天气很好，许多人家都依照当地习惯大扫除，老战兵也来一个全家大扫除。卷起两只衣袖，头上包了块花布帕子，把所有家业搬出屋外，下河去提了好些水来将家中板壁一一洗刷。工作得正好时，守城排长忽然走来，要他拿了那把短刀赶快上衙门里去，衙门里人找他有要紧事。

他到了衙署，一个挂红带子的值日副官，问了他几句话后，要他拉出刀来看了一下，就吩咐他赶快到西门外去。

一切那么匆促，那么乱，老战兵简直以为是在梦里。正觉得人在梦里他一切也就含含糊糊，不能加以追问，便当真跑到西门外去。到了那儿一看，没有公案，没有席棚，看热闹的人一个也没有。除了几只狗在敞坪里相咬以外，只有个染坊中人，挑了一担白布，在干牛屎堆旁歇憩。一切全不像就要杀人的情形。看看天，天上白日朗朗，一只喜鹊正曳着长尾喳喳喳喳从头上飞过去。

老战兵想："这年代还杀人吗？真是做梦吗？"

敞坪过去一点有条小小溪流，几个小学生正在水中拾石头捉虾子玩，各把书包搁在干牛粪堆上。老战兵一看，全是北门里小学校的学生，走过去同他们说话：

"小先生，小先生，还不赶快走，这里要杀人了！"

几个小孩子一齐抬起头来笑着：

"什么，要杀谁？谁告诉你的？"

老战兵心想："真是做梦吗？"看看那染坊晒布的正想把白布在坪中摊开，老战兵又去同他说话：

"染匠师傅，你把布拿开，不要在这里晒布，这里就要杀人！"

染匠师傅同小学生一样，毫不在意，且同样笑笑的问道：

"杀什么人？你怎么知道？"

老战兵心想："当真是梦么？今天杀谁，我怎么知道？当真是梦我见谁就杀谁。"

正预备回城里去看看，还不到城门边，只听得有喇叭吹冲锋号，当真要杀人了。队伍已出城，一转弯就快到了。老战兵迷迷糊糊赶忙向坪子中央跑去。一会子队伍到了地，匆促而沉默的散开成一大圈，各人皆举起枪来向外作预备放姿势，果然有两个年纪轻轻的人被绑着跪在坪子里。并且一个是男人，一个是女人，脸色白僵僵的。一瞥之下这两个人脸孔都似乎很熟习，匆遽间想不起这两人如此面善的理由。一个骑马的官员，手持令箭在圈子外土阜下监斩。老战兵还以为是梦，迷迷糊糊走过去向监斩官请示。另外一个兵士，却拖他的手："老家伙，一刀一个，赶快赶快！"

他便走到人犯身边去，擦擦两下，两颗头颅都落了地。见了喷出的血，他觉得这梦快要完结了，一种习惯的力量使他记起三十年前的老规矩，头也不回，拔脚就跑。跑到城隍庙，正有一群妇女在那里敬神，庙祝哗哗的摇着签筒。老战兵不管如何，一冲进来趴在地下就只是磕头，且向神桌下钻去。庙里人见着那么一个人，手执一把血淋淋的大刀，以为不是谋杀犯也就是杀老婆的疯子，吓得要命，忙跑到大街上去喊叫街坊。

一会儿，从法场上追来的人也赶到了，同大街上的闲人七嘴八舌说，皆知道他是守北门城的老头子，皆知道他杀了人，且同时断定他已发了疯。原来城隍庙的老庙祝早已死了，本城人年长的也早已死尽了，谁也不注意到这个老规矩，谁也不知道当地有这个老规矩了。

人既然已发疯，手中又拿了那么一把凶刀，谁进庙里去说不定谁就得挨那么一刀，于是大家把庙门即刻倒扣起来，想办法准备捕捉疯子。

老战兵躲在神桌下，只听得外面人声杂乱，究竟是什么原因完全弄不明白。等了许久，不见县知事到来，心里极乱，又不知走出去好还是不走出去好。

再过一会儿，听到庙门外有人拉枪机柄，子弹上了红槽。又听到一个很熟悉的妇人声音说："进去不得，进去不得，他有一把刀！"接着就是那个副官声音："不要怕，不要怕，我们有枪！一见这疯子，尽管开枪打死他！"

老战兵心中又急又乱，不知如何是好，只是迷迷糊糊的想："这真是个怕人的梦！"

接着就有人开了庙门，在门前大声喝着，却不进来。且依旧搬动枪机，俨然即刻就要开枪的神气。许多熟人的声音也听得很分明。其中还有一个皮匠说话。

又听那副官说："进去！打死这疯子！"

老战兵急了，大声嚷着："嗨嗨！城隍老爷，这是怎么的！这是怎么的！"外边人正嚷闹着，似乎谁也不听见这些话。

门外兵士虽吵吵闹闹，谁都是性命一条，谁也不敢冒险当先闯进庙中去。

人丛中忽然不知谁个厉声喊道："疯子，把刀丢出来，不然我们就开枪了！"

老战兵想："这不成，这梦做下去实在怕人！"他不愿意在梦里被乱枪打死。他实在受不住了，接着那把刀果然郎的一声响抛到阶沿上去了，一个兵士冒着大险抢步而前，把刀捡起。其余人众见凶器已得，不足畏惧，齐向庙中一拥而进。

老战兵于是被人捉住，糊糊涂涂痛打了一顿，且被五花大绑起来吊在廊柱上。他看看远近围绕在身边像有好几百人，自己还是不明白做了些什么错事，为什么人家把他当疯子，且不知等会儿有什么结果。眼前一切已证明不是梦里，那么刚才杀人的事也应当是真事了。多年以来本地就不杀人，那么自己当真疯了吗？一切疑问在脑子里转着，终究弄不出个头绪。有个人闪不知从老战兵背后倾了一桶脏水，从头到脚都被脏水淋透。大家又哄然大笑起来。老战兵又惊又气，回头一看，原来捉弄他的正是本城卖臭豆豉的王跷子，倒了水还正咧着嘴得意哩。老战兵十分愤怒，破口大骂：

"王五，你个狗肏的，今天你也来欺侮老祖宗！"

大家又哄然笑将起来。副官听他的说话，以为这疯子被水浇醒，已不再痰迷心窍了，方走近他身边，问他为什么杀了人就发疯跑到城隍庙里来，究竟见了什么鬼，撞了什么邪气。

"为什么？你不明白规矩？你们叫我办案，办了案我照规矩来自首，你们一群人追来，要枪毙我，差点儿我不被乱枪打死！你们做得好，做得好，把我当疯子！你们就是一群鬼。还有什么鬼？我问你……"

…………

军部玩新花样，处决两个××党，不用枪决，来一个非常手段，要守城门的老剑子手把两个人斩首示众。可是老战兵却不明白衙门为什么要他去杀那两个年青人。那一对被杀头的原来就是北门里小学校两个小学教员。

小学校接事的还不来，北门城管锁钥的职务就出了缺——老战兵死了。军部里于是流行着那个"最后一个刽子手"的笑话，无人不知。并且还依然传说那家伙是痰迷心窍白日见鬼吓死的。

《新与旧》里的历史、哲学与心理 | 钱理群

　　这是一篇篇幅不大、容量却不小的作品。因此，我们的分析，不能不带有某种"随感"性质：就读后所引起的种种感触，作一些随意的发挥。

　　读《新与旧》，大概首先会注意到小说结构上的特殊处：全篇明显划为两大块（段），每一块（段）开头都有明确的时间标志："（光绪……年）"与"（民国……年）"。沈从文的小说一般并不强调故事发生的时间与时代背景，《新与旧》这样着意突出，并且采用了一般小说忌用的"编年史"式的直接标示，这是不是在暗示这篇小说所特具的某种"历史"的内容与品格呢？或许是这样吧——至少我们可以作如此"联想"。

　　小说在这"历史"框架下的具体展开，却完全是沈从文式的：小说的主人公竟然是一个刽子手，而且讲一个杀人的故事，却具有那样一种神奇的色彩，以至于一位外国研究者认为，沈从文在小说里"烘托出一派略带超现实主义的气氛"（金介甫：《沈从文传》）。这里，无论是习武，乃至杀人，都成为技艺，甚至可以夸大地说是一种"艺术"。不仅是动作的艺术化，更是士兵和刽子手本人从打扮到神态所透露出的"气派"；在观众的"大声喝采"中，小说主人公在读者眼里，不知不觉地完成了从"刽子手"向"演员"的角色转换——读者的这种感觉并没欺骗自己，因为人们很快就从作者关于古老的行刑风俗的描写里看到，"杀人"的"悲剧"怎样通过"法律同宗教仪式（的）联合"而变成真正的"戏剧场

608

面"，"且可达到那种与戏剧相同的娱乐目的"：当事人（刽子手和他的队中兄弟）在事后"摹拟先前一时与县正堂在城隍庙里打官话"的情景，也即作"戏谑化地再现"时，就成了真正的"取乐"。——但读者看到这里，却很难笑出声来，"杀人"变成"娱乐"，这毕竟是内含着一种残酷的。而有的读者却会由此而联想起鲁迅关于中国国民性的"嗜杀性"，以及关于中国是个"游戏国"之类的概括，进而思考中国传统文化在将杀人变成娱乐的转化过程中的作用：在某种意义上，难道不可以说，将对"人"的凌辱、迫害，以至杀戮……这一切人间的最大的不幸与罪恶，戏剧化、宗教仪式化、审美化，不正是中国传统礼乐文化和传统习俗的一大特色（与功能）？而这几千年的人互相残杀的历史（历史学家早就说过，一部二十四史就是一部"相斫史"），不也就是在这"装模作样"的"官腔"与懵懵懂懂的"取乐"中一代一代地延续下来？——想到这里，你不能不感到，沈从文所提供给我们的这个"历史寓言"是令人毛骨悚然的。它所响彻的正是"五四"的声音：当年鲁迅发现了中国几千年历史与文化流水簿上赫然写着"吃人"两个字；现在，沈从文的作品又向人们揭示出这"吃人"的勾当是在喧闹的戏剧表演与虔诚的（？）宗教、半宗教的仪式中暗暗完成的：这其实是更为可怕的。——也许沈从文本人并没有如此尖锐的批判意识；他更感兴趣的，大概是这"杀人的宗教仪式"、古老风俗背后的心理内容，这或许更是一种"艺术家"的关注。"杀人"而又必须求助于"神"的"合作"，这其实是内含着一种杀人的"有罪"感以及对于必然引起的"报复"之类的灾难的恐惧感的，因此，无论是向菩萨磕头，还是在"神"面前的问案，以至"棍责"，在杀人者（刽子手），以及背后的主使者（亲手"抹朱"勒"斩条"的县太爷们）的心理上，是起了一种借此"禳除"灾祸，从而取得某种心理平衡的作用的。从这个意义上，这类"杀人的宗教仪式"与原始"性禁忌"颇有些类似，也可以看作是一种"蛮性的遗留"的。因此，当人们（特别是刽子手杨金标这样的普通战兵）如此虔诚、认真地履行杀人宗教仪式"一切应有手续"时，既表现了愚昧与麻木，同时也还是显示了某种原始朴素的人性的善良的——毕竟还本能地感到"杀人"有罪，还有一种恐惧感，至少说明"人"的良知尚未完全泯灭。在这个意义上，作者（也许还有我们读者）对于他笔下的人物会是怀有一种悲悯的。

到了"民国……年"——"历史"揭开了新的一页。尽管"时代有了变化，宣统皇帝的江山，被革命党推翻了"，但"人互相残杀"的历史却并没有结束，人的嗜杀性并没有变，唯一的变动是"用枪毙代替斩首"，因为原始的杀人方法至多"团团转砍六个人头"，已不能适应"十个八个"地大规模屠杀的需要。"于是杨金标变成了一个把守北门城上闩下锁的老土兵"。杨金标由具有某种英雄传奇色彩的"刽子手"向平凡、猥琐的"老土兵"的角色转换，标志着连杀人也成为技艺（艺术）的古老的浪漫时代的结束，而进入"现代社会"，其第一个显著特征（标志）竟是不再有诗意的面纱笼罩的、赤裸裸的、血淋淋的公开屠戮！——作者写到这里，读者读到此处，是"别有一番滋味在心头"的。

但作者（某种程度上是"历史"本身）却要给他的人物一个机会，让他重新扮演一回"刽子手"的英雄角色。但这历史的"第二次演出",却不再具有任何严肃、庄严、神圣的宗教色彩(在历史的第一次演出中至少是表面上维持着的),而成了十足的闹剧。更重要的是,重新披挂上阵的刽子手,在此时此地的所谓新时代的观众(群众)眼里,已经不再是"英雄",而成了十足的"疯子",他所坚持(重复)的宗教仪式成了一种不可理喻的疯狂,甚至构成了对社会安全的威胁。于是,出现用现代化的"机枪"包围原始的"大刀"(及他的主人),颇类似于土谷祠围攻阿Q的"戏剧场面"(又一个"戏剧场面",但其"意味"是多么不同啊!),杨金标这位杀害别人、取笑别人的"刽子手",现在成了被别人取笑与杀害的对象:他终于完成了最后一次历史角色的转换。这也是一部"历史",由传统中国向现代中国"转换"的"历史":"转换"的仅是角色,而"人杀人"的历史"本事"却在继续上演,而且更加残酷与露骨。而沈从文的关注仍然是在:原始的"杀人宗教仪式"为何在现代社会失去了效用?他于是发现了随着中国进入"民国",也即"现代社会",原始"杀人宗教仪式"心理基础的丧失:"以暴易暴"成为"规律"、常态,人们已不再对"杀人"感到"有罪"与"恐惧"。而在沈从文看来,这正意味着,原始朴素的人的本性与天良的丧失,中国人从此更深地陷入了"嗜杀性"的泥潭之中,并且无以自拔。因此,当小说将近结束时,作者有意让他的主人公发出"你们就是一群鬼。还有什么鬼?我问你!"的质问时,他借此表达了自己的愤怒、悲凉,以及更为广大的悲悯,读者也因此更深刻地理解了沈从文内心深处的"历史悲观主义"。

可是,我们也终于明白,沈从文为什么要给他的这篇描写杀人民俗的故事，加上"新与旧"这样一个富有哲学意味的"题目"。这有意的"小文章大题目"，"文题"与"本文"的"不和谐"，才是真正的"点题"：沈从文的创作旨意之一，正在于要对"五四"以来众说纷纭、争论不休的"新与旧"的关系命题发表自己的独特理解与体验。这大概已是人所共知的常识：自从上一世纪末，《天演论》传入中国，"进化论"的历史观与哲学观就给中国思想文化界、中国现代知识分子以极其深刻的影响，在一定历史时期（例如"五四"时期）甚至起了支配作用。在相当长的时间内，相当一部分知识分子都深信："新"与"旧"的绝对对立，"新"必定胜过"旧"。"现在"（现实）必定胜于"过去"（"历史"），由此而产生了一种历史乐观主义。而现在，沈从文（以及一批知识分子）却在对历史与现实的反思中，对这种"进化的历史观与哲学观"提出了自己的质疑。正像沈从文在杨金标个人命运及其周围环境的历史变迁中所发现的，"时代"的变化并没有带来历史的真正"变革"（沈从文是极其渴望这种"变革"的），所谓"新花样"其实就是"老规矩"的重演（杨金标就是这样被重新召回刑场的）——"新"并不是与"旧"截然对立，"旧"的渗入掺杂，与"新"招牌"旧"货色（"旧"店"新"开），倒是更为普遍的；因而，历史并不是直线进化，"新"不如"旧"的历史倒退（迂回）是经常发生的。沈从文进而引出了他的历史（社会，人性……）发展的"常"与"变"的基本观念：在他看来，"常"既是表示着历史（人性）的惰性力量，一种"旧"的消极面（例如本文所一再强调的"嗜杀性"）在"新"时代的重现与顽强存在，对这样的"常"（不变），沈从文感到了无可奈何的悲哀。另一方面，在沈从文看来，"常"又是仍然具有生命活力的原始文化形态（包括原始人性）的遗留，沈从文显然期待用理想主义与浪漫主义之光去照亮、激活这些有生命活力的部分，来"重塑"民族的灵魂。而他在现实生活中的"变动"中所看到的，却恰恰是这种传统文化（人性）生命活力（例如本文所描写的"杀人宗教仪式"背后的尚未泯灭的人的天良）的丧失。这样，尽管沈从文渴望着现存"社会一切组织崩溃改革"（这是他在小说中公开宣布的），但他却不能不对现实正在发生的"变"（而非他理想的"变动"）以及前述历史惰力的"不变"，产生双重的悲观：由此而构成了我们所说的沈从文式的"历史悲观主义"。

但沈从文毕竟是在写小说，因此，他的这种历史、哲学的悲观主义就必然要外化（渗透）为他笔下的人物的情感与心理。于是，我们又在小说主人公的心理变迁中发现了淡而深的失落感。正像作者所介绍的，这位老战兵，曾经是一条"体魄健全，生活自由自在"的"光身汉子"，并且对于"未来""怀了种种光荣的幻想"：正是沈从文所理想的健全的生命。但当"未来"真的变成了"现在"时，他却突然发现：自己的"光荣时代已经过去"——不仅"他那个时代那分事业"（他是实实在在地将"刽子手"当作一分"事业"的），连同他自己的生命都成了"过去"式的。因此，当他"拿了那个古董盾牌，一个人在城上演'夺槊''砍拐子马'等等老玩意儿"，"坐在城头那尊废铜炮上看人来往"时，他既感到了被现实抛弃的寂寞、孤独，同时又顽固地坚守着自己内心深处与过去时代的精神联系。这样，他的生命形态就具有了相当浓重的悲剧性，似乎也不缺乏某种诗意。而一旦由于某种偶然的、他自己所不能把握的外在原因（其实就是当地军部一时的心血来潮），要玩点"新花样"，他突然从"失落者"的旁观地位，卷入了时代斗争的漩涡中（即所谓"清党"运动），被派定一个角色时，他的"主观精神"与"现实"的绝对不相适应，使他处于极端尴尬极其可笑的境地，显示出他的生命形态的荒诞性的这一面，而他自己却始终感觉是生活在"梦境"里："老战兵心中又急又乱，不知如何是好，只是迷迷糊糊的想，'这真是个怕人的梦'。"此时此境又不能不唤起人们的悲悯感。而细心的读者自会敏感到，所有这一切：孤独、寂寞中的固守，自我生命的悲剧感与荒诞感，其实都是属于作者自己的，他在对人世万物（包括他笔下的人物）投以悲悯的目光时，他更是在悲悯自己。这样，《新与旧》的"历史寓言"里又溶入了作家自我生命的体验，更显得底蕴的丰厚与耐读。

顾问官

本篇发表于一九三五年七月一日《文学》第五卷第一号。署名沈从文。一九三五年十二月收入小说集《八骏图》，上海文化生活出版社初版。现据文化生活出版社初版本编入。

驻防四川省 × 部地方的 × × 师，官佐士兵伕同各种位分的家眷人数约三万，枪枝约两万，每到月终造名册具结领取协饷却只四万元，此外就靠大烟过境税，与当地各县种户吸户的地亩捐、懒捐、烟苗捐、烟灯捐……等等支持。军中饷源既异常枯竭，收入不敷分配，因此一切用度皆从农民剥削。农民虽成为被剥削的家伙，官佐士兵伕固定薪俸仍然极少，大家过的日子全不是儿戏。兵士十冬腊月常常无棉衣，从无一个月按照规矩关过一次饷。只有少数在部里的红人，名义上收入同大家相差不多，因为可以得到一些例外津贴，又可以在各个税卡上挂个虚衔，每月支领干薪，人会"夺弄"还可以托烟帮商人，赊三五挑大烟，搭客作生意，不出本钱却稳取利息，故每天无事可作，尚能陪上司打字牌，进出三五百块钱不在乎。至于落在冷门的家伙，可就够苦了。

师部的花厅里每天皆有一桌字牌，打牌的看牌的高级官佐，一到晌午炮时，照例就放下了牌，来吃师长大厨房备好的种种点心。甜的，淡的，南方的，北方的，轮流吃去。

这时节几张小小矮椅上正坐得有禁烟局长，军法长，军需长，同师长四个人，抹着字牌打跑和。坐在师长对手的军需长，和了个红四台带花，师长恰好"做梦"歇憩，一手翻开那张剩余的字牌，是个大红拾字，牌上有数，单是做梦的收入就是每人十六块。师长一面哈哈大笑，一面正预备把三十二块钱捡进匣子里时，忽然从背后伸来一只干瘦姜黄的小手，一把抓捏住了五块洋钱，那只手就想缩回去，哑声儿带点谄媚神气嚷着说：

"师长运气真好，我吃五块钱红！"

拿钱说话的原来是本师顾问赵颂三。他那神气似真非真，因为是师长的老部属，平时又会逢场作趣，这时节乘下水船就来那么一手。钱若拿不到手，他作为开玩笑，打哈哈；若上了手，就预备不再吃师长大厨房的炸酱面，出衙门赶过王屠户处喝酒去了。他原已站在师长背后看了半天牌，等候机会，故师长纵不回头，也知道那么伸手抢劫的是谁。

师长把头略偏，一手扣定钱笑着嚷道："这是怎么的？吃红吃到梦家来了！军法长，你说，真是无法无天！"

军法长是个胖子，常常一面打牌一面打盹，这时节已输了将近两百块钱，正以为是被身后那一个牵线，把手气弄痞了，不大高兴。就说：

"师长，这是你的福星，你尽他吃五块钱红吧，他帮你忙不少了！"

那瘦手于是把钱抓起赶快缩回，仍站在那里，嘭嘭的把几块钱在手中转动。

"师长是将星，我是福星——我站在你身背后，你和了七牌，算算看，赢了差不多三百块！"

师长说：

"好好，福星，你拿走吧。不要再站在我身背后。我不要你这个福星。我知道你有许多事做，他们等着你，赶快去吧。"

顾问本意即刻就走，但经一说，倒似乎不好意思起来了。只搭讪着，走过军法长身后来看牌。

军法长回过头来对他愣着两只大眼睛说：

"三哥，你要打牌我让你来好不好？"

话里显然有根刺，这顾问用一个油滑的微笑拨去了那根看不见的刺，回口说：

"军法长，你发财，你发财，哈哈，看你今天那额角，好晦气！……"

一面说一面笑着，把手中五块雪亮的洋钱嘭嘭的转着，摇头摆脑的走了。

这人一出师部衙门就赶过东门外王屠户那里去。到了那边刚好午炮咚的一响，王屠户正用大钵头焖了两条牛鞭子，业已稀烂，钵子酒碗都摊在地下，且团团转蹲了好几个人。顾问来得恰好，一加入这个饕餮群后，就接连喝了几杯"红毛烧"，还卷起袖子同一个官药铺老板大吼了三拳，一拳一大杯。他在军营中只是个名誉军事顾问，在本地商人中却算得是个真正"商业顾问"。大家一面大吃大喝，一面畅谈起来，凡有问的他必回答。

药店中人说：

"三哥，你说今年水银收不得，我听你的话，就不收。可是这一来，尽城里达生堂把钱赚去了。"

"我看老《申报》，报上说政府已下令不许卖水银给××鬼子，谁敢做卖国贼秦桧？到后来那个卖屁眼的×××自己卖起国来，又不禁止了。这是我的错吗？"

一个杂货商人接口说：

"三哥，你前次不是说桐油会涨价吗？"

"是呀，汉口挂牌十五两五，怎么不涨？老《申报》美国华盛顿通信，说美国赶造军舰一百七十艘，预备大战××鬼。××鬼自然也得添造一百七十艘。油船要得是桐油！谁听诸葛卧龙妙计，谁就从地下捡金子！"

"捡金子！汉口来电报落十二两八！"

那顾问听说桐油价跌了，有点害臊，便嚷着说：

"那一定是毛子发明了电油。你们不明白科学，不知道毛子科学厉害。他们每天发明一样东西。报上说他们还预备从海水里取金子，信不信由你。他们一定发明了电油，中国桐油才跌价！"

王屠户插嘴说：

"福音堂怀牧师讲卫生，买牛里脊带血吃，百年长寿。他见我案桌上大六月天有金蝇子，就说：'卖肉的，这不行，这不行，这有毒害人，不能吃！'（学外国人说中国话调子）还送我大纱布作罩子。狥他祖宗，我就偏让金蝇子贴他要的那个，看福音堂

618

上帝保佑他！"

一个杀牛的助手从前作过援鄂军的兵士，想起湖北荆州沙市土娼唱的赞美歌，笑将起来了。学土娼用窄喉咙唱道：

"耶稣爱我，我爱耶稣，耶稣爱我白白脸，我爱耶稣大洋钱……"

到后几人接着就大谈起卖淫同吃教各种故事。又谈到麻衣柳庄相法。有人说顾问额角放光，像是个发达的相，最近一定会做知事。一面吃喝一面谈笑，正闹得极有兴致。门外屠桌边，忽然有个小癞子头晃了两下。

"三伯，三伯，你家里人到处找你，有要紧事，你就去！"

顾问一看说话的是邻居弹棉花人家的小癞子，知道所说不是谎话。就用筷子拈起一节牛鞭子，蘸了盐水，把筷子一上一下，同逗狗一样，"小癞子，你吃不吃牛鸡巴，好吃！"小癞子不好意思吃，顾问把它塞进自己口里，又同王屠户对了一杯，同药店中人对了一杯，同城中土老儿王冒冒对了一杯，且吃了半碗牛鞭酸白菜汤，用衣袖子抹着嘴上油腻，辞别众人赶回家去了。

这顾问履历是前清的秀才，圣谕宣讲员，私塾教师。入民国又作过县公署科员，警察所文牍员（一卸职就替人写状子，作土律师）。到后来不知凭何因缘，加入了军队，随同军队辗转各处。二十年来的川×各县，既全由军人支配，他也便如许多读书人一样，寄食在军队里，一时作小小税局局长，一时包办屠宰捐，一时派往邻近地方去充代表，一时又当禁烟委员。且因为职务上的疏忽，或账目上交替不清，也有过短时间的拘留，查办，结果且短时期赋闲。某一年中事情顺手点，多捞几个钱，就吃得好些，穿得光彩些，脸色也必红润些，带了随从下乡上衙门时，气派仿佛便是个"要人"，大家也好像把他看得重要不少。一两年不走运，捞了几个横财，不是输光就是躺在床上打摆子吃药用光了，或者事情不好，收入毫无，就一切胡胡混混，到处拉扯，凡事不大顾全脸面，完全不像个正经人，同事熟人也便敬而远之了。

近两年来他总好像不大走运，名为师部的军事顾问，可是除了每到月头写领条过军需处支取二十四元薪水外，似乎就只有上衙门到花厅里站在红人背后看牌，就便吸几支三五字的上等卷烟，便坐在花厅一角翻翻报纸。不过因为细心看报，熟习上海汉口那些铺子的名称，熟习各种新货各种价钱，加之自己又从报纸上得到了些知识，因此一来他虽算不得资产阶级，当地商人却把他尊敬成为一个"知识阶级"了。加之他又会猜想，又会瞎说。事实上间或因本地派捐过于苛刻，收款人并不是个毫无通融的人，有人请到顾问，顾问也必常常为那些小商人说句把公道话。所以他无日不在各处吃喝，无处不可以赊账。每月薪水二十四元虽不够开销，总还算拉拉扯扯勉强过得下去。

他家里有一个怀孕七个月的妇人，一个三岁半的女孩子：妇人又脏又矮，人倒异常贤惠；小女孩因害疳积病，瘦得剩一把骨头，一张脸黄姜姜的，两只眼睛大大的向外凸出，动不动就如猫叫一般哭泣不已，他却很爱妇人同小孩。

妇人为他孕了五个男孩子，皆小产了。所以这次怀孕，顾问总担心又会小产。

回到家里见妇人正背着孩子在门前望街，肚子还是胀鼓鼓的，知道并不是小产，才放了心。

妇人见他脸红气喘，就问他为什么原因，气色如此不好看。

"什么原因！小癞子说家里有要紧事，我还以为你又那个！"顾问一面用手摸着她的腹部，"我以为呱哒一下，又完了。我很着急，想明白你找我作什么！"

妇人说：

"××杨局长到城里来缴款，因为有别的事，当天又得赶回××寺，说是隔半年不见赵三哥了，来看看你。还送了三斤大头菜。他说你是不是想过××玩。……"

"他就走了吗？"

"等你老等不来，叫小癞子到苗大处赊了一碗面请局长吃。派马夫过天王庙国术馆找你，不见。上衙门找你，也不见。他说可惜见你不着，今天又得赶到粑粑坳歇脚，恐怕来不及，骑了马走了。"

顾问一面去看大头菜，扯菜叶子给小女孩吃，一面心想这古怪。杨局长是参谋长亲家，莫非这顺风耳听见什么消息，上面有意思调剂我，要我过××作监收，应了前天那个捡了一手马屎的梦？莫非××县出了缺？

胡思乱想心中老不安定，忽然下了决心，放下大头菜就跑。在街上挨挨撞撞，有些市民不知道是什么原因，还跟着他跑了一阵。出得城来直向彭水大路追去。赶到五里牌，恰好那局长马肚带脱了，正在那株大胡桃树下换马肚带。顾问一见欢喜得如获八宝精，远远的就打招呼：

"局长，局长，你来了，怎不玩一天，喝一杯，就忙走！"

那局长一见是顾问，也显得异常高兴。

"哈，三哥，你这个人！我在城里毛房门角落那里不找你，你这个人！"

"嗨，局长，你单单不找到王屠户案桌后边！我在那儿同他们吃牛鸡巴下酒！"

"吓，你这个人！"

两人坐在胡桃树下谈将起来，顾问才明白原来这个顺风耳局长在城里听说是今年十一月的烟亩捐，已决定在这个八月就预借。这消息真使顾问喜出望外。

原来军中固定薪俸既极薄，在冷门上的官佐，生活太苦，照例到了收捐派捐时，部中就临时分别选派一些监收人，往各处会同当地军队催款。名分上是催款，实际上就调剂调剂，可谓公私两便。这种委员如果机会好，派到好地方，本人又会"夺弄"，可以捞个一千八百；机会不好，派到小地方，也总有个三百五百。因此每到各种催捐季节，部里服务人员皆可望被指派出差。不过委员人数有限，人人皆希望借此调剂调剂，于是到时也就有人各处运动出差。

一作了委员，捞钱的方法倒很简便。若系查捐，无固定数目派捐，则收入以多报少。若系照比数派捐或预借，则随便说个附加数目。走到各乡长家去，限乡长多少天筹足那个数目；乡长又走到各保甲处去，要保甲多少天筹足那个数目；保甲就带排头向各村子里农民去敛钱。这笔钱从保甲过手时，保甲扣下一点点，从乡长过手时，乡长又扣下一点点，其余便到了委员手中。（委员懂门径为人厉害的，则可多从乡长保甲荷包里挖出几个：委员老实脓包的，乡长保甲就乘浑水捞鱼，多弄几个了。）把款筹足回部呈缴时，这些委员再把入腰包的赃款提出一部分，点缀点缀军需处同参副两处同志，委员下乡的事就告毕了。

当时顾问得到了烟款预借消息，心中虽异常快乐，但一点钟前在部里还听师长说今年十一月税款得涓滴归公，谁侵吞一元钱就砍谁的头。军法长口头上且为顾问说了句好话，语气里全无风声，所以顾问就说：

"局长，你这消息是真是假？"

那局长说：

"三哥，亏你是个诸葛卧龙，这件事还不知道。人家早已安排好了，你坐在鼓里！"

"胖大头军法长瞒我，那猪头三（学上海人口气）刚才还当着我面同师长说十一月让我过××！"

"这中风的大头鬼，正想派他小舅子过我那儿去。你赶快运动，热粑粑到手就吃。三哥，迟不得，你赶快那个！"

"你多在城里留一天吧，你手面子宽，帮我向参谋长活动活动。"

"你找他去说……"

"那自然，那自然，你我老兄弟，我明白，我明白。"

两人商量了一阵，那局长为了赶路，上马匆匆走了，顾问步履如飞的回转城里。当天晚上就去找参谋长，傍参谋长靠灯谈论那个事情。

顾问奔走了三天，过××地方催款委员的委任令，居然就被他弄到手，第四天，便坐三顶拐轿子出发了。

过了廿一天，顾问押解捐款缴部时，已经变成一千五百元大洋钱的资产阶级了。除了点缀各方面四百块，还足巴巴剩下光洋一千一百块在箱子里。妇人见城里屋价高涨，旁人皆起新房子，便劝丈夫买块地皮盖几栋茅草顶的房子，除自己住不花钱，还可将它分租出去，收月租作家中零用。顾问满口应允，说是即刻托药店老板看地方，什么方向旺些就买下来。但他心里可又记着老《申报》，因为报上说及一件出口货还在涨价，他以为应当不告旁人，自己秘密的来干一下。他想收水银，使箱子里二十二封银钱，全变成流动东西。

上衙门去看报，研究欧洲局势，推测水银价值。师长花厅里牌桌边，军法长吃酒多患了头痛，不能陪师长打牌了，三缺一正少个人。军需长知道顾问这一次出差弄了多少，就提议要顾问来填角。

师长口上虽说"不要作孽，不要作孽"，可是到后仍然让这顾问上了桌子。这一来，当地一个知识阶级暂时就失踪了。

二十四年四月二十六日作

世道人生，尽在不言中 | 吴秉杰

　　不动声色，皮里阳秋，臧否无相，波澜不起，《顾问官》给予人印象最深的是作家散淡如水的叙述。它收发自如，融会贯通，流畅而无窒滞，从叙述风格来看，沈从文先生似乎始终像是一个旁观者，讲述着别人的故事，冷静、轻淡，既没有借别人的火煮自己肉的深广忧愤，也没有身在其中一员的切肤之感，只是娓娓道来，很难看到作家的"投入"。

　　然而，这毕竟还只是一种表象或错觉。叙述风格虽然和作家的个性、气质、艺术感觉方式有关，还不能作孤立的认识；只有上升到创作的具体的艺术视角，才能进一步联系起作家的态度、情感、艺术把握方式与主体投入的倾向性。艺术视角体现作家的审美意识，它反映了作家与他所面对的生活的关系，他人生经验溶入于其中的对生活的理解，艺术上感兴趣的及敏感的区域，情感的特征和流向，因而它实际上便是对于艺术对象的某种定向开掘。

　　《顾问官》以旧军队为描写的背景和对象，同是揭露反动的统治，沙汀的作品着眼于黑暗势力的腐败与丑恶，突出它和民众对立的一面，给予其毁灭性的讽刺并作出了倾向鲜明的艺术概括；而在沈从文的作品中，湘西的驻防军则似乎已经与这个社会结合成了一体，它在腐朽与没落中突出它庸俗的一面，借以烘托出更广大的社会世相，倾向便也变得较为含蓄。

　　《顾问官》是一篇典型的人物性格小说，通过人物的语言、行动与场景描写塑造了顾问官赵颂三的形象。顾问官是一位介于官僚与平民之间的"中间人物"，这种两重性，体现作家的艺术追求与选择，使他既具备了揭露官场的一面，又传达了世俗社会的一面。作为一个"普通人"，他也有其生计的压力，穷魔的烦恼，失意的尴尬，得意的骄傲，有欲望，也有嗜好；作为一个旧军队中的闲职与幕僚，他则既要倚仗自己的地位，把握住谋取私利的机会，有时，或更多的时候，又不得不向"平民"靠拢。这种现象，我们自然已经见得很多。于是，顾问官便形成了自己的处世方式，对掌权者的依附，与对世俗人生、风土人情的适应。一个"混"字足可以概括这位顾问官的处世态度和一生。

其实，顾问官还是一位"知识分子"。选择一位旧军队中沾上"知识阶级"味的人物作为描写的对象，这也表明了沈从文先生的艺术眼光。在中国，实际上并没有什么现代意义上的知识分子文化传统，有的则是深厚的农民文化的传统与宋、元以后市民文化的传统。而知识分子，入官为仕则往往皈依封建文化，接近下层生活则往往靠拢市民文化。达则帮衬权贵，穷则成市井细民，于是，与沙汀老笔下的袍哥、联保主任、地主豪绅等不同。赵颂三便不免集"知识阶级"、市民与军阀附庸、贪官污吏于一身，并身份随着处境的不同而不断转换。也许是因为中国的知识分子未曾在近代历史生活中发挥出巨大作用，它在文学地位上也只能是"从属"的了。

市井化可以说是《顾问官》这篇小说的特色，它也是促成主人公不同身份传递、过渡的媒介。小说描写的精到主要在两个场面上：师部花厅里陪伴达官贵人打牌，抽杠吃红，分一杯羹；

吞声忍辱，应付四方。即使话里有一根"刺"，他也"用一个油滑的微笑拔去了那根看不见的刺"。另一幕是在王屠户的案桌边，赵颂三又从达官贵人的帮闲成了市井商人间的知识分子，"商业顾问"。他看《申报》，传播信息和各种见解，如鱼得水。《顾问官》中并无什么诳言诈语、诡形殊状的描写，而是始终含劲蓄势，蕴力不吐，它介绍了顾问官的履历，他的生活处境与为人品性。又以较详尽的笔墨叙述了他打探得风声，通过运动，获得烟亩捐催款委员肥缺的情形，旁涉地方与军队运作的背景，而对于收缴烟亩捐过程则一笔带过而从略，当顾问官押解捐款归来时，他已经变成了拥有一千多块光洋的"资产阶级"了。于是"人性"复得解放，顾问官衣袖一卷坐到师长花厅的牌桌上时，"当地一个'知识阶级'暂时就失踪了。"小说也留下了讽刺的意味。

顾问官的故事最终消失在牌桌边，可谓含意隽永。它从牌桌开始，经过一圈生活历程，一切又以牌桌结束，颇具匠心，意味深长。注重技巧的沈从文先生对这篇生活流般的小说也作了足够的铺垫，不过这种铺垫不似那种强调戏剧性转变，矛盾逆转成"翻尾"的小说那样的精心的设计，而是不着痕迹地、分"级"进行的。开首的两个场面便确定了赵颂三形象的两个侧面，为他钻营谋取实差作了第一级的铺垫；而他获利归来，又为这个"知识阶级"的消失作了第二级的铺垫。当然这儿没有大起大落与情感的反差，它如同水到渠成般的自然，似只是一种延续的过程，然而作品的主要意义，作者的讽刺态度、否定和批判意向，仍是在最后闪现了出来。它使一切介绍性的回叙和铺叙性的描写都发挥了作用，体现了作家有所区别的、独特的艺术追求。勃兰兑斯在评价巴尔扎克时说，他描写部分常常是被烟雾给蒙住了，但火焰从来也不会不冒出来。短篇小说不允许有冗长的叙述和描写，它是潜心结构的产物，也未必燃起火焰；可总是有着"闪亮"的时刻，足以照耀全篇。

《顾问官》的语言贴近生活，情景历历在目，对话与形象神态毕肖。它语言的吸引力和魅力不在于一种陌生化制造的效果，主观色彩的变形处理，强把读者拉入自己的感应圈内；而是自然的，生活化的，精粹传神而又画龙点睛的。它不是要炫耀和突出语言本身，而是使语言紧紧地附着于人物，借以默察静观人生世态，一切又都在不言之中。它的重点不在披露旧军队与人民的对立及官匪一体的黑暗等，而是写出一个人物，一种生活的"常态"和常态中的生活世相，普遍性的辐射意义超过了尖锐性的矛盾提炼，但沿流溯源。也能看出社会结构与社会环境，以及它们对于精神及主体生命的销蚀力。结尾便留下了袅袅丝丝的余音。

八骏图

本篇发表于一九三五年八月一日《文学》第五卷第二号。署名沈从文。一九三五年十二月收入小说集《八骏图》，上海文化生活出版社初版。现据文化生活出版社初版本编入。

"先生，您第一次来青岛看海吗？"

"先生，您要到海边去玩，从草坪走去，穿过那片树林子，就是海。"

"先生，您想远远的看海，瞧，草坪西边，走过那个树林子——那是加拿大杨树，那是银杏树，从那个银杏树夹道上山，山头可以看海。"

"先生，他们说，青岛海同一切海都不同，比中国各地方海美丽。比北戴河呢，强过一百倍。您不到过北戴河吗？那里海水是清的，浑的？"

"先生，今天七月五号，还有五天学校才上课。上了课，您们就忙了，应当先看看海。"

青岛住宅区××山上，一座白色小楼房，楼下一个光线充足的房间里，到地不过五十分钟的达士先生，正靠近窗前眺望窗外的景致。看房子的听差，一面为来客收拾房子，整理被褥，一面就同来客攀谈。这种谈话很显然的是这个听差希望客人对他得到一个好印象的。第一回开口，见达士先生笑笑不理会。顺眼一看，瞅着房中那口小皮箱上面贴的那个黄色大轮船商标，觉悟达士先生是出过洋的人物了，因此就换口气，要来客注意青岛的海。达士先生还是笑笑的不说什么，那听差于是解嘲似的说，青岛的海与其他地方的海如何不同，它很神秘，很不易懂。

分内事情作完后，这听差搓着两只手，站在房门边说："先生，您叫我，您就按那个铃。我名王大福，他们都叫我老王。先生，我的话您懂不懂？"

达士先生直到这个时候方开口说话："谢谢你，老王。你说话我全听得懂。"

"先生，我看过一本书，学校朱先生写的，名叫《投海》，有意思。"这听差老王那么很得意的说着，笑眯眯的走了。天知道，这是一本什么书。

听差出门后，达士先生便坐在窗前书桌边，开始给他那个远在两千里外的美丽未婚妻写信。

瑷瑷：

我到青岛了。来到了这里，一切真同家中一样。请放心，这里吃的住的全预备好好的！这里有个照料房子的听差，样子还不十分讨人厌，很欢喜说话，且欢喜在说话时使用一些新名词，一些与他生活不大相称的新名词。这听差真可以说是个"准知识阶级"，他刚刚离开我的房间。在房间帮我料理行李时，就为青岛的海，说了许多好话。照我的猜想，这个人也许从前是个海滨旅馆的茶房。他那派头很像一个大旅馆的茶房。他一定知道许多故事，记着许多故事。(真是我需要的一只母牛！)我想当他作一册活字典，在这里两个月把他翻个透熟。

我窗口正望着海，那东西，真有点迷惑人！可是你放心，我不会跳到海里去的。假若到这里久一点，认识了它，了解了它，我可不敢说了。不过我若一不小心失足掉到海里去了，我一定还将努力向岸边泅来，因为那时我心想起你，我不会让海把我攫住，却尽你一个人孤孤单单。

达士先生打量捕捉一点窗外景物到信纸上，寄给远地那个人看看，停住了笔，抬起头来时窗外野景便朗然入目。草坪树林与远海，衬托得如一幅动人的画。达士先生于是又继续写道：

我房子的小窗口正对着一片草坪，那是经过一种精密的设计，用人工料理得如一块美丽毯子的草坪。上面点缀了一些不知名的黄色花草，远远望去，那些花简直是绣在上面。我想起家中客厅里你作的那个小垫子。草坪尽头有个白杨林，据听差说那是加拿大种白杨林。林尽头便是一片大海，颜色仿佛时时刻刻皆在那里变化：先前看看是条深蓝色缎带，这个时节却正如一块银子。

达士先生还想引用两句诗，说明这远海与天地的光色。一抬头，便见着草坪里有个黄色点子，恰恰镶嵌在全草坪最需要一点黄色的地方。那是一个穿着浅黄颜色袍子女人的身影。那女人正预备通过草坪向海边走去，随即消失在白杨树林里不见了。人俨然走入海里去了。

没有一句诗能说明阳光下那种一刹而逝的微妙感印。

达士先生于是把寄给未婚妻的第一个信，用下面几句话作了结束：

> 学校离我住处不算远，估计只有一里路，上课时，还得上一个小小山头，通过一个长长的槐树夹道。山路上正开着野花，颜色黄澄澄的如金子。我欢喜那种不知名的黄花。

达士先生下火车时上午×点二十分。到地把住处安排好了，写完信，就过学校教务处去接洽，同教务长商量暑期学校十二个钟头讲演的分配方法。事很简便的办完了，就独自一人跑到海滨一个小餐馆吃了一顿很好的午饭。回到住处时，已是下午×点了。便又起始给那个未婚妻写信，报告半天中经过的事情。

瑗瑗：

> 我已经过教务处把我那十二个讲演时间排定了。所有时间皆在上午十点前。有八个讲演，讨论的问题，全是我在北京学校教过的那些东西，我不用预备就可以把它讲得很好。另外我还担任四点钟现代中国文学，两点钟讨论几

个现代中国小说家所代表的倾向。你想象得出，这些问题我上堂同他们讨论时，一定能够引起他们的兴味。今天五号，过五天方能够开学。

我应当照我们约好的办法，白天除了上堂上图书馆，或到海边去散步以外，就来把所见所闻一一告给你。我要努力这样作。我一定使你每天可以接到我一封信，这信上有个我，与我在此所见社会的种种，小米大的事也不会瞒你。

我现在住处是一座外表很可观的楼房。这原是学校特别为几个远地聘来的教授布置的。住在这个房子里一共有八个人，其余七个人我皆不相熟。这里住的有物理学家教授甲，生物学家教授乙，道德哲学家教授丙，哲学专家教授丁，以及西洋文学史专家教授戊等等。这些名流我还不曾见面，过几天我会把他们的神气一一告诉你。

我预备明天方过校长处去，我明天将到他那儿吃午饭。我猜想得到，这人一见我就会说："怎么样？还可……？应当邀你那个来海边看看！我要你来这里不是害相思病，原就只是让你休息休息，看看海。一个人看海，也许会跌到海里去给大鱼咬掉的！"瑷瑷，你说，我应如何回答这个人。

下车时我在车站外边站了一会儿，无意中就见到一种贴在阅报牌上面的报纸。那报纸登载着关于我们的消息。说我们两人快要到青岛来结婚。还有许多事是我们自己不知道的，也居然一行一行的上了版，印出给大家看了。那个作编辑的转述关于我的流行传说时，居然还附加着一个动人的标题，"欢迎周达士先生"。我真害怕这种欢迎。我担心一会儿就会有人来找我。我应当有个什么方法，同一切麻烦离远些，方有时间给你写信。你试想想看，假若我这时正坐在桌边写信，一个不速之客居然进了我的屋子里，猝然发问："达士先生，你又在写什么恋爱小说！你一共写了多少？是不是每个故事都是真的？都有意义？"这询问真使人受窘！我自然没有什么可回答。然而一到第二天，他们仍然会写出许多我料想不到的事情！他们会说：达士先生亲口对记者说的。事实呢，他也许就从没见过我。

达士先生离开××时，与他的未婚妻瑷瑷说定，每天写一个信回××。但初到青岛第一天，他就写了三个信。第三个信写成，预备叫听差老王丢进学校邮筒里去时，天已经快夜了。

达士先生在住处窗边享受来到青岛地方以后第一个黄昏。一面眺望窗外的草坪，——那草坪正被海上夕照烘成一片浅紫色。那种古怪色泽引起他一点回忆。

想起另外某一时，仿佛也有那么一片紫色在眼底炫耀。那是几张紫色的信笺，不会记错。

他打开箱子，从衣箱底取出一个厚厚的杂记本子，就窗前余光向那个书本寻觅一件东西。这上面保留了这个人一部分过去的生命。翻了一阵，果然的，一个"七月五日"标题的记事被他找出来了。

七月五日

　　一切都近于多余。因为我走到任何一处皆将为回忆
所围困。新的有什么可以把我从泥淖里拉出？这世界没有
"新"，连烦恼也是很旧了的东西。

　　读完这个，有一点茫然自失。大致身体为长途折磨疲倦了，
需要一会儿休息。

　　可是达士先生一颗心却正准备到一个旧的环境里散散步。他
重新去念着那个二年前七月五日寄给南京的 × 请她代他过 × ×
去看看□的一个信稿。那个原信是用暗紫色纸张写的，那个信发
出时，也正是那么一个悦人眼目的黄昏。

　　这几个人的关系是 × 欢喜他，他却爱□，□呢，不讨厌 ×。

　　当□听人说到 × 极爱达士先生时，□便说："这真是好事情。"
然而人类事情常常有其相左的地方，上帝同意的人不同意，人同
意的命运又不同意。× 终于怀着一点儿悲痛，嫁给一个会计师了。
× 作了另外一个人的太太后，知道达士先生尚在无望无助中遣
送岁月，便来信问达士先生，是不是要她作点什么事。她很想为
他效点劳。因为她觉得他虽不爱她，派她作点事，尚可借此证明
他还信任她。来信说得多委婉，多可怜！当时他被她一点点隐伏
着的酸辛把心弄软了，便写了个信给 ×，托她去看看□。这个
信不单是信任 ×，同时也在告给 ×，莫用过去那点幻想折磨她
自己。

　　×，你信我已见到了，一切我都懂。一切不是人力所

能安排的，我们总莫过分去勉强。我希望我们皆多有一分理知，能够解去爱与憎的缠缚。

听说你是很柔顺贞静作了一个人的太太，这消息使熟人极快乐。……死去了的人，死去了的日子，死去了的事，假若还能折磨人，都不应当留在人心上来受折磨；所以不是一个善忘的人企想"幸福"，最先应当学习的就是善忘。我近来正在一种逃遁中生活，希望从一切记忆围困中逃遁。与其尽回忆把自己弄得十分软弱，还不如保留一个未来的希望较好。

谢谢您在来信上提到那些故事，恰恰正是我讨厌一切写下的故事的时节。一个人应当去生活，不应当尽去想象生活！若故事真如您称赞的那么好，也不过只证明这个拿笔的人，很愿意去一切生活里生活，因为无用无能，方转而来虐待那一只手罢了。

您可以写小说，因为很明显的事，您是个能够把文章写得比许多人还好的女子。若没有这点自信力，就应当听一个朋友忠厚老实的意见。家庭生活一切过得极有条理，拿笔本不是必需的行为。为你自己设想可不必拿笔，为了读者，你不能不拿笔了。中国还需要这种人，忘了自己的得失成败，来做一点事情。我听人说你预备去当伤兵看护，实际上您的长处可以当许多男子受伤灵魂的看护，后者职务实在比你去侍候伤兵还精细在行。你不觉得您写点文章比换掉绷带方便些？你需要一点自觉，一点自信。

我不久或过××来，我想看看那"我极爱她她可毫不理我"的□。三年来我一切完了。我看看她，若一切还依然那么沉闷，预备回乡下去过日子，再不想麻烦人了。我应当保持一种沉默，到乡下生活十年。把最重要的一段日子费去。×，您若是个既不缺少那点好心也不缺少那种空闲的人，我请您去为我看看她。我等候您一个信。您随便给我一点她以后的报告，对于我都应当说是今年来最难得的消息。

再过两年我会不会那么活着？

一切人事皆在时间下不断的发生变化。第一，这个×去年病死了。第二，这个□如今已成达士先生的未婚妻。第三，达士先生现在已不大看得懂那点日记与那个旧信上面所有的情绪。

他心想：人这种东西够古怪了，谁能相信过去，谁能知道未来？旧的，我们忘掉它。一定的，有人把一切旧的皆已忘掉了，却剩下某时某地一个人微笑的影子还不能够忘去。新的，我们以为是对的，我们想保有它，但谁能在这个人间保有什么？

在时间对照下，达士先生有点茫然自失的样子。先是在窗边痴着，到后来笑了。目前各事仿佛已安排对了。一个人应知足，应安分。天慢慢的黑下来，一切那么静。

瑗瑗：

暑期学校按期开了学。在校长欢迎宴席上，他似庄似谐把远道来此讲学的称为"千里马"；一则是人人皆赫赫大名，二则是不怕路远。假若我们全是千里马，我们现在住处，便应当称为"马房"了！

我意思同校长稍稍不同。我以为几个人所住的房子，应当称为"天然疗养院"才能名实相符。你信不信，这里的人从医学观点看来，皆好像有一点病，（在这里我真有个医生资格！）我不是说过我应当极力逃避那些麻烦我的人吗？可是，结果相反，三天以来同住的七个人，有六个人已同我很熟习了。我有时与他们中一个两个出去散步，有时他们又到我屋子里来谈天，在短短时期中我们便发生了很好的友谊。教授丁，丙，乙，戊，尤其同我要好。便因为这种友谊，我诊断他们是个病人。我说的一点不错，这不是笑话。这些教授中至少有两个人还有点儿疯狂，便是教授乙同教授丙。

我很觉得高兴，到这里认识了这些人，从这些专家方面，学了许多应学的东西。这些专家年龄有的已经五十四岁，有的还只三十左右。正仿佛他们一生所有的只是专门知识，这些知识有的同"历史"或"公式"不能分开，因此为人显得很庄严，很老成。但这就同人性有点冲突，有点不大自然。一个不到三十岁的小说作家，年龄同事业，从这些专家看来，大约应当属于"浪漫派"。正因为他们是"古典派"，所以对我这个"浪漫派"发生了兴味，发生了友谊。我相信我同他们的谈话，一面在检察他们的健康，一面也就解除了他们的"意结"。这些专家有的儿女已到大学三年级，早在学校里给同学写情书谈恋爱了，然而本人的心，真还是天真烂漫，这些人虽富于学识，却不曾享受过什么人生。便是一种心灵上的欲望，也被抑制着，堵塞着。我从这儿得到一点珍贵知识，原来十多年大家叫喊着"恋爱自由"这个名词，这些过渡人物所受的刺激，以及在这种刺激之下，藏了多少悲剧，这悲剧又如何普遍存在。

　　瑗瑗，你以为我说的太过分了是不是，我将把这些可尊敬的朋友神气，一个一个慢慢的写出来给你看。

达士

　　教授甲把达士先生请到他房里去喝茶谈天，房中布置在达士先生脑中留下那么一些印象：

　　房中小桌上放了张全家福的照片，六个胖孩子围绕了夫妇两人。太太似乎很肥胖。

　　白麻布蚊帐里，有个白布枕头，上面绣着一点蓝花。枕旁放了一个旧式扣花抱兜。一部《疑雨集》，一部《五百家香艳诗》。大白麻布蚊帐里挂一幅半裸体的香烟广告美女画。

　　窗台上放了个红色保肾丸小瓶子，一个鱼肝油瓶子，一点头痛膏。

　　教授乙同达士先生到海边去散步。一队穿着新式浴衣的青年女子迎面而来，擦身走过。教授乙回身看了一下几个女子的后身，便开口说：

　　"真希奇，这些女子，好像天生就什么事都不必做，就只那么玩下去，你说是不是？"

　　"……"

"上海女子全像不怕冷。"

"……"

"宝隆医院的看护，十六元一月，新新公司的卖货员，四十块钱一月。假若她们并不存心抱独身主义，在货台边相促的机会，你觉不觉得比病房中机会要多一些？"

"……"

"我不了解刘半农的意思，女子文理学院的学生全笑他。"

走到沙滩尽头时，两人便越马路到了跑马场。场中正有人调马。达士先生想同教授乙穿过跑马场，由公园到山上去。

教授乙发表他的意见，认为那条路太远，海滩边潮水尽退，倒不如湿沙上走走有意思些。于是两人仍回到海滩边。

达士先生说：

"你怎不同夫人一块来？家里在河南，在北京？"

"……"

"小孩子读书实在也麻烦，三个都在南开吗？"

"……"

"家乡无土匪倒好。从不回家，其实把太太接出来也不怎么费事；怎么不接出来？"

"……"

"那也很好，一个人过独身生活，实在可以说是洒脱，方便。但是，有时候不寂寞吗？"

"……"

"你觉得上海比北京好？奇怪。一个二十来岁的人，若想胡闹，应当称赞上海。若想念书，除了北京往那里走。你觉得上海可以——？"

那一队青年女子，恰好又从浴场南端走回来。其中一个穿着件红色浴衣，身材丰满高长，风度异常动人。赤着两只脚，经过处，湿沙上便留下一列美丽的脚印。教授乙低下头去，从女人一个脚印上拾起一枚闪放真珠光泽的小小蚌螺壳，用手指轻轻的很情欲的拂拭着壳上粘附的沙子。

"达士先生，你瞧，海边这个东西真美丽。"

达士先生不说什么，只是微笑着，把头掉向海天一方，眺望着天际白帆与烟雾。

道德哲学教授丙，从住处附近山中散步回到宿舍，差役老王在门前交给他一个红喜帖，"先生，有酒喝！"教授丙看看喜帖是上海 × 先生寄来的，过达士先生房中谈闲天时，就说起 × 先生。

"达士先生，您写小说我有个故事给您写。民国十二年，我在杭州 ×× 大学教书，与 × 先生同事。这个人您一定闻名已久。这是个从五四运动以来有戏剧性过了好一阵热闹日子的人物！这 × 先生当时住在西湖边上，租了两间小房子，与一个姓口的爱人同住。各自占据一个房间，各自有一铺床。两人日里共同吃饭，共同散步，共同作事读书，只是晚上不共同睡觉。据说这个叫作'精神恋爱'。× 先生为了阐发这种精神恋爱的好处，同时还著了一本书，解释它，提倡它。性行为在社会引起纠纷既然特别多，性道德又是许多学者极热烈高兴讨论的问题。当时倘若有只公鸡，在母鸡身边，还能作出一种无动于衷的阉鸡样子，也会为青年学者注意。至于一个公人，能够如此，自然更引人注意，成为了不起的一件大事了。社会本是那么一个凡事皆浮在表面上的社会，因此 × 先生在他那分生活上，便自然有一种伟大的感觉，日子过得仿佛很充实。分析一下，也不过是佛教不净观，与儒家贞操说两种鬼在那里作祟罢了。

"有朋友问 × 先生，你们过日子怪清闲，家里若有个小孩，不热闹些吗？ × 先生把那朋友看得很不在眼似的说，嗨，先生，你真不了解我。我们恋爱那里像一般人那种兽性；你真是——有眼不识泰山。你没看过我那本书吗？他随即送了那朋友一本书。

"到后丈母娘从四川省远远的跑来了，两夫妇不得不让出一间屋子给丈母娘住。两人把两铺床移到一个房中去，并排放下。另一朋友知道了这件事，就问他，× 先生如今主张会变了吧？× 先生听到这种话，非常生气的说，哼，你把我当成畜生！从此不再同那个朋友来往。

"过了一年，那丈母娘感觉生活太清闲，那么过日子下去实在有点寂寞，希望作外祖母了。同两夫妇一面吃饭，一面便用说笑话口气发表意见，以为家中有个小孩子，麻烦些同时也一定可以热闹些。两夫妇不待老母亲把话说完，同声齐嚷起来：娘，你真是无办法。怎不看看我们那本书？两夫妇皆把丈母娘当成老顽固，看来很可怜。以为不受过高等教育的人，除了想儿女为她养孩子含饴弄孙以外，真再也没有什么高尚理想可言！

"再过一阵，女的害了病；害了一种因贫血而起的某种病。× 先生陪她到医生处去诊病。医生原认识两人，在病状报告单上称女的为 × 太太，两夫妇皆不高兴，勒令医生另换一纸片，改为口小姐。医生一看病人，已知道了病因所在，是在一对理想主义者，为了那点违反人性的理想把身体弄糟了。要它好，简便得很，发展兽性，自然会好！医生有作医生的义务，就老老实实把意见告给×先生。×先生听完，一句话不说，拉了女的就走。女的还不明白是怎么回事。×先生说，这家伙简直是一个流氓，一个疯子，那里配作医生。后来且同别人说，这医生太不正经，一定靠卖春药替人堕胎讨生活。我要上衙门去告他。公家应当用法律取缔这种坏蛋，不许他公然在社会上存在，方是道理。

"于是女人改医生服中药，贝母当归煎剂吃了无数，延缠半年，终于死去了。×先生在女的坟头立了一个纪念碑，石上刻字：我们的恋爱，是神圣纯洁的恋爱！当时的社会是不大吝惜同情的，自然承认了这件事。凡朋友们不同意这件事的，×先生就觉得这朋友很卑鄙龌龊，不了解人间恋爱可以作到如何神圣纯洁与美丽，永远不再同那个朋友往来。

"今天我却接到这个喜帖，才知道原来×先生八月里在上海又要同上海交际花结婚了，有意思。潮流不同了，现在一定不再那个了。"

达士先生听完了这个故事，微笑着问教授丙：

"丙先生，我问您，您的恋爱观怎么样？"

教授丙把那个红喜帖折叠成一个老猪头。

"我没有恋爱观。我是个老人了，这些事应当是儿女们的玩意儿了。"

达士先生房中墙壁上挂了个希腊爱神照相片，教授丙负手看了又看，好像想从那大理石胴体上凹下处凸出处寻觅些什么，发现些什么。到把目光离开相片时，忽然发问：

"达士先生，您班上有个×××，是不是？"

"真有这样一个人。您怎么认识她？这个女孩子真是班上顶美……"

"她是我的内侄女。"

"哦，您们是亲戚！"

"这孩子还聪敏，书读得不坏，"说着，教授丙把视线再度移到墙头那个照片上去，心不在焉的问道："达士先生，这照片是从希腊人的雕刻照下的吗？"这种询问似乎不必回答，达士先生很明白。

达士先生心想："丙先生倒有眼睛，认识美。"不由得不来一个会心微笑。

两人于是同时皆有一个苗条圆熟的女孩子影子，在印象中晃着。

教授丁邀约达士先生到海边去坐船。乳白色的小游艇，支持了白色三角形小帆，顺着微风，向作宝石蓝颜色镜平放光的海面滑去。天气明朗而温柔。海浪轻轻的拍着船头和船舷，船身略侧，向前滑去时轻盈得如同一只掠水的小燕儿。海天尽头有一点淡紫色烟子。天空正有白鸟三五，从容向远海飞去。这点光景恰恰像达士先生另外一个记载里的情形。便是那只船，也如当前的这只船。有一点儿稍稍不同，就是坐在达士先生对面的一个人，不是医生，却换了一个哲学教授了。

两人把船绕着小青岛去。讨论着当年若墨医生与达士先生尚未讨论结果的那个问题，——女人，一个永远不能结束定论的议题！

教授丁说：

"大概每个人皆应当有一种辖治，方能像一个人。不管受神的，受鬼的，受法律的，受医生的，受金钱的，受名誉的，受牙痛的，受脚气的，必需有一点从外而来或由内而发的限制，人才能够像一个人，一个不受任何拘束的人，表面看来极其自由，其实他做什么也不成功。因为他不是个人。他无拘束，同时也就不会有多少气力。

"我现在若一点儿不受拘束，一切欲望皆苦不了我，一切人事我不管，这决不是个好现象。我有时想着就害怕。我明白，我自己居然能够活下去，还得感谢社会给我那一点拘束。若果没有它，我就自杀了。

"若墨医生同我在这只小船上的座位虽相差不多，我们又同样还不结婚。可是，他讨厌女人，他说：一个女人在你身边时折磨你的身体，离开你身边时又折磨你的灵魂。女子是一个诗人想象的上帝，是一个浪子官能的上帝。他口上尽管讨厌女人，不久却把一个双料上帝弄到家中作了太太，在裙子下讨生活了。我一切恰恰同他相反。我对女人，许多女人皆发生兴味。那些肥的，瘦的，有点儿装模作样或是势利浅浮的，似乎只因为她们是女子，有女子的好处，也有女子的弱点，我就永远不讨厌她们。我不能说出若墨医生那种警句，却比他更了解女子。许多讨厌女子的人，皆在很随便情形下同一个女子结了婚。我呢，我欢喜许多女人，对女人永远倾心，我却再也不会同一个女人结婚。

"照我的哲学崇虚论来说，我早就应当自杀了。然而到今天还不自杀，就亏得这个世界上尚有一些女人。这些女人我皆很情欲的爱着她们。我在那种想象荒唐中疯人似的爱着她们。其中有一个我尤其倾心，但我却极力制止我自己的行为，始终不让她知道我爱她。我若让她知道了，她也许就会嫁给我。我不预备这一着。我逃避这一着。我只想等到她有了四十岁，把那点女人极重要的光彩大部分已失去时，我再去告她，她失去了的，在我心上还好好的存在。我为的是爱她，为的是很情欲的爱她，总觉得单是得到了她还不成，我便尽她去嫁给一个明明白白一切皆不如我的人，使她同那男子在一处消磨尽这个美丽生命。到了她本身已衰老时，我的爱一定还新鲜而活泼。

"您觉得怎么样，达士先生？"

达士先生有他的意见：

"您的打算还仍然同若墨医生差不多。您并不是在那里创造哲学，不过是在那里被哲学创造罢了。您同许多人一样，放远期账，表示远见与大胆，且以为将来必可对本翻利。但是您的账放得太远了，我为您担心。这种投资我并无反对理由，因为各人有各人耗费生命的权利和自由，这正同我打量投海，觉得投海是一种幸福时，您不便干涉一样。不过我若是个女人，对于您的计划，可并无多少兴味。您虽有哲学，却缺少常识。您以为您到了那个年龄，脑子尚能有如今这样充满幻想，且以为女子到了四十岁，也还会如十八岁时那么多情善感。这真是糊涂。我敢说您必输到这上面。您若有兴味去看一本关于××的书籍，您会觉得您那哲学必需加以小小修改了。您爱她，得给她。这是自然的道理。

您爱她，使她归您，这还不够，因为时间威胁到您的爱，便想违反人类生命的秩序，而且说这一切皆为女人着想。我看看，这同束身缠脚一样，不大自然，有点残忍。"

"你以为这个事太不近情，是不是？我们每一个人皆可听凭自己意志建筑一座礼拜堂，供奉自己所信仰的那个上帝。我所造的神龛，我认为是世界上最美丽的神龛。这事由你看来，这么办耗费也许大一点。可是恋爱原本就是一种奢侈的行为。这世界正因为吝啬的人太多了，所以凡事皆做不好。我觉得吝啬原邻于愚蠢。一个人想把自己人格放光，照耀蓝空，炫人眼目如金星，愚蠢人决做不出。"

"您想这么作是中了戏剧的毒。您能这么作可以说是很有演剧的天才。我承认您的聪明。"

"你说对了，我是在演剧。很大胆的把角色安排下来，我期待的就正是在全剧进行中很出众，然而近人情，到重要时忽然一转，尤其惊人。"

达士先生说：

"说得对。一个人若真想把自己全生活放在热闹紧张场面上发展，放在一种变态的不自然的方法中去发展，从一个艺术家眼里看来，没有反对的道理。一切艺术原皆不容许平凡。不过仍然用演戏取譬，你想不想到时间太久了一点，您那个女角，能不能支持得下去？世界上尽有许多女人在某一小时具有为诗人与浪子拜倒那个上帝的完美，但决不能持久。您承认她们到某一时会把生命光彩失去，却不想想一个表面失去了光彩的女人，还剩下一些什么东西。"

“那你意思怎么样？”

“爱她，得到她。爱她，一切给她。”

“爱她，如何能长久得到她？一切给她，什么是我？若没有我，怎么爱她？”

达士先生知道教授戊是个结了婚后一年又离婚的人，想明白他对于这件事的意见同感想。下面是教授戊的答案：

女人，多古怪的一种生物！你若说：“我的神，我的王后，你瞧，我如何崇拜你！让莎士比亚的胸襟为一个女人而碎吧，同我来接一个吻！”好辞令。可是那地方若不是戏台，却只是一个客厅呢？你将听到一种不大自然的声音（她们照例演戏时还比较自然），她们回答你说：“不成，我并不爱你。”好，这事也就那么完结了。许多男子就那么离开了他的爱人，男的当然便算作失恋。过后这男子事业若不大如意，名誉若不大好，这些女人将那么想：“我幸好不曾上当。”但是，另外某种男子，也不想作莎士比亚，说不出那么雅致动人的话语。他要的只是机会。机会许可他傍近那个女子身边时，他什么空话都不必说，就默默的吻了女人一下。这女子在惊慌失措中，也许一伸手就打了他一个耳光。然而男子不作声，却索性抱了女子，在那小小嘴唇上吻个一分钟。他始终没有说话，不为行为加以解释。他知道这时节本人不在议会，也不在课室。他只在作一件事！结果，沉默了。女人想：“他已吻过我了。”同时她还知道了接吻对于她毫无什么损失。到后，她成了他的妻子。这男人同她过日子过得好，她十年内就为他养了一大群孩子，自己变成一个中年胖妇人；男子不好，她会解说：

"这是命。"

是的，女人也有女人的好处。我明白她们那些好处。上帝
创造她们时并不十分马虎，既给她们一个精致柔软的身体，又给
她们一种知足知趣的性情，而且更有意思，就是同时还给她们创
造一大群自作多情又痴又笨的男子，因此有恋爱小说，有诗歌，
有失恋自杀，有——结果便是女人在社会上居然占据一种特殊地
位，仿佛凡事皆少不了女人。

我以为这种安排有一点错误。从我本身起始，想把女人的
影响，女人的牵制，尤其是同过家庭生活那种无趣味的牵制，在
摆脱得开时乘早摆脱开。我就这样离了婚。

达士先生向草坪望着："老王，草坪中那黄花叫什么名？"

老王不曾听到这句话，不作声。低头作事。

达士先生又说："老王，那个从草坪里走来看庚先生的女人
是什么人？"

听差老王一面收拾书桌一面也举目从窗口望去，"××女子
中学教书先生。长得很好，是不是？"说着，又把手向楼上指指，
轻声的说，"快了，快了。"那意思似乎在说两人快要订婚，快
要结婚。

达士先生微笑着，"快什么了？"

达士先生书桌上有本老舍作的小说，老王随手翻了那么一
下，"先生，这是老舍作的，你借我这本书看看好不好？怎么这
本书名叫《离婚》？"

达士先生好像很生气的说：

"怎么不叫《离婚》？我问你，老王。"

楼上电铃忽响，大约住楼上的教授庚，也在窗口望见了经草坪里通过向寄宿舍走来的女人了，呼唤听差预备一点茶。

一个从 ×× 寄过青岛的信——

达士先生：

　　你给我为历史学者教授辛画的那个小影，我已见到了。你一定把它放大了点。你说到他向你说的话，真不大像他平时为人。可是我相信你画他时一定很忠实。你那枝笔可以担保你的观察正确。这个速写同你给其他先生们的速写一样，各自有一种风格，有一种跃然纸上的动人风格，我读他时非常高兴。不过我希望你……因为你应当记得着，你把那些速写寄给什么人。教授辛简直是个疯子。

　　你不说宿舍里一共有八个人吗？怎么始终不告给我第七个是谁。你难道半个月以来还不同他相熟？照我想来这一定也有点原因。好好的告给我。

　　天保佑你。

瑗瑗

达士先生每当关着房门，记录这些专家的风度与性格到一个本子上去时，便发生一种感想："没有我这个医生，这些人会不会发疯？"其实这些人永远不会发疯，那是很明白的。并且发不发疯也并非他注意的事情，他还有许多必需注意的事。

他同情他们，可怜他们。因为他自以为是个身心健康的人。他预备好好的来把这些人物安排在一个剧本里，这自以为医治人类灵魂的医生，还将为他们指示出一条道路，就是凡不能安身立命的中年人，应勇敢走去的那条道路。他把这件事，描写得极有趣味的寄给那个未婚妻去看。

但这个医生既感觉在为人类尽一种神圣的义务，发现了七个同事中有六个心灵皆不健全，便自然引起了注意另外那一个健康人的兴味。事情说来希奇，另外那个人竟似乎与他"无缘"。那人的住处，恰好正在达士先生所住房间的楼上，从××大学欢迎宴会的机会中，那人因同达士先生座位相近，×校长短短的介绍，他知道那是经济学者教授庚。除此以外，就不能再找机会使两人成为朋友了。两人不能相熟自然有个原因。

达士先生早已发现了，原来这个人精神方面极健康，七个人中只有他当真不害什么病。这件事得从另外一个人来证明，就是有一个美丽女子常常来到寄宿舍，拜访经济学者庚。

有时两人在房子里盘桓，有时两人就在窗外那个银杏树夹道上散步。那来客看样子约有二十五六岁，同时看来也可以说只有二十来岁。身材面貌皆在中人以上。最使人不容易忘记，就是一双诗人常说"能说话能听话"的那种眼睛。也便是这一双眼睛，因此使人估计她的年龄，容易发生错误。

这女人既常常来到宿舍，且到来以后，从不闻一点声息，仿佛两人只是默默的对坐着。看情形，两个人感情很好。达士先生既注意到这两个人，又无从与他们相熟，因此在某一时节，便稍稍滥用一个作家的特权，于一瞥之间从女人所得的印象里，想象到这个女子的出身与性格，以及目前同教授庚的关系。

　　这女子或毕业于北平故都的国立大学，所学的是历史，对诗词具有兴味，因此词章知识不下于历史知识。

　　这女子在家庭中或为长女。家中一定是个绅士门阀，家庭教育良好，中学教育也极好。从×大学历史系毕业后，就来到××女子中学教书，每星期约教十八点钟课，收入约一百元左右。在学校中很受同事与学生敬爱，初来时，且间或还会有一个冒险的，不大知趣的，山东籍国文教员，给她一种不甚得体的殷勤。然而那一种端静自重的外表，却制止了这男子野心的扩张。还有个更重要的原因，便是北京方面每天皆有一个信给她，这件事从学校同事看来，便是"有了主子"的证明，或是一个情人，或是一个好友，便因为这通信，把许多人的幻想消灭了。这种信从上礼拜起始不再寄来，原来那个写信人教授庚已到了青岛，不必再寄什么信了。

　　这女人从不放声大笑，不高声说话，有时与教授庚一同出门，也静静的走去，除了脚步声音便毫无声响。教授庚与女人的沉默，证明两人正爱着，而且贴骨贴肉如火如荼的爱着。惟有在这种症候中两个人才能够如此沉静。

　　女人的特点是一双眼睛，它仿佛总时时刻刻在警告人，提醒人。你看她，它似乎就在说："您小心一点，不要那么看我。"一个熟人在她面前说了点放肆话，有了点不庄重行动，它也不过那么看看。这种眼光能制止你行为的过分，同时又俨然在奖励你手足的撒野。它可以使俏皮角色诚实稳重，不敢胡来乱为，也能使老实人发生幻想，贪图进取。它仿佛永远有一种羞怯之光；这个光既代表贞洁，同时也就充满了情欲。

由于好奇，或由于与好奇差不多的原因，达士先生愿意有那么一个机会，多知道一点点这两人的关系。因为照他的观察来说，这两人关系一定不大平常，其中有问题，有故事。再则女的那一分沉静实在吸引着他，使他觉得非多知道她一点不可。而且仿佛那女人的眼光，在达士先生脑子里，已经起了那么一种感觉："先生，我知道你是谁。我不讨厌你。到我身边来，认识我，崇拜我，你不是个糊涂人，你明白，这个情形是命定的，非人力所能抗拒的。"这是一种挑战，一种沉默的挑战。然而达士先生却无所谓。他不过有点儿好奇罢了。

那时节，正是国内许多刊物把达士先生恋爱故事加以种种渲染，引起许多人发生兴味的时节。这个女人必知道达士先生是个什么人，知道达士先生行将同谁结婚，还知道许多达士先生也不知道的事，就是那种失去真实性的某一种铺排的极其动人的谣言。

达士先生来到青岛的一切见闻，皆告诉给那个未婚妻，上面事情同一点感想，却保留在一个日记本子上。

达士先生有时独自在大草坪散步，或从银杏夹道上山去看海，有三四次皆与那个经济学者一对碰头。这种不期而遇也可以说是什么人有意安排的。相互之间虽只随随便便那么点一点头各自走开，然而在无形中却增加了一种好印象。当达士先生从那个女人眼睛里再看出一点点东西时，他逃避了那一双稍稍有点危险的眼睛，散步时走得更远了一点。

他心想："这真有点好笑。若在一年前，一定的，目前的事会使我害一种很厉害的病。可是现在不碍事了。生活有了免疫性，那种令人见寒作热的病皆不至于上身了。"他觉得他的逃避，却只是在那里想方设法使别人不至于害那种病。因为那个女人原不宜于害病，那个教授庚，能够不害那一种病，自然更好。

可是每种人事原来皆俨然被一只看不见的手所安排。一切事皆在凑巧中发生，一切事皆在意外情形下变动。××学校的暑期学校演讲行将结束时，某一天，达士先生忽然得到一个不具名的简短信件，上面只写着这样两句话：

学校快结束了，舍得离开海吗？（一个人）

一个什么人？真有点离奇可笑。

这个怪信送到达士先生手边时，凭经验，可以看出写这个信的人是谁。这是一颗发抖的心同一只发抖的手，一面很羞怯，又一面在狡猾的微笑，把信写好亲自付邮的。不管这个人是谁，不管这个写得如何简单，不管写这个信的人如何措辞，达士先生皆明白那种来信表示的意义。达士先生照例不声不响，把那种来信搁在一个大封套里。一切如常，不觉得幸福也不觉得骄傲。间或也不免感到一点轻微惆怅。且因为自己那分冷静，到了明知是谁以后，表面上还不注意，仿佛多少总辜负了面前那年青女孩子

654

一分热情，一分友谊。可是这仍然不能给他如何影响。假若沉静是他分内的行为，他始终还保持那分沉静。达士先生的态度，应当由人类那个习惯负一点责。应当由那个拘束人类行为，不许向高尚纯洁发展，制止人类幻想，不许超越实际世界，一个有势力的名辞负点责。达士先生是个订过婚的人。在"道德"名分下，把爱情的门锁闭，把另外女子的一切友谊拒绝了。

得到那个短信时，达士先生看了看，以为这一定又是一个什么自作多情的女孩子写来的。手中拈着这个信，一面想起宿舍中六个可怜的同事，心中不由得不侵入一点忧郁。"要它的，它不来;不要的,它偏来。"这便是人生？他于是轻轻的自言自语说："不走，又怎么样？一个真正古典派，难道还会成一个病人？便不走，也不至于害病！"很的确，就因事留下来，纵不走，他也不至于害病的。他有经验，有把握，是个不怕什么魔鬼诱惑的人。另外一时他就站过地狱边沿，也不炫目，不发晕。当时那个女子，却是个使人值得向地狱深阱跃下的女子。他有时自然也把这种近于挑战的来信，当成青年女孩子一种大胆妄为的感情的游戏，为了训练这些大胆妄为的女孩子，他以为不作理会是一种极好的处置。

　　瑗瑗：

　　　我今天晚车回××。达。

达士先生把一个简短电报亲自送到电报局拍发后，看看时间还只五点钟。行期既已定妥，在青岛勾留算是最后一天了。记起教授乙那个神气，记起海边那种蚌壳。当达士先生把教授乙在海边拾蚌壳的一件事情告给瑗瑗时，回信就说：

> 不要忘记，回来时也为我带一点点蚌壳来。我想看看那个东西！

达士先生出了电报局，因此便向海边走去。

到了海水浴场，潮水方退，除了几个会骑马的外国人骑着黑马在岸边奔跑外，就只有两个看守浴场工人在那里收拾游船，打扫沙地。达士先生沿着海滩走去，低着头寻觅这种在白沙中闪放珍珠光的美丽蚌壳。想起教授乙拾蚌壳那副神气，觉得好笑。快要走到东端时，忽然发现湿沙上有谁用手杖斜斜的划着两行字迹，走过去看看，只见沙上那么写着：

> 这个世界也有人不了解海，不知爱海。也有人了解海，不敢爱海。

达士先生想想那个意思，笑了。他是个辨别笔迹的专家，认识那个字迹，懂得那个意义。看看潮水的印痕，便知道留下这种玩意儿的人，还刚刚离此不久。这倒有点古怪。难道这人就知道达士先生今天一早上会来海边，恰好先来这里留下这两行字迹？还是这人每天皆来到海边，写那么两行字，期望有一天会给达士先生见到？不管如何，这方式显然的是在大胆妄为以外，还很机伶狡狯的，达士先生皱眉头看了一会，就走开了。一面仍然

656

低头走去，一面便保护自己似的想道:"鬼聪明，你还是要失败的。你太年轻了，不知道一个人害过了某种病，就永远不至于再传染了！你真聪明，你这点聪明将来会使你在另外一件事情上成就一件大事业，但在如今这件事情上，应当承认自己赌输了！这事不是你的错误，是命运。你迟了一年。……"然而不知不觉，却面着大海一方，轻轻的抒了一口气。

不了解海，不爱海，是的。了解海，不敢爱海，是不是?

他一面走一面口中便轻轻数着，"是 —— 不是? 不是——是?"

忽然间，沙地上一件新东西使他愣住了。那是一对眼睛，在湿沙上画好的一对美丽眼睛。旁边还那么写着:

　　瞧我，你认识我!

是的，那是谁，达士先生认识得很清楚的。

一个爬沙工人用一把平头铲沿着海岸走来，走过达士先生身边时，达士先生赶着问:"慢点走，我问你，你知不知道这是谁画的?"说完他把手指着那些骑马的人。那工人却纠正他的错误，手指着山边一堵浅黄色建筑物，"哪，女先生画的!"

"你亲眼看见是个女先生画的?"

工人看看达士先生，不大高兴似的说:"我怎不眼见?"

那工人说完，扬扬长长的走了。

达士先生在那沙地上一对眼睛前站立了一分钟，仍然把眉头略微皱了那么一下,沉默的沿海走去了。海面有微风皱着细浪。

达士先生弯腰拾起了一把海沙向海中抛去。"狡猾东西，去了吧。"

十点二十分钟达士先生回到了宿舍。

听差老王从学校把车票取来，告给达士先生，晚上十一点二十五分开车，十点半上车不迟。

到了晚上十点钟，那听差来问达士先生，是不是要把他行李先送上车站去。就便还给达士先生借的那本《离婚》小说。达士先生会心微笑的拿起那本书来翻阅，却给听差一个电报稿，要他到电报局去拍发。那电报说：

瑗瑗：

　　我害了点小病，今天不能回来了。我想在海边多住三天；病会好的。达士。

一件真实事情，这个自命为医治人类灵魂的医生，的确已害了一点儿很蹊跷的病。这病离开海，不易痊愈的，应当用海来治疗。

面对现代性爱而展示知识者灵魂 | 吴福辉

在沈从文所有的短篇小说中,《八骏图》应当说是非常讲究叙事技巧,且是对都市知识者的人性批判很具深度的一篇。

题目称"八骏",历来相传为周穆王的八匹出了名的坐骑。这里借用指小说描写的八位教授。因为全篇是从性爱的角度切入,一一展示这些知识精英的灵魂,配上这个标题便带有讽喻味道。小说可能有一点自叙成分,不会是自叙传,当然都是作者观察体验过的。教授们从"甲"排起到"辛",戊己庚辛,偏偏漏掉一个"己",教授己即达士先生自己,贯串前后的中心人物。如果这个悬测有些道理,本篇讽人也自讽,剖人也自剖,全体落入了作者的视界,无一幸免。

达士先生离开未婚妻瑗瑗到青岛来做暑期大学的讲演。这位客座教授俨然是个"闯入者",天然站在评判别个教授的位置上。他称自己是"医生","古典派"的七位专家来看过他这个"三十岁的小说作家",便成了"浪漫派",但他认为他们"皆好像有一点病",富有学识,庄严、老成,却不懂得享用人生。特别是在一种道貌岸然的"道德"名分下,遵行上等知识者社会通用的行为规则,压抑、扭曲自己的天性,造成了一个一个精神上的阉人。在透过表面、揭发这群高等教授们性压抑所造成的各种变态方面,作者的笔显得十分尖刻。写教授甲异常简洁,白描一样由环境来暗示人:全家福照片,多子,太太已肥胖;枕旁置《疑雨集》(明代王彦泓所撰,多为艳体)、《五百家香艳诗》;蚊帐里有半裸美女广告画；窗台上放保肾药。这显然是个性机能衰竭，却又转向极度意淫的男人。教授乙专门在海滩边看女人，谈女人，夸赞上海女人不惧冷（所穿新式浴衣之裸）。写法非常别致的是带空白的对话。教授乙谈女人时达士先生的对答是空白，可以理解成无以为答，或者是含含糊糊代答。等到达士先生询问教授乙为何把夫人撇在家乡一人在外过独身，上海何以比北平好时，乙的对话又成为空白。一个细节：教授乙从女人脚印里拾起一枚蚌壳，用手轻拭壳上粘附的沙粒。这个动作所谓充满着"情欲"，因在中国文化中蚌壳是隐喻着女性性器官的。教授乙按作品说他近于"疯狂"，他的性饥渴果然十分外露。丙是哲学教授，他对达士讲了个别人的故事：×先生执行精神恋爱，与爱人同房分床而居，违背人性，活生生把个好女人恹恹地病死。丙骂×是"阉鸡"，"不过是佛教不净观，与儒家贞操说两种鬼在那作祟"。但达士问起他的恋爱观，他搪塞不作答，声称那是儿女们的玩意儿；看起希腊爱神胴体上的凹下处和凸出处倒津津有味，而且脑中闪着内侄女苗条圆熟的倩影。故此达士也将他归入"疯狂"一类。史汉专家教授丁是与达士讨论爱情哲学，坐在乳白色游艇之上，衬着宝石蓝如镜面一样平的海面，一人一段地谈下去。丁的观点新奇，他喜欢女人，对许多女人倾心，却再不会同一个女人结婚。他说他已爱上一个，但为了永久得到她便要逃避她，在她鲜活光彩的年龄尽她嫁人，到她四十岁时才告爱她，使她在自己心上还能好好地存活。这种对爱的压抑与束胸缠脚一样，是残忍的，违反人类生命秩序的，但偏偏打着一切替女人着想的旗号，不仅自虐而且虐人。教授戊是通过他一段独白，表明他既要享受女人的好处，又要不被牵制，所以结婚后旋即离婚，再来宣布女人是个"古怪的生物"。写庚这个经济学教授是运用想象，从他沉静的不作声的恋爱去推演，虚构其人。初时读者也许会跟着达士先生的感觉走，误认为庚是唯一的"精神方面极健康"的，等到行将结婚的女中学教员突然爱上达士，才恍然悟到这"静静"的爱正是冷冰冰的，没有热度的。至于辛，由瑗瑗的信点明他的言行不一，"简直是个疯子"，也就尽够了。小说这样按次序一一罗列七名教授性格思想，本是写家的大忌，沈从文靠变换叙述方式和角度，像摇过一个一个展台使每个人物纤毫毕露，避免了行文的板结。而各种性心理畸变的展示，仿佛在挖文明人的疮疤。

当然，挖掘较深的还是达士先生。他是审判别人的，似乎在"八骏"之外。最后的陡转把他潜在的一面猛地曝光，有强烈的喜剧效果。他本是作者的"宠儿"，那七个教授用的是略粗的讽刺线条，独有他和未婚妻瑗瑗，和穿浅黄颜色袍子女人的关系，是用微妙的抒情的色彩点染，嘲弄的意味都在心理层面上，而且是一息一息泄露。几乎在达士先生到达青岛的第一天，他便在窗外草坪上捕捉到黄袍女人，并把那点颜色深藏在心里。他自恃不会害七教授们共同害的病，自慰有免疫性，结果愈保持距离，愈不去接触教授庚及其女友，就愈煽起对那女人的向往。当他凭着小说家的本能，妄自编排起这个女人良好的身世、教育和端静自重的性情时，危险已经迫近。他把山东一切见闻都一日几封信地写给远方的未婚妻，却把对这个女人挑战般的眼光的感想，单独写入日记。这之后，自女人谈海的匿名信出现，达士先生便可笑地只剩下一步步挣扎的份儿。发出给瑗瑗的回归电报，又要去海边拾蚌。沙滩上先后现出"也有人了解海，不敢爱海"的字迹，与美丽眼睛的画，如电击中他。真是一场心理败仗。不断地告诫，不断地对抗，不断地陷入，直至拖迟回归，承认也害了病。小说后半段达士先生完整的人格分裂为二，不管如何自我拯救，都难逃"全军覆没"的命运。

请读者注意，《八骏图》并不负有向社会提供美满的婚恋方式和内容的使命。沈从文从人性的缺欠、人性的冲突入手，指出一种广泛的文化现象：自认深得现代文明真谛的高等知识者，也和一个普通的湘西乡民一样，阻挡不住性爱的或隐或显的涌动。所不同的是乡下人反能返朴归真，求得人性的和谐；而都市的智者却用"习惯""道德"种种绳索无形地捆绑住自己，拘束与压制自己，以至于失态，跌入更加不道德的轮回之中。作品说，八骏们的出乖露丑，"应当由人类那个习惯负一点责。应当由那个拘束人类行为，不许向高尚纯洁发展，制止人类幻想，不许超越实际世界，一个有势力的名辞负点责"。这段话是画龙点睛之笔，透出沈从文于讽刺中所寄托的高远人性理想。它可能在目前仍属于人类幻想之一，但是美的。而文学本来就属于审美。阅读本篇可联系沈从文描写都市和乡村的性爱主题的各种文字，关注这个作家对人的思考。对于他，性爱即人的生命存在、生命意识的符号。压抑性爱是人类文明进程中相伴随而来的生命力萎缩的标志。由此，沈从文才提出民族性重造和人的重造的过于沉重的命题。

这篇小说在讽刺运用方面，比《绅士的太太》繁复。主要是笔致细腻，把传统的谴责性揭露手法尽量减弱，注重心理讽刺，大胆地渗入象征。各种颜色皆代表女性，如紫色、红色，特别是自始至终那个撩人的黄色："草坪里有个黄色点子，恰恰镶嵌在全草坪最需要一点黄色的地方"；爬沙工人说沙滩上的画是女先生画的，"手指着山边一堵浅黄色建筑物"。大海也是女性的代号，宽博而充满诱惑："学校快结束了，舍得离开海吗？""不了解海，不爱海，是的。了解海，不敢爱海，是不是？""这个自命为医治人类魂灵的医生，的确已害一点儿很蹊跷的病。这病离开海，不易痊愈的，应当用海来治疗"。后者是小说的结句，传达出一种含蓄的嘲弄口吻。加上书信、日记、电报文的巧妙穿插，警策性对话的恰当设置，使全篇结构相当精致。或许过分用力也是这篇小说优长中间的一个弱处。京派的精巧讽刺风格可见一斑。

　　小说中有几个疑句。教授丁在海上"讨论着当年若墨医生与达士先生讨论尚未得出结果的那个问题——女人"，这请参看沈从文另一短篇《若墨医生》。若墨激烈地说他"讨厌青年会式的教徒，同自作多情的女子"，却终于与牧师的女儿一见钟情，喜结良缘。不过，《若墨医生》里并没有一个叫作"达士"的人物，只有"我"，可见作者已把"达士"与"我"的角色混淆。还有一句是教授乙说的，"我不了解刘半农的意思。女子文理学院的学生全笑他"，似指一九三三年至一九三四年间刘半农（复）在《论语》杂志发表的关于婚恋言论的反响。比如刘曾在自批自注的桐花芝豆堂打油诗里，用玩笑的语气主张实行"有期婚"（婚期一年，期满可延长也可撒手）。这在今天看来或许不足为奇，当年却够出格，难怪连偷盯女人捎成瘾的教授也要用骇怪来表示自己的高洁了。

贵生

本篇发表于一九三七年五月一日《文学杂志》第一卷第一期（创刊号）。署名沈从文。一九三九年十二月收入小说集《主妇集》，商务印书馆初版。现据商务印书馆初版本编入。

贵生在溪沟边磨他那把镰刀，锋口磨得亮堂堂的。手试一试刀锋后，又向水里随意砍了几下。秋天来溪水清个透亮，活活的流，许多小虾子脚攀着一根草，在水里游荡，有时又躬着个身子一弹，远远的弹去，好像很快乐。贵生看到这个也很快乐。天气极好，正是城市里风雅人所说"秋高气爽"的季节，贵生的镰刀如用得其法，就可以过一个有鱼有肉的好冬天。秋天来遍山土坎上芭茅草开着白花，在微风里轻轻的摇，都仿佛向人招手似的说，"来，割我，乘天气好磨快了你的刀，快来割我，挑进城里去，八百钱一担，换半斤盐好，换一斤肉也好，随你的意！"贵生知道这些好处。并且知道五担草就能够换个猪头，揉四两盐腌起来，那对猪耳朵，也够下酒两三次！一个月前打谷子时，各家田里放水，人人用鸡笼在田里罩肥鲤鱼，贵生却磨快了他的镰刀，点上火把，半夜里一个人在溪沟里砍了十来条大鲤鱼，全用盐揉了，挂在灶头用柴烟熏。现在磨刀，就准备割草，挑上城去换年货。正像俗话说的：两手一肩，快乐神仙。村子里住的人，几年来城里东西样样贵，生活已大不如从前，可是一个单身汉子，年富力强，遇事肯动手，又不胡来乱为，过日子总还容易。

　　贵生住的地方离大城廿里，离张五老爷围子两里。五老爷是当地财主，近边山坡田地大部分归五老爷管业，所以做田种地的人都与五老爷有点关系。五老爷要贵生做长工，贵生以为做长工不是住围子就得守山，行动受管束，大不愿意。自己用镰刀砍竹子，剥树皮，搬石头，在一个小土坡下，去溪水不远处，借五老爷土地砌了一幢小房子，帮五老爷看守两个种桐子的山坡，作为借地住家的交换。住下来他砍柴割草为生。春秋二季农事当忙时，有人要短工帮忙，他邻近五里无处不去帮忙（食量抵两个人，气力也抵两个人）。逢年过节村子里头行人捐钱扎龙灯上城去比赛，他必在龙头前斗宝，把个红布绣球舞得一团火似的，受人喝彩。春秋二季答谢土地，村中人合伙唱戏，他扮王大嬢补缸的补缸匠，卖柴扒的程咬金。他欢喜喝一杯酒，可不同人酗酒打架。他会下盘棋，可不像许多人那样变棋迷。间或也说句笑话，可从不用口角伤人。为人稍微有点子憨劲，可不至于傻相。有时到围子里去，五老爷送他一件衣服，一条裤子，或半斤盐，他心中不安，必在另外一时带点东西去补偿。他常常进城去卖柴卖草，就把钱换点应用东西。城里尚有个五十岁的老舅舅，给大户人家作厨子，不常往来，两人倒很要好。进城看望舅舅时，他照例带点礼物，不是一袋胡桃，一袋栗子，就是一只山上装套捕住的黄鼠狼，或是一只野鸡。到城里有时住在舅舅处，那舅舅晚上无事，必带他上河沿天后宫去看夜戏，消夜时还请他吃一碗牛肉面。

在乡下，远近几里村子上的人，都和他相熟，都欢喜他。他却乐意到离住处不远桥头一个小生意人铺子里去。那开杂货铺的老板是浦市人，本来飘乡作生意，每月一次，挑货物各个村子里去和乡下人讲买卖，吃的用的全卖。到后来看中了那个桥头，知道官路上往来人多，与其从城里打了货四乡跑，还不如在桥头安个家。一面作各乡生意，一面搭个亭子给过路人歇脚，就近作过路人买卖。因此，就在桥头安了家。住处一定，把老婆和一个十三岁的小女孩也接来了。浦市人本来为人和气，加之几年来与附近各村各大围子都有往来，如今来在桥头开铺子，生意发达是很自然的。那老婆照浦市人中年妇女打扮，头上长年裹一块长长的黑色绉绸首帕，把眉毛拔得细细的。一张口甜甜的，见男的必称大哥，女的称嫂子，待人特别殷勤。因此不到半年，桥头铺子不特成为乡下人买东西地方，并且也成为乡下人谈天取乐地方了。夏天桥头有三株大青树，特别凉爽。冬天铺子里土地上烧得是大树根和油枯饼，火光熊熊——真可谓无往不宜。

贵生和铺子里人大小都合得来，那杂货铺老板娘待他很好，他对那个女儿也很好。山上多的是野生瓜果，栗子榛子不出奇，三月里他给她摘大莓，六月里送她地枇杷，八九月里还有出名当地，样子像干海参，瓤白如玉如雪的八月瓜，尤其逗那女孩子欢喜。女孩子名叫金凤。那老板娘一年前因为回浦市去吃喜酒，害蛇钻心病[1]死掉了，杂货铺充补了个毛伙，全身无毛病，只因为

1　蛇钻心病，指心绞痛。

性情活跳，取名叫作癞子。

贵生不知为什么总不大欢喜那癞子，两人谈话常常顶板，癞子老是对他嘻嘻笑。贵生说："癞子，你若在城里，你是流氓；你若在书上，你是奸臣。"癞子还对他笑。贵生不欢喜癞子，那原因杂货铺老板倒知道，因为贵生怕癞子招亲，从帮手改驸马。

贵生其时正在溪水边想癞子会不会作"卖油郎"，围子里有人搭口信来，说五爷下乡了，要贵生去看看南山桐子，熟了没有。看过后去围子里回话。

贵生听了信，即刻去山上看桐子。

贵生上了山，山上泥土松松的，一下脚，大而黑的油蚯蚓，小头尖尾的金铃子，各处乱蹦。几个山头看了一下，只见每株树枝都被饱满坚实的桐木油果压得弯弯的，好些已落了地，山脚草里到处都是。因为一个土塍上有一片长藤，上面结了许多颜色乌黑的东西，一群山喜鹊喳喳的叫着，知道八月瓜已成熟了，赶忙跑过去。山喜鹊见人来就飞散了。贵生把藤上八月瓜全摘下来，装了半斗笠，预备带回去给桥头人吃。

贵生看过桐子，晚半天天气还早，就往围子去禀告五爷。

到围子时，见院里搁了一顶轿子，几个脚夫正闭着眼蹲在石碌碡上吸旱烟管。贵生一看知道城里另外来了人，转身往仓房去找鸭毛伯伯。鸭毛伯伯是五老爷围子里老长工，每天坐在仓房边打草鞋。仓房不见人，又转往厨房去，才见着鸭毛伯伯正在小桌边同几个城里来的年青伙子坐席，用大提子从黑色瓮缸里舀取烧酒，煎干鱼下酒。见贵生来就邀他坐下，参加他们的吃喝。原来新到围子的是四爷，刚从河南任上回城，赶来看五爷，过几天又得往河南去。几个人正谈到五爷和四爷在任上的种种有趣故事。

一个从城里来的小秃头，老军务神气，一面笑一面说：

"人说我们四老爷实缺骑兵旅长是他自己玩掉的。一个人爱玩，衣禄上有一笔账目，不玩销不了账，死后下一生还是玩。上年军队扎在汝南地方，一个月他玩了八个，把那地方尖子货全用过了，还说：这是什么鬼地方，女人都是尿脬做成的，要不得。一身白得像灰面，松塌塌的，一点儿无意思，还装模作态，这样那样。你猜猜花多少钱。四十块一夜，除王八外快不算数。你说，年青人出外胡闹不得，我问你，我们想胡闹，成不成？一个月七块六，火食三块三除外还剩多少？不剃头，不洗衣，留下钱来一年还不够玩一次，我的伯伯，你就让我胡闹我从哪里闹起！"

另一高个儿将爷说：

"五爷人倒好，这门路不像四爷乱花钱。玩也玩得有分寸，一百八十随手撒，总还定个数目。"

鸭毛伯伯说：

"牛肉炒韭菜，各人心里爱。我们五爷花姑娘弄不了他的钱，花骨头可迷住了他。往年同老太太在城里住，一夜输二万八，头家跟五爷上门来取话，老太太爱面子，怕五爷丢丑，以后见不得人，临时要我们从窖里挖银子，元宝一对一对刨出来，点数给头家。还清了债，笑着向五爷说，不要紧，手气不好，莫下注给人当活元宝啃，说张家出报应！"

"别人说老太太是怄气死的。"

"可不是。花三万块钱挣了一个大面子，明明白白五爷上了人的当，怎不生气？病了四十天，完了，死了。"

"可是五爷为人有孝心，老太太死时，他办丧事做了七七四十九天道场，花了一万六千块钱，谁不知道这件事！都说老太太心好命好，活时享受不尽，死后还带了万千元宝锞子，四十个丫头老妈子照管箱笼，服侍她老人家一路往西天，热闹得比段老太太出丧还人多，执事挽联一里路长。有个孝子尽孝，死而无憾。"

鸭毛伯伯说：

"五爷怕人笑话，所以做面子给人看。因为老太太生前爱面子，五爷又是过房的，一过来就接收偌大一笔产业。老太太如今归天了，五爷花钱再多也应该。花了钱，不特老太太有面子，五爷也有面子。人都以为五爷傻，他才真不傻！若不是花骨头迷心，他有什么可愁的。"

"不多久在城里听说又输了五千。后来想冲一冲晦气，要在潇湘馆给那南花湘妃挂衣，六百块钱包办一切，还是四爷帮他同那老婊子说妥的。不知为什么，五爷自己临时又变卦，去美孚洋行打那三抬一的字牌，一夜又输八百。六百给那'花王'开苞他不干，倒花八百去熬一夜，坐一夜三顶拐轿子，完事时给人开玩笑说：谢谢五爷送礼。真气坏了四爷。"

"花脚狗不是白面猫，各有各的脾气。银子到手哗喇哗喇花，你说莫花，这那成！钱财是命里带来的；命里注定它要来，门板挡不住；命里注定它要去，索子链子缚不住。王皮匠捡了锭银子，睡时搂到怀里睡，醒来银子变泥巴。你我的命和黄花姑娘无缘，和银子无缘，就只和酒有点缘分。我们喝完了这碗酒，再喝一碗吧。贵生，同我们喝一碗，都是哥子弟兄，不要拘拘泥泥。"

贵生不想喝酒，捧了一大包板栗子，到灶边去，把栗子放在热灰里煨栗子吃。且告给鸭毛伯伯，五爷要他上山看桐子，今年桐子特别好，过三天就是白露，要打桐子也是时候了。那一天打，定下日子，他好去帮忙。看五爷还有不有话吩咐，无话吩咐，他回家了。

鸭毛伯伯去见五爷禀白："溪口的贵生已经看过了桐子，山向阳，今年霜降又早，桐子全熟了，要捡桐子差不多了。贵生看五爷还有什么话告他。"

五爷正同城里来的四爷谈卜术相术，说到城里中街一个杨半痴，如何用哲学眼光推人流年吉凶和命根贵贱，把个五爷说的眉飞色舞。听说贵生来了，就要鸭毛叫贵生进来有话说。

贵生进院子里时，担心把五爷地板弄脏，赶忙脱了草鞋，赤着脚去见五爷。

五爷说："贵生，你看过了我们南山桐子吗？今年桐子好的很，城里油行涨了价，挂牌二十二两三钱，上海汉口洋行都大进，报上说欧洲整顿海军，预备世界大战，买桐油漆大战舰，要的油多。洋毛子欢喜充面子，不管国家穷富，军备总不愿落人后。仗让他们打，我们中国可以大发洋财！"

贵生一点不懂五爷说话的用意，只是呆呆的带着一点敬畏之忧站在堂屋角上。

鸭毛伯伯打圆儿说："五爷，我们什么时候打桐子？"

五爷笑着："要发洋财得赶快，外国人既等着我们中国桐油油船打仗,还不赶快一点？明天打后天打都好。我要自己去看看,就便和四爷打两只小毛兔玩；贵生,今年南山兔子多不多？趁天气好,明天去吧。"

贵生说："五爷,您老说明天就明天,我家里烧了茶水,等四爷五爷累了歇个脚。没有事我就走了。"

五爷说："你回去罢。鸭毛,送他一斤盐两斤片糖,让他回家。"

贵生谢了谢五爷,正转身想走出去,四爷忽插口说："贵生,你成了亲没有。"一句话把贵生问得不知如何回答,望着这退职军官把头摇着,只是呆笑。他心中想起几句流行的话语："婆娘婆娘,磨人大王,磨到三年,嘴尖毛长。"

鸭毛接口说："我们劝他看一门亲事,他怕被女人迷住了,不敢办这件事。"

四爷说："贵生,你怕什么？女人有什么可怕？你那样子也不是怕老婆的。我和你说,看中了什么人,尽管把她弄进屋里来。家里有个妇人,对你有好处,你不明白？尽管试试看,不用怕！"

贵生还是呆笑,因为记起刚才在厨房里几个人的谈话,所以轻轻的说："一个人有一个人的命,勉强不来。"随即缩着肩膀同鸭毛走了。

四爷向五爷笑着说："五爷,贵生相貌不错,你说是不是？"

五爷说："一个大憨子,讨老婆进屋,我恐怕他还不会和老婆做戏！"

贵生拿了糖和盐回家,绕了点路过桥头杂货铺去看看。到桥头才知道当家的已进城办货去了,只剩下金凤坐在酒坛边衲鞋底。见了贵生，很有情致的含着笑看了他一眼。贵生有点不大自然，站在柜前摸出烟管打火吸烟，借此表示从容，"当家的快回来了？"

金凤说："贵生，你也上城了吧，手里拿的是什么？"

"一斤盐，两斤糖，五老爷送我的。我到围子里去告他们打桐子。"

"你五老爷待人好。"

"城里四老爷也来了，还说明天要来山上打兔子。……"贵生想起四爷说的一番话，咕咕的笑将起来。

金凤不知什么好笑，问贵生："四爷是个什么样人物？"

"一个大军官，欢喜玩耍，听说做过军长、司令官，欢喜玩，把官也玩掉了。"

"有钱的总是这样过日子，做官的和开铺子的都一样。我们浦市源昌老板，十个大木排从洪江放到桃源县，一个夜里这些木排就完了。"

贵生知道这个故事，男的说起这个故事时，照例还得说是木排流进妇人"孔"里去的。所以贵生失口说，"都是女人。"

金凤脸绯红，向贵生瞅着："怎么，都是女人！你见过多少女人！女人也有好坏，和你们男子一样，不可一概而论！"

其时，正有三个过路人，过了桥头到铺子前草棚下，把担子从肩上卸下来，取火吸烟，看有什么东西可吃。买了一碗酒，三人共同喝酒。贵生预备把话和金凤接下去，不知如何说好。三个人不即走路，他就到桥下去洗手洗脚。过一阵走上来时，见三人正预备动身，其中一个顶年青的，很多情似的，向金凤瞟着个眼睛，只是笑。掏钱时故意露出扣花抱肚上那条大银链子，且自言自语说,"银子千千万,难买一颗心。易求无价宝,难得有情郎。"三人走后金凤低下头坐在酒坛上出神,一句话不说。贵生想把先前未完的话接续说下去,无从开口。

到后看天气很好,方说:"金凤,你要栗子,这几天山上油板栗全爆口了。我前天装了个套机,早上去看,一只松鼠正拱起个身子,在那木板上嚼栗子吃,见我来了不慌不忙的一溜跑去,好笑。你明天去捡栗子吧,地下多得是!"

金凤不答理他,依然为先前过路客人几句轻薄话生气。贵生不大明白。于是又说:"你记不记得在我砂地上偷栗子,不是跑得快,我会打断你的手!"

金凤说:"我记得我不跑。我不怕你!"

贵生说:"你不怕我我也不怕你!"

金凤笑着:"现在你怕我。"

贵生好像懂得金凤话中的意思,向金凤眯眯笑,心里回答说:"我不怕。"

毛伙割了一大担草回来了,一见贵生就叫唤:"贵生,你不说上山割草吗?"

贵生不理会,却告给金凤,在山上找得一大堆八月瓜,她想要,明天自己去拿,因为明天打桐子,他得上山去帮忙,五爷四爷又说要来赶兔子,恐怕没空闲。

贵生走后毛伙说:"金凤,这憨子,人大空心小。"

金凤说:"莫乱说,他生气时会打死你。"

毛伙说:"这种人不会生气。"

第二天，天一亮，贵生带了他的镰刀上山去。山脚雾气平铺，犹如展开一片白毯子，越拉越宽，也越拉越薄。远远的看到张家大围子嘉树成荫，几株老白果树向空挺立，更显得围子里家道兴旺。一切都像浮在云雾上头，飘渺而不固定。他想围子里的五爷四爷，说不定还在睡觉做梦！

可是一会儿田塍上就有马项铃嘡啷嘡啷响，且闻人语嘈杂，原来五爷四爷居然赶早都来了。贵生慌忙跑下坡去牵马。来的一共是十六个长工，十二个女工，四个跟随，还有几个捡荒的小孩子。大家一到地即刻就动起手来，从顶上打起，有的爬树，有的用竹竿巴巴的打，草里泥里到处滚着那种紫红果子。

四爷五爷看了一会儿，就厌烦了，要贵生引他们到家里去。家里灶头锅里的水已沸了，鸭毛给四爷五爷冲茶喝。四爷见屋角斗笠里那一堆八月瓜，拿起来只是笑。

"五爷，你瞧这像个什么东西。"

"四爷，你真是孤陋寡闻，八月瓜也不认识。"

"我怎么不认识？我说它简直像女人的小……"

贵生因为预备送八月瓜给金凤，耳听到四爷说了那么一句粗话，心里不自在，顺口说道：

"四爷五爷欢喜，带回去吃罢。"

五爷取了一枚，放在热灰里煨了一会儿，拣出来剥去那层黑色硬壳，挖心吃了。四爷说那东西腻口甜不吃，却对于贵生家里一支钓鱼竿称赞不已。

四爷因此从钓鱼谈起，溪里，河里，江里，海里，以及北方芦田里钓鱼的方法，如何不同，无不谈到。忽然一个年轻女人在篱笆边叫唤贵生，声音又清又脆。贵生赶忙跑出去，一会儿又进来，抱了那堆八月瓜走了。

四爷眼睛尖，从门边一眼瞥见了那女的白首帕，大而乌光的发辫，问鸭毛："女人是谁？"鸭毛说："是桥头上卖杂货浦市人的女儿。内老板去年热天回娘家吃喜酒，在席面上害蛇钻心病死掉了，就只剩下这个小毛头，今年满十六岁，名叫金凤。其实真名字倒应当是'观音'！卖杂货的大约看中了贵生，又憨又强一个好帮手，将来会承继他的家业。贵生倒还拿不定主意，等风向转。白等。"

四爷说："老五，你真是宣统皇帝，住在紫禁城傻吃傻喝，围子外什么都不知道。山清水秀的地方一定地贵人贤，为什么不……"

鸭毛搭口说："算命的说女人八字重，克父母，压丈夫，所以人都不敢动她。贵生一定也怕克……"正说到这里，贵生回来了，脸庞红红的，想说一句话可不知说什么好，只是搓手。

五爷说："贵生，你怕什么？"

贵生先不明白这句话意思所指，茫然答应说："我怕精怪。"

一句话引得大家笑将起来，贵生也笑了。

几人带了两只瘦黄狗，去荒山上赶兔子，半天毫无所得。晌午时又回转贵生家过午。五爷问长工今年桐子收多少，知道比往年好，就告给鸭毛，分五担桐子给贵生酬劳，和四爷骑了马回围子去了。回去本不必从溪口过身，四爷却出主张，要五爷同他绕点路，到桥头去看看。在桥头杂货铺买了些吃食东西，和那生意人闲谈了好一阵，也好好的看了金凤几眼，才转回围子。

回到围子里四爷又嘲笑五爷，以为在围子里作皇帝，真正是不知民间疾苦。话有所指，五爷明白。

五爷说："四爷你真是，说不得一个人还从狗嘴里抢肉吃。"

四爷在五爷肩头打了一掌说："老五，别说了。我若是你，我就不像你，一块肥羊肉给狗吃。"

五爷只是笑，再不说话。一个人有一个人的分定，五爷欢喜玩牌，自己老以为输牌不输理，每次失败只是牌运差，并非功夫不高。五爷笑四爷见不得女人，城市里大鱼大肉吃厌了，注意野味。

这方面发生的事贵生自然全不知道。

贵生只知道今年多得了五担桐子，捡荒还可得三四担，家里有八担桐子，一个冬天夜里够消磨了。

日月交替，屋前屋后狗尾巴草都白了头在风里摇。大路旁刺梨一球球黄得像金子，已退尽了涩味，由酸转甜。贵生上城卖了十多回草，且卖了几篮刺梨给官药铺，算算日子，已是小阳春的十月了。天气转暖了一点，溪边野桃树有开花的。杂货铺一到晚上，毛伙就地烧一个树根，火光熊熊，用意像在向邻近住户招手，欢迎到桥头来，大家向火谈天。在这时节畜牲草料都上了垛，谷粮收了仓，红薯也落了窖，正好大家休息休息的时候，所以日里晚上都有人在那里。晚上尤其热闹，因为间或还有告假回家的兵士和大兴场贩朱砂的客人，到杂货铺来述说省里新闻，天上地下说来无不令众人神往意移。

贵生到那里照例坐在火旁不大说话，一面听他们说话，一面间或瞟金凤一眼。眼光和金凤眼光相接时，血行似乎快了许多。他也帮杜老板作点小事，也帮金凤作点小事。落了雨，铺子里他是唯一客人时，就默默地坐在火旁吸旱烟，听杜老板在美孚灯下打算盘滚账，点数余存的货物。贵生心中的算盘珠也扒来扒去，且数点自己的家私。他知道城里的油价好，十五斤油可换六斤棉花，两斤板盐。他今年有好几担桐子，真是一注小财富！年底鱼呀肉呀全有了，就只差个人。有时候那老板把账结清了，无事可做，便从酒坛间找出一本红纸面的文明历书，来念那些附在历书下的酬世大全，命相神数。一排到金凤八字，必说金凤八字怪，斤两重，不是"夫人"就是"犯人"，克了娘不算过关，后来事情多。金凤听来只是抿着嘴笑。

或者正说起这类事，那杂货铺老板会突然发问："贵生，你想不想成家，你要讨老婆，我帮你忙。"

贵生瞅着向上的火焰说："你说真话假话？谁肯嫁我！"

"你要就有人。"

"我不信。"

"谁相信天狗咬月亮？你尽管不信，到时天狗还是把月亮咬了，不由人不信。我和你说，山上竹雀要母雀，还自己唱歌去找。你得留点心！"

话把贵生引到路上来了，贵生心痒痒的，不知如何接口说下去。

毛伙间或多插一句嘴，金凤必接口说："贵生，你莫听癫子的话，他乱说。他说会装套捉狸子，捉水獭，在屋后边装好套，反把我那只花猫捉住了。"金凤说的虽是毛伙，事实却在用毛伙的话岔开那杜掌柜提出的问题。

半夜后，贵生晃着个火把走回家去，一面走一面想，卖杂货的也在那里装套，捉女婿，不由得不咕咕笑将起来。一个存心装套，一个甘心上套，事情看来也就简单。困难不在人事在人心。贵生和一切乡下人差不多，心上也有那么一点儿迷信。女的脸儿红中带白，眉毛长，眼角向上飞，是个"克"相；不克别人得克自己，到十八岁才过关！因这点迷信他稍稍退后了一步，杂货商人装的套不成功了。可是一切风总不会老向南吹。

一天落大雨，贵生留在家里搓了几条草绳子，扒开床下沤的桐子看看，色已变黑，就倒了半箩桐子剥，一面剥桐子一面却想他的心事。不知哪一阵风吹换了方向，想起事情有点儿险。金凤长大了，毛伙随时都可以变成金凤的人。此外在官路上来往卖猪的浦市人，上贵州省贩运黄牛收水银的辰州客人，都能言会说，又舍得花钱，在桥头上身，有个见花不采？闪不知把女人拐走了，那才真是"莫奈何"！人总是人，要有个靠背，事情办好大的小的就都有了靠背了。他想的自然简单一点，粗俗一点，但结论却得到了，就是热米打粑粑，一切得趁早，再耽误不得。

他预备上城去同那舅舅商量商量。

贵生进城去找他的舅舅。恰好那大户人家正办席面请客，另外请得有大厨子掌锅，舅舅当了二把手，在门板上切腰花。他见舅舅事忙，就留在厨房帮同理葱剥毛豆。到了晚上，把席撤下时，已经将近二更，吃了饭就睡了。第二天那家主人又要办什么婆婆粥，鱼呀肉呀煮了一锅，又忙了一整天，还是不便谈他的事情。第三天舅舅可累病了。贵生到测字摊去测字，为舅舅拈的是一个"爽"字，自己拈了一个"回"字。测字的说，人逢喜事精神爽，若问病，有喜事病就会好。又说回字喜字一半，吉字一半，可是言字也是一半。要办的事赶早办好，迟了恐不成。他觉得话有道理。

回到舅舅身边时，就说他想成亲了，溪口那个卖杂货的女儿身家正派，为人贤惠，可以做他的媳妇。她帮他喂猪割草好，他帮她推磨打豆腐也好。只要他愿意，有一点钱就可以乘年底圆亲，多一个人吃饭，也多一个人补衣捏脚，有坏处，有好处，特来和舅舅商量商量。

那舅舅听说有这种好事，岂有不快乐道理。他连年积下了二十块钱，正拿不定主意，不知道把它预先买副棺木好，还是买几只小猪托人喂好。一听外甥有意接媳妇，且将和卖杂货的女儿成对，当然一下就决定了主意，把钱"投资"到这件事上来了。

"你接亲要钱用，我帮你一点钱。"厨子起身把存款全部从床脚下泥土里掏出来后，就放在贵生面前，"你要用，你拿去用。将来养了儿子，有一个算我的小孙子。逢年过节烧三百钱纸，就成了。"

贵生吃吃的说："我不要那么些钱，开铺子的不会收我财礼的！"

"怎么不要？他不要你总得要。说不得一个穷光棍打虎吃风，没有吃时把裤带紧紧。你一个人草里泥里都过得去，两个人可不成！人都有个面子，讨老婆就得养老婆，不能靠桥头杜老板，让人说你吃裙带饭。钱拿去用，舅舅的就是你的。"

两人商量好了，贵生上街去办货物。买了两丈官青布，三斤粉条，一个猪头，又买了些香烛纸张，一共花了将近五块钱。东西办好，贵生带了东西回溪口。

　　出城时碰到两个围子里的长工，挑了箩筐进城，贵生问他们赶忙进城有什么要紧事。

　　"五爷不知为什么心血来潮，派我们办货！好像接媳妇似的，一来就是一大堆！"

　　贵生说："五爷也真是五爷，人好手松，做什么事都不想想。"

　　"真是的，好些事都不想想就做。"

　　"做好事就成佛，做坏事可教别人遭殃。"

　　长工见贵生办货不少，带笑说："贵生，你样子好像要还愿，莫非快要请我们吃喜酒了？"

　　另一个长工也说："贵生，你一定到城里发了洋财，买那么大一个猪头，会有十二斤罢。"

　　贵生知道两人是打趣他，半认真半说笑的回答道："不多不少一个猪头三斤半，正预备焖好请哥们喝一杯！"

　　分手时一个长工又说："贵生，我看你脸上气色好，一定有喜事不说，瞒我们。"

　　几句话把贵生说的心里轻轻松松的。

　　贵生到晚上下了决心去溪口桥头找杂货铺老板谈话。到那里才知道杜老板不在家，有事去了。问金凤父亲什么地方去了，什么时候回来，金凤却神气淡淡的说不知道。转问那毛伙，毛伙说老板到围子里去了，不知什么事。贵生觉得情形有点怪，还以为也许两父女吵了嘴，老的赌气走了，所以金凤不大高兴。他依然坐在那条矮凳上，用脚去拨那地炕的热灰，取旱烟管吸烟。

毛伙忽然失口说："贵生，金凤快要坐花轿了！"

贵生以为是提到他的事情，眼瞅着金凤说："不是真事吧？"

金凤向毛伙盯了一眼："癫子，你胡言乱说，我缝你的嘴！"

毛伙萎了，向贵生憨笑着："当真缝了我的嘴，过几天要人吹唢呐可没人。"

贵生还以为金凤怕难为情，把话岔开说："金凤，我进城了，在我舅舅那里住了三天。"

金凤低着个头说："城里可好玩！"

"我去城里有事情。我……"他不知怎么说下去好，转口向毛伙，"围子里五爷又办货要请客人。"

"不止请客……"

毛伙正想说下去，金凤却借故要毛伙去瞧瞧那鸭子栅门关好了没有。

贵生看风头不大对，话不接头。默默的吹了几筒烟，只好走了。

回到家里从屋后搬了一个树根，捞了一把草，堆地上烧起来，捡了半箩桐子，在火边用小剜刀剥桐子。剥到深夜，总好像有东西咬他的心。

第二天正想到桥头去找杂货商人谈话，一个从围子里来的人告他说，围子里有酒吃，五爷纳宠，是桥头浦市人的女儿。已看好了日子，今晚进门，要大家杀黑前去帮忙，抬轿子接人！听到这消息，贵生好像头上被一个人重重的打了一闷棍，呆了半天转不过气来。

那人走后，他还不大相信，一口气跑到桥头杂货铺去，只见杜老板正在柜台前低头用红纸封赏号。

那杂货铺商人一眼见是贵生，笑眯眯的说："贵生，你到什么地方去了？好几天不见你，我们还以为你做薛仁贵当兵去了。"

贵生心想："我真要当兵去。"

杂货铺商人又说："你进城看戏了吧。"

贵生站在外边大路上结结巴巴的说："大老板，大老板，听人说你家有喜事，是真的吧？"

杜老板举起那些小包封说："你看这个。"

贵生听桥下有人捶衣，知道金凤在桥下洗衣，就走近桥栏杆边去，看见金凤头上孝已撤除，一条乌光辫子上簪了一朵小小红花，正低头捶衣。贵生知道一切都是真的，自己的事情已吹了，完了，一切都完了，再说不出话，对那老板看了一眼，拔脚走了。

晚半天，贵生依然到围子里去。

贵生到围子里时，见五老爷穿了件蓝缎子夹马褂，正在院子里督促工人扎喜轿，神气异常高兴。五爷一见贵生就说："贵生，你来了，很好。吃了没有？厨房里去喝酒吧。"又说，"你生庚属什么？属龙晚上帮我抬轿子，过溪口桥头上去接新人。属虎就不用去，到时避一避！"

贵生呆呆怯怯的说："我属虎，八月十五寅时生，犯双虎。"说后依然如平常无话可说时那么笑着，手脚无放处。看五爷分派人作事，扎轿杆的不当行，走过去帮了一手忙。到后五爷又问他喝了没有，他不作声。鸭毛伯伯换了一件新毛蓝布短衣，跑出来看轿子，见到贵生，就拉着他向厨房走。

厨房里有五六个长工坐在火旁矮板凳上喝酒，一面喝一面说笑。因为都是派定过溪口上接亲的人，其中有个吹唢呐的，脸喝得红都都的，说："杜老板平时为人慷慨大方，到那里时一定请我们吃城里带来的嘉湖细点，还有包封。"

另一个长工说："我还欠他二百钱，真怕见他。"

鸭毛伯伯接口打趣他："欠的账那当然免了，你抬轿子小心点就成了。"

一个毛胡子长工说："你们抬轿子，看她哭多远，过了大青树还像猫儿那么哭，要她莫哭了，就和她说，大姊，你再哭，我就抬你回去！她一定不敢再哭。"

"她还是哭你怎么样？"

"我当真抬她回去。"

所有人都哄然大笑起来。

吹唢呐的会说笑话，随即说了一个新娘子三天回门的粗糙笑话，装成女子的声音向母亲诉苦："娘，娘，我以为嫁过去只是伏侍公婆，承宗接祖，你那想到小伙子人小心坏，夜里不许我撒尿！"大家更大笑不止。

贵生不作声，咬着下唇，把手指骨捏了又捏，看定那红脸长鼻子，心想打那家伙一拳。不过手伸出去时，却端起了土碗，咽嘟嘟喝了半碗烧酒。

几个长工打赌，有的以为金凤今天不会哭，有的又说会哭，还说看那一双水汪汪的眼睛就是会哭的相。正乱着，院中另外那几个扎轿子的也来到厨房，人一多话更乱了。

贵生见人多话多，独自走到仓库边小屋子里去。见有只草鞋还未完工，就坐下来搓草编草鞋。心里实在有点儿乱，不知道怎么好。身边还有十六块钱，紧紧的压在腰板上。他无头无绪想起一些事情。三斤粉条，两丈官青布，一个猪头，有什么用？五斛桐子送到姚家油坊去打油，外国人大船大炮到海里打大仗，要的是桐油。卖纸客人做眉弄眼，易求无价宝，难得有情郎。四老爷一个月玩八个辫子货，还说妇人身上白得像灰面，无一点意思。……

看看天已快夜了。

院子里人声嘈杂，吹唢呐的大约已经喝个六分醉，把唢呐从厨房吹起，一直吹到外边大院子里去。且听人喊燃火把放炮动身。两面铜锣镗镗的响着，好像在说，我们走，我们走，我们快走！不一会儿，一队人马果然就出了围子向南走去了。去了许久还可听到一点唢呐呜咽声音。贵生过厨房去看看，只见几个女的正在预备汤果。鸭毛伯伯见贵生就说："贵生，我还以为你也去了。帮我个忙挑几担水罢。等会儿还要水用。"

贵生担起水桶一声不响走出去。院子里烧了几堆油柴，正屋里还点了蜡烛，挂了块红。住在围子里的佃户人家妇女小孩都站在院子里，等新人来看热闹。贵生挑水走捷径必从大门出进，却宁愿绕路，从后门走。到井边挑了七担水，看看水平了缸，才歇手过灶边去烘草鞋。

阴阳生排八字女的属鼠，宜天断黑后进门，为免得与家中人不合，凡家中命分上属大猫小猫到轿子进门时都得躲开。鸭毛伯伯本来应当去打发轿子接人的。既得回避，因此估计新人

684

快要进围子时，就邀贵生往后面竹园子去看白菜萝卜，一面走一面谈话。

"贵生，一切真有个命定，勉强不来。看相的说邓通是饿死的相，皇帝不服气，送他一座铜山，让他自己造钱，到后还是饿死。城里王财主，挑担子卖饺饵营生，气运来了，住身在那个小庙里，墙倒坍了，两夫妇差点儿压死，待到两人从泥灰里爬出来一看，原来墙里有两坛银子，从此就起了家……不是命是什么！桥头上那杂货铺小丫头，谁料到会作我们围子里的人？五爷是读书人，懂科学，平时什么都不相信，除了洋鬼子看病，照什么'挨挨试试'光，此外都不相信。上次进城一输又是两千，被四爷把心说活了。四爷说，五爷，你玩不得了，手气痞，再玩还是输。找个'原汤货'来冲一冲运气看，保准好。城里那些毛母鸡，谁不知道用猪肠子灌鸡血，到时假充黄花女。乡下有的是人，你想想看。五爷认真了，凑巧就看上了那杂货铺女儿，一说就成，不是命是什么。"

贵生一脚端到一个烂笋瓜上头，滑了一下，轻轻的骂自己："鬼打岔，眼睛不认货！"

鸭毛伯伯以为话是骂杜老板女儿，就说："这倒是认货不认人！"

鸭毛伯伯接着又说："贵生，说真话，我看杂货铺杜老板和那丫头先前对你倒很注意，旁观者清，当局者迷，你还不明白。其实只要你好意思亲口提一声，天大的事定了。天上野鸭子各处飞，捞到手的就是菜，你不先下手，怪不得人！"

贵生说："鸭毛伯伯，你说的是笑话。"

鸭毛伯伯说："不是笑话！一切是命。十天以前，我相信

贵生　685

那小丫头还只打量你同她俩在桥头推磨打豆腐！"说的当真不是笑话，不过说到这里，为了人事无常，鸭毛伯伯却不由得不笑起来了。

远远已听到唢呐呜呜咽咽的声音，且听到炮竹声，就知道新人的轿子来了。围子里也骤然显得热闹起来。火炬都点燃了，人声杂遝。一些应当避开的长工，都说说笑笑跑到后面竹园来，有的还爬上大南竹去眺望，看人马进了围子没有。

唢呐越来越近，院子里人声杂乱起来了，大家知道花轿已进营盘大门，一些人先虽怕冲犯，这时也顾不得了，都赶过去看热闹。

三大炮放过后，唢呐吹"天地交泰"吹完了，火把陆续熄了，鸭毛伯伯知道人已进门，事已完毕，拉了贵生回厨房去，一面告那些拿火把的人小心火烛。厨房里许多人都在解包封，数红纸包封里的赏钱，争着倒热水到木盆里洗脚，一面说起先前一时过溪口接人，杜老板发亲时如何慌张的笑话。且说杜老板和毛伙一定都醉倒了，免得想起女儿今晚上挨痛事情难受。鸭毛伯伯重新给年青人倒酒把桌面摆好，十几个年青长工坐定时，才发现贵生已溜了。

半夜里，五爷正在雕花板床上细麻布帐子里拥了新人做梦，忽然围子里所有的狗都狂叫起来。鸭毛伯伯起身一看，天角一片红，远处起了火。估计方向远近，当在溪口边上。一会儿有人急忙跑到围子里来报信，才知道桥头杂货铺烧了，同时贵生房子也走水烧了。一把火两处烧，十分蹊跷，详细情形一点不明白。

鸭毛伯伯匆匆忙忙跑去看火，先到桥头，火正壮旺，桥边大青树也着了火，人只能站在远处看。杜老板和毛伙是在火里还是走开了，一时不能明白。于是又赶过贵生处去，到火场近边时，见有好些人围着看火，谁也不见贵生，人是烧死了还是走了，说不清楚。鸭毛用一根长竹子向火里捣了一阵，鼻子尽嗅着，人在火里不在火里，还是弄不出所以然。人老成精，他心中明白这件事，火是怎么起的，一定有个原因。转围子时，半路上正碰着五爷和那新姨。五爷说："人烧坏了吗？"

鸭毛伯伯结结巴巴的说："这是命，五爷，这是命。"见金凤哭了，心中却说，"丫头，一索子吊死了吧，哭什么？"

几人依然向起火处跑去。

二十六年三月作五月改作——北平

时间差异与贵生的命运　| 范智红

　　《龙朱》《月下小景》及《神巫之爱》展示一个过去时态的浪漫世界图景，纯洁、明净，是朗日皓月下的故事，模拟着神话传说的叙事方式，画出生命"神性"自足性一面的理想图型。《阿黑小史》《柏子》《会明》一类，描绘人的原始的自然的生存形态，生命是在与自然世界及生存本能自身的感应交流中获得充足，人类生命的自我节律与自然的节律于和谐共振中使"时间"的意义趋向永恒。在没有差别的"时间"里，生命是完满的、充实的、自足的，没有喜剧也并无悲剧，在清新平静背后自有其庄严端方气象。这"拟古典"的生存似乎是人类过去时代的遗迹，却是世界偏远一隅的现实。在同一历史坐标中"时间—空间"的意义轨迹并不各各相同，若各各维持其固有旧有的谐调，则可以各自存在、延展，相安无事。然而在《萧萧》《丈夫》《边城》《长河》中，我们看到了旧的轨迹在轻轻震动，来自叙述者价值信念或来自人物自身生存空间的压力改变着"时间"的永恒意义。在"时间"的差异之间，在观念（生活方式）的较量之间，"悲剧"意味正在不断生成；其间也有"喜剧"的穿插，比如《长河》中那不卖橘子却允许人随便吃橘子的年轻汉子所受到的窘迫，比如《贵生》中那些仆佣们在厨房里议论四爷五爷的场景，实在说，这"喜剧"只是"悲剧"的翻转。沈从文在他的乡村世界题材创作中坚持的"时间"尺度是统一的"现代理性"，只有在回过头来察看"现代的城市"时，我们才看到真正的"喜剧"。

我们把《贵生》当作末一类"悲剧"故事读。

从贵生在溪边磨他那把镰刀的时候,我们就看清了贵生的世界,一个随了自然的季节更迭而延续的世界。春秋冬夏,贵生知道他分内该做该娱乐的是什么,他勤劳,不贪婪,知足知感恩,又有好人缘,凡事不过头,憨而不傻相,且暗暗爱着杂货铺老板的女儿金凤,从物质到精神,贵生虽不富足但都可谓"无往不宜",就如地面上一株健壮小树,四季轮回,小树终会顺顺当当生长,贵生也会自自然然得到他所想的一切,一辈子过他那安分日子,平静而且满足。即便因着金凤的"克相",贵生存了小小的计算退避之心,这点阻碍也可望为"时间"所消弭,贵生要做的只是稍事等待,何况贵生已经得出结论要"热米打粑粑,一切得趁早"呢。然而这时却有了从大城市里下乡来的张家四爷和五爷。

四爷是个在外面闯荡的浪荡军官,五爷虽做着土财主,可也是个读书人,对外面的新事物自有他的一知半解。二人既拥有"命里带来的"钱财,便分别在"嫖""赌"二事上下功夫,无度地挥霍;又因着他们的"见识"程度,使得知命的小民们除了敬畏惊叹之外更只能向"命数"里寻求解释。从贵生、鸭毛伯伯们和四爷五爷话语方式的差异中,你可以清晰地辨认出他们不同的心理气质和人生形态诸特征,这特征正由其生存的"时间"差异所构成。

贵生们使用话语的过去时态。佣仆们在厨房里谈论着四爷五爷的嫖赌轶事,那些对于他们来说既是故事一样有声有色,超出了他们的经验范围与想象力,同时也是真正的"故事",就如传说一样在年代上即有一种久远模糊之感;且因着在"年代"上他们模糊了四爷五爷的形象，那些嫖赌轶事竟也就有了几分传奇式浪漫色彩，四爷五爷于是倒仿佛遗世的"英雄"了。贵生向金凤陈述的是过去的生活事实，"我到围子里去告他们打桐子"，"我前天装了个套机"，"你记不记得在我砂地上偷栗子"；"我进城了，在我舅舅处住了三天"，那么贵生也只应得到金凤"过去"的爱情。鸭毛伯伯之劝慰贵生，从古代邓通说到五爷纳妾之前，说到贵生原本"可能"有的好姻缘，完全套用了"事后诸葛"的语气和辞汇，且归结到一个不可索解的"前定"的命。他们又多使用谚词俚语这似乎是现在时态的话语，然而它们恰恰是历史（包括语言的历史）的"遗迹"，就在这过去生活的"遗迹"上，他们找到了生存和进退的依据，并且获得精神抚慰，一种舒坦的然而务虚的宽解。我们注意到张家四爷五爷是从不使用这一套辞令的，他们占据着话语真正的现在时和将来时这片广阔的交际地带，这话语的语境是向着现实开放的，务实的，进逼性的。在四爷五爷询问贵生何时可以打桐子一场景中，你不是可以非常清晰地看到这两种不同话语方式的直接交锋么？那是一次象征性演示，我们由此已知贵生的必然败北；此后由于提亲的"时间差"而造成贵生的爱情悲剧，只不过是一次更戏剧化的实况具象而已。仿佛贵生的悲剧只是由这一点偶然造成，事实上则在这具体的"时间差"之后隐含了更深刻的"时间的一般"，那对于不同的人不同的人生具有了不同意义的抽象的"时间"——因了这一层面意义上的"差异"，贵生才真正走向了悲剧的境地：一个仿佛龙朱时代和阿黑时代"遗民"的贵生在另一个历史"时间"中的被曲扭与被遮蔽。

从另一个角度来看，贵生显示了人性之"善"与"美"的方面，在这里一切都是平和静美的，一把小镰刀，土坎上开着白花的芭茅草，透亮溪水中快活的小虾子，山上的野生瓜果，杂货铺及其主人们，围子里的鸭毛伯伯和城中的老厨子舅舅……处处皆有生机和温情，仿佛生命原当如此，又仿佛生命的一个幻美假象。然而"历史"演进的代价之一即是人性之"恶"之"丑"的方面宣告对"善"与"美"的胜利，张家四爷五爷正因着其被伦常视为"毒质"的"嫖""赌"禀性，和他们不公平得来的财富而获得了对于贵生们的压抑与剥夺权力。人性的"常""变"与"历史"的进退似乎在相背的价值取向上发展着。沈从文怀着困惑和矛盾注视着这诸般变迁，在一个文学家的审美情感即对于"美"（在他看来"美就是善的一种形式"）的锐敏倾心和一个现代人的现代理性之间，他终于难定取舍。在《贵生》中，你一方面能体察到写作者对于贵生们的爱悦无所不在，那是来自灵魂深处的共鸣与认同："坐在房间里，我的耳朵里永远响的是拉船人声音，狗叫声，牛角声音"，"我爱悦的一切还是存在，它们使我灵魂安宁"（《〈生命的沫〉题记》）；另一方面，你又不至于对张家四爷五爷起了强烈的厌憎，他们的性情甚至亦有几分"粗糙"的可爱使你动心，至少五爷的灵魂中是仍有着山野的迂讷与硬朗相混杂的气息的。于是你最终也极可能陷进那种关于"命定"的又凄凉又莫可奈何的不能究解的情绪里。

　　沈从文也并没有忘记他所熟知的贵生们优美性情的另一面，即在明媚之下的"雄强"品格，"装在美丽盒子里"的"野蛮的灵魂"（《虎雏》），这使他们反抗了那似乎无法抗拒的"命定"，在以强力击退柔弱之中完成自身的完整健壮生命的塑造。贵生最终一把火烧掉了杂货铺和自己那苦心经营装载了他的全部依托与希望的家，不知生死也不知所之，这又盲目又刚烈的惊人之举自是一个完整的贵生形象最末的有力一笔，也是它似乎稍稍抹去了一点"宿命"的迷惘，然而唯其"惊人"，那"无常"的基调终于不可改变。沈从文所做到的，只是赋予了这种种"生命的偶然"以一种忧愁的美丽，使一切爱憎和哀乐尽可能化解并掩映于"偶然"的跳脱生机之中。由此你可以说最终沈从文也仍旧是在"文学家"和"现代人"的感知与思维方式之间踟蹰犹疑着的——倒是他早期的一些稚拙之作更显出一些"单纯"的可爱，我说"单纯"，是说从那些作品中似可更清晰地辨识或等待一个"小说家沈从文"，一个在感知和思维乃至文体形式上独标一格的写作者。

芸庐纪事（节录）

本篇为《芸庐纪事》第一章。

《芸庐纪事》最初发表于一九四二年十月十五日，一九四三年一月十五日《人世间》第一卷第一、三期。当时未发表的"第三"章原稿旁，作者写了以下说明："这是《芸庐纪事》长篇被禁止刊载半章。因禁载，全作随之搁置。从文。"一九四七年二月一日，十六日，三月一日，十五日，二十九日，天津《益世报·文学周刊》重新发表时，补充了被禁的大部分文字。两次发表均署名沈从文。据《益世报·文学周刊》文本编入。

第一　陌生的地方和陌生的人

我欢喜辰州那个河滩，不管水落水涨，每天总有时节在那河滩上散步。那地方上水船和下水船虽那么多，由一个内行眼中看来，就不会有两只相同的船。我尤其喜欢那些从辰溪一带载运货物下来的高腹昂头"广舶子"，一来总斜斜地孤独地搁在河滩黄泥里，小水手从船舱里搬取南瓜，茄子，或成束的生麻，黑色放光的圆瓮。那船只在暗褐色的尾梢上，常常晾得有妇人褪了色的红布裤褂，背景是黄色或浅碧色一派清波。一切都那么和谐，那么忧愁。

美丽总是愁人的，当时我或者很快乐，却用的是发愁字样。但事实上每每见到这种光景，我必然默默的注视许久。我要人同我说一句话，我要一个最熟的人，来同我讨论这种光景，一个熟人都没有。

（《从文自传》——《女难》）

小船去辰州还约三十里，两岸山头已较小，不再壁立拔峰，渐渐成为一堆堆黛色与浅绿相间的丘阜，山势既较和平，河水也温静多了。两岸人家越来越多，随处都可以见到碧油油的毛竹林。山头已无雪。虽还不出太阳，气候干冷，天空倒明明朗朗。……

小船上尽长滩后，到了一个小小水村边，有母鸡生蛋的声音，有人隔河呼喊过渡的声音。两山不高而翠色迎人。许多等待修理的小船，斜卧在干涸河滩石子上。有工人正在船只边敲敲打打，用碎麻头和桐油石灰嵌进船缝里去。一个下驶木筏上，还搁了一只小小白木船，在平潭中溜着。筏上十多个桡手都蹲在木筏一角吸烟。忽然起了炮仗的声音，和尖锐唢呐的声音，并且有铜锣声音，夹杂其间，原来村中人正接媳妇，打发新娘花轿出门。锣声一响后，于是修船的，划船的，放木筏的，莫不停止了工作，向锣声起处望去。多美丽的一幅图画，一首诗！

下午二时左右，我坐在那只小船上，已经把辰河由桃源到沅陵一段主要路程主要滩水走完，到了一个平静长潭里。天气转晴，日头初出，两岸小山作浅绿色，一丛丛竹子生长在山下水边，山水秀雅明丽如西湖，却另有一分西湖缺少的清润。船离辰州只差十里，过不久，船到白塔下，再挣扎上一个小滩后，就可以看到税关上飘扬的长幡了。

　　我坐在后舱口稀薄日光下，向着河流清算我对于这条河水这个地方的一切旧账。原来我离开了这个地方已十六年。想起这堆倏然而来飘然而逝的日子，想起这堆日子中所有人事的倏忽变迁，不免感慨系之。

　　望着汤汤的流水，我心中好像憬然彻悟了一点人生，同时又好像从这条河上，新得到了一点智慧。的的确确，这河水过去给我的是"知识"，如今给我的却是"智慧"。山头一抹淡淡的午后阳光，水底各色圆如棋子的石头，水面漂浮的藤蔓菜叶，都使我感动。我心中似乎毫无渣滓，透明烛照，对面前万汇百物，对拉船人和小小船只，都那么爱着，十分温暖的爱。我的情感生命早已融入这第二故乡一切光景声色里了。我仿佛很渺小，很谦卑，对一切都俨若把手伸出去，且微笑的轻轻的说：

　　"我来了，我回来了，我依然和从前一样的来了。你充满着牛粪和桐油气味的小小河街，你坐在大门前一面衲鞋底一面唱《十想郎》的小妇人，你失去了鸡砍砧板骂人的老婊子，是不是……"

（《湘行散记》——《一九三四年一月十八》）

就在这个地方，一九三七年十二月某一天，下午两点钟左右，有三个身穿大学生制服的青年，脸色疲劳中见出快乐与惊奇，从县城长河对岸汽车站，向河码头走去，准备过渡进城。到得河边高处时，几个人不由得同声喊喊起来：

　　"呀！好一片水！"

　　几个人原来是中央政治学校的学生，因为学校奉令向沅水流域上游芷江县迁移，一部分学生就由长沙搭客车上行，一部分学生又由常德坐小船上行，到达沅陵后再行集中，坐车往芷江本校。几个学生恰好坐车到沅陵，在长沙时，一同读过一本近于导游性质的小书，对这个地方充满了一种奇异感情。并且在武汉，在长沙，另外还听过许多有关湘西的迷信传说，所以人来到这个地方后，凡事无不用另外眼光相看。进城目的就是预备观观光，并准备接受一切不习惯的事事物物。几个人过了渡，不多久，就从一个水淋淋的码头在一些粗毛腿与大水桶中间挤进了城里，混合在大街上人群中了。大街上正是日中为市人来人往顶热闹时候，到处是军人，公务员，船户，学生，厨子，主妇，以及由四乡各地远近十里二十里上城卖米卖炭的乡下人，办年货跑乡的小商人。人的洪流中还可见到三三两两穿镶黑白边灰布道袍的洋尼姑，走路时颈脖直挺如一只一只大灰鹅。还有戴小圆帽的中国尼姑，脸冻得红红的，慈眉善眼的，居多提了小篮子和小罐子，出卖庵堂中的产品，蜂蜜或鸡蛋，酸辣子与豆腐乳。卖棉纱线时还带个竹篮子，一起出脱。在离欲绝爱的静寂生活中，见出尚知道把精力的贮存，带出庵堂，到扰攘市廛里，从普通交易上换点油盐或鞋面布。

大街头挑担子叫饺饵卖米粉或别的热冷吃食的，都把担子停搁在人家屋檐下，等待主顾。生意当时，必忙个不息；生意冷落，就各自敲打小梆小锣，口内还哼哼唧唧，唱着嚷着，间或又故意把锅盖甩甩，用小铜勺在热汤中捞一两下，招引过路人注意，并增加一点市面的喧嚣。

当地大商号多江西帮，开花纱字号的铺子，一个矩形柜台旁常常站满了人，在布匹挑选中只听到撕布声音和剪子铰布声音，算账数钱声音。柜台向屋里一面，多一直延长到三丈左右进身，虽货物堆积，照例还空出个大厅子。厅前洞大圈椅上，间或坐个六七十岁肥白的老娘子，照三十年前旧式打扮，穿大袖滚边盘云摹本缎大毛出风袄子，衣襟上挂了串镀金镶玉银三事。梳理得极其精光的头发，戴上玄青缎子帽勒，头面首饰金翠耀目。手腕上带副菜玉镯头，长指甲手指上套两三个金镶翠戒子。粽子脚端端正正，踏着京式白铜镂花大烘炉。手里捧着个银质鹅颈形水烟袋，一面从容不迫吸烟一面欣赏街景，并观看到铺子来照顾生意的各色各样人物。小丫头名字不叫作荷花，就叫作桂香，照例站在身边装烟倒茶。间或从街上人丛中发现个乡下妇人，携带有篮子箩箩，知道不外是卖冬菌葛粉等等山货，就要小丫头把人叫进厅子，恰恰如大观园贾母接待刘姥姥神气，自己端坐不动，却尽小丫头在面前拣选货物，商讨价钱。交易作成时，说不定还要小丫头去取几个白米糍粑，送给那乡下妇人身边的孩子。那乡下妇人也还可向老太太讨一贴头痛膏，几包痧药。总之，交易中还有个情谊流注，和普通商业完全不同。

各种各式的商店都有主顾进进出出，各种货物都堆积如山，从河下帆船运载新来的货物，还不断的在起卸。事事都表示这个地方因受战事刺激，人口向内迁徙，物资流动，需要增加后，货物的吸收和分散，都完全在一种不可形容匆忙中进行，市面既因之而繁荣，乡村也将为这种繁荣，在急剧中发生变化。配合战争需要，市民普通训练已逐一施行，商店从业员抽签应征壮丁训练的日益增多，一部分商店便用"女店员"应门。和尚、尼姑、道士以及普通人家的妇女，都已遵照省中功令，起始试行集训。城里城外各个大空坪对河汽车站空地，每天早晚都可发现这种受训队伍，大街上也常有这种队伍游行。从时间算来，去首都南京陷落：已××天了。

其时大街上忽然起了一种骚动，原因是正有个小小队伍过街，领头的是个高大雄强妇人，扛了一面六尺见方的白旗，经过处两面铺中人和行路人都引起了惊奇，原来是当地土娼作救护集训，在北门外师管区大操坪检阅后第一次游行。绰号"观音"或"迫击炮"的小婊子，无不照法定格式，穿了蓝布衣服参加。末后还跟着一大群小孩子，追踪这个队伍听他们喊口号唱歌。看热闹的因之多用一种特殊兴趣，指点队伍中的熟人。游行队伍过尽后，路旁行人恢复了原来的扰攘活动，都把这种游行和战事将来当作话题。若照省中举办的新政说来，差不多所有国民都得参加训练，好准备战事转入洞庭湖泽地带时的防御。集训事虽然极新，给人不便利处甚多，尤其是未经考虑即推行到尼姑娼妓方面去。推行这个工作时，即主持其事的人，也不免感到庄严以外的谐谑。但各种问题既在普遍热忱中活动，因之在这个地方，过不多久也就见出了点全面战争的意味，生活改进与适应，比过去二十年还迅速。大街上多新来此地的外省人，虽本人多从南京、武汉跑来，见多识广。眼见到这种游行队伍，必依然充满新奇印象。他若是机关中人，一面知道当地征兵情形，一面看见这种接受长期战争的准备，必更增多一点对于"湖南作风"的热忱和希望。尤其是若把这个省分和接近战区的安徽、湖北比较，在人事运用上便见出这种湖南精神，一定可以给战争不少信心，也会对于当前负责主持一省政事的，保留一个新鲜良好印象。

那几个政校学生，从商人口中知道适才过身是个娼妓行列时，在个人经验上还是件新鲜事情。所以其中一个年纪二十二三岁的青年，就把手中拿的一本灰布面烫银的小书，轻轻的拍打着，笑嘻嘻的向同伴说：

"老兄，不错！我们当真来到湘西了。让我们一件一件的来证明这本书上提起的事情吧，这比玩桃花源有意思多了。这才真是桃花源哩！你瞧，这街上有多少划船的水手，我们想看看他们怎么和吊脚楼妇人做爱，有的是机会。再多歇两天，说不定还可见识好些稀奇古怪的人。大胆跑到中南门顺城街吊脚楼上去，还可一五二五和大脚婆娘做爱，杀鸡时有个鸡腿吃！"

几个同伴于是都笑着，另外一个忽伸手指点两个在前面小杂货店停下的乡下人：

"嗨，看那两个人！"

大家一同望去，原来是一对乡下人，少年夫妻样子，女的脸庞棕色透出健康红色，眉目俊秀，鼻准完美，额角光光的，下巴尖尖的，穿了件浅蓝的短袄子，罩上个葱绿泛紫布围裙，围裙上扣了朵小黑花，把围裙用一条手指头粗银链约束在身后，银链一端坠两个小小银鱼铃。背个细篾竹笼里装了两只小白兔，眼珠子通红，大耳朵不住的摇动。男子身材瘦而长，英武爽朗中带上三分野气，即通常所谓"山里人气味"。肩头扛了几张花斑的兽皮，和一卷大蛇皮，正向商家兜售。几个年青学生半个月来正被手中一本小书诱惑，早引进了一个与平时完全陌生的社会，而且在完全陌生的状态里，于是身不由己，带了三分好奇，齐向两人身边走去。直到被两个"山里人"所注意到，带点防卫神气时，方借故询问了一下蛇皮价格。由于言语隔阂，相互不能达意，终于走开了。一个戴近视眼镜哲学家模样的学生，赞颂似的说：

"这才是人物，是生命！你想想看，生活和我们相隔多远！简直像他那个肩头上山猫皮一样，是一种完全生长在另外一个空间的生物，是原生的英雄，中国人猿泰山！"

几个同学听到这种抒情的赞美，不免都笑将起来。恰好迎面又来了本队四个同学，于是大伙儿把眼耳所及当成一个谈天题目，一面谈笑，一面走去。

忽然前面一点铺子里，围了一大群人，好像吵架样子。原来是一个政校学生，正和商店中人发生争持，另外有一个瘦弱肮脏小流氓神气的中年男子，也无事忙参加了进去，在那里嘶着个喉咙乱嚷。发生纠纷的原因，还依然是语言隔阂。这个瘦小闲汉子，本为排难解纷而加入，人多口乱，不知不觉间自己却已陷入一种需要他人排难解纷的地位。只听见这个人用一口不纯粹的北方话向那北方籍学生说：

"不成的，不成的，学生应讲道理，这地方不能随便乱打人的！你说你是委员长学生，这算什么！中国有万万千他的学生，

700

不能拿这个压服人。你有钱，他有货，他不卖，就是委员长自己来也不能强买。"

"他不该骂人！"

"他骂你什么？你说，你们学政治，政治学中可有'打人'一科？什么人教？张奚若？钱端升？"

那学生见那么一个猥琐人物，带点管闲事神气，当众人面前来教训他，并且带了点嘲笑意味，引得旁边人哄然大笑，心中气愤不过，就想伸手把说话的捞着摔到地下去，一面伸手一面说：

"你是个什么人，我就要打你，你把我怎么样！"

几个同学这时正挤拢去，还以为捉到了一个小偷，信口助威也胡叫乱喊："打，打，只管打！"

那瘦小人物见人多手多，好汉不吃眼前亏，有点着了急。瞪着一双小而湿蒙蒙的眼睛，去人丛中搜寻说话的人，意思好像要见识见识，认清对方，准备领教。并且仿佛当真要战斗一场的神气，赶忙把身上那件肮脏破烂青呢大衣脱去，放在柜台上，挽好了短袄袖子，举起那个瘦小拳头，向虚空舞着，神气令人好笑。

"好，你们要打吗？我怕你小子才怪，真不讲道理试试看，一个一个来。"

那哲学家样子的学生，正打量把手上那本小书向他头上抛去，情势说来实在有点儿紧张，有点儿不妙。恰好一个中级军官模样的青年人过身，先还以为是本部兵士闹事，插身进去，原来是"大先生"和人发生纠葛，便把那个学生的书一把扣住了，且忙喝住说：

"同志，打不得，有话好说。是什么事情？这地方不是前方，有什么理由必需动武，同志？"

那学生见纠纷中参加了一位现役军官，神气静沉沉的，还以为可以得到帮助，因此便说：

"这东西讨厌，我买东西，他来插嘴骂人，想讹诈人。"

"他骂你什么？杂种狗养的，是不是？还是……你说，他讹诈你？讹诈你什么，说说看。"

学生可答不上来了，其余学生还来不及说什么，那军官于是回过头去："大先生，什么事情？那个敢打你！老虎头上动土，还了得？"这一来，看热闹的可愣住了，学生更愣住了。一切人情绪，忽然起了变化，因为想不到军官和那小个子熟识，而且对他态度恭敬亲热得很。

那神气猥琐的小个子，见来解围的是驻扎当地的团长，就用本地话嚷着说：

"好，团长老弟来评个理。这些外来学生和王老板做生意，吵了起来，我过路看见，好意劝他不要闹，有话好好说得清楚。不想他们倒要打起我来了。还以为人多手多，打了有'中央'在背后，天不怕，地不怕，什么都不怕。这成吗？（他于是指定那个用书打他的学生，）我知道你们都是政治学校的。有多少人我也知道。你们欢喜打架，好，到我们这地方来还少人奉陪？我先跟你们去见见管你们的队长，教育长，咱们说好了，再挑出选手来，大家到城外河滩上去打个痛快。一个对一个，一百对一百，有多少对多少。"说到后来，自己不由的大笑了起来。观众中也有人笑了起来。

那军官看看事情很小，打量小事化无事，便笑着排解说：

"大先生，什么人敢打你，这还成话？我说是什么，原来豆子大事情，我还以为出了命案。"又转身向那个学生说："同志，事情小，不要闹。你们初来到我们这个小地方，说话不大懂，小误会，说明白就好了，不要这样子。你说他骂你，他讹诈你，这是笑话。他会讹诈你这些学生？这是我们大先生，当地出名的土地公公，会随口骂人？讹人？不讲个分明就动手，你们会出麻烦的。不讲道理会吃亏的。大家真有勇气，留下来明天和日本鬼子去见个高低。我们打仗日子还长哩。大先生，你说是不是？"

那瘦小个儿打了个喷嚏，一面穿上那件破大衣，一面也笑着说："可不是！先到我们湘西来练习练习也好。你们不是尤家巷小婊子还要动员，'观音''迫击炮'都在游街！"一句话，把看热闹的和打架的都说得笑起来。

身旁边有认识大先生的，见事情不会扩大了，想打圆儿就插口说：

"好，大先生不用生气，你一天事情忙，做你事情去吧。这些年轻人不用管了。有眼不识泰山，算了吧。"

"这就是我的事情。古人说：路见不平，拔刀相助。这是我的脾气。"

军官笑着说："拔什么刀？修脚刀还是裁纸刀？老大爷，得了，你还只想跑关东做镖手。不要比武了，我们走，到我团里吃酒去，有好茅台！"其时手上还拿着从那学生抢来的那本小书，随意看一眼封面，灰布封面烫了四个银字，《湘行散记》，心想，"好，砖头打砖窑，事情巧。"笑笑的，把书交还给了那个学生，"同志，这个还你，你看这个吗？这是看的，可不是打人的！"不再说什么，便把大先生拉走了。

看热闹的闲人，一面说笑一面也就散开了。原先那个王老板，似乎直到此时才记起本地商人一句格言，"生意不成仁义在"，正拿了两个杯子和一把茶壶，放在柜台上，请几个学生喝茶。用着好讲话做生意人口气，向几个学生，攀攀交情。

"同志，请喝茶！你们从南京来，辛苦了。你们不知道，我们这个大先生，是个好人！人不可貌相，海水不可斗量，这是个了不起的人，南北口外那里不到过，看见太阳可多咧。家住在城里灵官巷，一所大房子里，你们一下车，在对河码头上抬头就可见到那房子。两个大院子中好多花木！别瞧他眼睛眯眯小，可画得一手好人像，一模一样的！他有两个兄弟，一个在北方大学教书，一个在前线带兵打仗。为人心好性情急，一见人吵架，就要加入说理，话又听不清，又说不清。你看我们说话不明白，他一来排解，就更糟了。同志可不要多心，我们湘西人都心直，一根肠子笔直到底，欢喜朋友。……"

商人说的话，学生听来自然还是有一半不懂，不过从神气上看，总算是得了"和平"，也不大失体面，自然不再寻问究竟，就散开了。

几个人因为兴奋了一阵，虽然逛街，还依旧各自保留一个好事"花子"的印象在脑中，另外一时见面必可认识。可是做梦也万想不到大家用来作湘西指南导游，在路上得到许多快乐，先前一时还想用它作武器的那本小书，就与面前这个花子模样人物有关系。书中许多问题，要证实它，还只有请教这个人才能得到满意结果的。正所谓缘法不巧，不免当面便错过了。

大先生得相熟军官解了围，一同走去，那军官一面走，一面就笑着说：

"老大爷，你怎么同学生也比起武来了？简直是战斗性太强……"

"嗨，这些学生，才真不讲道理，正想用'中央'身份打人。见我参加，还要把个鲁仲连也揍一顿。你想想，姓沈的我会怕他们吗？可是人多手多，来个狗扑羊，真的动手，我怕会有点招架不住。幸好团长你来了，救了驾。"

"你知不知道险些儿被一件什么法宝打中？"

"那还消说，总是橘子、甘蔗，湘西出的，河边卖的。"

"哈，不是河边的，还是你家里的，——我看那学生正举起手来，想把一件法宝敲你的头，我一想，这还了得，大爷的头一打破，到那里去找智多星？多危险！我一下子就抢住了。把那东西顺眼看看，原来是你家二先生的大作。湘西什么记。真是无巧不成书！好，砖头打到砖窑上，打伤了，才真是报上的好新闻！"

"真的吗？你怎不告诉我？我晓得这样，倒得把那个法宝没收，当你面作个证人，小子也奈何不得。"虽那么说，这好管闲事的好人，心里却转了个念头，"不打不成相交，几个人说不定还在街头闲荡，我应当请他们到家里喝杯茶，尽尽东道！"

因此闪不知从军官身边一溜，就走开了。一会儿，又独自在街口上人丛中挤来挤去了。

"重写湘西"与文体"内爆" | 姜涛

一九三七年抗战爆发后，沈从文随北大、清华教师一路南下，曾于一九三七年底重返湘西沅陵，在大哥沈云麓的住宅"芸庐"中，住了约四个月。期间，他广泛接触"同乡文武大老"，"耳目见闻复多"，对于"湘西在战争发展中的种种变迁，以及地方问题如何由混乱中除旧布新"，有了更内在、真切的感知，由此，也萌生了某种"重写湘西"的冲动，即转换以往牧歌抒情的笔法，试图在抗战前后具体的历史"长河"中，向外界呈现一个更为真实的湘西，并检讨其内在困局及未来的出路，鼓舞家乡子弟"莫错过千载难逢的报国机会"。一九三八年四月十二日，在动身离开沅陵之前，在给张兆和的信中，沈从文就透露了这个想法："我预备写一本大书，到昆明必可着手"。这本大书，应该就是小说《长河》。事实上，他到昆明之后着手尝试的，是一个相当庞大的系列，包括散文集《湘西》，小说《长河》《芸庐纪事》《动静》，以及构想中的"十城记"。如果扩展视野，四十年代中后期的小说《雪晴》系列、散文《一个传奇的本事》，都在这一"重写"的延长线上。其中，发表于一九四二年的《芸庐纪事》，相对于《长河》、《湘西》，似乎较少受到读者的关注，却是沈从文作品中为数不多的一篇，直接书写了抗战时期湘西地方的新气象、新精神。对于理解四十年代作家社会视野、地方感知及文体形式的重构，这篇小说都是一个极其关键的文本。

一

沅陵，又称辰州，是沅水流域的一个大码头、进出湘西的必经之地。少年时代，随军漫游的沈从文，曾驻留此地，他后来称辰州是自己的"第二个故乡"，一旦提及就会"充满了感情"的地方。《芸庐纪事》正文的前面，沈从文特意引了《从文自传》《湘行散记》中两段相关的文字，作为阅读上的导引，向读者彰显此地的河水、风物以及"人事的倏忽变迁"之于个人生命史的意义。另外，沅陵又是湘黔公路上重要的一站，"控湘西要冲，入川入黔，此为必经之道"。抗战初期，大量人口、物资、行政文教机关向西南内地疏散，都要途经此地，这座小小的山城也因此"动"了起来、繁荣起来。小说的第一部分"陌生的地方和陌生的人"，就以几个过境沅陵的学生的视角，呈现出沅陵街市上的热闹喧哗，以及军人、公务员、船户、学生、厨子、主妇、小商人拥挤杂沓的场面：

> 各种各式的商店都有主顾陆续进出，各种货物都堆积如山，从河虾帆船运载新来的货物，还不断的在起卸。事事都表示这个地方因受战事刺激，人口向内迁徙，物资流动，需要增加后，货物的吸收和分散，都完全在一种不可形容匆忙中进行，市面既因之而繁荣，乡村也将为这种繁荣，在急剧中发生变化。

在三十年代《边城》等作品中，沈从文构造的湘西世界，往往具有偏远、封闭的特征，但在《湘西》《长河》《芸庐纪事》等作品中，以水路、公路、码头口岸为线索，以货物、人口、资讯、观念的流动为媒介，将湘西置于一个更为开放、内外联动的关系网络中，成为他"重写湘西"的一个相当重要的策略，这背后蕴含的，当然是对地方与国家、内部与外部的一种新的理解。

有意味的是，小说开头写到的几名"过境"学生，身份就标明为"中央政治学校的学生"。在长沙时，他们一同读过"一本近于导游性质的小书，对于这个地方充满了一种奇异的感情"，因而"凡事无不用另外眼光相看"。比如，看到一对少年夫妻，"英武爽朗中带上三分野气"，便指指点点，这是"中国人猿泰山"！瞧见街上行走的水手，就遥想吊脚楼上水手与妇人的厮混，甚至提议也跑到某个吊脚楼上消费一下，亲身体验"小册子"中写到的地方风情。这本"导游性质的小书"，正是沈从文自己的《湘行散记》。为了表现外来学生与地方的隔膜，小说还特意安排了一场冲突：因为语言不通，几个学生与一名小商贩起了纠纷，还差点攻击了一位前来"排难解纷"的"大先生"，使用的"武器"就是那本《湘行散记》。所谓"砖头打砖窑"，这位"大先生"，不是旁人，正是"小册子"作者的大哥。显然，这个细节具有高度的象征性，沈从文似乎暗示，自己以往的湘西书写，在某种程度上，已构成了外来者与湘西地方的阻隔，"重写湘西"必然包含了一种湘西的"祛魅"，一种与自己过往书写的对话。

再有，不同于《边城》等作品中时间背景的虚化，《芸庐纪事》对于时间的标记十分清晰，小说的第一句就是："就在这个地方，一九三七年十二月某一天，下午两点钟左右……"后面也曾提到

"从时间算来，去首都南京陷落：已××天了"。一方面，这样的时间标记强化了战局推进的紧迫感，有意将湘西的地方性时间组织到抗战的总体进程中；另一方面，一九三七年底，也正是沈从文重返沅陵的时刻、湘西政局迎来大变动的时刻。后者，既是沈从文"重写湘西"的背景，又是内在于其写作的问题情景。

具体而言，一九三四到一九三五年，借追剿贺龙红军的名义，湖南省主席何键派重兵进入湘西，逼迫沈从文的老上司湘西王陈渠珍下野，并改编了他的部队，湘西作为一个独立王国就此解体，但地方的乱局也由此开启。一九三六年，由于不合理的"屯田"制度，湘西各地爆发了轰轰烈烈的"革屯"武装起义，并打出了"抗日""倒何（何键）"的旗号。最终，由于控制不了局面，何键于一九三七年被迫下台，被蒋介石调离湖南，由张治中出任湖南省主席。张治中到任后，实施了一系列安抚地方的政策，包括废止屯田制度、任用湘西人管理湘西（请陈渠珍复出，担任沅陵行署主任），以及计划训练五万青年下乡，参与乡村社会的改造与培训，开办地方行政干部学校，吸纳地方优秀分子参与基层治理等。对于这一系列"新政"，沈从文持相当的欢迎态度，将其看作是湘西迎来的一个历史转机，《芸庐纪事》所试图记录的，正是张治中"新政"之下地方的新气象。比如，写到"应和战争需要，市民普通训练已逐一施行"时，他不忘使用"谐趣"的笔法，渲染社会全体的参与：不仅"和尚、尼姑、道士以及普通人家的妇女，都已遵照省中功令，起始试行集训"，连"土娼"们也被组织起来，"作救护集训，在北门外师管区大操坪检阅后第一次游街"。各色妓女身着制服、招摇过市的场面，让来自南京、武汉的外地人大开眼界，"必更增多一点对于'湖南作风'的热忱和希望"。沈从文还特意加了一句："也会对于当前负责主持一省政事的，保留一个良好印象"。这一主政者，当然指的是刚刚上任的湖南省主席张治中。

在这个意义上，讨论《长河》等作品时，学界经常论及的地方意识与国家想象之间的关系，便不简单停留在观念、想象、符号的层面，而是落实在战争为湘西带来的一系列变动中。《芸庐纪事》所构造的外来学生与当地人的冲突，也不只为了文本内部的自我对话，同时也表达了大量人口、教育机关过境湘西时，沈从文对"情绪隔离状态发生"的关切，如何沟通内外，在地方与中央、本地与外省之间形成一种新的调和，这个问题在他看来，在当时"实比任何事情还重要"，因为"战争中一个地方的进步的过程，必然包含若干人情的冲突与人和人关系的重造"。

二

如果说小说的第一部分，通过描写人员、物资的流动与社会组织、训练的勃兴，来凸显湘西战时的新气象，那么开放的、与国家联动的新"湘西精神"，就集中体现在小说主人公"大先生"的身上。这位"瘦弱肮脏小流氓神气"的闲汉子，本来为了"排难解纷"，才卷入学生与商贩的纠纷，结果反倒成了学生攻击的对象。借一位本地商人之口，沈从文也向读者介绍了其貌不扬的"大先生"：

人不可貌相，海水不可斗量，这是个了不起的人，南北口外那里不到过，看见太阳可多咧。家住城里灵官巷，一所大房子里，你们一下车，在对河岸码头上抬头就可见到那房子。两个大院子中好多花木！……他有两个兄弟，一个在北方大学教书，一个在前线带兵打仗。

那所"大房子"，无疑就是"芸庐"，两位有出息的兄弟，"北方大学教书"的那个是沈从文，另一个是沈家老三沈荃，他担任湘西子弟兵"一二八师"的团长，刚刚在淞沪战场经历过一场血战。小说第二部分"大先生，你一天忙到头，究竟干吗？"可以读作一篇"大先生"的小传：他每日满街走动，与沅陵城里的各色人等，如小贩、屠夫、经纪、邮政和税务、传教行医的，都有应酬交接，热衷"排难解纷"、传播消息，又时不时地"玩消失"，远游至北京、上海、青岛，对于不同类型的知识、资讯，有极强的吸收能力。"芸庐"的修建，就是他从青岛、上海归来，杂采对各种建筑的印象，自己设计、监工，"半中半西"地修建起来。

这位"大先生"，虽以大哥沈云麓为原型，但也可归入一个特定的人物系列中，如《长河》等作品中的船主、会长等。在沈从文笔下，这些地方的精英、能人，往往热心当地的公共事务，上通下达，斡旋时效，具有内外沟通、协调能力。"大先生"当然也是这样一位地方"能人"，而且更具全国性视野，他每天游走于邮电局、电话局、汽车站及借相熟的军官之间，急切打探前线战况以及两位兄弟的消息，惦念亲人的同时，对于战事的进程、国家的重造，更是投入了极大的关注和热忱。不难看出，这位其貌不扬的"大先生",代表了一种开放的新"湘西精神",在他身上,沈从文也寄托了对湘西地方"优秀分子"的某种历史期待。

《芸庐纪事》中最值得讨论的,或许是小说第三部分"我动,我存在;我思,我明白一切存在"。这部分写早上起来"大先生"在炉边烤火,想到湘西子弟在前线英勇牺牲,心潮澎湃,不觉展开了一篇长达七千余字的"炉边随想"。在这里,沈从文似乎甩脱了叙事的限制,以"大先生"的口吻,细细数点、检讨了过去三十年的历史。这一笔"拖赖支吾作成的账目",包括辛亥革命的发动、军阀政治的困局、国民党的挫折与奋斗、新文化运动的兴起、"清党"之后的理智情感纷乱,以及"各方面长时期的杀戮"。他也顺带提出了对社会改造、国家重建的希望,诸如以"抽象原则"代替大量武力,利用文字引唤起国民情感与信仰,完成政党的现代组织,以此"把全个民族的精力和热忱,重新粘合起来"。应当说,这段"炉边随想"比较系统地阐发了沈从文的社会、政治观念,如果从小说中抽离出来,完全可以作为一篇独立的"政论"来阅读。但一大篇"政论"的意外插入,过度挤占了叙事的空间,带来一种文体"内爆"的感觉,整篇小说似乎也就此解体。《芸庐纪事》最初发表的时候,第三部分被禁止刊载,原稿旁有这样的说明:"这是《芸庐纪事》长篇被禁止刊载半章。因禁载,全作随之搁置。从文"。包括《长河》在内,沈从文四十年代"重写湘西"的系列,大部分都没有完成,这与当局的审查制度相关,但对《芸庐纪事》而言,小说文体"内爆"之后,又该如何进行下去,大概也是一个难题。

四十年代,是沈从文的政治参与热情十分高涨的时期,撰写过大量的杂文、政论，谈论国家重建与社会重建。"大先生"之"炉边随想"，与他同时期的其他文章，自然也可相互参看。或许由于"议论"的热情过于强烈，《芸庐纪事》的写作才一下子溢出了小说的文体，这是一种可能的解释。但换个角度看，文体"内爆"也可能并非意外，而恰恰是一种有意的尝试，一种在政治、思想"场域"中重构小说形式的努力。事实上，自三十年代《湘行散记》等作品开始，沈从文就在追求某种文体错综的叙事风格，即如四十年代后期一封"废邮"中所称："糅游记散文和小说故事而为一，使人事凸浮于西南特有明朗天时地利背景中。一切还带点'原料'意味，值得特别注意。十三年前我写《湘行散记》时，即具有这种企图。"在四十年代，沈从文不断提及的经典重造、文学重造的理念，也往往包含了文体综合的意图："小说既以人事为经纬，举凡机智的说教，梦幻的抒情，一切有关人类向上的抽象原则的说明，都无不可以把它综合到一个故事发展中"。

从这个角度看"重写湘西"的系列，这几部作品在相当程度上，都具有文体杂糅、综合的特点：《湘西》作为一部"沅水流域识小录"，在保持山水游记风格的同时，更多具有社会考察报告的性质，对湘西内部的社会问题、积弊有深入的分析；《长河》则试图在"牧歌谐趣"，夹杂人事的乖张，这使它带有"夹叙夹议"的特点，对于湘西社会变动的认知，更多是以消息、闲聊的形式，暗示给读者的，这在一定程度上影响了叙事的流畅和有机。怎样弥合风景与人事、牧歌与观念、"讲故事"与"发议论"，是沈从文四十年代"重写湘西"、乃至个人文学重造内在的一个张力，《芸庐纪事》第三部分的文体"内爆"，可以看作是上述张力的一种极端表现。

进一步分析的话，文体综合的难度，不单纯是文本内部的形式问题，同时也是作家主体状态、具体社会位置的某种症候式显现。沅陵小住的四个月中，沈从文对湘西历史及现状有了更多的了解，这也是"重写湘西"的经验起点。但这种了解，多从他与故乡父老子弟、地方军政首脑的交谈中获得的，换言之，他是作为一个返乡过客、一个外界消息的传播者、地方故事的倾听者，与战时湘西发生关系的。"芸庐"之中的对话场景，与《长河》中老水手与来往客商聊天的场景，并无根本不同。由此看来，如何化解文体综合的张力，在"有情"的主体内部，包容、消化现代历史的"波澜壮阔又关合奇巧"的巨变，在形式的安排之外，更需考虑怎样有效加入历史的进程中去，完成文学者位置的重造。

一九四三年四月，在评论一位青年作者的作品时，沈从文也明确提出了这个问题。在文中，他列举了新闻记者陈赓雅、范长江、戚长城、萧乾以及骆宾基、黄碧野、刘白羽、田涛、姚雪垠等四十年代涌现出的青年作家的创作成绩，认为作家与记者，各有自己的限制，新文学重造的可能来自一种综合、一种对历史真实内在的参与：

> 至若综合景物与人事，好好加以处理，忠忠实实恰如其分的来从一个作品中写出一个时代历史场面，或一群人的生命发展，以及哀乐得失样的宏章巨制，似乎就还待

另外一种作家来努力，方可望从作品中见出不可少的大和深——这一类作家，在战火中成长起来的青年，即必需"活"到这个历史每一章回每一页中，总会有"写"出这种人类迎接命运向上向前庄严历史的可能！这种年青朋友在目前，是从任何一个部队中都可发现的。

此文后来改名为"明日的文学作家"，收入"新废邮存底"中。"'活'到这个历史每一章回每一页中"，进而"'写'出这种人类迎接命运向上向前庄严历史的可能"，这是沈从文对"明日的文学作家"的期待，同样，也可理解为他自己四十年代形式探索面临的一个内在挑战。

巧秀和冬生

本篇是《雪晴》系列节选，最初发表于一九四七年六月一日《文学杂志》第二卷第一期。署名沈从文。

雪在融化。田沟里到处有注入小溪河中的融雪水，正如对于远海的向往，共同作成一种欢乐的奔赴。来自留有残雪溪涧边竹篁丛中的山鸟声，比地面花草还占先透露出春天消息，对我更俨然是种会心的招邀。就中尤以那个窗后竹园的寄居者，全身油灰颈膊间围了一条锦带的斑鸠，作成的调子越来越复杂，也越来越离奇。

"巧秀，巧秀，你当真要走？你莫走！"

"哥哥，哥哥，喔。你可是叫我？你从不理我，怎么好责备我？"

原本还不过是在晓梦迷蒙里，听到这个古怪而荒谬的对答，醒来不免十分惆怅。目前却似乎清清楚楚的，且稍微有点嘲谑意味，近在我耳边诉说，我再也不能在这个大庄院住下了。因此用"欢喜单独"作为理由，迁移个新地方，村外药王宫偏院中小楼上。这也可说正是我自己最如意的选择。因为庙宇和村子有个大田坝隔离，地位完全孤立。生活得到单独也就好像得到一切，为我十八岁年纪时所需要的一切。

　　我一生中到过许多希奇古怪的去处，过了许多式样不同的桥，坐过许多式样不同的船，还睡过许多式样不同的床。可再也没有比半月前在满家大庄院中那一晚，躺在那铺楠木雕花大床上，让远近山鸟声和房中壶水沸腾，把生命浮起的情形心境离奇。以及迁到这个小楼上来，躺在一铺硬板床上，让远近更多山鸟声填满心中空虚，所形成一种情绪更幽渺难解！

　　院子本来不小，大半都已为细叶竹科植物的蓄植所遮蔽，只余一条青石板砌成的走道，可以给我独自散步。在丛竹中我发现有宜于作手杖的罗汉竹和棕竹，有宜于作箫管的紫竹和白竹，还有宜于作钓鱼竿的蛇尾竹。这一切性质不同的竹子，却于微风疏刷中带来一片碎玉倾洒，带来了和雪不相同的冷。更见得幽绝处，还是小楼屋脊因为占地特别高，宜于遥瞻远瞩，几乎随时都有不知名鸟雀在上面歌呼；有些见得分外从容，完全无为的享受它自己的音乐，唱出生命的欢欣；有些又显然十分焦躁，如急于招朋唤侣，而表示对于爱情的渴望。那个油灰色斑鸠更是我屋顶的熟客，本若为逃避而来，来到此地却和它有了更多亲近机会。从那个低沉微带忧郁反复嘀咕中，始终像在提醒我一件应搁下终无从搁下的事情，即巧秀的出走。即初来这个为大雪所覆盖的村子里，参加朋友家喜筵过后，房主人点上火炬预备送我到偏院去休息时，随同老太太身后，负衾抱裯来到我那个房中，咬着下唇一声不响为我铺床理被的十七岁乡下姑娘巧秀。我正想用她那双眉毛和新娘子眉毛作个比较，证实一下传说可不可靠。并在她那条大辫子和发育得壮实完整的四肢上，做了点十八岁年青人的荒唐梦。不意到第二天吃早饭桌边，却听人说她已带了个小小包袱，跟随个吹唢呐的乡下男子逃走了。在那个小小包袱中，竟像是把我所有的一点什么东西，也于无意中带走了。

巧秀逃走已经半个月，还不曾有回头消息。试用想象追寻一下这个发辫黑，眼睛光，胸脯饱满乡下姑娘的去处，两人过日子的种种以及明日必然的结局，自不免更加使人茫然若失。因为不仅偶然被带走的东西已找不回来，即这个女人本身，那双清明无邪眼睛所蕴蓄的热情，沉默里所具有的活跃生命力，都远了，被一种新的接续而来的生活所腐蚀，遗忘在时间后，从此消失了，不见了。常德府的大西关，辰州府的尤家巷，以及沅水流域大小水码头边许多小船上，经常有成千上万接纳客商的小婊子，脸宽宽的眉毛细弯弯的，坐在舱前和船尾晒太阳，一面唱《十想郎》小曲遣送白日，一面衲鞋底绣花荷包，企图用这些小物事连结水上来去弄船人的恩情。平凡相貌中无不有一颗青春的心永远在燃烧中。一面是如此燃烧，一面又终不免为生活缚住，挣扎不脱，终于转成一个悲剧的结束，恩怨交缚气量窄，投河吊颈之事日有所闻。追源这些女人的出处背景时，有大半和巧秀就差不多，缘于成年前后那份痴处，那份无顾忌的热情，冲破了乡村习惯，不顾一切的跑去。从水取譬，"不到黄河心不死"。但大都却不曾流到洞庭湖，便滞住于什么小城小市边，过日子下来。向前既不可能，退后也办不到，于是如彼如此的完了。

我住处的药王宫，原是一村中最高议会所在地，村保国民小学的校址，和保卫一地治安的团防局办公处。正值年假，学校师生都已回了家。议会平时只有两种用途：积极的是春秋二季邀木傀儡戏班子酬神还愿，推首事人出份子。消极的便只是县城里有公事来时，集合士绅人民商量对策。地方治安既不大成问题，团防局事务也不多，除了我那朋友满大队长由保长自兼，局里固定职员，只有个戴大眼镜读《随园食谱》用小绿颖水笔办公事的师爷，一个年纪十四岁头脑单纯的局丁。地方所属自卫武力虽有三十多枝杂枪，却分散在村子里大户人家中，以防万一，平时并不需要。换言之，即这个地方目前是冷清清的。因为地方治安无虞，农村原有那分静，表面看也还保持得上好。

搬过药王宫半个月来，除了和大队长赶过几回场，买了些虎豹皮，选了些斗鸡种，上后山猎了回毛兔，一群人一群狗同在春雪始融湿滑滑的涧谷石崖间转来转去，搅成一团，累得个一身大汗，其余时间居多倒是看看局里老师爷和小局丁对棋。两人年纪一个已过四十，一个还不及十五，两面行棋都不怎么高明，却同一十分认真。局里还有半部《聊斋志异》，这地方环境和空气，才真宜于读《聊斋志异》！不过更新的发现，却是从局里新孵的一窝小鸡上，及床头一束束草药的效用上，和师爷于短时期即成了个忘年交，又从另外一种方式上，和小局丁也成了真正知己。先是翻了几天《聊斋志异》，以为青凤黄英会有一天忽然掀帘而入，来到以前且可听到楼梯间细碎步声。事实上雀鼠作成的细碎声音虽多，青凤黄英始终不露面。这种悬想的等待，既混和了恐怖与欢悦，对于十八岁的生命而言也极受用。可是一和两人相熟，我就觉得抛下那几本残破小书大有道理，因为随意浏览另外一本大书某一章节，都无不生命活跃引人入胜！

　　原来巧秀的妈是溪口人，二十三岁时即守寡，守住那两岁大的巧秀和七亩山田。年纪青，不安分甘心如此下去，就和一个黄罗寨打虎匠相好。族里人知道了这件事，想图谋那片薄田，捉奸捉双把两人生生捉住。一窝蜂把两人涌到祠堂里去公开审判。本意也大雷小雨的把两人吓一阵，痛打一阵，大家即从他人受难受折磨情形中，得到一种离奇的满足，再把她远远的嫁去，讨回一笔财礼，作为脸面钱，用少数买点纸钱为死者焚化，其余的即按好事出力的程度均分花用。不意当时作族长的，巧秀妈未嫁时，曾拟为跛儿子讲作儿媳妇，巧秀妈却嫌他一只脚不成功，族长心中即蟿住一腔恨恼。后来又借故一再调戏，反被那有性子的小寡妇大骂一顿，以为老没规矩老无耻。把柄拿到手上，还随时可以宣布。如今既然出了这种笑话，因此回复旧事，极力主张把黄罗寨那风流打虎匠两只脚捶断，且当小寡妇面前捶断。私刑执行时，打虎匠咬定牙齿一声不哼，只把一双眼睛盯看着小寡妇。处罚完事，即预备派两个长年把他抬回二十里外黄罗寨去。事情既有凭有据，黄罗寨人自无话说。可是小寡妇呢，却当着族里人表示她也要跟去。田产女儿通不要，也得跟去。这一来族中人真是面子失尽。尤其是那个一族之长，心怀狠毒，情绪复杂，怕将来还有事情，倒不如一不做二不休连根割断。竟提议把这个不知羞耻的贱妇照老规矩沉潭，免得黄罗寨人说话。族祖既是个读书人，读过几本"子曰"，加之辈分大，势力强，且平时性情又特别顽固专横，即由此种种，同族子弟不信服也得三分畏惧。如今既用维持本族名誉面子为理由，提出这种兴奋人的意见，并附带说事情解决再商量过继香火问题。人多易起哄，大家不甚思索自然即随声附和。阖族一经同意，那些无知好事者，即刻就把绳索磨石找来，督促进行。在纷乱下族中人道德感和虐待狂已混淆不可分。其他女的都站得远远的，只轻轻的喊着"天"，却无从作其他抗议。一些年青族中人，即在祠堂外把那小寡妇上下衣服剥个净光，两手缚定，背上负了面小磨石，并用藤葛紧紧把磨石扣在颈脖上。大家围住小寡妇，一面无耻放肆的欣赏那个光鲜鲜的年青肉体，一面还狠狠的骂女人无耻。小寡妇却一声不响，任其所为，眼睛湿莹莹的从人丛中搜索那个冤家族祖。族祖却在剥衣时装作十分生气，狠狠的看了几眼，口中不住说"下贱下贱"，装作有事也不屑再看，躲进祠堂里去了。到祠堂里就和其他几个年长族人商量打公禀禀告县里，准备大家画押，把责任推卸到群众方面去，免得出其他故事。也一面安慰安慰那些年老怕事的，引些圣经贤传除恶务尽的话语，免得中途变化。到了快要黄昏时候，族中一群好事者，和那个族祖，把小寡妇拥上了一只小船，架起了桨，沉默向溪口上游长潭划去。女的还是低头无语，只看着河中荡荡流水，以及被双桨搅碎水中的云影星光。也许正想起二辈子投生问题，或过去一时被族祖调戏不允许的故事，或是一些生前"欠人""人欠"的小小恩怨。也许只想起打虎匠的过去当前，以及将来如何生活，一岁大的巧秀，明天会不会为人扼喉咙谋死？临出发到河边时，一个老表嫂抱了茫然无知的孩子，想近身来让小寡妇喂点奶，竟被人骂为老狐狸，一脚踢开，心狠到临死以前不让近近孩子。但很奇怪就是从这妇人脸色上竟看不出恨和惧，看不出特别紧张。……至于一族之长的那一位呢，正坐在船尾梢上，似乎正眼也不想看那小寡妇。其实心中却漩起一种极复杂纷乱情感，为去掉良心上那些刺，只反复喃喃以为这事是应当的，全族脸面攸关，不能不如此的。自己既为一族之长，又读过书，实有维持风化道德的责任。当然也并不讨厌那个青春康健光鲜鲜的肉体，讨厌的倒是"肥水不落外人田"，这肉体被外人享受。妒忌在心中燃烧，道德感益强迫虐狂益旺盛。至于其他族人中呢，想起的或者只是那几亩田将来究竟归谁管业。都不大自然，因为原来那点性冲动已成过去，都有点见输于小寡妇的沉静情势。小船摇到潭中最深处时，荡桨的把桨抽出水，搁在舷边。船停后轻轻向左旋着，又向右旋。大家都知道行将发生什么事。一个年纪稍大的某人说："巧秀的娘，巧秀的娘，冤有头，债有主，你好好的去了吧。你有什么话嘱咐？"小寡妇望望那个说话安慰她的人，过一会儿方低声说："三表哥，做点好事，不要让他们捏死我巧秀喔，那是人家的香火！长大了，不要记仇！"大家静默了。美丽黄昏空气中，一切沉静，谁也不肯下手。老族祖貌作雄强，心中实混和了恐怖与庄严。走过女人身边，冷不防一下子把那小寡妇就掀下了水，轻重一失衡，自己忙向另外一边倾坐，把小船弄得摇摇晃晃。人一下水，先是不免有一番小小挣扎，因为颈背上悬系那面石磨相当重，随即打着漩向下直沉。一阵子水泡向上翻，接着是水天平静。船随水势溜着，渐渐离开了原来位置，船上的年青人眼都还直直的望着水面。因为死亡带走了她个人的耻辱和恩怨，却似乎留念给了每人一份看不见的礼物。虽说是要女儿长大后莫记仇，可是参加的人那能忘记自己作的蠢事，几个人于是俨然完成了一件庄严重大的工作，把船掉了头。死的已因罪孽而死了，然而"死"的意义却转入生者担负上，还得赶快回到祠堂里去叩头，放鞭炮挂红，驱逐邪气，且表示这种勇敢和决断行为，业已把族中受损失的荣誉收复。事实上却是用一切来拔除那点在平静中能生长，能传染，影响到人灵魂或良心的无形谴责。即因这种恐怖，过四年后那族祖便在祠堂里发狂自杀了。只因为最后那句嘱咐，巧秀被送到八十里远的满家庄院，活下来了。

巧秀长大了，亲眼看过这一幕把她带大的表叔，团防局的师爷，有意让她给满家大队长做小婆娘，有个归依，有个保护。因为大太太多年无孕息，又多病，将来生男育女还可望扶正。大队长夫妇都同意这个提议。只是老太太年老见事多，加之有个痛苦记忆在心上，以为得凡事从长作计。巧秀对过去事又实在毫无所知，只是不乐意。因此暂时搁置。

巧秀常到团防局来帮师爷缝补衣袜，和冬生也相熟。冬生的妈杨大娘，一个穷得厚道贤慧的老妇人，在师爷面前总称许巧秀。冬生照例常常插嘴提醒他的妈，"我还不到十四岁，娘。""你今年十四明年就十五，会长大的！"两母子于是在师爷面前作小小争吵，说的话外人照例都不甚容易懂。师爷心中却明白，母子两人意见虽对立，却都欢喜巧秀，对巧秀十分关心。

巧秀的逃亡正如同我的来到这个村子里，影响这个地方并不多，凡是历史上固定存在的，无不依旧存在，习惯上进行的大小事情，无不依旧进行。

冬生的母亲一村子里通称为杨大娘。丈夫十年前死去时，只留下一所小小房产和巴掌大一片土地。生活虽穷然而为人笃实厚道，不乱取予，如一般所谓"老班人"。也信神，也信人，觉得这世界上有许多事得交把"神"，又简捷，又省事。不过有些问题神处理不了，可就得人来努力了。人肯好好的做下去，天大难事也想得出结果；办不了呢，再归还给神。如其他手足贴近土地的人民一样，处处尽人事而处处信天命，生命处处显出愚而无知，同时也处处见出接近了一个"道"字。冬生在这么一个母亲身边，从看牛，割草，捡菌子，和其他农村子弟生活方式中慢慢长大了，却长得壮实健康，机灵聪敏，只读过一年小学校，便会写一笔小楷字，且懂得一点公文程式。作公丁收入本不多，惟穿吃住已不必操心，此外每月还有一箩净谷子，一点点钱，这份口粮捎回作家用，杨大娘生活因之也就从容得多。且本村二百五十户人家，有公职身份公份收入阶级总共不过四五人，除保长队长和那个师爷外，就只那两个小学教员。所以冬生的地位，也就值得同村小伙子羡慕而乐意得到它。职务在收入外还有个抽象价值，即抽丁免役，且少受来自城中军政各方的经常和额外摊派。凡是生长于同式乡村中的人，都知道上头的摊派法令，一年四季如何轮流来去，任何人都挡不住，任何人都不可免，惟有吃公事饭的人，却不大相同。正如村中一脚踢凡事承当的大队长，派人筛锣传口信集合父老于药王宫开会时，虽明说公事公办，从大户摊起，自己的磨坊，油坊，以及在场上的糟坊，统算在内，一笔数目比别人照例出的多，且愁眉不展的感到周转不灵，事实上还得出子利举债。可是村子里人却只见到队长上城回来时，总带了些文明玩意儿，或换了顶呢毡帽，或捎了个洋水笔，遇有公证画押事情，多数公民照例按指纹画十字，少数盖章，大队长却从中山装胸间口袋拔出那亮晃晃圆溜溜宝贝，写上自己的名字，已够使人惊奇，一问价钱数目才更吓人，原来比一只耕牛还贵！像那么做穷人，谁不乐意！冬生随同大队长的大白骡子来去县城里，一年不免有五七次，知识见闻自比其他乡下人丰富。加上母子平时的为人，因此也赢得一种不同地位。而这地位为人承认表示得十分明显，即几个小地主家有十二三岁的小闺女的，都乐意招那么一个小伙子作上门女婿。

村子去县城已五十里，离官路也在三里外。地方不当冲要，不曾驻过兵。因为有两口好井泉，长年不绝的流，营卫了一坝好田。田坝四周又全是一列小山围住，山坡上种满桐茶竹漆，村中规约好，不乱砍伐破山，不偷水争水，地方由于长期安定，形成的一种空气，也自然和普通破落农村不同。凡事有个规矩，虽由于这个长远习惯的规矩，在经济上有人占了些优势，于本村成为长期统治者，首事人。也即因此另外有些人就不免世代守住佃户资格，或半流动性的长工资格，生活在被支配状况中。但两者生存方式，还是相差不太多，同样得手足贴近土地，参加劳动生产，没有人袖手过日子。惟由此相互对照生活下，依然产生了一种游离分子，亦即乡村革命分子。这种人的长成都若有个公式；小时候作顽童野孩子，事事想突破一乡公约，砍砍人家竹子作钓竿，摘摘人家园圃橘柚解渴，偷放人田中水捉鱼，或从他人装置的网罟中取去捉住的野兽。自幼即有个不劳而获的发明，且凡事作来相当顺手。长大后，自然便忘不了随事占便宜。浪漫情绪一扩张，即必然从农民身份一变而成为游玩。社会还稳定，英雄无用武之地，不能成大气候，就在本村子里街头开个小门面，经常摆桌小牌抽点头，放点子母利。相熟方面多，一村子人事心中一本册，知道谁有势力谁无财富，就向那些有钱无后的寡妇施点小讹诈。平时既无固定生计，又不下田，四乡逢场时就飘场放赌。附近三十里每个村子里都有二三把兄弟，平时可以吃吃喝喝，困难时也容易相帮相助。或在猪牛买卖上插了句嘴，成交时便可从经纪方面分点酒钱，落笔小油水。什么村子里有大戏，必参加热闹，和掌班若有交情，开锣封箱必被邀请坐席吃八大碗，打加官叫出名姓，还得做面子出个包封。新来年青旦角想成名，还得和他们周旋周旋，靠靠灯，方不会凭空为人抛石头打彩。出了事，或得罪了当地要人，或受了别的气扫了面子，不得不出外避风浪换码头，就挟了个小小包袱，向外一跑，更多的是学薛仁贵投军，自然从此就失踪了。若是个女的呢？情形就稍稍不同。生命发展与突变，影响于黄毛丫头时代的较少，大多数却和成年前后的性青春期有关。或为传统压住，挣扎无从，即发疯自杀。或突过一切有形无形限制，独行其是，即必然是随人逃走。惟结果总不免依然在一悲剧性方式中收场。

但近二十年社会既长在变动中，二十年内战自残自黩的割据局面，分解了农村社会本来的一切。影响到这小地方，也自然明白易见。乡村游侠情绪和某种社会现实知识一接触，使得这个不足三百户人家村子里，多有了三五十支杂色枪，和十来个退伍在役的连排长，以及二三更高级更复杂些的人物。这些人多近于崭新的一阶级，即求生存已脱离手足勤劳方式，而近于一个寄食者。有家有产的可能成为"土豪"，无根无柢的又可能转为"土匪"，而两者又必有个共同的趋势，即越来越与人民土地隔绝，却学会了世故和残忍。尤其是一些人学得了玩武器的技艺，干大事业又无雄心和机会，回转家乡当然就只能作点不费本钱的买卖，且于一种新的生活方式中，产生一套现实哲学。这体系虽不曾有人加以文字叙述，事实上却为极多数会玩那个愚而无知的人物所采用。永远有个"不得已"作借口，于是绑票种烟都成为不得已。会合了各种不得已而作成的堕落，便形成了后来不祥局面的扩大继续。但是在当时那类乡村中，却激发了另外一方面的自卫本能，即大户人家的对于保全财富进一步的技能。一面送子侄入军校，一面即集款购枪，保家保乡土，事实上也即是保护个人的特别权益。两者之间当然也就有了斗争，有流血事继续发生，而结怨影响到累世。这二十年一种农村分解形式，亦正如大社会在分解中情形一样，许多问题本若完全对立，却到处又若有个矛盾的调合，在某种情形中，还可望取得一时的平衡。一守固定的土地，和大庄院，油坊或榨坊糟坊，一上山落草；共同却用个"家边人"名词，减少了对立与磨擦，各行其是，而各得所需。这事看来离奇又十分平常，为的是整个社会的矛盾的发展与存在，即与这部分的情形完全一致。国家重造的设计，照例多疏忽了对于这个现实爬梳分析的过程，结果是一例转入悲剧，促成战争。这小村子所在地，既为比较偏远边僻的某省西部，地方对"特货"一面虽严厉禁止，一面也抽收税捐，在这么一个情形下，地方特权者的对立，乃常常因"利益平分"而消失。地方不当官路却宜于走私，烟土和巴盐的对流，支持了这个平衡的对立。对立既然是一种事实，各方面武器转而好像都收藏下来不见了。至少出门上路跑差事的人，求安全，徒手反而比带武器来得更安全，过关入寨，一个有衔名片反而比带一支枪更省事。

冬生在局里作事，间或得出出差，不外引导烟土下行或盐巴旁行。路不需出界外，所以对于这个工作也就简单十分。时当下午三点左右，照习惯送了两个带特货客人从界内小路过××县境。出发前，还正和我谈起巧秀问题。一面用棕衣包脚，一面托我整理草鞋后跟和耳绊。

我逗弄他说："冬生，巧秀跑了，那清早大队长怎不派你去追她回来？"

"人又不是溪水，用闸那关得住。人可是人！追上了也白追。"

"人正是人，那能忘了大队长老太太恩情？还有师爷，磨坊，和那个溪水上游的钓鱼堤坝，怎么舍得？"

"磨坊又不是她的财产。你从城里来，你欢喜。我们可不。巧秀心窍子通了，就跟人跑了，有仇报仇，有恩报恩，这笔账要明天再算去了。"

"她自己会回不回来？"

"回来吗？好马不吃回头草，那有长江水倒流。"

"我猜想她总在几个水码头边落脚，不会飞到海外天边去，要找她一定找得回来。"

"打破了的坛子，不要了！"

"不要了吗？你舍得我倒舍不得，她很好！"

我的结论既似真非真，倒引起了冬生的注意。他于是也似真非真的向我说："你欢喜她，我见她一定会告她，她会给你做个绣花抱肚，里面还装满亲口嗑的南瓜子仁。可惜你又早不说，师爷也能帮你忙！"

"早不说吗？我一来就只见过她一面。来到这村子里只一个晚上，第二早天刚亮，她就跟人跑了！"

"那你又怎么不追下去？下河码头熟，你追去好！"

"我原本只是到这里来和你大队长打猎，追麂子狐狸兔子，想不到还有这么一种山里长大的东西！"

这一切自然都是笑话，已过四十岁师爷听到我说的话，比不到十五岁冬生听来的意义一定深刻得多。因此也搭话说："凡事要慢慢的学，我们这地方，草草木木都要慢慢的才认识，性质通通不同的！"

冬生走后约一点钟，杨大娘却两脚黄泥到了团防局。师爷和我正在一窠新孵出的小鸡边，点数那二十个小小活动黑白毛毛团。一见杨大娘那两脚黄泥，和提篮中的东西，就知道是从场上回来的。"大娘，可是到新场办年货？你冬生出差去了，今天歇尖岩村，明天才能回来。可有什么事情？"

杨大娘摸一摸提篮中那封点心："没有什么事。"

"你那笋壳鸡上了孵没有？"

"我那笋壳鸡上城做客去了。"杨大娘点一点搁在膝头上的提篮中物，计大雪枣一斤，刀头肉半斤，元青鞋面布一双，香烛纸张……

问一问，才知道原来当天是冬生满十四岁的生庚日。杨大娘早就弯指头把日子记在心上，恰值鸦拉营逢场，犹自嘀咕了好几个日子，方下决心，把那预备上孵的二十四个大白鸡蛋从笋筐中一一取出，谨慎小心放入垫有糠壳的提篮里，捉好鸡，套上草鞋，到场上去和城里人打交道。虽下决心那么作，走到相去五里的场上，倒像原不过只是去玩玩，看看热闹，并不需要发生别的事情。因为鸡在任何农村都近于那人家属之一员，顽皮处和驯善处，对于生活孤立的老妇人，更不免寄托了一点热爱，作为使生活稍有变化的可怜简单的梦。所以到得人马杂沓黄泥四溅的场坪中转来转去等待主顾时，杨大娘自己即老以为这不会是件真事情。有人问价时，就故意讨个高过市价一半的数目，且作成"你有钱我有货，你不买我不卖"对立神气，不即脱手。因为要价高，城里来的老鸡贩，稍微揣揣那母鸡背脊，不还价，这一来，杨大娘必作成对于购买者有眼不甚识货轻蔑神气，整整嘴，掉过头去不作理会。凡是鸡贩子都懂得乡下妇人心理，从卖鸡人的穿着上即可明白，以为时间早，不忙收货，见要价特别高的，想故意气一气她，就还个起码数目。且激激她说，"什么八宝精，值那样多！"杨大娘于是也提着气，学作厉害十分样子，"你还的价钱只能买豆腐吃。"且像那个还价数目不仅侮辱本人，还侮辱了身边那只体面肥母鸡，怪不过意，因此掉转身，抚抚鸡毛，拍拍鸡头，好像向鸡声明，"再过一刻钟我们就回家去，我本来就只是玩玩的！"那只母鸡也像完全明白自己身份，和杨大娘的情绪，闭了闭小红眼睛，只轻轻的在喉间"骨骨"哼两声，且若完全同意杨大娘的打算。两者之间又似乎都觉得"那不算什么，等等我们就回去，我真乐意回去，一切照旧"。

到还价已够普通标准时，有认得她的熟人，乐于圆成其事，必在旁插嘴，"添一点，就卖了。这鸡是吃包谷长大的，油水多！"待主顾掉头时，又轻轻的告杨大娘，"大娘要卖也放得手了。这回城里贩子来得多，也出得起价。若到城里去，还卖不到这个数目！"因为那句要卖得放手，和杨大娘心情冲突，所以回答那个好意却是：

"你卖我不卖，我又不等钱用。"

或者什么人说："不等钱用你来作什么？没得事作来看水鸭子打架，作个公证人？肩膊松，怎不扛扇石磨来？"

杨大娘看看，搜寻不出谁那么油嘴油舌，不便发作，只轻轻的骂着："悖时不走运的，你妈你婆才扛石磨上场玩！"

事情相去十五六年，石磨的用处，本乡人知道的已不多了。

……那有不等钱用这么十冬腊月抱鸡来场上喝风的人？事倒凑巧，因为办年货城里需要多，临到末了，杨大娘竟意外胜利，卖的钱比自己所悬想的还多些。钱货两清后，杨大娘转入各杂货棚边去，从各种叫嚷，赌咒，争持，交易方式中，换回了提篮所有。末了且像自嘲自诅，还买了四块豆腐，心中混合了一点儿平时没有的怅惘，疲劳，喜悦，和朦胧期待，从场上赶回村子里去。在回家路上，必看到有村子里人用葛藤缚住小猪的颈膊，赶着小畜生上路的，也看到有人用竹箩背负这些小猪上路的，使她想起冬生的问题。冬生二十岁结婚一定得用四只猪,这是六年后事情。她要到团防局去找冬生，给他个大雪枣吃，量一量脚看鞋面布够不够，并告冬生一同回家去吃饭，吃饭前点香烛向祖宗磕磕头。冬生的爹死去整十年了。

杨大娘随时都只想向人说："杨家的香火，十四岁，你们以为孵一窝鸡，好容易事！他爹去时留下一把镰刀，一副连枷……你不明白我好命苦！"到此眼睛一定红红的，心酸酸的。可能有人会劝慰说："好了，现在好了，杨大娘，八十一难磨过，你苦出头了！冬生有出息，队长答应送他上学堂。回来也会做队长！

一子双挑讨两房媳妇，王保长闺女八铺八盖陪嫁，装烟倒茶都有人，你还愁什么？……"

　　事实上杨大娘其时却笑笑的站在师爷的鸡窝边，看了一会儿小鸡。可能还关心到卖去的那只鸡和二十四个鸡蛋的命运，因此用微笑覆盖着，不让那个情绪给城里人发现。天气已晚下来了。正值融雪，赶场人太多，田坎小路已踏得稀糊子烂，怪不好走。药王宫和村子相对，隔了个半里宽田坝，还有两道灌满融雪水活活流注的小溪，溪上是个独木桥。大娘心想："冬生今天已回不了局里，回不了家。"似乎对于提篮中那包大雪枣，"是不是应当放在局里交给师爷？"问题迟疑了一会儿，末后还是下了决心，提起篮子，就走了。我们站在庙门前石栏干边，看这个肩背已偻的老妇人，一道一道田坎走去。

　　时间大约五点平，村子中各个人家炊烟已高举，先是一条一条孤独直上，各不相乱。随后却于一种极离奇情况下，一齐崩坍下来，展宽成一片一片的乳白色湿雾。再过不多久，这个湿雾便把村子包围了，占领了。杨大娘如何作她那一顿晚饭，是不易形容的。灶房中冷清了好些，因为再不会有一只鸡跳上砧板争啄菠菜了。到时还会抓一把米头去喂鸡，始明白鸡已卖去。一定更不会料想到，就在这一天，这个时候，离开村子十五里的红岩口，冬生和那两个烟贩，已被人一起掳去。

　　我那天晚上，却正和团防局师爷在一盏菜油灯下大谈《聊斋志异》，以为那一切都是古代传奇，不会在人间发生。师爷喝了一杯酒话多了点，明白我对青凤黄英的向往，也明白我另外一种弱点，便把巧秀母亲故事告给我。且为我出主张，不要再读书。

并以为住在任何高楼上，都不如坐在一只简单小船上，更容易有机会和那些使二十岁小伙子心跳的奇迹碰头！他的本意只是要我各处走走，不必把生活固定到一个小地方，或一件小小问题得失上。不意竟招邀我上了另外一只他曾坐过的小船。

我仿佛看到那只向长潭中桨去的小船，仿佛即稳坐在那只小船上，仿佛有人下了水，船已掉了头。……水天平静，什么都完事了。一切东西都不怎么坚牢，只有一样东西能真实的永远存在，即从那个小寡妇一双明亮，温柔，饶恕了一切带走了爱的眼睛中看出去，所看到的那一片温柔沉静的黄昏暮色，以及两个船桨搅碎水中的云影星光。巧秀已经逃走半个月，巧秀的妈沉在溪口长潭中已十六年。

一切事情还没有完结，只是一个起始。

一九四七年三月末　北平

一个未完成的"现代传奇" | 路杨

　　一九四五至一九四七年间,沈从文发表了《赤魇》《雪晴》《巧秀和冬生》与《传奇不奇》四篇小说,内容上前后连贯,构成了一个短篇小说系列。这组小说讲述的是一个想做画家的少年司书"我"跟随几个同乡学生到高枧乡下做客,在雪后新晴的乡村风景中,"我"却耳闻目睹了当地两大家族之间的一场惨烈却无谓的仇杀,由此构成了一段"不奇"的"传奇"。小说中的故事确有其"本事"。一九二〇年十二月底,十八岁的沈从文时为"湘西联合政府"所属的"靖国联军"第二军第一游击队中的一个上士司书,因开往川东的部队在鄂西遭受当地"神兵"袭击全军覆没,辰州留守处也随之解散。沈从文在被遣散回乡的途中,曾随同学满叔远到其高枧乡家中过年,并随之目睹了他所作客的满家与另一大族田家之间"为了一件小事,彼此负气不相上下","前后因之死亡了二三十个人"以致"仇怨延续了两代"(《湘西散记·序》)的悲剧。

　　在沈从文最初的写作计划中,整个故事应有六段,但最终只完成四段,已发表的部分也更像是一个未完成的中篇构想中几个带有试笔色彩的章节。在叙述方式和文体风格上,开头的《赤魇》《雪晴》两篇与其后的《巧秀和冬生》《传奇不奇》两篇之间则存在着明显的差异与断裂。整个故事以"我"随同伴入乡,得遇一幅雪后新晴、生命悸动的乡村景象为起点。在满家队长喜宴的第二天,"我"得知了丫头巧秀私奔的消息,打碎了做画家的幻梦。半个月后，田家帮伙劫掠了满家的货物又绑了村中少年冬生，巧秀的情郎亦在帮伙之中。在县长的主持下，满家对田家兄弟实施了围攻并最终发生了火并的惨剧。作为叙事的开端，前两篇小说充斥着叙事者"我"对于自然风景与乡村人事极富诗意的欣赏与对照，重在表现一个由记忆的细节与散碎的意象混合而成的"印象"。但《巧秀和冬生》与《传奇不奇》两篇则以富于现实感的乡村日常生活取代了颇具象征性的审美体验，讲故事的进度也加快了起来。随着印象式的抒情逐渐让位于写实主义笔法，那个属于一个充满幻想的十八岁少年的限知视角，也被一个隐蔽的、全知全能的叙事人所取代。

叙事视角的分裂与风格笔法的转换带来了文体上的断裂。《巧秀和冬生》与《传奇不奇》两篇放弃了《赤魇》与《雪晴》中带有抒情色彩与抽象兴趣的艺术家自传，而转向了一个以叙事和写实为主的乡土暴力传奇。尤其是在《巧秀和冬生》的内部，似乎存在着要将上述彼此断裂的文体加以过渡、衔接乃至整合的痕迹。其中既有从《雪晴》中延续而来的一点怅惘情绪与"把生命浮起"的抽象体悟，又有巧秀妈往事中宛若向《边城》或《长河》回归的抒情话语，更奇特的是，竟然还像沈从文一九四三年时在《芸庐纪事》《动静》等小说中尝试过的那样，将一种政论性文字植入到了小说叙事中。在对冬生为人与生活的叙述中，沈从文插入了一大段对"近二十年社会既长在变动中"的乡村政治状况与社会结构的冗长分析，过强的逻辑性与说理口吻显然来自文本之外那个对"国家重造"念兹在兹、年逾不惑的沈从文，而已完全脱离了文本之内这个刚从画家梦中醒来的十八岁少年的认知范围。而这段杂文式的议论在叙事上的效果，也由于缺乏形象的依托而近于一种形式上的冗余物。在《雪晴》系列小说总体的阅读感受中，这样的形式裂隙也并非个例。

对于沈从文而言，《雪晴》系列所依据的传奇性本事，实在是一个令他久难忘怀的故事。一九四七年后，沈从文在小说底稿上一改再改，并试图将后三篇连缀成一个整体，在《巧秀和冬生》一篇中，这种整合之感最为鲜明。分裂与丰富，大概既是这一"本事"给与沈从文的总体感受，也是《雪晴》系列在文本上的总体特征,而小说试图处理的正是一种体现为"分解"和"荒诞"的现代经验。与直接书写"'现代'二字已到了湘西"的《长河》不同，在《雪晴》系列中，沈从文在故事时间上回到了乡土社会分崩离析的起点，自一九〇〇年庚子拳乱始，"近二十年社会既常在变动中，二十年内战自残自黩的割据局面，分解了农村社会本来的一切"。而这一乡土暴力传奇虽起因于一种唯实唯利的"社会现实知识"导致的利益纷争，然而从"不必要的残杀"到"骑虎难下"的相持，再到"想活而不能活"的绝望，整个暴力过程显然已经被一种非理性、"不得已"的力量所裹挟，萦绕在悲剧周围的是一种挥之不去的荒诞感。这些关于"变动"与"分解"的体验，打碎了《边城》中天人相合、浑融一体的牧歌图景，呈现为一堆支离破碎的印象。而这种文本形式上的碎片化与不稳定性，既来自作家实感经验中的破碎与纷乱，也与沈从文从战时社会现实中获得的现代认识有关。

正是在这个意义上，沈从文在小说中将这个以地方乡土人事为题材的故事，指涉为一个"现代传奇"。与之相对的是《聊斋志异》《梁山伯》《天雨花》这类在小说中屡次出现的"古代传奇"符码。如果说"我"对于巧秀的那点"十八岁年青人的荒唐梦",还带有一丝《聊斋》式的迷蒙幻丽,照应着"以为青凤黄英会有一天忽然掀帘而入"的古典爱欲想象,那么随着叙事转入现实,这种得之于古代传奇的幻想则马上被一部"大书"的吸引力所取代。而沈从文以"现代传奇"进行自我指涉,昭示出的正是以一部具有总体性的"大书"为这一荒诞现实与现代经验赋形的自我期许与形式抱负。这种分裂而丰富的写法显示出一种将个人经验与地方知识、抒情话语与传奇叙事、感官情致与理性剖析、抽象兴趣与现实关怀、人性思考与历史认知相融合的整体性视野。在四十年代小说追求丰富性与总体性的美学范式转换内部,沈从文的这一尝试正是要以一种波德莱尔或乔伊斯式的方式,为破碎的现代经验寻找一种整体性形式,而他有望建立的或许正是一种既不同于中国古典、也不同于西方现代派的文学样式。

在沈从文试图将现代经验、古典传统与地方性知识加以综合的过程中,对"暴力"与"宿命"的探问构成了《雪晴》系列的核心主题。将美丽印象与残酷故事相融合的努力,使这一"现代传奇"既书写了暴力的轮回,又似乎隐含了一点以人性的宽恕超度暴力的愿景。这种带有抒情意味的"超度"之感,是通过"我"的联想借巧秀妈的眼睛看到的:

> 我仿佛看到那只向长潭中桨去的小船,仿佛即稳坐在那只小船上,仿佛有人下了水,船已掉了头。……水天平静,什么都完事了。一切东西都不怎么坚牢,只有一样东西能

真实的永远存在，即从那个小寡妇一双明亮、温柔，饶恕了一切也带走了爱的眼睛中看出去，所看到的那一片温柔沉静的黄昏暮色，以及两个船桨搅碎水中的云影星光。

在生与死交界的刹那，巧秀妈看到的是超越生死之外的自然之永恒。当一切坚固的东西都烟消云散之时，沈从文试图把握的正是这剧烈变动之中的那一点永恒之美。然而，"一切事情还没有完结，只是一个起始。"悲剧只是下一个悲剧的开端，而远不是悲剧的终结。正如巧秀妈的宽恕与"不要记仇"的嘱托，并没有换来巧秀的安稳，而巧秀的悲剧又引发了此后满家人的惨死。根据本事的后续，计划中尚未写出的另外两章要写的很可能正是田家人对满家大队长父子残忍的复仇。悲剧性事件本是一种"变"，却在"宿命"式的循环中转变为了"常"。因而这些水天平静、气氛庄严的抒情性场景、满老太太头上摘掉的大红花与巧秀发辫上新结的白绒绳，作为一种悲剧的净化机制也就不可能是一次性的。而无法一次性完成的净化，还能否达成净化的效用，则是十分可疑的。换言之，《雪晴》故事最大的悲剧性来自暴力的循环与不可终结，每一次悲剧产生的净化效果都会被下一次悲剧的发生所抹消。在《传奇不奇》的结尾，新年里换上的新匾额正预示了下一场悲剧的延续。从"乐善好施"到"安良除暴"，意味着乡土社会固有的桑梓情感与伦理价值已经开始崩塌，从一种好生向善之德转向了对暴力的合法化言说。所谓"安良除暴"正是以"安良"的名义，内在地许可了一种"以暴制暴"的逻辑。文本内部的和解已无法达成，那未及写出的两章又预示着更大的不安与惶恐。因而无论是在现实还是美学的层面上，巧秀妈眼中的星光云影与满老太太所代表的人生形式，在这种周期性循环的暴力面前，都已经失去了力量。

《雪晴》系列对这种周期性循环的暴力的质询，使其变成了一个关于"内战"的寓言。与抗战时期将战争视为"民族重造"之契机的态度不同，国共内战的爆发开始促使沈从文在一个更长时段的历史视野中去探析内战频仍的根源，其建设性的构想也由"民族重造"转向了"国家重造"。通过对内战历史的回溯性考察，沈从文更倾向于将这种循环性的暴力视为一种非理性的现象。但与《长河》《芸庐纪事》不同的是，"现代"的入侵与"二十年内战的历史"都已不能完全解释乡土社会分崩离析的根源。不同于"新生活"运动中的湘西或抗战时期的湘西，《雪晴》系列回到了一九二〇年的湘西这一更接近前现代的历史时空。与《长河》相比，这里并没有多少外来力量的明显入侵，但社会内部的腐蚀与瓦解已经开始。正如金介甫所观察的那样："没有外来人亲自渗入这个苗民地区，既没有人强迫当地人废弃传统道德，也没有树立过坏的典型。鸦片买卖是当地人干的。小丑式的县长用清乡名义剥削村民，但县长也是本地人。因此，并非由于外来人的压迫，而是腐化已经深入到社会内部，造成全民族社会经济的腐朽。"（《沈从文传》）

在《雪晴》系列中，巧秀妈的悲剧作为这一循环性暴力的开端，构成了乡人们原罪一般的创伤经验。在《湘西·凤凰》和《长河》中，这个沉潭的故事都曾以一种反复叙事的方式被处理成湘西生命的常态，而《巧秀和冬生》虽然在情节上完全搬用了这个故事，却开始从心理和道德层面探究这一群体性暴力的根源。小说着力刻画了每一个施暴者每一阶段的心理状态，从族长到族人，正是一种混杂着性冲动、占有欲、虚荣感、嫉妒心、道德感与虐待狂的"纷乱情感"最终导致了这一集体暴力的发生。满、田两家之间的冲突延续了这种非理性的暴力，更重要的是，沈从文将其处理成了一个由"乡绅"和"土匪"组成的社会结构内部的乡村政治事件。《巧秀和冬生》中那段政论式分析描述了这样一种乡土格局的生成：全国割据风气日盛，军人政治深入县乡，乡村中不劳而获的"游离分子"借此一跃成为"崭新阶级"，而传统的乡绅阶层为保全个人利益也被迫武装自身，二者只是在多年"矛盾的调和"与"利益平分"中才获得一种"对立的平衡"。然而苟以利合，必以利散。田家兄弟落草为匪，为了两挑烟土几只枪发起挑衅；满家大族为了维护权威和脸面，宁愿大力围剿也不肯出钱和解；军官出身的县长为了"名利双收"的目的，又进一步导致了暴力的升级——乡绅与土匪之间以"家边人"的名义维系的"对立的平衡"就此打破。由此，沈从文在这一看似稳定的乡村共同体内部，发掘出了其中的分解、对立与不稳定的因素：暴力的根源并不在于这一平衡的打破，而在于这一平衡背后的阶层分化与脆弱的利益关系。如果说《长河》关注的是外部的"变"对湘西的介入与湘西的反应，那么《雪晴》系列讨论的则是：是否有一个内部的"常"要为湘西社会格局的变动和历史暴力负责。《雪晴》时期的沈从文已经开始从历史与现实中的地方经验内部，反思以"游侠情绪"或"游侠精神"所代表的"地方性格"的两面性，以期找到某种能够超越地方局限与历史宿命的可能性。

740

自《巧秀和冬生》一篇开始，叙事者渐渐从有所介入的限知视角转换为理性客观的全知叙事，或许正是希望借助一种超越性的视点位置与抒情姿态，传达出一种外在于历史循环的可能。然而这种超越性的姿态似乎也决定了沈从文的"综合"理想注定是一种"不及物"的美学。沈从文既无法在文本内部给出想象性的解决，又不能提供有效的历史远景，《雪晴》系列的"未完成"几乎是一种必然。正如那个想做画家的"我"感到"动"的内容之难以描画，在更大的历史变局即将到来之时，沈从文也缺乏真正把握历史之"动"的能力。直到一九五二年，《雪晴》系列仍然是一个令他念念不忘的故事。在给张兆和的信中，沈从文将赵树理写于一九四五年十二月的长篇小说《李家庄变迁》作为"竞争"对象，表达出一种希望以"区域史"折射"现代史"、以一地一事的命运反映整个中国社会现代变迁的抱负。此时，曾经那个带有现代主义色彩的"综合"理想，也已经被一种朝向现实主义的设想所取代。然而直到一九八〇年重刊《雪晴》旧稿，这部计划中的"新《雪晴》"也终究未能写出。

一九四八年十二月三十一日，沈从文在《传奇不奇》的文稿后写下题识：

卅七年末一日重看，这故事想已无希望完成。

而在沈从文整个的文学生涯中，《传奇不奇》也成为了他所发表的最后一篇小说。作为沈从文自身思想困境的文学症候，这组小说在美学上也仍是一部充满裂隙之作。在形式实践的意义上，《雪晴》系列浓厚的现代主义倾向及其试图综合现代经验、文化传统与地方知识的诸多面向，都蕴含了某种"本土式现代主义"发生的可能，但也蕴含了"不合时宜"的非现实性。从三十年代开始，沈从文的历史认知就一直保持着某种一贯性，这与四十年代末现实中的历史条件，以及一个即将到来的历史远景之间，始终存在着巨大的错位。正如美丽印象与残酷故事终究无法相融，理想与现实的错位也总是令人怅惘。

长篇小说

阿黑小史（节录）

本篇为《阿黑小史》其中一章，发表于一九三二年九月《新时代》第三卷第一期。署名沈从文。《阿黑小史》单行本一九三三年三月由上海新时代书局初版。现据新时代书局初版本编入。

秋

到了七月间，田中禾苗的穗已垂了头，成黄色，各处忙打谷子了。

这时油坊歇憩了，代替了油坊打油声音的是各处田中打禾的声音。用一二百铜钱，同到老酸菜与臭牛肉雇来的每个打禾人，一天亮起来到了田中，腰边的镰刀像小锯子，下田后，把腰一钩，齐人高的禾苗，在风快的行动中，全只剩下一小桩，禾的束全卧在田中了。

在割禾人后面，推着大的四方木桶的打禾人，拿了卧在地上的禾把在手，高高的举起快快的打下，把禾在桶的边沿上痛击，于是已成熟的谷颗便完全落到桶中了。

打禾的日子是热闹的日子，庄稼人心中有丰收上仓的欢喜，一面有一年到头的耕作已到了休息时候的舒畅，所有人，全是笑脸！

慢慢的，各个山坡各个村落各个人家门前的大树下，把稻草堆成高到怕人的巨束，显见的是谷子已上仓了。这稻草的堆，各处可见到，浅黄的颜色，伏在叶已落去了的各种大树下，远看便像一个庞大兽物。有些人家还将这草堆作屋，就在草堆上起居，以便照料到那晚熟的山谷中黍类薯类。地方没有人作贼，他们怕的是野猪，野猪到秋天就多起来了。

这个时候五明家油坊既停了工，五明无可玩，五明不能再成天守到碾子看牛推磨了，牛也须要放出去吃草了，就是常上山去捡柴。捡柴不一定是家中要靠到这个卖钱，也不是烧火乏柴，五明的家中剩余的油松柴，就不知有几千几万。五明的捡柴，一天捡回来的只是一捆小枯枝，一捆花，一捆山上野红果。这小子，出大门，佩了镰刀，佩了烟管，还佩了一支短笛，这三样东西只有笛子合用。他上山，就是上山在西风中吹笛子给人听！

把笛子一吹，一匹鹿就跑来了。笛子还是继续吹，鹿就呆在小子身边睡下，听笛子声音醉人。来的这匹鹿是有一双小小的脚，一个长长的腰，一张黑黑的脸同一个红红的嘴。来的是阿黑。

阿黑的爹这时不打油，用那起着厚的胼胝的扶油槌的手在乡约家抹纸牌去了。阿黑成天背了竹笼上山去，名义也是上山捡柴扒草，不拘在什么地方，远虽远，她听得出五明笛子的声音。把笛子一吹，阿黑就像一匹小花鹿跑到猎人这边来了。照例是来了就骂，骂五明坏鬼，也不容易明白这"坏"意义究竟是什么一会事。大约是，五明吹了笛，唱着歌，唱到有些地方，阿黑虽然心欢喜，正因为欢喜，就骂起"五明坏鬼"来了。阿黑身上并不黑，黑的只是脸，五明唱歌唱到——

　　娇妹生得白又白，情哥生得黑又黑。
　　黑墨写在白纸上，你看合色不合色！？

　　阿黑就骂人。使阿黑骂人，也只怪得是五明有嘴。野猪有一张大的嘴巴，可以不用劲就把田中大红薯从土里掘出，吃薯充饥。五明嘴不大，却乖劣不过，唱歌以外不单是时时刻刻须用嘴吮阿黑的脸，还时时刻刻想用嘴吮阿黑的一身。且嗜好不良，怪脾气顶多，还有许多说不出的铺排，全似乎要口包办，都有使阿黑骂他的理由。一面骂是骂，一面要作的还是积习不改，无怪乎阿黑一见面就先骂"五明坏鬼"作为"预支数"了。

　　五明又怪又坏，心肝肉圆子的把阿黑哄着引到幽僻一点稻草堆下去，且别出心裁，把草堆中部的草拖出，挖空成小屋，就在这小屋中为阿黑解衣纽绊同裤带子，又谄媚又温柔同阿黑作那顶精巧的体操。有时因为要挽留阿黑，就设法把阿黑衣服藏到稻草堆的顶去，非到阿黑真有生气样子时不退。

　　阿黑人虽年纪比五明大，知道"伤食"那类名词，知道秋天来了，天气冷，"着凉"也是应当小心注意，可是就因为五明是"坏鬼"脾气坏，心坏，嗜好的养成虽日子不多也是无可救药。纵有时阿黑一面说着"不行""不行"的话，到头仍然还是投降，已经也是有过极多例了。

天气是当真一天一天冷下来了。中秋快到，纵成天是大太阳挂到天空，早晚是仍然有寒气侵人，非衣夹袄不可了。在这样的天气下，阿黑还一听到五明笛子就赶过去，这要说是五明罪过也似乎说不出！

八月初四是本地山神的生日，人家在这一天都应当用鸡用肉用高粱酒为神做生。五明的干爹，那个头缠红帕子作长毛装扮的老师傅，被本地当事人请来帮山神献寿谢神祝福，一来就住到亲家油坊里。来到油坊的老师傅，同油坊老板挨着烟管吃烟，坐到那碾子的横轴上谈话，问老板的一切财运，打油匠阿黑的爹也来了。

打油匠是听到油坊中一个长工说是老师傅已来，所以放下了纸牌跑来看老师傅的。见了面，话是这样谈下去：

"油匠，您好！"

"托福。师傅，到秋天来，你财运好！"

"我财运也好，别的运气也好，妈个东西，上前天，到黄砦上做法事，半夜里主人说请师傅打牌玩，就架场动手。到后作师傅的又作了宝官庄家，一连几轮庄，撇十遇天罡，足足六十吊，散了饷。事情真做不得，法事不但是空做，还倒贴。钱输够了天也不亮，主人倒先睡着了。"

"亲家，老庚，你那个事是外行，小心是上了当。"油坊老板说，喊老师傅做亲家又喊老庚，因为他们又是同年。

师傅说："当可不上。运气坏是无办法。这一年运像都不大好。"

师傅说到运气不好，就用力吸烟，若果烟气能像运气一样，用口可以吸进放出，那这位老师傅一准赢到不亦乐乎了。

他吸着烟，仰望着油坊窗顶，那窗顶上有一只蝙蝠倒挂在一条橡皮上。

"亲家，这东西会作怪，上了年纪就会成精。"

"什么东西？"老板因为同样抬头却见到两条烟尘的带子。

"我说檐老鼠，你瞧，真像个妖。"

"成了妖就请亲家捉它。"

"成了妖我恐怕也捉不到，我的法子倒似乎只能同神讲生意，不能同妖论本事！"

"我不信这东西成妖精。"

"不信呀，那不成。"师傅说，记起了一个他也并不曾亲眼见到的故事，说："真有妖。老虎峒的第二层，上面有斗篷大的檐老鼠，能做人说话，又能叫风唤雨，是得了天书成形的东西。幸好是它修炼它自己，不惹人，人也不惹它，不然可了不得。"

为证明妖精存在起见，老师傅不惜在两个朋友面前说出丢脸的话，他说他有时还得为妖精作揖，因为妖精成了道也像招安了的土匪一样，不把他当成副爷款待不可行的。他又说怎么就可以知道妖精是有根基的东西，又说怎么同妖精讲和的方法。总之这老东西在亲家面前就是一个喝酒的同志，穿上法衣才是另外一个老师傅！其实，他做着捉鬼降妖的事已有二三十年，却没有遇到一次鬼。他遇到的倒是在人中不缺少鬼的本领的，同他赌博，把他打斤斗唱神歌得来的几个钱全数掏去。他同生人说打鬼的法术如何大，同亲家老朋友又说妖是如何凶，可是说的全是鬼话，连他自己也不明白自己法术究竟比赌术精明多少。

这个人，实在可以说是好人，缺少城中法师势利习气，唱神歌跳舞磕头全非常认真，又不贪财，又不虐待他的徒弟。可是若当真有鬼有妖，花了钱的他就得去替人降伏。他的道法，究竟与他的赌术那样高明一点，真是难说的事！

谈到鬼，谈到妖，老师傅记起上几月为阿黑姑娘捉鬼的事，就问打油匠女儿近来身体怎样。

打油匠说：“近来人全好了，或者是天气交了秋，还发了点胖。”

关于肥瘦，渊博多闻的老师傅，又举出若干例子，来说明鬼打去以后病人发胖的理由，且同时不嫌矛盾，又说是有些人被鬼缠身反而发胖，颜色充实。

那老板听到这两种不同的话，就打老师傅的趣，说：“亲家，那莫非这时阿黑丫头还是有鬼缠到身上！”

老师傅似乎承认这话，点着头笑，老师傅笑着，接过打油匠递来的烟管，吸着烟，五明同阿黑来了。阿黑站到门边，不进来，五明就走到老师傅面前去喊干爷，又回头喊四伯。

打油人说：“五明，你有什么得意处，这样笑。”

“四伯，人笑不好么？”

“我记到你小时爱哭。”

“我才不哭！”

“如今不会哭了，只淘气。”作父亲的说了这样话，五明就想走。

“走哪儿去？又跑？”

“爹，阿黑大姐在外面等我，她不肯进来。”

750

"阿黑丫头，来哎！"老板一面喊一面走出去找阿黑，五明也跟到去。

五明的爹站到门外四望，四望望不到阿黑。一个大的稻草堆把阿黑隐藏，五明清白，就走到草堆后面去。

"姐，你躲到这里做什么？我干爹同四伯他们在谈话，要你进去！"

"我不去。"

"听我爹喊你。"

的确那老板是在喊着的，因为见到另一个背竹笼的女人下坡去，以为那是走去的阿黑了，他就大声喊。

五明说："姐，你去吧。"

"不。"

"你听，还在喊！"

"我不耐烦去见那包红帕子老鬼。"

为什么阿黑不愿意见包红帕子老鬼？不消说，是听到五明说过那人要为五明做媒的原故了。阿黑怕得是一见那老东西，又说起这事，所以不敢这时进油坊。五明是非要阿黑去油坊玩玩不可的，见阿黑坚持，就走出草堆，向他父亲大声喊，告他阿黑藏在草堆后。

阿黑不得不出来见五明的爹了。五明的爹要她进去，说她爹也在里面，她不好意思不进油坊去。同时进油坊，阿黑对五明鼓眼睛，作生气神气，这小子这时只装不看见。

见到阿黑几乎不认识的是那老法师。他见到阿黑身后是五明，就明白阿黑其所以肥与五明其所以跳跃活泼的理由了。老东西对五明独做着会心的微笑。老法师的模样给阿黑见到，使阿黑脸上发烧。

"爹，我以为你到萧家打牌去了。"

"打牌又输了我一吊二，我听到师傅到了，就放手。可是正要起身，被团总扯着不许走，再来一牌，却来一个回笼子青花翻三层台，里外里还赢了一吊七百几。"

"爹你看买不买那王家的踮脚猪？"

"你看有病不有。"

"病是不会，脚是有一只踮了，我不知好不好。"

"我看不要它，下一场要油坊中人去新场买一对花猪好。"

"花猪不行，要黑的，配成一个样子。"

"那就是。"

阿黑无话可说了，放下了背笼，从背笼中取出许多带球野栗子同甜萝卜来，又取出野红果来，分散给众人，用着女人的媚笑说请老师傅尝尝。五明正爬上油榨，想验看油槽里有无蝙蝠屎，见到阿黑在俵分东西，跳下地，就不客气的抢。

老师傅冷冷的看着阿黑的言语态度，觉得干儿子的媳妇再也找不出第二个了。又望望这两个作父亲的人，也似乎正是一对亲家，他在心中就想起作媒的第一句话来了。他先问五明，说：

"五明小子，过来我问你。"

五明就走过干爹这边来。

老师傅附了五明的耳说："记不记到我以前说的那话。"

五明说："记不到。"

"记不到，老子告你，你要不要那个人做媳妇？说实话。"

五明不答，用手掩两耳，又对阿黑做鬼样子，使阿黑注意这一边人说话情景。

　　"不说我就告你爹，说你坏得很。"

　　"干爹你冤枉人。"

　　"我冤枉你什么？我老人家，鬼的事都知道许多，岂有不明白人事的道理。告我实在话，若欢喜要干爹帮忙，就同我说，不然打油匠总有一天会用油槌打碎你的狗头。"

　　"我不作什么那个敢打我，我也会回他。"

　　"我就要打你，"老师傅这时可高声了，他说，"亲家，我以前同你说那事怎样了？"

　　"怎么样？干爹这样担心干吗。"

　　"不担心吗？你这作爹的可不对。我告你小孩子是已经会拜堂了的人，再不设法将来会捣乱。"

　　五明的爹望五明笑，五明就向阿黑使眼色，要她同到出去，省得被窘。

　　阿黑对她爹说："爹，我去了。今天回不回家吃饭？"

　　五明的爹就说："不回去吃了，在此陪师傅。"

　　"爹不回去我是不必煮饭的，早上剩得有现饭。"阿黑一面说，一面把背笼放到肩上，又向五明的爹与老师傅说，"伯伯，师傅，请坐。我走了。无事回头到家里吃茶。"

　　五明望到阿黑走，不好意思追出去。阿黑走后干爹才对打油人说道："四哥，你阿黑丫头越发长得好看了。"

　　"你说那里话，这丫头真不懂事。一天只想玩，只想上天去。我预备把她嫁到一远乡里去，有阿婆阿公，有妯娌弟妹，才管教得成人，不然就只好嫁当兵人去。"

五明听阿黑的爹说的话心中就一跳。老师傅可为五明代问出打油人的意见了，那老师傅说："哥，你当真舍得嫁黑丫头到远乡去吗？"

打油人不答，就哈哈笑。人打哈哈笑，显然是自己所说的话是一句笑话，阿黑不能远嫁也分明从话中得到证明了。进一步的问话是阿黑究竟有了人家没有，那打油人说还不曾。他又说，媒人是上过门有好几次了，因为只这一个女儿，不能太马虎，一面问阿黑，阿黑也不愿，所以事情还谈不到。

五明的爹说："人是不小了，也不要太马虎，总之这是命，命好的先不好到后会好。命坏的好也会变。"

"哥，你说得是，我是做一半儿主，一半让丫头自己；她欢喜我总不反对的。我不想家私，只要儿郎子弟好，他日我老了，可以搭他们吃一口闲饭，有酒送我喝，有牌送我打，就算享福了。"

"哥，把事情包送我办好了，我为你找女婿。——亲家，你也不必理五明小子的事，给我这做干爹的一手包办。——你们就打一个亲家好不好？"

五明的爹笑，阿黑的爹也笑。两人显然是都承认这提议有可以继续商量下去的必要，所以一时无话可说了。

听到这话的五明，本来不愿意再听，但想知道这结果，所以装不明白神气坐到灶边用砖头砸栗球吃。他一面剥栗子壳一面用心听三人的谈话，旋即又听到干爹说道：

"亲家，我这话是很对的。若是你也像四哥意思，让这没有母亲的孩子自己作一半主，选择自己意中人，我断定他不会反对他干爹的意见。"

"师傅，黑丫头年纪大，恐怕不甚相称吧。"

"四哥，你不要客气，你试问问五明，看他要大的妻还是要小的妻。"

打油人不问五明，老师傅就又帮打油人来问。他说："喂，不要害羞，我同你爹说的话你总已经听到了。我问你，愿不愿意把阿黑当作床头人喊四伯做丈人？"

五明装不懂。

"小东西，你装痴，我问你的是要不要妻，要时就赶快为干爹磕头，干爹好为你正式做媒。"

"我不要。"

"你不要那就算了，以后再见你同阿黑在一起，就教你爹打断你的腿。"

五明不怕吓，干爹大话说不倒五明，那是必然的。虽然愿意阿黑有一天会变成自己的妻，可是口上说要什么人帮忙，还得磕头，那是不行的。一面是不承认，一面是逼到要说，于是乎五明只有走出油坊一个办法了。

五明走出了油坊，就跑到阿黑家中去。这一边，三个中年汉子，亲家作不作倒不甚要紧，只是还无法事可作的老师傅，手上闲着发鸡爪风，所以不久三人就邀到团总家去打"丁字福"纸牌去了。且说五明，钻进阿黑的房里去时是怎样情景。

阿黑正怀想着古怪样子的老师傅，她知道这个人在念经翻斤斗以外总还有许多精神谈闲话，闲话的范围，一推广，则不免就会到自己身上来，所以心正怔忡着。事情果不出意料以外，不但是谈到了阿黑，且谈到一件事，谈到五明与阿黑有同意的必然的话了，因为报告这话来到阿黑处的五明，一见阿黑的面就痴笑。

"什么事，鬼？"

"什么事呀！有人说你要嫁了！"

"放屁！"

"放屁放一个，不放多。我听到你爹说预备把你嫁到黄罗寨去，或者嫁到麻阳吃稀饭去。"

"我爹是讲笑话。"

"我知道。可是我干爹说要帮你做媒，我可不明白这老东西说的是谁。"

"当真不明白吗？"

"当真不，他说是什么姓周的。说是读书人，可以做议员的，脸儿很白，身个儿很高，穿外国人的衣服，是这种人。"

"我不愿嫁人，除了你。"

"他又帮我做媒，说有个女人……"

"怎样说？"阿黑有点急了。

"他说道女人长得像观音菩萨，脸上黑黑的，眉毛长长的，名字是阿黑。"

"鬼，我知道你是在说鬼话。"

"岂有此理！我明白说吧，他当到我爹同你爹说你应当嫁我了，话真只有这个人说得出口！"

阿黑欢喜得脸上变色了。她忙问两个长辈怎么说。

"他们不说。他们笑。"

"你呢？"

756

"他问我，我不好意思说我愿不愿，就走来了。"

阿黑歪头望五明，这表示要五明亲嘴了，五明就走过来抱阿黑。他又说："阿黑，你如今是我的妻了。"

"是你的，你也是我的夫！"

"我是你的丈夫，要你做什么你就应当做。"

"我信你的话。"

"信我的话，这时解你的那根带子，我要同那个亲嘴。"

"放屁，说呆话我要打人。"

"你打我我就告干爹，说你欺侮我小，磨折我。"

阿黑气不过，当真就是一个耳光。被打痛了的五明，用手擦抚着那颊，一面低声下气认错，要阿黑陪他出去看落坡的太阳以及天上的霞。

站在门边望天上，天上是淡紫与深黄相间。放眼又望各处，各处村庄的稻草堆，在薄暮的斜阳中镀了金色，全仿佛是诗。各个人家炊烟升起以后又降落，拖成一片白幕到坡边。远处割过禾的空田坪，禾的根株作白色，如用一张纸画上无数点儿。

在这光景中的五明与阿黑，倚在门前银杏树下听晚蝉，不知此外世界上还有眼泪与别的什么东西。

花开花谢总自然 | 凌宇

从叙述学角度看，在沈从文创作成熟期，《阿黑小史》是最不像小说的小说。全篇没有推动叙事作纵向拓展的新发"事件"，因而也就没有一个环环相扣的完整叙述序列。换言之，即缺少传统所谓的小说情节要素——开端、发展、高潮、结局。而作为叙事内在张力的小说深层结构的矛盾对立项也谈不上。（如果硬要找出推动情节发展的矛盾冲突，便只有发生在主要人物阿黑与五明之间近于戏谑的诱与拒，但它并不具备实质性的矛盾内容，因此在每次"诱—拒"之后，总以两性关系的和合、调谐而结束。）在前四章——《油坊》《秋》《病》《婚前》与第五章《雨》之间，曾有关涉人物命运陡转的"事件"发生；阿黑与那座油坊一起"衰败"了，五明也因此发了疯。但这件事是什么性质？为何发生？过程怎样？作品留下的只是一串谜——小说有意作成的模糊，见出作者对小说常规叙事法则的冷漠。或许，它正是一种切合《阿黑小史》叙事的沈从文法则？

于是，展现在读者面前的，只有连轴的民俗文化特征（有关油坊、稻草堆、作法事打鬼、唱山歌、吃狗肉种种）与一对山村小儿女——阿黑与五明相互间周而复始、永不餍足的嬉戏、调谑、狎昵的场面描写。全篇五章相互间不构成前因后果的叙事环链，而只是这一对山村小儿女婚恋关系的并列性场景转移。其中也有变化。但这种变化，只是地点、季候、平日婚前、病中与病前病后、生聚与死离的区别。至于他们的婚恋本身，却始终没有人事造成的波折发生。好事多磨。"有情人终成眷属",或是因人相左,终至棒打鸳鸯散一类古典主义悲剧模式全套不上。

'　　也许,正因为它不像一般的小说,情节便单纯到全篇不见设计的机巧与人为的雕琢痕迹。然而,小说的叙述却趣味盎然,处处流溢着诗意,其音响近于天籁。正如作者在《阿黑小史》序言中所说,小说采用的是"客观的叙述方法",即是说,它是一对山村小儿女两性关系形态的写真。确实,不是对湘西乡村人生有过切实体验的人,很难领会到它所达到的逼真程度。无论是场景、人物对话,还是人物情状的描写,一例弥漫着浓郁的山野气息。在小说中,不仅那些显示山村文化特征的物象如油坊、草垛等等,其形线、颜色、气味、声音一齐扑面而来,人物的语言充满山村野趣,它们常常就地取譬,如枇杷、茶莓、狗、猫儿尿一类比喻词,"吃""偷"等事关男女关系的隐语,以及豆荚缠包谷、黑墨写白纸等通俗形象却不粗鄙的山歌词,都见出湘西山村特有的色彩及智慧的表达方式。而阿黑大姐姐式的要强,时时要控制对方,又终不免因怜悯而退让的女性温柔,五明小弟弟式的涎皮、放赖、任性、赌气、装痴作傻种种情状皆栩栩如生,跃然纸上。作者端上的是一盘道道地地的湘西土产。借用湘西话说,那真是"河水煮河鱼",原汁原味。作者有意追求一种单纯与朴野的效果,应该说,这种效果在阅读过程中,是不难感受到的。

　　这是一种自由、充满生机、恣肆无忌却又纯乎天真的两性关系形态。这种不受任何专为男女间设置的社会规矩与观念的束缚,一切皆与自然谐振的两性关系形态,竟发生在近代(以地方开始练团丁,防备兵、匪骚扰为特征)湘西山村,乍看之下,几近于天方夜谭，令人匪夷所思。也许是有意回答可能由此导致的责难，小说通过叙述者的声音对故事发生的时空作出了限定，是一个闭塞、偏僻的湘西山村。虽然故事发生的时间是近代，地方上"练起保卫团有五年了"，然而"地方不当冲，不会有匪；地方不富，兵不来"。而显示其文化特征的自由民经济状况与人际自然交往的原始性生存环境，决定了生活在这里的"乡下人""生活平凡，行为庸碌，思想偏窄"。与这种文化环境与人的存在本质相适应。一切显示中国近代社会典型特征的、通行于中国其他地方的"规矩"与观念，在这里都还没有发生作用。因此，即使是阿黑与五明婚前的调情与戏谑，就在做父亲的眼皮底下进行，也不会遭到禁忌与处罚。因为在这些"乡下人"眼里，这原本就像山中草木的春华秋实，是极为自然的事情："人既在一块长大，懂了事，互相欢喜中意，非变成一个不行，做父亲的似乎也无取缔理由"。因为"使人顽固的是假的礼教与空虚的教育，这两者都不曾在阿黑的爹脑中有影响"。

这种由叙述者给定的时空限定——特定空间的非时间化或时间的恒定化（以中国其他地方的时间演进为参照系，它是一种叙述的形式，同时又是内容——叙述者对湘西山村特异历史条件下的社会性质的认知），赋予小说时空环境的前封建文明特征。它似乎透露出叙述者（在这里他是作者的代言人）的目的性追求，即有意提取一种人的文化存在的原初形态：人性准乎自然，生命拥有充分的自由。它通过婚前两性关系的无禁忌，即不受社会成规与观念的左右获得展示，并为两性关系在封建文明严酷桎梏下，人的自由的丧失和生命的枯萎提供了一个对比鲜明的反证。

作为一种认知，无论作者对小说时空特征的这种给定是否真实（应该说，在湘西特定区域中，它确是一种真实，有关湘西的民族学、民俗学资料能够为它提供佐证），退而言之，即或这只是一个沈从文的梦，也是一个很美的梦。但如果由此认定沈从文的小说都是这一类"桃源梦"，就不能不是一种误解。其实，在他更多以湘西为题材的小说中，分明回响着湘西向"现代"转折的历史足音，凸现出现代文化因素与原始文化因素的急剧冲突，在"常"与"变"交织中，"乡下人"的精神失衡以及由此衍生的人生悲喜剧——就像我们从《柏子》《萧萧》《夫妇》《贵生》等作品中见到的那样。从整体上看，沈从文笔下的湘西世界，远非一个时间凝固的世界，而具有脉络分明的时间流程。从《阿黑小史》一类小说时空的前封建文明化，到《萧萧》等小说中封建文化与原始文明交织的时空营造，再到《丈夫》中"现代文明"已确立其垄断地位的时空设计，分明显示出沈从文以湘西为题材的小说的整体创作指向：探索湘西世界在不同的时间与空间形式下所具有的生命存在方式，以及作者对人性流变的严重忧虑与关切。在《阿黑小史》中，由叙述者的声音所表明的价值立场——对桎梏人性的封建文明的否定与对生命自由的渴望，确定了《阿黑小史》与沈从文笔下的湘西世界的有机联系。

边城（节录）

本篇为《边城》末四章。

《边城》全文原分十一次发表于一九三四年一月一日至二十一日，三月十二日至四月二十三日《国闻周报》第十一卷第一至四期，第十至十六期。署名沈从文。一九三四年十月由上海生活书店初版单行本。一九四三年九月开明书店出版改订本。

作者曾在上海生活书店初版样书上题写如下文字："第一版留样本，全集付印时宜用开明印本，将此本新题记附入。从文。"现据开明书店改订本编入。

一八

日子平平的过了一个月，一切人心上的病痛，似乎皆在那么份长长的白日下医治好了。天气特别热，各人皆只忙着流汗，用凉水淘江米酒吃，不用什么心事，心事在人生活中，也就留不住了。翠翠每天皆到白塔下背太阳的一面去午睡，高处既极凉快，两山竹篁里叫得使人发松的竹雀，与其他鸟类，又如此之多，致使她在睡梦里尽为山鸟歌声所浮着，做的梦便常是顶荒唐的梦。

这不是人生罪过。诗人们会在一件小事上写出一整本整部的诗，雕刻家在一块石头上雕得出的骨血如生的人像，画家一撇儿绿，一撇儿红，一撇儿灰，画得出一幅一幅带有魔力的彩画，谁不是为了惦着一个微笑的影子，或是一个皱眉的记号，方弄出那么些古怪成绩？翠翠不能用文字，不能用石头，不能用颜色，把那点心头上的爱憎移到别一件东西上去，却只让她的心，在一切顶荒唐事情上驰骋。她从这分稳秘里，便常常得到又惊又喜的兴奋。一点儿不可知的未来，摇撼她的情感极厉害，她无从完全把那种痴处不让祖父知道。

祖父呢，可以说一切都知道了的。但事实上他又却是个一无所知的人。他明白翠翠不讨厌那个二老，却不明白那小伙子二老近来怎么样。他从船总处与二老处，皆碰过了钉子，但他并不灰心。

"要安排得对一点，方合道理，一切有个命！"他那么想着，就更显得好事多磨起来了。睁着眼睛时，他做的梦比那个外孙女翠翠便更荒唐更寥阔。

他向各个过渡本地人打听二老父子的生活，关切他们如同自己家中人一样。但也古怪，因此他却怕见到那个船总同二老了。一见他们他就不知说些什么，只是老脾气把两只手搓来搓去，从容处完全失去了。二老父子方面皆明白他的意思，但那个死去的人，却用一个凄凉的印象，镶嵌到父子心中，两人便对于老船夫的意思，俨然全不明白似的，一同把日子打发下去。

明明白白夜来并不作梦，早晨同翠翠说话时，那作祖父的会说：

"翠翠，翠翠，我昨晚上做了个好不怕人的梦！"

翠翠问："什么怕人的梦？"

就装作思索梦境似的，一面细看翠翠小脸长眉毛，一面说出他另一时张着眼睛所做的好梦。不消说，那些梦原来都并不是当真怎样使人吓怕的。

一切河流皆得归海，话起始说得纵极远，到头来总仍然是归到使翠翠红脸那件事情上去。待到翠翠显得不大高兴，神气上露出受了点小窘时，这老船夫又才像有了一点儿吓怕，忙着解释，用闲话来遮掩自己所说到那问题的原意。

"翠翠，我不是那么说，我不是那么说。爷爷老了，糊涂了，笑话多咧。"

但有时翠翠却静静的把祖父那些笑话糊涂话听下去，一直听到后来还抿着嘴儿微笑。

翠翠也会忽然说道：

"爷爷，你真是有一点儿糊涂！"

祖父听过了不再作声，他将说"我有一大堆心事"，但来不及说，恰好就被过渡人喊走了。

天气热了，过渡人从远处走来，肩上挑得是七十斤担子，到了溪边，贪凉快不即走路，必蹲在岩石下茶缸边喝凉茶，与同伴交换"吹吹棒"烟管，且一面与弄渡船的攀谈。许多天上地下子虚乌有的话皆从此说出口来，给老船夫听到了。过渡人有时还因溪水清洁，就溪边洗脚抹澡的，坐得更久话也就更多。祖父把些话转说给翠翠，翠翠也就学懂了许多事情。货物的价钱涨落呀，坐轿搭船的用费呀，放木筏的人把他那个木筏从滩上流下时，十来把大招子如何活动呀，在小烟船上吃荤烟，大脚婆娘如何烧烟呀……无一不备。

傩送二老从川东押物回到了茶峒。时间已近黄昏了，溪面很寂静，祖父同翠翠在菜园地里看萝卜秧子。翠翠白日中觉睡久了些，觉得有点寂寞，好像听人嘶声喊过渡，就争先走下溪边去。下坎时，见两个人站在码头边，斜阳影里背身看得极分明，正是傩送二老同他家中的长年！翠翠大吃一惊，同小兽物见到猎人一样，回头便向山竹林里跑掉了。但那两个在溪边的人，听到脚步响时，一转身，也就看明白这件事情了。等了一下再也不见人来，那长年又嘶声喊叫过渡。

老船夫听得清清楚楚，却仍然蹲在萝卜秧地上数菜，心里觉得好笑。他已见到翠翠走去，他知道必是翠翠看明白了过渡人是谁，故意蹲在那高岩上不理会。翠翠人小不管事，过渡人求她不干，奈何她不得，故只好嘶着个喉咙叫过渡了。那长年叫了几声，见没有人来，就停了，同二老说："这是什么玩意儿，难道老的害病弄翻了，只剩翠翠一个人了吗？"二老说："等等看，不算什么！"就等了一阵。因为这边在静静的等着，园地上老船夫却在心里说："难道是二老吗？"他仿佛担心搅恼了翠翠似的，就仍然蹲着不动。

但再过一阵，溪边又喊起过渡来了，声音不同了一点，这才真是二老的声音。生气了吧？等久了吧？吵嘴了吧？老船夫一面胡乱估着一面连奔带窜跑到溪边去。到了溪边，见两个人业已上了船，其中之一正是二老。老船夫惊讶的喊叫：

"呀，二老，你回来了！"

年青人很不高兴似的，"回来了。——你们这渡船是怎么的，等了半天也不来个人！"

"我以为——"老船夫四处一望，并不见翠翠的影子，只见黄狗从山上竹林里跑来，知道翠翠上山了，便改口说，"我以为你们过了渡。"

"过了渡！不得你上船，谁敢开船？"那长年说着，一只水鸟掠着水面飞去，"翠鸟儿归窠了，我们还得赶回家去吃夜饭！"

"早咧，到河街早咧，"说着，老船夫已跳上了船，且在心中一面说着，"你不是想承继这只渡船吗！"一面把船索拉动，船便离岸了。

"二老，路上累得很！……"

老船夫说着，二老不置可否不动感情听下去。船拢了岸，那年青小伙子同家中长年话也不说挑担子翻山走了。那点淡漠印象留在老船夫心上，老船夫于是在两个人身后，捏紧拳头威吓了三下，轻轻的吼着，把船拉回去了。

一九

翠翠向竹林里跑去，老船夫半天还不下船，这件事从傩送二老看来，前途显然有点不利。虽老船夫言词之间，无一句话不在说明"这事有边"，但那畏畏缩缩的说明，极不得体，二老想起他的哥哥，便把这件事曲解了。他有一点愤愤不平，有一点儿气恼。回到家里第三天，中寨有人来探口风，在河街顺顺家中住下，把话问及顺顺，想明白二老的心中，是不是还有意接受那座新碾坊，顺顺就转问二老自己意见怎么样。

二老说："爸爸，你以为这事为你，家中多座碾坊多个人，你可以快活，你就答应了。若果为的是我，我要好好去想一下，过些日子再说它吧。我尚不知道我应当得座碾坊，还是应当得一只渡船：因为我命里或只许我撑个渡船！"

探口风的人把话记住，回中寨去报命，到碧溪岨过渡时，见到了老船夫，想起二老说的话，不由得不眯眯的笑着。老船夫问明白了他是中寨人，就又问他上城作些什么事。

那心中有分寸的中寨人说：

"什么事也不作，只是过河街船总顺顺家里坐了一会儿。"

"无事不登三宝殿，坐了一定就有话说！"

"话倒说了几句。"

"说了些什么话？"那人不再说了，老船夫却问道："听说你们中寨人想把河边一座碾坊连同家中闺女送给河街上顺顺，这事情有不有了点眉目？"

那中寨人笑了。"事情成了。我问过顺顺，顺顺很愿意和中寨人结亲家，又问过那小伙子……"

"小伙子意思怎么样？"

"他说：我眼前有座碾坊，有条渡船，我本想要渡船，现在就决定要碾坊吧。渡船是活动的，不如碾坊固定。这小子会打算盘呢。"

中寨人是个米场经纪人，话说得极有斤两，他明知道"渡船"指的是什么意思，但他可并不说穿。他看到老船夫口唇蠕动，想要说话，中寨人便又抢着说道：

"一切皆是命，半点不由人。可怜顺顺家那个大老，相貌一表堂堂，会淹死在水里！"

老船夫被这句话在心上戳了一下，把想问的话咽住了。中寨人上岸走去后，老船夫闷闷的立在船头，痴了许久。又把二老日前过渡时落漠神气温习一番，心中大不快乐。

翠翠在塔下玩得极高兴，走到溪边高岩上想要祖父唱唱歌，见祖父不理会她，一路埋怨赶下溪边去，到了溪边方见到祖父神气十分沮丧，可不明白为什么原因。翠翠来了，祖父看看翠翠的快活黑脸儿，粗卤的笑笑。对溪有扛货物过渡的，便不说什么，沉默的把船拉过溪南，到了中心却大声唱起歌来了。把人渡了过溪，祖父跳上码头走近翠翠身边来，还是那么粗卤的笑着，把手抚着头额。

翠翠说：

"爷爷怎么的，你发痧了？你躺到荫下去歇歇，我来管船！"

"你来管船，好的妙的，这只船归你管！"

老船夫似乎当真发了痧，心头发闷，虽当着翠翠还显出硬扎样子，独自走回屋里后，找寻得到一些碎瓷片，在自己臂上腿上扎了几下，放出了些乌血，就躺在床上睡了。

翠翠自己守船，心中却古怪的快乐高兴，心想："爷爷不为我唱歌，我自己会唱！"

她唱了许多歌，老船夫躺在床上闭着眼睛，一句一句听下去，心中极乱。但他知道这不是能够把他打倒的大病，到明天就仍然会爬起来的。他想明天进城，到河街去看看，又想起另外许多旁的事情。

但到了第二天，人虽起了床，头还沉沉的。祖父当真已病了。翠翠显得懂事了些，为祖父煎了一罐大发药，逼着祖父喝，又觅过屋后菜园地里摘取蒜苗泡在米汤里作酸蒜苗。一面照料船只，一面还时刻刻抽空赶回家来看祖父，问这样那样。祖父可不说什么，只是为一个秘密痛苦着。躺了三天，人居然好了。屋前屋后走动了一下，骨头还硬硬的，心中惦念到一件事情，便预备进城过河街去。翠翠看不出祖父有什么要紧事情，必须当天入城，请求他莫去。

老船夫把手搓着，估量到是不是应说出那个理由。在面前，翠翠一张黑黑的瓜子脸，一双水汪汪的眼睛，使他吁了一口气。

他说："我有要紧事情，得今天去！"

翠翠苦笑着说："有多大要紧事情，还不是……"

老船夫知道翠翠脾气，听翠翠口气已经有点不高兴，不再说要走了，把预备带走的竹筒，同扣花褡裤搁到长几上后，带点儿诒媚笑着说："不去吧，你担心我会把自己摔死，我就不去吧。我以为天气早上不很热，到城里把事办完了就回来——不去也得，我明天去！"

翠翠轻声的温柔的说："你明天去也好，你腿还软，好好的躺一天再起来。"

老船夫似乎心中还不甘服，撒着两手走出去，在门限边一个打草鞋的棒槌，差点儿把他绊了一大跤。稳住了时翠翠苦笑着说："爷爷，你瞧，还不服气！"老船夫拾起那棒槌，向屋角隅摔去，说道："爷爷老了！过几天打豹子给你看！"

到了午后，落了一阵行雨，老船夫却同翠翠好好商量，仍然进了城。翠翠不能陪祖父进城，就要黄狗跟去。老船夫在城里被一个熟人拉着谈了许久的盐价米价，又过守备衙门看了一会厘金局长新买的骡马，方到河街顺顺家里去。到了那里，见顺顺正同三个人打纸牌，不便谈话，就站在身后看了一阵牌，后来顺顺请他喝酒，借口病刚好点不敢喝酒，推辞了。牌既不散场，老船夫又不想即走，顺顺似乎并不明白他等着有何话说，却只注意手中的牌。后来老船夫的神气倒为另外一个人看出了，就问他是不是有什么事情。老船夫方忸忸怩怩照老方子搓着他那两只大手，说别的事没有，只想同船总说两句话。

那船总方明白在身后看牌半天的理由，回头对老船夫笑将起来。

"怎不早说？你不说，我还以为你在看我牌学张子！"

"没有什么，只是三五句话，我不便扫兴，不敢说出。"船总把牌向桌上一撒，笑着向后房走去了，老船夫跟在身后。

"什么事？"船总问着，神气似乎先就明白了他来此要说的话，显得略微有点儿怜悯的样子。

"我听一个中寨人说你预备同中寨团总打亲家，是不是真事？"

船总见老船夫的眼睛盯着他的脸，想得一个满意的回答，就说："有这事情。"那么答应，意思却是："有了你怎么样？"

老船夫说："真的吗？"

那一个又很自然的说："真的。"意思却依旧包含了"真的又怎么样？"一个疑问。

老船夫装得很从容的问："二老呢？"

船总说："二老坐船下桃源好些日子了！"

二老下桃源的事，原来还同他爸爸吵了一阵方走的。船总性情虽异常豪爽，可不愿意间接把第一个儿子弄死的女孩子，又来作第二个儿子的媳妇，这是很明白的事情。若照当地风气，这些事认为只是小孩子的事，大人管不着，二老当真欢喜翠翠，翠翠又爱二老，他也并不反对这种爱怨纠缠的婚姻。但不知怎么的，老船夫对于这件事情的关心处，使二老父子对于老船夫反而有了一点误会。船总想起家庭间的近事，以为全与这老而好事的船夫有关。虽不见诸形色，心中却有个疙瘩。

船总不让老船夫再开口了，就语气略粗的说道：

"伯伯，算了吧，我们的口只应当喝酒了，莫再只想替儿女唱歌！你的意思我全明白，你是好意。可是我也求你明白我的意思，我以为我们只应当谈点自己分上的事情，不适宜于想那些年青人的门路了。"

老船夫被一个闷拳打倒后，还想说两句话，但船总却不让他再有说话的机会，把他拉出到牌桌边去。

老船夫无话可说，看看船总时，船总虽还笑着谈到许多笑话，心中却似乎很沉郁，把牌用力掷到桌上去。老船夫不说什么，戴起他那个斗笠，自己走了。

天气还早，老船夫心中很不高兴，又进城去找杨马兵。那马兵正在喝酒，老船夫虽推病，也免不了喝个三五杯。回到碧溪岨，走得热了一点，又用溪水去抹身子。觉得很疲倦，就要翠翠守船，自己回家睡去了。

黄昏时天气十分郁闷，溪面各处飞着红蜻蜓。天上已起了云，热风把两山竹篁吹得声音极大，看样子到晚上必落大雨。翠翠守在渡船上，看着那些溪面飞来飞去的蜻蜓，心也极乱。看祖父脸上颜色惨惨的，放心不下，便又赶回家中去。先以为祖父一定早睡了，谁知还坐在门限上打草鞋！

"爷爷，你要多少双草鞋，床头上不是还有十四双吗？怎么不好好的躺一躺？"

老船夫不作声，却站起身来昂头向天空望着，轻轻的说：

"翠翠，今晚上要落大雨响大雷的！回头把我们的船系到岩下去，这雨大哩。"

翠翠说："爷爷，我真吓怕！"翠翠怕的似乎并不是晚上要来的雷雨。

老船夫似乎也懂得那个意思，就说："怕什么？一切要来的都得来，不必怕！"

二〇

夜间果然落了大雨，挟以吓人的雷声。电光从屋脊上掠过时，接着就是訇的一个炸雷。翠翠在暗中抖着。祖父也醒了，知道她害怕，且担心她招凉，还起身来把一条布单搭到她身上去。祖父说：

"翠翠，不要怕！"

翠翠说："我不怕！"说了还想说："爷爷你在这里我不怕！"

訇的一个大雷，接着是一种超越雨声而上的洪大闷重倾圮声。两人皆以为一定是溪岸悬崖崩塌了，担心到那只渡船，会早已压在崖石下面去了。

祖孙两人便默默的躺在床上听雨声雷声。

但无论如何大雨，过不久，翠翠却依然就睡着了。醒来时天已亮了，雨不知在何时业已止息，只听到溪两岸山沟里注水入溪的声音。翠翠爬起身来，看看祖父还似乎睡得很好，开了门走出去。门前已成为一个水沟，一股浊流便从塔后哗哗的流来，从前面悬崖直堕而下。并且各处皆是那么一种临时的水道。屋旁菜园地已为山水冲乱了，菜秧皆掩在粗砂泥里了。再走过前面去看看溪里一切，才知道溪中也涨了大水，已漫过了码头，水脚快到茶缸边了。下到码头去的那条路，正同一条小河一样，哗哗的泄着黄泥水。过渡的那一条横溪牵定的缆绳，已被水淹去了，泊在崖下的渡船，已不见了。

翠翠看看屋前悬崖并不崩坍，故当时还不注意渡船的失去。但再过一阵，她上下搜索不到这东西，无意中回头一看，屋后白塔已不见了。一惊非同小可，赶忙向屋后跑去，才知道白塔业已坍倒，大堆砖石极凌乱的摊在那儿。翠翠吓慌得不知所措，只锐声叫她的祖父。祖父不起身，也不答应，就赶回家里去，到得祖父床边摇了祖父许久，祖父还不作声。原来这个老年人在雷雨将息时已死去了。

翠翠于是大哭起来。

过一阵，有从茶峒过川东跑差事的人，到了溪边，隔溪喊过渡，翠翠正在灶边一面哭着一面烧水预备为死去的祖父抹澡。

那人以为老船夫一家还不醒，急于过河，喊叫不应，就抛掷小石头过溪，打到屋顶上。翠翠鼻涕眼泪成一片的走出来，跑到溪边高崖前站定。

"喂，不早了！把船划过来！"

"船跑了！"

"你爷爷做什么事情去了呢？他管船，有责任！"

"他管船，管了五十年的船——他死了啊！"

翠翠一面向隔溪人说着一面大哭起来。那人知道老船夫死了，得进城去报信，就说：

"真死了吗？不要哭吧，我回城去告他们，要他们弄条船带东西来！"

那人回到茶峒城边时，一见熟人就报告这件事，不多久，全茶峒城里外便皆知道这个消息了。河街上船总顺顺，派人找了一只空船，带了副白木匣子，即刻向碧溪岨撑去。城中杨马兵却同一个老军人，赶到碧溪岨去了，砍了几十根大毛竹，用葛藤编作筏子，作为来往过渡的临时渡船。筏子编好后，撑了那个东西，到翠翠家中那一边岸下，留老兵守竹筏来往渡人，自己跑到翠翠家去看那个死者，眼泪湿莹莹的，摸了一会躺在床上硬僵僵的老友，又赶忙着做些应做的事情。到后帮忙的人来了，从大河船上运来棺木也来了，住在城中的老道士，还带了许多法器，一件旧麻布道袍，并提了一只大公鸡，来尽义务办理念经起水诸事，也从筏上渡过来了。家中人出出进进，翠翠只坐在灶边矮凳上呜呜的哭着。

到了中午，船总顺顺也来了，还跟着一个人扛了一口袋米，一坛酒，一腿猪肉。见了翠翠就说：

"翠翠，爷爷死了我知道了，老年人是必需死的，不要发愁，一切有我！"

各方面看看，就回去了。到了下午入了殓，一些帮忙的回家去了，晚上便只剩下了那老道士、杨马兵同顺顺家派来的两个年青长年。黄昏以前老道士用红绿纸剪了一些花朵，用黄泥作了一些烛台。天断黑后，棺木前小桌上点起黄色九品蜡，燃了香，棺木周围也点了小蜡烛，老道士披上那件蓝麻布道袍，开始了丧事中绕棺仪式。老道士在前拿着个小小纸幡引路，孝子第二，马兵殿后，绕着那具寂寞棺木慢慢转着圈子。两个长年则站在灶边空处，胡乱的打着锣钹。老道士一面闭了眼睛走去，一面且唱且哼，安慰亡灵。提到关于亡魂所到西方极乐世界花香四季时，老马兵就把木盘里的纸花，向棺木上高高撒去，象征这个西方极乐世界情形。

到了半夜，事情办完了，放过爆竹，蜡烛也快熄灭了，翠翠眼泪婆娑的，赶忙又到灶边去烧火，为帮忙的人办消夜。吃了消夜，老道士歪到死人床上睡着了。剩下几个人还得照规矩在棺木前守夜，老马兵为大家唱丧堂歌取乐，用个空的量米木升子，当作小鼓，把手剥剥剥的一面敲着升底一面唱下去——唱王祥卧冰的事情，唱黄香扇枕的事情。

翠翠哭了一整天，也同时忙了一整天，到这时已倦极，把头靠在棺前迷着了。两个长年同马兵既吃了消夜，喝过两杯酒，精神还虎虎的，便轮流把丧堂歌唱下去。但只一会儿，翠翠又醒了，仿佛梦到什么，惊醒后明白祖父已死，于是又幽幽的干哭起来。

"翠翠，翠翠，不要哭啦，人死了哭不回来的！"

老马兵接着就说了一个做新嫁娘的人哭泣的笑话，话语中夹杂了三五个粗野字眼儿，因此引起两个长年咕咕的笑了许久。黄狗在屋外吠着，翠翠开了大门，到外面去站了一会，耳听到各处是虫声，天上月色极好，大星子嵌进透蓝天空里，非常沉静温柔。翠翠想：

"这是真事吗？爷爷当真死了吗？"

老马兵原来跟在她的后边，因为他知道女孩子心门儿窄，说不定一炉火闷在灰里，痕迹不露，见祖父去了，自己一切皆已无望，跳崖悬梁，想跟着祖父一块儿去，也说不定！故随时小心监视到翠翠。

老马兵见翠翠痴痴的站着，时间过了许久还不回头，就打着咳叫翠翠说：

"翠翠，露水落了，不冷么？"

"不冷。"

"天气好得很！"

"呀……"一颗大流星使翠翠轻轻的喊了一声。

接着南方又是一颗流星划空而下。对溪有猫头鹰叫。

"翠翠，"老马兵业已同翠翠并排一块儿站定了，很温和的说，"你进屋里睡去了吧，不要胡思乱想！"

翠翠默默的回到祖父棺木前，坐在地上又呜咽起来。守在屋中两个长年已睡着了。

那一个马兵便幽幽的说道："不要哭了！不要哭了！你爷爷也难过咧，眼睛哭胀喉咙哭嘶有什么好处。听我说，爷爷的心事我全都知道，一切有我。我会把一切安排得好好的，对得起你爷爷。我会安排，什么事都会。我要一个爷爷欢喜你也欢喜的人来接收这只渡船！不能如我们的意，我老虽老，还能拿镰刀同他们拼命。翠翠，你放心，一切有我！……"

远处不知什么地方鸡叫了，老道士在那边床上糊糊涂涂的自言自语："天亮了吗？早咧！"

二一

大清早，帮忙的人从城里拿了绳索杠子赶来了。

老船夫的白木小棺材，为六个人抬着到那个倾圮了的塔后山岨上去埋葬时，船总顺顺，马兵，翠翠，老道士，黄狗皆跟在后面。到了预先掘就的方阱边，老道士照规矩先跳下去，把一点朱砂颗粒同白米安置到阱中四隅及中央，又烧了一点纸钱，爬出阱时就要抬棺木的人动手下窆。翠翠哑着喉咙干号，伏在棺木上不起身。经马兵用力把她拉开，方能移动棺木。一会儿，那棺木便下了阱，拉去绳子，调整了方向，被新土掩盖了，翠翠还坐在地上呜咽。老道士要赶早回城，去替人做斋，过渡走了。船总事多，把这方面一切事托付给老马兵，也赶回城去了。帮忙的皆到溪边去洗手，家中各人还有各人的事，且知道这家人的情形，不便再叨扰，也不再惊动主人，过渡回家去了。于是碧溪岨便只剩下三个人，一个是翠翠，一个是老马兵，一个是由船总家派来暂时帮忙照料渡船的秃头陈四四。黄狗因为被那秃头打了一石头，怀恨在心，对于那秃头仿佛很不高兴，尽是轻轻的吠着。

到了下午，翠翠同老马兵商量，要老马兵回城去把马托给营里人照料，再回碧溪岨来陪她。老马兵回转碧溪岨时，秃头陈四四被打发回城去了。

翠翠仍然自己同黄狗来弄渡船，让老马兵坐在溪岸高崖上玩，或嘶着个老喉咙唱歌给她听。

过三天后船总来商量接翠翠过家里去住，翠翠却想看守祖父的坟山，不愿即刻进城。只请船总过城里衙门去为说句话，许杨马兵暂时同她住住，船总顺顺答应了这件事，就走了。

杨马兵既是个上五十岁了的人，说故事的本领比翠翠祖父高一筹，加之凡事特别关心，做事又勤快又干净，因此同翠翠住下来，使翠翠仿佛去了一个祖父，却新得了一个伯父。过渡时有人问及可怜的祖父，黄昏时想起祖父，皆使翠翠心酸，觉得十分凄凉。但这分凄凉日子过久一点，也就渐渐淡薄些了。两人每日在黄昏中同晚上，坐在门前溪边高崖上，谈点那个躺在湿土里可怜祖父的旧事，有许多是翠翠先前所不知道的，说来便更使翠翠心中柔和。又说到翠翠的父亲，那个又要爱情又惜名誉的军人，在当时按照绿营军勇的装束，如何使女孩子动心。又说到翠翠的母亲，如何善于唱歌，而且所唱的那些歌在当时如何流行。

时候变了，一切也自然不同了，皇帝已不再坐江山，平常人还消说！杨马兵想起自己年青作马夫时，牵了马匹到碧溪岨来对翠翠母亲唱歌，翠翠母亲不理会，到如今自己却成为这孤雏的唯一靠山唯一信托人，不由得不苦笑。

因为两人每个黄昏必谈祖父，以及这一家有关系的事情，后来便说到了老船夫死前的一切，翠翠因此明白了祖父活时所不提到的许多事。二老的唱歌，顺顺大儿子的死，顺顺父子对于祖父的冷淡，中寨人用碾坊作陪嫁妆奁，诱惑傩送二老，二老既记忆着哥哥的死亡，且因得不到翠翠理会，又被家中逼着接受那座碾坊，意思还在渡船，因此抖气下行，祖父的死因，又如何与翠翠有关……凡是翠翠不明白的事，如今可全明白了。翠翠把事情弄明白后，哭了一个夜晚。

过了四七，船总顺顺派人来请马兵进城去，商量把翠翠接到他家中去，作为二老的媳妇。但二老人既在辰州，先就莫提这件事，且搬过河街去住，等二老回来时再看看二老意思。马兵以为这件事得问翠翠。回来时，把顺顺的意思向翠翠说过后，又为翠翠出主张，以为名分既不定妥，到一个生人家里去不好，还是不如在碧溪岨等，等到二老驾船回来时，再看二老意思。

这办法决定后，老马兵以为二老不久必可回来的，就依然把马匹托营上人照料，在碧溪岨为翠翠作伴，把一个一个日子过下去。

碧溪岨的白塔，与茶峒风水有关系，塔圮坍了，不重新作一个自然不成。除了城中营管，税局以及各商号各平民捐了些钱以外，各大寨子也有人拿册子去捐钱。为了这塔成就并不是给谁一个人的好处，应尽每一个人来积德造福，尽每个人皆有捐钱的机会，因此在渡船上也放了个两头有节的大竹筒，中部锯了一口，尽过渡人自由把钱投进去，竹筒满了马兵就捎进城中首事人处去，另外又带了个竹筒回来。过渡人一看老船夫不见了，翠翠的辫子上扎了白线，就明白那老的已作完了自己分上的工作，安安静静躺在土坑里给小蛆吃掉了，必一面用同情的眼色瞧着翠翠，一面就摸出钱来塞到竹筒中去。"天保佑你，死了的到西方去，活下的永保平安。"翠翠明白那些捐钱人的怜悯与同情意思，心里酸酸的，忙把身子背过去拉船。

可是到了冬天，那个圮坍了的白塔，又重新修好了。那个在月下唱歌，使翠翠在睡梦里为歌声把灵魂轻轻浮起的青年人，还不曾回到茶峒来。

…………

这个人也许永远不回来了，也许"明天"回来！

又读《边城》 | 汪曾祺

请许我先抄一点沈先生写给三姐张兆和（我的师母）的信。

三三，我因为天气太好了一点，故站在船后舱看了许久水，我心中忽然好像彻悟了一些，同时又好像从这条河中得到了许多智慧。三三，的的确确，得到了许多智慧，不是知识。我轻轻地叹息了好些次。山头夕阳极感动我，水底各色圆石也极感动我，我心中似乎毫无什么渣滓，透明烛照，对河水，对夕阳，对拉船人同船，皆那么爱着，十分温暖地爱着！……我看到小小渔船，载了它的黑色鸬鹚向下流缓缓划去，看到石滩上拉船人的姿势，我皆异常感动且异常爱他们。……三三，我不知为什么，我感动得很！我希望活得长一点，同时把生活完全发展到我自己的这分工作上来。我会用自己的力量，为所谓人生，解释得比任何人皆庄严与透入些！三三，我看久了水，从水里的石头得到一点平时好像不能得到的东西，对于人生，对于爱憎，仿佛全然与人不同了。我觉得惆怅得很，我总像看得太深太远，对于我自己，便成为受难者了，这时节我软弱得很，因为我爱了世界，爱了人类。三三，倘若我们这时正是两人同在一处，你瞧我的眼睛湿到什么样子！

这是一封家书，是写给三三的"专利读物"，不是宣言，用不着装样子、做假，每一句话都是真诚的，可信的。

从这封信，可以理解沈先生为什么要写《边城》，为什么会写得这样美。因为他爱世界，爱人类。

从这里也可以得出对沈从文的全部作品的理解。

也许你会觉得这样的解释有点不着边际。不吧。

《边城》激怒了一些理论批评家、文学史家，因为沈从文没有按照他们的要求、他们规定的模式写作。

第一条罪名是《边城》没有写阶级斗争，"掏空了人物的阶级属性"。

是不是所有的作品都要写阶级斗争？

他们认为被掏空阶级属性的人物第一个大概是顺顺。他们主观先验地提高了顺顺的成份，说他是"水上把头"，是"龙头大哥"，是"团总"，恨不能把他划成恶霸地主才好。事实上顺顺只是一个水码头的管事。他有一点财产，财产只有"大小四只船"。他算个什么阶级？他的阶级属性表现在他有向上爬的思想，比如他想和王团总攀亲，不愿意儿子娶一个弄船的孙女，有点嫌贫爱富。但是他毕竟只是个水码头的管事，为人正直公平，德高望重，时常为人排难解纷，这样的人很难把他写得穷凶极恶。

至于顺顺的两个儿子，天保和傩送，"向下行船时，多随了自己的船只充伙计，甘苦与人相共，荡桨时选最重的一把，背纤时拉头纤二纤"，更难说他们是"阶级敌人"。

针对这样的批评，沈从文作了挑战性的答复："你们多知道要作品有'思想'，有'血'有'泪'，且要求一个作品具体表现这些东西到故事发展上，人物言语上，甚至一本书的封面上，目录上。你们要的事多容易办！可是我不能给你们这个。我存心放弃你们……"

第二条罪名，与第一条相关联，是说《边城》写的是一个世外桃源，脱离现实生活。

《边城》是现实主义的还是浪漫主义的？《边城》有没有把现实生活理想化了？这是个非常叫人困惑的问题。

为什么这个小说叫作《边城》？这是个值得想一想的问题。

"边城"不只是一个地理概念，意思不是说这是个边地的小城。这同时是一个时间概念，文化概念。

"边城"是大城市的对立面。这是"中国另一地方另外一种事情"。（《边城题记》）沈先生从乡下跑到大城市，对上流社会的腐烂生活，对城里人的"庸俗小气自私市侩"深恶痛绝，这引发了他的乡愁，使他对故乡尚未完全被现代物质文明所摧毁的淳朴民风十分怀念。

便是在湘西，这种古朴的民风也正在消失。沈先生在《长河·题记》中说："一九三四年的冬天，我因事从北平回湘西，由沅水坐船上行，转到家乡凤凰县。去乡已十八年，一入辰河流域，什么都不同了。表面上看来，事事物物自然都有了极大进步，试仔细注意注意，便见出在变化中堕落趋势。最明显的事，即农村社会所保有那点正直朴素人情美，几几乎快要消失无余，代替而来的却是近二十年实际社会培养成功的一种唯实唯利的人生观。"《边城》所写的那种生活确实存在过，但到《边城》写作时（1933—1934）已经几乎不复存在。《边城》是一个怀旧的作品，一种带着痛惜情绪的怀旧。《边城》是一个温暖的作品，但是后面隐伏着作者的很深的悲剧感。

可以说《边城》既是现实主义的，又是浪漫主义的，《边城》的生活是真实的，同时又是理想化了的，这是一种理想化了的现实。

为什么要浪漫主义，为什么要理想化？因为想留驻一点美好的，永恒的东西，让它长在并且常新，以利于后人。

《从文小说习作选·代序》说：

> 这世界上或有想在沙基或水面上建造崇楼杰阁的人，那可不是我。我只想造希腊小庙。选山地作基础，用坚硬石头堆砌它。精致、结实、匀称，形体虽小而不纤巧，是我的理想的建筑。这庙里供奉的是"人性"。
>
> 我要表现的本是一种"人生的形式"，一种"优美、健康、自然，而又不悖乎人生的人性形式"。

喔！"人性"，这个倒霉的名词！

沈先生对文学的社会功能有他自己的看法，认为好的作品除了使人获得"真美感觉之外，还有一种引人'向善'的力量……从作品中接触另外一种人生，从这种人生景象中有所启发，对人生或生命能作更深一层的理解"。（《小说的作者与读者》）沈先生的看法"太深太远"，照我看，这是文学功能的最正确的看法。这当然为一些急功近利的理论家所不能接受。

《边城》里最难写，也是写得最成功的人物是翠翠。

翠翠的形象有三个来源。

一个是泸溪县绒线铺的女孩子。

"我写《边城》的故事时，弄渡船的外孙女，明慧温柔的品性，就从那绒线铺子女孩子印象得来。"(《湘行散记·老伴》)

一个是在青岛崂山看到的女孩子。

"故事上的人物，一面从一年前在青岛崂山北九水看到的一个乡村女子，取得生活的必然……"(《水云》)

这个女孩子是死了亲人，戴着孝的。她当时在做什么？据刘一友说，是在"起水"，金介甫说是"告庙"，"起水"是湘西风俗，崂山未必有，"告庙"可能性较大。沈先生在写给三姐的信中提到"报庙"，当即"告庙"。全文是经过翻译的，"报""告"大概是一回事。我听沈先生说，是和三姐在汽车里看到的。当时沈先生对三姐说："这个，我可以帮你写一个小说。"

另一个来源就是师母。

"一面就用身边新妇作范本，取得性格上的朴素式样。"(《水云》)

但这不是三个印象的简单的拼合，形成的过程要复杂得多。沈先生见过很多这样明慧温柔的乡村女孩子，也写过很多，他的记忆里储存了很多印象，原来是散放着的。崂山那个女孩子只是一个触机，使这些散放印象聚合起来，成了一个完完整整的形象，栩栩如生，什么都不缺。含蕴既久，一朝得之。这是沈先生的长时期的"思乡情结"茹养出来的一颗明珠。

翠翠难写，因为翠翠太小了（还过不了十六吧）。她是那样天真，那样单纯。小说是写翠翠的爱情的，这种爱情是那样纯净，那样超过一切世俗利害关系，那样的非物质。翠翠的爱情有个成长过程，总体上，是可感的，坚定的，但是开头是朦朦胧胧的，飘飘忽忽的。翠翠的爱是一串梦。

翠翠初遇傩送二老，就对二老有个难忘的印象。二老邀翠翠到他家去等爷爷，翠翠以为他是要她上有女人唱歌的楼上去，以为欺侮了她，就轻轻地说："你个悖时砍脑壳的！"后来知道那是二老，想起先前骂人的那句话，心里又吃惊又害羞。到家见着祖父，"另一个事，属于自己不关祖父的，却使翠翠沉默了一个夜晚。"

两年后的端午节，祖父和翠翠到城里看龙船，从祖父与长年的谈话里，听明白二老是在下游六百里外青浪滩过的端午。翠翠和祖父在回家的路上走着，忽然停住了发问："爷爷，你的船是不是正在下青浪滩呢？"这说明翠翠的心此时正在飞向谁边。

二老过渡，到翠翠家中做客。二老想走了，翠翠拉船。"翠翠斜睨了客人一眼，见客人正盯着她，便把脸背过去，抿着嘴儿，很自负地拉着那条横缆……""自负"二字极好。

翠翠听到两个女人说闲话,说及王团总要和顺顺打亲家,陪嫁是一座碾坊,又说二老不要碾坊,还说二老欢喜一个撑渡船的……翠翠心想:碾坊陪嫁,稀奇事情咧。这些闲话使翠翠不得不接触到实际问题。

但是翠翠还是在梦里。傩送二老按照老船工所指出的"马路",夜里去为翠翠唱歌。"翠翠梦中灵魂为一种美妙歌声浮起来,仿佛轻轻的各处飘着;上了白塔,下了菜园,到了船上,又复飞窜过悬崖半腰,——去作什么呢?摘虎耳草!"这是极美的电影慢镜头,伴以歌声。

事情经过许多曲折。

天保大老走"车路"不通,托人说媒要翠翠不成,驾油船下辰州,掉到茨滩淹坏了。

大雷大雨的夜晚,老船夫死了。

祖父的朋友杨马兵来和翠翠作伴,"因为两个必谈祖父以及这一家有关系的事情,后来便说到了老船夫死前的一切,翠翠因此明白了祖父活时所不提到的许多事,二老的唱歌,顺顺大儿子的死,顺顺父子对祖父的冷淡,中寨人用碾坊作陪嫁妆奁诱惑傩送二老。二老既记忆着哥哥的死亡,且因得不到翠翠理会,又被家中逼着接受那座碾坊,意思还在渡船,因此赌气下行,祖父的死因,又如何与翠翠有关……凡是翠翠不明白的事,如今可都明白了。翠翠把事情弄明后,哭了一个夜晚。"哭了一夜,翠翠长成大人了。迎面而来的,将是什么?

"我平常最会想象好景致,且会描写好景致"(《湘行集·泊缆子湾》）。沈从文对写景可算是一个圣手。《边城》写景处皆十分精彩，使人如同目遇。小说里为什么要写景？景是人物所在的环境，是人物的外化，人物的一部分，景即人。且不说沈从文如何善于写景，只举一例，说明他如何善于写声音、气味："天快夜了。别的雀子似乎都在休息了，只杜鹃叫个不息。石头泥土为白日晒了一整天，到这时节皆放散一种热气。空气中有泥土气味、有草木气味，且有甲虫气味。翠翠看着天上的红云，听着渡口飘来乡下生意人的杂乱的声音，心中有些薄薄的凄凉。"有哪一个诗人曾经写过甲虫的气味？

《边城》的结构异常完美。二十一节，一气呵成；而各节又自成起讫，是一首一首圆满的散文诗。这不是长卷，是二十一开连续性的册页。

《边城》的语言是沈从文盛年的语言，最好的语言。既不似初期那样的放笔横扫，不加节制；也不似后期那样过事雕琢，流于晦涩。这时期的语言，每一句都"鼓立"饱满，充满水分，酸甜合度，像一篮新摘的烟台玛瑙樱桃。

《边城》，沈从文的小说，究竟应该在文学史上占一个什么地位？金介甫在《沈从文传》的引言中说："可以设想，非西方国家的评论家包话中国的在内，总有一天会对沈从文作出公正的评价：把沈从文、福楼拜、斯特恩、普罗斯特看成成就相等的作家。"总有一天，这一天什么时候来？

长河（节录）

本篇为《长河》其中一篇。

《长河》文稿曾遭长期审查扣留，经大量删削后才得以发表。
作品第一部文稿大部分在一九三八年八月至十一月间香港
《星岛日报·星座》副刊上连载。个别篇章曾在其他刊物上
发表。第二部未能写出。

一九四五年一月，作者对上述已发表过的篇章作了大量非情
节性的增补，字数由连载时的六万余字增至十余万字，各章
均拟出篇名，交由昆明文聚出版处出版单行本。一九四八
年八月又由开明书店出版单行本。

现据文聚出版处初版本编入。

枫木坳

萝卜溪橘子园主人滕长顺，过吕家坪去看商会会长，道谢
他调解和保安队长官那场小小纠纷。到得会长号上时，见会长还
在和管事商量事情，闲谈了一会儿，又下河边去看船。其时河滩
上有只五舱四橹旧油船，斜斜搁在一片石子间待修理，用许多大

小木梁柱撑住。有个老船匠正在用油灰麻头填塞到船身各部分缝
罅中去。另外还有个工人，藏身在船胁下，锤子钻子敲打得船身
蓬蓬作响。长顺背着手走过去看他们修船。老船匠认识萝卜溪的
头脑，见了便打招呼：“滕老板，你好！”

长顺说：“好啊！吃得喝得，样样来得，怎么不好？可是你
才真好！一年到头有工做，有酒喝，天塌下来有高个子顶，地陷
落时有大胖子填，什么事都不用担心。……”

老船匠似笑似真的回答说：“一年事情做到头，做不完，两
根老骨头也拉松了，好命。这碗衣禄饭人家不要的。”

“大哥你说得你自己这样苦。好像王三箍桶，这地方少不了
你，你是个工程师。”

王三箍桶是戏文上的故事，老船匠明白，可不明白“工程师”
是什么，不过体会得出这称呼必与专业有关，如像开机器油坊管
理机器黄牛一般，于是皱缩个瘪嘴咕咕的笑，放下了锤子，装了
袋草烟，敬奉给长顺。

另外那个年事较轻的船匠，也停了敲打工作，从船缝中钻出，
向长顺说：

“老板，我听浦市[1]人说，你们萝卜溪村子里要唱戏，已约好
戏班子，你做头行人。滕老板，我说，你家发人发橘子多，应当
唱三大本戏谢神，明年包你得个肥团团的孙子。”

长顺说：“大哥你说得好。这年头过日子谁不是混！你们都

---

1 浦市，因为浦市系沅水一码头，离吕家坪真正距离约百里不及。地方出戏子，炮竹，
肥人。此章注释，皆为作者自注。

赶我叫员外，那知道十月天萝卜，外面好看中心空。今年省里委员来了七次，什么都被弄光了，只剩个空架子，十多口人吃饭，这就叫作家发人口旺！前不久溪头开碾房的王氏对我说：'今年雨水好，太阳好，霜好。雨水好，谷米杂粮有收成，碾子出米多，我要唱本戏敬神。霜好就派归你头上，你那橘子树亏得好霜，颜色一片火，一片金。你作头行人，邀份子请浦市戏班子来唱几天戏，好不好？'事情推脱不得，只好答应了。其实阿弥陀佛，自己这台戏就唱不了！"

年青船匠是个唱愿戏时的张骨董，最会无中生有，因此笑着说：

"喔，大老板，你像怕我们是共产党，一来就要开借，先就嚷穷。什么人不知道你是萝卜溪的滕员外？钱是长河水，流去又流来，到处流：三十年河东，三十年河西。你们村子里正旺相，远远看树尖子也看得出。你家夭夭长得端正乖巧，是个一品夫人相。黑子的相五岳朝天，将来走运会做督抚。民国来督抚改了都督，又改主席，他会做主席；做了主席用飞机迎接你去上任，十二个盒子炮在前后护围，好不威风！"

这修船匠冬瓜葫芦一片藤，牵来扯去，把个长顺笑得要不得，一肚子闷气都散了。长顺说："大哥，过年还早咧，你这个张骨董就唱起来了，民国只有一品锅，那有一品夫人？三黑子做了都督，只怕是水擒杨幺，你扮岳云，他扮牛皋，做洞庭湖的水师营都督，为的是你们都会划船！"

船匠说："百丈高楼从地起，怎么做不到？凤凰厅人田兴恕[1]，原本卖马草过日子，时来运转，就做了总督。桑植人贺龙，二十年前是王正雅的马夫，现在做军长。八面山[2]高三十里，还要从山脚下爬上去。人若运气不来，麻绳棕绳缚不住，运气一来，门板铺板挡不住（说到这里，那船匠向长顺拍了个掌）。滕老板，你不信，我们看吧。"

长顺笑着说："好，大哥你说的准账[3]。我家三黑子做了官，我要他拜你做军师。你正好穿起八卦衣，拿个鹅毛扇子，做诸葛卧龙先生，下常德府到德山去唱《定军山》。"

老船匠搭口说笑话："到常德府唱《空城计》，派我去扫城也好。"

今天恰好是长顺三儿子的生日，话虽说得十分荒谬，依然使得萝卜溪橘子园主人感到喜悦。于是他向那两个船匠提议，邀他们上边街去喝杯酒。本地习惯攀交亲话说得投机，就相邀吃白烧酒，用砂炒的包谷花下酒，名"包谷子酒"。两个船匠都欣然放下活计，随同长顺上了河街。

萝卜溪橘子园主人，正同两个修船匠，在吕家坪河街上长条案边喝酒时，家里一方面，却发生了一点事情。

先是长顺上街去时，两个女儿都背好竹笼，说要去赶青溪坪的场，买点麻，买点花线，并打量把银首饰带去，好交把城里来的花银匠洗洗。长顺因为前几天地方风声不大好，有点心虚，恐怕两女儿带了银器到场上招摇，不许两人去。二姑娘为人忠厚

---

1 田兴恕，同治元年云贵总督。
2 八面山，在湘川边境，四面壁立，上有平田沃野，有水井，唯缺盐，常为土匪所据。
3 说的准账，说的话算话意思。

老实，肯听话，经长顺一说，愿心就打消了。三姑娘夭夭另外还有点心事，她听人说上一场太平溪场上有木傀儡戏，看过的人都说一个人躲在布幕里，敲锣打鼓文武唱做全是一手办理，又热闹，又有趣。玩傀儡的飘乡做生意，这场算来一定在青溪坪。她想看看这种古里古怪的木偶戏。花银匠是城里人，手艺特别好，生意也特别兴旺，两三个月才能够来一次，洗首饰必需这一场，机会一错过，就得等到冬腊月去了。夭夭平时本来为人乖顺，不敢自作主张，凡是爹爹的话，不能不遵守。这次愿心大，自己有点压伏不住自己了，便向爹爹评理。夭夭说：

"爹，二姐不去我要去。我掐手指算准了日子，今天出门，大吉大利。不相信你翻翻历书看，是不是个黄道吉日，驿马星动，宜出行！我镯子，戒指，围裙上的银链子，全都乌趋抹黑[1]，真不好看，趁花银匠到场上来，送去洗洗光彩点。十月中村子里张家人嫁女吃戴花酒，我要去做客！"

爹爹当真把挂在板壁上的历书翻了一下，说理不过但是依然不许去。并说天大事情也不许去。

夭夭自己转不过口气来，因此似笑非笑的说："爹你不许我去，我就要哭的！"

长顺知道小题大做认真不来，于是逗着夭夭说："你要哭，一个人走到橘子园当上[2]河坎边去哭好了。河边地方空旷，不会有人听到笑你，不会有人拦你。你哭够了再回家。夭夭，我说，

---

1 乌趋抹黑，一片黑的形容词。
2 园当上，园尽头处。

你这么只选好日子出行，不记得今天是什么人的生日？你三哥这几天船会赶到家的，河边看看去！我到镇上望望干爹，称点肉回来。"

夭夭不由得笑了起来，无话可说，放下了背笼，赶场事再不提一个字。

长顺走后，夭夭看天气很好，把昨天未晒干的一坛子葛粉抱出去，倒在大簸箕中去晒。又随同大嫂子簸了一阵榛子壳。本来既存心到青溪坪赶场，不能去，愿心难了，好像这一天天气就特别长起来，怎么使用总用不完。照当地习惯，做媳妇不比做女儿，媳妇成天有一定家务事，即非农事当忙的日子，也得喂猪放鸡，推浆打草。或守在锅灶边用稻草灰漂棉布，下河边去洗作腌菜的青菜。照例事情多，终日忙个不息。再加上属于个人财富积蓄的工作，如绩麻织布[1]，自然更见日子易过。有时也赶赶场，多出于事务上必需，很少用它作游戏取乐性质。至于在家中作姑娘，虽家务事出气力的照样参加，却无何等专责，有点打杂性质，学习玩票性质。所以平时做媳妇的常嫌日子短，作女儿的却嫌日子长，赶场就成为姑娘家的最好娱乐。家中需要什么时，女儿办得了，照例由女儿去办，办不了，得由家中大人作，女儿也常常背了个细篾背笼，跟随到场上去玩玩，看看热闹，就便买点自己要用的东西。有时姊妹两人竟仅为上场买点零用东西，来回走三十里路。

1　绩麻织布，乡村中妇女工作之余，所有绩麻织布成绩，多属私财。未嫁的属于妆奁，已嫁的属于儿女添补。

嫂嫂到碾坊去了，娘在仓屋后绕棉纱。夭夭场上去不成，竟好像无事可作神气。大清早屋后枫木树上两只喜鹊喳喳叫个不息，叫了一阵便向北飞去。夭夭晒好葛粉[1]，坐在屋门前一个倒覆箩筐上想心事。

有什么心事可想？"爹爹说笑话，不许去赶场，要哭往河边哭去。好，我就当真到河边去！"她并不受什么委屈，毫无哭泣的理由，河边去为的是看看上行船，逍遥逍遥。自己家中三黑子弄的船纵不来，还有许多铜仁船[2]、高村船、江口船，和别个村庄镇上的大船小船，上滩下滩，——可以看见。

到了河坎上眺望对河，虽相隔将近一里路，夭夭眼睛好，却看得出枫树坳上祠堂前边小旗杆下，有几个过路人坐在石条凳上歇憩。几天来枫树叶子被霜熟透了，落去了好些，坳上便见得疏朗朗的。夭夭看不真老水手人在何处，猜详他必然在那里和过路人谈天。她想叫一叫，看老水手是否听得到，因此锐声叫"满满"。叫了五六声，还得不到回答，夭夭心想："满满一定在和人挖何首乌，过神仙瘾，耳朵只听地下不听水面了。"

平常时节夭夭不大好意思高声唱歌，今天特别兴致好，放满喉咙唱了一个歌。唱过后，坳上便有人连声吆喝，表示欢迎。且吹卷桐木皮作成的哨子，作为回响，夭夭于是又接口唱道：

你歌莫有我歌多，

---

1 葛粉，用凤尾草根捣碎，沉淀出来，比藕粉粗些，然而浓些。可作粉皮及其他食物。即伯夷叔齐度日子所吃！
2 铜仁船，辰河尽头黔属船。

我歌共有三只牛毛多，

唱了三年六个月，

刚刚唱完一只牛耳朵。

　　但事极明显，老水手还不曾注意到河边唱歌的人就是夭夭。夭夭心不悦，又把喉咙拖长，叫了四五声"满满"，这一来，果然被坳上枫木树下的老水手听到了，跟跟跄跄从小路走下河边来，站在一个乌黑大石墩子上，招呼夭夭。人隔一条河，不到半里路宽，水面传送声音远，两边大声说话听得清清楚楚。

　　老水手嘶着个喉咙大叫夭夭。夭夭说：

　　"满满，我叫了你半天，你怎么老不理我？"

　　"我还以为河边扇把鸟雀儿叫！你爹呢？"

　　"到镇上去了。"

　　"你怎不上青溪坪赶场？不说是趁花银匠来场上洗洗首饰，好吃酒吗？我以为你早走了。"

　　"早走了？爹不让我去。我说，不让我去我要哭的！爹爹说：你要哭，好，一个人到河坎边去哭，好哭个尽兴。我就到河边来了。"

　　"真哭够了吗？"

　　"蒸的不够煮的够[1]；为什么我要哭，我说来玩的。满满，你怎么不钓鱼？"

　　"天气冷，大河里水冷了，鱼都躲到岩眼里过冬了，不上钩的。夭夭，我也还在钓鱼；我坐在祠堂前枫树下，钓过坳人，扯住他

────────────

[1]　蒸的不够煮的够，以蒸谐真，故意说笑。

们一只脚，闲话一说半天。你多久不到我这里来了，过河来玩玩吧。我这里枫木叶又大又红，比你屋后那个还好看，你来我编顶帽子给你戴。太平溪老爷杨金亭，送了我两大口袋油板栗，一个一个有鸡蛋大，挂在屋檐口边风干了半个月，味道又香又甜，快来帮我个忙，把它吃掉。一人吃不了，邀你二姊也过河来吧。"

夭夭说："那好极了，我来帮你忙吃掉它。待一会儿我就来。"

夭夭回转家里，想邀二姑娘一起过河，并告给她："满满有鸡蛋大栗子，要人帮忙吃完它。"

二姑娘正在院坝中太阳下篦头，笑着说："我有事情做，不能去。夭夭你想去，答应了满满，你就去吧。"帮二姑娘梳头的大嫂子，也逗夭夭说："夭夭，满满为人偏心，格外欢喜你。栗子鸡蛋大，鸭蛋大，回来时带点吃剩下来的，放在衣兜里，让我们也尝尝吧。"

夭夭不说什么，返身就走。母亲从侧屋扛着个大棉纱篓子[1]走出来，却叫住了她。"夭夭，带点橘子送满满吧。外人要，十挑八挑派人送去，还怕人家不领情。自己家里人倒忘记了。堂屋里有大半箩顶好的，你自己背去送满满。"

夭夭当真就用她那个细篾背笼捡了一背笼顶大的橘子，预备过河。河边本有自己家里一只小船，夭夭不坐它，反而走到下游一点金沙溪溪口边去。其时村子里正有个年青小伙子在装菜蔬上船，预备到镇上去出卖。夭夭说："大哥，我要渡河到坳上去，你船开头时，我坐你船过河，好不好？你是不是到镇上去？"

1　绕棉纱用的八角形竹器。

一村子人都认识夭夭，年青汉子更乐于攀话献殷勤，小船上行又照例从对河溶口[1]走，并不费事，当然就答应了这件小差事。夭夭又说："大哥，我不忙，你把菜装满船，要开头时再顺便送我过河。我是到坳上去玩的。我一点不忙！"

　　夭夭放下了背笼，坐在一堆南瓜上，来悠悠闲闲的看河上景致。河边水杨柳[2]叶子黄布龙东[3]，已快脱光了，小小枝干红赤赤光溜溜的，十分好看。夭夭借刀削砍了一大把水杨柳细枝，预备编篮子和鸟笼。溪口流水比往日分外清，水底沙子全是细碎金屑，在阳光下灼灼放光。玛瑙石和蚌壳，在水中沙土上尤其好看。有几个村中小孩子，在水中搬鹅卵石砌堤坝堵水玩，夭夭见了心喜，也脱了袜子下溪里去踹水，和小孩子一样，从沙砾中挑选石子蚌壳。那卖菜的青年，曾经帮夭夭家哥哥弄船下过常德府，想和夭夭谈谈话，因此问夭夭："夭夭，你家三黑子多久回来？"夭夭说："一两天就要拢岸了。今天喜鹊叫，天气好，我猜他船一定歇铜湾溪[4]。"

　　"你三哥能干，一年总是上上下下，忙个不停。你爹福气好！"

　　"什么好福气？雨水太阳到头上，村子里大家不是一样？"

　　"你爹儿女满堂，又好又得力，和别人家不一样。"

　　夭夭明白面前一个人话中不仅仅是称羡爹爹，还着实在恭维她。可是话不会说，所以说得那么素朴老实。夭夭因此微微笑

1　溶口，行船总水道。

2　水杨柳，水杨柳叶黄干赤而细软。

3　黄布龙东，黄色形容词。意即一片黄。

4　铜湾溪，在辰河近沅水处，去吕家坪真正距离约六十里，一天可达。

着，看那年青人搬菜，好像在表示："我明白你的意思，再说说看。"
然而那汉子却似乎秘密已给夭夭看穿，有点害羞，不好意思再说
什么，只顾作事去了。

　　菜蔬装够后，夭夭上了船，坐得端端正正，让那人渡她过河。
船抵岸边时，夭夭说："大哥，真难为你！"从背笼里取出十个
大橘子放置船头上，"大哥，吃橘子打口干吧。你到镇上去碰见
我爹，就请告他一声，我在枫木坳上看船。"说完时，用手和膝
部为把船头用力一送，推离了岸边，自己便健步如猿，直向枫木
坳祠堂走去。

　　将近坳上时，只见老水手正躬着腰，用个长竹条帚打扫祠
堂前面的落叶。夭夭人未到身边声音先到："满满，满满，我
来了！"

　　老水手带笑说："夭夭，你平日是个小猴儿精，手脚溜快，今
天怎么好像八仙漂海，过了半天的渡，还不济事。神通到那里
去了？"

　　"我在溪口捡宝贝。满满，你看看，多少好东西！"她把围
裙口袋里水湿未干的石子蚌壳全掏出来，塞到老水手掌心里："全
都把你！"

　　"嗨，把我！我又不是神仙，拿这个当饭吃？好礼物。"

　　夭夭自然也觉得好笑。"满满，这枫木叶子好，你帮我做顶
大帽子，把这些石子儿嵌上去。福音堂洋人和委员见到，一定也
称赞。"她指了指背笼里的橘子："这是娘要我带来送你的。"

　　老水手说："唉呀，那么多，我吃得了？姐姐呢？怎不邀她
来玩玩。"

　　夭夭还是笑着："姐姐说，满满栗子多，当真要人帮忙才吃

得完，怎不送我们一口袋，让我们背回家慢慢的嚼。"

老水手也笑将起来："那好的，那好的。你有背笼，回家时就背一口袋去，请大家帮忙。你们不帮忙，搁到祠堂里，就只有请松鼠帮忙了。"

"满满，是不是松鼠帮不了你的忙，你才要我们帮忙？"

"那里，那里，我是好心好意给你留下的。若不为你，早给过路人吃光了。你知道，成天有上百两只脚的大耗子[1]翻过这个山坳，大方肯把他们吃，什么不吃个精光！生毛的除了蓑衣，有脚的除了板凳，他们都想吃！都能吃！"

两人一面说笑一面向祠堂走去。到了里边侧屋，老水手把背笼接过手，将橘子倒进一个大簸箕里，"夭夭，这橘子真大，我要用松毛盖好留下，托你大哥带到武昌黄鹤楼下头去卖，换一件西口大毛皮统子回来。这里橘子不值钱，下面值钱。你家园里的橘子树，如果生在鹦鹉洲，会发万千洋财，一家人都不用担心，住在租界上大洋楼里，冬暖夏凉，天不愁地不怕过太平日子。那里还会受什么连长排长欺压。"

夭夭说："那有什么意思？我要在乡下住。"

老水手说："你舍不得什么？"

"我舍不得橘子树。"

"我才说把橘子树搬过鹦鹉洲！"

"那么，我们的牛，我们的羊？我们的鸡和鸭子？我知道，它们都不愿意去那个生地方。路又不熟习，还听人说长年水是黄

---

1 两只脚的大耗子，指过路人。

浑浑的，不见底，不见边，好宽一道河。满满，你说，鱼在浑水里怎么看得见路，不是乱撞？地方不熟习我就有点怕。"

"怕什么？一到那里自然会熟习的。当真到那里去，就不用养牛养猪了。"

"我赌咒也不去。我不高兴去。"

"你不去那可不成！说好了大家去，连家中小花子狗也得去，你一个人不能住下来的。"

两人把话说来，竟俨然像是一切已安排就绪，只差等待上船神气，争持得极其可笑。到后两人察觉园里那一片橘子树，纵有天大本领也绝无办法搬过鹦鹉洲时，方各在微笑中叹了一口气，结束了这种充满孩子气的讨论。

老水手为把一大棕衣口袋栗子，从廊子前横梁上叉下来，放到夭夭背笼中去。夭夭一时不回家，祠堂里房子阴沉沉的，觉得很冷，两人就到屋外边去晒太阳。夭夭抢了个条帚，来扫除大坪子里五色斑斓的枫木叶子。半个月以来，树叶子已落掉了一半，只要一点点微风，总有些离枝的木叶，同红紫雀儿一般，在高空里翻飞。太阳光温和中微带寒意，景物越发清疏而爽朗，一切光景静美到不可形容。夭夭一面打扫祠堂前木叶，一面抬头望半空中飘落的木叶，用手去承接捕捉。老水手坐在石条上打火镰吸旱烟，耳朵里听得远村里锣鼓声响。

"夭夭，你听，什么地方打锣打鼓。过年还愿早咧。镇上人说：萝卜溪要唱愿戏，一共七天，派人下浦市赶戏班子，要那伙行头齐全角色齐全顶好的班子，你爹是首事人。若让我点戏，正戏一定点《薛仁贵考武状元》，杂戏点《王婆骂鸡》。浦市人迎祥戏班子，好角色都上了洪江，剩下的两个角色，一个薛仁贵，天生的；一个王婆，也是天生的！"

夭夭说："桃子李子，红的绿的，螺蛳蚌壳，扁的圆的；谁不是天生的？我不欢喜看戏。坐高抬凳看戏，真是受罪。满满，你那天说到三角洲去捉鹌鹑，若有撒手网，我们今天去，你说好不好？我想今天去玩玩。"

老水手把头摇了摇，手指点河下游那个荒洲："夭夭今天不去，过几天再去好。你看，对河整天有人烧山，好一片火！已经烧过六七天了。烧来烧去，芭茅草里的鹌鹑，都下了河；搬到洲上住家来了。我们过些日子去昌它不迟。到了洲上的鹌鹑，再飞无处飞，不会向别处飞去的。"

"为什么它不飞？"

老水手便取笑夭夭，说出个希奇理由："为的是和你一样，见这里什么都好，是个洞天福地，再也舍不得离开。"

夭夭说："既舍不得离开，我们捉它做什么？这小东西一身不过四两重，还不如一个鸡膊腿。不捉它，让它玩玩，从这一蓬草里飞到那一蓬草里，倒有意思。"

"说真话，这小东西可不会像你那么玩！河洲上野食多，水又方便，十来天就胀得一身肥脂脂的，小翅膀儿举不起自己身子。发了福，同个伟人官官一样，自然就只好在河洲上养老了。"

"十冬腊月它到那儿去？"

老水手故意装作严重神气，来回答这个问题："到那里去了，十冬腊月就躲在风雪不及草窝里，暖暖和和过一个年。过了年，到了时候，跳下水里去变蛤蟆，三月清明落春雨，在水塘里洗浴玩，呱呱呱整天整夜叫，吵得你睡不着觉！"

天天看着老水手，神气虽认真语气可不大认真。"人人都那么说，我可不相信。蛤蟆是鹌鹑变的，蝌蚪鱼有什么用？"

"唉，世界上有多少东西，都是无用的。譬如说，你问那些东西，为什么活下来，它照规矩是不理会你的。它就这么活下来了！这事信不信由你。我往年有一次捉到一只癞蛤蟆，还有个鹌鹑尾巴未变掉，我一拉那个尾巴，就把它捉住了。它早知道这样，一定先把尾巴咬掉了。九尾狐狸精被人认识，不也正是那条尾巴？变不去，无意中被人看见，原形就出现。"

老水手说的全是笑话，那瞒得了天天。天天一面笑一面说："满满，我听人说县里河务局要请你做局长，因为你会认水道，信口开合（河）！"

老水手舞着个烟杆说："好，委任状一来，我就走马上任。民国以来，有的官从局长改督办，有的官从督办改局长，有人说，这就是革命！天天你说这可像革命？"

枫木叶子扫了一大堆时，天天放下了条帚，专心一志去挑选大红和明黄色两种叶子，预备请老水手编斗笠。老水手却用那一把水杨柳枝，先为天天编成一个篮子，一个鸟笼。这件事做得那么精巧而敏捷，等到天天把木叶子拣好时，小篮子业已完成，小鸟笼也快编好了。

天天一见就笑了起来："满满，你好本事！黄鹤楼一共十八层，你一定到过那里搬砖抬木头。"天天援引传说，意思是说老水手过去必跟鲁班做过徒弟。这是本地方夸奖有手艺一句玩笑话。

老水手回答说："黄鹤楼十八层，什么人亲眼看见？我有一年做木排上桡手，排到鹦鹉洲后，手脚空了，就上黄鹤楼去。到了那里，不见楼，不见吕洞宾，却在那个火烧过的空坪子里被一个看相的拉住我袖子，不肯放手。我以为欠了他钱，他却说和我有缘。他名叫'赛洞宾'。说我人好心好，遇好人，一辈子不愁吃不愁穿。到过了五十六岁，还会做大事情。我问他大事情是带兵的督抚，还是出门有人喝道的知县？那看相的把个头冬冬鼓一般只是摇，说，都不是，都不是。并说，你送我二两银子，我仔细为你推算，保你到时灵验，不灵验你来撕我这块招牌。我看看那招牌，原是一片雨淋日晒走了色的破布，三十年后知道变成什么样子。只送了他三个响榧子。那时我二十五岁，如今整三十年了，这个神仙大腿骨一定可当打鼓棒[1]了。说我一辈子遇好人，倒不差多少。说我要做大事，夭夭你想想看，有什么大事等我老了来做？怕不是两脚一伸，那个'当大事'[2]吧。"

夭夭说："人人都说黄鹤楼上看翻船。没有楼，站在江边有什么可看的。"

老水手说："好看的倒多咧。汉口水码头泊的火龙船，有四层楼，放号筒时比老水牛叫声还响，开动机器一天走八百里路，坐万千人，真好看！"

夭夭笑了起来："哈哈，我说黄鹤楼，你有四层楼。我说看翻船，你有火龙船。满满，我且问你，火龙船会不会翻？一共有几条龙？"

---

1 大腿骨一定可当打鼓棒，言早已死去多日。
2 "当大事"，死时门前多写此三字。

乡下习惯称轮船为龙船，老水手被封住了嘴，一时间回答不来，也不免好笑。因为他想起本地的"旱龙船"，条案大小一个木架子，敬奉有红黑人头的傩公傩母，一个人扛起来三山五岳游去，上面还悬系百十个命大孩子的记名符，照传说拜寄傩公傩母做干儿子，方能长命富贵。这旱龙船才真是一条龙！

其时由下水来了三个挑油篓子的年青人，到得坳上都放下了担子，坐下来歇憩。老水手守坳已多年，人来人往多，虽不认识这几个人，人可认识他。见老水手编制的玩意儿，都觉得十分灵巧。其中之一就说："老伙计，你这篮子做得真好，省里委员见到时，会有奖赏的！"

老水手常听人说"委员"，委员在他印象中可不大好。就像是个又多事又无知识的城里人，下乡来虽使得一般乡下人有些敬畏，事实上一切所作所为都十分可笑。坐了三丁拐轿子各处乡村里串去，搅得个鸡犬不宁。闹够了，想回省去时，就把人家母鸡腊肉带去做路菜。告乡下人说什么东西都有奖赏，金牌银牌，还不是一句空话！如今听年青油商说他编的篮子会有奖赏，就说：

"大哥，什么奖赏？省里委员到我们镇上来，只会捉肥母鸡吃，懂得什么天地玄黄，宇宙洪荒[1]？"

另一个油商信口打哇哇说："怎么不奖赏？烂泥人送了个二十六斤大萝卜到委员处请赏，委员当场就赏了他饭碗大一面银牌，称来有十二两重，上面还刻得有字，和丹书铁券一般，一辈

---

1 天地玄黄，宇宙洪荒，千字文首二句。

子不上粮，不派捐，不拉夫，改朝换代才取消！"

"你可亲眼看见过那块银牌？"

"有人看过摸过，字清清楚楚，分分明明。"

夭夭听到这种怪传说，不由得不咕喽咕喽笑将起来。

油商伙里中却有个人翻案说："那里有什么银牌？我只听说烂泥乡约邀人出份子，一同贺喜那个去请赏的，一人五百钱，酒已喝过了，才知道奖牌要由县长请专员，专员请委员，委员请主席，主席请督办——一路请报上去，再一路批驳公文下来，比派人上云南省买金丝猴还慢得多！"

原先那个油商，当生人面前输心不输口："那会有这种事，我不信。有人亲眼看过那块大银牌，和召岳飞那块金字牌一个式样，是何绍基字体，笔画肥肥的。"

"你不信，倒相信那奖牌和戏上金字牌一样。奖牌如果当真发下来，烂泥人还要出份子搭牌坊唱三天大戏，你好看三天白戏。"

"你知道个什么，狗矢柑，腌大蒜，又酸又臭。"

那伙计喜说笑话，见油商发了急，索性逗他说：

"我还听人说戏班子也请定了，戏码也排好了，第一天正戏：《卖油郎独占花魁》，请你个不走运的卖油郎坐首席。你可预备包封赏号？莫到时丢面子，要花魁下台来问你！"

老水手插嘴说："一个萝卜能放多久？我问你。委员把它带进县里去，老早就切碎了它，炖牛肉吃了。你不信才真怪！"

几个人正用省里来的委员为题目，各就所见所闻和猜详到的种种作根据，胡乱说下去。夭夭从旁听来，只抿着个小嘴好笑。

坳前有马项下串铃声响，繁密而快乐，越响越近，推测得出正有人骑马上坳。当地歌谣中有"郎骑白马来"一首四句头歌，夭夭心中狐疑：

　　"什么人骑了马来？莫非是……"

在"常"与"变"的撞击中 | 凌宇

沈从文是一个具有自觉的文化意识的作家。即便从严格的意义上说,他的小说也是一种文化小说。在他笔下的湘西世界里,文化的常数(湘西本土历经数千年不变的恒定文化因素)与文化变数(湘西在朝现代转型过程中,自外而来并传染浸蚀的异质文化因素)的交织碰撞,规定着"乡下人"的生存方式及本质。此前所选《柏子》《萧萧》《会明》《夫妇》《贵生》诸篇,呈现出"乡下人"原有的文化存在方式与现代环境(因异质文化的侵入或被卷入异质文化环境,其时间与空间与原有的时空异质)的脱节而发生的人生悲喜剧。一方面,在这些人物身上,依旧保留着的由原始文化孕育的善良、热情、诚实、素朴、雄强等道德形态及人格气质,与经沈从文小说烛照的人性被异化了的"城里人"的虚伪、自私、怯懦构成鲜明的对比;另一方面,同样由原始文化派生的理性蒙昧,导致"乡下人"无从发现自我生存处境的悲剧性质,他们"不曾预备要人怜悯,也不知道可怜自己"。(见《柏子》)基于这种对"乡下人"生命存在方式的反省,《边城》唱出了一曲生命的理想之歌。透过《边城》叙事表层涉及的婚姻的文化常数与变数——"走马路"与"走车路","渡船"与"碾坊",其对立冲突,以及主人公的应对及选择方式,显露出沈从文对应该有的生命形式的渴望:既拒斥异质文化对人性的扭曲,保有人之为人的本来,又能独立自主地支配自己的命运。

从小说的主题走向看,《长河》是《边城》的姐妹篇。在谈及《长河》的题旨时，沈从文说："就我所熟习的人事作题材，来写写这个地方一些平凡人物生活的'常'与'变'，以及两相乘除中所有的哀乐"。(《长河·题记》)——《长河》延续着沈从文惯有的文化视角。只是在这里。所谓的"常"与"变"，已经从《边城》中一般的风俗文化及其内蕴的意识观念层面拓展到政治文化层面，从中骤然响起现代"五溪会猎"的锣鼓。

《长河》的故事背景是发生在抗战爆发前后的湘西事变。一九三四年到一九三六年期间，湘西连年大旱。民众要求割地自雄的"湘西王"陈渠珍减免租税遭到拒绝，遂爆发了以龙云飞等人为首的苗民起义。湖南省主席何键乘机挥兵入湘西，一面迫使陈渠珍下野，一面镇压苗民起义。但随着苗族起义军攻下乾城，何键又被迫去职。南京政府派人与苗族起义军谈判，起义军接受改编并开赴抗日前线。湘西事变的发生及其结局，是国民党中央势力、湖南省何键势力、陈渠珍湘西地方势力与苗族起义军四种力量错综复杂的矛盾冲突的产物。虽然，湘西事变在小说中并没有被推置前台，但通过作品中人物之口，对这四种力量作出了不同的价值评判。对苗族起义军，他给予了充分肯定。正如沈从文在《湘西·引子》里指出的："湘主席何键的去职"，"就是苗民'反何'作成的"；国民党中央势力及何键势力的介入，则被指为湘西社会动乱的真正根源；而那位"家边人"（指陈渠珍）则具有对地方剥夺与其也想"为地方做做事"的两面特征。

于是，在小说中，国民党中央势力被象征化为"新生活"（即蒋介石提倡的"新生活运动"），它给湘西民众带来了巨大的精神恐怖。作品刻意营造出一种山雨欲来、乡下人谈虎色变的紧张气氛；而作为具体的外来势力对湘西民众的苛扰。则是从省里来的那位保安队长政治上的霸道蛮横、经济上的敲诈勒索与精神上的堕落腐朽（表现为欺压良善、调戏妇女与不伦不类的自作多情）。

然而，小说叙事的重点既不在湘西事变本身（它在小说中只留下一点若隐若现的印痕），也不在外来势力对湘西的苛扰。正如作者在《长河·题记》中所说："尤其是叙述到地方特权者时，一支笔即再残忍也不能写下去"。在这方面，情节设计的直截单纯与价值判断的善恶二元对立模式，给小说留下了明显可见的缺陷。《长河》的叙述重点及创作主旨，是乡村灵魂准乎自然的存在形式及其面对人生大患（社会剧急变动）所作出的反应与选择。作为一种正面的价值取向，这种反应与选择体现在老水手、夭夭、三黑子等人物身上。正是在这方面，《长河》以其对乡下人言谈举止、心理状态及文化性格等近于神韵天成的刻画，呈现出沁人心魂的美。

老水手是《长河》着墨最多的主要人物之一。这位水手出身的乡村无产者，是传统的湘西地域文化结出的优秀果实。他保守着做人的本来，集诚实、善良、热情、硬朗与乡村型智慧于一身。小说突出他在社会动乱即将来临时，对地方未来及小儿女辈命运所拥有的忧患意识。虽然，这种忧患建立在他半凭经验、半凭预感对世事演变所作的推断上，由于其推断的阴差阳错他却俨乎其然而显得憨态可掬，却又因这种忧患暗合世事走向而闪露出智慧的火花。愚憨与睿智在他身上获得了奇妙的统一。他虽有忧患，却不恐惧。面对"新生活"带来的精神压力及保安队长的蛮横霸道，他决不逆来顺受，听天由命。在其精神上，已滋生出与命运抗争的硬朗与雄强："你们等着吧，有一天你看老子的厉害！"同极力渲染老水手近乎"无事忙"的忧患情态相比，小说开启出作为乡村小儿女辈典型的夭夭纯然天真的灵魂世界。在她身上，拥有生命面对人生忧患的从容与镇定。当整个乡村世界弥漫起"新生活"带来的恐惧气氛时，她仍"从容自在之至"；在保安队长直接对她进行卑鄙与拙劣的挑逗与调戏面前，她直当作"看水鸭子打架"，她不惧怕——"老百姓不犯王法，管不着，没理由惧怕"。而三黑子更直接地喊出："沙脑壳，沙脑壳，我总有天要用斧头砍一两个！"也许更为重要的，是在这些乡下人身上，已经萌发出与现实强加于人的外来政治形态相抗衡的政治参与意识与平民主义的政治理想："不许欺压人，欺老百姓。要现钱买现货，公平交易"，"做官的不好，也要枪毙！"

这一切，都是在令人目不暇接的连轴乡村风俗画的描述中获得表现的。即如《枫木坳》。夭夭的活泼、机灵、乖巧，灵魂的清明剔透，老水手的童心幻念，乡村型的幽默诙谐，通过这一老一少妙喻连珠的对白而获得显现，构成一种浑然天成的艺术境界。

值得注意的，是《长河》在人物构型方面所具有的与《边城》对应的模式。滕长顺—顺顺、老水手—老船工、夭夭—翠翠、三黑子—傩送等，都分别具有对应的类特征。然而相类却非完全相同。也许，人物构型的对应模式是作者有意提醒读者阅读参照，从中领悟二者共有的主题走向；面对应人物性格内涵、行为及人生选择方式的差异，则彰显出二者的主题差异。在《边城》中，翠翠的性格呈内向的柔静态，面对人生忧患，常不免强烈的孤独感与随预感而生的莫名忧惧；而夭夭的性格，则表现为外向的灵动，拥有藐视外部强力的静定与从容。在《边城》的老船工身上，留有信天由命的深刻印痕，虽然有对命运的抗争，却终于回天乏力；而《长河》里的老水手则不再有对命运的哀怨，尽管迭遭命运打击，仍不放弃在人生变易中把握机遇、随时准备与命运较量的努力。而老水手、夭夭、三黑子等人身上萌发的政治参与意识与对未来的理想憧憬，更是《边城》中人物所没有的——沈从文笔下的乡村生命形式，在《长河》里上升到一个更高的阶梯。由《边城》与《长河》涉及的时代背景的差异及篇名所具有的不同象征意指，共同显示出沈从文笔下湘西世界的时空流程，从中隐现出作者对历史长河未来流向的理想主义憧憬。